Zhong___ ___dangdai
Wenxue

中国现当代文学

教育部教学改革重点项目
——「文化原典导读与本科人才培养」成果

教育部新文科研究与改革实践项目
——「文史哲拔尖创新人才培养创新与实践」成果

（第2版）

李　怡　干天全　主编

（按拼音排序）　编者

陈思广　　冯　勤　　姜　飞
靳明全　　罗　梅　　张　放
赵渭绒　　周维东　　朱　彤

汉语言文学专业系列教材

重庆大学出版社

内容提要

本书内容包括绪论、尾篇计二十三章,系统讲述自20世纪初至21世纪初的中国现当代文学基本概况及经典作品。全书各章节由基本知识、代表作及其导读与延伸思考几个基本板块组成。全书精选中国现当代文学诸多经典作品的精彩篇章,以对经典的导读、阐释为核心,以简明、精当的文学史知识概述作为专业教育的基础,重点培养学生对文学作品的阅读能力与分析能力。

本书适用于高等院校文科专业师生及社会相关专业研究者。

图书在版编目(CIP)数据

中国现当代文学/李怡,干天全主编. -- 2版. --
重庆:重庆大学出版社,2023.5
汉语言文学专业系列教材
ISBN 978-7-5689-3777-1

Ⅰ.①中… Ⅱ.①李…②干… Ⅲ.①现代文学—现代文学史—高等学校—教材②中国文学—当代文学—文学史—高等学校—教材 Ⅳ.①I209.6

中国国家版本馆CIP数据核字(2023)第078571号

汉语言文学专业系列教材
中国现当代文学
李 怡 干天全 主 编
责任编辑:黄菊香 版式设计:陈 曦
责任校对:邹 忌 责任印制:张 策
*
重庆大学出版社出版发行
出版人:饶帮华
社址:重庆市沙坪坝区大学城西路21号
邮编:401331
电话:(023)88617190 88617185(中小学)
传真:(023)88617186 88617166
网址:http://www.cqup.com.cn
邮箱:fxk@cqup.com.cn(营销中心)
全国新华书店经销
重庆华林天美印务有限公司印刷
*
开本:787mm×1092mm 1/16 印张:28.5 字数:544千
2010年10月第1版 2023年5月第2版 2023年5月第14次印刷
印数:28 301—31 300
ISBN 978-7-5689-3777-1 定价:69.00元

汉语言文学专业系列教材编委会

总 主 编 曹顺庆

编　　委（按拼音排序）

曹顺庆	傅其林	干天全	胡易容
金慧敏	靳明泉	雷汉卿	李　菲
李　凯	李　怡	刘　荣	刘　颖
罗　鹭	马　睿	王兆鹏	鲜丽霞
肖伟胜	徐希平	徐行言	阎　嘉
杨红旗	杨亦军	杨颖育	张　法
张　弘	张哲俊	赵渭绒	赵毅衡
支　宇	周维东		

主编助理 张帅东

总序

这是一套以原典阅读为特点的新型教材,其编写基于我担任教育部教学改革重点项目——"文化原典导读与本科人才培养"和教育部新文科研究与改革实践项目——"文史哲拔尖创新人才培养创新与实践"的理论探索与长期的教学实践。

大学肩负着文化传承与创新、人才培养、科学研究、社会服务、国际交流合作的重要使命。近年来,我国高等教育取得长足进步,已建成世界最大规模的高等教育体系,2021年在学总人数超过4 430万人。然而,尽管高校学生数量在世界上数一数二,但是人才培养质量仍然不尽如人意,拔尖人才、杰出人才比例仍然严重偏低。半个多世纪以来,中国在人才培养质量上没有产生一批堪与王国维、鲁迅、钱锺书、钱学森、钱三强等人相比肩的学术大师。

钱学森提出"为什么我们的学校总是培养不出杰出人才?"这个著名的"钱学森之问",体现的问题是当代教育质量亟待提高。其根本原因就是学生基础不扎实,缺乏创新的底气和能力。人才培养的关键还是基础,打基础很辛苦,如果不严格要求,敷衍了事,小问题终究会成为大问题。基础不牢,地动山摇;基础精通,一通百通。基础就是学术创新的起点,起点差,就不可能有大造化、大出息,就不可能产生真正的学术大师。怎样强基固本,关键就是要找对路径,古今中外的教育事实证明,打基础应当从原典阅读开始,一步一个脚印地扎扎实实前进。中华文化基础不扎实的现象不仅仅体现在文科学生上,我国大学的理、工、农、医科学生的文化素养同样如此。

针对基础不扎实的问题,基于培养一批拔尖创新人才的教学理念,我主编了这套以原典阅读为特点的新型教材,希望能够弥补教育体制、课程设置、教学内容、教材编写等方面的不足,解决学生学术基础不扎实、后续发展乏力这个难题。根据我的观察,目前高校中文学科课程设置的问题可总结为四个字:多、空、旧、窄。

所谓"多",即课程设置太多,包括课程门类多、课时多、课程内容重复多。不仅本科生与硕士生,甚至与博士生开设的课程内容也有不少重复,而且有的课程如"大学写作""现代汉语"等还与中学重复。而基础性的原典阅读反而被忽略,陷入课程越设越多、专业越分越窄、讲授越来越空、学生基础越来越差的恶性循环。其结果就是,不仅一般人读不懂中华文化原典,就连我们的大学生、研究生和一些学者的文化功底也堪忧。不少人既不熟悉中华文化原典,也不能用外文阅读西方文化原典,甚至许多大学生不知道十三经(《周易》《尚书》《诗经》《周礼》《仪礼》《礼记》《春秋左传》《春秋公羊传》《春秋穀梁传》《论语》《孝经》《尔雅》《孟子》)是哪十三部经典,也基本上没有读过外文原文的西方文化经典。就中文学科而言,我认为对高校中文学科课程进行"消肿",适当减少课程门类、减少课时,让学生多一些阅读作品的时间,改变中文系本科毕业生读不懂中华文化原典、外语学了多年仍没有读过一本原文版的经典名著的现状,这是我们进行课程和教学改革的必由之路与当务之急。

所谓"空",即我们现在的课程大而化之的"概论""通论"太多,具体的"原典阅读"较少,导致学生只看"论",只读文学史便足以应付考试,而很少读甚至不读经典作品,即使学经典的东西,学的方式也不对。比如,《诗经》、《论语》、《楚辞》、唐诗宋词,我们多少都会学一些,但这种学习基本是走了样的,不少课程忽略了一定要让学生直接用文言文来阅读和学习这样一种原典阅读的规律,允许学生用"古文今译"读本,这样的学习就与原作隔了一层。因为古文经过"今译"之后,已经走样变味,不复是文化原典了。以《诗经·关雎》为例:"关关雎鸠,在河之洲,窈窕淑女,君子好逑。"余冠英先生将这几句诗译为:"水鸟儿闹闹嚷嚷,在河心小小洲上。好姑娘苗苗条条,哥儿想和她成双。"余先生的今译是下了功夫的,但无论怎样今译,还是将《诗经》译成了打油诗。还有译得更好玩的:"河里有块绿洲,水鸭勒轧朋友;阿姐身体一扭,阿哥跟在后头。"试想,读这样的古文今译,能真正理解中国古代文学,能真正博古吗?当然不可能。诚然,古文今译并非不可用,但最多只能作为参考。这种学习方式不仅导致空疏学风日盛,踏实作风渐衰,还会让我们丢失了文化精髓。不能真正理解中华文化原典,也就谈不上文化自信。针对这种"空洞"现象,我们建议增开中华文化原典和中外文学作品阅读课程,减少文学概论和文学史课时,真正我们倡导启发式教育,让学生自己去读原著、读作品。在规定的学生必读书目的基础上,老师可采取各种方法检查学生读原著(作品)的情况,如课堂抽查、课堂讨论、诵读、写读书报告等。这样既可养成学生的自学习惯,又可改变老师"满堂灌"的填鸭式教学方式。

所谓"旧",指课程内容陈旧。多年来,教材老化的问题并没有真正解决。例如,现在许多大学所用的教材,包括一些新编教材,还是多年前的老一套体系。陈旧的教材体系,不可避免地造成了课程内容与课程体系陈旧,造成了学生培养质量上不去这个严重问题,这应当引起我们的高度重视。

"窄",也是一个亟待解决的问题。自 20 世纪 50 年代以来,高校学科越分越细,专业越来越窄,培养了很多精于专业的"匠人",却少了高水平的"大师"。现在,专业过窄的问题已经引起了教育部的高度重视。教育部提出"新文科",就是要打破专业壁垒和限制,拓宽专业口径,加强素质教育,倡导跨专业学习,培养文理结合、中西相通、博古通今的高素质通才,"新文科"正在成为我国大学人才培养模式的一个重要改革方向。中文学科是基础学科,应当首先立足于培养基础扎实、功底深厚、学通中西的高素质拔尖人才。只要是基本功扎实、眼界开阔的高素质的中文学科学生,我相信他们不但适应面广、创新能力强,而且在工作岗位上更有后劲。

基于以上形势和判断,我们在承担了教育部教学改革重点项目——"文化原典导读与本科人才培养"和教育部新文科研究与改革实践项目——"文史哲拔尖创新人才培养创新与实践"的教学改革实践和研究的基础上,立足原典阅读,着力夯实基础,培养功底深厚、学通中西的高素质拔尖人才,编写了这套原典阅读新型教材。本系列教材特色鲜明、立意高远、汇集众智,希望能够秉承百年名校的传统,再续严谨学风,为培养新一代基础扎实、融汇中西的高素质、创新型中文拔尖人才贡献绵薄之力。

本系列教材共 18 部,分别由一批学科带头人、教学名师、著名学者、学术骨干主编及撰写,他们是:四川大学文科杰出教授、教育部社会科学委员会委员、四川大学"985"文化遗产与文化互动创新平台首席专家项楚教授,四川大学文科杰出教授、欧洲科学与艺术院院士、"长江学者"特聘教授、国家级教学名师曹顺庆教授,原伦敦大学教授、现任四川大学文学与新闻学院符号学-传媒学研究所所长赵毅衡教授,四川大学文学与新闻学院院长、国家万人计划哲学社会科学领军人才李怡教授,"长江学者"特聘教授、国家万人计划哲学社会科学教学名师傅其林教授,著名学者冯宪光、周裕锴、阎嘉、谢谦、刘亚丁、俞理明、雷汉卿、张勇(子开)、杨文全,以及干天全、刘荣、邱晓林、刘颖等教授。需要特别指出的是,本系列教材在主编及编写人员的组织遴选上不限于四川大学,而是邀请国内外高校中一些有专长、有影响力的著名学者一起编写。如韩国又松大学甘瑞媛教授、四川师范大学文学院李凯教授、西南交通大学艺术与传播学院徐行言教授、西南民族大学文学院徐希平教授、西南大学文学院肖伟胜教授、成都理工大学传播科学与艺术学院刘迅教授、西南财经大学国际教育学院邓时忠、成都信息工程大学人文学院廖思湄教授等。

本系列教材自出版以来,被多所高校选作本科生、研究生的教材,或入学考试的参考用书,读者反响良好。在出版社的倡议和推动下,我们启动了这

18部教材新版修订编写工作。此次修订编写依然由我担任总主编,相信通过这次精心的修订,本系列新版教材将更能代表和体现"新文科"教学的需要,更好地推进大学培养优秀拔尖创新人才的教学实践。

路虽远,行则将至。事虽难,做则必成。是为序。

曹顺庆

2022年12月于四川大学新校区寓所

第2版前言

《中国现当代文学》是我们在2010年编写出版的教材,作为教育部教学改革重点项目——"文化原典导读与本科人才培养"的实验成果之一,我们试图一改传统的理论阐述型教材模式,引入新的"原典教学"理念。所谓"理论阐述型"并不是指我们的教材真有多少原创的理论体系,而是说在那里首先是以历史观的表述为基本内容的,所有的作家、作品本身都不过是对这一历史观念的证明和解释,而后者其实恰恰应该是文学的主体和内涵。换句话说,这一影响深远的教材模式在很大程度上背离了文学演变的事实,在实践中越来越显出不合时宜的特点。我们的尝试就是大幅度减少架空的历史观叙述,将更多的篇幅留给在文学史上真正留下印记的作家、作品,更准确地说,就是构成文学发展"骨骼"的文学原典。当然,由于整体规模的限制,收入教材的"原典"并不完整,我们主要还是起着引领和指南的作用,以简略的片段和力求精当的导读文字吸引学生主动去阅读那些丰富多彩的文学原典,在这个意义上,真正的教材学习不是对书中已经呈现的文字的学习,而是以此为媒介,进入中国现当代文学的浩瀚海洋中,自主学习,自主探索,与历史对话,这可能是一种教学与学习的全新革命。

我们不能断定这样的改革效果一定更好,很可能也是瑕瑜互见,但是改革肯定比墨守成规要好,至少可以通过这样的方式揭示过去的文学史教育存在的弊端,引起教育者和受教育者的注意,我们的目的也就达到了。

原教材出版已经十多年了,这些年来,陆陆续续有不少高等院校都使用过这本教材,按照计划,我们应当对它作一次比较全面的修订,只是目前全面修订计划尚未完全成熟,为慎重起见,本次我们主要对原来版次中比较明显的问题作了订正、完善,一些更大的修改还是留待他日。

再次感谢为教材出版付出心血的所有编者,感谢重庆大学出版社,感谢十多年来支持我们教材的学校和师生。

编委会

2021年9月1日

目录

第四编　当代文学的转折（1949—1976）

绪　论

　　呈现在诸位面前的是一些多年从事中国现当代文学教学与研究的同仁们的文学史新著。之所以称为"新"，乃是因为这样的命意、构架和写作方式都力图在目前繁盛的文学史著作中有新意、有突破、有建树。这些新的设计大概体现为这样几个方面：文学史究竟是什么史？文学史可以怎样进入？是否把握了文学史的新思路？

一

　　文学史究竟是什么史？这个问题看似简单，其实包含了诸多至今也无法完全回答的困惑，产生这些困惑的不仅有刚刚进入文学史学习的学子，也有从事文学史教学与研究多年的教师和学者。

　　一般认为，中国现当代文学史研究的开端是胡适的《五十年来中国之文学》，其中所包括的对"五四"文学革命的讲述被公认为极大地影响了后来的文学史立场。在中国现当代文学编纂的历史上，产生过重要影响的还包括王哲甫《中国新文学运动史》(1933)、李何林《近二十年中国文艺思潮论》(1939)、王瑶《中国新文学史稿》(上册1951、下册1953初版)、唐弢《中国现代文学史》(1979—1980)、钱理群等《中国现代文学三十年》(1987初版)、郭志刚等《中国当代文学史初稿》(1980、1981)、陈思和《中国当代文学史教程》(1999)、洪子诚《中国当代文学史》(1999初版)等等。这些文学史的写法各有不同，但伴随着中国现当代学术的演进，也大体可以显现一些基本的走向和趋势，其中最隐约浮动的线索似乎是：思潮运动史—政治革命史+作家座次—社会文化与体制史。这正好应和了中国现当代学术研究的方法论的嬗变过程：从将文学置于思潮斗争到附缀于政治革命的历程，从对作家座次的排定到更大范围的思想史、文化史及制度史的研究。到今天，我们的文学史课堂教育与教学测评已经将相当多的精力放在了历史的"宏大叙事"上，以及对作家所在社团流派、文学思潮、历史意义的反复考核上。这固然有它的合理性，却存在不可忽视的严重问题。

　　最严峻的现实在于，我们今天的文学史实际上成为一种凌驾于文学现象之上的"知识结构"，这里产生的严重后果是显而易见的。最近几年，学术界关于重写文学史的讨论很多，许多思路也的确令人耳目一新，大大拓宽了我们既有的研究空间，例如，关于"文学史究竟是什么史"的讨论，除了跳出那些机械的政治比附，今天的人们已经不再满足于对一般作家、作品的分析阐述，而是努力将文学的发生、发展引入一些更加广阔的领域当中，例如，文学史如何进入思想史，文学史如何丰富自己的思潮史，文学史如何完善自己的区域史，文学史又如何结合制度史，等等。我们充分肯定这些思路的价值和意义，因为，如果回到中国文学特别是中国现当代文学的发生事实之中，我们就可以知道，中国文学的演进历史是与中国思想文化的整体发展紧密地结合在一起的，没有"五四"时期的思想启蒙就没有新文学革命，没有左翼文化思想的渗透成长就不会有中国文学的巨大分野，而没有《在延安文艺座谈会上的讲话》就更不会有 20 世纪下半叶中国文学的根本转变。文学的历史本身也由种种的思潮流派所构成，现实主义、浪漫主义、象征主义等等。不管你是否承认，它们的确极大地吸引着中国作家的目光，文学研究会、创造社、新月社、中国诗歌会、左翼作家联盟、民族文学运动、战国策派、西南联大作家群、京派与海派，无疑就是中国作家忙碌事务中的重要部分，我们自有"说清楚"的必要。同样，区域文化之于文学面貌的深刻烙印也成为文学研究的新生长点，东北黑土地文化养育的萧红、萧军、端木蕻良与江南水乡的才子文人显然有明显的个性差异，同样居于南方文化圈，巴蜀知识分子也与南粤文人迥然有别，甚至也与湖南作家群不同，这里可供探讨的"故事"显然很多。至于文学与社会体制的关系，在今天几乎也成了热门话题，现当代中国独特的政治制度、经济制度、法律形态都直接关乎中国文人的生存和写作，因而也顺理成章地成了影响文学发展的基本"因素"，中国文学从来就不是单纯的"文学"本身的表现，许多社会力量都试图争夺这一精神领域，努力在其中留下自己的印记，这是一个谁也无法否认的基本事实。

然而，我们的困惑在于：仅仅抓住以上这些影响文学发展的"力量"就等于了解了文学的现象了吗？文学史的书写就等于以上这些社会文化因素的汇合吗？恐怕不能这样认为，因为这样一来，我们就将抛弃文学之为文学的最基本的存在——文学作品。我们需要对文学周边的诸多力量加以分析认识，包括思想、社群、体制、文化等，但是所有这些认识最终都是因为出现了独特的"文学作品"才发生了"意义"，文学作品可以承受这些"文学周边"的影响，但是只有文学作品的事实上存在，才最终形成了代代相继的所谓文学的"历史"。文学作品不断变化所形成的"效果"（史）可以包含思想史的烙印，也自然会与特殊的社会政治制度发生种种联系，一个作家（作为某一社群的成员）会（在相当的程度上）影响他的精神创造，所有这一切最终能否加以证明并被研究者挖掘和阐述只有一个最可靠的依据——文学作品。如果我们失去了文学作品，所有这些或宏大或精微的理论都失去了存在的基础，也就失去了存在的意义。反过来想，在一些历史背景"晦暗不明"的时期，有没有文学史，有没有值得书写的文学故事呢？那也不取决于历史背景本身，而取决于能够找到属于那个时期的独特的文学作品，例如，莎士比亚，今天的"莎学"研究在莎士比亚本人的身世问题上遭遇了太多难解之谜，但所有这些无法确定的"文学周边"的内容似乎并没有影响莎士比亚文学的伟大价值,也丝毫没有影响莎士比亚文学作为英国文学史重要章节的事实。这就告诉我们,在一种"极端"的情形之下,决定文学史根本的不是"文学周边"而是文学作品本身。

文学作品是最基本、最重要的文学现象,文学史不能也无法凌驾于这一文学现象之上。这本来是最基本的常识,然而今天的问题却是:中国的学校教育似乎在相当大的程度上脱离了这一基本常识。小学生在没有读过鲁迅作品的时候,就已经知道了他如何"弃医从文",如何"我以我血荐轩辕",一个脱离了文学感性的鲁迅由此注定脱离了青少年需要的不幸命运;大学生在根本没有系统阅读中国现当代文学作品的时候,就已经知道了社团、流派与思潮的大量信息;研究生呢,则在没有多少文学阅读经验的前提下,匆忙展开了自己的"文学批评"与"文学理论"建构!这样的文学史教育只能导致一个严重后果:所谓的文学史已经不可避免地被教育体制架空了,架空于一切基本的文学现象之上,成为自说自话的"理论的演绎"。一个凌驾于文学现象之上的知识传输,最终形成了这样一种教育的现状与知识增长的现状:人们已经习惯于脱离具体的文学事实来接受精英知识分子的"结论",并把这样的结论当作毋庸置疑的"知识"。久而久之,我们在不断接受"文学史"教育的同时在事实上已经越来越远离"文学"了。

文学史,本来就是文学作品的意义讲述及我们对这些意义生成奥秘的一种解释。

二

以上的困惑来自我们多年从事中国现当代文学教学与研究的实践,我们一直在探讨这样一种可能:如何让文学史的教与学回到文学作品这一根本? 如何通过文学史的讲述呈现文学自身的魅力? 如何让文学史的学习成为进入现当代精神殿堂的趣味无穷的过程?

本书就是这一设想的一次尝试。我们的总体构思是:将中国现当代文学原典的学习始终放在文学史讲述的核心地位,其他知识性的部分都是为了更好地理解这些文学原典的出现和独立价值。

这样的文学史学习,把个人鉴赏能力的培养和发掘放在一个相当重要的位置。学生是否能够通过这样的学习过程获得对中国现当代文学精神现象的独特领悟,是衡量我们教学成效的基本尺度。这里,最需要辨明的便是盛行一时的各种文学理论、文学批评(尤其是来自西方世界的理论与批评)在我们学习中的地位和价值。

中国现代文学有"现代"之谓,题中之意乃是它具有区别于古代文学的新特征。理所当然,中国现代文学研究也应当创造和使用与这些新特征相适应的新的概念系统和阐释框架。然而,回首已经过去的一百多年,我们目睹了文学思潮的此起彼伏,目睹了现代中国的文学理论家们迷醉于"现代"之途的种种坎坷颠簸。开放与引进,似乎是我们理所当然的姿态。于是,西方近现代文学理论纷至沓来,现代的中国成了外来理论的实验场,一时间,能否不断追随西方"与时俱进",在事实上成了衡量一位批评家、理论家的无形标准。20 世纪 80 年代中国文学思想界讨论"主体性"问题,而所谓的主体性问题在当时几乎成了坚持改革开放的问题,在这种前提下,主体性问题其实根本没有同西方文学经验问题区别开来。当西方文学批评与文学理论的基本思路和概念被广泛引入中国,并成为我们的基本概念时,我们实际上又陷入了另一个新的困惑:这些外来的概念能否完全描述我们自己的文学经验?鲁迅的小说是不是可以归结为巴尔扎克式的"批判现实主义"?巴金的小说是不是可以归结为托尔斯泰、陀思妥耶夫斯基式的文学理念?甚至屈原的《楚辞》是否可以名为"浪漫主义",而《诗经》是否可以名为"现实主义"?

可能正是这样的困惑促使了另外一种选择的出现,这就是"民族化",即重新回到对中国古代文学传统的缅怀与追忆当中。这固然是可以理解的,然而问题却在于,"民族化"和"传统性"的生成一旦被置于与"现代化"和"西方性"相对立的立场,那么这一命题所能包含的空间也就十分狭小了。在被切断了与当代生存的有机联系之后,它事实上只能是既往的一套已经成型的思路与概念的运用而已。我们当然不能否认"兴""味""风骨"之类的话语在今天的生命力,但是作为现代生活映射的文学毕竟还有属于今天的新内涵,离开了"现代化",离开了对"西方性"丰富内容的把握与参照,我们依然很难描述我们的文学现象,也很难产生属于现代中国的文学思想。20 世纪 90 年代的"民族化"设想并没有真正解决我们的困惑。

关乎个人鉴赏能力的文学感受的问题就这样被郑重其事地提了出来。对文学史的理解而言,重要的不是已经存在过的中外文论遗产,而是一个当下的人如何准确地发掘自己的文学感受,从而准确体会中国现当代作家创造秘密的问题。只有我们自己的感受能力和鉴赏能力,才是通往中国现当代精神殿堂的唯一桥梁。只有我们自己的感受能力和鉴赏能力,才能最后生成与现代中国艺术体验相适应的、现代中国自己的文学理论和文学批评方式。

三

如何提高我们对中国现当代文学原典的感受能力与鉴赏能力呢?我们认为,从根本上讲就是不能仅仅将中国现当代文学的内涵当作客观的"知识",而必须努力从个人人生体验的角度寻找与中国现当代文学追求的内在沟通,也就是说,我们要学会将文学中的人生社会问题当作我们自己的"问题"。中国现当代文学史就是一部现代人的人生问题史,阅读文学,就是理解这些我们或许还没有完全意识到的问题,认识和展开这些问题在本质上并不是为了增加与我们无关的"知识",而是让我们学会读懂人生,体察生命,获得智慧。

我们曾经有过文学直接回应人生问题,而人生可以在文学作品中寻找答案的时代,这就是"五四"时期与 20 世纪 80 年代。在那些热闹而激动人心的年代,中国现当代文学几乎就是无数青年学生关注的中心,中国现当代文学的动向似乎就是一个时代文化精英的动向,而这个时代的文化精英则引领和规划着青年的未来。"立人"的鲁迅,"天狗"般呐喊奔突的郭沫若,富有"爱心"的冰心,创作"问题小说"的青年们,充满"情与爱"的徐志摩,还有《班主任》、《伤痕》、《人生》、《男人的一半是女人》、朦胧诗、政论式报告文学……中国现当代文学的每一次律动都仿佛是中国青年自己的心跳。在那个时代,中国现当代文学的存在主要不是作为一种"学科知识",而是自我人生追求的有意义的组成部分。鲁迅之所以并不遥远,不会被大多数青年学生挑剔"爱国问题""家庭婚姻问题"乃至"艺术才能问题",是因为他关于"立人"的理想、关于"任个人而排众数,掊物质而张灵明"的论述为一个"重返人性"时代的正常人生目标作了理直气壮的张扬。"五四"作家的问题小说里的那些婚姻问题、家庭问题、妇女问题、劳工问题虽然与半个多世纪以后新时期的社会生活差异很大,然而,能够将自我"人生"当作问题的主体(而不是将国家政治目标当作问题的主体),这本身就足以激动人心了。文学研究会"为人生",创造社有时标榜"为艺术",但这都没有什么关系,因为,刚刚从文化沙漠里探出头来的青年既需要"为人生",也激动于"为艺术"。在文学作品之外,20世纪80年代的学子还试图跨越半个多世纪的隔膜,直接从中国现代作家的人生历程中寻觅现实的启迪,蔡元培的包容,鲁迅的倔强,胡适的温厚,郭沫若的善变,徐志摩的多情,巴金的真诚,萧红的坎坷……不管这些寻觅在今天看来有多么幼稚,它们都在事实上强化了中国现代文学的魅力,造就和巩固了一个时代的"专业兴趣"。

以我们自己的人生体验作为理解中国现当代文学的基础和前提,中国现当代文学原典的意义自然就不再是西方理论的证明,重要的甚至也不是西方意义的阐释学或者其他什么"学",而是它的确能够"打通"那些"遥远年代"的文学表现与当下人生的连接渠道,让新世纪的我们也能够从中发现自身人生问题的"影像"。一旦我们可以在这样的课程学习过程中发现他们的自我,发现他们人生的某种启示,那么,这些看似遥远的文学作品也就融入了今天,也就焕发出了勃勃的生机。而只有超越单纯的"知识"之后,一个学科的基础教育才充满了活力。

当然,在打通中国现当代文学原典与当下社会人生相互联系的意义上,我们以为必要的历史梳理依然有它的教育价值。不过,我们所谓的"历史梳理"也不是脱离文学文本的简单的现代历史讲述,那不仅容易陷入过去"以论代史"的窠臼,而且在目前的教学体制下也缺乏足够的时间来保证。我们的设想是在教与学的过程中探索出一种"向历史提问"的方式,首先鼓励每一个进入中国现当代文学殿堂学习的学生大胆提问,在学生大量阅读文学作品的基础上,然后引导他们对现代中国历史发展(文学史演变)中的问题发问,特别是通过这些独立的发问逐步清除那些源自应试教育的"未经追问"的僵化的历史概念,让每一个学生在学习中逐渐学会思考,学会用自己的独立思考来追问现代中国文化发展与文学发展的各种现象。如果说对文学作品的阅读渴望最终是新世纪青年学生理解中国现当代文学的基础和桥梁，那么，由文学作品阅读而生发出来的历史的追问则是激活一个未来学人的学术潜质的契机，是中国现当代文学学科学术长足发展的起点。前者在情感深处解决了"我们为什么需要中国现当代文学"的困惑，而后者则可以升华为"我们究竟怎样需要中国现代文学"。

四

作为一种新的文学史理念的探索和尝试，本书只能说是刚刚起步。它能否实现我们理想中的效果，还需要实践加以检验。

我们的尝试还包括本书框架设计的开放性。全书各章节由"基本知识""代表作及其导读"与"延伸思考"几个基本板块构成。在这几大板块中，"代表作及其导读"是我们的重点，但众所周知，一本书的有限篇幅根本不足以展示中国现当代文学的诸多经典作品，不仅大量长篇作品难以纳入，就是数量众多的短篇作品也无法收录。因此，这些"代表作及其导读"仅仅是挂一漏万的举例而已，重要的不是这些入选的作品本身，而是通过这样的阅读方式吸引阅读者进一步走进中国现代文学的广阔殿堂，由被动地"受教育"到主动地寻找"经典"。如果这一初衷能得以实现，我们编写开放式教材的目的也就达到了。

"基本知识"部分试图简明扼要地概括相关章节最基础的知识点，这样的归纳与目前流行的文学史相比实在是简单之至，它们当然不能涵盖中国现当代文学的丰富内容。不过，在这里，我们依然想体现一种教育过程的开放性，也就是说，更多的历史细节完全可以通过两种方式加以补充，一是教师的课堂讲授，二是学生的自我阅读。我们无意将中国现当代文学的知识尽力搜罗，因为我们相信每一位出现在课堂上的讲述者都有自己独特的认识和心得，我们更愿意在形式上为他们的发挥预留充分的空间；我们更无意用这样的教材来替代那些各具特色的优秀文学史著作，相反，我们鼓励因为阅读本书而对中国现当代文学产生兴趣的学生进一步搜寻更翔实的文学史论著，将本书的学习与更多的"课外"阅读活动有机结合。

在"延伸思考"部分，我们力图提出一些文学现象的更深入的思考，如果这些思考能够打开学生的思路，我们的目的也就达到了。

中国新文学的先驱鲁迅有名言："一切事物，在转变中，是总有多少中间物的。动植之间，无脊椎和脊椎动物之间，都有中间物；或者简直可以说，在进化的链子上，一切都是中间物。"[1]在中国现当代文学史写作的历史长河中，本书的努力仅仅是诸多尝试中的一种，如果我们的努力能够推动更多的文学史学生关注文学本身，那么这种尝试的意义也就不言而喻了。

---

① 鲁迅：《写在〈坟〉后面》，《鲁迅全集》（第一卷），人民文学出版社，1981 年，第 286 页。

第一编　运动中的新文学

（1917—1927）

导 引

1917—1927 年是中国新文学运动兴起与迅速发展的十年。①

1917 年初发生的文学革命,在中国文学史上具有划时代的重要意义,它标志着古典文学的结束、现代文学的起始。文学革命的爆发有其历史背景和现实需要,其主要原因有三个方面:一是为适应当时以"民主"和"科学"为旗帜的思想启蒙运动的要求而兴起的,是"五四"新文化运动发展的必然结果。新文化运动本质上是企求中国现代化的思想启蒙运动。陈独秀、胡适等新文化运动的倡导者在意识形态领域彻底反对封建伦理思想,把思想启蒙作为主要使命,重点从国民精神的解放、传统文化的劣根性着手,摆脱专制主义的束缚,倡导思想自由,广泛引进和吸收西方文化,以推进中国向现代社会的转变。因此,新文化运动直接促成了文学革命。1917 年 1 月 1 日,胡适发表了《文学改良刍议》一文。同年 2 月 1 日,陈独秀发表了《文学革命论》一文,正式举起了文学革命大旗。钱玄同、刘半农、周作人等也纷纷撰文表示支持和赞同,并不断补充和丰富文学革命的内容。二是为适应中国文学发展的要求而兴起的,是晚清文学改良运动在新的历史条件下的发展。晚清时期,为适应社会改良与变革要求的"诗界革命""小说界革命"和推广"新文体"的"文界革命",虽然限于历史条件不成熟而没有取得突破性的成果,但其文学因时而变的信念和关注社会变革的使命感,其向传统文学观念与手法挑战的激进精神,都直接影响了后起的文学革命。三是外国文学的启蒙和影响。文学革命的发难者、倡导者从外国文学运动中得到启示。大规模的文学翻译活动构成了文学革命的一个重要组成部分。西方文学在内容及艺术形式上都对初生的中国现代文学产生了重大的影响。

文学革命宣告拥有几千年历史的中国古典文学的终结与新文学的诞生,促使中国文学从内容到形式全面革新,对当时正在进行的反帝反封建的民主革命起到了重要的启蒙和鼓动作用,同时使中国文学打破封闭走向世界,世界文学开始走向中国,开启了中国文学现代化的新进程。

---

① 中国现代文学发展的三个十年并非精确的十年,本书的阶段划分参考钱理群等《中国现代文学三十年》。

在文学革命兴起及发展的十年中,从胡适早期的白话诗集《尝试集》,到闻一多、徐志摩创格的诗歌探索与李金发等人的象征主义诗歌的实验;从鲁迅的第一篇白话小说到罗家伦等作家的"问题小说"、叶圣陶等人的人生派小说、张恨水等人的言情写实小说及以鲁迅为代表的乡土小说;从《新青年》作家的"随感录",到周作人的"言志派"散文和郁达夫的"自传体"散文;从郭沫若现代观念的历史剧到田汉现实社会内容的"爱美剧",新文学先驱们对各种文学样式都进行了深入的实践并取得了显著的成就,为以后的文学创作提供了宝贵的经验。

本编应该注意的基本知识要点如下:

1.文学革命的基本主张

围绕"反对旧文学,提倡新文学;反对文言文,提倡白话文"的宗旨,文学革命从现代语言形式的建构和现代思想观念的确立两个方面阐明了立场与观点。胡适偏重现代语言形式,提出文学改良的"八事"("八不主义")着手:(1)须言之有物;(2)不摹仿古人;(3)须讲求文法;(4)不作无病之呻吟;(5)务去滥调套语;(6)不用典;(7)不讲对仗;(8)不避俗字俗语。[1] 陈独秀偏重思想观念,提出"三大主义":"曰推倒雕琢的阿谀的贵族文学,建设平易的抒情的国民文学;曰推倒陈腐的铺张的古典文学,建设新鲜立诚的写实文学;曰推倒迂晦的艰涩的山林文学,建设明了的通俗的社会文学。"[2]文学革命的主张得到进步文人的积极响应,钱玄同(化名王敬轩)与刘半农的"双簧信"、刘半农的《我之文学改良观》、周作人的《思想革命》等文章都鲜明地表示了支持文学革命的立场。

2.反对新文化与新文学的保守势力

新文化与新文学运动的发展遭到了旧文学势力的坚决反对和抵抗。林纾(琴南)是最早出来正面斥责文学革命的。他在1919年写了《论古文白话之相消长》《致蔡鹤卿太史书》,对推行白话文运动大张挞伐,李大钊、鲁迅等也发文谴责他倒行逆施的保守行为。《新青年》还将林纾含沙射影诅咒文学革命领袖的小说《荆生》全文转载,逐项批驳。1922年,"学衡派"对文学革命进行了更多的攻击。梅光迪的《评提倡新文化者》、吴宓的《论新文化运动》、胡先骕的《评〈尝试集〉》,都站在反对新文化运动与新文学的立场上,激烈地贬斥新文学的提倡者。对此,鲁迅发表《估〈学衡〉》予以反驳。另有许多新文学运动的拥护者先后撰文批驳"学衡派"。1925年,"甲寅派"的章士钊发表《评新文学运动》等文反对"白话文学",重新提倡"读经救国"。新文学阵线全力反击,撰写了许多批判"甲寅派"的文章,从不同角度批驳了"甲寅派"阻挡新思潮的本质。

---

[1]　胡适:《文学改良刍议》,《新青年》1917年第二卷第五号,第26-36页。

[2]　陈独秀:《文学革命论》,《新青年》1917年第二卷第六号,第6-9页。

3.文学翻译活动

为了促进新文化和新文学运动,倡导者们还通过外国文学和文艺理论的翻译来介绍西方文学作品,带来新的思想观念和创作借鉴。1917年《新青年》刊登屠格涅夫、龚古尔、王尔德、契诃夫、易卜生等外国作家的作品。1918年《新青年》第四卷第六号刊出"易卜生专号",发表《娜拉》《国民公敌》等,在国内引起强烈反响,"五四"时期许多新文学作者都曾效仿易卜生的问题小说和问题剧,从事关注现实生活的创作。此外,《小说月报》《新潮》《少年中国》《文学周报》也大量刊载了译介的作品和理论。随之而来的西方文艺复兴以来的浪漫主义、现实主义、自然主义、唯美主义、象征主义的文学思潮猛烈地冲击着中国刚刚兴起的现代文坛,促成了中西文化的交流碰撞,极大地拓展了文学革命的视野。鲁迅、郭沫若、郁达夫、冰心等作家都在外国作家的影响下写出了最早的小说、诗歌、散文;田汉、丁西林等也在外国话剧的影响下成为中国话剧的开创者,并创作出中国早期的剧作。

4.主要的社团流派与文学期刊

"五四"新文学运动发展到1921—1927年,涌现出不少文学社团和新型文学期刊,并在其基础上形成了风格不同的创作流派,这标志着新文学运动的队伍已从初期少数先驱者发展成强大的阵容。新文学运动主张从侧重否定颠覆旧文学、侧重理论倡导走向了侧重建设新文学、侧重创作实践的阶段。这个时期的主要文学社团和新型文学期刊有:

文学研究会　1921年1月在北京成立,发起人郑振铎、沈雁冰、叶绍钧、许地山、王统照、周作人等12人。以沈雁冰接编改造的《小说月报》为代用会刊,另创办了《文学旬刊》与《诗》月刊,出版了"文学研究会丛书"。在理论批评方面,主要有沈雁冰;在文学创作上,有冰心、庐隐、叶绍钧、王统照、王鲁彦、许杰等作家。它是我国新文学史上第一个纯文学社团。其宗旨是"研究介绍世界文学,整理中国旧文学,创造新文学"。文学观念上主张"为人生而艺术"。

创造社　1921年6月在日本东京成立。成员有郭沫若、张资平、郁达夫、成仿吾、田汉、穆木天等。先后创办了《创造》季刊、《创造周报》、《创造日》及后期的《创造月刊》、《文化批判》等。创造社以1925年"五卅运动"为界分为前后两个时期,前期主张"为艺术而艺术",后期转向革命文学的倡导。

早期新月诗派　新月社1923年成立于北京,发起人有徐志摩、胡适、梁实秋、闻一多等,最初只是一个社交性团体,后逐渐分化形成一个诗人群,被称为早期新月诗派。以1926年4月创刊的《晨报》副刊《诗镌》为代表刊物。思想上倾向于自由主义,因提倡新格律诗,又被称为新格律诗派。代表诗人有闻一多、徐志摩、朱湘、饶孟侃、孙大雨等。

其他社团流派还有语丝社、湖畔诗社、民众戏剧社、浅草—沉钟社、南国社等。李金发、穆木天、王独清等象征主义诗人群虽然没有成立专门的社团,但他们有自己的创作主张和独具艺术风格的作品,并为新诗发展做出了贡献,被后来的研究者称为象征主义诗派。

【思考题】

1.文学革命的起因是什么？其重大意义是什么？

2.胡适、陈独秀在文学革命中有哪些文学主张？

3.怎样看待新文化阵营与封建保守势力的斗争？

4.外国文学翻译活动对新文学运动有何影响？

5.新文学运动时期涌现了哪些重要的文学社团,他们各自的创作主张是什么？

第一章　中国新文学的奠基人鲁迅

无论中国现代文学怎样"重写",鲁迅的地位都是很难撼动的,这样的地位与政治家的评价无关,它来自鲁迅本人独特的人生体验和独特的文学表达。他的人生不仅成为近现代中国知识分子重新提炼生存感受的经典样式,他的小说、散文诗与杂文创作更成为一个世纪以来难以超越的丰碑。

第一节　鲁迅的人生与文学

鲁迅,1881 年 9 月 25 日出生于浙江绍兴一个破落的封建家庭,幼名周樟寿,号豫山,后改号豫亭,再改号豫才,十八岁去南京入江南水师学堂时改名周树人。1902 年他从南京矿务铁路学堂毕业后去日本留学,先在东京弘文学院,后在仙台医学专门学校学医,因为"幻灯片事件"的刺激而弃医从文,希望用文艺来改变国民精神。1903—1908 年,他在日本发表了早期的六篇论文:《说鈤》《人之历史》《科学史教篇》《文化偏至论》《摩罗诗力说》《破恶声论》,初步体现了其"立人"理想。1909 年他回国,先后在杭州、绍兴任教,辛亥革命后,曾任南京临时政府和北京政府教育部部员、金事等职,先后在北京大学、北京女子师范大学、厦门大学、中山大学等校任教。

1918 年 5 月,首次用"鲁迅"的笔名发表的中国现代文学史上第一篇白话小说《狂人日记》,奠定了新文学运动的基石,鲁迅成为"五四"新文化运动的主将。1918—1927 年,他陆续创作出版了小说集《呐喊》《彷徨》;散文诗合集《野草》;散文集《朝花夕拾》;杂文集《热风》《华盖集》《坟》《华盖集续编》等专集。1928—1936 年,鲁迅创作了历史小说集《故事新编》中的大部分作品和大量杂文,收辑在《而已集》《三闲集》《二心集》《伪自由书》《南腔北调集》《准风月谈》《花边文学》《且介亭杂文》《且介亭杂文二集》《且介亭杂文末编》《集外集》和《集外集拾遗》等专集中。

鲁迅一生为中国文化事业做出了巨大的贡献:他领导、支持了语丝社、未名社、朝花社等文学团体;主编了《国民新报副刊》(乙种)、《莽原》、《语丝》、《奔流》、《萌芽》、《译文》等文艺期刊;热忱关怀、积极培养青年作者;大力翻译外国进步文学作品和介绍国内外著名的绘画、木刻;搜集、研究、整理大量的古典文学,编著《中国小说史略》《汉文学史纲要》,整理《嵇康集》,辑录《会稽郡故书杂录》《古小说钩沉》《唐宋传奇录》《小说旧闻钞》等。

1936年10月19日,鲁迅因肺结核病逝于上海。

鲁迅是说不尽的。从"鲁迅"诞生以来,各个年代、各个政党、各种学派、各种身份的人都在不断地面对"鲁迅"说话,这些林林总总的话语,形成了宏富的"鲁迅学"。

我们将鲁迅称为20世纪中国伟大的文学家、思想家、教育家和革命家,称为"民族魂",称为20世纪世界文化巨人之一,称为20世纪中国文化之"结"[1],称为20世纪中国文化最为清醒的"守夜人"[2]……其实所有的称谓,都只是我们站在自己的立场上,用我们的灵魂与鲁迅的灵魂对话后的产物,而已有对话的丰富和未来似乎无限的可持续性,正说明鲁迅自身内蕴的丰厚及中国文化前行之途的艰难。

第二节　鲁迅的小说

一、基本知识

在中国现代小说史上,鲁迅创作了第一篇现代意义上的白话小说《狂人日记》,并一发而不可收,创作了两部小说集《呐喊》和《彷徨》。这两部集子开创了表现"农民与知识分子"两大现代文学主要题材的先河,不仅有"表现的深切",而且一篇有一篇的形式,有着"格式的特别",标志着中国现代小说的开端和成熟。在今天看来,这两部小说集对国民性的批判、对看客的剖析、对孤独者的刻画仍然具有非常典型的意义。不仅如此,鲁迅从1922年到1935年创作的历史小说《故事新编》,在对历代神话、传说"故事"的"新编"中,鲁迅对《呐喊》《彷徨》所建立的规范,进行了新的突破性尝试。他以古今杂糅的方式,浓缩了他生命暮年的人生体验,一如既往地对国民性、看客、孤独者进行了批判、剖析与刻画。

---

[1] 李怡:《为了现代的人生:鲁迅阅读笔记》,上海教育出版社,2004年。
[2] 王富仁:《中国文化的守夜人——鲁迅》,人民文学出版社,2002年。

二、代表作及其导读

孤独者(节选)

◎鲁　迅

故事梗概:在 S 城时,"我"就听说魏连殳的种种"古怪",他和"我"一样,也是一个给人当作谈资的人。在寒石山,由于魏连殳祖母的逝世,"我"和他相识,后来"失业"之后与他渐渐熟悉起来,知道"他议论非常多,而且往往颇奇警",并与他就小孩的好坏与未来中国的希望进行了争论。随后,魏连殳失业,在"我"去山阳教书之前,他吞吞吐吐地求我帮着找工作,因为他"还得活几天"。到了山阳之后的"我",困于生计,也渐渐受到攻击,连给他找工作也成了攻击的材料之一。在一个大雪之夜,"我"想起了他的"还得活几天"的吁求,正好收到他的书信,他说自己当了杜师长的顾问,躬行他先前所憎恶、所反对的一切,拒斥他先前所崇仰、所主张的一切了。等"我"不得不离开山阳,辗转大半年回到 S 城并拜访魏连殳时,发现的却是他的棺材。

一

我和魏连殳相识一场,回想起来倒也别致,竟是以送殓始,以送殓终。

那时我在 S 城,就时时听到人们提起他的名字,都说他很有些古怪:所学的是动物学,却到中学堂去做历史教员;对人总是爱理不理的,却常喜欢管别人的闲事;常说家庭应该破坏,一领薪水却一定立即寄给他的祖母,一日也不拖延。此外还有许多零碎的话柄;总之,在 S 城里也算是一个给人当作谈助的人。有一年的秋天,我在寒石山的一个亲戚家里闲住;他们就姓魏,是连殳的本家。但他们却更不明白他,仿佛将他当作一个外国人看待,说是"同我们都异样的"。

这也不足为奇,中国的兴学虽说已经二十年了,寒石山却连小学也没有。全山村中,只有连殳是出外游学的学生,所以从村人看来,他确是一个异类;但也很妒羡,说他挣得许多钱。

到秋末,山村中痢疾流行了;我也自危,就想回到城中去。那时听说连殳的祖母就染了病,因为是老年,所以很沉重;山中又没有一个医生。所谓他的家属者,其实就只有一个这祖母,雇一名女工简单地过活;他幼小失了父母,就由这祖母抚养成人的。听说她先前也曾经吃过许多苦,现在可是安乐了。但因为他没有家小,家中究竟非常寂寞,这大概也就是大家所谓异样之一端罢。

　　寒石山离城是旱道一百里,水道七十里,专使人叫连殳去,往返至少就得四天。山村僻陋,这些事便算大家都要打听的大新闻,第二天便轰传她病势已经极重,专差也出发了;可是到四更天竟咽了气,最后的话,是:“为什么不肯给我会一会连殳的呢?……”

　　族长,近房,他的祖母的母家的亲丁,闲人,聚集了一屋子,豫计连殳的到来,应该已是入殓的时候了。寿材寿衣早已做成,都无须筹画;他们的第一大问题是在怎样对付这“承重孙”[1],因为逆料他关于一切丧葬仪式,是一定要改变新花样的。聚议之后,大概商定了三大条件,要他必行。一是穿白,二是跪拜,三是请和尚道士做法事[2]。总而言之:是全都照旧。

　　他们既经议妥,便约定在连殳到家的那一天,一同聚在厅前,排成阵势,互相策应,并力作一回极严厉的谈判。村人们都咽着唾沫,新奇地听候消息;他们知道连殳是“吃洋教”的“新党”,向来就不讲什么道理,两面的争斗,大约总要开始的,或者还会酿成一种出人意外的奇观。

　　传说连殳的到家是下午,一进门,向他祖母的灵前只是弯了一弯腰。族长们便立刻照豫定计画进行,将他叫到大厅上,先说过一大篇冒头,然后引入本题,而且大家此唱彼和,七嘴八舌,使他得不到辩驳的机会。但终于话都说完了,沉默充满了全厅,人们全数悚然地紧看着他的嘴。只见连殳神色也不动,简单地回答道——“都可以的。”

　　这又很出于他们的意外,大家的心的重担都放下了,但又似乎反加重,觉得太“异样”,倒很有些可虑似的。打听新闻的村人们也很失望,口口相传道,“奇怪!他说‘都可以’哩!我们看去罢!”都可以就是照旧,本来是无足观了,但他们也还要看,黄昏之后,便欣欣然聚满了一堂前。

　　我也是去看的一个,先送了一份香烛;待到走到他家,已见连殳在给死者穿衣服了。原来他是一个短小瘦削的人,长方脸,蓬松的头发和浓黑的须眉占了一脸的小半,只见两眼在黑气里发光。那穿衣也穿得真好,井井有条,仿佛是一个大殓的专家,使旁观者不觉叹服。寒石山老例,当这些时候,无论如何,母家的亲丁是总要挑剔的;他却只是默默地,遇见怎么挑剔便怎么改,神色也不动。站在我前面的一个花白头发的老太太,便发出羡慕感叹的声音。

　　其次是拜;其次是哭,凡女人们都念念有词。其次入棺;其次又是拜;又是哭,直到钉好了棺盖。沉静了一瞬间,大家忽而扰动了,很有惊异和不满的形势。我也不由的突然觉到:连殳就始终没有落过一滴泪,只坐在草荐上,两眼在黑气里闪闪地发光。

　　大殓便在这惊异和不满的空气里面完毕。大家都怏怏地,似乎想走散,但连殳却还坐在草荐上沉思。忽然,他流下泪来了,接着就失声,立刻又变成长嚎,像一匹受伤的狼,当深夜在旷野中嗥叫,惨伤里夹杂着愤怒和悲哀。这模样,是老例上所没有的,先前也未曾豫防到,大家都手足无措了,迟疑了一会,就有几个人上前去劝止他,愈去愈多,终于挤成一大堆。但他却只是兀坐着号啕,铁塔似的动也不动。

大家又只得无趣地散开;他哭着,哭着,约有半点钟,这才突然停了下来,也不向吊客招呼,径自往家里走。接着就有前去窥探的人来报告:他走进他祖母的房里,躺在床上,而且,似乎就睡熟了。

隔了两日,是我要动身回城的前一天,便听到村人都遭了魔似的发议论,说连殳要将所有的器具大半烧给他祖母,余下的便分赠生时侍奉,死时送终的女工,并且连房屋也要无期地借给她居住了。亲戚本家都说到舌敝唇焦,也终于阻当不住。

恐怕大半也还是因为好奇心,我归途中经过他家的门口,便又顺便去吊慰。他穿了毛边的白衣出见,神色也还是那样,冷冷的。我很劝慰了一番;他却除了唯唯诺诺之外,只回答了一句话,是

——“多谢你的好意。”

(上为第一节。在第二、三节中,“我”遭遇失业,和魏连殳的联系渐多,在去山阳教书之前,失业后的魏连殳求“我”为他留心工作,但在山阳,“我”自身难保,于是在一个下雪之夜,“我”收到了魏连殳的信——编者注)

下了一天雪,到夜还没有止,屋外一切静极,静到要听出静的声音来。我在小小的灯火光中,闭目枯坐,如见雪花片片飘坠,来增补这一望无际的雪堆;故乡也准备过年了,人们忙得很;我自己还是一个儿童,在后园的平坦处和一伙小朋友塑雪罗汉。雪罗汉的眼睛是用两块小炭嵌出来的,颜色很黑,这一闪动,便变了连殳的眼睛。

“我还得活几天!”仍是这样的声音。

“为什么呢?”我无端地这样问,立刻连自己也觉得可笑了。

这可笑的问题使我清醒,坐直了身子,点起一枝烟卷来;推窗一望,雪果然下得更大了。听得有人叩门;不一会,一个人走进来,但是听熟的客寓杂役的脚步。他推开我的房门,交给我一封六寸多长的信,字迹很潦草,然而一瞥便认出“魏缄”两个字,是连殳寄来的。

这是从我离开S城以后他给我的第一封信。我知道他疏懒,本不以杳无消息为奇,但有时也颇怨他不给一点消息。待到接了这信,可又无端地觉得奇怪了,慌忙拆开来。里面也用了一样潦草的字体,写着这样的话:

“申飞……。

“我称你什么呢? 我空着。你自己愿意称什么,你自己添上去罢。我都可以的。

“别后共得三信,没有复。这原因很简单:我连买邮票的钱也没有。

"你或者愿意知道些我的消息,现在简直告诉你罢:我失败了。先前,我自以为是失败者,现在知道那并不,现在才真是失败者了。先前,还有人愿意我活几天,我自己也还想活几天的时候,活不下去;现在,大可以无须了,然而要活下去……。

"然而就活下去么?

"愿意我活几天的,自己就活不下去。这人已被敌人诱杀了。谁杀的呢? 谁也不知道。

"人生的变化多么迅速呵! 这半年来,我几乎求乞了,实际,也可以算得已经求乞。然而我还有所为,我愿意为此求乞,为此冻馁,为此寂寞,为此辛苦。但灭亡是不愿意的。你看,有一个愿意我活几天的,那力量就这么大。然而现在是没有了,连这一个也没有了。同时,我自己也觉得不配活下去;别人呢? 也不配的。同时,我自己又觉得偏要为不愿意我活下去的人们而活下去;好在愿意我好好地活下去的已经没有了,再没有谁痛心。使这样的人痛心,我是不愿意的。然而现在是没有了,连这一个也没有了。快活极了,舒服极了;我已经躬行我先前所憎恶,所反对的一切,拒斥我先前所崇仰,所主张的一切了。我已经真的失败,——然而我胜利了。

"你以为我发了疯么? 你以为我成了英雄或伟人了么? 不,不的。这事情很简单;我近来已经做了杜师长的顾问,每月的薪水就有现洋八十元了。

"申飞……。

"你将以我为什么东西呢,你自己定就是,我都可以的。

"你大约还记得我旧时的客厅罢,我们在城中初见和将别时候的客厅。现在我还用着这客厅。这里有新的宾客,新的馈赠,新的颂扬,新的钻营,新的磕头和打拱,新的打牌和猜拳,新的冷眼和恶心,新的失眠和吐血……。

"你前信说你教书很不如意。你愿意也做顾问么? 可以告诉我,我给你办。其实是做门房也不妨,一样地有新的宾客和新的馈赠,新的颂扬……。

"我这里下大雪了。你那里怎样? 现在已是深夜,吐了两口血,使我清醒起来。记得你竟从秋天以来陆续给了我三封信,这是怎样的可以惊异的事呵。我必须寄给你一点消息,你或者不至于倒抽一口冷气罢。

"此后,我大约不再写信的了,我这习惯是你早已知道的。何时回来呢? 倘早,当能相见。——但我想,我们大概究竟不是一路的;那么,请你忘记我罢。我从我的真心感谢你先前常替我筹划生计。但是现在忘记我罢;我现在已经'好'了。

连殳。十二月十四日。"

(此为第四节的部分内容。随后的第五节中,"我"在山阳待不下去,辗转大半年回到 S 城,去拜访魏连殳——编者注)

这回我会见了死的连殳。但是奇怪！他虽然穿一套皱的短衫裤，大襟上还有血迹，脸上也瘦削得不堪，然而面目却还是先前那样的面目，宁静地闭着嘴，合着眼，睡着似的，几乎要使我伸手到他鼻子前面，去试探他可是其实还在呼吸着。

一切是死一般静，死的人和活的人。我退开了，他的从堂兄弟却又来周旋，说"舍弟"正在年富力强，前程无限的时候，竟遽尔"作古"了，这不但是"衰宗"不幸，也太使朋友伤心。言外颇有替连殳道歉之意；这样地能说，在山乡中人是少有的。但此后也就沉默了，一切是死一般静，死的人和活的人。

我觉得很无聊，怎样的悲哀倒没有，便退到院子里，和大良们的祖母闲谈起来。知道入殓的时候是临近了，只待寿衣送到；钉棺材钉时，"子午卯酉"四生肖是必须躲避的。她谈得高兴了，说话滔滔地泉流似的涌出，说到他的病状，说到他生时的情景，也带些关于他的批评。

"你可知道魏大人自从交运之后，人就和先前两样了，脸也抬高起来，气昂昂的。对人也不再先前那么迂。你知道，他先前不是像一个哑子，见我是叫老太太的么？后来就叫'老家伙'。唉唉，真是有趣。人送他仙居术[3]，他自己是不吃的，就摔在院子里，——就是这地方，——叫道，'老家伙，你吃去罢。'他交运之后，人来人往，我把正屋也让给他住了，自己便搬在这厢房里。他也真是一走红运，就与众不同，我们就常常这样说笑。要是你早来一个月，还赶得上看这里的热闹，三日两头的猜拳行令，说的说，笑的笑，唱的唱，做诗的做诗，打牌的打牌……。

"他先前怕孩子们比孩子们见老子还怕，总是低声下气的。近来可也两样了，能说能闹，我们的大良们也很喜欢和他玩，一有空，便都到他的屋里去。他也用种种方法逗着玩；要他买东西，他就要孩子装一声狗叫，或者磕一个响头。哈哈，真是过得热闹。前两月二良要他买鞋，还磕了三个响头哩，哪，现在还穿着，没有破呢。"

一个穿白长衫的人出来了，她就住了口。我打听连殳的病症，她却不大清楚，只说大约是早已瘦了下去的罢，可是谁也没理会，因为他总是高高兴兴的。到一个多月前，这才听到他吐过几回血，但似乎也没有看医生；后来躺倒了；死去的前三天，就哑了喉咙，说不出一句话。十三大人从寒石山路远迢迢地上城来，问他可有存款，他一声也不响。十三大人疑心他装出来的，也有人说有些生痨病死的人是要说不出话来的，谁知道呢……。

"可是魏大人的脾气也太古怪，"她忽然低声说，"他就不肯积蓄一点，水似的化钱。十三大人还疑心我们得了什么好处。有什么屁好处呢？他就冤里冤枉胡里胡涂地化掉了。譬如买东西，今天买进，明天又卖出，弄破，真不知道是怎么一回事。待到死了下来，什么也没有，都糟掉了。要不然，今天也不至于这样地冷静……。

　　"他就是胡闹,不想办一点正经事。我是想到过的,也劝过他。这么年纪了,应该成家;照现在的样子,结一门亲很容易;如果没有门当户对的,先买几个姨太太也可以:人是总应该像个样子的。可是他一听到就笑起来,说道,'老家伙,你还是总替别人惦记着这等事么?'你看,他近来就浮而不实,不把人的好话当好话听。要是早听了我的话,现在何至于独自冷清清地在阴间摸索,至少,也可以听到几声亲人的哭声……。"

　　一个店伙背了衣服来了。三个亲人便检出里衣,走进帏后去。不多久,孝帏揭起了,里衣已经换好,接着是加外衣。这很出我意外。一条土黄的军裤穿上了,嵌着很宽的红条,其次穿上去的是军衣,金闪闪的肩章,也不知道是什么品级,那里来的品级。到入棺,是连殳很不妥帖地躺着,脚边放一双黄皮鞋,腰边放一柄纸糊的指挥刀,骨瘦如柴的灰黑的脸旁,是一顶金边的军帽。

　　三个亲人扶着棺沿哭了一场,止哭拭泪;头上络麻线的孩子退出去了,三良也避去,大约都是属"子午卯酉"之一的。

　　粗人扛起棺盖来,我走近去最后看一看永别的连殳。

　　他在不妥帖的衣冠中,安静地躺着,合了眼,闭着嘴,口角间仿佛含着冰冷的微笑,冷笑着这可笑的死尸。

　　敲钉的声音一响,哭声也同时迸出来。这哭声使我不能听完,只好退到院子里;顺脚一走,不觉出了大门了。潮湿的路极其分明,仰看太空,浓云已经散去,挂着一轮圆月,散出冷静的光辉。

　　我快步走着,仿佛要从一种沉重的东西中冲出,但是不能够。耳朵中有什么挣扎着,久之,久之,终于挣扎出来了,隐约像是长嗥,像一匹受伤的狼,当深夜在旷野中嗥叫,惨伤里夹杂着愤怒和悲哀。

　　我的心地就轻松起来,坦然地在潮湿的石路上走,月光底下。

一九二五年十月十七日毕。

——选自《鲁迅全集》(第二卷),人民文学出版社,1981 年版

【注释】

　　[1]"承重孙"　按封建宗法制度,长子先亡,由嫡长孙代替亡父充当祖父母丧礼的主持人,称"承重孙"。

　　[2]法事　原指佛教徒念经、供佛一类活动。这里指和尚、道士超度亡魂的迷信仪式,也叫"做功德"。

　　[3]仙居术　浙江省仙居县所产的药用植物白术。

【导读】

《孤独者》讲述的是一个受时代新潮影响而试图改革、反抗旧社会的知识分子、先觉者,在强大的旧势力所造就的铁屋子中终于失败,以至于死去的悲剧。"孤独者"这个题目本身就提示我们魏连殳不被社会上的庸众所容,在精神和肉体上均孤独无依的境况。魏连殳这个形象和《狂人日记》中的狂人、《长明灯》中的疯子、《药》中的夏瑜、《铸剑》中的宴之敖,尤其是《在酒楼上》中的吕纬甫,具有相通的精神特质,可谓构成了一个孤独者形象系列。和其他孤独者相比,魏连殳的独特性在于,他被现实彻底击败以后,不再为爱他的人而活,而是表面上敷衍于现存体制(当杜师长的顾问)而复仇于他的敌人,付出了戕害自己的身体以及灵魂的代价。最终,围绕着他冰冷微笑的死尸的,依然是那些并不理解他的虚假地哭泣的庸众,除了"我"。

此外,《孤独者》讲述了"我"的故事。文中的"我",并不是鲁迅本人,但毫无疑问,该人物形象掺杂了鲁迅在 1925 年的生存体验:当时的鲁迅正四面受敌,而且"五四"落潮后的很长一段时间里,鲁迅感觉到的是"寂寞新文苑,平安旧战场,两间余一卒,荷戟独彷徨"(《题〈彷徨〉》)。当时的鲁迅,由于对现实状况的思考与探索,内心世界充满了苦闷孤寂而又渴望冲破这种桎梏寻求希望,从而陷入了迷惘、困惑、虚空的孤独世界之中。如果说,魏连殳的祖母就是"亲手造成孤独,又放在嘴里去咀嚼的人",是第一个孤独者,那么,魏连殳就是在精神上与其祖母相承传的第二个孤独者,而处处与魏连殳的遭遇相似,一样反抗社会、反抗庸众,不被社会所容的"我",就是第三个孤独者。魏连殳在其祖母的葬礼上出人意料地哭,就如"一匹受伤的狼,当深夜在旷野中嗥叫,惨伤里夹杂着愤怒和悲哀",而送别魏连殳后,在潮湿的石路上走着的"我",耳边响着的正是"长嗥,像一匹受伤的狼,当深夜在旷野中嗥叫,惨伤里夹杂着愤怒和悲哀"。祖母和魏连殳都走了,而"我",还要继续"在潮湿的石路上走,月光底下",继续反抗绝望的行程。在这个意义上,鲁迅说的"我就是魏连殳"是可信的。换句话说,小说中的"我"和魏连殳,其实都是鲁迅精神的某个侧面的幻化物。当"我"和魏连殳就"孩子天生是天真还是坏"这一问题进行争论的时候,就是鲁迅的两种思想互相辩论的时候;当"我"为魏连殳的悲剧性抗争而紧张、压抑的时候,正是鲁迅以及其中的"我"对自己的"横站"姿态表示反思、警惕的时候。

和《阿Q正传》《示众》《祝福》《孔乙己》等小说一样,《孤独者》一如既往地表现了"看"与"被看"的关系模式。魏连殳和生活在他周围的庸众,存在着"看"与"被看"的紧张关系。小说一开始,就写"我"在S城所听到的人们谈论魏连殳的种种"古怪",这正是先觉者魏连殳的"被看";魏连殳回去参加其祖母的葬礼,整个过程都被他的族人以及村人们"看"着：村人们本打算看族人与魏连殳"两面的争斗"，待到魏连殳同意族人所有的旧礼俗条件，他们就因没有可以看的奇观而失望。在入殓过程中，众人因魏连殳没有落泪而"很有惊异和不满的形势"，等到魏连殳长嚎以后往家里走，他的行径也被前去窥探的人所"看"；大良们的祖母对魏连殳前倨后恭的态度，其实正是她以一双势利的三角眼"看"魏连殳的结果；魏连殳死后，他的从堂兄弟以及大良们的祖母的长篇闲话，建构的正是被庸众们"看"出来的他的形象。"看"与"被看"，而没有人与人之间真诚的关切，正体现了魏连殳与庸众之间无法弥合的紧张关系。先觉者魏连殳，正是在这些庸众——"无主名无意识的杀人团"的构成者——的"看"中，慢慢被戕害，成为失败的反抗者的。此外，小说中的"我"与庸众之间、庸众内部也存在"看"与"被看"的紧张关系。

在结构上，该篇小说"以送殓始，以送殓终"，构成一个表面上回归原点的圆形模式。其实，这里存在"我"两次出走—回来—出走的结构。第一次，"我"离开 S 城去寒石山，见到了回家送殓的魏连殳，回到 S 城后，"我"失业，再次出走，去山阳。第二次，"我"离开 S 城去山阳，终被攻击，回到 S 城，见到死去的魏连殳，最终离开他的尸体，"坦然地在潮湿的石路上走，月光底下"。可以看出，这两次结构中，恰好嵌入了魏连殳的送殓以及被送殓，中间的历程，正是先觉者魏连殳日渐难容于社会，反抗然而终究失败的悲剧故事。

通读整篇小说，我们能感觉到异类感、绝望感，而最终是透彻心扉的寒冷感。小说中的"寒石山"、多次出现的冷静的月光、魏连殳的黑色以及人与人之间虚伪的眼泪掩藏不住的冷酷等，形成了整篇小说透骨的冷。

第三节　鲁迅的散文

一、基本知识

在中国现代散文史上，鲁迅是最早的作者之一，他的《朝花夕拾》和《野草》分别代表了"闲话散文"和"独语散文"在"五四"时期的成就。

二、代表作及其导读

影的告别

◉鲁　迅

人睡到不知道时候的时候,就会有影来告别,说出那些话——

有我所不乐意的在天堂里,我不愿去;有我所不乐意的在地狱里,我不愿去;有我所不乐意的在你们将来的黄金世界里,我不愿去。

然而你就是我所不乐意的。

朋友,我不想跟随你了,我不愿住。

我不愿意!

呜呼呜呼,我不愿意,我不如彷徨于无地。

我不过一个影,要别你而沉没在黑暗里了。然而黑暗又会吞并我,然而光明又会使我消失。

然而我不愿彷徨于明暗之间,我不如在黑暗里沉没。

然而我终于彷徨于明暗之间,我不知道是黄昏还是黎明。我姑且举灰黑的手装作喝干一杯酒,我将在不知道时候的时候独自远行。

呜呼呜呼,倘若黄昏,黑夜自然会来沉没我,否则我要被白天消失,如果现是黎明。

朋友,时候近了。

我将向黑暗里彷徨于无地。

你还想我的赠品。我能献你甚么呢? 无已,则仍是黑暗和虚空而已。但是,我愿意只是黑暗,或者会消失于你的白天;我愿意只是虚空,决不占你的心地。

我愿意这样,朋友——

我独自远行,不但没有你,并且再没有别的影在黑暗里。只有我被黑暗沉没,那世界全属于我自己。

一九二四年九月二十四日。

——选自《鲁迅全集》(第二卷),人民文学出版社,1981 年版

【导读】

与记人、记事为主的散文集《朝花夕拾》不同,《野草》主要展现的是鲁迅丰富而痛

苦的精神世界。相应地，与前者的"谈话风"不同，后者属于"自言自语"，是鲁迅心灵的独语。因此，前者平易，后者艰涩，但是它们同是鲁迅心境的诗性抒写，只不过，《野草》抒写的是 1924—1926 年，鲁迅对"荷戟独彷徨"的反复咀嚼以及对绝望的决绝反抗。

在鲁迅的独语系列中，《影的告别》有着独特的意味。

这首散文诗写于 1924 年 9 月 24 日，发表于 1924 年 12 月 8 日的《语丝》周刊第四期。如果说此前所作的《秋夜》一文，在韧性的战斗精神之下仍然显露了鲁迅生命感中存在的孤独和虚无思想的影子的话，那么，《影的告别》就是直面他内心阴暗和虚无的结晶。这种阴暗和虚无以及鲁迅对它们的态度，可以在他写给青年李秉中的信（写于同一天夜里）中得到部分信息。他说：

> 我自己总觉得我的灵魂里有毒气和鬼气，我极憎恶他，想除去他，而不能。我虽然竭力遮蔽着，总还恐怕传染给别人，我之所以对于和我往来较多的人有时不免觉到悲哀者以此。[1]

这种对灵魂中"毒气"和"鬼气"的警惕而不能除去的悲哀，在鲁迅与其亲人、友人的通信中多有表现，他说，"我的作品，太黑暗了，因为我常觉得惟'黑暗与虚无'乃是'实有'，却偏要向这些作绝望的抗战……也许未必一定的确，因为我终于不能证实：惟黑暗与虚无乃是实有"[2]。"不愿将自己的思想传染给别人。何以不愿，则因为我的思想太黑暗，而自己终不能确知是否正确之故"[3]，"总而言之，我为自己和为别人的设想，是两样的。所以者何，就因为我的思想太黑暗，但究竟是否真确，又不得而知，所以只能在自身试验，不敢邀请别人"[4]。

《影的告别》中的"影"，其实就是鲁迅的灵魂，尤其是其灵魂中那些阴暗的、他不愿"传染"给他人，尤其是青年人的部分，"你"是现实生活中的肉体的部分。"影"对"你"说的话、采取的行动，其实传达的是鲁迅"对于人生与生命的'本体之思'"[5]，体现了他反抗绝望的生命哲学。

散文诗的第一段属于小引性质，破折号表明后面的所有文字都是"影"告别时的言语。"不知道时候的时候"使本诗的抒写具有了逸出时间之外的玄学性质。

第一节里，"影"表达了他对一切有关永恒的假说（"天堂"）、虚幻的未来（"黄金世界"），以及充满苦难和折磨的人间地狱（"地狱"）的拒绝。与其选择继续跟随"你"

---

[1]　鲁迅：《致李秉中》，《鲁迅全集》（第十一卷），人民文学出版社，2005 年，第 453 页。

[2]　鲁迅：《两地书·四》，《鲁迅全集》（第十一卷），人民文学出版社，2005 年，第 21 页。

[3]　鲁迅：《两地书·二四》，《鲁迅全集》（第十一卷），人民文学出版社，2005 年，第 80 页。

[4]　鲁迅：《两地书·二四》，《鲁迅全集》（第十一卷），人民文学出版社，2005 年，第 81 页。

[5]　李怡：《为了现代的人生：鲁迅阅读笔记》，上海教育出版社，2004 年，第 156 页。

而前行,还不如彷徨于无地,即实现真正的无所依托、摒弃一切的许诺,活在"现在"这唯一的永恒中。"我看一切理想家,不是怀念'过去',就是希望'将来',而对于'现在'这个题目,都缴了白卷,因为谁也开不出药方。"①"我要借了阿尔志跋绥夫的话问你们:你们将黄金时代的出现豫约给这些人们的子孙了,但有什么给这些人们自己呢?"(《头发的故事》)"影"的选择,正体现了鲁迅一贯的对现在的坚持和对缥缈的未来的反抗。

第二节里,依然是"影"宣告自己痛苦的抉择结果。第三节里,"影"已经在明暗之间彷徨,对于可能的黄昏对他的吞并或者黎明让他消失,他已无所惧。第四节,是"影"对要他的赠品的"你"的回复,他能献给"你"的,唯有黑暗和虚空,但是他愿意独自远行,摒弃了"你",也愿意自己扛起所有的黑暗,而让其他的影不再生活于黑暗里。"影"最后的选择,让我们想起了鲁迅在《我们现在怎样做父亲》一文中说过的话:"只能先从觉醒的人开手,各自解放了自己的孩子,自己背着因袭的重担,肩住了黑暗的闸门,放他们到宽阔光明的地方去;此后幸福的度日,合理的做人。"

第四节　鲁迅的杂文

一、基本知识

从 1918 年鲁迅在《新青年》"随感录"专栏中发表《随感录·二十五》开始,直至 1936 年 10 月 19 日他逝世,他的思考与创作视野中就再也没有离开过"杂文"。那六百多篇、一百万余字的杂文,建构起了他出入于文学、历史、地理、哲学、心理、民俗等众多学科的宏富世界,成为中国社会名副其实的百科全书。而这些杂文,"有着时代的眉目"(《且介亭杂文·序言》),是小说之外的另一种反映"中国的人生"和"中国人灵魂"的镜子。事实上,它成了一部活的现代中国人的"人史"。杂文这种古已有之的文体,只有到了中国现代文化史上,到了鲁迅的手中,才以其诗性与政论性的完美结合、形象思维与逻辑思维的完美结合、有情的讽刺以及艺术化的语言魅力,体现出巨大的思想潜力。同时,杂文也因鲁迅独特的艺术成就而成为"艺术之宫"中独特的存在。

---

① 鲁迅:《两地书·四》,《鲁迅全集》(第十一卷),人民文学出版社,2005 年,第 20 页。

二、代表作及其导读

青年必读书[1]

——应《京报副刊》的征求

●鲁　迅

　　故事梗概:《青年必读书》是鲁迅应当时主持《京报副刊》的孙伏园的邀请,于1925年2月10日填写的一份表格,后收入《华盖集》。《华盖集》是鲁迅1925年的杂感的集合。

青年必读书	从来没有留心过, 所以现在说不出。
附注	但我要趁这机会,略说自己的经验,以供若干读者的参考—— 　　我看中国书时,总觉得就沉静下去,与实人生离开;读外国书——但除了印度——时,往往就与人生接触,想做点事。 　　中国书虽有劝人入世的话,也多是僵尸的乐观;外国书即使是颓唐和厌世的,但却是活人的颓唐和厌世。 　　我以为要少——或者竟不——看中国书,多看外国书。 　　少看中国书,其结果不过不能作文而已。 　　但现在的青年最要紧的是"行",不是"言"。只要是活人,不能作文算什么大不了的事。 　　　　　　　　　　　　　　　　(二月十日)

【注释】

　　[1]《"青年爱读书"十部,"青年必读书"十部资料汇编》的编者王世家先生在给韩(石山)先生的信中说:有关"青年必读书"资料,是全部从《京报副刊》上抄录的,各则均为原貌(即初刻本),后鲁迅将自己的意见辑入《华盖集》中,做过修订:①加了副

题;②将"——但除了印度——书时"改作"……读外国书……时",即将"书"字前移;③最后一句将"呢"字删除;④填加(二月十日。)①

——选自《鲁迅全集》(第三卷),人民文学出版社,1981年版

【导读】

1925年元月4日,主持《京报副刊》的孙伏园在报上刊出《一九二五新年本刊之二大征求△青年爱读书十部△青年必读书十部说明》,即日起,直至当年4月9日,"共收到包括鲁迅在内的海内外'名流学者'关于'青年必读书十部'征求的答卷七十八份"。从2月11日始,孙伏园将这些答案按照他们收到的先后顺序陆续在《京报副刊》上发表,鲁迅先生的如上答卷于2月21日登载在该副刊上。此文发表后,引发了一场大争论,在当时,各种观点的论争文章达六十篇之多。② 更有意味的是,自1925年柯柏森的反对,到陶东风对鲁迅"变态抵抗文化经典"的批评③,八十多年来,人们多有"认定鲁迅的《青年必读书》全盘否定了中国书,甚至全盘否定了中国书所代表的文化传统或传统文化"④的,鲁迅在文中所说的"我以为要少——或者竟不——看中国书,多看外国书"则成了指斥鲁迅偏激的特证。即便那些支持鲁迅的人,也只有曲为解释,事实上也变相地认定鲁迅是偏激的。"青年必读书"问题由此成了一个关系到我们如何认识鲁迅,如何看待鲁迅与青年、与传统文化、与西方文化的关系的问题。

事实上,"青年必读书"本就是一个大而无当的问题,"青年"为何,何谓"必读",都是问题。当时的江绍原在"青年必读书"栏里画了一个很大的叉,每一空档中大书"Wanted"(缺),又在附注中直截了当地指出:"我不相信现在有哪十部左右的书能给中国青年'最低限度的必需知识'。你们所能征求到的,不过是一些'海内外名流硕彦及中学大学教员'爱读书的书目而已。"⑤俞平伯则完全没有填那份表格,只在附注中说:"青年既非只一个人,亦非合用一个脾胃的,应读的书虽多,却绝未发现任何书是大家必读的。我只得交白卷。"⑥鲁迅同样未在"青年必读书"栏里填入任何一本书,一方面是因为鲁迅知道,在媒体上公开就"青年必读书"问题发表意见,那绝非对个别或少数知识青年进行专业学习或学术研究方面的指导,而对形形色色的"青年"来说,根

---

① 李千和:《鲁迅在"青年必读书"时期的心态》,《五台山》2005年第4期,第4-11页。
② "青年必读书十部"所收到的78份答卷以及"青年爱读书十部"收到的306份答卷的具体内容,详见王世家:《青年必读书 一九二五年〈京报副刊〉"二大征求"资料汇编》,河南大学出版社,2006年。
③ 陶东风:《文化经典在百年中国的命运》,《文艺理论研究》1995年第3期,第33-38页。
④ 曹振华:《我们从"青年必读书"读到了什么》,《鲁迅研究月刊》1999年第4期,第16-24页。
⑤ 王世家:《青年必读书 一九二五年〈京报副刊〉"二大征求"资料汇编》,河南大学出版社,2006年,第17页。
⑥ 王世家:《青年必读书 一九二五年〈京报副刊〉"二大征求"资料汇编》,河南大学出版社,2006年,第53页。

本不可能有统一的而且必读的十部书存在。另一方面，鲁迅分明感到，这个问题的背后，其实是如何看待中国的前途、青年的使命的大问题。所以，"趁这机会"，他在附注栏里，以自己的切身经验为底，给出了真知灼见，而这些言论的潜在接受对象，是"若干读者"，而非全部。

接下来的四段文字可分成两部分，两两一组，其结构方式都是先说鲁迅自己的观点，然后再扩大言说范围，加深层次。"我看中国书时，总觉得就沉静下去，与实人生离开；读外国书——但除了印度——时，往往就与人生接触，想做点事。""静"与"动"是"五四"时期人们比较东西文明时的常用结论，鲁迅的阅读体验和这个近似，但又有异。鲁迅是从"为人生"而且是为现代的人生这个角度来辨析中外书的差异的。在他的认知体系里，中国书多有"瞒和骗"，容易使人失去斗志，磨去棱角，陷入颓唐，堕入庸众、现状之中而不思打破"铁屋子"；而外国书强调行动，"任个人而排众数"，让人感知到人生的不满并且力求改变现状。在鲁迅眼里，中国当时的当务之急，是"一要生存，二要温饱，三要发展，苟有阻碍这前途者，无论是古是今，是人是鬼，是《三坟》《五典》，百宋千元，天球河图，金人玉佛，祖传丸散，秘制膏丹，全都踏倒他"（《华盖集·忽然想到·六》）。鲁迅一直希望从旧营垒里出来的自己肩住黑暗的闸门，而放中国未来的希望——青年上前去，砸烂铁屋子，毁坏做人肉的筵席。所以，他在进一步拈取了"中国书——入世——僵尸"，"外国书——厌世——活人"进行比较后，鲜明地提出自己的观点："我以为要少——或者竟不——看中国书，多看外国书。"最后，鲁迅说，"少看中国书，其结果不过不能作文而已。但现在的青年最要紧的是'行'，不是'言'。只要是活人，不能作文算什么大不了的事。""只要是活人"，意思正是首先要生存，要不被挤出世界，不失去做中国人的资格。对这种有行动能力的、希图改变沉寂现状的"活人""勇猛的闯将"的呼唤，是鲁迅这份答卷的灵魂所在，其实也是鲁迅固有观点的重申。

其实，鲁迅并不是不会开书目，相反，他给好友许寿裳那考上清华大学、打算研究中国文化的儿子所开的书目，很具有专业性、指导性。鲁迅当然也并不反对少数专家学者去研究传统文化，相反，他自己对中国传统文化的传承就做过很多贡献。但是，《京报副刊》向他征求的是"青年必读书"，而非"研究中国文学的青年的必读书"，中国不需要所有的青年都成为文史哲专家，也不可能，而且，在当时，中国最需要的还不是这些人，而是行动者，而是"活人"！在这个意义上，我们知道鲁迅的这个说法是真诚的："去年我主张青年少读，或者简直不读中国书，乃是用许多苦痛换来的真话，决不是聊且快意，或什么玩笑，愤激之辞"（《写在〈坟〉后面》）。

但遗憾的是，鲁迅这些"用许多苦痛换来的真话"，在当年并未得到更多国人的认可,反而受到诸多攻击;九十多年后,我们依然将他的"要少——或者竟不——看中国书"看成是鲁迅全盘反传统的特证之一,对他的《青年必读书》的言辞缺乏根本的细读。在现在所谓的国学热甚嚣尘上的时候,我们重新读鲁迅的这篇杂文,感慨良多。

下面选录鲁迅对柯柏森的反对文章《偏见的经验》的驳斥之文作为补充。该文收录于鲁迅《集外集拾遗》中。读该文,可体味到鲁迅杂文鲜明的否定性和如匕首、投枪般的攻击性,以及严密的逻辑性。

聊答"……"

柯先生:

我对于你们一流人物,退让得够了。我那时的答话,就先不写在"必读书"栏内,还要一则曰"若干",再则曰"参考",三则曰"或",以见我并无指导一切青年之意。我自问还不至于如此之昏,会不知道青年有各式各样。那时的聊说几句话,乃是但以寄几个曾见和未见的或一种改革者,愿他们知道自己并不孤独而已。如先生者,倘不是"喂"的指名叫了我,我就毫没有和你扳谈的必要的。

照你大作的上文看来,你的所谓"……",该是"卖国"。到我死掉为止,中国被卖与否未可知,即使被卖,卖的是否是我也未可知,这是未来的事,我无须对你说废话。但有一节要请你明鉴:宋末,明末,送掉了国家的时候;清朝割台湾,旅顺等地的时候,我都不在场;在场的也不如你所"尝听说"似的,"都是留学外国的博士硕士";达尔文的书还未介绍,罗素也还未来华,而"老子,孔子,孟子,荀子辈"的著作却早经行世了。钱能训扶乱则有之,却并没有要废中国文字,你虽然自以为"哈哈!我知道了",其实是连近时近地的事都很不了了的。

你临末,又说对于我的经验,"真的百思不得其解"。那么,你不是又将自己的判决取消了么?判决一取消,你的大作就只剩了几个"啊"、"哈"、"唉"、"喂"了。这些声音,可以吓洋车夫,但是无力保存国粹的,或者倒反更丢国粹的脸。

鲁　迅

——选自《鲁迅全集》(第七卷),人民文学出版社,1981年版

【思考题】

1.试分析《呐喊》《彷徨》的题材及其小说的结构模式。

2.仔细阅读《野草》和《朝花夕拾》,各选取一两篇文章进行赏析,体味鲁迅的"闲话风"和"独语风"。

3.试分析鲁迅《故事新编》的"油滑"特征。

4.鲁迅杂文(连同鲁迅)自其面世至今,遭遇了很多否定性评价甚至辱骂,从当年的"刀笔吏"("现代评论派的君子"语)、"睚眦必报"("创造社的才子"语)、"不满于现状的批评家"("新月派的绅士"语),到当今"鲁迅好骂人"之类。说说你的看法。

第二章　白话新诗的创立发展与郭沫若

白话新诗是在特定的历史条件下兴起的,也是我国新诗发展的必然产物。我国古典诗歌经过漫长的封建社会,发展到清末已渐趋衰落僵化,许多诗派"只在形式技巧或风格流派上彼此模拟,始终找不到出路"①。为另求新路继续发展中国的诗歌,黄遵宪、梁启超等倡导了诗界革命,主张新诗应通过诗人的感受来表现自己的时代,"以旧风格含新意境"或"熔铸新理想以入旧风格"。他们对旧体诗有一定的改进,但由于没有挣脱古诗格律的束缚去开创诗歌的新形式,诗界革命伴随着资产阶级改良主义的失败而夭折。但这场诗界革命对早期白话新诗产生了深远的影响。在胡适的尝试下诞生了中国的现代白话诗,众多响应者促成了早期白话新诗运动的迅速兴起。郭沫若《女神》的出现,从思想内容到艺术形式,进一步发展了白话新诗。其后的"湖畔"诗歌、"小诗"创作热都为白话新诗注入了活力。

第一节　白话新诗的创立发展

一、基本知识

白话新诗的创立具有里程碑的重要意义,它标志着中国源远流长的诗歌历史进入了现代社会的新诗里程。

1917年2月,《新青年》第二卷第六号发表了陈独秀的《文学革命论》,明确提出了文学革命的"三大主义",号召推倒雕琢的阿谀的贵族文学,建设平易的抒情的国民文学;推倒陈腐的铺张的古典文学,建设新鲜的立诚的写实文学;推倒迂晦的艰涩的山林文学,建设明了的通俗的社会文学。胡适积极支持,首创《白话诗八首》。1918年1月,《新青年》全面改用白话的四卷一号上,刊出白话新诗9首,其中有胡适的《鸽子》

---

① 游国恩等:《中国文学史》(四),人民文学出版社,1964年,第309页。

《一念》《景不徙》和《人力车夫》,沈尹默的《鸽子》《人力车夫》和《月夜》,刘半农的《相隔一层纸》《题女儿小蕙周岁日造象》。这批新诗正式宣告了中国现代诗歌的诞生。继《新青年》之后,《每周评论》于 1918 年 12 月刊出新诗,《北京晨报副刊》于 1919 年 2 月、《新潮》于 1919 年 3 月先后刊登白话新诗。在新诗的作者阵容中,除胡适、刘半农、沈尹默外,还有李大钊、陈独秀、鲁迅、周作人、俞平伯、陈衡哲、林损、常惠、沈兼士、李剑农、叶绍钧、罗家伦、顾诚吾、傅斯年、康白情、仲密、俞平伯、骆启荣、程裕清、裴庆彪等一大批学者和诗人。到五四运动前夕,新诗形体已具雏形,新诗运动声势颇大。在五四运动的当年,有上百种的白话报刊争先恐后地刊登白话新诗,白话新诗产生了广泛的影响,推动了白话新诗运动的迅速发展。白话新诗的兴起与发展,虽然遭到论衡派及封建守旧势力的强烈反对与抨击,但因其顺应历史文化发展的规律和时代进步的潮流而势不可挡,在短短的四五年间便获得了大量的成果,使白话新诗在 20 世纪 20 年代之初开始有了较为稳固的历史地位。

在白话新诗的创立发展过程中,胡适、刘半农、康白情、俞平伯等都是早期白话新诗的代表诗人。

二、代表作及其导读

老　鸦

◎胡　适

一

我大清早起,
站在人家屋角上哑哑的啼。
人家讨嫌我,说我不吉利:——
我不能呢呢喃喃讨人家的欢喜!

二

天寒风紧,无枝可栖。
我整日里飞去飞回,整日里又寒又饥。——
我不能带着鞘儿,翁翁央央的替人家飞;
也不能叫人家系在竹竿头,赚一把黄小米!

1917.12.11

——选自《尝试集》,1920 年 3 月初版

【导读】

胡适(1891—1962),原名胡洪骍、嗣穈,字希彊,后改名胡适,字适之,安徽绩溪人,中国现代新诗的开创者,著名学者、文学家、历史学家、哲学家。1904—1910 年,胡适在上海求学,1910 年赴美国,就读于康奈尔大学,1915 年转入哥伦比亚大学哲学系,获哲学博士学位。胡适曾任北京大学教授、北京大学文学院院长、辅仁大学教授、北京大学校长等职,1962 年 2 月 24 日于台北逝世。出版诗集《尝试集》《尝试后集》,发表诗歌理论《谈新诗》。

在新诗创作还无所依傍的当时,《老鸦》是胡适尝试的白话新诗中一首比较成功的自由体诗。当新文化运动受到封建旧势力的激烈反抗后,新文化运动的倡导者面临着继续斗争或偃旗息鼓两条道路。胡适在反对封建主义旧思想旧文化传统的问题上立场坚定,在《老鸦》这首诗里明确地宣布了自己不妥协的态度。作者以老鸦自比,尽管"人家讨嫌我,说我不吉利",但是"我不能呢呢喃喃讨人家的欢喜!"哪怕"天寒风紧,无枝可栖",不迎合势利的"我不能带着鞘儿,翁翁央央的替人家飞;也不能叫人家系在竹竿头,赚一把小黄米!"这样的诗句表达了以胡适为代表的进步文人的骨气和与封建保守势力斗争的精神。

《老鸦》体现了胡适"诗体大解放"和"抽象的题目用具体的写法"的主张,在形式上摒弃了《蝴蝶》这类"放大了裹足"的诗的体式,在表现手法上运用了蕴含较深的意象,语言也较灵动。全诗用简单的象征手法,以"寓言诗"的形式,通过老鸦的内心独白暗示了诗的旨意。诗中的"天寒风紧,无枝可栖"和"我整日里飞去飞回,整日里又寒又饥"借用隐喻,表达了诗人在新文化运动中的艰辛。正因为如此,更能显现出他不屈不挠的抗争形象。

胡适的《尝试集》是中国现代文学史上第一部白话诗集,被誉为"胡适之体",引起当时许多人效仿。他创作的诗歌尽管数量不多,也很不成熟,但他无疑是中国现代新诗创作道路上的开拓人,对中国现代新诗的诞生功不可没。

教我如何不想她

◎刘半农

天上飘着些微云,

地上吹着些微风。

啊!

微风吹动了我的头发,

教我如何不想她?

月光恋爱着海洋,
海洋恋爱着月光。
啊!
这般蜜也似的银夜,
教我如何不想她?

水面落花慢慢流,
水底鱼儿慢慢游。
啊!
燕子你说些什么话?
教我如何不想她?

枯树在冷风里摇,
野火在暮色中烧。
啊!
西天还有些儿残霞,
教我如何不想她?

1920.9.4 伦敦

——选自《晨报副刊》,1923 年 9 月 16 日

【导读】

　　刘半农(1891—1934),"五四"新文化运动的先驱之一,原名刘寿彭,江苏江阴人,著名的文学家、语言学家、教育家。1917 年,刘半农到北京大学任法科预科教授,并参与编辑《新青年》。1920 年他留学英国伦敦大学,1921 年夏转入法国巴黎大学。1925 年秋他回国,任北京大学国文系教授,1934 年 7 月 14 日在北京病逝。出版有诗集《扬鞭集》(1926)和《瓦釜集》(1926)。

　　这首诗是刘半农在英国伦敦大学留学时所写。诗作发表时标题为《情歌》,后改为《教我如何不想她》。该诗发表以来,一般读者都认为是一首思念恋人的情诗。据当年与诗人同在英国伦敦大学留学并为这首诗谱曲的赵元任教授说,诗中的"她",代

表当年海外游子日夜思念的祖国。无论是思念情人还是思念祖国,在这首诗里,都能让人感到诗人恋情的深切美好。

在早期白话诗运动中,刘半农大力支持胡适关于"诗体大解放"的主张,并且积极尝试不同的新诗诗体。他注重向歌谣汲取营养,这首诗便借鉴了歌谣的表现技巧。全诗共四节,每节开头都采用歌谣最常用的"比兴"手法,通过对某种景致的渲染与烘托,递进和深化了"教我如何不想她"的意境。诗人在第一节中将微风、微云作为暗示思乡之情的一种媒介,第二节通过月光与海洋依恋难分的关系将诗人在"蜜也似的银夜"里内心的苦恋表达出来。第三节中的水上浮花、河底游鱼这两组意象本身就含有漂行浪迹、孤独无依的象征意义,而连传递家乡信息的燕子的言语也没有听清楚,这就更加深了诗人的失落感。第四节"枯树""野火"暗示出诗人失望与渴望两种强烈心情的相互冲激,以西天的残霞表达不愿放弃的恋情。整首诗的意境氛围由淡而浓,情感节奏由轻而重,从而使"教我如何不想她"的深切恋情一以贯之。

这首诗的形象生动鲜明,体式对称匀齐,节奏缓急明快,韵律起伏有致,既宜视觉欣赏,也适合按传统诗词那样谱曲传唱。这首雅俗共赏的诗对新诗形式的探索是有启发意义的。

草　儿

◉康白情

草儿在前,
鞭儿在后。
那喘吁吁的耕牛,
正担着犁鸢,
眙着白眼,
带水拖泥,
在那里"一东二冬"地走着。

"呼——呼……"
"牛吧,你不要叹气,
快犁快犁,
我把草儿给你。"

"呼——呼……"

"牛吔,快犁快犁。

你还要叹气,

我把鞭儿抽你。"

牛呵!

人呵!

草儿在前,

鞭儿在后。

1919 年 2 月 1 日北京

——选自《草儿》,上海亚东图书馆,1922 年 3 月版

【导读】

　　康白情(1896—1959),后改名洪章,中国早期白话诗的代表诗人,四川安岳人,毕业于北京大学德文系,创办《新潮》月刊,并在《新潮》上发表白话诗。1919 年康白情与李大钊创办《少年中国》月刊。康白情 1920 年留学美国,1926 年回国后先后在山东大学、中山大学、厦门大学任教,1949 年后先后在中山大学、华南师范大学任教,1959 年病死于返乡途中。他著有诗集《草儿》(1922)、《河上集》(1924 年)等。

　　《草儿》为康白情大学时代所作,发表后产生了广泛的社会影响。诗中表面所写的是农人与牛的耕作场景,实际上是在悲叹农民如牛一样的生存状态和命运。"触物比类,宣其性情",诗里的"牛"就是农民的形象,牛的境遇和命运也是中国农民的境遇和命运。"草儿在前,鞭儿在后",开篇两句便让人感到牛与人的共同不幸。果腹生存的需要在前,现实的威逼在后。农人与牛相依为命,他们如牛一样终年艰辛劳作,为了吃到维持生存的"草",得到的却是社会不公的"鞭子"抽打。年复一年,代复一代,中国的农民就如牛那样"担着犁鸢,眙着白眼,带水拖泥",肩负重荷,难得温饱,还不得不忍气吞声地在贫瘠的田野上"一东二冬"地艰辛劳作。诗人关心农民疾苦的情怀,既是"五四"时期新诗人关注民众责任感的体现,也是中国古代诗歌"哀民生之多艰"的担当精神的继承。《草儿》避免了早期白话诗中只重白话、直露叙事、抽象说理的弊端,以鞭子、草儿与牛为意象,暗喻了不合理的社会制度和威逼利诱的人际关系。全诗四节,每节几乎都是口语,其中还有一半的对话,但用语自然而有选择、平易而有深意。

三、延伸思考

　　早期白话新诗为中国现代诗歌的创立开拓了道路,也为现代诗学做出了理论上的

初步探索,其贡献与局限主要体现在以下三个方面:

(1)与古典诗歌相比,早期白话新诗大大拓展了诗歌的表现内容。受诗界革命、西方先进思潮和"五四"新文学运动的影响,早期白话新诗大都具有反帝反封建,提倡民主、自由和科学,面向社会人生,诅咒黑暗现实,控诉封建礼教,鼓吹婚姻自由,张扬个性解放,表现自我等新的内容和时代精神,使其作品开始具有一定的现代气质。

(2)从早期白话新诗的实践中提出了各种各样的创作主张。胡适1919年10月所写的《谈新诗》①可以视为早期白话新诗的纲领性文件,其中主要的主张有五个方面:一是用白话写诗;二是诗体大解放;三是废除格律,强调自然韵律;四是倡导具体做法;五是强调时代精神。这些主张反映了早期白话新诗的艺术追求,并形成了白话入诗、诗体多样、自然的音节、具体的做法等艺术特征。早期白话新诗的诗歌理论在当时的诗歌运动中,对诗歌创作实践的影响很大,意义深远。尽管这些理论还存在很大的局限性和片面性,但构成了中国现代诗歌史上最早出现的诗歌理论体系,为中国现代诗歌理论奠定了基础。

(3)早期白话新诗的局限与误区。由于早期白话诗人的创作都是尝试性的,他们没有现成的范式可依,实验的时间很短,理论也很不成熟,因此难以避免诸多先天不足。他们在创作中重白话而忽视诗意和诗艺,侧重叙述与说理,艺术上存在着严重的"非诗化"倾向。他们对中国古典诗歌传统的否定,在一定程度上改变了中国现代诗歌与古典诗歌的联系,为中国现代诗歌的发展留下了较多的隐患。

第二节　郭沫若的《女神》及其他诗歌

一、基本知识

郭沫若(1892—1978),现代著名诗人、文学家、历史学家、考古学家,原名郭开贞,四川乐山沙湾人。1914—1923年,郭沫若留学日本。1921年6月,他与郁达夫、成仿吾等人在日本成立创造社,积极参与新文学运动。他一生中写下了大量的文学作品,为中国现代文学做出了杰出的贡献,于1978年6月12日病逝。他的主要诗作有《女神》(1921)、《星空》(1923)、《瓶》(1925)、《前茅》(1928)、《恢复》(1928)、《战声》(1938)、《蜩螗集》(1948)、《新华颂》(1949)、《百花齐放》(1959)、《长春集》(1959)等。

---

① 赵家璧:《中国新文学大系·建设理论集》,上海良友图书印刷公司,1935年,第295-299页。

郭沫若是早期白话诗运动中独树一帜的诗人,他的《女神》在新诗发展史上有过重要的影响和地位。1919下半年至1920上半年,是郭沫若新诗创作的爆发期。1921年8月出版的《女神》,以其彻底反叛旧世界的精神、强烈的浪漫主义审美意识、独特的诗歌创造才能及狂飙突进的姿态开一代诗风。

《女神》表现了"五四"时期的精神,它的思想内容主要集中在三个方面:

(1)对黑暗现实的强烈反抗、叛逆和对光明理想的热烈向往,充分体现了"五四"时期彻底的、不妥协的反帝反封建的革命精神。如《凤凰涅槃》,通过凤凰双双自焚前的歌唱,对朽败的旧世界作了极真切而沉痛的描绘。凤凰的自焚,乃是与旧世界彻底决绝的反抗行动,是叛逆精神的强烈爆发与燃烧。如《我是个偶像崇拜者》中诗人表白崇拜自然界与社会界一切象征生命的事物,否定一切人为的偶像、一切扼杀生机的旧传统,表现出对封建权威的极度蔑视。

(2)追求个性解放和个性自由,表现出"五四"时期年轻一代要求冲决一切罗网的战斗呐喊,是广大爱国青年反叛性格和战斗激情的诗意概括。如《天狗》中的"天狗"这种破坏一切旧事物的强悍形象,正是那个时代个性解放要求的诗的极度夸张。《浴海》的自我形象,同样是实现自我个性解放的诗的宣泄。这种个性解放的要求不仅仅着眼于个人本身,诗人将个体的解放作为社会、民族、国家解放的前提,将它们融为一体。《地球,我的母亲》中可以看出诗人个性解放的要求与劳苦大众利益的一致性。

(3)爱国情思、颂扬新生的深情,既是对"五四"精神的礼赞,也表达了爱国主义的时代精神。从《女神》中的《炉中煤》的年轻女郎、《凤凰涅槃》中更生的凤凰等形象,不难看出诗人对祖国的深沉眷念与无限热爱。

《女神》的主要艺术风格是浪漫主义特色。浪漫主义重主观抒情,强调自我表现。《女神》中的凤凰、天狗等都是诗人自我形象的集中塑造,体现出强烈的反抗黑暗、追求光明的理想主义精神。诗人以奇特想象、极度夸张、直抒胸臆与情感的恣意喷发为主要表达方式,《凤凰涅槃》等诗最典型地体现了这些表达方式的特点。《女神》的语言热烈奔放,具有雄奇的风格。在诗歌形式上,《女神》是白话新诗运动中对自由体诗的大胆创作,完全挣脱了旧诗格律的束缚,诗节、诗行长短无定,韵律也无固定格式。但存在的问题也显而易见,作者把形式的自由强调到绝端的地步,感情缺乏必要的节制,任其直抒胸臆,造成一些作品的诗意直白浅露。

二、代表作及其导读

天　狗

◉郭沫若

我是一条天狗呀！

我把月来吞了，

我把日来吞了，

我把一切的星球来吞了，

我把全宇宙来吞了。

我便是我了！

我是月底光，

我是日底光，

我是一切星球底光，

我是 X 光线底光，

我是全宇宙底 Energy 底总量！

我飞奔，

我狂叫，

我燃烧。

我如烈火一样地燃烧！

我如大海一样地狂叫！

我如电气一样地飞跑！

我飞跑，

我飞跑，

我飞跑，

我剥我的皮，

我食我的肉，

我吸我的血，

我啮我的心肝，

我在我神经上飞跑，

我在我脊髓上飞跑，

我在我脑筋上飞跑。

我便是我呀！

我的我要爆了！

1920 年 2 月初作

——选自《女神》，上海泰东图书局，1921 年 8 月版

【导读】

《天狗》是《女神》中的一首最能表现诗人个性的代表性诗作。这首诗写于郭沫若新诗创作的爆发期，正是青年郭沫若情感最炽烈的时刻。全诗突出地表现了他对黑暗现实的强烈反抗和对个性解放的追求，反映出"五四"时期要求破坏一切因袭传统、毁灭旧世界的精神。

该诗一开篇便以中国民间神话中的"天狗"自称，不仅要吞月吞日、吞一切星球，而且要吞全宇宙。正是如此，诗人自豪地宣称"我便是我了""我是全宇宙底 Energy 底总量"。诗中的诗句就像狂暴的飓风呼啸，在读者心里产生极其强烈的冲击波，使人感到"五四"新人彻底叛逆、无所畏惧的气概。诗人为尽兴抒发个性解放必须扬弃旧我、产生新我的激情，不惜"我剥我的皮，我食我的肉，我吸我的血，我啮我的心肝"，让"我"在灵魂的爆裂中获得更新。郭沫若在《天狗》中运用大胆奇伟的夸张形象，反映了"五四"青年要求个性解放、彻底改造旧世界和旧我、创造新世界和新我的社会理想。

《天狗》的想象超群，气魄宏大。作者一任感情的宣泄，诗的语言豪荡激越，节奏明快强烈，让"五四"时期的人们第一次从诗歌中听到对旧时代勇猛咆哮的时代强音。它的形式自然，率性而起，戛然而收。全诗句句以"我"领起，形成一气呵成的排比句式。这显露出郭沫若在抒情内容和形式上的"绝端的自由，绝端的自主"[1]。《天狗》与《女神》中的《凤凰涅槃》《我是个偶像崇拜者》《匪徒颂》等诗一样，都有缺乏节制的冲动而产生的直抒胸臆、大喊大叫的弊端。

---

[1] 郭沫若：《论诗三札》，《文艺论集》，人民文学出版社，1979 年，第 217 页。

春莺曲（节选）

◉郭沫若

姑娘呀,啊,姑娘,
你真是慧心的姑娘!
你赠我的这枝梅花,
这样的晕红呀,清香!

这清香怕不是梅花所有?
这清香怕吐自你的心头?
这清香敌赛过百壶春酒。
这清香战颤了我的诗喉。

啊,姑娘呀,你便是这花中魁首,
这朵朵的花上我看出你的灵眸。
我深深地吮吸着你的芳心,
我想吞下呀,但又不忍动口。

啊,姑娘呀,我是死也甘休,
我假如是要死的时候,
啊,我假如是要死的时候,
我要把这枝花吞进心头!

在那时,啊,姑娘呀,
请把我运到你西湖边上,
或者是葬在灵峰,
或者是放鹤亭旁。

在那时梅花在我的尸中,
会结成五个梅子,
梅子再迸成梅林,
啊,我真是永远不死!

在那时,啊,姑娘呀,
你请提着琴来,
我要应着你清缭的琴音,
尽量地把梅花乱开!

在那时,有识趣的春风,
把梅花吹集成一座花冢,
你便和你的提琴,
永远弹弄在我的花中。

在那时,遍宇都是幽香,
遍宇都是清响,
我们俩藏在暗中,
黄莺儿飞来欣赏。

黄莺儿唱着欢歌,
歌声是赞扬你我,
我便在花中暗笑,
你便在琴上相和。

(莺之歌)

"前几年有位姑娘,
兴来时到灵峰去过,
灵峰上开满了梅花,
她摘了花儿五朵。

她把花穿在针上,
寄给了一位诗人,
那诗人真是痴心,
吞了花便丢了性命。

自从那诗人死后,

41

经过了几度春秋，
他尸骸葬在灵峰，
又迸成一座梅薮。

那姑娘到了春来，
来到他墓前吊扫，
梅上已缀着花苞，
墓上还未生春草。

那姑娘站在墓前，
把提琴弹了几声，
刚好才弹了几声，
梅花儿都已破绽。

清香在树上飘扬，
琴弦在树下铿锵，
忽然间一阵狂风，
不见了弹琴的姑娘。

风过后一片残红，
把孤坟化为了花冢，
不见了弹琴的姑娘，
琴却在冢中弹弄。"

（**尾声**）
啊，我真个有那样的时辰，
我此时便想死去，
你如能恕我的痴求，
你请快来呀收殓我的遗尸！

1925 年 3 月 3 日

——选自《郭沫若全集·文学编》（第一卷《瓶》），人民文学出版社，1982 年版

【导读】

郭沫若的《瓶》是一本以组诗表现爱情的专集,内容和形式都与他的《女神》及其他诗集有明显不同的风格。郁达夫在《瓶》的附记中认为这部诗集是郭沫若热衷革命与追求爱情"两重人格"的表现①,给予了客观的肯定。

《春莺曲》是《瓶》的第十六首,也是组诗中篇幅最长的一首。诗的中心意象是"慧心的姑娘"赠送诗人的梅花。诗人对梅花和心上人的想象绮丽浪漫,天真地希望心上人能与他一样为爱而生死相守,在诗情画意中浪漫终身。"尾声"中诗人表白"啊,我真个有那样的时辰,我此时便想死去"! 诗人由于痴情的爱恋竟然想到为爱而死,死得快乐而凄美。这表现出郭沫若特殊的恋情境界,真实地展现了他内心的率真与浪漫。

这首诗将炽热的恋情蕴含于低吟的诗句之中,意境清纯而悲婉。这与《女神》中那些豪情激荡、无遮无拦的抒写明显不同。《女神》中的《VENUS》也是一首由爱想到快乐死去的诗,"我把你这对乳头,比成两座坟墓,我们俩睡在房中,血液儿化成甘露!"这是对着雕塑虚拟的爱情,笔调乐观洒脱,毫无哀伤凄美。而《春莺曲》是写给现实生活中的心中恋人的。诗里大力美化为爱而死后的情景,反复咏叹的感情真挚深沉,展示的是缠绵悱恻、九曲回肠的哀婉意境,读之令人动容。

《瓶》的诗歌形式,基本特征还是自由体,但大多为四行一节,明显地显示出诗人有意地改变写《女神》时期的不受节制的冲动,在形式上进行着新的试验。《春莺曲》已与闻一多的《死水》式的现代格律诗相似,尤其是"莺之歌"从头到尾基本上都是七言,各行音节的顿数一致,不难看出郭沫若在这个时期对新诗形式的兼容与更新的态度。

三、延伸思考

郭沫若写出《女神》后,还在 1923—1928 年出版了《星空》《瓶》《前茅》与《恢复》。《星空》是一本诗歌、散文、戏曲集。这部合集里的诗是作者面对"五四"退潮期的现实吟诵,反映了他在历史彷徨期世界观产生矛盾的苦闷与彷徨,缺乏《女神》中反抗现实的斗争精神和冲天豪情,艺术性却高于《女神》。其语言凝练含蓄,结构更为严谨,感情也更深沉。《瓶》是作者在追求爱情中消解苦闷的自我心灵抚慰。在《前茅》与《恢复》里,诗人宣称面临"革命时代的前茅",要复活消沉的自我,"做革命家的榜样"。这两本诗集中的大多作品都具有鼓动革命的强烈精神,但明显表现出对艺术的忽略。这

---

① 郭沫若:《郭沫若全集·文学编》(第一卷),人民文学出版社,1982 年,第 304 页。

种情况与郭沫若的世界观、艺术观的变化和极端性有密切关系。他曾主张崇拜自我，强调诗歌的自然与抒情，但当他投身无产阶级革命事业时，又提出文艺必须充当政治的"留声机器"①，以后又进一步宣称"我高兴做个'标语人''口号人'，而不必一定要做'诗人'"②。这就从根本上抹杀了政治与艺术的界限，并将创作中的"灵感""主现""自我表现"不加分析地一律否定，认为"纯粹代表这一方面的作品就是不革命乃至反革命的作品"③。正是在这样的思想指导下，郭沫若在《前茅》《恢复》里充分展现了内容的革命性，而放弃了诗歌应有的艺术个性。直至新中国成立后，他的诗歌中的大量作品都以政治代替艺术，完全失去了《女神》时期的诗人形象。郭沫若在诗歌创作上的起伏变化为现代诗歌留下了典型的经验与教训，值得我们深刻思考。

第三节　前期新月派诗歌

一、基本知识

在现代文学史众多的文学流派中，新月诗派是一个产生过重大影响的流派。前期新月派，是1927年以前以北京《晨报副刊》"诗镌"为基本阵地的诗人群，主要诗人有闻一多、徐志摩、朱湘、饶孟侃、杨世恩、孙大雨、刘梦苇、于赓虞等。前期新月派并不是一个严格意义的诗歌流派，他们中的诗人分别体现着浪漫主义、唯美主义、新人文主义、自由主义等诗风，只是他们有着共同的欧美意识形态和艺术倾向。在早期白话新诗"尝试"的基础上和郭沫若的《女神》继续开辟新诗的道路上，中国新诗的发展迫切需要出现形式与内容进一步成熟的作品，确立新的艺术形式与美学原则，使新诗走向"规范化"的道路。以闻一多、徐志摩为代表的前期新月诗人在创作实践与理论主张上都为"新诗规范化"做出了很大的努力。他们把创作的重心从早期白话诗人关注"白话"转向"诗"的自身的本质与形态，追求"使诗的内容及形式双方表现出美的力量，成为一种完美的艺术"④，促进中国的新诗创作进入了一个诗人群体"自觉"的时期。针对诗歌中情感的过分泛滥，以及不加节制地直抒胸臆的抒情方式，新月诗派提出了"理性节制情感"的美学原则与诗的形式格律化的主张，并以"和谐"与"匀称"为新诗最重要的审美特征。闻一多具体提出了新诗需要"音乐美、绘画美、建筑美"，主

① 郭沫若：《留声机器的回音》，《文艺论集续集》，人民文学出版社，1979年，第62页。
② 郭沫若：《我的作诗的经过》，《郭沫若论创作》，上海文艺出版社，1983年，第209页。
③ 郭沫若：《革命与文学》，《文艺论集续集》，人民文学出版社，1979年，第41页。
④ 于赓虞：《志摩的诗》，《晨报·学园》，1931年12月9日。

张新诗格律化①。他认为"律诗永远只有一个格律,但是新诗的格式是层出不穷的……律诗的格式是别人替我们定的,新诗的格式可以由我们自己的意见来随时构造"②。新诗格律化的倡导与实践,明显地纠正了白话新诗诞生以来创作过于散漫自由、没有相对成熟的范式可依的盲动局面,使新诗诗体建设有了突破意义的进展。格律体新诗与自由体新诗互相促进,进一步巩固了新诗的地位,为中国现代新诗的发展起到了重要的推动作用。

闻一多、徐志摩是新月诗人中具有鲜明个人艺术风格的代表诗人,他们自觉进行新诗试验的经验和创作的成果,为现代新诗做出了积极的贡献。

二、代表作及其导读

太阳吟

◉闻一多

太阳啊,刺得我心痛的太阳!
又逼走了游子底一出还乡梦,
又加他十二个时辰底九曲回肠!

太阳啊,火一样烧着的太阳!
烘干了小草尖头底露水,
可烘得干游子底冷泪盈眶?

太阳啊,六龙骖驾的太阳!
省得我受这一天天底缓刑,
就把五年当一天跑完那又何妨?

太阳啊——神速的金乌——太阳!
让我骑着你每日绕行地球一周,
也便能天天望见一次家乡!

太阳啊,楼角新升的太阳!

---

①② 闻一多:《诗的格律》,《晨报副刊:诗刊》1926 年第 7 期,第 29-31 页。

不是刚从我们东方来的吗?
我的家乡此刻可都依然无恙?

太阳啊,我家乡来的太阳!
北京城里底官柳裹上一身秋了罢?
唉! 我也憔悴的同深秋一样!

太阳啊,奔波不息的太阳!
——你也好像无家可归似的呢。
啊! 你我的身世一样地不堪设想!

太阳啊,自强不息的太阳!
大宇宙许就是你的家乡罢。
可能指示我我底家乡底方向?

太阳啊,这不像我的山川,太阳!
这里的风云另带一般颜色,
这里鸟儿唱的调子格外凄凉。

太阳啊,生命之火底太阳!
但是谁不知你是球东半底情热,
——同时又是球西半底智光?

太阳啊,也是我家乡底太阳!
此刻我回不了我往日的家乡,
便认你为家乡也还得失相偿。

太阳啊,慈光普照的太阳!
往后我看见你时,就当回家一次;
我的家乡不在地下乃在天上!

1922 年

——选自《红烛》,上海泰东图书局,1923 年版

【导读】

　　闻一多(1899—1946),现代著名诗人,文史学者,湖北浠水人。1912 年,闻一多考入北京清华学校,1921 年 11 月与梁实秋等人发起成立清华文学社。1922 年 7 月,闻一多赴美留学,学习绘画,进修文学。1925 年 5 月,闻一多回国,任北京艺术专科学校教务长。1926 年,闻一多参与创办《晨报·诗镌》,1928 年 3 月在《新月》杂志担任编辑。闻一多先后在武汉大学、青岛大学、清华大学任教,致力于古典文学研究,抗战开始后随校南迁在西南联合大学任教 8 年,后投身于抗日运动和民主斗争。1946 年 7 月 15 日,闻一多被国民党特务杀害。著有诗集《红烛》(1923)、《死水》(1928),诗论《律诗底研究》(1922)、《诗的格律》(1926)。

　　《太阳吟》作于诗人 1922 年在美国留学期间,是影响广泛的一首爱国诗篇。诗人当年留学美国,虽然学的是西方文化,但他更爱自己祖国的文化,正如他所说,"我爱中国……尤因他是有他那种可敬爱的文化的国家",而"东方底文化是绝对地美得,是韵雅的……是人类所有的最彻底的文化"[①]。加上他当年身处异国他乡的漂泊感与遭受民族歧视的耻辱感,使他不能不深切地怀念着祖国。

　　《太阳吟》的感情悲怆而又激越,其想象也很奇丽而富于变化。诗人把"太阳"作为自己怀念的祖国家乡,深情对它倾诉心中的矛盾与痛苦。在怀念祖国的痛苦煎熬中,游子心中的太阳不断变换着形象和感情:它一会儿再现为驾上六龙神游九天,化为金乌自由环绕地球飞翔的远古神话形象;它一会儿又像游子一样的遭遇,奔波不息,无家可归;时而成为"生命之火",象征着东半球的情热和西半球的智光,时而把太阳当成"自强不息"的乡人,询问归家的方向;最后,诗人感到还乡无望,无奈地承认太阳这样的"家乡"只能算作精神寄托的补偿。诗人对太阳的感情变化道出了他在现实与向往中的矛盾与压抑处境,诗的结句"我的家乡不在地下乃在天上"尽含海外游子的孤独凄凉,一语总括全诗的情绪。从全诗的意境来看,闻一多的诗歌沉郁风格已显露端倪。

　　《太阳吟》每节三行,每行字数、节奏大体相等,每节首尾句押韵,并在全诗一韵到底,各节第一行均以"太阳啊"呼语领起,诗形及语言韵律都体现了诗人在创建新诗格律上的追求。

　　闻一多努力地实践自己的"三美"主张,他在 20 世纪 20 年代所写的诗不仅情感强烈而深沉,想象丰富而意象繁复,在新诗创格上也体现了独特的审美形式,为中国新诗的诗体建设做出了有益的探索。

---

① 闻一多:《〈女神〉之地方色彩》,《闻一多全集》(二),湖北人民出版社,1993 年,第 121 页、123 页。

"我不知道风是在那一个方向吹"

◉徐志摩

我不知道风

　　是在那一个方向吹——

　　我是在梦中，

　　在梦的轻波里依洄。

我不知道风

　　是在那一个方向吹——

　　我是在梦中，

　　她的温存，我的迷醉。

我不知道风

　　是在那一个方向吹——

　　我是在梦中，

　　甜美是梦里的光辉。

我不知道风

　　是在那一个方向吹——

　　我是在梦中，

　　她的负心，我的伤悲。

我不知道风

　　是在那一个方向吹——

　　我是在梦中，

　　在梦的悲哀里心碎！

我不知道风

　　是在那一个方向吹——

　　我是在梦中，

　　黯淡是梦里的光辉。

1928 年

——选自《猛虎集》，新月书店，1931 年版

【导读】

徐志摩(1897—1931),原名徐章垿,字槱森,小字又申,1918年赴美留学后改名徐志摩。从1922年8月回国到1931年,他先后出任北京大学、上海光华大学、东吴大学法学院、南京大学教授,主办和主编《创月刊》《晨报副刊》,成为著名的诗人。1931年11月19日,他由南京搭机飞北平,在济南党家庄附近因飞机撞山坠毁遇难,终年三十五岁。其诗集有《志摩的诗》(1925)、《翡冷翠的一夜》(1927)、《猛虎集》(1931)、《云游》(1931)。

这首诗作于1928年,是一首流传久远的诗。它典型地体现了徐志摩的诗歌轻灵飘逸、气质优柔的风格。从表面上看,这首诗是关于爱情失落的哀叹,内容似乎比较单薄,其实有着很大的感情容量。徐志摩是一个天性自由、多情浪漫的理想型诗人,20世纪20年代初他带着西方平等博爱的观念从英国留学归来,希望在中国实现西方资产阶级的民主自由制度。然而,半殖民地半封建的中国现实同他的理想发生了越来越尖锐的矛盾,他在事业与爱情上的追求多遇挫折,使他的热情日渐冷却而走向感伤和消沉。全诗借着爱情痛苦表达的"我不知道风是在那一个方向吹",深沉而复杂地概括了诗人的心灵历程和现实处境,倾吐了他那理想破灭的伤感和彷徨无助的情绪。

诗人在全诗的六节中都将自己置身"梦中",用非现实的意境暗示自己与现实的游离,因此不论是前三节迷醉于甜美的梦境,还是后三节沉溺于黯淡的梦境,都同样回旋着"我不知道风是在那一个方向吹"的主旋律。这种艺术方式有利于深层次地表现诗人感情的迷惘。为了把自己的感情表现得强烈、深沉且富于美感,这首诗注意追求一种纯净而有变化的音乐效果。诗的章法很严谨,前三节和后三节在感情色调上构成强烈的反差而又彼此呼应。诗的节奏也是跌宕起伏的,全诗六节,每节四行,各节前两行字句完全相同,后两行的第一句也相同,第二句略有变化,这样全诗在反复回旋中又逐层深化。音律节奏的齐整和谐也增强了这首诗的乐感。全诗单行为五字句,双行为八字句,音节是单行三顿,双行四顿,韵式为双行押韵,一韵到底,但各行第二句以单音字收尾,第四句则以双音词收尾。这些统一而又多样的艺术因子的错综组合,使诗篇获得了迷人的音乐效果。

胡适在《追悼志摩》中评价:"他的人生观真是一种'单纯信仰',这里面只有三个大字:一个是爱,一个是自由,一个是美。他梦想这三个理想的条件能够会合在一个人生里,这是他的'单纯信仰'。他的一生的历史,只是他追求这个'单纯信仰'的实现的一生。"[1]了解徐志摩这样的一生,就不难理解他的诗歌内涵。

---

[1] 胡适:《追悼志摩》,《新月》月刊1932年第4卷第1期,第212-221页。

三、延伸思考

早期新月诗派在现代诗歌的创格上不仅有自己的理论主张,还有大量的创作实践。但是,我们不能不看到新月诗派提出的"三美"原则仅仅是对新诗创格的一个大体要求,并没有像古典诗词那样有明确和具体的规定。要成为一个民族的现代诗歌格律定式,还有许多有待解决的问题。从早期新月诗派所做的实践来看,过分地强调诗歌形式的对称匀齐以及外在的音乐节奏,会限制诗情诗意的表达。这在后期新月诗派诗人的创作中得到了一定的纠正。值得思考的是,从早期新月诗派的创格提出至今,中国现代新诗体制的主流依然是自由体诗。之所以各个时期都有人主张新格律的建设,但响应者并不多,其大多作品在内容上并无多少影响,也没有固定的、堪称范式并得到公认的体制,究竟是因为中国现代新诗不适宜格律的限制,还是形成现代格律诗的历史条件不成熟,都值得我们进一步思考和实践。

第四节　早期象征主义诗歌

一、基本知识

中国早期象征主义诗人有李金发、王独清、穆木天、冯乃超、梁宗岱、邵洵美、蓬子、胡也频等,他们受法国象征主义诗歌和理论的影响,在诗歌创作理论上有了新的追求,对初期白话诗缺乏想象、直白浅露与新月诗派过分偏重外在形式的流弊进行了修正和超越。1926 年,穆木天在《谭诗:寄沫若的一封信》中宣称"我们的要求是'纯粹诗歌',我们的要求是诗与散文的纯粹的分界","诗的世界是潜在意识的世界",诗是"内生命的反射","是内生活真实的象征","诗是要暗示的,最忌说明的"[①]。"纯诗"的概念是对内心感觉世界、内生命中潜意识的自我观照,在艺术上以明白外向为大忌,强调象征暗示与朦胧新奇,刻意破坏习惯的语言规范,追求含蓄内敛更耐人寻味的效果,而不是从根本上拒斥读者。早期象征主义诗人明确提出了将东西方诗歌"沟通"的理想。李金发在他的诗集《食客与凶年》的"自跋"里指出"东西作家随处有同一之思想,气息,眼光和取材",应"于他们的根本处","把两家所有,试为沟通,或即调和之意"。周作人在《〈扬鞭集〉序》里也提出以"象征"作为东、西方诗歌的联结点:"这是外国的新潮流,同时也是中国的旧手法;新诗如往这一路去,融合便可成功,真正的中国新诗

---

① 穆木天:《谭诗:寄沫若的一封信》,《创造月刊》1926 年 3 月第 1 卷第 1 期,第 84-92 页。

也就可以产生出来了。"①

在早期象征主义诗人中,李金发是最有代表性的一位诗人,他所写的诗歌内容及艺术手法也最具象征主义诗歌的特点。

二、代表作及其导读

弃　妇

◉李金发

长发披遍我两眼之前,

遂隔断了一切羞恶之疾视,

与鲜血之急流,枯骨之沉睡。

黑夜与蚊虫联步徐来,

越此短墙之角,

狂呼在我清白之耳后,

如荒野狂风怒号:

战栗了无数游牧,

靠一根草儿,与上帝之灵往返在空谷里。

我的哀戚惟游蜂之脑能深印着;

或与山泉长泻在山崖,

然后随红叶而俱去。

弃妇之隐忧堆积在动作上,

夕阳之火不能把时间之烦闷

化成灰烬,从烟突里飞去,

长染在游鸦之羽,

将同栖止于海啸之石上,

静听舟子之歌。

衰老的裙裾发出哀吟,

---

① 周作人:《〈扬鞭集〉序》,北新书局,1926 年,第 3 页。

徜徉在丘墓之侧，

永无热泪，

点滴在草地为世界之装饰。

——选自《微雨》，北新书局，1925 年版

【导读】

李金发（1900—1976），又名李淑良，广东梅县人。1919 年李金发前往法国，专攻美术，学习雕塑，并深受法国象征主义的影响，基本完成了诗集《微雨》的创作。1925 年李金发回国，先后任教于一些美术学院。20 世纪 40 年代后期，李金发几次出任外交官员，后在美国定居，1976 年病逝于美国。他的诗集有《微雨》（1925）、《为幸福而歌》（1926）、《食客与凶年》（1927）及未出版的《灵的囹圄》。

在"五四"以后白话诗迅速发展的 20 世纪 20 年代中期，人们已经习惯了明白晓畅、易于把握的白话新诗，李金发诗集《微雨》的突然出现，引起了人们广泛的关注和强烈的褒贬。《弃妇》是《微雨》中的代表作。

《弃妇》在表现方法上，是完全区别于以往国内白话新诗的一首诗。这首诗意图表现人生的命运像一个被遗弃的妇女，充满着哀伤与悲苦。作者并没有具体去写弃妇不幸的经历，也没有简单直露地去抒发弃妇内心的痛苦和作者对她寄予的同情，而是围绕"弃妇"这个本身就具有悲剧意义的特定意象，去营造一系列与之有关的意象来暗示"弃妇"的悲惨命运。诗的第一节便让我们触目惊心："长发披遍我两眼之前，遂隔断了一切羞恶之疾视"，让人灵魂战栗的"鲜血之急流，枯骨之沉睡。黑夜与蚊虫联步徐来"，让我们不难想象"弃妇"面对险恶生存环境的惊悚形象。诗的第二节里，象征脆弱生命的"一根草儿"与虚幻的"上帝之灵"、寄托哀戚的"游蜂之脑"在"空谷"里飘向长泻的"山泉"与俱去的"红叶"，这些意象的组合极大地增强了语言的张力，更让人感到"弃妇"的痛苦失落和无助。诗的第三、第四节，改用第三人称对"弃妇"的忧伤进行隐喻。她的"隐忧"挥之不去，不能不沉重地"堆积"起来，夕阳之火不能烧去生命的凄凉，让灵魂成为轻烟随着"游鸦"栖息在礁石上获得片刻的宁静。于是"弃妇"只有无奈地衰老与孤独地死亡，不会再有热泪涌流，只留下身后的孤坟装饰着无情的世界。诗人写的是"弃妇"的苦恼与悲哀，实则象征的是世界的丑恶、冷漠与无情。《弃妇》这首诗虽然读起来有些晦涩拗口的地方，但作为现代新诗却更能体现意在言外的诗美。

有 感

◉李金发

如残叶溅
　血在我们
　　脚上，

生命便是
　死神唇边
　　的笑。

半死的月下，
　载饮载歌，
　　裂喉的音
随北风飘散。
　　　吁！
抚慰你所爱的去。

开你户牖
使其羞怯，
　征尘蒙其
　　可爱之眼了。
此是生命
　之羞怯
　　与愤怒么？

如残叶溅
　血在我们
　　脚上。

生命便是
　死神唇边
　　的笑。

——选自《为幸福而歌》，商务印书馆，1926 年版

【导读】

以颓废观念审视生命与死亡,是法国象征主义诗歌的一个重要主题。受此影响的李金发从法国留学回来后,对 20 世纪 20 年代中西方社会现实的失望,有感于自己的抱负难以实现和沉沦于消极生活的态度,写下了《有感》一诗。

这首诗隐含了人生短促、命运无情、只能在酒与爱的享乐里消除痛苦的意思。从思想内容来看,有其消极颓废的一面,但就艺术表现而言,这首诗则有独到深刻之处。诗人创造色彩鲜明的新奇意象,并用开头和结尾两节复沓出现的结构呈现与强化主题。"如残叶溅/血在我们/脚上,生命便是/死神唇边/的笑"。秋天凋零的红色残叶飘落在脚上,在诗人沉沦而敏感的心里不啻如鲜血溅来,由此想到生命短促如"死神唇边"可怖的瞬间一笑,这样的意象有着强烈的视觉冲击力。中间两段,表达了诗人在"半死"心境中的情绪变化:一边对酒当歌,让破裂的歌声随北风飘散,从欢爱中寻求心灵抚慰;一边又内心充满矛盾,不甘沉沦地发出痛苦的疑问:"此是生命/之羞怯/与愤怒么?"生命虽然短促,难道就该在酒色欢歌的"羞怯"与"愤怒"中度过吗?诗人没有为自己找到答案,不得不面对"生命便是死神唇边的笑"的现实。

这首诗的形体采用"阶梯式"错落的句式,恰当地表现了诗人痛苦矛盾的心情。诗人将有些词与短句故意断开排列,如"溅血"一词,"血"字放在下一行的开头,"死神"也不接上行关联的"便是",而是另提一行开头,分别突出强调了错位词的特殊意义,给阅读带来了新颖强烈的印象。诗的第三节意象较为含混、语言过分跳跃则有碍读者接受。这样的毛病,在李金发的诗中不难看到。

三、延伸思考

在中国新诗发展史上,早期象征主义诗人的试验为丰富和提升新诗艺术提供了新的借鉴。他们强调表现人的内心感觉,在远距离的事物中发现诗的联系,突出"暗示"在诗歌艺术中的地位,重视读者在欣赏过程中的能动作用,这些都提高了诗的艺术表现力。除李金发在创作中的积极探索外,穆木天、王独清、冯乃超等都运用过象征主义的表现方式并获得了不同的成效。穆木天的《旅心》做了废除诗的标点的试验,明显地增加了诗歌语言的弹性与张力,让读者有了更大的想象空间。他还常采用叠字、叠句式回环复沓的办法来强化诗的律动,增加诗歌的朦胧性与暗示性。早期象征主义诗歌对中国现代诗歌产生了深远的影响,20 世纪 80 年代的"朦胧诗潮"也明显有着早期象征主义诗歌表现手法的痕迹。当然,我们应客观地看到,早期象征主义诗人的创作也是中国新诗发展历程中的一种尝试,其局限也是在所难免的,他们的诗歌中一些颓废消极的内容和艺术表现上艰深晦涩的现象是应该否定的。

第五节　其他诗人的创作

一、基本知识

在白话新诗发展的过程中,湖畔诗人的创作、小诗的兴起以及蒋光慈、冯至等诗人在新诗的内容与形式上都进行了不同的尝试,为推动新诗发展做出了各自的贡献。

成立于1922年4月的湖畔诗社,主要成员有应修人、潘漠华、冯雪峰和汪静之。他们开始创作时都还不到二十岁,在三年多的时间里出版了合集《湖畔》(1922)、《春的歌集》(1923)和汪静之的《蕙的风》(1922)和《寂寞的国》(1927)四部诗集,在"五四"新诗坛上形成了颇有影响的诗歌现象。湖畔诗人的作品中除吟咏自然和少量反映社会现实生活的诗篇,大多是抒发爱情的。他们的诗歌显示出抒情自然率真、语言质朴清新、诗形短小活泼的创作特色。湖畔诗人都很年轻,生活阅历较浅,诗的格局都较小,较多作品存在直抒胸臆与"为赋新词强说愁"的弊病。

小诗在1921年至1923年成为风靡一时的诗歌体裁,当时被称作"小诗流行的时代"。代表诗集有冰心的《繁星》《春水》(1923),宗白华的《流云》(1923),梁宗岱的《晚祷》(1924)等。其中以冰心、宗白华的影响最大,时人模仿者众多。小诗的产生,受到了日本俳句和泰戈尔哲理诗的影响。1921年周作人的《日本的诗歌》《论小诗》与1922年郑振铎翻译的泰戈尔的《飞鸟集》,促进了小诗的兴起。从当时的大多数小诗来看,它是一种即兴式的短诗,其特点是:形制短小,多以三五行为一首;表现刹那间的情绪和感触,寄予人生的哲理和思想;具有言简意赅的效果。虽然小诗为中国现代新诗的诗体建设增加了新的形式,但不少小诗也存在内容贫乏、纤弱空泛的弊端。

蒋光慈(1901—1931),1925年出版《新梦》集。他是开创无产阶级革命诗歌、最早颂扬俄国十月革命、把共产主义理想带进诗歌领域的诗人。他和同样立场的诗人把"五四"新诗"平民化"的趋向发展到极端,强调直接从现时代的人民革命斗争中吸取诗情,主张革命文学"它的主人,应当是群众,而不是个人"[①]。他们把自我消融于大众,将个性置换为共性,热烈地歌颂革命与理想,这对以后左翼诗歌的发展有深远的影响。由于无产阶级诗歌注重于理想的灌输,虽感情真挚热烈,但想象平实,用意直露,制约了诗艺的追求与发挥。

冯至(1905—1993),他的第一部诗集《昨日之歌》(1927)出版后在诗坛引起了很

[①]　蒋光慈:《关于革命文学》,《太阳月刊》1928年第2期,第1-13页。

大反响,被鲁迅誉为"中国最为杰出的抒情诗人"①。他出版了诗集《昨日之歌》(1927)、《北游及其他》(1929)、《十四行集》(1942),翻译了里尔克、歌德、诺瓦利斯等许多德国诗人的作品。冯至的叙事诗融抒情与叙事为一体,注重艺术表现形式,把现代叙事诗的创作提高到了新的水平,被朱自清评价为"堪称独步"②。

在以上的诗人中,冯至是一位在创作内容与艺术形式上独树一帜、诗歌成就比较突出的诗人。

二、代表作及其导读

蛇

◎冯　至

我的寂寞是一条长蛇,
静静地没有言语。
姑娘,你万一梦到它时,
千万呵,不要悚惧。

它是我忠诚的侣伴,
心里害着热烈的相思;
它在想那茂密的草原——
你头上的、浓郁的乌丝。

它月光一般的轻轻地
从你那儿潜潜走过;
为我把你的梦境衔了来,
像一只绯红的花朵。

——选自《昨日之歌》,北新书局,1927年版

【导读】

《蛇》是冯至早期的优秀代表作之一。在这首诗中,诗人将普通人心中的冷血动物蛇创造为蕴含热情爱恋的意象,婉约地抒发着怯懦而寂寞的爱情。作者把热恋中的

---

① 鲁迅:《中国新学大系·小说二集·序》,《鲁迅全集》(第六卷),人民文学出版社,1981年,第242页。
② 朱自清:《诗话》,《中国新文学大系·诗集》,上海文艺出版社,1981年影印本,第28页。

"我"的寂寞比作"一条长蛇",把蛇的"相思"化为人的"相思",浓重的感情色彩和奇丽幻想展现出"蛇"的独特魅力。从静静地来到姑娘身边表达热烈的相思,到衔走梦境里的"花朵",诗人抑制了感情的泛滥和直露,给读者留下了许多想象空间。"蛇"和"花朵"是诗人为了表达他的"寂寞"与"相思"之情而物我相容的客观对应物,运用诗歌的意象及空灵的意境传递潜藏于心的渴望和可望而不可即的焦虑。诗人害着热烈的相思却没有走到恋人的身边,去实现自己白日梦中的愿望,而是借蛇的别有文化意义的意象去表达难以释怀的激情。《圣经》里唆使亚当、夏娃偷食禁果的蛇,法国象征主义诗人瓦雷里《一条蛇的草图》和《年轻的命运女神》里的蛇都是性爱的象征。"蛇"衔来"一只绯红的花朵"不能说与性爱意识无关。新月派诗人邵洵美的《蛇》写的就是与蛇"冰冷里还有火炽"的性爱感受,他的诗可以视为对冯至《蛇》的潜意识的佐证。冯至的《蛇》没有邵洵美的《蛇》写得那样胆大和肆意煽情,而是以带着羞怯、柔情与热烈融合的语气,通过蛇、月光、草原、花朵、梦境这些意象的动静组合,含蓄美妙地表达了热恋时难以入眠、辗转反侧时的感情冲动,使平凡的梦境具有了雅致神秘的审美品位。这首诗反映出冯至善于运用隐喻和象征的独特抒情能力,其语言的内敛和张力体现出他的早期诗歌就具有了现代性的素质。

我是一条小河

◉冯　　至

我是一条小河,
我无心从你的身边绕过——
你无心把你彩霞般的影儿,
投入了我轻轻的柔波。

我流过一座森林——
柔波便荡荡地,
把那些碧绿的叶影儿,
裁剪成你的衣裳。
我流过一座花丛,
柔波便粼粼地,
把那些彩色的花影儿,
编织成你的花冠。

无奈呀,最后我终于流入了,

流入无情的大海,

海上的风又厉,浪又狂,

吹折了花冠,击碎了衣裳!

我也随着海潮漂漾,

漂漾到无边的地方;

你那彩霞般的影儿,

竟也和幻散了彩霞一样!

一九二五年

——选自《昨日之歌》,北新书局,1927 年版

【导读】

这是一首表达对心中恋人倾心向往而又失落的爱情诗。其诗充满幻想色彩和凄美情调。诗人将自己比作柔波微漾的"小河","无心"却有意拥着彩霞般美丽的姑娘的"影儿"缓缓前流,借着绿叶鲜花的"影儿"为她编织衣裳与花冠。幻想的"影儿"即非现实,难免会遭到海上的厉风狂浪"吹折了花冠","击碎了衣裳",心中恋人自然会无可奈何地像"幻散了彩霞一样"。

在诗的形式上,它的句式错落有致,节奏舒缓与明快互动,韵律活泼。诗人以人拟物,描写了"小河"与"影儿"之间的关系与情感变化,从想象的浪漫欢欣情景到"流入无情的大海"的结局形成强烈对比,先乐后悲,凸显了现实的冷酷和心中的惆怅。

20 世纪 20 年代,冯至早期的抒情诗以抒写泛化的友情、母爱和爱情为主,其内容多表现幻与美的悲剧、爱的渴望与渴望未得时的忧郁、青春期忧时伤世的苦闷。如《吹箫人的故事》《绣帷幔的少尼》《蚕马》《寺门之前》《河上》《鲛人》等作品多以一个虚构的爱情故事来展示诗人心灵的探寻和对人生悖论的理解,表现了冯至作为一个理想主义者对人生的悲剧性感受和思索,因而爱情在冯至的世界里都是悲剧性的。

三、延伸思考

冯至后期的诗歌实践,取得了更为丰硕的成果,在诗的形式与内容上展现出新的面貌。1941 年出版的《十四行集》反映出他走向现实,对人生的体验上升到一个更为真实的层面。对目睹战争涂炭生灵的灵魂悸动,对现实中人生的虚无与不定、生与死的迷惘和意义的思考,使他的作品具有厚实的现代性。"由 27 首诗组成的《十四行集》",是中国新诗史上"最集中、最充分地表现生命主题的一部诗集,它是一部生命沉

思者的歌",它使中国现代诗歌第一次具有了"形而上的品格"①。这本诗集所展示的丰富内容与相对完美的艺术,使它在 20 世纪 40 年代文学以至现代文学中都具有独特的意义。

【思考题】

1.早期白话诗是在什么历史背景下诞生的?

2.早期白话诗的创作对中国新诗发展道路的开拓有何重大意义?

3.胡适的《谈新诗》提出了哪些诗歌创作的主张?

4.早期白话诗创作的局限有哪些?

5.为什么说《女神》的思想内容集中地反映了"五四"时期的精神?其艺术特色有哪些?

6.郭沫若的诗歌创作有什么值得我们反思?

7.新月派诗人对新诗的创作与理论做出了哪些贡献?其局限是什么?

8.闻一多关于新诗格律的建议与实践对当代新诗的建设有何借鉴意义?

9.徐志摩诗歌的艺术风格具有哪些特点?

10.如何理解穆木天等主张的"纯诗"?

11.李金发的创作实践对中国新诗的发展产生了哪些影响?

12.为什么说冯至是 20 世纪 20 年代独树一帜的诗人?

13.湖畔派诗人的创作有何特色?

14.小诗的诗体在新诗建设中有何积极意义?

---

① 王泽龙:《冯至的〈十四行集〉》,《中国现代主义诗潮论》,华中师范大学出版社,1995 年,第 183 页。

第三章 现代小说的新探索

清末民初,梁启超发起小说界革命,提出小说是文学之最上乘,这一观点促进了中国小说地位的变化。1917 年,鲁迅的《狂人日记》开启了中国现代小说的先河。20 世纪 20 年代,中国作家进一步探索现代小说的各种可能。现代小说被用来寻找人生、社会意义及精神出路,由此发展出三个重要方向。

一是社会问题小说。此类小说立足于反映社会现实问题,用现实主义创作方法,关注民生疾苦,针砭社会痼弊。这一派作家多为文学研究会成员。

二是浪漫抒情小说,尤其以自叙传抒情小说为代表。此类小说和社会问题小说相反,它们不注重描写客观现实,而强调主人公"内心的要求",重视自我情绪的抒发和表现,作品有浓郁的浪漫抒情色彩。这一派作家主要是前期创造社成员,以及与之宗旨相近的其他社团的一些小说家。

三是乡土小说。此类小说以作家熟悉的故土人情为题材,揭示农村落后、愚昧的生活,并抒发其乡愁。这一派作家以文学研究会成员为主,也包括其他文学社团的一些青年作家。

第一节 社会问题小说

一、基本知识

社会问题小说是"五四"时期兴起的一种小说类型。这类小说多以知识青年生活为题材,探索各种社会人生问题,涉及婚姻家庭、妇女地位、教育、劳工、青年出路、社会习俗与礼教、下层人民生活、战争与军人、国民性等。它的繁荣既是"五四"思想启蒙运动的需要和结果,也深受外来文化思潮,特别是易卜生密切关心社会现实问题的进步倾向的影响。

　　早期社会问题小说在 1919 年上半年《新潮》作家群的作品中已显露端倪,例如,罗家伦的《是爱情还是苦痛》、叶圣陶的《这也是一个人》、胡适的《一个问题》等等。1919 年下半年冰心的《两个家庭》《斯人独憔悴》等小说发表后,社会问题小说正式形成风气。1921 年文学研究会的成立,将这种小说的创作推向高潮。

　　社会问题小说的代表作家有冰心、叶圣陶、王统照、庐隐、许地山等。

　　叶圣陶的《潘先生在难中》是其早期社会问题小说的代表作。这篇小说塑造了一个带有浓郁小市民习气的、卑琐的底层知识分子形象。茅盾评论说:"这把城市小资产阶级的没有社会意识,卑谦的利己主义,Precaution,琐屑,临虚惊而失色,暂苟安而又喜,等等心理描写得很透彻。"①

　　王统照的《沉思》,是其早期社会问题小说的代表作品。小说描写女优琼逸抱着为艺术而献身的磊落胸怀,去当画家的模特,却为社会不容。作品体现了作者对"美"和"爱"的追求,写出了作者遇到顽固社会现实时不得不陷入的沉思。

　　庐隐最早的创作也是社会问题小说,她的《灵魂可以卖吗》《一封信》《两个小学生》等作品展现了一个个充满血泪的社会悲剧,有强烈的社会意义。她的代表作《海滨故人》,反映的也是社会问题,但在创作风格上更接近浪漫抒情小说。

　　许地山的社会问题小说有比较浓郁的宗教思辨和浪漫异域色彩。《命命鸟》写仰光一对青年男女因爱情遭到父母反对,而双双牵手走入湖中自尽的悲剧。这篇小说强烈地控诉了封建门第观念和婚姻制度对青年的迫害。

　　社会问题小说作家从多种角度触及了社会各方面的问题,尽管各自的表现手法有所侧重,但在强调文学"为人生"的目的,以及现实主义的创作方法上,他们基本一致。

二、代表作及其导读

斯人独憔悴(节选)

◉冰　心

　　忽然一声桌子响,茶杯花瓶都摔在地下,跌得粉碎。化卿先生脸都气黄了,站了起来,喝道:"好! 好! 率性和我辩驳起来了! 这样小小的年纪,便眼里没有父亲了,这还了得!"颖贞惊呆了。颖石退到屋角,手足都吓得冰冷。厢房里的姨娘们,听见化卿声色俱厉,都搁下牌,站在廊外,悄悄的听着。

　　化卿道:"你们是国民一分子,难道政府里面,都是外国人? 若没有学

① 茅盾:《中国新文学大系·小说一集·导言》,《茅盾全集》(第二十卷),人民文学出版社,1990 年,第 480 页。

生出来爱国,恐怕中国早就灭亡了!照此说来,亏得我有你们两个爱国的儿子,否则我竟是民国的罪人了!"颖贞看父亲气到这个地步,慢慢的走过来,想解劝一两句。化卿又说道:"要论到青岛的事情,日本从德国手里夺过的时候,我们中国还是中立国的地位,论理应该归与他们。况且他们还说和我们共同管理,总算是仁至义尽的了!现在我们政府里一切的用款,哪一项不是和他们借来的?像这样缓急相通的朋友,难道便可以随随便便的得罪了?眼看着这交情便要被你们闹糟了,日本兵来的时候,横竖你们也只是后退,仍是政府去承当。你这会儿也不言语了,你自己想一想,你们做的事合理不合理?是不是以怨报德?是不是不顾大局?"颖石低着头,眼泪又滚了下来。

化卿便一叠连声叫刘贵,刘贵慌忙答应着,垂着手站在帘外。化卿骂道:"无用的东西!我叫你去接他们,为何只接回一个来?难道他的话可听,我的话不可听么?"刘贵也不敢答应。化卿又说:"明天早车你再走一遭,你告诉大少爷说要是再不回来,就永远不必回家了。"刘贵应了几声"是",慢慢的退了出去。

四姨娘走了进来,笑着说:"二少爷年纪小,老爷也不必和他生气了,外头还有客坐着呢。"一面又问颖石说:"少爷穿得这样单薄,不觉得冷么?"化卿便上下打量了颖石一番,冷笑说:"率性连白鞋白帽,都穿戴起来,这便是'无父无君'的证据了!"

一个仆人进来说:"王老爷要回去了。"化卿方站起走出,姨娘们也慢慢的自去打牌,屋里又只剩姊弟二人。

颖贞叹了一口气,叫:"张妈,将地下打扫了,再吩咐厨房开一桌饭来,二少爷还没有吃饭呢。"张妈在外面答应着。颖石摇手说:"不用了。"一面说:"哥哥真个在医院里,这一两天恐怕还不能回来。"颖贞道:"你刚才不是说被干事部留下么?"颖石说:"这不过是一半的缘由,上礼拜六他们那一队出去演讲,被军队围住,一定不叫开讲。哥哥上去和他们讲理,说得慷慨激昂。听的人愈聚愈多,都大呼拍手。那排长恼羞成怒,拿着枪头的刺刀,向哥哥的手臂上扎了一下,当下……哥哥……便昏倒了。那时……"颖石说到这里,已经哭得哽咽难言。颖贞也哭了,便说:"唉,是真……"颖石哭着应道:"可不是真的么?"

明天一清早,刘贵就到里院问道:"张姐,你问问大小姐有什么话吩咐没有。我要走了。"张妈进去回了,颖贞隔着玻璃窗说:"你告诉大少爷,千万快快的回来,也千万不要穿白帆布鞋子,省得老爷又要动气。"

两天以后,颖铭也回来了,穿着白官纱衫,青纱马褂,脚底下是白袜子,青缎鞋,戴着一顶小帽,更显得面色惨白。进院的时候,姊姊和弟弟,都坐在廊子上,逗小狗儿玩。颖石看见哥哥这样打扮着回来,不禁好笑,又觉得十分伤心,含着眼泪,站起来点一点头。颖铭反微微的惨笑。姊姊也没说什么,只往东厢房努一努嘴。颖铭会意,便伸了一伸舌头,笑了一笑,恭恭敬敬的进去。

化卿正卧在床上吞云吐雾,四姨娘坐在一旁,陪着说话。颖铭进去了,化卿连正眼也不看,仍旧不住的抽烟。颖铭不敢言语,只垂手站在一旁,等到化卿慢慢的坐起来,方才过去请了安。化卿道:"你也肯回来了么?我以为你是'国尔忘家'的了!"颖铭红了脸道:"孩儿实在是病着,不然……"化卿冷笑了几声,方要说话。四姨娘正在那里烧烟,看见化卿颜色又变了,便连忙坐起来,说:"得了!前两天就为着什么'青岛''白岛'的事,和二少爷生气,把小姐屋里的东西都摔了,自己还气得头痛两天,今天才好了,又来找事。他两个都已经回来了,就算了,何必又生这多余的气?"一面又回头对颖铭说:"大少爷,你先出去歇歇罢,我已经吩咐厨房里,替你预备下饭了。"化卿听了四姨娘一篇的话,便也不再说什么,就从四姨娘手里,接过烟枪来,一面卧下。颖铭看见他父亲的怒气,已经被四姨娘压了下去,便悄悄的退了出来,径到颖贞屋里。

颖贞问道:"铭弟,你的伤好了么?"颖铭望了一望窗外,便卷起袖子来,臂上的绷带裹得很厚,也隐隐的现出血迹。颖贞满心的不忍,便道:"快放下来罢!省得招了风要肿起来。"颖石问:"哥哥,现在还痛不痛?"颖铭一面放下袖子,一面笑道:"我要是怕痛,当初也不肯出去了!"颖贞问道:"现在你们干事部里的情形怎么样?你的缺有人替了么?"颖铭道:"刘贵来了,告诉我父亲和石弟生气的光景,以及父亲和你吩咐我的话,我哪里还敢逗留,赶紧收拾了回来。他们原是再三的不肯,我只得将家里的情形告诉了,他们也只得放我走。至于他们进行的手续,也都和别的学校大同小异的。"颖石道:"你还算侥幸,只可怜我当了先锋,冒冒失失的正碰在气头上。那天晚上的光景,真是……从我有生以来,也没有挨过这样的骂!唉,处在这样黑暗的家庭,还有什么可说的,中国空生了我这个人了。"说着便滴下泪来。颖贞道:"都是你们校长给送了信,否则也不至于被父亲知道。其实我在学校里,也办了不少的事。不过在父亲面前,总是附和他的意见,父亲便拿我当做好人,因此也不拦阻我去上学。"说到此处,颖铭不禁好笑。

颖铭的行李到了,化卿便亲自出来逐样的翻检,看见书籍堆里有好几束的印刷品,并各种的杂志;化卿略一过目,便都撕了,登时满院里纸花乱飞。颖铭颖石在窗内看见,也不敢出来,只急得悄悄的跺脚,低声对颖贞说:"姊姊!你出去救一救罢!"颖贞便出来,对化卿陪笑说:"不用父亲费力了,等我来检看罢。天都黑了,你老人家眼花,回头把讲义也撕了,岂不可惜。"一面便弯腰去检点,化卿才慢慢的走开。

他们弟兄二人,仍旧住在当初的小院里,度那百无聊赖的光阴。书房里虽然也磊着满满的书,却都是制艺、策论和古文、唐诗等等。所看的报纸,也只有《公言报》一种,连消遣的材料都没有了。至于学校里朋友的交际和通信,是一律在禁止之列。颖石生性本来是活泼的,加以这些日子,在学校内很是自由,忽然关在家内,便觉得非常的不惯,背地里唉声叹气。闷来便拿起笔乱写些白话文章,写完又不敢留着,便又自己撕了,撕了又写,天天这样。颖铭是一个沉默的人,也不显出失意的样子,每天临几张字帖,读几遍唐诗,自己在小院子里,浇花种竹,率性连外面的事情,不闻不问起来。有时他们也和几个姨娘一处打牌,但是他们所最以为快乐的事情,便是和姊姊颖贞,三人在一块儿,谈话解闷。

化卿的气,也渐渐的平了,看见他们三人,这些日子,倒是很循规蹈矩的,心中便也喜欢;无形中便把限制的条件,松了一点。

有一天,颖铭替父亲去应酬一个饭局,回来便悄悄的对颖贞说:"姊姊,今天我在道上,遇见我们学校干事部里的几个同学,都骑着自行车,带着几卷的印刷品,在街上走。我奇怪他们为何都来到天津,想是请愿团中也有他们,当下也不及打个招呼,汽车便走过去了。"颖石听了便说:"他们为什么不来这里,告诉我们一点学校里的消息?想是以为我们现在不热心了,便不理我们了,唉,真是委屈!"说着觉得十分激切。颖贞微笑道:"这事我却不赞成。"颖石便问道:"为什么不赞成?"颖贞道:"外交内政的问题,先不必说。看他们请愿的条件,哪一条是办得到的?就是都办得到,政府也决然不肯应许,恐怕启学生干政之渐。这样日久天长的做下去,不过多住几回警察厅,并且两方面都用柔软的办法,回数多了,也都觉得无意思,不但没有结果,也不能下台。我劝你们秋季上学以后,还是做一点切实的事情,颖铭,你看怎样?"颖铭点一点头,也不说什么。颖石本来没有成见,便也赞成兄姊的意思。

一个礼拜以后,南京学堂来了一封公函,报告开学的日期。弟兄二人,都喜欢得吃不下饭去,都催着颖贞去和父亲要了学费,便好动身。颖贞去说时,化卿却道:"不必去了,现在这风潮还没有平息,将来还要捣乱。我已经把他两个人都补了办事员,先做几年事,定一定性子。求学一节,日后再议罢!"颖贞呆了一呆,便说:"他们的学问和阅历,都还不够办事的资格,倘若……"化卿摇头道:"不要紧的,哪里便用得着他们去办事?就是办事上有一差二错,有我在还怕什么!"颖贞知道难以进言,坐了一会,便出来了。

走到院子里,心中很是游移不决,恐怕他们听见了,一定要难受。正要转身进来,只见刘贵在院门口,探了一探头,便走近前说:"大少爷说,叫我看小姐出来了,便请过那院去。"颖贞只得过来。颖石迎着姊姊,伸手道:"钞票呢?"颖贞微微的笑了一笑,一面走进屋里坐下,慢慢的一五一十都告诉了。兄弟二人听完了,都半天说不出话来,过了一会,颖石忍不住哭倒在床上道:"难道我们连求学的希望都绝了么?"颖铭眼圈也红了,便站起来,在屋里走了几转,仍旧坐下。颖贞也想不出什么安慰的话来,坐了半天,便默默的出来,心中非常的难过,只得自己在屋里弹琴散闷。等到黄昏,还不见他们出来,便悄悄的走到他们院里,从窗外往里看时,颖石蒙着头,在床上躺着,想是睡着了。颖铭斜倚在一张藤椅上,手里拿着一本唐诗"心不在焉"的只管往下吟哦。到了"出门搔白首,若负平生志,冠盖满京华,斯人独憔悴……"似乎有了感触,便来回的念了几遍。颖贞便不进去,自己又悄悄的回来,走到小院的门口,还听见颖铭低徊欲绝的吟道:"……满京华,斯人独憔悴!"

——选自《斯人独憔悴》,江苏文艺出版社,2008年版

【导读】

冰心(1900—1999),原名谢婉莹,福建长乐人。1918年冰心进入协和女子大学学医,后改学文学。冰心是新文学史上最早的女作家之一,她的作品深受基督教的泛爱思想和西方人道主义观念影响,母爱、童心和大自然是其作品的重要主题。冰心在现代文学史上最有影响的是她的散文和小诗,但是,她最早却以社会问题小说步入文坛并成名。阿英(钱杏邨)在《〈谢冰心小品〉序》中写道:"青年的读者,有不受鲁迅影响的,可是,不受冰心文字影响的,那是很少。虽然从创作的伟大性及其成功方面看,鲁迅远超过冰心。"可见冰心的社会问题小说的影响力。首先,在社会问题小说作家中,

冰心的创作时间最长,从 1919 年的《两个家庭》,到 1930 年的《往事》,她的小说创作几乎贯穿了社会问题小说发展的全过程。其次,冰心的社会问题小说的创作数量最多,有《超人》《去国》《往事》三集,共计三十多篇。另外,冰心的社会问题小说创作题材也很广泛,包括国难问题、青年问题、人才问题、妇女问题、家庭问题等,这些小说都与当时的社会密切相关,在当时引起了广泛反响。

冰心的第一篇社会问题小说是《两个家庭》,最早刊载在《晨报》上,刊发这篇小说时,作者第一次使用"冰心"这个笔名。然而,她真正产生影响的社会问题小说,是从本书选登的这篇《斯人独憔悴》开始的。

小说描写了颖铭、颖石这一对兄弟在学校的爱国行为被父亲化卿得知后,受到斥骂、关闭而无奈苦闷的故事。小说中的父亲是一个思想顽固的封建家长,在"五四"时期,这类封建卫道者比比皆是。作者塑造这样的一个形象具有典型意义。与父亲化卿的专横相对的是小说中两位正面主人公的软弱无力,他们有爱国热情,却缺少抗争家庭的勇气,一旦面临强大的阻力便束手无策,独自伤悲。小说结构简略、故事单一,没有从多侧面展示颖铭、颖石兄弟的性格,但仍然比较真实地再现了"五四"时期一部分青年的精神面貌。正是因为小说展现了强大、顽固的封建势力对爱国青年的理想、抱负的压制,才使小说一发表就引起了极大的社会反响。小说写于 1919 年 10 月,写到了此前不久爆发的震撼人心的五四运动,所以主人公颖铭、颖石兄弟的遭遇很快引起了当时众多青年学生的共鸣。小说发表三个月,很快就被改编成话剧上演。在小说中,冰心基本上只用人物对话,没有展开曲折的情节,对父亲化卿的粗暴、专横表现得比较柔和,而在小说的结尾,也没有给这一对兄弟指出一种解决问题的方法,只是抒写了"斯人独憔悴"的哀叹。这正体现了这一时期社会问题小说的特点。

三、延伸思考

通过《斯人独憔悴》这篇小说的阅读,我们可以了解社会问题小说的一些基本特点:

(1)问题意识。"借小说发表自己的思想"是社会问题小说最普遍的特色。周作人说:"问题小说,是近代平民文学的出产物。这种著作,照名目所表示,就是论及人生诸问题的小说。"(《中国小说里的男女问题》)陈望道、沈雁冰等认为,问题小说就是"以劳工问题、子女问题以及伦理、宗教等等问题中或一问题为中心的小说"(《问题小说》)。作家们从思想、伦理、道德等不同角度进行启蒙思考,通过展示各种人生的悲剧与不合理,达到反抗封建和启发民众的目的。这种"五四"时期的思想启蒙观念,不仅突出表现在社会问题小说里,而且贯穿到当时几乎一切文学样式中,包括诗歌、散文、戏剧。社会问题小说的兴盛,是新的文学思潮的产物。它受俄国的问题小说、泰戈尔的哲理小说、易卜生的问题剧的影响较明显,也与周作人、胡适的理论倡导有关。

(2)"只问病源,不开药方"是这个时期大多数社会问题小说最鲜明的特点,实际上也是这类小说的力量所在,它及时地反映了社会现实,并启发读者去积极思考,自己寻找解答。但也有一些作家,在小说中为社会问题寻找答案,像冰心和许地山的某些作品中都表现出对"美"与"爱"这样较为哲学和抽象的思想追求。

第二节　自叙传抒情小说

一、基本知识

自叙传抒情小说是中国现代抒情小说的一种体式,它的表达方式和风格特征侧重于作家的自我暴露,以及个人生活和心理描写。自叙传抒情小说深受西方浪漫主义文学和日本"私小说"的影响,所以又可称为"浪漫抒情小说""自我写真小说""身边小说""情绪小说"或"情调小说"。以创造社为中心的自叙传抒情小说,是浪漫主义小说的一个流派,这股创作潮流从郁达夫1921年在上海泰东书局出版的小说集《沉沦》开始。《沉沦》是中国现代文学史上第一部白话短篇小说集。

自叙传抒情小说的代表作家大多来自创造社,代表作品有郁达夫的《沉沦》《茑萝行》《迟桂花》、张资平的《约檀河之水》、陶晶孙的《木犀》等。非创造社成员的作品有庐隐的《海滨故人》、淦女士(冯沅君)《卷葹》,以及浅草-沉钟社成员陈翔鹤的《茫然》《西风吹到了枕边》等。

庐隐是"五四"时期与冰心齐名的女作家,代表作《海滨故人》,写露莎和几位同窗女友从聚首言欢到风流云散的过程,表现出新旧文化更新时代,青年女性既渴望个性自由,又无法摆脱因袭道德束缚的精神焦虑。其中主人公露莎内心的矛盾与孤独,基本上是作者的自我写照。作品的抒情笔调与郁达夫的风格相近。

冯沅君的《卷葹》,由鲁迅编入"乌合丛书",包括四个短篇:《旅行》《隔绝》《隔绝之后》《慈母》。虽然每篇的主人公名字各异,但故事却互相衔接。小说讲述的是一位在京城读书的女主人公,不愿服从家庭包办婚姻,与一位男同学自由恋爱,一起出行,并试图出逃,但最终在慈母亲情和包办婚姻的压力下,双双殉情的故事。小说文笔优美,在强调表现"内心要求"上和郁达夫的风格相近。

张资平的处女作《约檀河之水》描写了"他"与日本房东女儿的恋爱悲剧,带有自传性质。1922 年,他的长篇小说《冲积期化石》,也是以自传笔调抒写了对往事和故人的缅怀。

二、代表作及其导读

沉沦(节选)

◉郁达夫

一醉醒来,他看看自家睡在一条红绸的被里,被上有一种奇怪的香气。这一间房间也不很大,但已不是白天的那一间房间了。房中挂着一盏十烛光的电灯,枕头边上摆着一壶茶,两只杯子。他倒了二三杯茶,喝了之后,就跟跟跄跄的走到房外去。他开了门,却好白天的那侍女也跑过来了。她问他说:

"你! 你醒了么?"

他点了一点头,笑微微的回答说:

"醒了。便所是在什么地方的?"

"我领你去罢。"

他就跟了她去。他走过日间的那条夹道的时间,电灯点得明亮得很。远近有许多歌唱的声音,三弦的声音,大笑的声音传到他耳朵里来。白天的情节,他都想出来了。一想到酒醉之后,他对那侍女说的那些话的时候,他觉得面上又发起烧来。

从厕所回到房里之后,他问那侍女说:

"这被是你的么?"

侍女笑着说:

"是的。"

"现在是什么时候了?"

"大约是八点四五十分的样子。"

"你去开了账来罢!"

"是。"

他付清了账,又拿了一张纸币给那侍女,他的手不觉微颤起来。那侍女说:

"我是不要的。"

他知道她是嫌少了。他的面色又涨红了,袋里摸来摸去,只有一张纸币

了,他就拿了出来给她说:

"你别嫌少了,请你收了罢。"

他的手震动得更加厉害,他的话声也颤动起来了。那侍女对他看了一眼,就低声的说:

"谢谢!"

他直的跑下了楼,套上了皮鞋,就走到外面来。

外面冷得非常,这一天大约是旧历的初八九的样子。半轮寒月,高挂在天空的左半边。淡青的圆形盖里,也有几点疏星,散在那里。

他在海边上走了一回,看看远岸的渔灯,同鬼火似的在那里招引他。细浪中间,映着了银色的月光,好像是山鬼的眼波,在那里开闭的样子。不知是什么道理,他忽想跳入海里去死了。

他摸摸身边看,乘电车的钱也没有了。想想白天的事情看,他又不得不痛骂自己。

"我怎么会走上那样的地方去的? 我已经变了一个最下等的人了。悔也无及,悔也无及。我就在这里死了罢。我所求的爱情,大约是求不到的了。没有爱情的生涯,岂不同死灰一样么? 唉,这干燥的生涯,这干燥的生涯,世上的人又都在那里仇视我,欺侮我,连我自家的亲弟兄,自家的手足,都在那里排挤我到这世界外去。我将何以为生,我又何必生存在这多苦的世界里呢!"

想到这里,他的眼泪就连连续续的滴了下来。他那灰白的面色,竟同死人没有分别了。他也不举起手来揩揩眼泪,月光射到他的面上,两条泪线,倒变了叶上的朝露一样放起光来。他回转头来看看他自家的又瘦又长的影子,就觉得心痛起来。

"可怜你这清影,跟了我二十一年,如今这大海就是你的葬身地了,我的身子,虽然被人家欺辱,我可不该累你也瘦弱到这步田地的。影子呀影子,你饶了我罢!"

他向西面一看,那灯台的光,一霎变了红一霎变了绿的在那里尽它的本职。那绿的光射到海面上的时候,海面就现出一条淡青的路来。再向西天一看,他只见西方青苍苍的天底下,有一颗明星,在那里摇动。

"那一颗摇摇不定的明星的底下,就是我的故国。也就是我的生地。我在那一颗星的底下,也曾送过十八个秋冬,我的乡土啊,我如今再也不能见你的面了。"

他一边走着，一边尽在那里自伤自悼的想这些伤心的哀话。

走了一会，再向那西方的明星看了一眼，他的眼泪便同骤雨似的落下来了。他觉得四边的景物，都模糊起来。把眼泪揩了一下，立住了脚，长叹了一声，他便断断续续的说：

"祖国呀祖国！我的死是你害我的！

"你快富起来！强起来罢！

"你还有许多儿女在那里受苦呢！"

——选自《沉沦》，江苏文艺出版社，2009 年版

【导读】

郁达夫（1896—1945），原名郁文，浙江富阳人。他早年留学日本，回国后从事新文学创作，与郭沫若等发起创造社，主编《创造季刊》《洪水》等文学刊物。1928 年郁达夫与鲁迅合编《奔流》杂志，1930 年参加左翼作家联盟。郁达夫一生创作了五十多篇小说，除后期的《她是一个弱女子》《迷羊》《出奔》三部中篇小说外，其他都是短篇小说。其代表作品有《沉沦》《茑萝行》《春风沉醉的晚上》《迟桂花》《她是一个弱女子》等。

《沉沦》讲述一个留学日本的青年在异国他乡感到的精神和性的双重苦闷，以至于最后走向大海的沉沦经过。全篇由八小节组成，每一节叙一事或一种心境，有主人公的避世忧郁心情，有对故乡浙江富阳忧郁生活源头的追述，还有主人公因为精神孤独和性苦闷，而发展出的自慰、偷窥甚至召妓等扭曲变态心理的书写。这里节选的是最后一节，写主人公在异国他乡饱受精神和性的双重压抑下，最后在羞愧、自责中绝望而悲愤地走向大海。

小说采取了散文化的叙事结构，自叙传性质与抒情倾向非常明显。小说的每一节都充满了抒情、感伤的意味。比如第一节，小说从阅读英国诗人华兹华斯的诗歌《孤寂的高原刈稻者》开始，借诗中的"孤寂"情绪抒发主人公的孤独。故事的第二节，小说又改变气氛，渲染主人公内心的"忧郁症"和颓废情绪。在最后一节写主人公走向大海前的种种神秘幻觉，抒情中融入了某种象征意味。

从主人公的身心历程来看，小说主人公实际上是作者自己留日生活和精神的投影：一方面是青春期的忧郁与孤独，以及对个性解放、爱情与友谊的渴望；另一方面，是身为弱国子民，在异国他乡备受侮辱与轻慢，内心的屈辱痛苦。这两种情感的交织与冲突，使他的心理出现了抑郁变态。作品塑造了一个愤世嫉俗而又感伤忧郁、内向而

又敏感、孤傲而又自卑、不甘沉沦而又无力自拔的"零余者"形象。

三、延伸思考

通过《沉沦》这篇小说的阅读,我们可以了解自叙传抒情小说的一些基本特点:

(1)侧重自我表现,自叙传色彩浓郁。作家多把小说作为自己的自叙传来写,带有作者个人生活的投影。现实中的郁达夫在日本留过学,《沉沦》中的主人公的思想和情感,是他身为当时的弱国子民在异国他乡的真实情感体验。自叙传抒情小说强调一种写真式的自我。很多作品中的主人公都会带上作者自己的精神气质。比如,郁达夫的其他作品,《银灰色的死》中的Y君,《茫茫夜》和《秋柳》中的于质夫,《茑萝行》《迷羊》《春风沉醉的晚上》中的"我"等,在生活经历和精神气质上都和作者本人有着相似之处。张资平和庐隐的小说都有自己的心灵写照。自叙传抒情小说中的自叙传色彩深受日本"私小说"的影响。"私小说"是日本大正时代产生的一种独特的小说形式。"私小说"的最大特点就是真实性,即取材于作者自身真实生活经历的"个人性"和"日常性"。郁达夫的短篇小说《沉沦》因展现个人的病态情欲而表现出明显的"私人性"。这一倾向在当时曾受到诸多道德批评,作品中如何表现情欲问题,至今都是一个值得探讨的话题。

(2)自叙传抒情小说通常不以构筑情节为重点,着重表现情绪、心理感受,有明显的散文或诗化倾向。自叙传抒情小说从"情节小说"向"情绪小说"转变,突破了以事件情节为结构中心的传统小说模式。自叙传抒情小说并不是作家的自传,作家着力要表现的是一种心境。自叙传抒情小说并不注重作品的情节曲折,也不着重小说结构的构思,通常任笔所至,以主人公情绪涤荡起伏为主线。

(3)浪漫主义的感伤抒情色彩。自叙传抒情小说作家都本着表现"内心的要求",而不注重对客观现实的摹写,在创作风格上表现出浪漫主义色彩。这种浪漫主义的潮流具体到每部作品,每个作家又表现出自己的风格。比如,李欧梵曾评论郁达夫的小说集《沉沦》是"引来的浪漫主义作品"。他认为,小说《沉沦》《南迁》《银灰色的死》包含大量对德国和英国浪漫主义作家作品的引用,并说"他的这种史无前例的西方文学的文本引用",而不是"把西方文学的文本放进他的小说后做进一步的创造性转化,从而为中国现代文学开出另一个现代主义写作传统"①。

---

① 李欧梵:《引来的浪漫主义:重读郁达夫〈沉沦〉中的三篇小说》,《江苏大学学报(社会科学版)》,2006年第8卷第1期,第1-9页。

第三节 乡土小说

一、基本知识

乡土小说,是指成形于20世纪20年代中期,一批作家以自己熟悉的故乡风土人情为题材,揭示宗法制乡镇生活的愚昧、落后,并借以抒发自己乡愁的小说。

乡土小说作家成员以文学研究会作家为主,也包括语丝社、未名社的一部分青年作家,他们大多为从乡下到北京求学的大学生。主要代表作家有台静农、王鲁彦、蹇先艾、许杰、许钦文、彭家煌等。

乡土文学体裁与主题最早由鲁迅开创,但"乡土文学"这个概念直到1935年鲁迅在《中国新文学大系·小说二集·导言》中才提出,鲁迅用这个术语来命名这批作家回忆故乡、抒写乡愁的小说,称他们把"乡间的生死,泥土的气息,移在纸上"。这一批乡土小说作家大多直接受鲁迅影响并有意识地模仿鲁迅的创作,他们大都师承了鲁迅小说批判国民性的特点,用批判的眼光、写实的技巧、笔含乡愁的情调,透彻地描绘了中国落后的乡村文化的真实面貌。

乡土小说佳作甚多:台静农的小说集《地之子》(结集于1928年)多取材于乡间贫苦农民的生活。其中的《拜堂》写汪二与其寡嫂见不得人的成亲故事,笔调低沉灰暗,充满寒气。《新坟》写四太太家破人亡后发疯,最终在儿子的棺材边自焚而死的故事,小说承继了鲁迅的"安德莱夫式的阴冷"。许钦文的《鼻涕阿二》《疯妇》,许杰的《惨雾》《赌徒吉顺》,蹇先艾的《水葬》,徐玉诺《一只破鞋》以及彭家煌的《怂恿》等,这些作品从不同的角度写出了农民的困苦及乡间文化的蒙昧。

二、代表作及其导读

菊英的出嫁(节选)

◉王鲁彦

菊英离开她已有整整的十年了。这十年中她不知道滴了多少眼泪,瘦了多少肌肉了,为了菊英,为了她的心肝儿。

人家的女儿都在自己的娘身边长大,时时刻刻倚傍着自己的娘,"阿姆阿姆"的喊。只有她的菊英,她的心肝儿,不在她的身边长大,不在她的身边倚傍着喊"阿姆阿姆"。

人家的女儿离开娘的也有,例如出了嫁,她便不和娘住在一起。但做娘的仍可以看见她的女儿,她可以到女儿那边去,女儿可以到她这里来。即使女儿被丈夫带到远处去了,做娘的可以写信给女儿,女儿也可以写信给娘,娘不能见女儿的面,女儿可以寄一张相片给娘。现在只有她,菊英的娘,十年中不曾见过菊英,不曾收到菊英一封信,甚至一张相片。十年以前,她又不曾给菊英照过相。

她能知道她的菊英现在的情形吗?菊英的口角露着微笑?菊英的眼边留着泪痕?菊英的世界是一个光明的?是一个黑暗的?有神在保佑菊英?有恶鬼在捉弄菊英?菊英肥了?菊英瘦了?或者病了?——这种种,只有天知道!

但是菊英长得高了,发育成熟了,她相信是一定的。无论男子或女子,到了十七八岁的时候想要一个老婆或老公,她相信是必然的。她确信——这用不着问菊英——菊英现在非常的需要一个丈夫了。菊英现在一定感觉到非常的寂寞,非常的孤单。菊英所呼吸的空气一定是沉重的,闷人的。菊英一定非常的苦恼,非常的忧郁。菊英一定感觉到了活着没有趣味。或者——她想——菊英甚至于想自杀了。要把她的心肝儿菊英从悲观的,绝望的,危险的地方拖到乐观的,希望的,平安的地方,她知道不是威吓,不是理论,不是劝告,不是母爱,所能济事;唯一的方法是给菊英一个老公,一个年青的老公。自然,菊英绝不至于说自己的苦恼是因为没有老公;或者菊英竟当真的不晓得自己的苦恼是因何而起的也未可知。但是给菊英一个老公,必可除却菊英的寂寞,菊英的孤单。他会给菊英许多温和的安慰和许多的快乐。菊英的身体有了托付,灵魂有了依附,便会快活起来,不至于再陷入这样危险的地方去了。问一个十七八岁的女子要不要老公,这是不会得到"要"字的回答的。不论她平日如何注意男子,喜欢男子,想念男子,或甚至已爱上了一个男子,你都无须多礼。菊英的娘明白这个道理,所以也毅然的把女儿的责任照着向来的风俗放在自己的肩上了。她已经耗费了许多心血。五六年前,一听见媒人来说某人要给儿子讨一个老婆,她便要冒风冒雨,跋山涉水的去东西打听。于今,她心满意足了,她找到了一个非常好的女婿。虽然她现在看不见女婿,但是女婿在七八岁时照的一张相片,她看见过。他生的非常的秀丽,显见得是一个聪明的孩子。因了媒人的说合,她已和他的爹娘订了婚约。他的家里很有钱,聘金的多少是用不着开口的。四百元大洋已做一次送来。她现在正忙着办嫁妆,她的力量能好到什么地步,她便好到什么地步。这样,她才心安,才觉得对得住女儿。

菊英的爹是一个商人。虽然他并不懂得洋文,但是因为他老成忠厚,森森煤油公司的外国人遂把银根托付了他,请他做经理。他的薪水不多,每月只有三十元,但每年年底的花红往往超过他一年的薪水。他在森森公司五年,手头已有数千元的积蓄。菊英的娘对于穿吃,非常的俭省。虽然菊英的爹不时一百元二百元的从远处带来给她,但她总是不肯做一件好的衣服,买一点好的小菜。她身体很不强健,屡因稍微过度的劳动或心中有点不乐,她的大腿腰背便会酸起来,太阳心口会痛起来,牙齿会浮肿起来,眼睛会模糊起来。但是她虽然这样的多病,她总是不肯雇一个女工,甚至一个工钱极便宜的小女孩。她往往带着病还要工作。腰和背尽管酸痛,她有衣服要洗时,还是不肯在家用水缸里的水洗——她说水缸里的水是备紧要时用的——定要跑到河边,走下那高高低低摇动而且狭窄的一级一级的埠头,跪倒在最末的一级,弯着酸痛的腰和背,用力的洗她的衣服。眼睛尽管起了红丝,模糊而且疼痛,有什么衣或鞋要做时,她还是要带上眼镜,勉强的做她的衣或鞋。她的几种病所以成为医不好的老病,而且一天比一天厉害了下去,未始不是她过度的勉强支持所致。菊英的爹和邻居都屡次劝她雇一个女工,不要这样过度的操劳,但她总是不肯。她知道别人的劝告是对的。她知道自己的身体一天不如一天的缘故。但是她以为自己是不要紧的,不论多病或不寿。她以为要紧的是,赶快给女儿嫁一个老公,给儿子讨一个老婆,而且都要热热闹闹阔阔绰绰的举办。菊英的娘和爹,一个千辛万苦的在家工作,一个飘海过洋的在外面经商,一大半是为的儿女的大事。

如果儿女的婚姻草草的了事,他们的心中便要生出非常的不安。因为他们觉得儿女的婚嫁,是做爹娘责任内应尽的事,做儿女的除了拜堂以外,可以袖手旁观。不能使喜事热闹阔绰,他们便觉得对不住儿女。人家女儿多的,也须东挪西扯的弄一点钱来尽力的把她们一个一个,热热闹闹阔阔绰绰的嫁出去,何况他们除了菊英没有第二个女儿,而且菊英又是娘所最爱的心肝儿。

尽她所有的力给菊英预备嫁妆,是她的责任,又是她十分的心愿。

哈,这样好的嫁妆,菊英还会不喜欢吗?人家还会不称赞吗?你看,哪一种不完备?哪一种不漂亮?哪一种不值钱?

大略的说一说:金簪二枚,银簪珠簪各一枚。金银发钗各二枚。挖耳,金的二个,银的一个。金的,银的和钻石的耳环各两副。金戒指四枚,又钻石的两枚。手镯三对,金的倒有二对。自内至外,四季衣服粗穿的具备三套四套,细穿的各二套。凡丝罗缎如纺绸等衣服皆在粗穿之列。棉被八条,湖绉的占了四条。毡子四条,外国绒的占了两条。

十字布乌贼枕六对,两面都挑出山水人物。大床一张,衣橱二个,方桌及琴桌各一个。椅,凳,茶几及各种木器,都用花梨木和其他上等的硬木做成,或雕刻,或嵌镶,都非常细致,全件漆上淡黄,金黄和淡红等各种颜色。玻璃的橱头箱中的镴器光彩夺目。大小的蜡烛台六副,最大的每只重十二斤。其余日用的各种小件没有一件不精致,新奇,值钱。在种种不能详说**(就是菊英的娘也不能一一记得清楚)**的东西之外,还随去了良田十亩,每亩约计价一百二十元。

吉期近了,有许多嫁妆都须在前几天送到男家去,菊英的娘愈加一天比一天忙碌起来。一切的事情都要经过她的考虑,她的点督,或亲自动手。但是尽管日夜的忙碌,她总是不觉得容易疲倦,她的身体反而比平时强健了数倍。

她心中非常的快活。人家都由"阿姆"而至"丈姆",由"丈姆"而至"外婆",她以前看着好不难过,现在她可也轮到了! 邻居亲戚们知道罢,菊英的娘不是一个没有福气的人!

她进进出出总是看见菊英一脸的笑容。"是的呀,喜期近了呢,我的心肝儿!"她暗暗的对菊英说。菊英的两颊上突然飞出来两朵红云。"是一个好看的郎君哩! 聪明的郎君哩! 你到他的家里去,做'他的人'去! 让你日日夜夜跟着他,守着他,让他日日夜夜陪着你,抱着你!"菊英羞着抱住了头想逃走了。"好好的服侍他,"她又庄重的训导菊英说:"依从他,不要使他不高兴。欢欢喜喜的明年就给他生一个儿子! 对于公婆要孝顺,要周到。对于其他的长者要恭敬,幼者要和蔼。不要被人家说半句坏话,给娘争气,给自己争气,牢牢的记着! ……"

音乐热闹的奏着,渐渐由远而近了。住在街上的人家都晓得菊英的轿子出了门。菊英的出嫁比别人要热闹,要阔绰,他们都知道。他们都预先扶老携幼的在街上等候着观看。

最先走过的是两个送嫂。她们的背上各斜披着一幅大红绫子,送嫂约过去有半里远近,队伍就到了。为首的是两盏红字的大灯笼。灯笼后八面旗子,八个吹手。随后便是一长排精制的,逼真的,各色纸童,纸婢,纸马,纸轿,纸桌,纸椅,纸箱,纸屋,以及许多纸做的器具。后面一顶鼓阁两杠纸铺陈,两杠真铺陈。铺陈后一顶香亭,香亭后才是菊英的轿子,这轿子与平常的花轿不同,不是红色,却是青色,四维着彩。轿后十几个人抬着一口十分沉重的棺材,这就是菊英的灵柩。棺材在一套呆大的格子架中,架上盖着红色的绒毡,四面结着彩,后面跟送着两个坐轿的,和许多预备在中途折回的,步行的孩子。

看的人都说菊英的娘办得好,称赞她平日能吃苦耐劳。她们又谈到菊英的聪明和新郎生前的漂亮,都说配合得得当。

——选自《柚子》,人民文学出版社,1998 年版

【导读】

20 世纪 20 年代的乡土小说向我们展示了现代乡村的各种鄙习陋俗。比如,台静农《烛焰》中的"冲喜",王鲁彦《菊英的出嫁》中的"冥婚",许杰《赌徒吉顺》的"典妻"等,这些乡村习俗是中国进入现代后,农民们依然保留的落后愚昧的生存方式。

《菊英的出嫁》描绘了浙东农村的"冥婚"(即为死去的人办婚事)陋习。这里节选的是小说的前半部分,菊英娘为菊英操办一场热闹的婚礼,丝毫感觉不到悲哀的气息,到作品的中部,才交代这是一场冥婚,故事的主人公十年前就已经死去。而这场婚礼一切如活人出嫁一样热闹,包括围观者的观看,都被认为合情合理。这样,小说既写出了对主人公的同情和哀叹,又揭示出"冥婚"的愚昧。

"冥婚"是中国婚姻史上的一种特殊现象,它是村民落后愚昧及中国封建闭塞文化的真实写照,"冥婚"背后存在着深层的民族文化心理内涵:一是人有灵魂及灵魂不死的观念;二是父母的心理补偿;三是为了"香火"的传承。因此,菊英娘为菊英举行"冥婚"的悲剧,不仅是个人的悲剧,也是集体无意识的悲剧。

三、延伸思考

通过《菊英的出嫁》这篇乡土小说,我们可以了解乡土小说的一些基本特点:

(1)作家多以批判的眼光审视故乡风习,对蒙昧落后的乡村文化给予讽刺与批判。许杰的《惨雾》写两个村为小事进行血腥的械斗,伤亡惨重。作家们正是通过沉重的笔调,表现出他们的同情与批判的复杂情感。

(2)哀其不幸与怒其不争,讽刺与哀怜,同情与批判,形成了乡土小说喜剧与悲剧交融的美学风格。乡土小说作家的很多作品都表现出用乐景写哀情的风格。台静农

的《拜堂》,写的是汪二与寡嫂成亲拜堂的故事。小说一边用很多细节写出了旧时代男女卑微的生存境遇,一边又写出了封建观念对他们自身的束缚和世人对他们的嘲讽。

(3)乡土小说中的"鲁迅风"。20世纪20年代的乡土小说作家与鲁迅的创作关系十分密切。王鲁彦的《柚子》集里的第一篇作品《秋夜》,取法于鲁迅的《狂人日记》;台静农小说从内容到风格,皆师法鲁迅;许钦文自己承认鲁迅先生是他强有力的引导者;蹇先艾写短篇小说,一开始就受到了鲁迅先生的作品很大的影响;许杰、彭家煌、黎锦明等也都在鲁迅作品中汲取了丰富的营养。杨义在他的《中国现代小说史》中说:"如果说30年代一批优秀杂文家发扬了杂文上的'鲁迅风',那么台静农则在20年代继承了小说上的'鲁迅风'。"[1]正如许志英评述,"作家往往是站在旁观者的位置上去关心或怜悯下层劳动者,而不是像'鲁迅风'小说家对下层劳动者的苦难与不幸往往有一种切肤之痛的感受"[2]。

【思考题】

1.20世纪20年代社会问题小说有什么意义及局限?

2.自叙传抒情小说对中国现代小说发展的意义何在?

3.自叙传抒情小说是如何塑造中国式的"零余者"形象的?

4.乡土小说是如何促进中国国民性改造的?

5.乡土小说对中国现代小说探索有什么贡献?

---

① 杨义:《中国现代小说史》(第一卷),人民文学出版社,1986年,第497页。
② 许志英:《五四文学精神》,江苏文艺出版社,1991年,第127页。

第四章　现代散文的新貌

中国现代散文在本质上与中国古代散文已有着极大的不同,具体反映在以下几方面:

(1)文本形态:古代散文通常是文言文、骈文辞赋,后期僵化的行文有着严重的八股文气息。而现代散文倡导白话文写作,即口语化、大众化,"我手写我口""言文一致",力求做到听、写、读三位一体,融会贯通。

(2)现代散文倡导真实的心声表达,自由的思想与情怀,本着"活的文学"与"人的文学"精神,深入表现民众的生活以及作者个性的见地。这与古代散文多从属"遵命文学",要求"载道文学"一味"歌功颂德""粉饰太平"等清规戒律有了天壤之别。所以有人形容现代散文是"解放了的普罗美修士"。

(3)现代散文重视抒情与叙事等文艺美学特征,同时承担着传播知识、促进社会文明进步的义务。散文作者既是文学家,往往又是思想家、革命家、哲学家、教育家,总之是有着社会责任感的现代知识分子。这与古代散文或士大夫或隐士风的官僚散文大为不同。

(4)现代散文是走向并融入世界大文学潮流的体裁,不仅吸收了国外散文的合理成分,增强文章表现力,也在知识信息方面传递着人类进步与审美追求的共同理想志趣,有着大文化交流的特点。

综上所述,现代散文的新貌即为站在世界风云交汇处与前沿阵地,追求进步与社会文明、新知、个性解放、思想自由,从而抒发心声、表达真情实感的新文学、新语文体。

第一节　《新青年》作家散文

一、基本知识

《新青年》是20世纪20年代中国文化界一份具有极大影响力的杂志,在五四运动期间起到了重要的导向作用。从 1915 年 9 月 15 日创刊至 1922 年 7 月停刊,后恢复至 1926 年终刊,共出版 9 卷 54 号。陈独秀在上海创立,群益书社发行。陈独秀、钱玄同、高一涵、胡适、李大钊、沈尹默以及鲁迅轮流分工编辑。该杂志发起新文化运动,宣传并倡导科学("赛先生",Science)、民主("德先生",Democracy)和新文学。《新青年》杂志刊载了很多散文随笔、杂文评论,是中国现代散文的先驱、吹鼓手,为中国现代散文的出炉、成长、繁荣起到了筚路蓝缕、勇于开拓的创建之功。

二、代表作及其导读

风　筝

◉鲁　迅

北京的冬季,地上还有积雪,灰黑色的秃树枝丫叉于晴朗的天空中,而远处有一二风筝浮动,在我是一种惊异和悲哀。

故乡的风筝时节,是春二月,倘听到沙沙的风轮声,仰头便能看见一个淡墨色的蟹风筝或嫩蓝色的蜈蚣风筝。还有寂寞的瓦片风筝,没有风轮,又放得很低,伶仃地显出憔悴可怜模样。但此时地上的杨柳已经发芽,早的山桃也多吐蕾,和孩子们的天上的点缀相照应,打成一片春日的温和。我现在在哪里呢?四面都还是严冬的肃杀,而久经诀别的故乡的久经逝去的春天,却就在这天空中荡漾了。

但我是向来不爱放风筝的,不但不爱,并且嫌恶它,因为我以为这是没出息孩子所做的玩艺。和我相反的是我的小兄弟,他那时大概十岁内外罢,多病,瘦得不堪,然而最喜欢风筝,自己买不起,我又不许放,他只得张着小嘴,呆看着空中出神,有时竟至于小半日。远处的蟹风筝突然落下来了,他惊呼;两个瓦片风筝的缠绕解开了,他高兴得跳跃。他的这些,在我看来都是笑柄,可鄙的。

有一天,我忽然想起,似乎多日不很看见他了,但记得曾见他在后园拾枯竹。我恍然大悟似的,便跑向少有人去的一间堆积杂物的小屋去,推开门,果然就在尘封的什物堆中发见了他。他向着大方凳,坐在小凳上;便很惊惶地站了起来,失了色瑟缩着。大方凳旁靠着一个蝴蝶风筝的竹骨,还没有糊上纸,凳上是一对做眼睛用的小风轮,正用红纸条装饰着,将要完工了。我在破获秘密的满足中,又很愤怒他的瞒了我的眼睛,这样苦心孤诣地来偷做没出息孩子的玩艺。我即刻伸手折断了蝴蝶的一支翅骨,又将风轮掷在地下,踏扁了。论长幼,论力气,他是都敌不过我的,我当然得到完全的胜利,于是傲然走出,留他绝望地站在小屋里。后来他怎样,我不知道,也没有留心。

然而我的惩罚终于轮到了,在我们离别得很久之后,我已经是中年。我不幸偶而看到了一本外国的讲论儿童的书,才知道游戏是儿童最正当的行为,玩具是儿童的天使。于是二十年来毫不忆及的幼小时候对于精神的虐杀的这一幕,忽地在眼前展开,而我的心也仿佛同时变了铅块,很重很重地堕下去了。

但心又不竟堕下去而至于断绝,它只是很重很重地堕着,堕着。

我也知道补过的方法的:送他风筝,赞成他放,劝他放,我和他一同放。我们嚷着,跑着,笑着。——然而他其时已经和我一样,早已有了胡子了。

我也知道还有一个补过的方法的:去讨他的宽恕,等他说,"我可是毫不怪你呵。"那么,我的心一定就轻松了,这确是一个可行的方法。有一回,我们会面的时候,是脸上都已添刻了许多"生"的辛苦的条纹,而我的心很沉重。我们渐渐谈起儿时的旧事来,我便叙述到这一节,自说少年时代的糊涂。"我可是毫不怪你呵。"我想,他要说了,我即刻便受了宽恕,我的心从此也宽松了罢。

"有过这样的事么?"他惊异地笑着说,就象旁听着别人的故事一样。他什么也记不得了。

全然忘却,毫无怨恨,又有什么宽恕可言呢?无怨的恕,说谎罢了。

我还能希求什么呢?我的心只得沉重着。

现在,故乡的春天又在这异地的空中了,既给我久经逝去的儿时的回忆,而一并也带着无可把握的悲哀。我倒不如躲到肃杀的严冬中去罢,——但是,四面又明明是严冬,正给我非常的寒威和冷气。

一九二五年一月二十四日

——选自《鲁迅全集》(第二卷),人民文学出版社,1981年版

【导读】

这是收在鲁迅《野草》集中的一篇散文,是早期白话散文作品的精品。在思想上,这篇散文表现了鲁迅反封建、反压制、反对传统家长制扭曲儿童天性的思考。在艺术上,这篇散文采用通畅的语体散文,写景、叙事、抒情、象征熔为一炉,在平静自然中见

出深刻,在深刻峭拔中书写人性、表现手足亲情。这篇散文也体现了作者自己勇于反省与批判的现代忏悔精神。

过去有学者分析这篇散文是大革命失败后鲁迅以悲观主义思想寻找出路的流露,甚至说是对反目的胞弟周作人的一种示好,这些认识显然都是错误的,是不切实际的。这篇散文没有什么功利的目的,就是一篇抒发与流露真情至性的美文,对于幼弟,作为长兄的鲁迅小时候也曾本着传统家规压制过他的天性,而成人后,作为发出"救救孩子"呼声、特别反对"少年老成""冬烘"封建教育清规习尚的鲁迅,对自己过去的行为检讨,同时更是对社会风气的警示。鲁迅在小说和杂文中都触及了这一成长主题,即倡导体智健全、刚健清新、活泼开明的教育思想方法,反映了《新青年》"推倒铁屋子"放青年到宽阔光明的处所去这一宗旨。这篇散文正是鲁迅作为战士的审美情怀的结晶。不同于《野草》中多篇象征意味较为浓厚晦涩的散文诗,这篇散文写得清新明白,发人深省。

初　恋

●周作人

那时我十四岁,她大约是十三岁罢。我跟着祖父的姜宋姨太太寄寓在杭州的花牌楼,间壁住着一家姚姓,她便是那家的女儿。她本姓杨,住在清波门头,大约因为行三,人家都称她作三姑娘。姚家老夫妇没有子女,便认她做干女儿,一个月里有二十多天住在他们家里,宋姨太太和远邻的羊肉店石家的媳妇虽然很说得来,与姚宅的老妇却感情很坏,彼此都不交口,但是三姑娘并不管这些事,仍旧推进门来游嬉。她大抵先到楼上去,同宋姨太太搭讪一回,随后走下楼来,站在我同仆人阮升公用的一张板桌旁边,抱着名叫"三花"的一只大猫,看我映写陆润庠的木刻的字帖。

我不曾和她谈过一句话,也不曾仔细的看过她的面貌与姿态。大约我在那时已经很是近视,但是还有一层缘故,虽然非意识的对于她很是感到亲近,一面却似乎为她的光辉所掩,抬不起眼来去端详她了。在此刻回想起来,仿佛是一个尖面庞,乌眼睛,瘦小身材,而且有尖小的脚的少女,并没有什么殊胜的地方,但在我的性的生活里总是第一个人,使我于自己以外感到对于别人的爱着,引起我没有明了的性之概念的,对于异性的恋慕的第一个人了。

我在那时候当然是"丑小鸭",自己也是知道的,但是终不以此而减灭我的热情。每逢她抱着猫来看我写字,我便不自觉的振作起来,用了平常所无的努力去映写,感着一种无所希求的迷蒙的喜乐。并不问她是否爱我,或者也还不知道自己是爱着她,总之对于她的存在感到亲近喜悦,并且愿为她有所尽力,这是当时实在的心情,也是她所给我的赐物了。在她是怎样不能知道,自己的情绪大约只是淡淡的一种恋慕,始终没有想到男女关系的问题。有一天晚上,宋姨太太忽然又发表对于姚姓的憎恨,末了说道:

"阿三那小东西,也不是好货,将来总要流落到拱辰桥去做婊子的。"

我不很明白做婊子这些是什么事情,但当时听了心里想道:

"她如果真是流落做了婊子,我必定去救她出来。"

大半年的光阴这样的消费过去了。到了七八月里因为母亲生病,我便离开杭州回家去了。一个月以后,阮升告假回去,顺便到我家里,说起花牌楼的事情,说道:

"杨家的三姑娘患霍乱死了。"

我那时也很觉得不快,想象她的悲惨的死相,但同时却又似乎很是安静,仿佛心里有一块大石头已经放下了。

（十年九月）

——选自《周作人散文全集》,广西师范大学出版社,2009 年版

【导读】

周作人在新文学革命初期以《新青年》等杂志为阵营发表了多篇重要的议论文,如《人的文学》《平民的文学》《美文》等,同时他在散文方面也有精深的造诣,如《乌篷船》《故乡的野菜》《雨天的书》等都脍炙人口,成为白话散文初期的成功范例。《初恋》也是一篇代表作,表现了作者对旧时下层女性不幸命运的深切同情,寄寓了人人平等的现代理想追求。"阿三"当年是一个天真未凿的花季少女,她甚至是"我的初恋",作者颇有诗意地烘托了与之相处的心动时光。但贫贱的身份与不可能获得幸福的命运,让"三姑娘"即便不是病死,也有可能沦为"拱辰桥做婊子"。在无情的封建社会,广大妇女特别是下层妇女的命运是悲惨的。文章流露出淡淡的惆怅与悲伤,看似平静的结尾,其实蕴藏着波澜与呼声。周作人的散文没有鲁迅的散文那样深刻激扬、主题鲜明,但他的散文有种苦涩隽永的气息,评论多认为如同品嚼橄榄,令人回味。

三、延伸思考

《新青年》时代的散文,多为战斗的檄文,像鼓点惊雷与投枪匕首似的随感录、宣

言、杂论遍布文坛。但像周氏兄弟这样冷静抒情、娓娓叙事、搅动一腔热血的散文也是不少见的。《新青年》时代的散文是文学革命的排头兵,也是新样式的拓荒者、尝试者,是一种新的文本建构努力。在此方面,作家多借鉴国外特别是欧美文学中的成功要素与构件。如英国随笔、法国随想体散文、德国哲学思辨充分饱满的激情散文以及俄国带有民粹思想的无政府主义散文等,但关键还在于《新青年》作家当时立足本国现实,坚定地举起反封建、反专制、反复辟的思想大旗,执着地追求民主与科学、民族解放,甚至不畏牺牲捍卫真理的果敢精神。他们努力寻求贴近生活、合乎中国现代审美理想观念的文章新样式与新风范,在作为文学闯将的《新青年》诸位作家身上,应该说表现得既突出又成功且具有代表性。

鲁迅是《新青年》时代最具代表性的作家。他大胆宣言:"地上本没有路,走的人多了,也便成了路。""没有冲破一切传统思想与手法的闯将,中国是不会有真的新文艺的。""绝望之为虚妄,正与希望相同。"

鲁迅写作的目的,是要重铸国民精神,要让愚弱已久的民众从精神上"醒过来",发出"真声音"。他的前期散文集《野草》《朝花夕拾》等代表了一个新的园地的奋力开拓与收获,为以后新散文的繁荣发展铺好了路、架好了桥,做出了示范,指出了光明的去向,可谓成功的探索。

第二节　文学研究会作家散文

一、基本知识

文学研究会简称"文研会",于 1921 年 1 月 4 日在北京正式成立,发起人为郑振铎、沈雁冰(茅盾)、叶绍钧(叶圣陶)、许地山、王统照、耿济之、郭绍虞、周作人、孙伏园、朱希祖、瞿世英、蒋百里。后来陆续发展的会员有冰心、庐隐、朱自清、王鲁彦、夏丏尊、老舍、胡愈之、丰子恺、刘半农、刘大白、彭家煌等,共达一百七十余人,成立时发表有《文学研究会宣言》及《文学研究会简章》,会址设在北京。文学研究会奉行的原则是:"反对把文学作为消遣品,也反对把文学作为个人发泄牢骚的工具,主张文学为人生。"(沈雁冰《关于文学研究会》)从"为人生"出发,他们主张"文学应该反映社会的现象,表现并且讨论一些有关人生一般的问题",反对唯美派脱离人生的"以文学为纯艺术"的观点。他们的创作大都以现实人生问题为题材,产生了一批所谓"问题小说"。因此被称为"人生派"或"为人生"的文学。在散文方面,他们也坚决主张反对封建旧文学,反对无病呻吟、陈词滥调,或庸俗低趣的帮闲文学,主张吸收外国文学的精华营养,弘扬先进思潮,尝试新文体。文学研究会作家虽然看上去比《新青年》阵营作家要平和一些,但他们实为同路人,特别在散文创作方面,有着共同的志趣,即建立一种平民的、个性化的、知识性的、关心社会改造的文体。文学研究会的散文作家,如周作人、叶圣陶、冰心、王统照、许地山、朱自清、老舍等人,都是开时代风气的文学家,其散文作品至今仍是经典之作。

二、代表作及其导读

寄小读者(通讯一)

◉冰　心

似曾相识的小朋友们:

我以抱病又将远行之身,此三两月内,自分已和文字绝缘;因为昨天看见《晨报副镌》上已特辟了"儿童世界"一栏,欣喜之下,便借着软弱的手腕,生疏的笔墨,来和可爱的小朋友,作第一次的通讯。

在这开宗明义的第一信里,请你们容我在你们面前介绍我自己。我是你们天真队里的一个落伍者——然而有一件事,是我常常用以自傲的:就是我从前也曾是一个小孩子,现在还有时仍是一个小孩子。为着要保守这一点天真,直到我转入另一世界时为止,我恳切的希望你们帮助我,提携我,我自己也要永远勉励着,做你们的一个最热情最忠实的朋友!

小朋友,我要走到很远的地方去。我十分的喜欢有这次的远行,因为或者可以从旅行中多得些材料,以后的通讯里,能告诉你们些略为新奇的事情。——我去的地方,是在地球的那一边。我有三个弟弟,最小的十三岁了。他念过地理,知道地球是圆的。他开玩笑的和我说:"姊姊,你走了,我们想你的时候,可以拿一条很长的竹竿子,从我们的院子里,直穿到对面你们的院子去,穿成一个孔穴。我们从那孔穴里,可以彼此看见。我看看你别后是否胖了,或是瘦了。"小朋友想这是可能的事情么?——我又有一个小朋友,今年四岁了。他有一天问我说:"姑姑,你去的地方,是比前门还远么?"小朋友看是地球的那一边远呢? 还是前门远呢?

我走了——要离开父母兄弟,一切亲爱的人。虽然是时期很短,我也已觉得很难过。倘若你们在风晨雨夕,在父亲母亲的膝下怀前,姊妹弟兄的行间队里,快乐甜柔的时光之中,能联想到海外万里有一个热情忠实的朋友,独在恼人凄清的天气中,不能享得这般浓福,则你们一瞥时的天真的怜念,从宇宙之灵中,已遥遥的付与我以极大无量的快乐与慰安!

小朋友,但凡我有工夫,一定不使这通讯有长期间的间断。若是间断的时候长了些,也请你们饶恕我。因为我若不是在童心来复的一刹那顷拿起笔来,我决不敢以成人烦杂之心,来写这通讯。这一层是要请你们体恤怜悯的。

这信该收束了,我心中莫可名状,我觉得非常的荣幸!

冰　心

一九二三年七月二十五日

——选自《寄小读者》,人民文学出版社,2000年版

【导读】

眼下有个别“文化人”以“冰心文笔差”“浅显”为由,贬低冰心散文的思想文学风范和价值。这是历史虚无主义的态度与审美视域短浅所致。作为著名作家,冰心的散文哺育了一代又一代的小读者,开启了童心,传递了知识与温情、诗意。海德格尔在《在通向语言的途中》论说:“与纯粹之说即诗歌相对立的,并不是散文。纯粹的散文绝不是‘平淡乏味的’。纯粹的散文与诗歌一样地富有诗意,因而也一样的稀罕。”冰心的散文是一种有着使命感的主题散文,纯净、包容、亲切、清新。冰心散文的意义在于:①实现了中国女性作家的理想。中国文学史上女性作家寥寥无几、屈指可数,走向世界的更绝无仅有。冰心散文广为传布,本身就说明了一件伟大的事体,即女性文学的问世,表现了新文学现代性的构质。②旅游见闻散文,过去只有“老外”游历探险中国的记录,中国人游历世界的前例少之又少。冰心从家门口的路一直走到欧洲、北美,所见所闻所感构织成一幅丰富绚丽的知识长卷、画图。③优秀的儿童文学是老少咸宜的。如巴金当年所说,冰心大姐的热心“小读者”中就有少年时代的他,“小读者”其实包括犹有童心的成年人。④冰心散文以书信体裁,亲切自然、平易待人、敞开心扉,如春天细雨,如夏季丝丝凉风,予人清爽与智慧启迪,表现了新文学的平民情怀与纯粹性。其作品看似浅显,其实有如平湖深涵、包罗万象。

叔本华说:“相比之下,真正的作品,亦即全凭作品本身获得名声,并因此在各个不同的时候都能重新引发人们赞叹的创作,却像特别轻盈的浮体,依靠自身就能浮上水面,并沿着时间的长河漂浮。”冰心的散文得到一代又一代读者传诵正在于此情理之中。

择偶记

◉朱自清

　　自己是长子长孙，所以不到十一岁就说起媳妇来了。那时对于媳妇这件事简直茫然，不知怎么一来，就已经说上了。是曾祖母娘家人，在江苏北部一个小县份的乡下住着。家里人都在那里住过很久，大概也带着我；只是太笨了，记忆里没有留下一点影子。祖母常常躺在烟榻上讲那边的事，提着这个那个乡下人的名字。起初一切都像只在那白腾腾的烟气里。日子久了，不知不觉熟悉起来了，亲昵起来了。除了住的地方，当时觉得那叫做"花园庄"的乡下实在是最有趣的地方了。因此听说媳妇就定在那里，倒也仿佛理所当然，毫无意见。每年那边田上有人来，蓝布短打扮，衔着旱烟管，带好些大麦粉，白薯干儿之类。他们偶然也和家里人提到那位小姐，大概比我大四岁，个儿高，小脚；但是那时我热心的其实还是那些大麦粉和白薯干儿。

　　记得是十二岁上，那边捎信来，说小姐痨病死了。家里并没有人叹惜；大约他们看见她时她还小，年代一多，也就想不清是怎样一个人了。父亲其时在外省做官，母亲颇为我亲事着急，便托了常来做衣服的裁缝做媒。为的是裁缝走的人家多，而且可以看见太太小姐。主意并没有错，裁缝来说一家人家，有钱，两位小姐，一位是姨太太生的；他给说的是正太太生的大小姐。他说那边要相亲。母亲答应了，定下日子，由裁缝带我上茶馆。记得那是冬天，到日子母亲让我穿上枣红宁绸袍子，黑宁绸马褂，戴上红帽结儿的黑缎瓜皮小帽，又叮嘱自己留心些。茶馆里遇见那位相亲的先生，方面大耳，同我现在年纪差不多，布袍布马褂，像是给谁穿着孝。这个人倒是慈祥的样子，不住地打量我，也问了些念什么书一类的话。回来裁缝说人家看得很细：说我的"人中"长，不是短寿的样子，又看我走路，怕脚上有毛病。总算让人家看中了，该我们看人家了。母亲派亲信的老妈子去。老妈子的报告是，大小姐个儿比我大得多，坐下去满满一圈椅；二小姐倒苗苗条条的，母亲说胖了不能生育，像亲戚里谁谁谁；教裁缝说二小姐。那边似乎生了气，不答应，事情就摧了。

　　母亲在牌桌上遇见一位太太，她有个女儿，透着聪明伶俐。母亲有了心，回家说那姑娘和我同年，跳来跳去的，还是个孩子。隔了些日子，便托人探探那边口气。那边做的官似乎比父亲的更小，那时正是光复的前年，还讲究这些,所以他们乐意做这门亲。事情已到九成九,忽然出了岔子。本家叔祖母用的一个寡妇老妈子熟悉这家子的事,不知怎么教母亲打听着了。叫她来问,她的话遮遮掩掩的。到底问出来了,原来那小姑娘是抱来的,可是她一家很宠她,和亲生的一样。母亲心冷了。过了两年,听说她已生了痨病,吸上鸦片烟了。母亲说,幸亏当时没有定下来。我已懂得一些事了,也这末想着。

光复那年,父亲生伤寒病,请了许多医生看。最后请着一位武先生,那便是我后来的岳父。有一天,常去请医生的听差回来说,医生家有位小姐。父亲既然病着,母亲自然更该担心我的事。一听这话,便追问下去。听差原只顺口谈天,也说不出个所以然。母亲便在医生来时,教人问他轿夫,那位小姐是不是他家的。轿夫说是的。母亲便和父亲商量,托舅舅问医生的意思。那天我正在父亲病榻旁,听见他们的对话。舅舅问明了小姐还没有人家,便说,像×翁这样人家怎末样?医生说,很好呀。话到此为止,接着便是相亲;还是母亲那个亲信的老妈子去。这回报告不坏,说就是脚大些。事情这样定局,母亲教轿夫回去说,让小姐裹上点儿脚。妻嫁过来后,说相亲的时候早躲开了,看见的是另一个人。至于轿夫捎的信儿,却引起了一段小小风波。岳父对岳母说,早教你给她裹脚,你不信;瞧,人家怎么说来着!岳母说,偏偏不裹,看他家怎末样!可是到底采取了折衷的办法,直到妻嫁过来的时候。

——选自《朱自清全集》,江苏教育出版社,1990年版

【导读】

朱自清是文学研究会最具实力的散文作家之一,多年来,他的散文作品几乎成为中国现代散文水平的一个标杆,朱自清也成为家喻户晓的里程碑式的作家。朱自清擅长两副笔墨,一是风格华丽的、象喻抒情的美文,如《绿》《荷塘月色》《桨声灯影里的秦淮河》等,这种风格恰如郁达夫在《中国新文学大系·散文二集·导言》中指出的,"朱自清虽则是一个诗人,可是他的散文仍能够贮满着那一种诗意,文学研究会的散文作家中,除冰心女士外,文章之美,要算他了"。朱自清的另一种文风即说平常话、叙平常事而蕴含深情、感伤或是人文的情怀、幽默,如《背影》《儿女》《给亡妇》《冬天》《我所见到的叶圣陶》《怀魏握青君》等。杨振声在《朱自清先生与现代散文》一文里,有这样的评语:"他文如其人,风华从朴素出来,幽默从忠厚出来,腴厚从平淡出来。"这篇

《择偶记》即后一种风格,是朱自清比较幽默平实风格的散文中特别精彩的一篇。这篇散文看似着笔轻松,其实有着深刻严肃的主题,即对封建时代婚姻的不由自主以及荒诞不经的悲剧命运予以揭示与自嘲,也表达了对女性所处不公平的社会地位和悲剧命运的同情与惋惜。

三、延伸思考

文学研究会是新文学运动初期以大专院校、文化单位知识分子为主体的文学社团,之所以称为文学研究会,一则表明破旧立新、勇于探索与研究新样式的意图,二则寄托他们"为人生而艺术"、努力改良社会的理想。文学研究会的散文同小说一样,都有较强的使命感、责任心,体现了新文化知识分子的良心勇气与审美情怀。他们的散文往往夹叙夹议,抒情与暴露社会问题相结合,表现出作者的多重身份话语特征,即既是文学家,又是教育家、美术家、研究者、翻译工作者乃至革命者。他们的行文,生活气息与人文气息并重,有时由于书斋局限,失之空洞或平直,但文学尝试的新意在他们笔下尤显充分,正如同是文学研究会骨干的杨振声在《朱自清先生与现代散文》一文中所说:"近代散文本早已撕破了岸然道貌的假面具,摘去了假发,卸下了皂袍,它与一切问题短兵相接,与人生日常生活相厮混,共游戏。一句话,它不再装腔作势,去为传道者与说理者作工具,而只是每个人宣情达意的语言符号……"于今来看,文学研究会作家的散文作品虽不尽成熟,留有探索与模仿的痕迹,但时代特色与个性的充分展露,仍是可圈可点、长诵不衰的,尤其是立意改良社会的努力值得充分肯定。他们正是旧时代的终结者、新时代的开启者。

第三节 创造社作家散文

一、基本知识

创造社是"五四"新文化运动初期成立的文学社团,是中国现代文学重要团体之一,1921 年 7 月,由留学日本的郭沫若、成仿吾、郁达夫、张资平、田汉、郑伯奇等人在日本东京成立,这些人回国后,创造社的活动主要集中于上海等地。创造社反对封建文化、复古思想,崇尚天才,倡导自我表现和个性解放,强调文学应该忠实于自己"内心的要求",表现出鲜明的浪漫主义和唯美主义倾向,同时兼具现实主义特征。创造社的散文体裁同小说体裁没有严格的界限,以第一人称为主,叙事议论与抒情相结合,篇幅一般较长,情节波澜起伏,有深刻的自我反省意识与忏悔精神,也有着社会批判的锋芒,个人情感方面比较外向与暴露。郭沫若与郁达夫是创造社最具有代表性的两位作家。

创造社的代表刊物《创造》《创造周报》《洪水》等都登载了大量散文作品,堪为一时经典。

二、代表作及其导读

芭蕉花

⦿郭沫若

这是我五六岁时的事情了。我现在想起了我的母亲,突然记起了这段故事。

我的母亲六十六年前是生在贵州省黄平州的。我的外祖父杜琢章公是当时黄平州的州官。到任不久,便遇到苗民起事,致使城池失守,外祖父手刃了四岁的四姨,在公堂上自尽了。外祖母和七岁的三姨跳进州署的池子里殉了节。所用的男工女婢也大都殉难了。我们的母亲那时才满一岁,刘奶妈把我们的母亲背着已经跳进了池子,但又逃了出来。在途中遇着过两次匪难,第一次被劫去了金银首饰,第二次被劫去了身上的衣服。忠义的刘奶妈在农人家里讨了些稻草来遮身,仍然背着母亲逃难。逃到后来遇着赴援的官军才得了解救。最初流到贵州省城,其次又流到云南省城,倚人庐下,受到了种种的虐待,但是忠义的刘奶妈始终是保护着我们的母亲。直到母亲满了四岁,大舅赴黄平收尸,便道往云南,才把母亲和刘奶妈带回了四川。

母亲在幼年时分是遭受过这样不幸的人。

母亲在十五岁的时候到了我们家里来,我们现存的兄弟姊妹共有八人,听说还死了一兄三姐。那时候我们的家道寒微,一切炊洗洒扫要和妯娌分担,母亲又多子息,更受了不少的累赘。

白日里家务奔忙,到晚来背着弟弟在菜油灯下洗尿布的光景,我在小时还亲眼见过,我至今也还记得。

母亲因为这样过于劳苦的原故,身子是异常衰弱的,每年交秋的时候总要晕倒几回,在旧时称为"晕病",但在现在想来,这怕是在产褥中,因为摄养不良的关系所生出的子宫病罢。

晕病发了的时候,母亲倒睡在床上,终日只是呻吟呕吐,饭不消说是不能吃的，有时候连茶也几乎不能进口。像这样要经过两个礼拜的光景，又才渐渐回复起来，完全是害了一场大病一样。

芭蕉花的故事是和这晕病关连着的。

在我们四川的乡下，相传这芭蕉花是治晕病的良药。母亲发了病时，我们便要四处托人去购买芭蕉花。但这芭蕉花是不容易购买的。因为芭蕉在我们四川很不容易开花，开了花时乡里人都视为祥瑞，不肯轻易摘卖。好容易买得了一朵芭蕉花了，在我们小的时候，要管两只肥鸡的价钱呢。

芭蕉花买来了，但是花瓣是没有用的，可用的只是瓣里的蕉子。蕉子在已经形成了果实的时候也是没有用的，中用的只是蕉子几乎还是雌蕊的阶段。一朵花上实在是采不出许多的这样的蕉子来。

这样的蕉子是一点也不好吃的，我们吃过香蕉的人，如以为吃那蕉子怕会和吃香蕉一样，那是大错而特错了。有一回母亲吃蕉子的时候，在床边上挟过一箸给我，简直是涩得不能入口。

芭蕉花的故事便是和我母亲的晕病关连着的。

我们四川人大约是外省人居多，在张献忠剿了四川以后——四川人有句话说："张献忠剿四川，杀得鸡犬不留"——在清初时期好像有过一个很大的移民运动。外省籍的四川人各有各的会馆，便是极小的乡镇也都是有的。

我们的祖宗原是福建的人，在汀州府的宁化县，听说还有我们的同族住在那里。我们的祖宗正是在清初时分入了四川的，卜居在峨眉山下一个小小的村里。我们福建人的会馆是天后宫，供的是一位女神叫做"天后圣母"。这天后宫在我们村里也有一座。

那是我五六岁时候的事了。我们的母亲又发了晕病。我同我的二哥，他比我要大四岁，同到天后宫去。那天后宫离我们家里不过半里路光景，里面有一座散馆，是福建人子弟读书的地方。我们去的时候散馆已经放了假，大概是中秋前后了。我们隔着窗看见散馆园内的一簇芭蕉，其中有一株刚好开着一朵大黄花，就像尖瓣的莲花一样。我们是欢喜极了。那时候我们家里正在找芭蕉花，但在四处都找不出。我们商量着便翻过窗去摘取那朵芭蕉花。窗子也不过三四尺高的光景，但我那时还不能翻过，是我二哥擎我过去的。我们两人好容易把花苞摘了下来，二哥怕人看见，把来藏在衣袂下同路回去。回到家里了，二哥叫我把花苞拿去献给母亲。我捧着跑到母亲的床前，母亲问我是从甚么地方拿来的，我便直说是在天后宫摘来的。我母亲听了便大大地生气,她立刻叫我们跪在床前,只是连连叹气地说:"啊,娘生下了你们这样不争气的孩子,为娘的倒不如病死的好了!"我们都哭了,但我也不知为甚么事情要哭。不一会父亲晓得了,他又把我们拉去跪在大堂上的祖宗面前打了我们一阵。我挨掌心是这一回才开始的,我至今也还记得。

我们一面挨打,一面伤心。但我不知道为甚么该讨我父亲、母亲的气。母亲病了要吃芭蕉花,在别处园子里掏了一朵回来,为甚么就犯了这样大的过错呢?

芭蕉花没有用,抱去奉还了天后圣母,大约是在圣母的神座前干掉了罢?

这样的一段故事,我现在一想到母亲,无端地便涌上了心来。我现在离家已十二三年,值此新秋,又是风雨飘摇的深夜,天涯羁客不胜落寞的情怀,思念着母亲,我一阵阵鼻酸眼胀。

啊,母亲,我慈爱的母亲哟! 你儿子已经到了中年,在海外已自娶妻生子了。幼年时摘取芭蕉花的故事,为甚么使我父亲、母亲那样的伤心,我现在是早已知道了。但是,我正因为知道了,竟失掉了我摘取芭蕉花的自信和勇气。这难道是进步吗?

——选自《晨报副刊》,1925 年 4 月 1 日

【导读】

创造社作家多数留学于日本,深受当时浪漫主义文风的熏染,尤其受法国卢梭《忏悔录》以及日本明治维新后感伤的浪漫主义与唯美主义影响,郭沫若早期的文学创作重要基地就在日本。这时他的散文作品多以回忆祖国、家乡往事与自己生平经历为主,题材以小见大,透露时代的风气与政治风云,历史的笔触很重,这也是作为大手笔、多面手文学家的郭沫若独特、过人的造诣与突出的风格。

《芭蕉花》是一篇感人的散文,记叙母子之情,写得情真意切、跌宕起伏,又于细微处见精神。以芭蕉花象喻苦难、辛劳、坚强与伟大的母爱,艺术感染力十分突出。母亲身世曲折、惊险,但母亲的一生又极为普通,是千百万中国含辛茹苦、坚韧不拔的母亲形象的典型写照。

作者联系芭蕉花描写,令散文姿态横生,情景交融,自我心路历程清晰入微,极好地烘托了散文情节与意境。这篇散文是创造社作家散文中颇具代表性的一篇作品。

故都的秋

◉郁达夫

秋天,无论在什么地方的秋天,总是好的;可是啊,北国的秋,却特别地来得清,来得静,来得悲凉。我的不远千里,要从杭州赶上青岛,更要从青岛赶上北平来的理由,也不过想饱尝一尝这"秋",这故都的秋味。

江南,秋当然也是有的,但草木凋得慢,空气来得润,天的颜色显得淡,并且又时常多雨而少风;一个人夹在苏州上海杭州,或厦门香港广州的市民中间,混混沌沌地过去,只能感到一点点清凉,秋的味,秋的色,秋的意境与姿态,总看不饱,尝不透,赏玩不到十足。秋并不是名花,也并不是美酒,那一种半开、半醉的状态,在领略秋的过程上,是不合适的。

不逢北国之秋,已将近十余年了。在南方每年到了秋天,总要想起陶然亭的芦花,钓鱼台的柳影,西山的虫唱,玉泉的夜月,潭柘寺的钟声。在北平即使不出门去罢,就是在皇城人海之中,租人家一椽破屋来住着,早晨起来,泡一碗浓茶,向院子一坐,你也能看得到很高很高的碧绿的天色,听得到青天下驯鸽的飞声。从槐树叶底,朝东细数着一丝一丝漏下来的日光,或在破壁腰中,静对着像喇叭似的牵牛花(朝荣)的蓝朵,自然而然地也能够感觉到十分的秋意。说到了牵牛花,我以为以蓝色或白色者为佳,紫黑色次之,淡红色最下。最好,还要在牵牛花底,教长着几根疏疏落落的尖细且长的秋草,使作陪衬。

北国的槐树,也是一种能使人联想起秋来的点缀。像花而又不是花的那一种落蕊,早晨起来,会铺得满地。脚踏上去,声音也没有,气味也没有,只能感出一点点极微细极柔软的触觉。扫街的在树影下一阵扫后,灰土上留下来的一条条扫帚的丝纹,看起来既觉得细腻,又觉得清闲,潜意识下并且还觉得有点儿落寞,古人所说的梧桐一叶而天下知秋的遥想,大约也就在这些深沉的地方。

秋蝉的衰弱的残声,更是北国的特产,因为北平处处全长着树,屋子又低,所以无论在什么地方,都听得见它们的啼唱。在南方是非要上郊外或山上去才听得到的。这秋蝉的嘶叫,在北方可和蟋蟀耗子一样,简直像是家家户户都养在家里的家虫。

还有秋雨哩,北方的秋雨,也似乎比南方的下得奇,下得有味,下得更像样。

在灰沉沉的天底下,忽而来一阵凉风,便息列索落地下起雨来了。一层雨过,云渐渐地卷向了西去,天又青了,太阳又露出脸来了;著着很厚的青布单衣或夹袄的都市闲人,咬着烟管,在雨后的斜桥影里,上桥头树底下去一立,遇见熟人,便会用了缓慢悠闲的声调,微叹着互答着地说:

"唉,天可真凉了——"(这了字念得很高,拖得很长。)

"可不是吗?一层秋雨一层凉了!"

北方人念阵字,总老像是层字,平平仄仄起来,这念错的歧韵,倒来得正好。

北方的果树,到秋天,也是一种奇景。第一是枣子树,屋角,墙头,茅房边上,灶房门口,它都会一株株地长大起来。像橄榄又像鸽蛋似的这枣子颗儿,在小椭圆形的细叶中间,显出淡绿微黄的颜色的时候,正是秋的全盛时期,等枣树叶落,枣子红完,西北风就要起来了,北方便是沙尘灰土的世界,只有这枣子、柿子、葡萄,成熟到八九分的七八月之交,是北国的清秋的佳日,是一年之中最好也没有的 Golden Days。

有些批评家说,中国的文人学士,尤其是诗人,都带着很浓厚的颓废的色彩,所以中国的诗文里,赞颂秋的文字的特别的多。但外国的诗人,又何尝不然?我虽则外国诗文念的不多,也不想开出帐来,做一篇秋的诗歌散文钞,但你若去一翻英德法意等诗人的集子,或各国的诗文的 Anthology 来,总能够看到许多关于秋的歌颂和悲啼。各著名的大诗人的长篇田园诗或四季诗里,也总以关于秋的部分,写得最出色而最有味。足见有感觉的动物,有情趣的人类,对于秋,总是一样的特别能引起深沉、幽远、严厉、萧索的感触来的。不单是诗人,就是被关闭在牢狱里的囚犯,到了秋天,我想也一定会感到一种不能自已的深情;秋之于人,何尝有国别,更何尝有人种阶级的区别呢?不过在中国,文字里有一个"秋士"的成语,读本里又有着很普遍的欧阳子的《秋声》与苏东坡的《赤壁赋》等,就觉得中国的文人,与秋和关系特别深了,可是这秋的深味,尤其是中国的秋的深味,非要在北方,才感受得到底。

南国之秋,当然也是有它的特异的地方的,比如廿四桥的明月,钱塘江的秋潮,普陀山的凉雾,荔枝湾的残荷等等,可是色彩不浓,回味不永。比起北国的秋来,正像是黄酒之与白干,稀饭之与馍馍,鲈鱼之与大蟹,黄犬之与骆驼。

秋天,这北国的秋天,若留得住的话,我愿把寿命的三分之二折去,换得一个三分之一的零头。

一九三四年八月,在北平

——选自《闲书》,上海书店,1981 年版

【导读】

郁达夫的散文作品很多,同他写的小说一样,都是人生的自叙传,颇多自叙自哀自怜与愤世嫉俗的思想。这篇《故都的秋》传诵颇广,历年收在中学语文教材中,原因无它,就在于其最合乎散文的特点,是郁达夫写得颇精致、颇平和、颇有况味的一篇"秋之声"新赋。对这篇散文题旨的解析历来比较一致,如:"'故都'两字指明描写的地点,含有深切的眷念之意,也暗含着一种文化底蕴;'秋'字确定描写的内容,与'故都'结合在一起,暗含着自然景观与人文景观相融合的一种境界。题目明确而又深沉。本文通过对北京秋色的描绘,赞美了故都的自然风物景观,抒发了向往、眷恋故都之秋的真情,并流露出忧郁、孤独的心境。在把握本文主旨时,要注意理解作者思想感情的时代性。社会风云和个人遭际在作者心里投下阴影,以致对故都清秋的'品味'夹杂着一些苦涩。"这种解析大体是不错的。但情景交融是每一位散文作家的共同特点,作为创造社成员,他们的散文特别有一种感伤的浪漫主义气息,悲秋是历代文人的通感,这篇散文则将秋写得像一首交响曲,显得气势磅礴、多姿多彩、悲壮而崇高,故而作者最后宁可舍弃三分之二的生命去留住这"三分之一的零头",这种庄严灿烂的时节(Golden Days),表现出作者热诚而多情的个性特征与理想色彩。同时,这篇散文在用笔上十分流利自然,透露出充沛、渊博的知识与细致入微的风土人情的体验。

三、延伸思考

创造社作家的散文同小说有异曲同工之妙,即都颇有情节与细节,联系自己身世非常紧密。他们结合自身状况、切身体会,在抒发自我的同时,透射与暴露社会矛盾与悲剧。在现代世界文坛,这本是一种潮流,特别是欧洲文艺复兴以来。因为留学于日本,创造社作家受到日本文学与西方文学潮流影响十分明显,特别是当时日本兴起的"私小说"流派,唯美主义与自由主义感伤风格,都深刻影响了他们。故而创造社作家的行文擅于夸张,表现心理感受十分敏感,文调既忧郁又奔放、激越,表现出更多的"时代病"与"零余者"的悲哀。创造社作家身上所体现出来的现代文学特征是相当明显的。勇于暴露,勇于批判,这正是一个自由文明社会对人的思想道德情操重塑净化的基本要求。而封闭与伪善的封建专制时代或欧洲中世纪教会时期的文学,丧失的往往正是这一人性光辉与亮点。

第四节　新月社作家散文

一、基本知识

新月社是中国现代文学史上影响相当大的一个文学社团,它于 1923 年成立于北京,是"五四"以来最大的以探索新诗理论与新诗创作为主的文学社团。其主要成员有胡适、徐志摩、闻一多、梁实秋、林徽因等。前期他们把《晨报副刊》作为阵地,后期创办了《新月》月刊(1928.3.10)、《诗刊》周刊(1931)。虽然新月社致力于新诗创作,但他们的散文也写得很有特色,像诗一样有感情、有思想、有知识。胡适的散文明白如话,道理透辟;徐志摩则擅于想象,有唯美浪漫的情怀;梁实秋更是以散文小品名世的作家。

二、代表作及其导读

印度洋上的秋思(节选)

◎ 徐志摩

中国字形具有一种独一的妩媚,有几个字的结构,我看纯是艺术家的匠心:这也是我们国粹之尤粹者之一。譬如"秋"字,已经是一个极美的字形;"愁"字更是文字史上有数的杰作;有石开湖晕,风扫松针的妙处,这一群点画的配置,简直经过柯罗的画篆,米仡朗其罗的雕圭,Chopin 的神感;像——用一个科学的比喻——原子的结构,将旋转宇宙的大力收缩成一个无形无踪的电核;这十三笔造成的象征,似乎是宇宙和人生悲惨的现象和经验,吁喟和涕泪,所凝成最纯粹精密的结晶,满充了催迷的秘力。你若然有高蒂闲(Gautier)异超的知感性,定然可以梦到,愁字变形为秋霞黯绿色的通明宝玉,若用银槌轻击之,当吐银色的幽咽电蛇似腾入云天。

——选自《晨报副刊》,1922 年 12 月 29 日

【导读】

徐志摩的散文总体写得相当秾丽绵密,批评者认为有"化不开"之弊,但我们细嚼

他的散文,正是文如其人。他为人纯真而热情,浪漫而不拘泥,他的散文正如天马行空、万斛泉源,表现出自由解放的情怀、不拘一格的本色与爱美的追求,层层渲染,往往结合了中西方文艺的妙趣真谛,是中国现代文学中爱美情怀渲染与中西方文艺知识结合充分的作品,别具一格。

下 棋

◉梁实秋

有一种人我最不喜欢和他下棋,那便是太有涵养的人。杀死他一大块,或是抽了他一个车,他神色自若,不动火,不生气,好象是无关痛痒,使你觉得索然寡味。君子无所争,下棋却是要争的。当你给对方一个严重威胁的时候,对方的头上青筋暴露,黄豆般的汗珠一颗颗地在额上陈列出来,或哭丧着脸作惨笑,或咕嘟着嘴作吃屎状,或抓耳挠腮,或大叫一声,或长吁短叹,或自怨自艾口中念念有词,或一串串地噎嗝打个不休,或红头涨脸如关公,种种现象,不一而足,这时节你"行有余力"便可以点起一支烟,或啜一碗茶,静静地欣赏对方的苦闷的象征。我想猎人追逐一只野兔的时候,其愉快大概略相仿佛。因此我悟出一点道理,和人下棋的时候,如果有机会使对方受窘,当然无所不用其极,如果被对方所窘,便努力作出不介意状,因为既然不能积极地给对方以苦痛,只好消极地减少对方的乐趣。

自古博弈并称,全是属于赌的一类,而且只是比"饱食终日无所用心"略胜一筹而已。不过弈虽小术,亦可以观人,相传有慢性人,见对方走当头炮,便左思右想,不知是跳左边的马好,还是跳右边的马好,想了半个钟头而迟迟不决,急得对方只好拱手认输。是有这样的慢性人,每一着都要考虑,而且是加慢的考虑,我常想这种人如加入龟兔竞赛,也必定可以获胜。也有性急的人,下棋如赛跑,劈劈拍拍,草草了事,这仍旧是饱食终日无所用心的一贯作风。下棋不能无争,争的范围有大有小,有斤斤计较而因小失大者,有不拘小节而眼观全局者,有短兵相接,作生死斗者,有各自为战而旗鼓相当者,有赶尽杀绝一步不让者,有好勇斗狠同归于尽者,有一面下棋一面诮骂者,但最不幸的是争的范围超出了棋盘,而拳足交加。有下象棋者,久而无声音,排闼视之,阒不见人,原来他们是在门后角里扭做一团,一个人骑在另一个人的身上,在他的口里挖车呢。被挖者不敢出声,出声则口张,口张则车被挖回,挖回则必悔棋,悔棋则不得胜,这种认真的态度憨得可爱。我曾见过二人手谈,起先是坐着,神情潇洒,望之如神仙中人,俄而棋势吃紧,两人都站起来了,剑拔弩张,如斗鹌鹑,最后到了生死关头,两个人跳到桌子上去了!

笠翁《闲情偶寄》说弈棋不如观棋,因观者无得失心,观棋是有趣的事,如看斗牛、斗鸡、斗蟋蟀一般,但是观棋也有难过处,观棋不语是一种痛苦。喉间硬是痒得出奇,思一吐为快。看见一个人要入陷阱而不作声是几乎不可能的事,如果说得中肯,其中一个人要厌恨你,暗暗地骂你一声"多嘴驴!"另一个人也不感激你,心想"难道我还不晓得这样走!"如果说得不中肯,两个人要一齐嗤之以鼻,"无见识奴!"如果根本不说,憋在心里,受病。所以有人于挨了一个耳光之后还要抚着热辣辣的嘴巴大呼"要抽车,要抽车!"

下棋只是为了消遣,其所以能使这样多人嗜此不疲者,是因为它颇合人类好斗的本能,这是一种"斗智不斗力"的游戏。所以瓜棚豆架之下,与世无争的村夫野老不免一枰相对,消此永昼;闹市茶寮之中,常有有闲阶级的人士下棋消遣,"不为无益之事,何以遣此有涯之生?"宦海里翻过身最后退隐东山的大人先生们,髀肉复生,而英雄无用武之地,也只好闲来对弈,了此残生,下棋全是"剩余精力"的发泄。人总是要斗的,总是要钩心斗角地和人争逐的。与其和人争权夺利,还不如在棋盘上多占几个官,与其招摇撞骗,还不如在棋盘上抽上一车。宋人笔记曾载有一段故事:"李讷仆射,性卞急,酷好弈棋,每下子安祥,极于宽缓,往往躁怒作,家人辈则密以弈具陈于前,讷睹,便忻然改容,以取其子布弄,都忘其恚矣。"(南部新书)。下棋,有没有这样陶冶性情之功,我不敢说,不过有人下起棋来确实是把性命都可置诸度外。我有两个朋友下棋,警报作,不动声色,俄而弹落,棋子被震得在盘上跳荡,屋瓦乱飞,其中棋瘾较小者变色而起,被对方一把拉住:"你走!那就算是你输了。"此公深得棋中之趣。

——选自《雅舍小品》,云南人民出版社,2003 年版

【导读】

梁实秋的《雅舍小品》是中国现代散文中闲适、幽默、性灵文学的精品。他擅长书房小品文,谈天说地,笔下生风,长于比较中西人文历史、时事,讲知识,叙人情,绘风景,往往能做到左顾右盼、潇洒自如,文章的面貌也是姿态横生而能切中人性的弊端。有些篇章不无巧妙的讽刺意味,虽然是比较温和的,却也有着锋芒。这篇《下棋》即探

讨人情世故的一篇佳作,主旨为倡导激情、兴味、率真,反对老气横秋与麻木不仁、无动于衷。这与当时新月社所倡导的浪漫与唯美自由、人性化、理想化这一作风是完全一致的。梁实秋比前期新月社作家更要多出一些人文主义即温和型的理智色彩,他受到西方白璧德人文主义思想的影响明显,终身对之奉行不悖。

三、延伸思考

新月社作家是"五四"时期主要由留学英美归来的一群知识分子结社组成的一支松散型文学创作队伍,他们深受西方浪漫主义、唯美主义、人文主义与实验主义影响,高举爱与美、智与乐的大旗,在较为狭小的知识分子同人圈内活动,力图追求艺术的完美,引领时代高尚的文明风气,但比较忽略当时深刻的阶级矛盾与紧迫的民族、民生问题乃至外来侵略等严峻形势。新月社是一个有着自身缺陷与弱点的文学团体。但在"五四"初期,这一团体在反封建、反压制的新文学运动中,无疑起到了很大的建设作用与号召引领作用,功不可没。尤其是在新诗与现代散文创作方面,新月社作家为中国现代文学的新样式走向成熟奠定了基础,做出了示范,贡献了佳作。迄今为止,新月社有些作品还有着顽强的生命力,如徐志摩、胡适、凌叔华、梁实秋、朱湘等人的作品,充分表现出中国文学走向世界并与世界文学特别是浪漫唯美主义文学接轨的求新的面貌。新月社是丰富多彩、激流勇进的中国现代文学队伍中颇有建树的一个文学流派。

【思考题】

1.作为新样式的中国现代散文有哪些主要特征?

2.试举鲁迅散文的代表作,加以分析。

3.文学研究会作家散文为什么强调"人的文学"?

4.如何认识冰心的散文成就?

5.《新青年》时代周作人的散文在艺术上有什么特点?

6.创造社作家散文强调个性的表现,有什么时代意义?

7.郁达夫散文给你的主要感受是什么?举例说明。

8.新月社作家的散文特点是什么?谈谈你的看法。

9.徐志摩的散文有何特色?谈谈你的认识。

10.梁实秋的散文有什么特点,怎样看待他的《雅舍小品》?

第五章　现代话剧的萌芽

现代话剧虽是西方的舶来品,但它在中国出现也有深刻的社会根源。鸦片战争后,中国传统戏曲在题材和表现形式上都难以满足观众的要求,一些表现新题材或融入艺术新元素的文明新戏应运而生。文明新戏是中国传统戏曲向现代话剧过渡的产物,它具有现代话剧的某些特征,但没有完全走出传统戏曲的窠臼。1907 年,春柳社编演《黑奴吁天录》,标志着中国现代话剧的诞生,从此,这种新型的艺术形式在中国不断发展壮大。五四运动的爆发给予了中国现代话剧发展的机遇,这一时期的话剧,在题材上以社会问题剧为主,在风格上出现了写实与抒情两种走向,在形式上出现了喜剧、诗剧、历史剧等多方面探索。"五四"时期的话剧探索为中国现代话剧的发展奠定了坚实的基础。

第一节　社会问题剧与早期写实戏剧

一、基本知识

中国现代话剧的起源最早可以追溯到 19 世纪末出现的文明新戏。文明新戏以宣传新的思想、反映新的生活与人物为主要任务,以挣脱戏曲程式束缚的写实性语言与动作为主要手段,是与传统戏曲有明显区别的一种戏剧形式。根据文明新戏的发展程度,文学史一般认为 1907 年春柳社编演《黑奴吁天录》是中国现代话剧的开端。五四运动的爆发给予了中国现代话剧发展的机遇,受易卜生问题剧的影响,结合中国社会变革期的种种问题,社会问题剧在"五四"时期大量涌现。社会问题剧一般偏于写实,所反映的社会问题都有深厚的现实基础,演员表演也要求符合角色身份,这固然是现代话剧的文体要求,但也开创了中国现代写实话剧的先河。

二、代表作及其导读

泼妇（节选）

◉欧阳予倩

故事梗概:慎之和素心是一对自由恋爱结婚的现代夫妻,虽然他们的生活方式并不能得到外界的认同,但他们还是坚持自己理想。然而好景不长,慎之经受不了旧传统的诱惑,准备偷偷纳妾,因为害怕素心的责问,他还特意请来姑母和妹妹作为说客。纳妾的礼仪悄悄地进行,一切风平浪静。就在大家正准备长吁一口气的时候,素心意外地来了。从姑母的口中,素心知道了慎之纳妾的事实,她当即要求丈夫放弃这一计划,并给买来的小妾一定的盘缠……素心的主张并没有得到大家的认可,为了坚持自己的理想,她拿出刀子,以杀死儿子相威胁。素心的举动让所有人惊慌失措,慎之被迫同意素心的决定,让素心带走孩子和王氏。素心在斗争中取得了胜利,但在公婆的眼中,她是个不折不扣的"泼妇"。本剧为独幕剧,本节所选为素心杀子抗争的部分。

素　心　你放心,没人难为你!（向慎之）你从前对我是怎么说的? 你向来对我是怎么说的? 你方才对我是怎么说的? 你不是反对一夫多妻制吗? 你不是主张神圣恋爱的吗? 你不是自命为主张女子解放的中坚分子吗? 你不是绝对以真实不欺为信条的吗? 你不是主张"废娼说",不忍拿金钱去压迫那无辜的女子吗? 你始终不能不取掉你那正义人道的假面,到了今天,你自己证明你自己从头到尾全是诈伪!（慎之笑）你不要得意,笑,哭,都不能掩饰你的诈伪了。我一生受到你的骗,也只怪我自己以前跟你相交的时候,没有看出你的弱点。你骗人骗得得意了,所以丢了我又去骗别人,现在也没有别的多话,第一步,你先把她退了,把卖身纸还她,使她自由,再另外送她两千块钱让她自活。（大家无话半晌,慎之只是装笑。）

以　礼　（大怒）这还了得! 那里有大老婆逼丈夫退小老婆的道理? 就是吃醋争风,也不能当着大众,今天就算父母做了主,也没什么了不得!

素　心　我的主意已定,不是加我些龌龊罪名,就吓得住我的,你们要不听我,我就杀了这儿子。（取出小刀放在小孩子的颈上,大家要抢）你们要抢,我的刀就下去了。是,否,一句话!（大家作神气挤眉挤眼的意思是要慎之暂时敷衍。）

慎　之　（不得已取出王氏卖身纸及汇票两纸交与王氏）好,好,好,依你!（对王氏）这个交给你罢,你爱怎么自由,你就去自由罢!（又对素心）这下好了罢?（对王氏)你后头歇歇去罢!

大　家　这样也好! 这样也好。

素　心　慢着!(对王氏)你把卖身纸撕了!(王氏取了纸,素心将卖身纸抢过来撕了,王氏很怕)你且别忙后头去,我今天的抱不平要打到底,我是负责任的!(大家很奇怪,以礼只是叹气,吴氏只是糊里糊涂说了"好了""好了",素心又对王氏说)你无论如何,也出不了他的手,你就是出去,也一定没有结果,如今你还是跟我,让我叫你受些相当的教育,可以自立。我把你当亲妹妹看待,以后决不再教男人来骗你! 现在你的事,有我担保;我还要了我自己的事呢!(向慎之)我们就此告别罢,请你写两张离婚书,一张你签字给我;一张我签字给你,(慎之迟疑)不必假惺惺了,痛快些写吧!

姑　母　夫妻还是好夫妻,说完就好了,何必这样呢?

慎　之　你要离开我,我也没法,写罢!(取纸写着)

芷　祥　哥哥,何必呢? 大家都是一时之气,就都认了真,这样叫爹妈怎么受呢?(想去阻止)

以　礼　唔! 让你们去! 反正现在父母都是讨厌的,都是废物!(下)

吴　氏　我是更管不着!(哭,芷祥去劝)

(慎之将离婚书写好,交给娘姨送过去,素心签字,各持一张。)

素　心　好了! 谢谢你!(对王氏)你放心! 我不会待错你! 我是始终帮助你的,你跟我去。我一定叫你做一个有用的人,(王氏很为难的样子却是无可如何。)儿子,我也带你走!

慎　之　那可不行!

吴　氏　那怎么成呢?

以　礼　(从内赶出)儿子带去! 笑话! 儿子是陈家的子孙,你在这里,你是他的母亲;你既离了婚,你就是外人,你怎么能够带他去? 不行,万不行!

素　心　(指儿子)他不是你们私有的,他是国家世界公有的,我决不忍拿将来有用的国民,放在这种家庭里,在这种欺骗的父权之下,受那种欺骗的教育,使他被养成一个罪恶的青年! 要知道让一个清洁无暇的儿童,去受罪恶的熏染,是作母亲的罪恶,与其让他将来不好,不如让他就在目前干干净净的死在他母亲的手里!(持刀欲刺,大家大惊,素心说)我那里忍心就杀了他? 宝贝! 我也没有闲功夫说费话了。(向王氏)妹妹! 我们去吧!(拉着王氏下,素心把颈饰掷向慎之说)爱情的保证品啊!(王氏作无奈状随下。)

大　家　(面面相觑)真好泼妇啊!

——选自《剧本汇刊》(第一集),上海商务印书馆,1925年版

【导读】

《泼妇》反映的社会问题是:在新文化运动落潮之后,一部分追求新生活的青年开始走回头路,危害到其他人的权利时,那些受害者该怎么办?抗争还是妥协?如果把这一问题更具体一些:当妇女的婚姻完整权受到挑战的时候,她们该怎么办?抗争还是妥协?这在新旧交替的时代是个很普遍的问题。戏剧给出的答案是坚决的抗争。剧作家为了表现出自己的坚决性,特地在剧本中借用了古希腊悲剧中"杀子"的情节,让素心以"杀子"来维护自己的权利——这种态度的积极意义不言而喻。

从"戏"的角度来说,《泼妇》是个可以让观众看完的戏。戏剧从慎之密谋纳妾的事情写起,用以礼和吴氏的谈话、姑母和芷祥的到来烘托秘密紧张的气氛,让观众急切地想知道这场密谋的纳妾会不会成功?素心会不会接受这个事实?素心到底是个什么样的人?素心的突然到来是全剧的一个转折点,让铺垫已久的高潮终于可以到来。然而,素心并不知道慎之已经背叛了自己,她的到来虽然让秘密纳妾的礼仪有些紧张,但毕竟有惊无险——转入高潮的剧情又归于平淡。就在大家关注素心会不会从蒙在鼓里醒过来时,姑母试探性的语言,让素心顺藤摸瓜了解了实情,戏剧再次走向高潮。素心对慎之的痛斥,让我们恍然有杜十娘痛斥负心郎的印象,素心刚烈反叛的性格特征跃然纸上,而杀子维权的情节,更是将戏剧的高潮和杜十娘的这种性格特征都推向了极点,慎之"伪君子"的形象也深入人心。

《泼妇》是一部有强烈写实特征的戏剧,但在一些具体细节上也存在不切实际的问题。譬如素心为理想"杀子"的举动,它可能会在西方现实生活中存在,但在中国文化土壤中是否会出现却是个问题。再譬如,慎之怎样从一个新青年变回一个庸俗乡绅,戏剧也没有交代清楚。这些问题正是现代话剧在中国还没有走向成熟的表现。

压迫(节选)

◉丁西林

故事梗概:顽固守旧的房东太太整天在外打牌,但又唯恐家中未婚的女儿与房客发生自由恋爱,所以决不把房子租给没有家眷的人。但是女儿的态度相反:决不把房子租给有家眷的人。单身男客吴某在女儿的手上定下了一间房子,但房东太太坚决不同意,两人争执不下,房东太太还因此让女佣去找巡警。这时,一位女房客前来租房,吴某巧妙地向女房客说明了自己的窘境,而女房客智慧地说服他与自己假扮夫妻。这样,在巡警到来时,他们从容地化解了风波,并顺利地租到了房子。本剧为独幕剧,本书所选为结尾部分。

女　客　你还是没有出那口气。——唉,我倒有个主意。

男　客　你有甚么主意?

女　客　(少顿)让我来做你的太太,好不好?

男　客　甚么?

女　客　喔,你不用吓得那么样,我不是向你求婚。

男　客　喔,你误会了我的意思,——我……我……因为我实在没有想到这个方法。

女　客　这是最妙的一个方法。她说你没有家眷同住,这房子就不能租给你。现在你说你有了家眷,看她还有甚么话说?

男　客　她一定没有话说。不过——你愿意么?

女　客　我为甚么不愿意? 这于我有甚么损害? ——又不是真的做你的太太。

男　客　喔,谢谢你!

女　客　你不要把我意思弄错。我不是说做了你的太太,我就有甚么损害,那完全是另外一个问题。

男　客　是的,那完全是另外一个问题。不过你帮我把租房的这个问题解决了,我总应该向你道谢。

女　客　嗤! 道谢——无产阶级的人,受了有产阶级的压迫,应当联合起来抵抗他们。(侧耳静听)

男　客　不错,不错。

女　客　我听见有人说话。

男　客　那一定是巡警! (急促的)唉,不过我已经说过我没有家眷的,现在怎么对她们讲?

女　客　就说我们吵了嘴,你是逃出来的,不愿意给人知道……

男　客　(听到巡警已经走到门外,他急忙的点了一点头,叫她不要再讲话)嘘!

(男客人坐在方桌边,装作生气的样子。女客人坐在茶几旁边。后门由外推开,走进一个巡警,手里提了一个风灯,后面跟了老妈子和房东太太。她们看见房里来了一个女人,非常的惊讶。房里来的这个女人,见她们来了,起了一回身,向她们行了一个很谦和的礼。巡警将风灯放在桌上,与那位生气的先生行了一礼。)

巡　警　您贵姓?

男　客　(不客气的)我姓吴。

巡　警　(把头点了一点)喔。——府上是?

男　客　府上? 我没有府上。

103

女　客　（起始做起受了委屈的太太来）啊，你是拿定主意不要家了，是不是？

巡　警　（注意到插嘴的人，向男客人）这位……贵姓是？

男　客　（答不出，看了女客人一眼。女客也正在代他为难。他只好起始做起依旧赌气的丈夫来）我不知道。你问她自己好了。

巡　警　（真的问她自己）您贵姓？

女　客　（很高兴的）我？我……也姓吴。

巡　警　喔，你也姓吴。

女　客　是的。

巡　警　（再也想不出别的话）府上是？

女　客　我？我住在北京西四牌楼太平胡同关帝庙对面，门牌三百七十五号，电话西局四千六百九十二。——啊，你把它写下来吧，等一会儿你一定要忘记。

巡　警　（真的摸出一本小簿子来）北京……（写字）

女　客　西四牌楼太平胡同，（让巡警写）关帝庙对面。

巡　警　门牌多少？

女　客　三百七十五号。电话西局——四千——六百——九十二。

巡　警　（写完了）谢谢您。（藏好了簿子，又转向男客）您是来这边租房的，是不是？

男　客　不是！我是来这边住宿的。这房子我老早就租好了。

巡　警　（难住了。没有了办法，又转向女客）您是来这边？……

女　客　我！我是来这边找人的。

房　东　（不能再忍耐了）你到这边找什么人？

女　客　（很客气的向她点了一点头）我到这边来找我的男人。

房　东　找你的男人？谁是你的男人？

女　客　我想你应该知道吧？——你既把房子都租了给他。

房　东　怎么！这位先生是你的男人么？

女　客　我不知道。你问他好了，看他承认不承认？

老　妈　（也不能再忍耐了）太太，你看怎么样！我老早就对您说过，这位先生一定是有太太的，您不信。

巡　警　（糊涂了）怎么？刚才你们不是说这位先生没有家眷，怎么现在他又有了家眷？

老　妈　不要糊涂吧，刚才这位太太还没来，我们怎么会知道？如果这位太太早来这里，还可以省了我在雨地里走一趟呢。

女　客　对你不住。这实在不能怪我,五点钟的车子,六点半钟才到这里。

老　妈　请您不要多心。我不过是说他太不懂事。

巡　警　这话可得要说明白了。太太要我到这边来,是说这位先生租了三间房子,要一个人在这边住。这屋里住的都是堂客,他先生一个人在这边住,很不方便,是那么个意思。现在这位先生的太太既是来了,这事就好办。如果太太是和先生在这边同住,那就没有我的事,如果太太不在这边住,这件事还得……

老　妈　不要瞎说吧。太太自然是在这边住。——一看还不知道——先生和太太不过是为了一点小事,闹了一点意见,你不来劝解劝解,还来说那样的话。太太不在这边住,到哪里住去?——好了,现在没有你的事了,你赶紧回去打你的牌去吧。(把风灯送到他手里)走!走!

巡　警　这样说,那就没有我的事了。好了,再见,再见。

女　客　再见。你放心好了,哪一天我不在这里住的时候,我通知你就是了。

巡　警　对不起,打搅,打搅。

(巡警走出。老妈兴高采烈的拿了茶壶走出。房东太太承认了失败,看了她的客人一眼,也只好板了面孔走出)

男　客　(关上门,想起了一个老早就应该问而还没有问的问题,忽然转过头来)啊,你姓甚么?

女　客　我……啊……我……

——选自《〈现代评论〉第一周年纪念增刊》,1926 年 1 月

【导读】

剧作名虽为《压迫》,却是一出喜剧。这反映出丁西林对待生活的态度——从容豁达,也反映出丁西林的喜剧特色——自然智慧。房东太太忙于打牌又担心女儿与单身男房客自由恋爱,女儿出于叛逆偏偏不把房子租给有家眷的人,这本身就充满了喜剧性,是一个腐朽、专制社会荒诞性的具体表现。作为这种荒诞租房制度的直接受害者,单身男客吴先生企图与房东太太进行理论,当两人在荒诞不经的逻辑中进行争执时,戏剧的"笑"果和讽刺性同时实现。但凭借国家机器维持的荒诞并不因不合情理而在争执中落于下风,它反而借助国家机器直接对受害人进行压迫,在巡警即将参与的困境下,吴先生只能选择退让。好在女客的突然到来给了吴先生反败为胜的机会,他利用女客急于租房的心理,巧妙地让女客自己提出假扮成自己的家眷,从而满足了房东太太的要求,也化解了自己的危机。当社会中正常的要求被迫以荒诞的形式得到

满足时,戏剧的喜剧性再一次呈现了出来。

《压迫》结构的设置也非常精巧,它用三个主要人物、一个场景就完成了整个戏剧架构,非常符合话剧的文体特征;在喜剧效果的营造上,《压迫》步步推进,从容不迫,非常自然地呈现出了波澜起伏、妙趣横生的喜剧效果。其语言也极具特色,俏皮、幽默、机智,既符合人物的身份,又能够最大程度地制造喜剧效果。

三、延伸思考

通过《泼妇》和《压迫》,我们能够看到社会问题剧的一般特色:

(1)戏剧的思想内涵受"五四"新文化的影响很大,所表现的社会问题常常是"文化革命"后出现的种种问题,如婚姻、家庭、恋爱等,所解决的方式多半是主角儿离家出走(所以也有人称这些戏剧为"出走剧"),具有鲜明的时代特色。

(2)社会问题剧的"写实"是相对传统戏曲的抒情性而言的,它强调戏剧所反映社会问题的现实性,也强调表演者的言行符合角色身份,从而使戏剧不仅具有娱乐性,同时也成为改造社会的工具。

(3)早期写实话剧的"写实"具有鲜明的倾向性,它受到"五四"新文化的影响很大,这既是社会问题剧蓬勃发展的动力,也决定了它们在艺术上的限度。

第二节　创造社话剧与中国现代话剧的抒情传统

一、基本知识

"创造社话剧"是个含混的概念,因田汉、郭沫若等早期剧作家与创造社联系紧密,且他们的话剧与创造社的艺术主张有相通和相似的地方——强化了剧作家自我情感的张扬,为了方便了解这一段历史,故有此称谓。

在话剧史上,田汉是20世纪20年代影响最大的戏剧团体——南国社的创办者。南国社的产生,要追溯到1924年田汉与其妻子易漱瑜创办的《南国》半月刊。1926年,他又创办南国电影剧社。1927年,田汉主持上海艺术大学文学科,不久任校长,南国电影剧社改组,其活动范围扩及文学、戏剧、电影、美术、音乐诸方面,正式定名为南国社,以"团结能与时代共痛痒之有为的青年作为艺术上之革命运动"为宗旨。南国社在话剧史上的影响力超过了创造社,本节根据话剧风格的区分采用"创造社话剧"的称谓,在此补充说明南国社,以体现这个社团在话剧史上的重要性。

二、代表作及其导读

获虎之夜(节选)

◉田　汉

故事梗概：富裕猎户魏福生的女儿莲姑和寄居在自己家中的表兄黄大傻自幼相爱。然而,由于黄大傻的父母早亡,家境败落,魏福生嫌贫爱富,不同意女儿与黄大傻相恋,并将女儿许配给地主陈家的三少爷。黄大傻知道莲姑要出嫁的消息,非常伤心。因为思念莲姑,黄大傻晚上就到魏家附近山上遥望莲姑房间的灯光,聊以自慰,不想误中打虎的抬枪,受了重伤。黄大傻被抬到魏家后,莲姑悲痛万分,要求当夜看护大傻一夜,但父亲坚决不同意,并称莲姑已是陈家的人。莲姑与父亲矛盾激化。大傻见自己与莲姑的婚姻无望,于是以猎刀自刺而死。本剧为独幕剧,本节所选为结尾部分。

黄大傻　姑爹,我实在是个傻子,我明晓得没有爱莲姑娘的份儿,我偏舍不得她,我怎么不是个傻子呢? 我跟莲姑娘从小就在一块儿。那时我家里还好,你老人家还带玩带笑地说过,将来这两个孩子倒是好一对。那时我们小孩子心里也早已模模糊糊地有这个意思了。后来我爹不幸去世,家里亏空不少,你老人家已经冷了一大半。及至我妈妈也死了,家里又遭了火烛,几亩地卖光,还不够还债的,我读书的机会自然没有了。学手艺吗,也全由别人作主;今天要我学裁缝,我不愿意,逃出来,挨了一顿打骂,又拉我去学木匠。……我那时候早已晓得莲姑娘不是我的了。我去学木匠那天早晨,想找莲姑娘说几句话,都被你老人家禁止了。我只怨自己的命苦,几次想打断这个念头,可是怎么样也打不断。上屋里陈八先生可怜我,叫我同他到城里去学生意。我想这或者可以帮助我忘记莲姑娘,可是我同他走到离城不远的湖迹渡,我还是一个人折回来了。我不能忘记莲姑娘,我不能离开莲姑娘所住的地方。多亏仙姑庙的王道人可怜我,许我在庙里的戏台下面安身,我时常帮他做些杂事,碰上我讨不到饭的时候,他也把些吃剩的斋饭给我吃,我就是这样过了一年多的日子。

莲　姑　(哭)啊,大哥!

黄大傻　一个没有爹娘、没有兄弟、没有亲戚朋友的孩子,白天里还不怎样,到了晚上独自一个人睡在庙前的戏台底下,真是凄凉得可怕呀! 烧起火来,只照着自己一个人的影子;唱歌,哭,只听得自己一个人的声音。我才晓得世界上顶可怕的不是豺狼虎豹,也不是鬼,是寂寞!

莲　姑　（泣更哀）大哥!

黄大傻　我寂寞得没有法子。到了太阳落山,鸟儿都回到窠里去了的时候,就独自一个人挨到这后山上,望这个屋子里的灯光,尤其是莲姑娘窗上的灯光,看见了她的窗子上的灯光,就好像我还是五六年前在爹妈身边做幸福的孩子,每天到这边山上喊莲妹出来同玩的时候一样。尤其是下细雨的晚上,那窗子上的灯光打远处望起来是那样朦朦胧胧的,就像秋天里我捉了许多萤火虫,莲妹把它装在蛋壳里。我一面呆看,一面痴想,身上给雨点打得透湿也不觉得,直等灯光熄了,莲妹睡了,我才回到戏台底下。

莲　姑　（啜泣）啊,大哥!

祖　母　可怜的孩子,那不会着凉吗?

黄大傻　没爹少娘的孩子谁管他着不着凉呢! 寂寞比病还要可怕,我只要减少我心里的寂寞,什么也顾不得了。一年多的风霜饥饿,身体早已不成了;这几天又得上了一点寒热,所以有两个晚上没有看这边窗上的灯光了。我怕到我爹妈膝下去的时候不远了,又听说莲姑娘就是这几天要出嫁,所以我今晚又走到这边山上来,想再望望我两晚没有望见的,或许以后永远望不见的灯光,不想刚到山上便绊着药绳,挨了这一枪。……我只望那一枪把我打死了倒好,免得再受苦了,没想到还能活着见莲姑娘一面,我挨这一枪也值得,死也死得过了。

莲　姑　啊,大哥!

祖　母　可怜的孩子,不想他这样爱着莲儿。

魏黄氏　可怜病得这样子又受了这样重的伤。他的娘若在世,不知怎样的伤心呢!

莲　姑　（抚着黄大傻的手）大哥,你好好睡。我今晚招呼你。

黄大傻　（欣慰极了）啊,谢谢。

魏福生　（暴怒地）不能! 莲儿,快进去,这里有我招呼,不要你管。你已经是陈家里的人,你怎么好看护他? 陈家听见了成什么话!

莲　姑　我怎么是陈家里的人了?

魏福生　我把你许给陈家了,你就是陈家的人了。

莲　姑　我把自己许给了黄大哥,我就是黄家的人了!

魏福生　什么话! 你敢顶嘴? 你这不懂事的东西! （见莲姑还握着黄大傻的手）你还不放手,替我滚起进去! 你想要挨打?

莲　姑　你老人家打死我,我也不放手。

魏福生　（改用慈父的口吻）莲儿,仔细想想吧,爹不是因为爱你才把你许给陈家的吗? 爹辛苦半辈子,只有你这一个女儿,不想把你随便给人家。好容易千挑万选地才攀上了陈家这门亲。陈家起先嫌我们猎户出身，后来看得你人物还不错，才应允了。只望你心满意足地到陈家去，生下一男半女，回门来喊我一声外公，也算我没有儿子的人的福分。不想你这不懂事的东西存心跟我为难，可是后来你妈再三劝你，你不是已经回心转意，亲口答应了吗？……

魏黄氏　是呀，莲儿你自己答应了的呀。

莲　姑　爹逼得我没有法子，只好权时答应了。原想找个机会跟黄大哥商量，在过门以前逃跑的。

魏福生　唔，你居然想逃跑！

莲　姑　想逃跑。我老早就想逃跑，只是没有机会。第一次打了老虎，到我家看的人很多，我就想趁那时候逃。刚走到半山碰了屠大爷，我只好回来。后来过门的日子越近，你老人家越不肯叫我出去。前几天借着送虎肉才同张二姑娘到仙姑殿去了一回。因为有二姑娘跟着我，不好问人，没有找着黄大哥。

魏福生　找着他呢？

莲　姑　找着他，我就约个日子同他跑。

魏黄氏　你们安排跑到哪里去？

莲　姑　跑到城里去。

魏福生　找谁？

莲　姑　找张大姐介绍我到纱厂做工去。

魏福生　唔。

莲　姑　没有想到我没有找着他，他倒先到我家来了。像受了重伤的老虎似的抬到我们家来了。身体瘦成这个样子，腿上还打一个大洞。……流了这许多血。黄大哥，可怜的黄大哥，我是再也不离开你的了。死，活，我都不离开你！

魏福生　我偏要你离开他。偏不许你们在一块……。你这不孝的东西！（猛力想扯开他们的手，但他们抓死不放）

莲　姑　爹！

祖　母　（同时）福生！

李东阳　（同时）福生！你——

魏黄氏　（同时）嗳呀，莲儿，你放手吧。

莲　姑　不。我死也不放。世界上没有人能拆开我们的手！

魏福生　我能够！（暴怒如雷，猛力扯开他们的手，拖着莲姑往房里走）你这畜生，不要脸的畜生，不打你如何晓得厉害！（拖进房里）

（台上闻扑打声，抗争声。）"哼！你还强嘴不？你还发疯不？你还喊黄大哥不？

你还要气死我不?"每问一句,打一下。

大家 （同时）福生,福生,嗳呀,不要打!（皆拥到后房去）

（台上只剩黄大傻一人,尸骸似的倒在竹床上,闻里面打莲姑声,旧病新创一齐爆发。）

黄大傻 嗳呀,我再不能受了。（忍痛回顾,强起,取床边猎刀）莲姑娘,我先你一步吧。（自刺其胸而死）

（里面魏福生"你还不听说不? 你还要喊黄大哥不? 你做陈家里的人不?"之声与竹鞭响声,哀呼"黄大哥"之声益烈,劝解者、号哭者的声音伴奏之。）

——幕徐下——

——选自《田汉戏曲集》（第二集）,上海现代书局,1933 年版

【导读】

《获虎之夜》是中国话剧诞生期难得的佳作。剧本注重"戏"的提炼和选择,具有强烈的戏剧性。戏剧冲突安排在"获虎之夜"这个特定的时间段,这是莲姑出嫁的前夜,也是父女冲突最可能激化的时段。因此,戏剧一开场就留给观众两大悬念:获虎之夜是否能够捕猎到老虎,从而使莲姑的嫁妆更加体面;父女的矛盾究竟以什么样的方式得到解决。然而,当捕虎的铳枪响起之后,受重伤的却是莲姑的爱人黄大傻,这使戏剧的冲突陡然升级。黄大傻的痴心让莲姑对爱情的坚持更加坚决,误伤黄大傻的事实让魏福生恼羞成怒,本来被掩盖的父女矛盾必然在针锋相对中得到解决,这正是戏剧的看点,也使戏剧的悲剧性得到了充分放大。

《获虎之夜》对剧中人物的塑造也比较成功。具有浪漫主义气质的田汉在此前的剧本创作中比较强调情感的宣泄,往往忽略了抒情性和现实性的统一。在这个剧本中,黄大傻台词的抒情化倾向也十分明显,这本不符合一个流浪少年的现实身份,但由于剧本设置的情景是在他对爱情最绝望的时期,因此,情感的宣泄又较能符合人物的特定心理感受,而且能够最大程度获得观众的同情。作为一个久居深山的猎户的女儿,莲姑的语言没有华丽的辞藻,但她的一言一行都表现出山里人独有的执拗和刚烈,这既符合莲姑的身份,又推动了戏剧高潮的到来。

此外,《获虎之夜》浓郁的乡土气息,给予都市观众一种异域的体验,譬如魏福生讲述易四聋子打虎的故事,具有强烈的传奇色彩,增强了戏剧的可观赏性。

卓文君(节选)

◉郭沫若

故事梗概:卓文君与司马相如的爱情是中国历史上的千古佳话,郭沫若在这一传奇爱情故事中发掘出个性解放、女性解放的主题。为了更好地揭露封建宗法制度的反动性,剧作家在原有故事的基础上增加程郑、秦二等人物,从而使个性解放更加深入人心。

卓文君　你们一个说我有伤风教,一个叫我寻死,这是你们应该对着你们自己说的话。

卓王孙　造反了,造反了!(欲脱程郑手。)

(程郑挽愈力)

卓文君　我自认我的行为是为天下后世提倡风教的。你们男子们制下的旧礼教,你们老人们维持着的旧礼制,是范围我们觉悟的青年不得,范围我们觉悟了的女子不得!

卓王孙　(极力欲脱去)啊啊,这样挽着我做什么! 你这想爬灰的老忘八!

卓文君　(指程郑)你程家的翁翁,我且问你,为甚么你娶了无数妻妾,你还四处如蝇逐膻,你还能在人面前道人长短? 风教不已被你伤尽了吗? 家庭不已被你腐败尽了吗? 你骂人浅薄无聊,你的深厚在哪里? 你的有聊在哪里? 我对你直说吧! 你时常迷恋着我的身体,所以你要把我留在你家中。那回你贪夜来叩我的房门,到底是甚么意思呀?

程　郑　没有那样的事! 没有那样的事! 你莫冤枉我!

卓王孙　奇耻大辱! 奇耻大辱! 这娼妇要把我气死了!(又欲扑打卓文君。)

(程郑急挽制之)

卓文君　我不相信男子可以重婚,女子便不能再嫁! 我的行为我自己问心无愧。(向卓王孙)爹爹。

卓王孙　啊,谁是你的爹爹! 啊,气死我了! 气死我了!

卓文君　你要叫我死,但你也没有这种权利! 以前你生的只是一块肉,但这也不是你生的,只是造化的一次儿戏罢了! 我如今新生了,不怕你就咒我死,但我要朝生的路上走去!(向红箫)红箫妹妹哟! 你与我同向生的路上走去吧! 不怕那儿就是荆棘满途,我与你是永远要向生的路上走去! 这把宝剑,我就借用了,借用来做为我们开除荆棘的利器吧!(拾剑起,牵红箫。)

（红箫不动。）

卓王孙　啊,气死我了! 气死我了! 秦二,周大,你们快把那泼妇束缚了吧! 气死我了! 气死我了! （晕倒在程郑怀里。）

（周大欲动,秦二畏缩而股栗。）

卓文君　你们这些污秽的肉块,谁敢靠近我们的身来! （挺剑作势）

程　郑　文君,你太过分了。你有话可以细说,何必那样性急,扬刀动武,你还有妹子,还有兄弟,也要做个榜样呀!

卓文君　我就是好榜样!

程　郑　你就忍丢下你的弟妹吗? 他们醒来的时候要哭着找你呢!

卓文君　他们醒来的时候,你对他们说,教他们到都亭来。我在那儿替他们结识了一个新的姐夫。

程　郑　你做女儿的责任呢?

卓文君　便是我自己做人的责任! 盲从你们老人,绝不是甚么孝道!

程　郑　你就不怕世人议论了吗?

卓文君　我的行为,我相信,后代的人会来讴歌我。

程　郑　你守着现成的富贵也不要了吗?

卓文君　不要说那些话来污秽我! ——红箫,走吧! 我们走吧!

红　箫　（始终低头木立,至此始抬头向秦二）秦二,你来! 你来!

秦二瑟缩而前。

——选自《郭沫若全集·文学编》（第六卷）,人民文学出版社,1986年版

【导读】

《卓文君》是郭沫若《三个叛逆的女性》的第一篇,始发表于 1923 年 5 月上海《创造》季刊第 2 卷第 1 期。节选段落的精彩之处是卓文君痛快淋漓地揭露程郑和卓王孙的思想本质。对于程郑,卓文君直接撕开了他伪君子的假面:这个满口礼仪道德的人,不过是贪婪儿媳身体、心胸狭隘的苟且之人;对于卓王孙这个顽固保守分子,卓文君从人的独立性出发,指出人应该具有个性独立和自由发展的权利。卓文君的语言不仅具有批判性,也使人物形象变得更加丰满。

郭沫若的历史剧之所以受人瞩目,是因为它具有鲜明的时代性。他的《三个叛逆的女性》,包括之后在抗战期间创作的《屈原》《虎符》等剧作,都给予历史人物现代思想和现代行为,让他们在历史事件中体现现代精神,从而符合现代人的审美需求。在

表现历史人物的现代精神上,郭沫若的诗人气质,不断体现在剧情和戏剧人物身上,剧烈的矛盾冲突、鲜明的人物性格和痛快淋漓的戏剧语言,会不断激发观众的热情和共鸣,从而成为时代不可磨灭的经典。

但值得注意的是,将历史人物现代化,虽然有利于剧作家传递自己的情感,但也会造成历史失实的感觉。固然,一切历史都是当代史,都是一种叙事,但历史的当代叙事也必须不能太过偏离人们的历史常识。这也是郭沫若的历史剧引起争议的地方。

三、延伸思考

创造社话剧在写实的基础上,开创了中国现代话剧的抒情传统,我们从中可以感知到以下特色:

(1)在戏剧情节安排上,比较注重整体情感的渲染和铺垫,如黄大傻与莲姑的爱情悲剧、卓文君的反叛之途,剧作家都采用层层铺垫的方式,从而使他们的感情得到集中爆发。

(2)戏剧中的人物个性鲜明,情感丰富,在戏剧的高潮处,他们的个性特征得到集中展示,同时大量积蓄的情感也得到宣泄,从而获得巨大的艺术张力。

(3)戏剧具有诗性的精神,这既表现在情节安排上,也表现在人物性格塑造和语言形式上,剧与诗的结合,是这种戏剧的最大特色。

【思考题】

1.社会问题剧出现的社会根源是什么?

2.新文化运动对中国现代话剧的发展有什么意义?

3.创造社话剧在思想和艺术上的主要缺陷是什么?

4.评析社会问题剧与创造社话剧的差别。

5.田汉早期话剧的主要特点是什么?

6.评析郭沫若的诗与剧的关系。

第二编　革命的文学

（1928—1937）

导　引

1928—1937 年是中国革命文学运动兴起并发展的十年。

革命文学运动首先是由后期创造社倡导的。革命文学倡导者论述了革命文学的性质、任务，指出了作家世界观的转变是要把文学活动同无产阶级领导的革命斗争结合起来，从而把革命文学运动引向深入。但他们强调"文学是宣传"时，往往忽视文艺本身的特点，并唯心地认为只要从书本上理解了辩证唯物主义的概念，就是世界观的转变，并把鲁迅、茅盾等当作社会变革的落伍者加以批判，挑起了革命文学论争。

革命文学论争的时间大约是 1928 年初到 1929 年底，论争双方代表人物是李初梨与鲁迅。革命文学论争引起了中共中央注意。党组织指示创造社、太阳社的共产党人停止攻击鲁迅，让他们同鲁迅及其他革命"同路人"联合起来。这样，历时近两年的革命文学论争终于停止。革命文学论争存在日本福本和夫式的教条主义、宗派主义、分裂主义之弊，可它使"革命文学"的口号播撒到全国，逐渐深入人心，为中国左翼作家联盟的成立准备了条件。

中国左翼作家联盟（简称"左联"）自 1930 年初成立后，努力提倡革命文学，积极开展革命文学运动，推动了革命文学的发展，使中国革命文学迎来了创作的高峰。茅盾的创作为这一时期的代表。茅盾自觉创造革命文学的理论和实践来发展、完善中国现代文学，其作品建立起了当时属于全新的革命现实主义文学模式。左联受当时"左"倾路线的影响，存在着宗派主义、关门主义及将文学政治化、创作公式化、概念化等弊端。1936 年初，在全民族救亡运动的推动下，在左翼作家周扬、夏衍等的坚持下，左联自动解散。

在这十年间，老舍和巴金的创作标志着中国现实主义文学的一个高峰，他们在民族化与个性化以及艺术的追求上取得了重要突破。曹禺的创作使中国现代话剧艺术得以确立，并在中国大地扎根，中国现代话剧由此走向成熟。活跃于北方的京派作家脱离革命文学及现实主义文学的主流，成为一个具有独立文学观念和对一部分人民生活方式具有独特的艺术体验的作家群体，其中在小说创作上最具实力的是沈从文。东北沦陷以后,流亡到北平、上海等地的一批东北青年作家,如萧红、萧军、端木蕻良等人,用手中的笔抒写了对日寇蹂躏下的故土刻骨铭心的思念,表达了对侵略者的仇恨和誓死保卫家园的激情。这批体现出一定共同点的作家被称为东北作家群。活跃于上海的海派作家创作的新文学具有世俗化和商业化特征,中国新感觉派是海派发展中的重要一支,它把中国都市文学提高到一个新的阶段,并将海派小说推向 20 世纪 40 年代的中国新市民小说。

本编应该注意的基本知识要点有:

1.革命文学倡导者的文学主张

革命文学倡导者主要是后期创造社和太阳社成员,代表人物是李初梨、冯乃超、郭沫若、蒋光慈、钱杏邨等。他们从以下四个方面阐述了革命文学的基本主张。第一,对革命文学的历史使命和根本任务作了初步阐述。第二,强调文学的阶级性。第三,强调革命作家要确立无产阶级的世界观,要求作家获得无产阶级的阶级意识。第四,指出革命文学语言是接近农工大众的用语。革命文学倡导者的主张初步论述了革命文学的性质、任务,指出把文学活动同无产阶级领导的革命斗争结合起来,从而把革命文学运动引向深入。但他们强调"文学是宣传"时,往往忽视文艺本身的特点,唯心地认为只要从书本上理解了辩证唯物主义的概念就是世界观的转变。

2.革命文学论争

1928 年初到 1929 年底革命文学内部展开了一场论争,论争双方代表人物是李初梨与鲁迅。李初梨的时代认识是所谓"激烈没落论"。鲁迅对李初梨的"激烈没落论"不以为然,他坚持"五四"新文学传统,认为要不断鞭挞国民性弱点,以此来否定李初梨等人盲目的乐观热情态度。鲁迅对李初梨等人宣扬文学工具论也十分反感,认为"一切文艺固是宣传,而一切宣传却并非全是文艺"①。鲁迅还不赞成李初梨等人的文学"组织生活论"及"工具论"。论争"挤"着鲁迅研究并翻译了苏联卢那察尔斯基的《艺术论》和普列汉诺夫的《艺术论》,使其强调了文艺是揭示与认识生活的一种特殊社会现象。

3.左联成立

左联于 1930 年 3 月 2 日在上海成立。出席成立会议的有鲁迅、冯雪峰、沈端先、柔石、冯乃超、李初梨、彭康、蒋光慈、钱杏邨、田汉、阳翰笙等四十余人。会上选举沈端先、冯乃超、钱杏邨、鲁迅、田汉、郑伯奇、洪灵菲七人为常务委员。在成立会上,鲁迅做了题为《对于左翼作家联盟的意见》的重要讲话。他告诫左翼作家一定要和实际的社会斗争接触,明白革命的实际情况,否则左翼作家很容易成为"右翼"作家。今后左翼

---

① 　鲁迅:《文艺与革命》,《鲁迅全集》(第四卷),人民文学出版社,2005 年,第 84 页。

作家应注意："对于旧社会和旧势力的斗争,必须坚决、持久不断,而且注重实力";"战线应该扩大";"应当造出大群的新的战士。"①鲁迅的这次讲话是马克思主义文艺理论与中国文艺运动实践相结合的一个理论总结。

4.左联主要文学活动

第一,成立马克思主义文艺理论研究会,加强对马克思主义文艺理论的翻译、介绍和研究工作。第二,自觉地加强与世界文学的,特别是无产阶级文学运动的联系。第三,积极推动文艺大众化运动。第四,积极推行革命现实主义创作方法。

5. 1928—1937 年中国革命文学的重要作品

小说有茅盾的《子夜》,蒋光慈的《短裤党》《咆哮了的土地》,胡也频的《到莫斯科去》《光明在我们的前面》,柔石的《二月》《为奴隶的母亲》,叶紫的《丰收》,洪灵菲的《流亡》,叶绍钧的《倪焕之》《多收了三五斗》,丁玲的《莎菲女士的日记》《水》;诗歌有蒲风的《茫茫夜》《六月流火》;戏剧有洪深的《五奎桥》,李健吾的《这不过是春天》;散文有鲁迅的后期杂文,瞿秋白的《一种云》《暴风雨前》;报告文学有夏衍的《包身工》等。

6. 1928—1937 年与革命文学交相辉映的重要作品

在这十年间,与革命文学相对而言具有不同特征的、在中国现代文学史上占重要地位的文学作品,主要有:老舍的《骆驼祥子》《离婚》,巴金的《家》,曹禺的《雷雨》《日出》,沈从文的《边城》,萧军的《八月的乡村》,萧红的《生死场》,刘呐鸥的《两个时间的不感症者》,施蛰存的《梅雨之夕》,穆时英的《上海的狐步舞》,艾青的《大堰河——我的保姆》,田间的《未明集》,臧克家的《烙印》,戴望舒的《我的记忆》,卞之琳的《断章》,林语堂的《大荒集》,李广田的《画廊集》,何其芳的《画梦录》,陆蠡的《囚绿记》等。

【思考题】

1.革命文学论争双方的主要观点及其得失。

2.论述左联的主要文学活动。

---

① 鲁迅:《对于左翼作家联盟的意见》,《鲁迅全集》(第四卷),人民文学出版社,2005 年,第 235-238 页。

第六章　革命文学时代的小说

　　小说经由启蒙年代的积累,在革命文学时代呈现出总体薄发的势态。这一时期出现的小说名家,茅盾以大气磅礴而闻名,他的《蚀》三部曲、《子夜》等名篇,具有开阔的社会视野,深入刻画了大革命失败后社会各阶层的现实处境和历史命运,开启了社会剖析小说的先河。巴金在这一时期的小说,充满了激情,立意反抗,"激流三部曲""爱情三部曲"的出现奠定了其现代小说名家的地位。老舍的小说着眼现代市民阶层的喜怒哀乐,他用纯正的北京口语书写北京的风土人情,开创了京味小说的传统。沈从文的小说以城乡二元视角书写故乡湘西的自然美、人情美、人性美,在中国现代小说中别具一格,《边城》成为超越时代和国界的经典之作。除此之外,这一时期具有影响力的小说流派有京派作家群、左翼作家群、东北作家群及新感觉派作家群等,他们的创作让革命文学时代的小说变得更加丰富多元。

第一节　茅盾与巴金的小说

一、基本知识

　　茅盾是 20 世纪 30 年代在创作上获得重大成就并产生巨大影响的一位左翼作家。

　　茅盾(1896—1981),原名沈德鸿,字雁冰,浙江省桐乡市乌镇人。他幼时曾受到比较开明的家庭教育,1913 年考入北京大学预科学习,1916 年预科毕业后进入上海商务印书馆编译所担任编辑,开始了早期的文学活动。1920 年他参加了上海共产主义小组的革命活动,1921 年成为中国共产党的第一批党员之一。1921 年 1 月,茅盾与郑振铎、叶圣陶等人发起组织文学研究会。茅盾早期的文艺活动主要是从事理论批评和译介外国文学作品。大革命时期,茅盾积极参加革命斗争,大革命失败后,遭到通缉。这个时期,他开始了小说创作。1930 年 4 月,茅盾由日本回到上海后加入左联,与鲁迅等左翼作家一起反击国民党的文化"围剿"。抗日战争和解放战争时期,他一直从事进步的民族民主运动,也是国统区革命文艺运动的领导人之一。新中国成立后,茅盾除曾任全国政协副主席外,主要从事文艺领导工作,曾任全国文联副主席、文化部部长、中国作家协会主席等职。

茅盾的主要小说作品有:长篇小说《虹》《子夜》《第一阶段的故事》《腐蚀》《霜叶红似二月花》《锻炼》,中、短篇小说《蚀》(包括《幻灭》《动摇》《追求》)、《路》、《三人行》、《林家铺子》、《春蚕》、《秋收》、《残冬》等。

巴金(1904—2005),原名李尧棠,字芾甘,四川成都人,著名文学家、出版家和翻译家。巴金的小说创作有两个高峰,第一个高峰期在20世纪30年代,这一时期他创作的中、长篇小说有《灭亡》、《新生》、"爱情三部曲"(《雾》《雨》《电》)、《死去的太阳》、《海底梦》、《砂丁》、《春天里的秋天》、《雪》(即《萌芽》)、"激流三部曲"(《家》《春》《秋》)等,出版的短篇小说集有《复仇》、《光明》、《电椅》、《抹布》、《将军》、《沉默》、《神·鬼·人》、《沉落》(又名《沦落》)、《发的故事》等。在这些作品中,"激流三部曲"代表了他在这一时期的最高成就。巴金在这一时期创作的小说,表现出叛逆的个性,洋溢着青春的激情,故有研究者将其称为"青春写作"。抗日战争时期是巴金小说创作的第二个高峰,这一时期他创作的小说有"抗战三部曲"(《火》,共三部,第二部又名《冯文淑》,第三部又名《田惠世》)、《憩园》、《第四病室》、《寒夜》等,《寒夜》是其在这一时期的代表作品。相较于第一个高峰期,巴金在这一时期的创作总量有所减少,但在艺术成就上并不落后,战争的残酷和艺术的积累使巴金的小说技法更加炉火纯青,沉郁内敛、余韵无穷是他这一时期小说的典型特征。新中国成立后,巴金积极拥抱新生政权,又创作了一系列小说,但在艺术成就上无法与之前的小说相提并论。不过,巴金在20世纪80年代开始创作的系列散文(后收入散文集《随想录》),沉痛反思了"文化大革命"和"极左"思想带给中国人的精神创伤,为其一生的文学创作填上了浓墨重彩的一笔。

二、代表作及其导读

子夜(节选)

◉茅 盾

故事梗概:1930年的上海,5月的一个傍晚,上海工业界大亨吴荪甫和他的二姐夫、金融财阀杜竹斋夫妇乘坐三辆雪铁龙轿车来到码头,迎接从老家双桥镇前来避乱的父亲吴老太爷。吴老太爷一到上海,扑朔迷离、充满肉欲和疯狂的资本主义都市景观使这个足不出户的老朽深受刺激而猝死。吴府大办丧事,上海滩的头面人物都来吊唁。他们聚集在客厅,打听战况、谈生意、搞社交。善于投机的买办资本家赵伯韬找到吴荪甫和杜竹斋,拉拢他们联合资金结成公债大户"多头",想要在股票交易中贱买贵卖,从中牟取暴利。杜竹斋心下犹疑,赵伯韬遂向他透露了用金钱操纵战局的计划。吴荪甫、杜竹斋决定跟着赵伯韬干一次。这次合作,虽小有波澜但最终告捷。

因为金融公债上混乱、投机的情形妨害了工业的发展,实业界同人孙吉人、王和甫推举吴荪甫联合各方面有力的人,办一个银行,做自己的金融流通机关,并且希望将来能用大部分的资本来经营交通、矿山等几项企业。这正合吴荪甫的心意。他的野心很大,又富于冒险精神。他喜欢和同他一样有远见的人共事,而对那些半死不活的资本家却毫无怜悯地施以手段。很快地,益中信托公司就成立起来了。

这时,吴荪甫的家乡双桥镇发生暴动,农民起来反抗,使他在乡下的一些产业蒙受损失。工厂里的工潮此起彼伏,也使他坐立不安。为对付工人罢工,吴荪甫起用了一个有胆量、有心计的青年职员屠维岳。屠维岳先是暗中收买领头的女工姚金凤,瓦解了工潮的组织;姚金凤被工人看作资本家的走狗,而工潮复起的时候,屠维岳又指使吴荪甫假令开除姚金凤而提升那个把事情捅出去的女工。这样一来,姚金凤的威信恢复,工人反而不肯接受对她的处置。接着,作为让步,吴荪甫收回成命,不开除姚金凤,并安抚女工给予放假一天。吴荪甫依计而行,果然平息了罢工。

交易所的斗争也日渐激烈。原先吴荪甫与赵伯韬的联合转为对垒和厮拼的局面。益中信托公司作为与赵伯韬相抗衡的力量,形成以赵伯韬为"多头"和益中信托公司为"空头"之间的角斗。赵伯韬盯上吴荪甫的裕华丝厂,想乘吴荪甫资金短缺之时吞掉他的产业。几个回合较量下来,益中信托公司亏损八万元栽了跟头而停下来。此时吴荪甫的资金日益吃紧,他开始盘剥工人的劳动和克扣工钱。新一轮的罢工到来,受到牵制的屠维岳分化瓦解工人组织的伎俩被识破,吴荪甫陷入内外交迫的困境。

赵伯韬欲向吴荪甫的银行投资控股。吴荪甫决定孤注一掷,他甚至把自己的丝厂和公馆都抵押出去作公债,以背水一战。他终于知道在中国发展民族工业是何等困难。个人利害的顾虑,使他身不由己地卷入了买空卖空的投机市场。

公债的情势危急,赵伯韬操纵交易所的管理机构为难卖空方吴荪甫。

> 几近绝望的吴荪甫把仅存的希望放在杜竹斋身上。千钧一发之际,杜竹斋倒戈转向赵伯韬一边。吴荪甫彻底破产了。他绝望地把枪口对准自己的胸口,但又立即镇定下来。他决定连夜与林佩瑶一起乘船到牯岭去避暑。

于是吴荪甫一个人去会老赵;在墙角的一张小圆桌旁边和赵伯韬对面坐定了后,努力装出镇静的微笑来。自从前次"合作"以后,一个多月来,这两个人虽然在应酬场中见过好多趟,都不过随便敷衍几句,现在他们又要面对面开始密谈了。赵伯韬依然是那种很爽快的兴高采烈的态度,说话不兜圈子,劈头就从已往的各种纠纷上表示了他自己的优越:

"荪甫,我们现在应得说几句开诚布公的话。我们的旧账可以一笔勾销!可是,有几件事,我不能不先对你声明一下:第一,银团托辣斯,我是有分的,我们有一个整计画;可是我们一不拒绝人家来合作,二不肯见食就吞;我们并没想过要用全力来对付你,我们并不注意缫丝工业;荪甫,那是你自己太多心!——"

吴荪甫笑了一笑,耸耸肩膀。赵伯韬却不笑,眼睛炯炯放光。他把雪茄猛吸一口,再说道:

"你不相信么?那也由你。老实说,朱吟秋押款那回事,我不过同你开玩笑,并不是存心捣你的蛋。要是你吃定我有什么了不起的计策,也不要紧,也许我做了你就也有那样的看法,我们再谈第二桩事情罢。你们疑心我到处用手段,破坏益中;哈哈,我用过一点手段,只不过一点,并未'到处'用手段。你们猜度是我在幕后指挥'经济封锁',哎,荪甫!我未尝不能这么干,可是我不肯!自家人拼性命,何苦!"

"哈哈,伯韬!看来全是我们自己太多心了!我们误会了你?是不是?"

吴荪甫狂笑着说,挺一下眉毛。赵伯韬依旧很严肃,立即郑重地回答道:

"不然!我这番话并非要声明我们过去的一切都是误会!我是要请你心里明白:你我中间,并没有什么不可解的冤仇,也不是完全走的两条路,也不是有了你就会没有我,——益中即使发达起来,光景也不能容容易易就损害到我,所以我犯不着用出全副力量来对付你们!实在也没有用过!"

这简直是胜利者自负不凡的口吻了。吴荪甫再也耐不住,就尖利地回问道:

"伯韬!你找我来,难道就为了这几句话么?"

"不错,一半是为了这几句。算了,荪甫,旧账我们就不提,——本来我还有一桩事想带便和你说开,现在你既然听得不耐烦了,我们就不谈了罢。我是个爽快的脾气,说话不兜圈子,现在请你来,就想看看我们到底还能不能大家合作——"

"哦!可是,伯韬,还有一桩事要跟我说开么?我倒先要听听。"

吴荪甫拦住了赵伯韬,故意微笑地表示镇定,然而他的心却异常怔忡不宁;他蓦地想起了从前和老赵开始斗争的时候,杜竹斋曾经企图从中调停,——"总得先打一个胜仗,然后开谈判,庶几不为老赵所挟制":那时他是根据着这样的策略拒绝了杜竹斋的,真不料现在竟弄成主客易位,反使老赵以胜利者的资格提议"合作",人事无常,一至于此,吴荪甫简直不能相信自己的耳朵。

赵伯韬也微微一笑,似乎已经看透了吴荪甫的心情。他很爽利地说道:

"这第三桩事情倒确是误会。你们总以为竹斋被我拉了走,实在说,我并没拉竹斋,而我这边的韩孟翔却真真被你们钓了去了! 荪甫,这件事,我很佩服你们的手腕灵敏!"

吴荪甫听着,把不住心头一跳,脸色也有点变了;赶快一阵狂笑掩饰了过去,他就故意探问道:

"你只晓得一个韩孟翔么? 我还收买得比韩孟翔更要紧的人呢!"

"也许还有个把女的! 可是不相干。你肯收买女的,我当真感谢得很! 女人太多了,我对付不开;嗨嗨!"

现在是赵伯韬勉强笑着掩饰他的真正心情了。这也瞒不过吴荪甫的眼睛,于是吴荪甫也感到若干胜利的意味;他到底又渐渐恢复了他的自信力,他摆脱了失败的情绪,振起精神来,转取攻势。他劈头就把谈话转入那"合作"问题:

"你猜得很对! 我们的收买政策也还顺利! 伯韬,我想来就是你本人也可以收买的! 我也是爽快的脾气,我们不说废话了,你先提出你的'合作'条件来,要是可以商量的话,我一定开诚布公回答你!"

"那么,简简单单一句话,我介绍一个银团放款给益中公司! 总数三百万,第一批先付五十万,条件是益中公司全部财产做担保!"

吴荪甫很注意地听着,眼光射定了赵伯韬的面孔。忽然他仰脸大笑起来,耸耸肩膀。赵伯韬却不笑,悠然抽着雪茄,静待吴荪甫的回答。吴荪甫笑定了,就正色问道:

"伯韬! 你是不是开玩笑? 益中是抱的步步为营的政策,虽然计划很大,眼前却用不到三百万的借款! 益中现在还搁着资本找不到出路呢!"

"不是这么说的。借款的总数是三百万,第一批先交五十万,第二批的交付,另定办法。你是老门槛,你自然明白这笔借款实在只有五十万,不过放款的银团取得继续借与二百五十万的优先权!"

"然而益中公司连五十万的借款也用不到!"

"当真么?"

"当真!"

吴荪甫把心一横,坚决地回答。可是他这话刚刚出口,他的心立刻抖起来了。他知道自己从前套在朱吟秋头上的圈子,现在被赵伯韬拿去放大了来套那益中公司了;他知道经他这一拒绝,赵伯韬的大规模的经济封锁可就当真要来了,而益中公司在此战事未停,八个厂生产过剩的时候,再碰到大规模的经济封锁,那就只有倒闭或者出盘的了;他知道这就是老赵他们那托辣斯开始活动的第一炮!

赵伯韬微笑着喷一口烟,又逼进一步道:

"那么,到底不能合作! 益中公司前途远大,就这么弄到搁浅下场,未免太可惜了! 荪甫,你们一番心血,总不能白丢;你们仔细考虑一下,再给我回音如何? 荪甫,我们打开天窗说亮话,益中目前已经周转不灵,我早就知道。况且战事看去要延长,战线还要扩大,益中那些厂的出品,本年内不会有销路;荪甫,你们仔细考虑一下,再给我回音罢!"

"哦——"

吴荪甫这么含糊应着,突然软化了;他仿佛听得自己心里梆的一响,似乎他的心拉碎了,再也振作不起来;他失了抵抗力,也失了自信力,只有一个意思在他神经里旋转:有条件地投降了罢?

蓦地他站了起来,冷冷地狞笑。最后一滴力又回到他身上了,并且他也不愿意让老赵看清了他是怎样苦闷而且准备投降;他在老赵肩膀上重拍一下,就大声说:

"伯韬! 时局到底怎样,各人各看法! 也许会急转直下。至于益中公司,我们局内人倒一点不担心。有机会吸收资本来扩充,自然也好。明天我把你的意思提到董事会,将来我们再碰头罢。"

接着又狂笑了一声,吴荪甫再不等老赵开口,就赶快走了。他找着了王和甫,把经过的情形说一个大概,皱了眉头。好半晌,两个人都不出声。后来王和甫从牙齿缝里迸出一句话来:

"明天早上我同吉人到你公馆里商量罢!"

——选自《茅盾全集》(第三卷),人民文学出版社,1984年版

【导读】

《子夜》写于1931年10月至1932年12月,1933年2月由开明书店初版。

《子夜》是茅盾最重要的一部作品。这部长篇巨著是经过作者充分准备才动笔的。1930年夏秋之交,茅盾走访企业家、公务员、商人、银行家、经纪人、革命党人以及自由主义者,广泛地了解了当时上海都市社会的现实,于是产生了大规模地描写中国

社会现象的想法。这部小说原定的计划很大,作者打算写一部农村与都市的交响曲,"例如农村的经济情形,小市镇居民的意识形态(这决不像某一班人所想象那样单纯),以及一九三〇年的'新儒林外史'"①,后来改变初衷,侧重于都市生活的描写。茅盾在《〈子夜〉是怎样写成的》一文中对当时的社会形势作了介绍:"这个时候正是汪精卫在北平筹备召开扩大会议,南北大战方酣的时候,同时也正是上海等各大都市的工人运动高涨的时候。""当时在上海的实际工作者,正为了大规模的革命运动而很忙。在各条战线上展开了激烈的斗争。""一九三〇年春世界经济恐慌波及到上海。中国民族资本家,在外资的压迫下,在世界经济恐慌的威胁下,为了转嫁本身的危机,更加紧了对工人阶级的剥削,增加工作时间,减低工资,大批开除工人,引起了工人的强烈反抗。经济斗争爆发了,而每一经济斗争很快转变为政治的斗争,民众运动在当时的客观条件是很好的。"②而真正触发茅盾的创作动机的是当时关于中国社会性质的论战。为了驳斥托派的"中国已经走上资本主义道路,反帝、反封建的任务应由中国资产阶级来担任"以及"自称为进步的资产阶级学者"的"中国的民族资产阶级可以在既反对共产党所领导的民族、民主革命运动,也反对官僚买办资产阶级的夹缝中取得生存与发展,从而建立欧美式的资产阶级政权"③的谬论,茅盾"打算用小说的形式""给以形象的表现""但我所要回答的,只是一个问题,即是回答了托派:中国并没有走向资本主义发展的道路,中国在帝国主义的压迫下,是更加殖民地化了"。④

从题材选择和主题开掘来看,《子夜》追求题材与主题的重大性、时代性与史诗性,展现了广阔的社会生活画面,对20世纪30年代初中国社会多种错综复杂的矛盾和斗争做出了全景式的正面描绘,揭示出社会各个部分之间的内在联系和发展趋势。

在人物塑造上,《子夜》的人物众多,作品注重从错综复杂的社会关系,特别是经济关系中去表现人物性格的多面性与复杂性,并在矛盾冲突中深刻揭示人物的内心世界。小说塑造了民族资本家吴荪甫、买办资本家赵伯韬等一系列具有个性特征和典型意义的人物形象。特别是吴荪甫形象的塑造,集中体现了作者的创作特色和艺术才能。吴荪甫形象真实丰满,有血有肉,充分体现了中国民族资产阶级的两面性,具有鲜明的时代特征。吴荪甫是第二次国内革命战争时期中国民族资产阶级的艺术典型,是半殖民地半封建这一特定历史环境中的中国民族资产阶级的一个失败了的英雄形象。他有胆识,有气魄,有刚毅果断的作风,也善于使用商业场上不可少的手腕,极为精明强干;他游历欧美学来了现代工业的管理经验;他不但拥有雄厚的资本,而且有着大力发展民族工业的宏愿。在与帝国主义经济侵略的斗争中,他表现出果敢、冒险、刚强、

① 茅盾:《子夜·后记》,《茅盾全集》(第三卷),人民文学出版社,1984年,第553页。
② 茅盾:《〈子夜〉是怎样写成的》,《新疆日报》副刊《绿洲》1939年6月1日。
③ 茅盾:《再来补充几句》,《茅盾全集》(第三卷),人民文学出版社,1984年,第562页。
④ 茅盾:《〈子夜〉是怎样写成的》,《新疆日报》副刊《绿洲》1939年6月1日。

自信的性格。他的沉着干练、刚愎自用,似乎为民族资产阶级的振兴带来了希望。然而,在强大的帝国主义经济侵略面前,他却连连失败,乃至遭受灭顶之灾。在沉重的打击之下,那种中国资产阶级的先天不足的性格本质就充分暴露出来了,动摇、悲观、虚弱、颓废等,充分揭示出人物内心的恐惧。似强实弱、色厉内荏、外强中干是吴荪甫的基本性格特征。从另一个角度看,吴荪甫又有压迫者的一面。将经济危机转嫁给工人时,他采取了各种残酷的手段,充分显示了他既残酷反动又外强中干的阶级特征。同样,他对待双桥镇的农民暴动的态度也充分暴露了他的反动本性。而他在家庭生活中采用的是独断专横的封建家长作风,这也反映出中国民族资产阶级是生长于封建土壤之上的,必然带有封建遗传基因的思想内涵。吴荪甫的悲剧命运不仅是主观因素造成的,更是客观的社会和历史条件导致的。通过这一形象,作者艺术地表现了中国并没有走上资本主义道路,而是更加殖民地化了的深刻思想。除了吴荪甫、赵伯韬、屠维岳等典型形象,作品还塑造了若干人物形象群,如民族资本家形象群、"新儒林"形象群、交际花、地主、女工、革命者等系列人物。

在艺术表现上,《子夜》除了采用传统的肖像描写、行为描写、语言描写及细节描写来刻画人物,尤其擅长对人物进行出色的心理刻画,特别是对人物的下意识和幻觉的描写增强了整个作品心理分析的色彩。作品对人物心理不是作静止的、孤立的分析和描写,而是在时代生活的激流里、在尖锐的矛盾和冲突中进行细致深入的刻画,从而使小说实现了剖析社会历史与剖析人物心理的统一。

在结构上,《子夜》追求宏大而严谨的布局。作品人物众多,情节复杂,线索纷繁交错而又严密完整,各条线索合成一个庞大而复杂的艺术构架。作品以吴荪甫为矛盾冲突的轴心,辐射出各种人物和事件,从几条线索(公司、公债市场、工厂、农村、家庭)错落有致地进行铺叙,其中以吴、赵斗法为整个作品的主线,以此带动其他几条线索的展开,形成多线并存、交错推进的蛛网式的密集结构。

《子夜》也存在一些较为明显的不足。由于作者对革命活动和工人生活缺乏直接体验,因此在描写革命者和工人的形象时显得比较单薄与概念化。另外,小说原定计划中的农村线索并没有得到充分地展开,这就使第四章描写农民革命的部分不但材料欠缺,描写浮泛粗疏,而且在全书结构上也显得有些游离。

家(节选)

◎ 巴　金

故事梗概:20世纪30年代,四川成都,一个高姓封建官僚地主家庭。新文化的兴起与传播打破了"家"的稳定和宁静。孙辈的大哥觉新与表妹钱梅芬青梅竹马，但由于父辈的嫌隙，两人无法在父母之命、媒妁之言下走到一起，软弱的觉新忍气吞声地接受了这一现实，与父母认可的李瑞珏组成了新的家庭。贤惠的瑞珏抚慰了觉新受伤的灵魂，他们非常争气地为高家生下了第四代长孙，一切似乎都恢复了平静，但大家庭的钩心斗角却让他们在疲惫中走向悲剧。觉新的弟弟觉民、觉慧是新文化熏陶下成长起来的"新青年"，他们对哥哥的遭遇给予深深的同情，这也坚定了他们离经叛道的立场：觉民与情投意合的表妹琴遇到了觉新曾经面临的问题，但他们坚决反抗，离家出走，最终获得了家庭的默认；作为学生运动骨干分子的觉慧，对大家庭丑恶现象的反抗更加坚决，他与家中的丫头鸣凤抛弃门户成见，相知相爱，但森严的等级制度却把鸣凤活活逼死。情感的创伤并没有击垮觉慧，反倒让他对封建大家庭的反抗更加彻底——大家庭的毁灭势在必然，只有彻底抛弃它，个人才可能获得新生……

高觉新是觉民弟兄所称为"大哥"的人。他和觉民、觉慧虽然是同一个母亲所生，而且生活在同一个家庭里，可是他们的处境并不相同。觉新在这一房里是长子，在这个大家庭里又是长房的长孙。就因为这个缘故，在他出世的时候，他的命运便决定了。

他的相貌清秀，自小就很聪慧，在家里得着双亲的钟爱，在私塾得到先生的赞美。看见他的人都说他日后会有很大的成就，便是他的父母也在暗中庆幸有了这样的一个"宁馨儿"。

他在爱的环境中渐渐地长成，到了进中学的年纪。在中学里他是一个成绩优良的学生，四年课程修满毕业的时候又名列第一。他对于化学很感到兴趣，打算毕业以后再到上海或北京的有名的大学里去继续研究，他还想到德国去留学。他的脑子里充满了美丽的幻想。在那个时期中他是一般同学所最羡慕的人。

然而恶运来了。在中学肄业的四年中间他失掉了母亲，后来父亲又娶了一个年轻的继母。这个继母还是他的死去的母亲的堂妹。环境似乎改变了一点，至少他失去了一样东西。固然他知道，而且深切地感到母爱是没有什么东西能代替的，不过这还不曾在他的心上留下十分显著的伤痕。因为他还有更重要的东西，这就是他的前程和他的美妙的幻梦。同时他还有一个能够了解他、安慰他的人，那是他的一个表妹。

但是有一天他的幻梦终于被打破了，很残酷地打破了。事实是这样：他在师友的赞誉中得到毕业文凭归来后的那天晚上，父亲把他叫到房里去对他说：

"你现在中学毕业了。我已经给你看定了一门亲事。你爷爷希望有一个重孙，我也希望早日抱孙。你现在已经到了成家的年纪，我想早日给你接亲，也算了结我一桩心事。……我在外面做官好几年,积蓄虽不多,可是个人衣食是不用愁的。我现在身体不大好,想在家休养,要你来帮我料理家事,所以你更少不掉一个内助。李家的亲事我已经准备好了。下个月十三是个好日子,就在那一天下定。……今年年内就结婚。"

这些话来得太突然了。他把它们都听懂了,却又好像不懂似的。他不作声,只是点着头。他不敢看父亲的眼睛,虽然父亲的眼光依旧是很温和的。

他不说一句反抗的话,而且也没有反抗的思想。他只是点头,表示愿意顺从父亲的话。可是后来他回到自己的房里,关上门倒在床上用铺盖蒙着头哭,为了他的破灭了的幻梦而哭。

关于李家的亲事,他事前也曾隐约地听见人说过,但是人家不让他知道,他也不好意思打听。而且他不相信这种传言会成为事实。原来他的相貌清秀和聪慧好学曾经使某几个有女儿待嫁的绅士动了心。给他做媒的人常常往来高公馆。后来经他的父亲同继母商量、选择的结果,只有两家姑娘的芳名不曾被淘汰,因为在这两个姑娘之间,父亲不能决定究竟哪一个更适宜做他儿子的配偶,而且两家请来做媒的人的情面又是同样地大。于是父亲只得求助于拈阄的办法,把两个姑娘的姓氏写在两方小红纸片上,把它们揉成两团,拿在手里,走到祖宗的神主面前诚心祷告了一番,然后随意拈起一个来。李家的亲事就这样地决定了。拈阄的结果他一直到这天晚上才知道。

是的,他也曾做过才子佳人的好梦,他心目中也曾有过一个中意的姑娘,就是那个能够了解他、安慰他的钱家表妹。有一个时期他甚至梦想他将来的配偶就是她,而且祈祷着一定是她,因为姨表兄妹结婚,在这种绅士家庭中是很寻常的事。他和她的感情又是那么好。然而现在父亲却给他挑选了另一个他不认识的姑娘,并且还决定就在年内结婚,他的升学的希望成了泡影,而他所要娶的又不是他所中意的那个"她"。对于他,这实在是一个大的打击。他的前程断送了。他的美妙的幻梦破灭了。

他绝望地痛哭,他关上门,他用铺盖蒙住头痛哭。他不反抗,也想不到反抗。他忍受了。他顺从了父亲的意志,没有怨言。可是在心里他却为着自己痛哭,为着他所爱的少女痛哭。

到了订婚的日子他被人玩弄着,像一个傀儡;又被人珍爱着,像一个宝贝。他做人家要他做的事,他没有快乐,也没有悲哀。他做这些事,好像这是他应尽的义务。到了晚上这个把戏做完贺客散去以后,他疲倦地、忘掉一切地熟睡了。从此他丢开了化学,丢开了在学校里所学的一切。他把平日翻看的书籍整齐地放在书橱里,不再去动它们。他整天没有目的地游玩。他打牌,看戏,喝酒,或者听父亲的吩咐去作结婚时候的种种准备。他不大用思想,也不敢多用思想。

不到半年,新的配偶果然来了。祖父和父亲为了他的婚礼特别在家里搭了戏台演戏庆祝。结婚仪式并不如他所想象的那样简单。他自己也在演戏,他一连演了三天的戏,才得到了他的配偶。这几天他又像傀儡似地被人玩弄着;像宝贝似地被人珍爱着。他没有快乐,也没有悲哀。他只有疲倦,但是多少还有点兴奋。可是这一次把戏做完贺客散去以后,他却不能够忘掉一切地熟睡了,因为在他的旁边还睡着一个不相识的姑娘。在这个时候他还要做戏。

他结婚,祖父有了孙媳,父亲有了媳妇,别的许多人也有了短时间的笑乐,但他自己也并不是一无所得。他得到一个能够体贴他的温柔的姑娘,她的相貌也并不比他那个表妹的差。他满意了,在短时期内他享受了他以前不曾料想到的种种乐趣,在短时期内他忘记了过去的美妙的幻梦,忘记了另一个女郎,忘记了他的前程。他满足了。他陶醉了,陶醉在一个少女的爱情里。他的脸上常常带着笑容,而且整天躲在房里陪伴他的新婚的妻子。周围的人都羡慕他的幸福,他也以为自己是幸福的了。

——选自《巴金全集》(第一卷),人民文学出版社,1986年版

【导读】

"家"是中国封建宗法制度的载体和浓缩。以封建王朝形式存在的中国封建社会,"国"便是"家","家"便是"国",中国封建制度的核心要义都是以家庭伦理的形式表现出来的。因此,新文化运动兴起后,中国知识分子对封建宗法制度抨击的突破口便是家,"五四"时期的问题小说、问题剧多以家庭问题为题材,充分说明了这一点。相比之前的家庭题材作品,《家》对封建大家庭的抨击更具系统性、深刻性和艺术性。系统性,《家》以长篇小说的宏大性,不仅揭示了个人只有走出封建大家庭才能获得新生的必然性,还从家族制度的腐朽性着手,说明封建大家庭必然走向毁灭的本质;深刻性,《家》对封建大家庭腐朽、反动本质的揭示,超越了"五四"以来的所有作品;艺术性,《家》对封建大家庭的抨击并不是观念先行,其对大家庭日常生活的细腻描写,让大家庭的衰亡呈现出"挽歌"的特征——毕竟个人不可能完全脱离家而存在。

节选部分充分体现出《家》的整体特征。觉新是《家》中的一个典型人物,他有才华,有上进心,有个人发展的欲求和想法,他完全可以通过个人的努力获得他需要的幸福,但封建大家庭对个人的支配让他走上了一条"畸形"的道路:他的理想毁灭了,他的爱情也毁灭了,他只能在被操纵中感受虚妄的幸福。觉新悲剧的责任在于封建大家庭,同时也在于其软弱的个性,虽然家族制度可以让一个人走向毁灭,但只要个人敢于坚持自己的想法,依然可以争取到自己想要的幸福。然而,作为封建大家庭的长孙,觉

新的软弱并不偶然,长孙的殊荣和乖巧的个性让他在成长过程中更多感受到的是家庭的温馨和恩宠,这使他在突然遭遇波折时丧失了反抗的勇气和能力。身份和个性,注定了觉新只能是封建大家庭的殉葬品,这也是那个时代中一批人的必然命运。觉新是一个需要批判又值得同情的人物,我们可以批判他的软弱,但他的善良和无辜又唤起了我们的恻隐之心。这种复杂和纠结的阅读体验,正是《家》的魅力所在。

从小说艺术的角度来说,《家》有很多遭到诟病的地方,譬如它的语言不够精练优美,它的结构不够精巧圆通,它的叙事显得过于激情而不够内敛。然而《家》对于封建大家庭腐朽性的深刻揭示,对于觉新、觉慧等人物形象的成功塑造,使它依然是中国文学史上的一座丰碑。

三、延伸思考

1.茅盾的贡献

茅盾是一位在现代小说艺术上自觉探索、不断开拓的小说巨匠,他对现代小说艺术特别是现代长篇小说艺术的发展与成熟做出了卓越的贡献。

(1)茅盾开创了一种既不同于传统小说的叙事模式和结构方式,也不同于“五四”时期以鲁迅等人为代表的小说传统的新的文学范式。茅盾在小说中大规模地、全景式地反映刚刚过去不久的甚至是正在发生中的社会现实,表现各种矛盾斗争中的阶级和人。“历史性的巨大内容、宏伟的结构、客观的叙述,以及不断创造时代典型的努力,都是建筑在他的精细观察和运用一定的社会科学思想对社会生活进行分析之上的。由于这种依靠理性分析来开拓形象思维的深广度的创作方法,从典型环境来解释并塑造典型人物,在戏剧性强的情节中突现人物性格及其成长史的写法,逐渐成为‘左翼’文学公认的主流,因而影响深远。”①这类小说被称为“社会剖析小说”。在茅盾的引领下,在20世纪40年代,相当一批作家开始认同和尝试这种创作模式,从而形成了小说流派“社会剖析派”,而茅盾开创的这一种形态的现实主义小说传统也逐渐上升为现代小说的主流。

(2)与反映重大复杂的社会内容相适应,茅盾在小说的结构形式上追求宏大严谨的结构和纷繁完整的线索,在人物性格的塑造上着重表现人物的社会关系和人物性格的多面性与复杂性,而与此相应的是茅盾特别注重对人物心理作细腻深入的刻画,他的创作实践提高了心理刻画在我国现代长篇小说艺术中的地位。这些努力都使现代小说艺术得以走向完善、成熟与丰富。

(3)茅盾的小说为中国现代文学的人物形象画廊提供了闪烁着个性色彩的形象

---

① 钱理群,温儒敏,吴福辉:《中国现代文学三十年》(修订本),北京大学出版社,1998年,第171页。

系列。茅盾的小说在表现动荡的社会全景及其发展态势的同时,注重表现都市生活及都市中敏感的青年知识分子的心灵,主要创造了两大形象系列,即民族资本家和时代女性形象。从时代进程看,王伯申、吴荪甫、唐子嘉、何耀先、严仲平、林永清等一系列相互关联的形象,构成了20世纪上半叶民族资产阶级思想和性格的发展史。对静女士、慧女士、孙舞阳、章秋柳、梅行素、林佩瑶、赵惠明、严洁修、苏辛佳等一系列时代女性的心灵的描写,也不是单纯从个人爱情冲突来表现,而是从广阔的社会背景、时代精神中展示她们的心路历程和不同命运,具有思想深度和丰富的历史内容。

2.巴金小说的典型特征

作为巴金小说创作第一个高峰时期的代表作品,《家》充分反映出巴金这一时期小说创作的典型特征:

(1)在题材选择上,"反抗"是巴金这一时期小说的重要主题。巴金在留学法国期间,受无政府主义思想的影响很大,这让他对压抑个人的制度、强权具有强烈的反抗欲求,而在阶级矛盾和民族矛盾同样尖锐的20世纪30年代,种种社会不公更激发了他的反抗个性。反抗让巴金走上了文学道路,这也决定了他的题材喜好。

(2)在语言上,巴金这一时期的小说具有激情洋溢、痛快淋漓的整体风格。从语言修辞的角度看,巴金这一时期的小说喜用排比、反复的修辞手法,从而使作品显得气势磅礴。在叙事过程中,巴金从未压抑自己的情感,尽情评论,痛快淋漓。

(3)在结构安排上,巴金这一时期的小说具有以情导篇、自由奔放的特征。以情导篇,即以情感作为小说结构的主要依据,拒绝因所谓"小说美学"而阻断情感的延续性。以情导篇使作品具有自由奔放的特质,但也损害了小说应有的内在丰富性。

第二节　老舍与沈从文的小说

一、基本知识

老舍(1899—1966),原名舒庆春,字舍予,北京人,满族。老舍的文学创作开始于20世纪20年代,1924年夏,老舍赴伦敦大学东方学院任华语教员,在此期间创作了《二马》《赵子曰》《老张的哲学》三部长篇小说,奠定了他在现代文学史上的地位。1929年,老舍取道新加坡回国,先后在山东济南齐鲁大学和青岛山东大学任教。在此期间,老舍和普通的教员、记者、车夫、厨子、说唱艺人、民间拳师为友,汲取民间养分,创作了《大明湖》《猫城记》《离婚》《牛天赐传》4部长篇小说,短篇小说有《黑白李》

《微神》等 15 篇,以及幽默诗文、散文若干篇。1936 年,老舍辞职从事专业写作,创作了《选民》(后改题为《文博士》)、《我这一辈子》、《老牛破车》和《骆驼祥子》等作品。1938 年,文艺界应抗战需要成立"中华全国文艺界抗敌协会",老舍担任常务理事兼总务部主任,他以满腔热情和耐心细致的工作,团结各方面的文艺家,共同致力于推动抗战的文艺活动。为适应战争需要,老舍在抗战期间创作的作品,进行了多种形式的探索,有大鼓体长诗《剑北篇》,京剧《王家镇》《忠烈图》,话剧《残雾》《归去来兮》《面子问题》等。不过,在诸种文体中,小说仍是其创作的主要部分,他先后出版了短篇小说集《火车集》《贫血集》,长篇小说《火葬》,完成了长篇巨著《四世同堂》的前两部《惶惑》和《偷生》,其中《四世同堂》是他这一时期最具代表性的作品。1946 年,老舍和曹禺作为我国民间第一批文化人应邀赴美国访问和讲学,以加深大洋彼岸的人们对中国人民和中国文学的了解。在此期间,老舍完成了《四世同堂》第三部《饥荒》和另一部长篇小说《鼓书艺人》。1949 年 12 月,老舍回到祖国,之后陆续创作了话剧《方珍珠》《龙须沟》《茶馆》《春华秋实》等一系列脍炙人口的戏剧作品。因《龙须沟》的成功,老舍获得了北京市政府授予的"人民艺术家"荣誉称号。20 世纪 60 年代开始创作但未完成的自传体小说《正红旗下》,是他一生文学创作的绝唱。老舍是个天分颇高的作家,他在小说、话剧、散文等领域都取得了不俗的成就。就小说创作而言,老舍善于刻画市民心理,将北京方言运用得如鱼得水,是京味小说的创始人。

沈从文(1902—1988),原名沈岳焕,笔名休芸芸、甲辰、上官碧、璇若等,乳名茂林,字崇文,湖南凤凰县人,苗族,著名作家、历史文物研究家、京派作家代表人物。沈从文早年投身行伍,浪迹于湘川黔边境地区,1922 年在"五四"思潮吸引下到北京,升学未成,在郁达夫、徐志摩等鼓励下自学写作。1924 年,沈从文开始发表文学作品,曾担任《大公报》《益世报》文艺副刊主编,1931—1933 年在青岛大学任讲师,1934—1939年在北京主编全国中小学国文教科书,1938—1946 年在昆明西南联合大学任教授,1946—1949 年在北京大学任教授,1950—1978 年在北京中国历史博物馆任文物研究员,1978—1988 年在中国社会科学院历史研究所任研究员。

沈从文一生创作的结集有八十多部,是现代作家中成书最多的一个。早期的小说集有《蜜柑》《雨后及其他》《神巫之爱》等。20 世纪 30 年代后,他的创作显著成熟:主要成集的小说有《龙朱》《旅店及其他》《石子船》《虎雏》《阿黑小史》《月下小景》《八骏图》《如蕤集》《从文小说习作选》《新与旧》《主妇集》《春灯集》《黑凤集》等;中长篇小说有《阿丽思中国游记》《边城》《长河》;散文作品有《从文自传》《记丁玲》《湘行散记》《湘西》《烛虚》《云南看云集》等;此外还著有文论集《废邮存底》及其续集等。

沈从文的小说有强烈的个人风格,他以"乡下人"的主体视角审视当时城乡对峙的现状,批判现代文明在进入中国的过程中所显露出的丑陋,这种与新文学主将们相悖的观念丰富了现代小说的表现范围。沈从文是京派文学的代表作家。京派指在 20 世纪 20 年代末期到 30 年代,文学中心南移到上海后,继续留在京津地区或其他北方城市的一个自由的作家群,当时也称北方作家派。京派文学文风淳朴,贴近底层人民的生活,在现实主义中融入了浪漫主义及表现主观个性的多种艺术手法。

二、代表作及其导读

骆驼祥子(节选)

◉老　舍

故事梗概:18 岁的祥子,因失去土地到城里来当洋车夫,他的理想是通过勤劳苦干挣得一辆洋车,从此过上自给自足的生活。功夫不负有心人,他终于挣到了第一辆洋车,他疯狂地拉客,梦想着第二辆、第三辆洋车……可惜命运不济,一次他冒险拉客出城,他连车带人被十来个兵抓了去,心爱的洋车再也没有拉回来。命运似乎并不想让祥子完全绝望,在逃回城的路上,祥子意外地得到了三匹骆驼,将它们变现后,死灰般的梦想又复燃了,然而兵痞的敲诈让他的梦想再一次落空了。失落的祥子与车厂老板的女儿虎妞走到了一起,这个长相丑陋、举止粗鲁的女人让祥子感到很压抑,在虎妞的帮助下,祥子又买了一辆洋车。然而造化弄人,虎妞因难产而死,为了安葬妻子,祥子只好再次卖掉车子。一连串的打击把祥子彻底击垮了,他再也没有心思为洋车而努力——城市里多了一个浑浑噩噩的祥子。

　　我们所要介绍的是祥子,不是骆驼,因为"骆驼"只是个外号;那么,我们就先说祥子,随手儿把骆驼与祥子那点关系说过去,也就算了。

　　北平的洋车夫有许多派:年轻力壮,腿脚灵利的,讲究赁漂亮的车,拉"整天儿",爱什么时候出车与收车都有自由;拉出车来,在固定的"车口"(车口,即停车处——编者注)或宅门一放,专等坐快车的主儿;弄好了,也许一下子弄个一块两块的;碰巧了,也许白耗一天,连"车份儿"也没着落,但也不在乎。这一派哥儿们的希望大概有两个:或是拉包车;或是自己买上辆车,有了自己的车,再去拉包月或散座就没大关系了,反正车是自己的。

　　比这一派岁数稍大的,或因身体的关系而跑得稍差点劲的,或因家庭的关系而不敢白耗一天的,大概就多数的拉八成新的车;人与车都有相当的漂亮,所以在要价儿的时候也还能保持住相当的尊严。这派的车夫,也许拉"整天",也许拉"半天"。在后者的情形下,因为还有相当的精气神,所以无论冬天夏天总是"拉晚儿"(拉晚儿,是下午四点以后出车,拉到天亮以前——编者注)。夜间,当然比白天需要更多的留神与本事;钱自然也多挣一些。

年纪在四十以上,二十以下的,恐怕就不易在前两派里有个地位了。他们的车破,又不敢"拉晚儿",所以只能早早的出车,希望能从清晨转到午后三四点钟,拉出"车份儿"和自己的嚼谷(嚼谷,即吃用——编者注)。他们的车破,跑得慢,所以得多走路,少要钱。到瓜市,果市,菜市,去拉货物,都是他们;钱少,可是无须快跑呢。

在这里,二十岁以下的——有的从十一二岁就干这行儿——很少能到二十岁以后改变成漂亮的车夫的,因为在幼年受了伤,很难健壮起来。他们也许拉一辈子洋车,而一辈子连拉车也没出过风头。那四十以上的人,有的是已拉了十年八年的车,筋肉的衰损使他们甘居人后,他们渐渐知道早晚是一个跟头会死在马路上。他们的拉车姿式,讲价时的随机应变,走路的抄近绕远,都足以使他们想起过去的光荣,而用鼻翅儿扇着那些后起之辈。可是这点光荣丝毫不能减少将来的黑暗,他们自己也因此在擦着汗的时节常常微叹。不过,以他们比较另一些四十上下岁的车夫,他们还似乎没有苦到了家。这一些是以前决没想到自己能与洋车发生关系,而到了生和死的界限已经不甚分明,才抄起车把来的。被撤差的巡警或校役,把本钱吃光的小贩,或是失业的工匠,到了卖无可卖,当无可当的时候,咬着牙,含着泪,上了这条到死亡之路。这些人,生命最鲜壮的时期已经卖掉,现在再把窝窝头变成的血汗滴在马路上。没有力气,没有经验,没有朋友,就是在同行的当中也得不到好气儿。他们拉最破的车,皮带不定一天泄多少次气;一边拉着人还得 边儿央求人家原谅,虽然十五个大铜子儿已经算是甜买卖。

此外,因环境与知识的特异,又使一部分车夫另成派别。生于西苑海甸的自然以走西山,燕京,清华,较比方便;同样,在安定门外的走清河,北苑;在永定门外的走南苑……这是跑长趟的,不愿拉零座;因为拉一趟便是一趟,不屑于三五个铜子的穷凑了。可是他们还不如东交民巷的车夫的气儿长,这些专拉洋买卖(从前外国驻华使馆都在东交民巷——编者注)的讲究一气儿由交民巷拉到玉泉山,颐和园或西山。气长也还算小事,一般车夫万不能争这项生意的原因,大半还是因为这些吃洋饭的有点与众不同的知识,他们会说外国话。英国兵,法国兵,所说的万寿山,雍和宫,"八大胡同",他们都晓得。他们自己有一套外国话,不传授给别人。他们的跑法也特别,四六步儿不快不慢,低着头,目不旁视的,贴着马路边儿走,带出与世无争,而自有专长的神气。因为拉着洋人,他们可以不穿号坎,而一律的是长袖小白褂,白的或黑的裤子,裤筒特别肥,脚腕上系着细带;脚上是宽双脸千层底青布鞋;干净,利落,神气。一见这样的服装,别的车夫不会再过来争座与赛车,他们似乎是属于另一行业的。

有了这点简单的分析,我们再说祥子的地位,就象说——我们希望——一盘机器上的某种钉子那么准确了。祥子,在与"骆驼"这个外号发生关系以前,是个比较有自由的洋车夫,这就是说,他是属于年轻力壮,而且自己有车的那一类:自己的车,自己的生活,都在自己手里,高等车夫。

这可绝不是件容易的事。一年,二年,至少有三四年;一滴汗,两滴汗,不知道多少万滴汗,才挣出那辆车。从风里雨里的咬牙,从饭里茶里的自苦,才赚出那辆车。那辆车是他的一切挣扎与困苦的总结果与报酬,象身经百战的武士的一颗徽章。在他赁人家的车的时候,他从早到晚,由东到西,由南到北,象被人家抽着转的陀螺;他没有自己。可是在这种旋转之中,他的眼并没有花,心并没有乱,他老想着远远的一辆车,可以使他自由,独立,象自己的手脚的那么一辆车。有了自己的车,他可以不再受拴车的人们的气,也无须敷衍别人;有自己的力气与洋车,睁开眼就可以有饭吃。

他不怕吃苦,也没有一般洋车夫的可以原谅而不便效法的恶习,他的聪明和努力都足以使他的志愿成为事实。假若他的环境好一些,或多受着点教育,他一定不会落在"胶皮团"(**胶皮团,指拉车这一行——编者注**)里,而且无论是干什么,他总不会辜负了他的机会。不幸,他必须拉洋车;好,在这个营生里他也证明出他的能力与聪明。他仿佛就是在地狱里也能作个好鬼似的。生长在乡间,失去了父母与几亩薄田,十八岁的时候便跑到城里来。带着乡间小伙子的足壮与诚实,凡是以卖力气就能吃饭的事他几乎全作过了。可是,不久他就看出来,拉车是件更容易挣钱的事;作别的苦工,收入是有限的;拉车多着一些变化与机会,不知道在什么时候与地点就会遇到一些多于所希望的报酬。自然,他也晓得这样的机遇不完全出于偶然,而必须人与车都得漂亮精神,有货可卖才能遇到识货的人。想了一想,他相信自己有那个资格:他有力气,年纪正轻;所差的是他还没有跑过,与不敢一上手就拉漂亮的车。但这不是不能胜过的困难,有他的身体与力气作基础,他只要试验个十天半月的,就一定能跑得有个样子,然后去赁辆新车,说不定很快的就能拉上包车,然后省吃俭用的一年二年,即使是三四年,他必能自己打上一辆车,顶漂亮的车!看着自己的青年的肌肉,他以为这只是时间的问题,这是必能达到的一个志愿与目的,绝不是梦想!

他的身量与筋肉都发展到年岁前边去;二十来的岁,他已经很大很高,虽然肢体还没被年月铸成一定的格局,可是已经象个成人了——一个脸上身上都带出天真淘气的样子的大人。看着那高等的车夫,他计划着怎样杀进他的腰(**杀进腰:把腰部勒得细一些——编者注**)去,好更显出他的铁扇面似的胸,与直硬的背;扭头看看自己的肩,多么宽,多么威严!杀好了腰,再穿上肥腿的白裤,裤脚用鸡肠子带儿系住,露出那对

"出号"的大脚！是的,他无疑的可以成为最出色的车夫;傻子似的他自己笑了。

他没有什么模样,使他可爱的是脸上的精神。头不很大,圆眼,肉鼻子,两条眉很短很粗,头上永远剃得发亮。腮上没有多余的肉,脖子可是几乎与头一边儿(**一边儿,即同样的——编者注**)粗;脸上永远红扑扑的,特别亮的是颧骨与右耳之间一块不小的疤——小时候在树下睡觉,被驴啃了一口。他不甚注意他的模样,他爱自己的脸正如同他爱自己的身体,都那么结实硬棒;他把脸仿佛算在四肢之内,只要硬棒就好。是的,到城里以后,他还能头朝下,倒着立半天。这样立着,他觉得,他就很象一棵树,上下没有一个地方不挺脱的。

他确乎有点象一棵树,坚壮,沉默,而又有生气。他有自己的打算,有些心眼,但不好向别人讲论。在洋车夫里,个人的委屈与困难是公众的话料,"车口儿"上,小茶馆中,大杂院里,每人报告着形容着或吵嚷着自己的事,而后这些事成为大家的财产,象民歌似的由一处传到一处。祥子是乡下人,口齿没有城里人那么灵便;设若口齿灵利是出于天才,他天生来的不愿多说话,所以也不愿学着城里人的贫嘴恶舌。他的事他知道,不喜欢和别人讨论。因为嘴常闲着,所以他有工夫去思想,他的眼仿佛是老看着自己的心。只要他的主意打定,他便随着心中所开开的那条路儿走;假若走不通的话,他能一两天不出一声,咬着牙,好似咬着自己的心!

他决定去拉车,就拉车去了。赁了辆破车,他先练练腿。第一天没拉着什么钱。第二天的生意不错,可是躺了两天,他的脚脖子肿得象两条瓠子似的,再也抬不起来。他忍受着,不管是怎样的疼痛。他知道这是不可避免的事,这是拉车必须经过的一关。非过了这一关,他不能放胆的去跑。

脚好了之后,他敢跑了。这使他非常的痛快,因为别的没有什么可怕的了:地名他很熟习,即使有时候绕点远也没大关系,好在自己有的是力气。拉车的方法,以他干过的那些推,拉,扛,挑的经验来领会,也不算十分难。况且他有他的主意:多留神,少争胜,大概总不会出了毛病。至于讲价争座,他的嘴慢气盛,弄不过那些老油子们。知道这个短处,他干脆不大到"车口儿"上去;哪里没车,他放在哪里。在这僻静的地点,他可以从容的讲价,而且有时候不肯要价,只说声:"坐上吧,瞧着给!"他的样子是那么诚实,脸上是那么简单可爱,人们好象只好信任他,不敢想这个傻大个子是会敲人的。即使人们疑心,也只能怀疑他是新到城里来的乡下老儿,大概不认识路,所以讲不出价钱来。及至人们问到,"认识呀?"他就又象装傻,又象耍俏的那么一笑,使人们不知怎样才好。

两三个星期的工夫,他把腿溜出来了。他晓得自己的跑法很好看。跑法是车夫的能力与资格的证据。那撇着脚,象一对蒲扇在地上扇乎的,无疑的是刚由乡间上来的新手。那头低得很深,双脚蹭地,跑和走的速度差不多,而颇有跑的表示的,是那些五十岁以上的老者们。那经验十足而没什么力气的却另有一种方法:胸向内含,度数很深;腿抬得很高;一走一探头;这样,他们就带出跑得很用力的样子,而在事实上一点也不比别人快;他们仗着"作派"去维持自己的尊严。祥子当然决不采取这几种姿态。他的腿长步大,腰里非常的稳,跑起来没有多少响声,步步都有些伸缩,车把不动,使座儿觉到安全,舒服。说站住,不论在跑得多么快的时候,大脚在地上轻蹭两蹭,就站住了;他的力气似乎能达到车的各部分。脊背微俯,双手松松拢住车把,他活动,利落,准确;看不出急促而跑得很快,快而没有危险。就是在拉包车的里面,这也得算很名贵的。

　　他换了新车。从一换车那天,他就打听明白了,象他赁的那辆——弓子软,铜活地道,雨布大帘,双灯,细脖大铜喇叭——值一百出头;若是漆工与铜活含忽一点呢,一百元便可以打住。大概的说吧,他只要有一百块钱,就能弄一辆车。猛然一想,一天要是能剩一角的话,一百元就是一千天,一千天!把一千天堆到一块,他几乎算不过来这该有多么远。但是,他下了决心,一千天,一万天也好,他得买车!第一步他应当,他想好了,去拉包车。遇上交际多,饭局(饭局,即宴会——编者注)多的主儿(主儿,即是人。**这里是指包车的主人——编者注**),平均一月有上十来个饭局,他就可以白落两三块的车饭钱。加上他每月再省出个块儿八角的,也许是三头五块的,一年就能剩起五六十块!这样,他的希望就近便多多了。他不吃烟,不喝酒,不赌钱,没有任何嗜好,没有家庭的累赘,只要他自己肯咬牙,事儿就没有个不成。他对自己起下了誓,一年半的工夫,他——祥子——非打成自己的车不可!是现打的,不要旧车见过新的。

　　他真拉上了包月。可是,事实并不完全帮助希望。不错,他确是咬了牙,但是到了一年半他并没还上那个愿。包车确是拉上了,而且谨慎小心的看着事情;不幸,世上的事并不是一面儿的。他自管小心他的,东家并不因此就不辞他;不定是三两个月,还是十天八天,吹(吹,就是散了,完了的意思——编者注)了;他得另去找事。自然,他得一边儿找事,还得一边儿拉散座;骑马找马,他不能闲起来。在这种时节,他常常闹错儿。他还强打着精神,不专为混一天的嚼谷,而且要继续着积储买车的钱。可是强打精神永远不是件妥当的事:拉起车来,他不能专心一志的跑,好象老想着些什么,越想便越害怕,越气不平。假若老这么下去,几时才能买上车呢?为什么这样呢?难道自己还算个不要强的?在这么乱想的时候,他忘了素日的谨慎。皮轮子上了碎铜烂磁片,放了炮;只好收车。更严重一些的,有时候碰了行人,甚至有一次因急于挤过去而把车轴盖碰丢了。设若他是拉着包车,这些错儿绝不能发生;一搁下了事,他心中不痛快,便有点楞头磕脑的。碰坏了车,自然要赔钱;这更使他焦躁,火上加了油;为怕惹出更大的祸,他有时候懊睡一整天。及至睁开眼,一天的工夫已白白过去,他又后悔,自恨。还有呢,在这种时期,他越着急便越自苦,吃喝越没规则;他以为自己是铁作的,可是敢情他也会病。病了,他舍不得钱去买药,自己硬挺着;结果,病越来越重,不但得买药,而且得一气儿休息好几天。这些个困难,使他更咬牙努力,可是买车的钱数一点不因此而加快的凑足。

整整的三年,他凑足了一百块钱!

他不能再等了。原来的计划是买辆最完全最新式最可心的车,现在只好按着一百块钱说了。不能再等;万一出点什么事再丢失几块呢! 恰巧有辆刚打好的车(定作而没钱取货的)跟他所期望的车差不甚多;本来值一百多,可是因为定钱放弃了,车铺愿意少要一点。祥子的脸通红,手哆嗦着,拍出九十六块钱来:"我要这辆车!"铺主打算挤到个整数,说了不知多少话,把他的车拉出去又拉进来,支开棚子,又放下,按按喇叭,每一个动作都伴着一大串最好的形容词;最后还在钢轮条上踢了两脚,"听听声儿吧,铃铛似的! 拉去吧,你就是把车拉碎了,要是钢条软了一根,你拿回来,把它摔在我脸上! 一百块,少一分咱们吹!"祥子把钱又数了一遍:"我要这辆车,九十六!"铺主知道是遇见了一个心眼的人,看看钱,看看祥子,叹了口气:"交个朋友,车算你的了;保六个月:除非你把大箱碰碎,我都白给修理;保单,拿着!"

祥子的手哆嗦得更厉害了,揣起保单,拉起车,几乎要哭出来。拉到个僻静地方,细细端详自己的车,在漆板上试着照照自己的脸! 越看越可爱,就是那不尽合自己的理想的地方也都可以原谅了,因为已经是自己的车了。把车看得似乎暂时可以休息会儿了,他坐在了水簸箕的新脚垫儿上,看着车把上的发亮的黄铜喇叭。他忽然想起来,今年是二十二岁。因为父母死得早,他忘了生日是在哪一天。自从到城里来,他没过一次生日。好吧,今天买上了新车,就算是生日吧,人的也是车的,好记,而且车既是自己的心血,简直没什么不可以把人与车算在一块的地方。

怎样过这个"双寿"呢? 祥子有主意:头一个买卖必须拉个穿得体面的人,绝对不能是个女的。最好是拉到前门,其次是东安市场。拉到了,他应当在最好的饭摊上吃顿饭,如热烧饼夹爆羊肉之类的东西。吃完,有好买卖呢就再拉一两个;没有呢,就收车;这是生日!

自从有了这辆车,他的生活过得越来越起劲了。拉包月也好,拉散座也好,他天天用不着为"车份儿"着急,拉多少钱全是自己的。心里舒服,对人就更和气,买卖也就更顺心。拉了半年,他的希望更大了:照这样下去,干上二年,至多二年,他就又可以买辆车,一辆,两辆……他也可以开车厂子了!

可是,希望多半落空,祥子的也非例外。

——选自《骆驼祥子》第一章,人民文学出版社,2003 年版

【导读】

《骆驼祥子》是中国现代文学史上对农民的精神世界剖析最深刻的作品之一,如果说鲁迅对农民的刻画是在新文化立场上反观他们的愚昧麻木,老舍则以城市为背景,剖析出农民的坚韧与狭隘。祥子是一个失去土地的农民,但他并没有因失去土地而失去生活的勇气,他来到城市并希望通过个人努力创下一份家业。他比一般洋车夫更加勤劳肯干、省吃俭用、精打细算,他在拥有第一辆洋车后还梦想着第二辆、第三辆……直到开起一座车厂,这种对生活的执着以及表现出的坚韧,是中国农民的典型品质。然而城市经济活动的方式并不同于农村:在农村,财富积累是通过土地囤积来完成的,土地是不动产,劳动者通过勤劳肯干获得了一块土地,就很难再失去它;城市经济活动的主要方式是商业,商业盈利必须在交换中才能完成,这个过程存在着诸多不确定因素,兵荒马乱时期更是如此,因此,要在商业经济中创下一份家业,对不确定因素的应对能力是关键。祥子不具备这样的应对能力,同时他也得不到任何保护,这样他的失败也是必然的。失败的祥子体现出农民性格的狭隘性:每一次失败之后,他就变得更加自私;当他的理想完全破灭后,他便将自私无耻的劣根性完全暴露了出来。在城市背景下,刻画出中年农民的坚韧与狭隘,是老舍的一大贡献。

《骆驼祥子》体现出老舍京味小说的典型特征,小说的语言是典型的北京口语,小说描写的场景是北京城里的日常生活,小说叙事的方式也是北京人讲故事的习惯,这些因素叠加起来,构成了老舍小说的个人特色和独特韵味。

边城(节选)

◎沈从文

故事梗概:湘西茶峒,守渡船的老人和孙女翠翠,还有一只黄狗,过着安详而平静的生活。转眼间,翠翠到了该谈婚论嫁的年龄。掌管水码头的顺顺有两个儿子——天保和傩送,天保喜欢翠翠,准备向翠翠的爷爷提亲,但细心的爷爷发现,翠翠喜欢的其实是傩送。傩送也喜欢翠翠,但哥俩的感情太好了,他不能和哥哥抢。这个时候,团总想把女儿嫁给漂亮的傩送,允诺送一座碾坊作嫁妆。爷爷紧张了起来,翠翠的心思也多了。天保见不到翠翠的反应,一气之下坐下水船到茨滩,结果翻船身亡。傩送认为是爷爷的暧昧态度才让哥哥出事的,负气之下也走了。没有为翠翠张罗好婚姻,爷爷在一个雷雨夜里去世了,孤独的翠翠能得到傩送的爱吗?

由四川过湖南去,靠东有一条官路。这官路将近湘西边境到了一个地方名为"茶峒"的小山城时,有一小溪,溪边有座白色小塔,塔下住了一户单独的人家。这人家只一个老人,一个女孩子,一只黄狗。

小溪流下去,绕山岨流,约三里便汇入茶峒的大河。人若过溪越小山走去,则只一里路就到了茶峒城边。溪流如弓背,山路如弓弦,故远近有了小小差异。小溪宽约二十丈,河床为大片石头作成。静静的水即或深到一篙不能落底,却依然清澈透明,河中游鱼来去皆可以计数。小溪既为川湘来往孔道,水常有涨落,限于财力不能搭桥,就安排了一只方头渡船。这渡船一次连人带马,约可以载二十位搭客过河,人数多时则反复来去。渡船头竖了一枝小小竹竿,挂着一个可以活动的铁环,溪岸两端水槽牵了一段废缆,有人过渡时,把铁环挂在废缆上,船上人就引手攀缘那条缆索,慢慢的牵船过对岸去。船将拢岸了,管理这渡船的,一面口中嚷着"慢点慢点",自己霍的跃上了岸,拉着铁环,于是人货牛马全上了岸,翻过小山不见了。渡头为公家所有,故过渡人不必出钱。有人心中不安,抓了一把钱掷到船板上时,管渡船的必为一一拾起,依然塞到那人手心里去,俨然吵嘴时的认真神气:"我有了口量,三斗米,七百钱,够了。谁要这个!"

但不成,凡事求个心安理得,出气力不受酬谁好意思,不管如何还是有人把钱的。管船人却情不过,也为了心安起见,便把这些钱托人到茶峒去买茶叶和草烟,将茶峒出产的上等草烟,一扎一扎挂在自己腰带边,过渡的谁需要这东西必慷慨奉赠。有时从神气上估计那远路人对于身边草烟引起了相当的注意时,便把一小束草烟扎到那人包袱上去,一面说,"不吸这个吗,这好的,这妙的,味道蛮好,送人也合式!"茶叶则在六月里放进大缸里去,用开水泡好,给过路人解渴。

管理这渡船的,就是住在塔下的那个老人。活了七十年,从二十岁起便守在这小溪边,五十年来不知把船来去渡了若干人。年纪虽那么老了。本来应当休息了,但天不许他休息,他仿佛便不能够同这一分生活离开。他从不思索自己的职务对于本人的意义,只是静静的很忠实的在那里活下去。代替了天,使他在日头升起时,感到生活的力量,当日头落下时,又不至于思量与日头同时死去的,是那个伴在他身旁的女孩子。他唯一的朋友为一只渡船与一只黄狗,唯一的亲人便只那个女孩子。

女孩子的母亲,老船夫的独生女,十五年前同一个茶峒军人,很秘密的背着那忠厚爸爸发生了暧昧关系。有了小孩子后,这屯戍军士便想约了她一同向下游逃去。但从逃走的行为上看来,一个违悖了军人的责任,一个却必得离开孤独的父亲。经过一番考虑后,军人见她无远走勇气自己也不便毁去作军人的名誉,就心想:一同去生既无法聚首,一同去死当无人可以阻拦,首先服了毒。女的却关心腹中的一块肉,不忍心,拿不出主张。事情业已为作渡船夫的父亲知道，父亲却不加上一个有分量的字眼儿，只作为并不听到过这事情一样，仍然把日子很平静的过下去。女儿一面怀了羞惭一面却怀了怜悯，仍守在父亲身边，待到腹中小孩生下后，却到溪边吃了许多冷水死去了。在一种近于奇迹中，这遗孤居然已长大成人，一转眼间便十三岁了。为了住处两山多篁竹，翠色逼人而来，老船夫随便为这可怜的孤雏拾取了一个近身的名字，叫作"翠翠"。

翠翠在风日里长养着，把皮肤变得黑黑的，触目为青山绿水，一对眸子清明如水晶。自然既长养她且教育她，为人天真活泼，处处俨然如一只小兽物。人又那么乖，如山头黄麂一样，从不想到残忍事情，从不发愁，从不动气。平时在渡船上遇陌生人对她有所注意时，便把光光的眼睛瞅着那陌生人，作成随时皆可举步逃入深山的神气，但明白了人无机心后，就又从从容容的在水边玩耍了。

老船夫不论晴雨，必守在船头。有人过渡时，便略弯着腰，两手缘引了竹缆，把船横渡过小溪。有时疲倦了，躺在临溪大石上睡着了，人在隔岸招手喊过渡，翠翠不让祖父起身，就跳下船去，很敏捷的替祖父把路人渡过溪，一切皆溜刷在行，从不误事。有时又和祖父黄狗一同在船上，过渡时和祖父一同动手，船将近岸边，祖父正向客人招呼："慢点，慢点"时，那只黄狗便口衔绳子，最先一跃而上，且俨然懂得如何方为尽职似的，把船绳紧衔着拖船拢岸。

风日清和的天气，无人过渡，镇日长闲，祖父同翠翠便坐在门前大岩石上晒太阳。或把一段木头从高处向水中抛去，嗾使身边黄狗自岩石高处跃下，把木头衔回来。或翠翠与黄狗皆张着耳朵，听祖父说些城中多年以前的战争故事。或祖父同翠翠两人，各把小竹作成的竖笛，逗在嘴边吹着迎亲送女的曲子。过渡人来了，老船夫放下了竹管，独自跟到船边去，横溪渡人，在岩上的一个，见船开动时，于是锐声喊着：

"爷爷，爷爷，你听我吹，你唱！"

爷爷到溪中央便很快乐的唱起来，哑哑的声音同竹管声振荡在寂静空气里，溪中仿佛也热闹了一些。（实则歌声的来复，反而使一切更寂静一些了。）

有时过渡的是从川东过茶峒的小牛，是羊群，是新娘子的花轿，翠翠必争看作渡船夫，站在船头，懒懒的攀引缆索，让船缓缓的过去。牛羊花轿上岸后，翠翠必跟着走，站到小山头，目送这些东西走去很远了，方回转船上，把船牵靠近家的岸边。且独自低低的学小羊叫着，学母牛叫着，或采一把野花缚在头上，独自装扮新娘子。

茶峒山城只隔渡头一里路，买油买盐时，逢年过节祖父得喝一杯酒时，祖父不上城，黄狗就伴同翠翠入城里去备办东西。到了卖杂货的铺子里，有大把的粉条，大缸的白糖，有炮仗，有红蜡烛，莫不给翠翠很深的印象，回到祖父身边，总把这些东西说个半天。那里河边还有许多上行船,百十船夫忙着起卸百货。这种船只比起渡船来全大得多,有趣味得多,翠翠也不容易忘记。

——选自《沈从文文集》(第六卷),花城出版社,1983 年版

【导读】

在风景秀丽、远离尘嚣的边城,一个老人、一个女孩和一只黄狗,构成了一个水晶球般的世界,这个结构的每一个组成部分都完美无瑕,而它们的组合更是不可拆分的。试想,如果没有老人,一个小女孩和一只黄狗就显得有些可怜,它可能让我们想到卖火柴的小女孩;如果没有女孩,一个老人和一只黄狗就显得有些沧桑,可能让我们想到《老人与海》;而如果没有了黄狗,老人和女孩就失去了生活的情趣,我们会为他们的身世而担心。只有三者组合在一起,才构成了一个完美而和谐的世界。然而,这个结构也是极不稳定的,随着时间的推移,老人可能逝去,女孩可能嫁人,无论哪一种结局率先出现,这个完美的平衡就被打破了——而这,又不可避免。《边城》的诗意便由此产生,完美的现在与即将破碎的将来同时冲击着读者,让《边城》流溢着美丽又渗透出忧伤。从社会学的角度看,《边城》的美丽与忧伤有着深层的社会根源,由于远离城市中心,边城保留着自然的淳朴与和谐,但随着现代文明的不断深入,这方净土势必走向消失。自认是"乡下人"的沈从文,在现代化的轰鸣中,察觉到湘西故乡的美丽与珍贵,他在这个世界看到完美的人性,也看到不久的将来,这一切都会烟消云散的命运。文化理想与社会现实的矛盾,让留恋和忧伤同时在他的笔下流淌出来。

如果说《边城》是中国传统社会的一曲挽歌,它在京派文学的土壤里出现并非偶然。20 世纪 30 年代,文学中心南移使文学与商业的关系更加密切,但在商业文明相对落后的北方地区,作家们有更大的空间书写自己的理想,这也使京派文学成为一道独特的风景线。

三、延伸思考

《骆驼祥子》是老舍的代表作之一,能够体现老舍小说的部分特色,但并没有反映出老舍小说的全部特征。作为土生土长的北京人,老舍最熟悉的是北京城里的一切,北京人、北京文化、北京语言……这一切在老舍那里如数家珍,它们是老舍取之不尽用之不竭的艺术宝库,在老舍的所有小说里,我们都能看到北京的影子。相比于其他在"五四"新文化运动中成长起来的作家,老舍的小说显得很"俗",因为老舍从来都没有将自己凌驾于小说人物之上,而是始终站在普通市民的立场上笑看人情冷暖。这种写

作方式可能会消解作品的深刻性,但作品显然多了生活的气息。老舍对于语言有着天然的敏感,他将本来就很鲜活的北京口语变得更加鲜活,北京城里的事物经由北京话讲述出来,"京味"就油然而生。老舍将北京口语直接运用到小说创作当中,丰富了中国现代文学的语言选择。

《边城》是沈从文小说中最经典的作品,要充分了解他的文学史意义,还必须对沈从文小说的整体视野有所了解。沈从文的小说整体呈现出城乡对立的二元结构,这与沈从文的自身经历与自我定位有关。在其开始文学创作后,他虽生活在都市但自我定位为"乡下人",这种身心分离的状态成为他小说创作的主要动力:乡下的纯净让他对现代文明持批判的态度,而城市文明的不足又成为他书写乡村的动力。沈从文小说的城乡二元结构反映出沈从文完美主义的倾向,他力图在文学世界中刻画出"完美的人性",为现代社会人性的沉沦建一座"人性的小庙"。正是如此,《边城》中的人物都纯净得如同一张白纸,他们让在现代化进程中的人们得到人性的召唤。

老舍小说和沈从文小说的存在,让我们可以感受到革命时代小说的多元性。虽然左翼文学是这一时期文学的主流,但它并不是这一时期文学的唯一。文学史的分期是叙事的需要,而文学事实总是多元而混沌的。

【思考题】

1.吴荪甫是怎样一个艺术典型?

2.《子夜》在艺术上有哪些成就与特色?

3.茅盾在现代长篇小说艺术上有哪些自觉的追求与实践?

4.如何评价茅盾在中国现代文学史上的成就、地位与影响?

5.如何理解"家"在中国文化中的地位和意义?

6.谈谈巴金20世纪30年代小说创作的得失。

7.试分析祥子失败的原因是什么?

8.老舍小说的"京味"主要体现在哪些方面?

9.《边城》的"诗意"体现在哪些方面?

10.如何认识京味小说?

第三节 左翼作家与东北作家群的小说

一、基本知识

在 20 世纪 30 年代,左翼文学代表着时代的主潮,其中左翼小说更是蔚为大观,引领风骚,不仅现实主义大师茅盾推出了他的长篇巨著《子夜》,蒋光慈、柔石、丁玲、张天翼、叶紫、吴组缃、沙汀、艾芜等新进作家也给文坛贡献了他们的小说力作。蒋光慈的《野祭》《冲出云围的月亮》叙写了革命对于恋爱的决定性影响,创造了一种"革命+恋爱"的小说叙事模式。柔石的短篇《为奴隶的母亲》以浙东农村骇人听闻的"典妻"陋俗为题材,满纸都是血泪;其中篇《二月》则是一部表现知识分子梦醒以后无路可走的力作,洋溢着浓郁的诗情。作为一位很有个性和才气的女作家,丁玲既写作了《韦护》《一九三○年春上海》等"革命+恋爱"小说,也写作了受到左翼理论家冯雪峰、茅盾极力称赞的《水》等带有写实倾向的作品,但是真正能够代表丁玲这一时期文学成就和个性的,还是《梦珂》《莎菲女士的日记》等抒写知识女性内心苦闷的浪漫抒情小说。张天翼以滑稽和侦探小说涉足文坛,而以讽刺小说成名,这一时期他的《包氏父子》《笑》《脊背与奶子》《温柔的制造者》《移行》等一大批讽刺小说的问世,为中国现代讽刺文学提供了不同于鲁迅和老舍的新的讽刺形象、讽刺手法。叶紫在短促的生命里为左翼文学留下了一笔可观的遗产,其中最为突出的是叙写丰收成灾的短篇《丰收》。吴组缃并非左联成员,其《樊家铺》《一千八百担》等作品表现了急剧破败的安徽农村,创作倾向非常接近左翼作家,艺术上也很成熟。沙汀和艾芜都是曾受教于鲁迅的四川青年作家。沙汀此时以熟悉的四川农村生活为题材,展露出讽刺的意味,为他在下一时期取得更大的文学成就奠定了基础。艾芜在这一时期写作了充满边地和异域色彩的短篇小说集《南行记》,描写西南边陲"山贼"生活的《山峡中》是其中的代表之作。

东北沦陷以后,流亡到北平、上海等地的一批东北青年作家,如萧红、萧军、端木蕻良、舒群、骆宾基、罗烽、白朗、李辉英等人,用手中的笔抒写了对日寇蹂躏下的故土的刻骨铭心的思念,表达了对侵略者的仇恨和对故乡人民誓死保卫家园的激赏之情。文学史上习惯将这批体现出一定共同点的作家称为东北作家群。东北作家群的作家并未全部加入左联,但他们的创作事实上构成了左翼文学的一部分。萧红的中篇《生死场》和萧军的长篇《八月的乡村》被鲁迅收入"奴隶丛书",可以视为东北作家群在这一时期的代表作。《生死场》分为两大部分:前十章写"九一八"事变之前哈尔滨附近一个乡村的生活,着墨较多的是二里半、王婆、金枝三户农家的日常琐事,穿插了月英等几个女人的悲惨遭遇;后七章表现的是"九一八"事变之后农民们从麻木中觉醒,他们结束了以前浑浑噩噩的生活,开始关注民族和国家的命运。《生死场》"力透纸背"地写出了"北方人民的对于生的坚强,对于死的挣扎"①,给人以心灵的震撼。其艺术上的主要特点则表现为"细致的观察""越轨的笔致"所造就的"明丽和新鲜"②。所谓"细致的观察",主要是指萧红用她细腻的笔触勾画出了一幅幅逼真而充满泥土气息的东北农村生活的画面;所谓"越轨的笔致",主要表现为人物性格的粗犷而近于野性和景物描写的豪迈雄浑。

《八月的乡村》叙述了一支抗日游击队在血雨腥风中艰难成长的历程,塑造了一个英雄群体,表现了东北人民誓死保卫家园的坚定决心。

二、代表作及其导读

为奴隶的母亲(节选)

◉ 柔 石

秋宝是天天成长的非常可爱地离不开他底母亲了。他有出奇的大的眼睛,对陌生人是不倦地注视地瞧着,但对他底母亲,却远远地一眼就知道了。他整天地抓住了他底母亲,虽则秀才是比她还爱他,但不喜欢父亲,秀才底大妻呢,表面也爱他,似爱她自己亲生的儿子一样,但在婴儿底大眼睛里,却看她似陌生人,也用奇怪的不倦的视法。可是他的执住他底母亲愈紧,而他底母亲的离开这家的日子也愈近了。春天底口子咬住了冬天底尾巴;而夏天底脚又常是紧随着在春天底身后的,这样,谁都将孩子底母亲底三年快到的问题横放在心头上。秀才呢,因为爱子的关系,首先向他底大妻提出来了:他愿意再拿出一百元钱,将她永远买下来。可是他底大妻底回答是:

"你要买她,那先给我药死罢!"

秀才听到这句话,气的只向鼻孔放出气,许久没有说,以后,他反而做着笑脸地:

"你想想孩子没有娘……"

老妇人也尖利地冷笑地说:

---

① ② 鲁迅:《萧红作〈生死场〉序》,《鲁迅全集》(第六卷),人民文学出版社,2005年,第422页。

"我不好算是他底娘么?"

在孩子底母亲的心呢,却正矛盾着这两种的冲突了:一边,她底脑里老是有"三年"这两个字,三年是容易过去的,于是她底生活便变做在秀才底家里底佣人似的了。而且想象中的春宝,也同眼前的秋宝一样活泼可爱,她既舍不得秋宝,怎么就能舍得掉春宝呢?可是另一边,她实在愿意永远在这新的家里住下去,她想,春宝的爸爸不是一个长寿的人,他底病一定是在三五年之内要将他带走到不可知的异国里去的,于是,她便要求她底第二个丈夫,将春宝也领过来,这样,春宝也在她底眼前。有时,她倦坐在房外的沿廊下,初夏的阳光,异常地能令人昏朦的起幻想,秋宝睡在她底怀里,含着她底乳,可是她觉得仿佛春宝同时也站在她底旁边,她伸出手去也想将春宝抱近来,她还要对他们兄弟两人说几句话,可是身边是空空的,在身边的较远的门口,却站着这位脸孔慈善而眼睛凶毒的老妇人,目光注视着她。这样,她也恍恍惚惚地敏悟:"还是早些脱离罢,她简直探子一样地监视着我了。"可是忽然怀内的孩子一叫,她却又什么也没有的只剩着眼前的事实来支配她了。

以后,秀才又将计划修改了一些,他想叫沈家婆来,叫她向秋宝底母亲底前夫去说,他愿否再拿进三十元——最多是五十元,将妻续典三年给秀才。秀才对他底大妻说:

"要是秋宝到五岁,是可以离开娘了。"

他底大妻正是手里捻着念佛珠,一边在念着"南无阿弥陀佛",一边答:

"她家里也还有前儿在,你也应放她和她底结发夫妇团聚一下罢。"

秀才低着头,断断续续地仍然这样说:

"你想想秋宝两岁就没有娘……"

可是老妇人放下念佛珠说:

"我会养的,我会管理他的,你怕我谋害了他么?"

秀才一听到末一句话,就拔步走开了。老妇人仍在后面说:

"这个儿子是帮我生的,秋宝是我底;绝种虽然是绝了你家底种,可是我却仍然吃着你家底餐饭。你真被迷了,老昏了,一点也不会想了。你还有几年好活,却要拼命拉她在身边?双连牌位,我是不愿意坐的!"

老妇人似乎还有许多刻毒的锐利的话,可是秀才走远开听不见了。

在夏天,婴儿底头上生了一个疮,有时身体稍稍发些热,于是这位老妇人就到处的问菩萨,求佛药,给婴儿敷在疮上或灌下肚里,婴儿的母亲觉得并不十分要紧,反而使这样小小的生命哭成一身的汗珠,她不愿意,或将吃了几口的药暗地里拿去倒掉了。于是这位老妇人就高声叹息,向秀才说:

"你看,她竟一点也不介意他底病,还说孩子是并不怎样瘦下去。爱在心里的是深的,专疼表面是假的。"

这样,妇人只有暗自挥泪,秀才也不说什么话了。

——本文创作于 1930 年 1 月,原载于《萌芽月刊》,1930 年 3 月 1 日第 1 卷第 3 期

【导读】

作为一个短篇,《为奴隶的母亲》能够从众多的左翼小说中脱颖而出,在文学史上占据一席之地,首先在于其思想内容的深刻,其次在于其表现手法的圆熟。

一位已经养育儿女的母亲,仅仅因为一百元钱,居然被自己又穷又病的皮贩子丈夫出典为替别人传宗接代的工具,做了三年身体和精神都遭受极大侮辱的"奴隶",而典卖的结束并不意味着解脱,等待她的是另一场与亲生骨肉的生离死别。这样的悲剧,是让每一位读者都不能不为之动容的。《为奴隶的母亲》不仅如实地记叙了春宝娘被典卖的惨剧,而且通过这一惨剧,将批判的矛头直指封建制度和封建道德。春宝娘遭遇不幸,根本原因在于封建剥削制度造成的经济不平等:秀才家里有二百亩地产,使唤着长工和女佣,皮贩子家里的米却少得只能盛在香烟盒子里,还欠着一屁股的债,从这一点来看,春宝娘被典卖不是偶然而是必然的。秀才典买春宝娘,也并不完全是为了淫乐,求得子嗣以继承香火才是其根本目的。对他而言,老而得子是比"洞房花烛夜,金榜挂名时"更为快乐的事情,从这一点来看,"不孝有三,无后为大"的封建道德观念也是造成春宝娘悲剧的重要原因之一。所以与其说是两个家庭、两个亲生骨肉"撕裂"了春宝娘的身体和灵魂,不如说是残酷的封建制度和虚伪的封建道德无情地摧残了她。

在艺术上,这篇作品也很成熟。其一是浓烈的生活实感。作者对现实生活作了真实的写照,因此笔下的人和事都能避免当时大多数左翼作品存在的概念化的毛病。比如秀才和大妻都是封建统治者,但作者并没有把他们写成让人不寒而栗的凶神恶煞,而是在充分揭示其阶级本质的同时并不掩饰其一定的人情味,秀才对春宝娘的某些温情、大妻在春宝娘分娩时的喜悦就使人物显得血肉丰满且真实可信。其二是白描手法的成功运用。作者把自己深沉的感情蕴藏在对生活真切的描绘中,写人叙事都不加评点,而是通过典型化的言行,传神地勾画人物的性格。比如在秋宝出生前,秀才曾经许诺春宝娘果真能够养出一个男孩来,就送她两枚戒指,但是后来春宝娘为了给春宝治

病而当掉了那枚青玉戒指时,秀才却愤怒了,申明那枚戒指是要传给秋宝的,这就充分暴露了他的自私、伪善、吝啬。又如大妻一边声称春宝娘连衣服也不用自己洗,一边让她去看看栏里的猪为什么叫,这样短短的几句话就传神地表现了她的虚伪性格。其三是心理描写的细致入微。《为奴隶的母亲》的艺术感染力很大程度上来自作品对春宝娘心理活动的细致描写,正是这些心理描写让读者感同身受地体验到身为"奴隶"的母亲撕心裂肺般的内心痛楚。例如刚到秀才家的那天晚上,春宝娘听到秀才的大妻在房外高声骂人,就屈辱地疑心可能是在骂自己。又如春宝娘在三年典期将满时,因为舍不得离开秋宝,内心希望秀才把她留下来,甚至幻想能把春宝也接来,但一看到门口注视着她的脸孔慈善而眼睛凶毒的大妻时,就敏悟到还是早点离开好。这些心理描写真实可信,充分揭示了春宝娘内心的矛盾和痛苦。

三、延伸思考

从总体来看,左翼小说经历了从浪漫到写实的转变。左翼作家与东北作家群小说的文学史价值至少体现在这样几个方面:

(1)早期的左翼作家大多是以一种浪漫情怀来投身革命的,因此其创作普遍洋溢着一种浪漫精神,流行一种"革命+恋爱"的叙事模式。以"浪漫派"自命的蒋光慈是这种浪漫的革命小说的代表作家。蒋光慈对左翼小说的影响在于带动了"革命+恋爱"叙事模式的流行,洪灵菲的《流亡》、孟超的《冲突》、华汉(阳翰笙)的《地泉》、胡也频的《到莫斯科去》等一大批左翼小说也是"革命"与"恋爱"的融合。浪漫的革命小说试图超越"五四"时期的"客观写实"和身边琐事,在读者中间激起了很大的反响,创造了将先锋与流行融为一体的新文学奇迹。但它将文学"组织生活"的社会实践功能夸大到了极端,观念大于形象是其普遍存在的毛病,因此浪漫化的左翼小说迅速崛起,又迅速落潮。

(2)随之而起的是左翼小说向写实的转变,急风暴雨似的阶级斗争、火热的现实生活为左翼小说提供了丰富的素材,也向其提出了客观表现这个伟大时代的沉重使命,左翼小说进入了一个大规模描写中国社会急剧变革的叙事时代,并进行了艺术上的多元创造。茅盾、吴组缃等人的小说重视用先进的社会科学理论来认识生活,解剖社会,政治倾向性和艺术真实性相结合,理性色彩较为显著;艾芜却讲述充满异域色彩的边地传奇故事,形成了一种清新明丽的浪漫主义色调,主观抒情色彩浓郁;丁玲转向之后的《水》等作品塑造了觉醒、反抗的农民群像;张天翼却对国民性中的弱点进行了辛辣的讽刺。左翼小说的健康发展使左翼文学逐步成为中国现代文学的主导力量之一。

（3）东北作家群作为一个群体登上文坛,他们在这一时期的小说创作张扬了东北的生命强力,体现出鲜明的地域色彩,同时又开了抗日文学的先声。

第四节 新感觉派及其他作家小说

一、基本知识

1924 年 10 月,日本作家横光利一、川端康成、片冈铁兵等 14 人创办了《文艺时代》杂志,文论家千叶龟雄针对《文艺时代》同人,于同年 11 月发表专文《新感觉派的诞生》,日本新感觉派由此得名。

受日本新感觉派及法国都市主义文学的影响,1928 年 9 月,刘呐鸥创办《无轨列车》半月刊,最早尝试新感觉派的艺术追求。后穆时英、施蛰存等作家自觉运用新感觉派艺术手法创作小说,形成了 20 世纪 30 年代的中国新感觉派。

1.刘呐鸥小说

刘呐鸥(1905—1940),原名刘灿波,台湾台南人。1920 年,刘呐鸥入日本青山学院,后入日本庆应大学文科,1926 年毕业。毕业后,刘呐鸥入上海震旦大学法文班学习,学习结业即滞留上海。1928 年,刘呐鸥开始从事文学创作。他著有短篇小说集《都市风景线》和集外的《赤道下》等少量小说。有人称他"是一位敏感的都市人,操着他的特殊的手腕,他把这飞机、电影、JAZZ、摩天楼、色情(狂)、长型汽车的高速度大量生产的现代生活,下着锐利的解剖刀"[1]。此说基本符合他的小说创作特点。

2.施蛰存小说

施蛰存(1905—2003),出生于杭州,幼年随父母去苏州,后随家迁居松江。中学毕业后,施蛰存先后就读于上海大学、震旦大学法文特别班。1928 年秋天以后,施蛰存帮助刘呐鸥做上海水沫书店工作,先后参加过《无轨列车》《新文艺》等刊物的编辑。1932 年,施蛰存主编大型文学月刊《现代》。抗日战争爆发后,施蛰存先后在云南大学、厦门大学、暨南大学、上海华东师范大学等校任教,直到去世。他著有短篇小说集《上元灯》《将军底头》《梅雨之夕》《善女人行品》等。他自称他的小说是"把心理分析、意识流、蒙太奇等各种新兴的创作方法,纳入了现实主义的轨道"[2]。此说较公允。

---

① 见《新文艺》1930 年 3 月第 2 卷第 1 号。
② 施蛰存:《关于"现代派"一席谈》,《文汇报》1983 年 10 月 18 日。

3.穆时英小说

穆时英(1912—1940),浙江慈溪人。他幼年随银行家父亲来到上海,后毕业于光华大学中国文学系。1929 年,他的小说被施蛰存推荐到《小说月报》上发表后,他便从此踏上文坛,后成为中国新感觉派的重要成员,被人誉为"中国新感觉派圣手"。他著有小说集《南北极》《公墓》《白金的女体塑像》《圣处女的感情》等。沈从文称其"所长在创新句、新腔、新境,短处在做作"①。穆时英影响较大,上海滩一时风靡"穆时英笔调""穆时英作风"。

二、代表作及其导读

两个时间的不感症者(节选)

◉ 刘呐鸥

晴朗的午后。

游倦了的白云两大片,流着光闪闪的汗珠,停留在对面高层建筑物造成的连山的头上。远远地眺望着这些都市的围墙,而在眼下俯瞰着一片旷大的青草原的一座高架台,这会早已被为赌心热狂了的人们滚成为蚁巢一般了。紧张变为失望的纸片,被人撕碎满在水门汀上。一面欢喜变了多情的微风,把紧密地依贴着爱人身边的女儿的绿裙翻开了。除了扒手和姨太太,望远镜和春大衣便是今天的两大客人。但是这单说他们的衣袋里还充满着五元钞票的话。尘埃,嘴沫,暗泪和马粪的臭气发散在郁悴的天空里,而跟人们的决意,紧张,失望,落胆,意外,欢喜造成一个饱和和状态的氛围气。可是太得意的 Unionjack 却依然在美丽的青空中随风飘漾着朱红的微笑。There,theyareoff! 八匹特选的名马前一趋,於是一哩一哩一挂得今天的最终赛便开始了。

这时极度的紧张已经旋风一般地捉住了站在台阶上人堆里的 H 的全身了。因为他把今天所赢的三四十张钞票想试个自己运气,尽都买了一匹五号马的独赢。

——啊,三马落后了。

——不。三马是棕色的。

——你买七号吗?

——不,七号骑手靠不住,我买了五号。

---

① 沈从文:《论穆时英》,《沈从文文集》(第十一卷),花城出版社,1984 年,第 203 页。

虽然有人在身边交换着这样兴奋了大高声的会话,但是走不进 H 的耳里,他把垂下来的前发用手向后搔上去。仍把眼睛钉住在草原的那面一堆移动着的红红绿绿的人马。

忽然一阵 Cyclamen 的香味使他的头转过去了。不晓得几时背后来这一个温柔的货色,当他回头时眼睛里便映入一位 sportive 的近代型女性,透亮的法国绸下,有弹力的肌肉好象跟着轻微运动一快儿颤动着。

视线容易地接触了。小的樱桃儿一绽裂微笑便从碧湖里射过来。H 只觉眼睛有点不能从那被 operabag 稍为遮着的,从灰黑色的袜子透出来的两只白膝头离开,但是另外一个强烈的意识却还占住在他的脑里。

Come on onta……!

——Bravo,大拉司!

一阵轰音把他唤到周围不安的空气和器声中。随后一团的速力便在他眼前箭一般的穿过了。五号马不是确在前头吗! 这突然的意识真使他全身的神经战动起来。他不觉喝了个彩。於是便紧握着手里的纸票,推出了人堆,不顾前后的跑到台下的支付处去。

H 把支付窗口占住了时,随后早就暴风一般地吹上了一团的人,个个脸上都有点悦色。不知道分配多少,这就像是他们这会唯一的关心。但 H,隐忍着背后的人们的压力,思想已经飞到这钱拿到时的用法去了。

——先生,这个替我拿一拿好吗?

忽然身边有凉爽的声音,有轻推他肩膀的手。H 翻过身来可那铁栏外站的是刚才在台上对他微笑的女人。她眼里表示着一种好朋友的亲密。H 虽然被她这唐突的请求吓了一下。但是马上便显出对于女人殷情的样子说:

——好的好的,你也买了五号?

女人用微笑答着,把素着手里的几张青票子递给了他,便移着奢华的身子避开了这些暴力的人们。等不上两三分钟牌人就来了。于是一句"二十五元!"便从嘴里走过了嘴里。洋钱和银角在柜上作响着。算盘就开始活动了。

……

五分钟之后他们就坐在微昏的舞场的一角了。茶舞好象正在热中,客人,舞女和音乐队员都呈着热烘烘的样子,H 把周围看了一看,觉得雾围气还好,很可以坐坐,但他总想这些懂也不懂什么的,年纪过轻的舞女真是不能适他的口味。他实在没有意思跳舞,可是他对于这女人的兴味并没有失去。或者在华尔慈的旋律中把她抱住在怀里,再开始强要的交涉吧。这样他想着,于是便把稍累了的身体用强烈的黑咖啡鼓励起来。

但是华尔慈下次便来了。H抑止着暴跳的神经,把未爆发的感情尽放在腕里,把一个柔软的身体一抱便说:

——我们慢慢地来吧。

——你欢喜跳华尔慈吗?

——并不,但是我要跟你说的话,不是华尔慈却说不出来。

——你要跟我说什么?

——你愿意听吗?

——你说呀。

——我说你很漂亮。

——我以为……

——我说我很爱你。一见便爱了你。

H钉了她一眼,紧抱着她,转了两轮,继续地说,

——我翻头看见了你时,真不晓得看你好还是看马好了。

——我可不是一样吗。你看见我的时候,我已经看着你好一会了。你那兴奋的样子,真比一匹可爱的骏马好看啊!你的眼睛太好了。

他说着便把脸凑上他的脸去。

——选自《中国现代各流派小说选》(第二册),北京大学出版社,1986年版

【导读】

《两个时间的不感症者》是刘呐鸥的代表作之一,写于1928—1929年,载于1930年4月初版的《都市风景线》。作品描述了在赛马场买赌赢了的H先生与一位放荡的女性邂逅,两人相约去喝冷饮。这位女性又找到事先约好的男青年T,三人同去舞场。两男一女经过饮、抽、谈、舞一个小时的历程后,这位放荡女性应别的男人之约吃饭,独自翩然而去,丢下H和T目瞪口呆。

小说通篇贯穿了作者的主观感受,作者的主观心理对客观外界的新感觉外化出来,作者以视觉、听觉、嗅觉、触觉等方面写出了赛马场的狂热、紧张、欢喜、失望的气氛。小说还侧重表现了中国现代都市人两性关系中的本能欲望。

梅雨之夕（节选）

◉施蛰存

我有着伞呢,而且大得足够容两个人的蔽荫的,我不懂何以这个意识不早就觉醒了我。但现在它觉醒了我将使我做什么呢? 我可以用我的伞给她障住这样的淫雨,我可以陪伴她走一段路去找人力车,如果路不多,我可以送她到她的家。如果路很多,又有什么不成呢? 我应当跨过这一箭路,去表白我的好意吗? 好意,她不会有什么别方面的疑虑吗? 或许她会得象刚才我所猜想着的那样误解了我,她便会得拒绝了我。难道她宁愿在这样不止的雨和风中,在冷静的夕暮的街头,独自个立到很迟吗? 不啊! 雨是不久就会停的,已经这样连续不断地降下了……多久了,我也完全忘记了时间的在雨水中间流过。我取出时计来,七点三十四分。一小时多了。不至于老是这样地降下来吧,看,排水沟已经来不及宣泄,多量的水已经积聚在它上面,打着旋涡,挣扎不得流下去的路,不久怕会溢上了人行道么? 不会的,决不会有这样持久的雨,再停一会,她一定可以走了。即使雨不就停止,人力车大约总能够来一辆的。她一定会不管多大的代价坐了去的。然则我是应当走了么? 应当走了? 为什么不? ……

这样地又十分钟过去了。我还没有走。雨没有住,车儿也没有影踪。她也依然焦灼地立着。我有一个残忍的好奇心,如她这样的在一重困难中,我要看她终于如何处理她自己。看着她这样窘急,怜悯和旁观的心里在我身中各占了一半。

她又在惊异地看着我。

忽然,我觉得,何以刚才会不觉得呢,我奇怪,她好象在等待我拿我的伞贡献给她,并且送她回去,不,不一定是回去,只是到她所需要到的地方去。你有伞,但你不走,你愿意分一半伞蔽荫我,但还在等待什么更适合的时候呢? 她的眼光在对我这样说。

我脸红了,但并没有低下头去。

用羞赧来对付一个少女的注目,在结婚以后,我是不常有的。这是自己也随即觉得可怪了。我将用何种理由来譬解我的脸红呢? 没有! 但随即有一种男子的勇气升上来,我要求报复,这样说或许较严重了,但至少是要求着克服她的心在我身里急突地催促着。

终归是我移近了这少女,将我的伞分一半蔽荫她。

......

我看得见他们的可疑的脸色。我心里吃惊了,这里有着我认识的人吗? 或是可有着认识她的人吗? ……再回看她,她正低下着头。拣着踏脚地走。我的鼻刚接近她的鬓发,一阵香。无论认识我们之中任何一个人,看见了这样的我们的同行。会怎样想? 我将伞沉下了些,让它遮蔽到我们的眉额。人家除非低下身子来,不能看见我们的脸面。这样的举动,她似乎很中意。

我起先是走在她的右边,右手执着伞柄,为了要让她多得些荫蔽,手臂便凌空了。我开始觉得手臂酸痛,但并不以为是一种苦楚。我侧眼看她,我恨那个伞柄,它遮隔了我的视线。从侧面看,她并没有从正面看那样的美丽。但我却从此得到了一个新的发现:她很像一个人。谁? 我搜寻着,我搜寻着,好象记得,岂但……几乎每日都在意中的,一个我认识的女子,像现在身旁并行着的这个一样的身材,差不多的面容,但何以现在百思不得了呢? ……啊,是了,我奇怪为什么我竟会得想不起来,这是不可能的! 我的初恋的那个少女,同学,邻居,她不是很像她吗? 这样的从侧面看,我与她离别了好几年了,在我们相聚的最后一日,她还只有十四岁,……一年……二年……七年了呢。我结婚了,我没有再看见她,想来长成得美丽了……但我并不是没有看见她长大起来,当我脑中浮起她的印像来的时候,她并不还保留着十四岁的少女姿态。我不时在梦里,睡梦或白日梦,看见她在长大起来,我会自己构成她是个美丽的二十岁年纪的少女。她有好的声音和姿态,当偶然悲哀的时候,她在我的幻觉里会得是一个妇人,或甚至是一个年轻的母亲。

——选自《中国现代各流派小说选》(第二册),北京大学出版社,1986 年版

【导读】

《梅雨之夕》是施蛰存的代表作之一。短篇小说《梅雨之夕》情节很简单:青年职员"我"在一个梅雨淙淙的傍晚打着伞步行回家,在街头与一位躲雨的陌生姑娘邂逅,就主动送了她一程,雨停了,回家途中姑娘即与"我"分手。

小说故事情节淡化,可人物心理剖析十分细腻、真实、生动,充分展示了"我"是如何被潜意识驱使渴望又惴惴不安地去亲近美貌女性的心理状态。小说描写的中心是潜意识的展示,通篇是对人物心理的描写,包括幻觉、错觉引起的心理转换及性心理运行衍变过程。

上海的狐步舞(节选)

●穆时英

三个穿黑绸长褂,外面罩着黑大褂的人影一闪。三张的呢帽底下只瞧得见鼻子和下巴的脸遮在他前面。

"慢着走,朋友!"

"有话尽说,朋友!"

"咱们冤有头,债有主,今儿不是咱们有什么跟你过不去,各为各的主子,咱们也要吃口饭,回头您老别怨咱们不够朋友。明年今儿是你的周年,记着!"

"笑话了! 咱也不是那么不够朋友的——"一扔饭篮,一手抓住那人的枪,就是一拳过去。

碰! 手放了,人倒下去,按着肚子。碰! 又是一枪。

"好小子! 有种!"

"咱们这辈子再会了,朋友!"

"黑绸长裙"把呢帽一推,搁在脑勺上,穿过铁路,不见了。

……

沿着那条静悄的大路,从住宅区的窗里,都会的眼珠子似地,透过了窗纱,偷溜了出来淡红的,紫的,绿的,处女的灯光。

开着一九三二的新别克,却一个心儿想一九八零的恋爱方式。深秋的晚风吹来,吹动了儿子的领子,母亲的头发,全有点儿觉得凉。法律上的母亲偎在儿子道:"可惜你是我的儿子。"嘻嘻地笑着。

儿子在父亲吻过的母亲的小嘴上吻了一下,差点儿把车开到人行道上去啦。

……

街旁,一片空地里,竖起了金字塔似的高木架,粗壮的木腿插在泥里,顶上装了盏弧灯,倒照下来,照到底下每一条横木板上的人。这些吆喝者"嗳嗳呀!"几百丈高的木架顶上的木椿直坠下来,碰! 把三抱粗的大木柱撞到泥里去,四角上全装着弧灯,强烈的光探照着这片空地。空地里:横一道,竖一道的沟,钢骨,瓦砾堆。人抗着大木柱在沟里走,拖着悠长的影子。在前面的脚一滑,摔倒了,木柱压到脊梁上。脊梁断了,嘴里哇的一口血……弧灯碰! 木椿顺着木架又溜了上去光着身子在煤屑路滚铜子的孩子……大木架顶上的弧灯在夜空里象月亮……检煤渣的媳妇……月亮有两个……月亮叫天狗吞了月亮没有了。

……

胡同的那边儿有一支黄路灯,灯下是个女人低着脑袋站在那儿。老婆儿忽然又装着苦脸,扯着他的袖子道:"先生,这是我的媳妇。信在她那儿。"走到女人那地方儿,女人还不抬起脑袋来。老婆儿说:"先生,这是我的西服。我的儿子是机器匠,偷了人家东西。给抓进去了,可怜咱们娘儿们四天没吃东西啦。"

(可不是吗?那么好的题材,技术不成问题。她讲不出来的话,意识一定正确的,不怕人家再说我人道主义咧……)

"先生,可怜儿的,你给几个钱,我叫媳妇陪你一晚上,救救咱们的两条命!"

……

拉车的脸上,汗冒着;拉车的心里,金洋钱滚着,飞滚着。醉水手猛的跳了下来跌到两扇玻璃门后边儿去啦。

"Hullo,Master! Master!"

那么地嚷着追到门边。印度巡捕把那手里的棒冲着他一扬,笑声从门缝里挤出来,酒香从门缝里挤出来,Jazz 从门缝了挤出来……拉车的拉了车扛,摆在他前面的是十二月的江风,一个冷月,一条大建筑物中间的深巷。给扔在欢乐外面,他也不想到自杀,只"妈妈的"骂了一声儿,又往生活里走去了。

——选自《中国现代各流派小说选》(第二册),北京大学出版社,1986 年版

【导读】

小说《上海的狐步舞》是穆时英的代表作之一。小说运用电影镜头剪辑组合的艺术手法,通过似乎无关联的一个个画面,描绘了上海大都会夜晚的种种社会病象:行路人突遭拦劫暗杀;富豪的姨太太与前妻儿子乱伦;舞场上男女交叉调情;饭店有钱人赌博嫖妓;搬运工被砸断脊梁惨死;巷口里老妇人让儿媳出卖肉体以求活命;坐黄包车的外国水兵不付钱发威。种种恐怖、淫荡、悲苦场面在音响中交织,时空错杂间形成强烈反差,展示出"上海,造在地狱上的天堂"的主题。

小说副题是"一个断片",作者打破了传统小说的叙述手法,将人物杂凑在一起,既无性格发展,也无性格对照,人物活动场景,浮光掠影,各自独立,全文由作者感觉到

的造在地狱上的天堂的陆离印象贯穿起来,开阔了读者的眼界。

三、延伸思考

中国新感觉派小说的文学史价值体现在以下三个方面:

(1)作为 20 世纪 30 年代有成就的文学流派,它不但促进了中国现代都市文学的发展,而且丰富了现代小说的表现手法,在小说结构、形式、方法、技巧等方面有所创新。新感觉派作家刻意捕捉新奇的感觉、印象,把主体感觉投诸客体,使感觉外化,创造出具有强烈主观色彩的"新现实"。

(2)新感觉派小说表现了中国大都市形形色色的日常现象和人情世态,展现了都市生活的畸形与病态,在一定程度上提供了都市的真实画面,揭示了社会黑暗及其对人性的戕害,为 20 世纪 30 年代现实主义主潮下中国都市文学的崛起做出了贡献。

(3)将西方现代主义文学引入中国,表现主义、达达主义、印象主义、象征主义、意识流、精神分析乃至构成派、如实派等艺术手法均在新感觉派小说中得到了醒目的展现。同时,西方现代派文学(含日本新感觉派小说)的悲观主义倾向在中国新感觉派小说中也留下了深深的印记。

【思考题】

1.如何看待左翼小说的得与失?

2."革命+恋爱"叙事模式的文学史意义何在?

3.何谓东北作家群?

4.《为奴隶的母亲》具有什么样的批判性?

5.试分析中国新感觉派小说的文学史价值。

6.《梅雨之夕》的人物心理刻画有哪些特点?

7.试分析穆时英小说的艺术性。

第七章　左翼文学运动时期的诗歌

1928—1937 年,中国新诗的不同群体在新的历史条件下,对诗歌创作有了不同的取向。中国诗歌会诗人群沿着蒋光慈、殷夫等无产阶级革命诗人开辟的革命诗歌方向,迅速地发展了"大众化"的、鼓动民众革命的革命诗歌。后期新月派在沿袭前期新月派创作风格的同时,开始反思创作的局限性,并逐渐在诗歌内容和形式上做出了一些新的探索。追求"纯然的现代诗"的现代派,在早期象征派诗歌实验的基础上,更加广泛和深入地对诗歌的现代性与艺术性进行了实验。这一时期出现的不同诗歌流派及不同立场的诗歌创作,都在不同层面为中国新诗的发展提供了不可缺失的有益参考。

第一节　中国诗歌会诗人群

一、基本知识

中国诗歌会成立于 1932 年 9 月,是左联领导下的一个群众性进步诗歌团体。中国诗歌会除了在上海建立总会,还在北平、广州以及日本东京等地设有分会。1933 年 2 月,中国诗歌会正式创办了机关刊物《新诗歌》旬刊(后改为半月刊、月刊),他们在"发刊词"里正式打出了自己的两面旗帜:"捉住现实"和诗歌要"大众化"。各分会也有自己的刊物或副刊。中国诗歌会的发起人有穆木天、蒲风、杨骚、任钧(森堡)等。除他们以外,中国诗歌会的重要成员还有殷夫、田间、温流、焕平、柳倩、王亚平等诗人。中国诗歌会的创作承续了蒋光慈等早期无产阶级革命诗人的传统,成为 20 世纪 30 年代无产阶级革命文学的一个重要部分。他们反对同一时期的后期新月派和现代派大多数诗人回避现实、狭隘表现自我情绪的创作态度。《中国诗歌会缘起》认为:"在次殖民地的中国,一切都沐浴在急风狂雨里,许许多多的诗歌材料,正赖我们去摄取、去表现。但是,中国的诗坛还是这么沉寂;一般人闹着洋化,一般人又还只是觉醉在风花雪月里……把诗歌写得与大众十万八千里,是不能适应这伟大的时代的。"为此,他们提出了"捉住现实""歌唱新世纪"的创作口号,主张"要使我们的诗歌成为大众歌调,我们自己也成为大众中的一个"①。中国诗歌会的创作及时、迅速地反映了时代的重大事件,表现了工农大众受压迫的生活和反抗斗争,为鼓舞人民的革命斗志、促进无产阶级革命运动发挥了重要作用。

在中国诗歌会成立前,殷夫就作为他们的前驱,写下了让他们效法的革命诗篇。蒲风是中国诗歌会的中坚诗人,发表、出版了大量革命题材的诗歌。而并非中国诗歌会成员的臧克家,所写的诗歌题材与中国新诗歌会诗人群有很大的相通之处。他虽然没有直接表现工农革命斗争,但在诗歌创作中,对民族灾难特别是社会底层民众的不幸表达了深切的同情。他们的诗歌在 20 世纪 30 年代的左翼文学运动中产生过重要影响。

二、代表作及其导读

血　字

◉殷　夫

血液写成的大字,
斜斜地躺在南京路,
这个难忘的日子——
润饰着一年一度……

血液写成的大字,
刻划着千万声的高呼,
这个难忘的日子——
几万个心灵暴怒……

血液写成的大字,
记录着冲突的经过,
这个难忘的日子——
狞笑着几多叛徒……

---

① 穆木天:《〈新诗歌〉发刊诗》,《新诗歌》1933 年 2 月 11 日第 1 卷创刊号。

"五卅"哟!

立起来,在南京路走!

把你血的光芒射到天的尽头,

把你刚强的姿态投映到黄浦江口,

把你的洪钟般的预言震动宇宙!

今日他们的天堂,

他日他们的地狱,

今日我们的血液写成字,

异日他们的泪水可入浴。

我是一个叛乱的开始,

我也是历史的长子,

我是海燕,

我是时代的尖刺。

"五"要成为报复的枷子,

"卅"要成为囚禁仇敌的铁栅,

"五"要分成镰刀和铁锤,

"卅"要成为断铐和炮弹!……

四年的血液润饰够了,

两个血字不该再放光辉,

千万的心音够坚决了,

这个日子应该即刻消毁!

1929 年

——选自《拓荒者》,1930 年第 4、5 期合刊

【导读】

殷夫(1910—1931),中国现代文学史上著名的无产阶级革命诗人。原籍浙江象山,原名徐祖华,常用笔名殷夫、白莽等。1927 年殷夫因参加革命活动被捕,1928 年加

人蒋光慈、钱杏邨等人组成的太阳社。1930 年殷夫加入左联,经常为《萌芽》《拓荒者》《巴尔底山》等左联刊物写诗。1931 年 2 月 7 日被国民党政府杀害于上海龙华。他的许多诗稿因当时政府查抄而散失,生前诗作《孩儿塔》等未能出版。殷夫是继蒋光慈之后中国现代文学史上又一位重要的革命诗人,其主要作品有诗集《孩儿塔》(1958)、诗文集《殷夫选集》(1951)。

《血字》是早期无产阶级诗歌的一篇典范之作,不仅对中国新诗会诗人群产生过直接的重大影响,而且对中国新诗诗坛也产生过强烈的冲击。

这首诗写于 1929 年"五卅"运动四周年前夕,全诗以触目惊心的"血字"书写了"五卅"这一中国革命史上反帝斗争的光辉一页。诗人反复警策人们要记住"五卅"这个难忘的日子,记住敌人残暴的罪行和同胞在英勇战斗中付出的血的代价。面对帝国主义仍在中国横行的严峻现实,诗人愤激地呼唤"五卅"这个血染的日子"站立起来",鼓舞民众不怕流血牺牲,坚持斗争直到胜利的"预言震动宇宙"!诗人以旧世界的"叛逆者"、搏击险恶风云的"海燕"、敢于刺破黑暗时代的"尖刺"形象地表达了不屈不挠、向敌人讨还血债的勇气与决心。

《血字》的抒怀慷慨激愤,语言铿锵响亮,读来让人荡气回肠。全诗没有空洞的口号和抽象的政治概念,诗人连续重复"血液写成的大字",以突出"五卅"斗争的残酷和悲壮。在拟人化的描写和密集的排比句式中,"血液""五卅"及诗人自喻"叛逆者""尖刺"等意象产生了一种撼动人心的强烈旋律,具有诗人强烈的个性和感情色彩。"血字"的意象尤其鲜明深刻,极凝练地涵盖了全诗的立意。

殷夫所写的革命斗争诗篇,有着较丰满的形象和强烈的感情,比起其他左翼诗人的作品,少有标语口号化的缺点。鲁迅高度评价他的诗歌"是对于前驱者的爱的大纛,也是对于摧残者的憎的丰碑。一切所谓圆熟简练,静穆幽远之作,都无须来作比方,因为这诗属于别一世界"[1]。

咆　哮

◉蒲　风

　　旋风吹过高山、原野、沟壑,
　　　　潜进村落,
　　在平原、田野、森林上
　　　　疾驰,奔走。
　　稻草上显现出那极速的浪波,

---

[1]　鲁迅:《白莽作〈孩儿塔〉序》,《鲁迅全集》(第六卷),人民文学出版社,1981 年,第 494 页。

森林里独有那号号然的战歌。

昔日是卑贱的一群，
终日低头屈背为人作嫁衣裳，
今天，他们都有新的觉醒：
——他们相信自己的伟大力量！
他们的力量足把世界推翻，
只有他们才能创造自己的幸福乡。

闪闪的刀，闪闪的戈，
各种耀目的利器，
赤帜浴在日光里，
无数万的褴褛群在跃动。
一切都是蓬勃，蓬勃的生气，
他们每一个
就象长城的任何一块砖，
他们一个一个的
就连成一座铁的长城，
他们要用自己的力量
来护卫他们自己的土地。

敌人的飞机，炮弹在头上飞，
但敌人们终究不能
占领他们的土地一分一厘。
这里，每一亩土地都会咆哮，
足使敌人丧胆；
这里，每一座森林都会唱出战歌，
顿增他们杀敌的勇敢。

这咆哮的旋风吹过山岭、原野，
潜进每一村落，
每一村落的人们，

每一村落里的土地都在咆哮，

各村落的森林的战歌

日夜都在互相唱歌！

1932 年冬

——选自《茫茫夜》,国际编译馆,1934 年版

【导读】

蒲风(1911—1942),中国诗歌会的代表诗人。广东梅县人,原名黄日华。1927 年蒲风开始诗歌创作,参加左联后与杨骚等组织中国诗歌会,出版《新诗歌》。抗战开始后,他在广州主编《中国诗坛》,1942 年病逝于皖南天长县。他的诗作颇丰,著有诗集《茫茫夜》(1934)、《六月流火》(1935)、《生活》(1936)、《钢铁的歌唱》(1936)、《摇篮歌》(1937)、《可怜虫》(1937)、《抗战三部曲》(1937)及诗论《现代中国诗坛》(1938)、《抗战诗歌讲话》(1938)。他的诗歌前期主要写被压迫农民的痛苦、灾难和反抗,后期则以歌颂抗日反帝为主题,诗歌感情真实、热情奔放,语言朴实无华、通俗易懂。他除写下大量的抒情诗外,还写有长篇叙事诗、讽刺诗、方言诗和明信片诗,在诗体上做了多种追求与实验。

《咆哮》是蒲风的代表作之一,能反映出他诗歌创作的基本内容。这首诗是代表受压迫与欺辱民族的"咆哮"。面对日本帝国主义的铁蹄践踏和民族的危亡,诗人表达了中国人民同仇敌忾、团结一心战胜敌人的坚定信念。诗歌表现了不愿做亡国奴的人们正在觉醒,他们相信自己的伟大力量,团结起来就可以连成一座牢不可破的长城来抵御敌人的侵略,保卫自己的家园。这首诗充满激情和英雄气概,具有很强的鼓动性和号召力,在表现形式上也有一定的艺术性。诗中运用了鲜明的意象,题目的"咆哮"、第一段出现的"旋风"以及在中国大地急速掀起的"浪波"、第二节里的"铁的长城",都是在用意象喻示人民大众反抗侵略急欲爆发的怒火和不可摧毁的强大力量,而不是标语口号似的战斗号召。诗的末尾用"咆哮的旋风"呼应开头的"旋风",强烈地烘托了诗歌的主旨。这首诗体现出了蒲风诗歌明快晓畅、通俗易懂的语言风格。

在诗歌大众化方面,蒲风从理论到实践都进行了探索。他的作品昂扬着战斗精神和必胜信念,在鼓舞人民反抗阶级压迫和抵御外来侵略的斗争中发挥了积极的作用。不足的是,由于蒲风在短时间追求写出大量的诗歌,许多诗都比较粗糙。他过分强调大众化,而忽视了应有的诗歌艺术。

难　民

◉臧克家

日头堕到鸟巢里，
黄昏还没溶尽归鸦的翅膀，
陌生的道路，无归宿的薄暮，
把这群人度到这座古镇上。
沉重的影子，扎根在大街两旁，
一簇一簇，像秋郊的禾堆一样，
静静的，孤寂的，支撑着一个大的凄凉。
满染征尘的古怪的服装，
告诉了他们的来历，
一张张兜着阴影的脸皮，
说尽了他们的情况。
螺丝的炊烟牵动着一串亲热的眼光，
在这群人心上抽出了一个不忍的想象：
"这时，黄昏正徘徊在古树梢头，
从无烟火的屋顶慢慢的涨大到无边，
接着，阴森的凄凉吞了可怜的故乡。"
铁力的疲倦，使人和想象一齐推入了朦胧，
但是，更猛烈的饥饿立刻又把他们牵回了异乡。
像一个天神从梦里落到这群人身旁，
一只灰色的影子，手里亮出一支长枪，
一个小声，在他们耳中开出天大的响：
"年头不对，不敢留生人在镇上。"
"唉！人到那里灾荒到那里！"
一阵叹息，黄昏更加了苍茫。
一步一步，这群人走下了大街，
走开了这异乡，
小孩子的哭声乱了大人的心肠，
铁门的响声截断了最后一人的脚步，
这时，黑夜爬过了古镇的围墙。

1932 年 2 月古琅琊

——选自《烙印》，开明书店，1934 年版

【导读】

臧克家(1905—2004),现代诗人。山东诸城人。1930—1934 年,臧克家在国立青岛大学读书期间,创作、出版了诗集《烙印》《罪恶的黑手》。大学毕业后,他到山东临清中学教书和从事新诗创作。抗日战争爆发后,他奔赴前方,从事进步文化工作。新中国成立后,臧克家曾任《诗刊》主编等职务。诗歌作品有《烙印》(1933)、《罪恶的黑手》(1934)、《自己的写照》(1936)、短诗集《运河》(1936)、《从军行》(1938)及文艺随笔集《学诗断想》(1962)、散文集《甘苦寸心知》(1982)等。

1933 年,臧克家第一本诗集《烙印》出版,立刻引起文坛注目。他"不肯粉饰现实,也不肯逃避现实"[1],注视社会底层的苦难民众,写下了许多同情他们的诗歌,如《难民》《老马》《炭鬼》《当炉女》等。

《难民》是臧克家《烙印》的第一首诗。它真实形象地反映了 20 世纪 30 年代初北方农民的苦难生活,从而揭露了旧中国民不聊生的黑暗现实。"陌生的道路,无归宿的薄暮"是难民命运的最好写照。他们被迫背井离乡,漂泊流浪,过着风餐露宿的日子,成了一群被故乡容纳不下,又被异乡拒绝的异端人群,只能永无停止地流浪,其命运是十分悲惨的。

诗中黄昏景色的渲染,难民染满征尘的古怪服装、兜着阴影的脸皮的描写,古镇上驱赶难民者的动作、语言的刻画,展现了难民苦难无助的境况。难民们由薄暮笼罩的古镇上螺丝般的缕缕炊烟,不由得想象故乡屋顶上没有炊烟,凄凉吞没了故乡,而极度的疲倦使他们进入了梦乡,饥饿又让他们惊醒,从梦中回到眼下的异乡。古镇的人所说"年头不对,不敢留生人在镇上"的话,从侧面反映了 20 世纪 30 年代初北方农村贫穷所造成的动乱恐怖景象。当无情拒绝的"铁门的响声"沉重地落在难民的心底时,他们悲哀的心境可想而知。最具象征意义的结尾诗句"黑夜爬过了古镇的围墙",暗示了难民在茫茫黑夜中走投无路的绝望。

这首诗融叙述与抒情为一体,采用白描手法,虚实得当地描写了一群难民在薄暮时光流落古镇到黑夜离开的过程,在读者面前若隐若现地展现了一幅悲惨的流民图;同时又以象征漂泊、凄凉、恐惧与走投无路的种种意象连接来抒发诗人内心深切的同情。《难民》注重运用动词,如"黄昏还没溶尽归鸦的翅膀"的"溶"字,形象逼真地描写出归鸦的翅膀在黄昏中两者渐不可分的朦胧感觉。此外,诗中的"扎根""支撑""兜""牵""吞""推""爬""截断"等动词都用得很传神,灵动了诗中的画面和意境。

臧克家的许多诗擅长暗喻,化思想概念为具体形象,重视动词的运用和炼字炼句,

---

① 闻一多:《〈烙印〉序》,《闻一多全集》(第二卷),湖北人民出版社,1993 年,第 174 页。

诗风质朴凝练,含蓄深沉,在 20 世纪 30 年代诗坛独树一帜。继《烙印》之后,他还陆续出版了十多集诗歌,但后来的诗逐渐融入革命文学的主流意识形态,其艺术个性渐不鲜明,影响也远不及《烙印》。

三、延伸思考

中国诗歌会诗人群在诗歌的题材内容上对新诗有很大的拓展。在诗歌形式上,中国诗歌会诗人群探索了新诗大众化的途径,提出了"歌谣化"的主张,专门出版"歌谣专号""创作专号",希望"借着普遍的歌谣、时调诸类形态,接受它们普及、通俗、朗读、讽诵的长处,引渡到未来的诗歌"[①]。他们的目的是使诗歌到工农大众中去。为了促进诗歌的大众化,他们还提倡新诗朗诵运动,吸收方言土语入诗,试验了"大众合唱诗""诗剧"等诗歌的新形式。为了容载更丰富的社会现实题材,中国诗歌会的一些诗人采用叙事诗的形式进行创作,蒲风的《六月流火》、田间的《中国农村的故事》、杨骚的《乡曲》、王亚平的《十二月的风》、穆木天的《守堤者》等都是当时颇有影响的叙事诗。

从诗歌的艺术要求来看,中国诗歌会诗人群的创作存在明显的不足。他们忽视了诗歌本身的艺术特质,认为大众化是首要的,而艺术性是次要的,把诗歌的作用归结为直接的宣传和鼓动,成为"意识形态的传声筒"。他们的作品很多,大都是急就于阶级斗争与民族斗争的紧迫现实中的战歌,一般采取直接描摹现实和直抒胸臆的方式,艺术上比较粗糙。在诗歌内容上,他们强调反映现实生活重大题材,排斥和否定非重大题材的作品,表现出较大的创作局限性。

第二节　后期新月派诗人

一、基本知识

后期新月派诗人以 1928 年创刊的《新月》月刊新诗栏及 1930 年创刊的《诗刊》季刊为主要阵地,其主要成员除前期新月派的徐志摩、饶孟侃、孙大雨、林徽因等诗人外,还有陈梦家、方令孺、方玮德、梁镇、邵洵美、俞大纲、沈祖牟、卞之琳、孙毓棠、曹葆华等。他们中多数人是直接受徐志摩、闻一多影响而从事诗歌创作的。后期新月派在诗歌创作题材领域并没有大的拓展,所写的内容基本还是"自我表现"的个人愁绪和对爱情的感受,大多作品表现出大都市的病态、现代人的精神异化,其题材、诗感都与现

---

① 《我们底话》,《新诗歌》1934 年 6 月 1 日第 2 卷第 1 期,第 45-46 页。

代派的作品类似。但在艺术形式上,他们对前期新月派却有所突破。前期新月派强调新诗格律,并在追求音乐美、绘画美、建筑美的实践中做出了极大的努力。他们的领军人物之一徐志摩早在1926年6月10日《晨报》"诗镌"停刊时宣称"发现了我们所标榜的'格律'可怕的流弊"及"危险","单讲外表的结果只是无意义乃至无意识的形式主义"①。这标志着前期新月派对所坚持的"格律是艺术的必须的条件"的立场有所反思与改变。1931年9月,后期新月派代表诗人陈梦家在其编选的《〈新月诗选〉序言》里宣称,在"主张本质的纯正,技巧的周密和格律的谨严"的同时,"我们决不坚持非格律不可的论调,因为情绪的空气不容许格律来应用时,还是得听诗的意义不受拘束的自由发展"②。这些看法就是后期新月派的诗歌主张。他们的创作更注重诗意的自由发挥,在形式上不拘囿于"格律"的限制,也出现了向自由诗发展的趋向。在诗意的表现上,他们也不像前期新月派诗歌那样"透明",注重暗示和象征等技巧的运用。他们还转借西方曾流行的"十四行诗体"进行诗体实验。其试验结果因其诗形仍受"格律"的限制,难以改变时代以自由诗为主流诗体的格局,在当时和后来都未推广开来,但后期新月派诗人对新诗诗体建设的实验精神是可贵的。

二、代表作及其导读

一朵野花

◉陈梦家

一朵野花在荒原里开了又落了,
不想到这小生命,向着太阳发笑,
上帝给他的聪明他自己知道,
他的欢喜,他的诗,在风前轻摇。

一朵野花在荒原里开了又落了,
他看见青天,看不见自己的渺小,
听惯风的温柔,听惯风的怒号,
就连他自己的梦也容易忘掉。

1929年1月

——选自《梦家诗集》,新月书店,1931年版

---

① 徐志摩:《诗刊放假》,《徐志摩研究资料》,陕西人民出版社,1988年,第172-173页。
② 陈梦家:《〈新月诗选〉序言》,《新月诗选》,解放军文艺出版社,2000年,第5页。

【导读】

陈梦家(1911—1966),曾使用笔名陈漫哉,我国现代著名诗人、古文字学家、考古学家,出生于南京,祖籍浙江上虞。1931 年于中央大学毕业后,陈梦家先后在青岛大学、燕京大学、昆明西南联大任教,1944—1947 年在美国芝加哥大学讲授中国古文字学,归国后担任清华大学教授,1952 年调至中国科学院考古研究所做研究员。他的主要诗歌作品有《梦家诗集》(1931)、《铁马集》(1934)、《在前线》(1932)、《梦家存诗》(1935),另主编出版了《新月诗选》(1931)。

这首诗是陈梦家在大学期间创作的,是他青春年少时顾影自怜的内心写照。那时的陈梦家是一位热爱诗歌、对生活充满幻想而又时常迷惘的青年。他通过对一朵野花的描述,表达了自己就像一朵在原野里"开了又落"的野花,而它却在孤独中充满自信。以他的聪明和他的诗"向着太阳"微笑,在"风前轻摇",他心里有像青天一样广阔的世界,而不会认为自己"渺小",无论是"温柔的现实"还是"怒号的现实",他都不在乎,甚至自己连梦一样的幻想也会忘却。这是"少年不知愁滋味"的书写,其感情是纯真而乐观的。

这首诗的艺术表现形式明显受到了前期新月派"创格"的影响,全诗两节行数对称,句式也基本匀齐且注重押韵,读起来朗朗上口,有明朗的节奏感。陈梦家在大学期间创作的诗歌,都在实践闻一多倡导的诗歌形式的"三美",在风格上兼具闻一多诗格律谨严与徐志摩诗轻俏流丽之长,给人以轻渺、空疏之感。

在蕴藻浜的战场上

◉陈梦家

在蕴藻浜的战场上,血花一行行
间着新鬼的坟墓开,开在雪泥上:
那儿歇着我们的英雄——静悄悄
伸展着参差的队伍——纸幡儿飘,
苍鹰,红点的翅尾,在半天上吊丧。

现在躺下了,他们曾经挺起胸膛
向前冲锋,他们喊,杀喊,他们中伤;
杀了人给人杀了,现在都睡倒
在蕴藻浜的战场上。

"交给你,像火把接着火,我们盼望,
盼望你收回来我们生命的死亡!

拳曲的手握紧炸弹向我们叫:

"那儿去! 那儿去! 听我们的警号!"

拳曲的手煊亮着一把一把火光

在蕴藻浜的战场上。

二十一年三月十日夜青岛

——选自《铁马集》,开明书店,1934 年版

【导读】

这是与陈梦家在大学高楼深院里低吟浅唱的愁诗内容和风格迥然有别的一首诗。1932 年 1 月,陈梦家编完了徐志摩的遗稿《云游集》和自己的《铁马集》,面临大学毕业对前途的选择,停办了后期新月诗派的刊物《诗刊》。"一·二八"淞沪会战的爆发,爱国将士在上海抵抗日寇的隆隆炮声激发了诗人心底的爱国主义激情。战争的第二天,他即与同学从军参加抗日宣传工作,随军向蕴藻浜前线挺进。2 月 13 日,部队在季家桥与日寇于雪中拼死战斗。惨烈的战斗和中国士兵为国捐躯的英勇行为深深震撼了他的心灵,为此写下《在蕴藻浜的战场上》。

陈梦家怀着沉痛和崇敬的心情,深情地讴歌了中国士兵在抗战中可歌可泣的英雄精神。诗中没有正面描写勇敢的士兵们往前冲锋"跌倒又爬起。子弹像蝗虫一样在泥地上跳,像风雨一样打落兵士斗笠帽。挂彩的伤兵染成一个血人走回来,没有一个官兵在伤亡时不仍然紧握着枪弹"[1]的战场,而是通过战后浸染烈士鲜血的"新坟"和依然响彻祖国大地的"杀喊"声,来间接描述中国士兵在枪林弹雨中勇敢无畏冲杀的形象和为国捐躯的悲壮行为。

诗的第一节注重意象的运用,烈士的"血花"装点着他们的新坟,像"参差队伍"的"纸幡"和"苍鹰"在半天上吊丧,不仅象征烈士的悲壮牺牲,也表达了军民及诗人对他们的哀悼。诗的第二节以口语的形式,突出战士们生前的杀喊声。诗的第三节借烈士之口传递的"火把"暗示继承他们的遗志,发扬英勇抗战的精神。全诗的语言凝重激昂,给人一种震撼心灵的力量。这首诗也让我们看到了走出象牙塔的陈梦家的生活态度和诗风的转变。

三、延伸思考

1931 年出版《新月诗选》时,陈梦家还在"序言"里针对中国诗歌会左翼诗人为大

---

① 陈梦家:《新月诗选〈在前线序〉》,浙江文艺出版社,1997 年,第 87 页。

众写诗的立场,强调新月派诗人要"始终忠实于自己,诚实表现自己渺小的一掬情感,不做夸大的梦"①。1931年9月,陈梦家接替徐志摩主编《诗刊》后,在第4期《诗刊》的"叙语"中对后期新月派创作的"题材走到今天太狭隘了"的现象已开始不满。后期新月派诗人在《诗刊》停刊后,诗歌主张和创作实践都有明显的变化。1932年10月,日寇的侵略魔爪已伸向关内,整个华北处于危急之中。是月22日,陈梦家应邀在北平青年会南厅发表题为《秋天谈诗》的讲演。在讲演时,陈梦家大声呼吁:"让我们个人的感情渐渐溶化为整个民族的感情,我们的声音化作这大群人哀泣的声音,不只是哀泣,还有那种在哀泣中一声复兴的愿望。"他在从军经历了"一·二八"抗日战事后,写下了反映战乱中难民逃亡的《哀息》和中国士兵在弹雨中英勇杀敌的《在蕴藻浜的战场上》等动人肺腑的悲壮诗篇,后来写下了《西山野火》《黄河谣》等爱国主义诗篇。

1935年8月,陈梦家从他历年所作的一百余首诗中精选出23首,结集为《梦家存诗》,以作为其"七年写诗的结账"。他在诗集的"自序"中总结了自己创作道路的成败得失,在谈到其创作前期的格律化新诗时说:"有人认为这就是我的好处,是错了。""这把锁压坏了我好多的灵性,但从这些不自由中,我只挣得一些个造字造句的小巧。"方纬德等人的诗也在后来迈向形式自由的路。后期新月派青年诗人在诗歌内容和形式上的变化让我们看到了新诗在"格律"与"自由"的实践中,不断地做出新的选择,使新诗更好地适应时代的审美要求。

第三节　现代派诗人

一、基本知识

20世纪30年代中国新诗的现代派,是由后期新月派与20世纪20年代末的象征派演变而成的。从1932年5月创刊到1935年5月终刊的《现代》杂志,成了刊载现代派诗歌并使之独立与成熟的重要阵地,现代派也因《现代》杂志而得名。现代派诗人有戴望舒、卞之琳、何其芳、废名、施蛰存、李广田、林庚、徐迟、李白凤、金克木、路易士等。

现代派没有成立社团,也没有专门的诗歌创作纲领或宣言,他们的一些创作观点体现了明显的主张。《现代》主编施蛰存认为:"《现代》中的诗是诗,而且是纯然的现代诗。它们是现代人在现代生活中所感受的现代的情绪,用现代的词藻排列成的现代

---

① 陈梦家:《〈新月诗选〉序》,《陈梦家诗全编》,浙江文艺出版社,1995年,第227页。

的诗形。"①戴望舒在《望舒诗论》里明显地表露出借鉴象征派的手法,主张新的诗应该有"新的情绪和表现这情绪的形式"②。他们所强调的:一是要写"纯然的诗";二是要写"现代"的诗。其实这两方面都已在早期象征派时期做过实验,而20世纪30年代现代派的实验却更为广泛和深入。1935年10月出版《现代诗风》,1936年10月—1937年7月《新诗》月刊陆续出版,进一步扩大了现代派诗歌的影响,其作者群在1936年、1937年把新诗的艺术推向了更加成熟的阶段。1937年7月,全面抗战炮声打响,"纯诗"艺术与时代的要求之间出现了不可调和的尖锐矛盾,诗人群急剧分化,从诗歌的象牙塔里走出来,重新选择人生和创作道路,大多数人走向抗战的队伍,现代派作为一股诗潮,便很快退隐了。

持续时间并不算长的现代派,在吸取早期象征派的经验与教训的基础上,融合西方象征派、意象派和中国古典诗歌的表现艺术,丰富了中国新诗的现代词汇并进一步实验了现代诗形,提高了新诗的艺术性,为中国新诗的现代化建设与发展做出了重要贡献。

在现代派诗人群中,最具代表性的诗人是戴望舒、何其芳、卞之琳。

二、代表作及其导读

我底记忆

◉戴望舒

我底记忆是忠实于我的,
忠实得甚于我最好的友人。

它存在在燃着的烟卷上,
它存在在绘着百合花的笔杆上。
它存在在破旧的粉盒上,
它存在在颓垣的木莓上,
它存在在喝了一半的酒瓶上。
在撕碎的往日的诗稿上,在压干的花片上,
在凄暗的灯上,在平静的水上,
在一切有灵魂没有灵魂的东西上,

---

① 施蛰存:《又关于本刊中的诗》,《现代》1933年第4卷第1期,第6-8页。
② 戴望舒:《望舒诗论》,《现代》1932年第2卷第1期,第92-94页。

它在到处生存着,像我在这世界一样。

它是胆小的,它怕着人们底喧嚣,

但在寂寥时,它便对我来作密切的拜访。

它底声音是低微的,

但是它底话是很长,很长,

很多,很琐碎,而且永远不肯休:

它底话是古旧的,老是讲着同样的故事,

它底音调是和谐的,老是唱着同样的曲子,

有时它还模仿着爱娇的少女底声音,

它底声音是没有气力的,

而且还夹着眼泪,夹着太息。

它底拜访是没有一定的,

在任何时间,在任何地点,

甚至当我已上床,朦胧地想睡了;

人们会说它没有礼貌,

但是我们是老朋友。

它是琐琐地永远不肯休止的,

除非我凄凄地哭了,或是沉沉地睡了:

但是我是永远不讨厌它,

因为它是忠实于我的。

1927 年

——《未名》,1929 年 1 月第 2 卷第 1 期

【导读】

戴望舒(1905—1950),现代诗人,浙江杭州人。1926 年他与施蛰存、杜衡等人创办《璎珞》旬刊,1928 年他又与施蛰存、杜衡、冯雪峰创办《文学工场》。1932 年戴望舒加入施蛰存主持的《现代》杂志编辑社,同年 11 月赴法国留学,1935 年回国,次年与卞之琳、孙大雨、梁宗岱、冯至等人创办了《新诗》月刊。1937 年 7 月后,戴望舒转至香港主编《大公报》文艺副刊等报刊。1950 年戴望舒在北京病逝。其出版的诗集有《我底

记忆》(1929)、《望舒草》(1933)、《望舒诗稿》(1937)、《灾难的岁月》(1948)、《戴望舒诗全编》(1989)等。

他以《雨巷》而闻名于诗坛,《雨巷》被叶圣陶誉为开辟了新诗音节的新纪元[①]。但《雨巷》刚写成不久,戴望舒即开始对新诗的"音乐成分"进行否定。他针对新月派的"三美"要求,指出"诗不能借重音乐,它应该去了音乐的成分",进而认为"诗不能借重绘画的长处"[②]。他的《我底记忆》被人认为是他走上现代派道路的起点。

这首诗写于1927年大革命失败之后,展示了诗人面对黑暗的现实无力抗争,最终陷入空虚苦闷之中,渐渐对现实采取回避的态度。

诗人在失望的现实世界感到寂寞和迷茫时,"记忆"里的昔日生活便成了寻找精神慰藉的依托和忠实于诗人的"最好的友人"。但书斋里"燃着的烟卷""绘着百合花的笔杆""喝了一半的酒瓶""撕碎的往日的诗稿""压干的花片"等琐碎的往事都积压"在一切有灵魂没有灵魂的东西上,它在到处生存着,像我在这世界一样"。这样的"记忆"太脆弱了,事实上诗人根本不能摆脱现实世界的困境。尽管他最后说那些记忆是"忠实于我的",但毕竟是"没有气力的""夹着眼泪,夹着太息"的。

在表现手法上,这首诗摒弃了《雨巷》那种传统的一唱三叹的程式和古典韵味,用日常语言和现实情绪抒发自己的哀愁与期待。诗中用了不少暗喻或明喻性的意象,但全诗并不朦胧,仍有戴望舒诗节奏缓慢、语言铺张、较为浅明的风格。

戴望舒是由浪漫主义的感伤抒情诗转而追求象征表现的现代派代表诗人,早年的诗作内容多写爱情的苦闷和个人的忧愁。全面抗战爆发后,其诗风发生了深刻的变化,他开始关注国家、民族的命运,在民族苦难中审视个人的不幸,诗中回荡着爱国主义的激情。这一时期他的诗歌仍然将写实与象征方法融合,形式上以半格律的自由体为主。这一时期他的代表作有《我用残损的手掌》《狱中题壁》及《等待》等。

预　言

◉何其芳

这一个心跳的日子终于来临!
你夜的叹息似的渐近的足音,
我听得清不是林叶和夜风私语,
麋鹿驰过苔径的细碎的蹄声!
告诉我,用你银铃的歌声告诉我,

---

① 杜衡:《望舒草·序》,《望舒诗稿》,中国文联出版公司,1998年,第5页。
② 戴望舒:《望舒诗论》,《现代》1932年第2卷第1期,第92-94页。

你是不是预言中的年青的神？

你一定来自那温郁的南方！
告诉我那里的月色，那里的日光！
告诉我春风是怎样吹开百花，
燕子是怎样痴恋着绿杨！
我将合眼睡在你如梦的歌声里，
那温暖我似乎记得，又似乎遗忘。

请停下你疲劳的奔波，
进来，这里有虎皮的褥你坐！
让我烧起每一个秋天拾来的落叶，
听我低低地唱起我自己的歌！
那歌声将火光一样沉郁又高扬，
火光一样将我的一生诉说。

不要前行！前面是无边的森林：
古老的树现着野兽身上的斑纹，
半生半死的藤蟒一样交缠着，
密叶里漏不下一颗星星。
你将怯怯地不敢放下第二步，
当你听见了第一步空寥的回声。

一定要走吗？请等我和你同行！
我的脚步知道每一条熟悉的路径，
我可以不停地唱着忘倦的歌，
再给你，再给你手的温存！
当夜的浓黑遮断了我们，
你可以不转眼地望着我的眼睛！

我激动的歌声你竟不听，
你的脚竟不为我的颤抖暂停！

像静穆的微风飘过这黄昏里，

消失了,消失了你骄傲的足音!

呵,你终于如预言中所说的无语而来,

无语而去了吗,年青的神?

1931 年秋天

——选自《汉园集》,商务印书馆,1936 年版

【导读】

何其芳(1912—1977),诗人、散文家、文学评论家。四川万县人,原名何永芳。1930 年何其芳考入清华大学外国文学系,翌年,转考北京大学哲学系,1931 开始在《现代》《文学季刊》等刊物上发表作品,1977 年 7 月 24 日病逝于北京。诗集有《预言》(1945)、《夜歌》(1945)、《夜歌和白天的歌》(1952)、《何其芳诗全编》(1995)。

这首诗是何其芳关于爱情得而复失的"预言",诗中的基调与冯至的《我是一条小河》相似,但在抒发爱的温情与痛苦上更加深沉婉转,其艺术表现也与冯至浪漫主义的语调不同,偏重象征主义的手法。

诗的开头,突兀地写出诗人的心跳。在恋爱"女神"来临的美好境界中,他想象着女神生活的南方是如何美丽,月色与日光、春风与百花、燕子与白杨及如梦的歌声让诗人在恍惚的记忆和眷恋中感到温暖。神的人化和人的神化在想象世界中融合为一种关怀,诗人劝女神不要冒险前行,愿用"火光"的歌声向她倾诉,或与她同行,用"温存的手"和浓黑中的"眼睛"来给她以温暖与光亮。但是,诗人"激动的歌声"和痛苦的"颤抖"并没有打动女神的心。她"如预言中所说的无语而来,无语而去",给诗人带来短暂的欢乐,也带来无限的怅惘。《预言》吟唱的是不幸的爱情。

在表现形式上,《预言》用了繁复的意象蕴含诗人乐中生悲的情绪,第四节中具象的"藤蟒"和抽象的"回声"等意象尤显诗人想象的生动与微妙。诗中以独白的口吻抒怀,暗示诗人一厢情愿的热恋和由此带来的空虚。沉郁的语调和缓急相促的节奏与全诗的境界相谐,恰当地表现了诗人的失望与痛苦。

何其芳诗集《预言》里收入的诗,大多描写忧郁缠绵的爱情和美好的梦幻,以及对荒凉现实的绝望呼喊。他从抗战开始到解放前后写的诗收录在《夜歌和白天的歌》里,基本内容都是热情歌颂军民抗战和解放区新生活的,同时也真实地记录了他的思想和写诗的转变历程。从整体上说,《夜歌和白天的歌》的艺术成就不及《预言》。

断　章

◉ 卞之琳

你站在桥上看风景，
看风景人在楼上看你。

明月装饰了你的窗子，
你装饰了别人的梦。

1935 年 10 月 3 日

——选自《鱼目集》，文化生活出版社，1935 年版

【导读】

卞之琳（1910—2000），江苏海门区人。1929 年卞之琳考入北京大学英文系，1930年开始写诗，新中国诞生以后，任北京大学西语系教授等职，2000 年因病去世。出版诗集《三秋草》（1933）、《鱼目集》（1935）、《慰劳信集》（1940）、《雕虫纪历 1930—1958》（1979）等。

卞之琳早期的创作专注于新诗技巧与形式试验方面，他既受以徐志摩为代表的后期新月派的影响，也受以戴望舒为代表的现代派的影响，同时也体现了自己的创作追求与艺术特色。他由"主情"向"主智"转变，所写诗歌多有哲理。他的"诗的非个人化"，将诗人主体的"我"隐匿起来，追求诗的"抒情客观化"。《断章》便是一首典型的代表作。

这首诗蕴藏了深刻丰富的哲理，诗人通过对常见"风景"的感悟，暗示了主客体关系的相对性。诗中隐含了一种主客体互换、时空互换的距离认识，使诗小而精巧的结构容纳着一个宽广的天地。

该诗的第一节虽然只有两行，却可以分为两个画面和变化的主客体："你站在桥上看风景"的画面中，"你"是看风景的主体；"看风景人在楼上看你"的画面中，"你"却成了被别人看的客体了。第二节的两行中，"明月装饰了你的窗子"是一个具象的画面，"明月"这个客体在装饰"你"这个主体，"你装饰了别人的梦"是可以想象的意境，"你"这个主体又成为装饰别人梦的客体。这种主体与客体不着痕迹的置换，暗示了宇宙中事物普遍存在的一种相对性。事物的关系在不同的条件下是变化的，从不同的视角来看待，对处于同一种状态中的事物，便可得出不同的结论。如果孤立地、静止

地、一成不变地看问题,就会产生片面和绝对化的认识。

《断章》体现了哲理性的思考和"客观"抒情,智性特征突出,在篇幅上近于古典诗歌的七言短诗,但在思想内涵和语言风格上却是现代的。这首诗言简意赅,句式匀齐对称,既有美感又耐人寻味,让我们看到现代新诗是完全可以写得短小而具魅力的。

三、延伸思考

现代派诗人虽然主张现代表现手法,但并未排斥传统,正如戴望舒所主张:"旧的古典的应用是无可反对的,在它给予我们一个新的情绪的时候。"[①]他们在诗体的运用上,大多采用散文化的自由体,也有尝试半格律或新格律的,如戴望舒在《新诗》停刊前的不少诗歌在体式风格上就属于半格律,而林庚则在新格律的实验方面下了很大的功夫,他在写了《夜》与《春夜与窗》的自由诗后,又在《北平情歌》里表现出对新格律的尝试。在诗歌内容上,现代派诗人的作品中除少量涉及时局与民众,多写现实人生的自我情绪与感悟。他们的不少作品都反映出理想破灭、躲避现实、回望田园与传统文化的"都市怀乡病",流露出青春的感伤与迷茫。在表现方法上,现代派诗人反对直接抒情与直接陈述,主要以象征为审美原则,采取意象呈现和叠加组合,运用非逻辑的观念联络,在暗示和隐喻中展现诗意。从诗歌表现艺术来看,现代派诗人无疑有许多值得肯定的地方,但他们的不少诗歌回避社会现实,不关注民族命运,狭隘地表现个人消极颓废情绪的态度是不可取的。

【思考题】

1.中国诗歌会在诗歌创作上有哪些主张?

2.中国诗歌会与新月派、现代派的创作题材有什么区别?

3.臧克家的创作内容及表现形式有何特色?

4.后期新月派在诗歌创作上提出了哪些新的艺术主张?

5.后期新月派在诗歌创作内容和形式上发生了哪些变化?

6.现代派的诗歌主张对新诗的发展有何重要意义?

7.戴望舒、何其芳、卞之琳各自的诗歌艺术特色是什么?

8.现代派在诗歌创作题材上有哪些局限?

---

① 戴望舒:《望舒诗论》,《现代》1932年第2卷第1期,第92-94页。

第八章 左翼文学运动时期的散文

20 世纪 30 年代,左翼小说蔚为大观。蒋光慈、柔石、丁玲、张天翼、叶紫、吴组缃、沙汀、艾芜等作家都给文坛贡献了他们的小说力作。早期的左翼小说普遍流行"革命+恋爱"的叙事模式,洋溢着一种浪漫情怀;随后左翼小说向写实转变,进入了一个大规模描写中国社会急剧变革的叙事时代,并且进行了艺术上的多元创造。

东北沦陷以后,流亡到北平、上海等地的一批东北青年作家,如萧红、萧军、端木蕻良、舒群、骆宾基、罗烽、白朗、李辉英等人,抒写了对故土的思念,表达了对侵略者的仇恨和对东北人民誓死保卫家园的激赏之情,被称为东北作家群。

左翼文学运动时期的报告文学富有顽强的生命力。夏衍的《包身工》形象生动地描述了在上海的日本纱厂资本家与中国带工老板虐待包身工的状况。宋之的《一九三六年春在太原》以喜剧的口吻讲述了阎锡山在太原实施的恐怖政治。

这一时期其他类型的散文也颇具特色。林语堂的小品体现出了他独特的幽默闲适风格;李广田的写人记事散文描写了农民生活的贫苦和艰辛;何其芳与丽尼的抒情散文用想象和象征去表现难耐孤独的"思妇心态"和劳动人民的苦难;丰子恺的哲理散文在对自然现象和社会人生的探究中透露出佛理和哲理。

第一节 小品

一、基本知识

小品,散文类型之一。"小品"一词在中国始于晋代,佛经译本中的简本被称为"小品",详本被称为"大品"。现代汉语中则以"小品"统称那些抒写自由、篇幅简短的杂记随笔文字,它是在借鉴西方 Easay、日本随笔和中国古代小品、笔记的基础上整合构建的新型散文文体。小品不同于随笔,随笔涵盖面较大,而小品集中于一事一物一观念;小品不同于美文,美文强调文字的秀丽,而小品强调落意的巧妙;小品不同于杂文,杂文比较犀利,而小品崇尚淡雅。

中国现代小品萌生于20世纪20年代,在30年代盛极一时,出现了多种以刊登小品为主的刊物,以至于人们称1934年为"小品文年"或"小品文杂志年"。

1932年,林语堂等人在其先后创办的《论语》《人间世》《宇宙风》上发表了大量小品,提倡"以自我为中心,以闲适为格调",以幽默为特色,抒发性灵,不拘格套的幽默闲适散文,并以《论语》刊物为主要阵地,以林语堂为核心,一批从事小品创作的作家,如陶亢德、徐讦、章克标、邵洵美、老向(王向辰)、姚颖等人,被归为"论语派"。

林语堂认为小品不是一种文体,只是一种笔调,故小品笔调也是"个人笔调",是"闲谈体""娓语体"。这种继承了晚明小品、20世纪20年代美文特点并整合西方随笔而得的幽默闲适风格对现代小品产生的影响很大。

林语堂不仅是幽默文风的倡导者,还是推介者。1924年,林语堂在《晨报》副刊上连续撰文讨论"幽默",汉语"幽默"(humor)一词由他从西文译入。

二、代表作及其导读

脸与法治

◉林语堂

中国人的脸,不但可以洗,可以刮,并且可以丢,可以赏,可以争,可以留,有时好像争脸是人生的第一要义,甚至倾家荡产而为之,也不为过。在好的方面讲,这就是中国人之平等主义,无论何人总须替对方留一点脸面,莫为已甚。这虽然有几分知道天道还好,带点聪明的用意,到底是一种和平忠厚的精神。在不好的方面,就是脸太不平等,或有或无,有脸者固然极乐荣耀,可以超脱法律,特蒙优待。而无脸者则未免要处处感觉政府之威信与法律之尊严。所以据我们观察,中国若要真正平等法治,不如大家丢脸。脸一丢,法治自会实现,中国自会富强。譬如坐汽车,按照市章,常人只许开到三十五哩速度,部长贵人便须开到五十六十哩,才算有脸。万一轧死人,巡警走上来,贵人腰包掏出一张名片,优游而去,这时的脸便更涨大。倘若巡警不识好歹,硬不放走,贵人开口一骂,"不识你的老子",喝叫车夫开行,于是脸更涨大。若有真傻的巡警,动手把车夫扣留,贵人愤愤回去,电话一打警察局长,半小时内车夫即刻放回,巡警即刻免职,局长亲来诣府道歉,这时贵人的脸,真大的不可形容了。

不过我有时觉得与有脸的人同车同舟同飞艇,颇有危险,不如与无脸的人同车同舟方便。比如前年就有丘八的脸太大,不听船中买办吩咐,一定要享在满载硫磺之厢房抽烟之荣耀。买办怕丘八问他识得不识得"你的老子",便就屈服,将脸赏给丘八。后来结果,这只长江轮船便付之一炬。丘八固然保全其脸面,却不能保全其焦烂之尸身。又如某年上海市长坐飞机,也是脸面太大,硬要载运磅量过重之行李。机师"碍"于市长之"脸面"也赏给他。由是飞机开行,不大肯平稳而上。市长又要给送行的人看看他的大脸,叫飞机在空中旋转几周,再行进京。不幸飞机一歪一斜,一颠一颠,碰着船桅而跌下。听说市长结果保全一副脸,却失了一条腿。我想凡我国以为脸面足为乘飞机行李过重的抵保的同胞,都应该断腿失足而认为上天特别赏脸的侥幸。

其实与有脸的贵人同国,也一样如与他们同车同舟的危险,时觉有倾覆或沉没之虞。我国人得脸的方法很多。在不许吐痰之车上吐痰,在"勿走草地"之草地走走,用海军军舰运鸦片。被禁烟局长请大烟,都有相当的荣耀。但是这种到底不是有益社会的东西,简直可以不要。我国平民本来就没有什么脸可讲,还是请贵人自动丢丢罢,以促法治之实现,而跻国家于太平。

——原载《论语》,1932 年 12 月 16 日第 7 期

【导读】

林语堂(1895—1976),福建漳州人,美国哈佛大学文学硕士,德国莱比锡大学语言学博士,先后在清华大学、北京大学、厦门大学任教。1924 年后林语堂曾为《语丝》主要撰稿人之一。20 世纪 30 年代,作为论语派主要人物,林语堂开创并成功地提倡了以幽默闲适为特点的小品风格。

林语堂一生写了六十多种书,其中三十多种在海外用英文写成。1935 年在美国出版了英文著作《吾国与吾民》,四个月时间,印行七版。美国女作家赛珍珠在其书的序言中称:"写得骄傲,写得幽默,写得美妙,既严肃又欢快,⋯⋯是迄今为止最真实,最深刻,最完备,最重要的一部关于中国的著作。"其后,林语堂将其中的一章"生活的艺术"扩展为一本同名著作,于 1937 年出版,反响更热烈,被美国的"每月读书会"列为 1937 年 12 月"特别推荐书",1938 年在美国畅销书排行榜上位居第一,此书被翻译成多国文字,影响极大。1989 年,美国总统乔治·布什在出访东南亚之前,把《生活的

艺术》作为出访准备的阅读书籍之一。他说:"林语堂讲的是数十年前中国的情形,但他的话今天对我们每个美国人都仍然有用。"

林语堂的小品,取材无挂碍,"宇宙之大,苍蝇之微",皆可以作为写作对象。

《脸与法治》一文正是从中国人的"脸"谈起,娓娓道出"脸与法治"的关系这个重大命题。

"脸"本是指一个人的面部,但在中国人心目中,随着词义的引申和转借,"脸"还有"面子""情面"等意义,甚至还可以组合成更多的含义。正如林语堂所写,"中国人的脸,不但可以洗,可以刮,并且可以丢,可以赏,可以争,可以留","丢脸""赏脸""争脸""留脸"这些词汇的背后都深藏着中国人的文化心理。"脸"也有两面性:一方面"脸"会带来"平等精神";另一方面"脸"却"太不平等","可以超脱法律,特蒙优待"。于是作者一语双关、幽默地写道:"中国若要真正平等法治,不如大家丢脸。脸一丢,法治自会实现,中国自会富强。"

接着这篇小品通过两则信手拈来的小故事,把某些权贵如何滥用一张"脸",以至于"脸"大于法的丑陋展现出来。"局长亲来诣府道歉,这时贵人的脸,真大的不可形容了。"这些轻松的语句,不失深刻的智慧,这篇小品体现了林语堂幽默闲适的风格。

吃瓜子(节选)

●丰子恺

我以为中国人的三种博士才能中,咬瓜子的才能最可叹佩。常见闲散的少爷们,一只手指间夹着一支香烟,一只手握着一把瓜子,且吸且咬,且咬且吃,且吃且谈,且谈且笑。从容自由,真是"交关写意!"他们不须拣选瓜子,也不须用手指去剥。一粒瓜子塞进了口里,只消"格"地一咬,"呸"地一吐,早已把所有的壳吐出,而在那里嚼食瓜子的肉了。那嘴巴真像一具精巧灵敏的机器,不绝地塞进瓜子去,不绝地"格","呸","格","呸",……全不费力,可以永无罢休。女人们、小姐们的咬瓜子,态度尤加来得美妙;她们用兰花似的手指摘住瓜子的圆端,把瓜子垂直地塞在门牙中间,而用门牙去咬它的尖端。"的,的"两响,两瓣壳的尖头便向左右绽裂。然后那手敏捷地转个方向,同时头也帮着了微微地一侧,使瓜子水平地放在门牙口,用上下两门牙把两瓣壳分别拨开,咬住了瓜子肉的尖端而抽它出来吃。这吃法不但"的,的"的声音清脆可听,那手和头的转侧的姿势窈窕得很,有些儿妩媚动人。连丢去的瓜子壳也模样姣好,有如朵朵兰花。由此看来,咬瓜子是中国少爷们的专长,而尤其是中国小姐、太太们的拿手戏。

在酒席上、茶楼上，我看见过无数咬瓜子的圣手。近来瓜子大王畅销，我国的小孩子们也都学会了咬瓜子的绝技。我的技术，在国内不如小孩子们远甚，只能在外国人面前占胜。记得从前我在赴横滨的轮船中，与一个日本人同舱。偶检行箧，发见亲友所赠的一罐瓜子。旅途寂寥，我就打开来和日本人共吃。这是他平生没有吃过的东西，他觉得非常珍奇。在这时候，我便老实不客气地装出内行的模样，把吃法教导他，并且示范地吃给他看。托祖国的福，这示范没有失败。但看那日本人的练习，真是可怜的很！他如法将瓜子塞进口中，"格"地一咬，然而咬时不得其法，将唾液把瓜子的外壳全部浸湿，拿在手里剥的时候，滑来滑去，无从下手，终于滑落在地上，无处寻找了。他空咽一口唾液，再选一粒来咬。这回他剥时非常小心，把咬碎了的瓜子陈列在舱中的食桌上，俯伏了头，细细地剥，好像修理钟表的样子。约莫一二分钟之后，好容易剥得了些瓜仁的碎片，郑重地塞进口里去吃。我问他滋味如何，他点点头连称 umai，umai！（好吃，好吃！）我不禁笑了出来。我看他那阔大的嘴里放进一些瓜仁的碎屑，犹如沧海中投以一粟，亏他辨出 umai 的滋味来。但我的笑不仅为这点滑稽，木由于骄矜自夸的心理。我想，这毕竟是中国人独得的技术，像我这样对于此道最拙劣的人，也能在外国人面前占胜，何况国内无数精通此道的少爷、小姐们呢？

发明吃瓜子的人，真是一个了不起的天才！这是一种最有效的"消闲"法。要"消磨岁月"，除了抽鸦片以外，没有比吃瓜子更好的方法了。其所以最有效者，为了它具备三个条件：一、吃不厌；二、吃不饱；三、要剥壳。

俗语形容瓜子吃不厌，叫做"勿完勿歇"。为了它有一种非甜非咸的香味，能引逗人不断地要吃。想再吃一粒不吃了，但是嚼完吞下之后，口中余香不绝，不由你不再伸手向盆中或纸包里去摸。我们吃东西，凡一味甜的，或一味咸的，往往易于吃厌。只有非甜非咸的，可以久吃不厌。瓜子的百吃不厌，便是为此。有一位老于应酬的朋友告诉我一段吃瓜子的趣话：说他已养成了见瓜子就吃的习惯。有一次同了朋友到戏馆里看戏，坐定之后，看见茶壶的旁边放着一包打开的瓜子，便随手向包里掏取几粒，一面咬着，一面看戏。咬完了再取，取了再咬。如是数次，发见邻席的不相识的观剧者也来掏取，方才想起了这包瓜子的所有权。低声问他的朋友："这包瓜子是你买来的么？"那朋友说"不"，他才知道刚才是擅吃了人家的东西，便向邻座的人道歉。邻座的人很漂亮，付之一笑，索性正式地把瓜子请客了。由此可知瓜子这样东西，对中国人有非常的吸引力，不管三七二十一，见了瓜子就吃。

俗语形容瓜子吃不饱,叫做"吃三日三夜,长个屎尖头。"因为这东西分量微小,无论如何也吃不饱,连吃三日三夜,也不过多排泄一粒屎尖头。为消闲计,这是很重要的一个条件。倘分量大了,一吃就饱,时间就无法消磨。这与赈饥的粮食目的完全相反。赈饥的粮食求其吃得饱,消闲的粮食求其吃不饱。最好只尝滋味而不吞物质。最好越吃越饿,像罗马亡国之前所流行的"吐剂"一样,则开筵大嚼,醉饱之后,咬一下瓜子可以再来开筵大嚼。一直把时间消磨下去。

要剥壳也是消闲食品的一个必要条件。倘没有壳,吃起来太便当,容易饱,时间就不能多多消磨了。一定要剥,而且剥的技术要有声有色,使它不像一种苦工,而像一种游戏,方才适合于有闲阶级的生活,可让他们愉快地把时间消磨下去。

具足以上三个利于消磨时间的条件的,在世间一切食物之中,想来想去,只有瓜子。所以我说发明吃瓜子的人是了不起的天才。而能尽量地享用瓜子的中国人,在消闲一道上,真是了不起的积极的实行家!试看糖食店、南货店里的瓜子的畅销,试看茶楼、酒店、家庭中满地的瓜子壳,便可想见中国人在"格,呸"、"的,的"的声音中消磨去的时间,每年统计起来为数一定可惊。将来此道发展起来,恐怕是全中国也可消灭在"格,呸"、"的,的"的声音中呢。

我本来见瓜子害怕,写到这里,觉得更加害怕了。

——原载《论语》,1934 年 5 月 16 日第 41 期

【导读】

丰子恺(1898—1975),原名丰润、丰仁,浙江桐乡石门镇人,现代画家、散文家、美术教育家、音乐教育家、漫画家和翻译家。1914 年丰子恺入浙江第一师范学校,师从李叔同(后称弘一大师)学习音乐和绘画,后在上海创办上海艺术专科师范学校,并任图画教师,1921 年东渡日本学习绘画、音乐,1922 年回国到浙江上虞春晖中学教授图画和音乐,与朱自清、朱光潜等人结为好友。1924 年,文艺刊物《我们的七月》4 月号首次发表了他的画作《人散后,一钩新月天如水》。其后,他的画在《文学周报》上陆续发表,并冠以"漫画"的题头。自此中国始有"漫画"这一名称。

自 20 世纪 20 年代中期起,丰子恺创作了很多优秀小品,有《儿女》《艺术三昧》《沙坪小屋的鹅》等代表作品,散文集有《缘缘堂随笔》《缘缘堂再笔》《车厢社会》等。

丰子恺善用漫画的风趣笔法来写小品,以小见大,以简写繁,以形传神。他吸收了日本明治时期的小说家尾崎红叶清新隽永的文风和博爱思想,同时借鉴了夏目漱石的明快和幽默风格,在质朴、琐碎的日常生活中寻味人生。《吃瓜子》很好地体现了作者这一风格。文章开头,丰子恺悠然地写道:"从前听人说:中国人人人具有三种博士的资格:拿筷子博士、吹煤头纸博士、吃瓜子博士。"作者从前面两种博士娓娓道来,自然地进入上文节选的部分。"吃瓜子"是日常生活中最普通、最琐碎的一件事,但作者把它上升到"博士才能",通过种种生动的细节描写,惟妙惟肖地展现了各种人"吃瓜子"的形态,其中有"闲散的少爷们"的闲适,有"小姐、太太们"的精致,甚至还有不熟悉吃瓜子的"日本人"的笨拙。比如,写到"闲散的少爷们"时,"一只手指间夹着一支香烟,一只手握着一把瓜子,且吸且咬,且咬且吃,且吃且谈,且谈且笑,"八个"且"字,加上"'格'地一咬,'呸'地一吐","不绝地'格','呸','格','呸'"象声词的模拟,生动、诙谐地写出了"闲散的少爷们"的"生活情趣"。通过这些细微、逼真而传神的描写,我们可以看到作者率性、质朴、轻松、幽默的文风。

三、延伸思考

20 世纪 30 年代的小品,以其鲜明的幽默闲适笔调在中国现代小品中独树一帜。通过《脸与法治》和《吃瓜子》两篇小品,我们能看到这一时期小品的一般特色:

(1)20 世纪 30 年代的小品不同于中国古代小品的寄情山水,讲究精雕细琢,不同于鲁迅的出语犀利尖刻,也不同于 20 世纪 20 年代一些散文恬淡中的隐约苦涩,而有一种从容不迫、幽默、随意的个人性情,显示出为人为文的率真和任性。

(2)幽默让现代小品摆脱了文学的公式,扩大了小品的范围,拉开文学的审美距离,从而使作家侧重性灵、旨趣的率性书写。林语堂强调,幽默是一种人生观。"幽默的人生观是真实的,宽容的,同情的人生观。""提倡幽默,必先提倡性灵,盖性灵之解脱,由道理之参透,而求得幽默也。"

第二节　报告文学与其他散文

一、基本知识

(一)报告文学

在左翼文学运动时期的散文园地里,有一类散文以其现实性和独特性占据着极其重要的地位,它就是报告文学。瞿秋白的《饿乡纪程》《赤都心史》标志着现代报告文学的诞生。随后,一些报道社会重大事件(如"三一八"惨案、"五卅"惨案)的散文也相继问世,这些散文也属于报告文学的范畴。然而,"报告文学"这个名词的出现却是在左联成立以后。左联大力提倡报告文学,左联执委会通过的《无产阶级文学运动新的情势及我们的任务》和《中国无产阶级革命文学的新任务》,提出了参考和采用"西欧的报告文学"形式"创造我们的报告文学"的任务。左联组织并提倡的工农通讯运动,掀起了群众性报告文学的写作热潮,并推动了作家的报告文学创作,报刊记者纷纷加入。这一时期如雨后春笋般出现的报告文学作品,也积极响应了左联在发动工农通讯运动时提出的创造报告文学的号召。

外国报告文学理论和作品的翻译也影响了这一时期报告文学的创作,为其提供了样式和动力。周立波翻译了捷克著名报告文学作家基希的《秘密的中国》。阿雪翻译了墨西哥爱迪密勒的《上海——冒险家的乐园》。徐懋庸翻译了法国作家梅林的《报告文学论》。沈端先翻译了日本作家川口浩的《报告文学论》等。这些外国作家描写和报道中国社会的作品给中国作家的创作提供了参照和帮助,在借鉴这些外国作家作品的基础上,中国的报告文学蓬勃发展起来。

植根于急剧变化的社会生活的报告文学,在这一时期出现了创作热潮。1932 年,阿英选编出版的《上海事变与报告文学》报道了"一·二八"事变中上海军民英勇抗敌的过程。这部作品是我国最早以"报告文学"之名出版的报告文学专集。1936 年,茅盾主编了规模宏大的《中国的一日》报告文学集。他从"文学社"发起的征文运动的3 000余篇报道5 月 21 日那天社会生活事件的稿件中,选出了 490 篇,组成了一幅丰富多彩的壁画。随后梅雨又编有《上海的一日》。这些报告文学广泛地反映了中国社会的复杂面貌,正如茅盾在《关于编辑〈中国的一日〉的经过》中所说:"在这丑恶与圣洁,光明与黑暗交织着的'横断面'上,我们看出了乐观,看出了希望,看出了人民大众的觉醒;因为一面固然是荒淫与无耻,然而又一面是严肃的工作!"

（二）其他散文

20世纪30年代的散文创作，较"五四"时期也有了进一步的发展。不仅20世纪20年代步入文坛的老作家继续撰写，这一时期涌现的一些新作家，也在创作小说、诗歌、戏剧的同时创作了大量写人、记事、抒情、说理的散文。他们或揭露丑恶的黑暗现实，或赞颂人民的反抗斗争，或描绘祖国及世界的壮丽山河，或抒写个人胸臆，或表达对社会人生的独特思考，使散文作品呈现出丰富多彩的繁荣景象。

李广田（1906—1968），原名王希爵，现代著名的散文家、诗人，出版有《画廊集》《银狐集》《雀蓑集》等。其中有很多散文是记人的。他笔下的人物大多与农村有关，正如作家自述，是带着"乡下人的气分"，描绘这"极村俗的画廊"。李广田的散文集中多数篇目描写了农民生活的贫苦和艰辛。《老渡船》描写了一位穷苦的老铁匠，他就如同老渡船一样每天承载着巨大的重量，最终却悄无声息地离开了人世。《山之子》以登上泰山看见的美丽风景为背景，反衬出关于泰山的一则鬼故事：一位哑巴的父亲和兄弟为了生活而去陡峭的悬崖采百合花卖给游客，然而他们都不幸坠崖身亡。哑巴为了生活继续在他父兄曾经攀爬过的悬崖采集百合，还被人们说成是山鬼的替身。《花鸟舅爷》描写了一个贫苦的热爱花鸟的农民，为了给父母购置棺木，被迫卖掉自家门前那棵攀花宿鸟的心爱的树。作家通过记叙老铁匠、山之子等这类独特人物来表达自己对生活的态度。在这些散发着泥土气息的人物身上，命运的悲苦构成了一幅幅质朴而忧郁的人生风景画，也表现了作家对贫苦人民的同情。李广田的这种把主观情意寄托在人物描摹上的写法，对后来的同类散文产生了较大的影响。

这一时期的抒情散文要数何其芳与丽尼的成就最高。何其芳的散文集《画梦录》是抒情散文的代表作。1937年，《画梦录》与曹禺的《日出》、芦焚的《谷》获得了《大公报》的文艺奖金。奖金评选委员会认为："在过去，混杂于幽默小品中间，散文一向给我们的印象多是顺手拈来的即景文章而已。……《画梦录》是一种独立的艺术制作，有它超达深远的情趣。"这充分肯定了其在散文写作方面的新探索以及所取得的艺术成就。作家不仅采用借景抒情的手法，还运用想象去选择某种意象，隐藏自己的情感。集子中16篇精心创作的散文如同16个白日梦。何其芳在代序《扇上的烟云》中说自己："喜欢想象着一些辽远的东西。一些不存在的人物。和许多在人类的地图上找不出名字的国土。"《雨前》通过描写大雨来临前的自然景物，表现出一种等待甘露润泽的渴望，"然而雨还是没有来"，可见失落的心情和淡淡的哀思。《黄昏》描写对于无所事事的自由感到痛苦和哀愁。《梦后》描写一种自伤自怜的"辽远的想象"，感叹青春的寂静与孤独。《伐木》描写"远远的地方"的雾中小世界。《淳于梦》用"辽远的晚霞"写出主人公的厌世思想。《弦》用"辽远的记忆"写出毁弃自由而去寻找掌握自己命运之人的愿望。《静静的日午》叙写在"很远很远的地方",有少女等待长途的旅行人。整部《画梦录》流露出一种难耐孤独的"思妇心态",凄艳伤感,同时隐含着企望摆脱现实的躁动不安。作者在《炉边夜话》一篇中说:"错误的奔逐也是幸福的,因为有希望伴着它。"这种唯美到极致的情怀在左翼文学运动时期的知识分子中颇能引起共鸣,但它很容易转化成对美的迅速放弃。何其芳后来就认为先前"由于孤独,只听见自己的青春的呼声,不曾震惊于辗转在饥寒死亡之中的无边的呻吟"。从《还乡杂记》开始,何其芳的散文"情感粗起来了",内容多写现实,文字也转为朴素。

丽尼(1909—1968),原名郭安仁,生于湖北孝感孝昌县,著有《黄昏之献》《鹰之歌》《白夜》等散文集。《黄昏之献》开篇写道"断裂的心弦,也许弹不出好的曲调来吧"。作者通过描写秋风、冷雨、黄昏和黑夜等意象,歌唱漂流曲、悲风曲、无言之曲,表现了个人内心的烦闷和悲伤。到了第二个集子《鹰之歌》,作者的感情明显由低沉转向激昂,从"悲风"走向"抗争"。《鹰之歌》通过描写"鹰在赤红的天空中盘旋",并且"作出短暂而悠远的歌唱"以及"嘹唳而清脆的"歌声,讴歌和赞美了在黑夜中牺牲的鹰一般的少女。这歌声使人"忘却忧愁而感觉兴奋",在黑夜中看到了曙光,找到了希望。《狼嚎》以象征的手法写出了农民反抗的声音。《秋夜》《松林》描写了受煤火煎熬的工人生活,斥责了"人吃人的世界! 不让人活的世界!"这些散文写出了劳动人民的苦难,对劳动人民寄予了深厚的同情。

丰子恺的哲理散文在这一时期的散文中也极具影响力。作为李叔同(弘一法师)的高徒,他深受佛家思想的影响,在探究自然现象和社会人生的散文作品中,透露出佛理和哲理。丰子恺擅长将哲理寓于自然界的各种现象中。《春》从自我感受去描写广受大家赞扬的春天,然而"三分春色二分愁"写出了春天的不完美,客观辩证地去看待春天。在《秋》这篇散文中,作者由先"只慕春天"而对秋天"尤无感觉",到在即将年满三十之际"融化在秋中"而对春天"非常厌恶",写出了四季的更换交替,天地间的万物都脱离不了"荣枯、盛衰、生灭、有无之理",从而联想到生与死,感叹"死的灵气种育,才知道生的甘苦悲欢"。他的另一些散文则是通过描写社会生活来说理。代表作《车厢社会》通过自己在火车车厢内看到占座者的自私与谎言和乡下人的淳朴和善良的对比,刻画出社会的世态炎凉。作者以小见大,通过小小的车厢窥视人间社会,讲述了人生就如同乘车一样,"上了车纷争座位,下了车各自回家"。《实行的悲哀》刻画了人在经历结婚、度假等事件时心理的变化,阐明了"世事之乐不在于实行而在于希望"的道理。《西湖船》通过描写西湖游艇的陈旧,对比周围的湖光山色显得极不和谐,委婉地反映出国民党统治下社会的衰败。在这些哲理散文中包含的人生哲理多带有消极的色彩。但是他的作品也有思想积极的一面。《生机》通过描写水仙在经历了旱、涝、冻灾害后还能开花,赞扬了充满生机的水仙顽强的生命,预示了中华民族只要永葆"生机",就会克服和战胜一切困难与险阻。丰子恺的哲理散文内容丰富,描写细腻,思路缜密,情感真挚,在行云流水的散文中蕴含着深远的哲理,以其幽远清淡、朴实自然的艺术风格自成一家。

二、代表作及其导读

包身工（节选）

◎夏 衍

旧历四月中旬,清晨四点一刻,天还没亮,睡在拥挤的工房里的人们已经被人吆喝着起身了。一个穿着和时节不相称的拷绸衫裤的男子大声地呼喊:"拆铺啦! 起来!"接着,又下命令似地高叫:"'芦柴棒',去烧火! 妈的,还躺着,猪猡!"

七尺阔、十二尺深的工房楼下,横七竖八地躺满了十六七个被骂做"猪猡"的人。跟着这种有威势的喊声,充满了汗臭、粪臭和湿气的空气里,很快地就像被搅动了的蜂窝一般骚动起来。打呵欠,叹气,叫喊,找衣服,穿错了别人的鞋子,胡乱地踏在别人身上,在离开别人头部不到一尺的马桶上很响地小便。女性所有的那种害羞的感觉,在这些被叫做"猪猡"的人们中间,似乎已经很迟钝了。她们会半裸体地起来开门,拎着裤子争夺马桶,将身体稍稍背转一下就公然在男人面前换衣服。

那男子虎虎地向起身慢一点的人的身上踢了几脚,回转身来站在不满二尺阔的楼梯上,向楼上的另一群人呼喊:"揍你的! 再不起来? 懒虫! 等太阳上山吗?"

蓬头,赤脚,一边扣着纽扣,几个还没睡醒的"懒虫"从楼上冲下来了。自来水龙头边挤满了人,用手捧些水来浇在脸上。"芦柴棒"着急地要将大锅子里的稀饭烧滚,但是倒冒出来的青烟引起了她一阵猛烈的咳嗽。她十五六岁,除了老板之外大概很少有人知道她的姓名。手脚瘦得像芦柴棒一样,于是大家就拿"芦柴棒"当了她的名字。

这是上海杨树浦福临路东洋纱厂的工房。长方形的用红砖墙严密地封锁着的工房区域,被一条水门汀的小巷划成狭长的两块。像鸽笼一般,每边八排,每排五户,一共是八十户一楼一底的房屋,每间工房的楼上楼下,平均住宿三十多个人。所以,除了"带工"老板、老板娘、他们的家族亲戚和穿拷绸衣服的同一职务的打杂、"请愿警"等之外,这工房区域的墙圈里面,住着二千个左右衣服破烂而专替别人制造纱布的"猪猡"。

但是,她们正式的名称却是"包身工"。她们的身体,已经以一种奇妙的方式包给了叫做"带工"的老板。每年——特别是水灾、旱灾的时候,这些在日本厂里有门路的带工,就亲身或者派人到他们家乡或者灾荒区域,用他们多年熟练了的、可以将一根稻草讲成金条的嘴巴,去游说那些无力"饲养"可又不忍让他们的儿女饿死的同乡:"还用说?住的是洋式的公司房子,吃的是鱼肉荤腥。一个月休息两天,我们带着到马路上去玩耍。嘿,几十层楼的高房子,两层楼的汽车,各种各样好看好用的外国东西……老乡!人生一世你也得去见识一下啊!——做满三年,以后赚的钱就归你啦!我们是同乡,有交情。——交给我带去,有什么三差两错,我还能回家乡吗?"

这样说着,咬着草根树皮的女孩子可不必说,就是她们的父母,也会怨恨自己没有跟去享福的福分了。于是,在预备好了的"包身契"上画上一个十字,包身费一般是大洋二十元,期限三年,三年之内,由带工的供给食宿,介绍工作,赚钱归带工的收用,生死疾病一听天命,先付包洋十元,人银两交,"恐后无凭,立此包身契据是实。"

福临路工房的二千左右包身工,属于五十个以上的带工所管。她们是替带工赚钱的"机器"。所以,每个带工所带包身工的人数,也就表示了他们的排场和财产。少一点的三十五十,多一点的带到一百五十个以上。排场大的带工,不仅可以放债,买田,造屋,还能兼营茶楼、浴室、理发铺一类的买卖。

四点半之后,当晨光初显的时候,水门汀路上和巷子里,已被这些赤脚的乡下姑娘挤满了。她们有的在水龙头旁边舀水,有的用断了齿的木梳梳掉紧粘在头发里的棉絮,有的两个一组两个一组地用扁担抬着平满的马桶,吆喝着从人们身边擦过。带工老板或者打杂的拿着一叠叠的名册,懒散地站在正门出口——好像火车站剪票处一般的木栅子前面。楼下的那些席子、破被之类收拾了之后,晚上倒挂在墙壁上的两张板桌放下来了。十几只碗,一把竹筷,胡乱地放在桌上,轮值烧稀饭的就将一洋铅桶浆糊一般的薄粥放在板桌中央。她们的伙食是两粥一饭,早晚吃粥,午饭由老板差人给她们送进工厂。所谓粥,是用乡下人用来喂猪的豆腐渣加上很少的碎米、锅巴等煮成的。粥菜?这是不可能有的。有几个"慈祥"的老板到菜场去收集一些菜叶,用盐一浸,这就是她们难得的佳肴。

只有两条板凳，——其实，即使有更多的板凳，这屋子也不能同时容纳三十个人吃粥。她们一窝蜂地挤拢来，每人盛了一碗，就四散地蹲伏或者站立在路上和门口吃。添粥的机会，除了特殊的日子，比如老板、老板娘的生日，或者发工钱的日子之外，通常是很难有的。轮着擦地板或倒马桶的，常常连一碗也盛不到。洋铅桶空了，轮不到盛第一碗的还捧着一只空碗。于是老板娘拿起铅桶到锅子里去刮一下锅巴、残粥，再到自来水龙头边去冲上一些冷水，用她那刚梳过头的油手搅拌一下，气烘烘地放在这些廉价的"机器"们前面。

……

像"芦柴棒"一般的包身工，每一分钟都有死的可能，可是她们还在那儿支撑，直到被榨完残留在皮骨里的最后的一滴血汗为止。

看着这种饲料小姑娘谋利的制度，我不禁想起孩子时候看到过的船户养墨鸭捕鱼的事了。和乌鸦很相像的那种怪样子的墨鸭，整排地停在船上，它们的脚是用绳子吊住了的，下水捕鱼，起水的时候船户就在它的颈子上轻轻地一挤，吐了再捕，捕了再吐。墨鸭整天地捕鱼，卖鱼得钱的却是养黑鸭的船户。但是，从我们孩子的眼里看来，船户对墨鸭并没有怎样虐待，而现在，将这种关系转移到人和人的中间，便连这一点施与的温情也已经不存在了！

在这千万被压榨的包身工中间，没有光，没有热，没有温情，没有希望……没有人道。这儿有的是二十世纪的技术、机械、体制和对这种体制忠实服役的十六世纪封建制度下的奴隶！

黑夜，静寂得像死一般的黑夜！但是，黎明的到来，毕竟是无法抗拒的。索洛警告美国人当心枕木下的尸首，我也想警告某一些人，当心呻吟着的那些锭子上的冤魂！

——原载《光明》，1936 年 6 月创刊号

【导读】

这一时期报告文学最优秀的作品当数夏衍的《包身工》。作品以上海这个旧中国的缩影为背景，描写了在上海的日本纱厂，资本家与中国带工老板相互勾结、虐待包身工的状况，生动形象地刻画了包身工的悲惨生活。作品在抨击包身工制度的同时也揭露了半殖民地半封建的中国社会的丑陋面貌，抒发了对包身工凄惨命运的同情和对帝

国主义的侵略压榨及本国政府的腐朽无能的憎恨。《包身工》之所以取得成功,关键在于对包身工现实生活的描写和刻画的形象与逼真。为了客观真实地记录包身工的生活,作者亲自深入工厂内部,掌握了许多有关包身工现实生活的材料,这些材料便成为揭露罪恶包身工制度的有力武器。此外,作者还运用了一些艺术手法去刻画人物。例如,突出表现了外号"芦柴棒"的女工的生活,通过塑造典型环境下的典型人物,大大增强了作品的表现力和感染力。在结构上,合理运用时间线索,着重描写包身工一天生活中的几个场景和片段,并对其发表自己的见解,增强了作品的文学性和艺术性。

一九三六年春在太原(节选)

◉宋之的

一

春被关在城外了。

只有时候,从野外吹来的风,使你嗅到一点春的气息,很细微,很新鲜,很温暖,并且很有生气。在这种感觉里,你可以想到,河许已解冻了,草已经发芽了,桃花也在吐蕊了吧!

但我却出不了城。

一整天,我所看见的,是灰色的墙,灰色的土,和穿着灰色衣裳在街守望的兵。

我气闷而且窒息。连行动也被强度的限制着了。出城,要通行证,到街上去,要好人证。并且七点钟已经开始戒严了。为了免掉那些灰色同志对你取攻击式,端起枪来,并且对准你的脑袋,我只好一个人关在屋子里。

而敌的屋子,又恰巧临着街。一整夜,我全听见扳枪机和喊"口令"的声音,这在深夜里,特别加重了恐怖的氛围。

二

同事间已有人配着"好人证"来上课了。

他们,多半用别针把那证别在前胸上,很象一块招牌。因之,休息的时候,大家就开着玩笑:

"禁止招贴!"老吴指着老孙的前胸说:

"零整批发!"老孙回答一句。

"大减价三十天!"

"此处禁止小便!"

大家全哄笑起来。

......

"好人证"分五类,象花生鸭梨瓜子那样的把人也鉴别了货色。比如说,因为没有铺保,虽说有职业,有乡友保,也只得一个三等货,椭圆形的,勉强允许居留。

至于我的厨子,却是道地的一等货,把正方形的牌子悬在胸前,对我也骄傲起来了。

我和我的厨子,竟差了两等。比起他来,我是次一等又次一等的好人。——我气闷。......

......

他在厨房里又唱起来了。

"桃花江是美人窝,美人窝里没有我!"

象说话似的,一这一等好人!

我听见他唱这歌,已经不止一次了。但这次,却异样的刺耳。在那声音里,我辨别出一种对我示威的意味。我应该更正他这坏习惯,一定要。

三

"新闻剪集"。

(**"本报特讯**"昨日午后,有一小贩,行经南门大街,形色张惶,经巡行替士检查,于帽沿内得铜元一小枚,察系匪探标记,乃送军法会审处严惩云。)

这几天,检查行人似乎特别严了。那检查方法不免使我们时刻耽着心。帽子里夹着纸,或是口袋里放着一个铜元的,全是匪的标记。这结果,是使人无论什么也要留点神。

......

太原的事,是素有"不彻底"的称谓的,比如禁烟吧,不准吸鸦片,却准卖药饼。禁与不禁,只在一个名称。鸦片一名之曰药饼,就可以公开发售。被视为良丹妙药了。

但这次的禁书,却似乎是非常彻底的。在公安局公布的禁书目录中,不仅仅是张××章××那些三角形的五等货遭了殃,就连李阿毛博士也凑了数。凡白纸上写黑字的,大概是全有些危险的嫌疑吧!

......

我的厨子在他那好人证上,又有了新的花样了。

把四方形的好人证镶上边,且蒙了一层绿色玻璃纸。悬在胸前,就更显得与众不同。因之,在把饭端给我的时候,就特别在我面前停留了一小会,那意思,我很知道的。

四

"新闻剪集。"

("**本报特讯**"我军第×又×团,约一千五百人,于十九日夜,在灵石山侧驻扎。深夜中突闻集合号声,呜咽响起,军士不察,乃往吹号地点紧急集合,不意竟被匪军包围,全部缴械。我团长×××,见事不妙,遂自决身死。匪约一二百人,吹我军之集合号,预设狡计。其狡诈恶毒,有如此者。)

……

我特别怀念着春。倒也想去领通行证了。我需要疏散,整天关在屋子里,望着院内扬着沙尘,所有的思想和情感全麻木了。

今天下课,我便把好人证仔细的别在左衣角上,用上衣的口袋作掩护,朝柳巷出发了,我预备去拍一个二寸照片,缴到区里转公安局去领通行证。

但那结果却不大好。才走到路口,一个灰衣的同志便截住了我,并且端着枪,象就要射击似的。

"站住!"

"怎么?"

"好人证呢?"

我默歔的把那椭圆形的牌子从口袋里请出来,他便沉下了脸。"以后不准放在衣袋里!"

染着一种浓烈的受了侮辱的感情,我却默默的走开了。

"天光""科达",所有照相馆的门前,全拖了长串的人,拥挤着,象等候着买火车票似的,一个拱一个。以致我却不能挤进照相馆的门。

原来这些人也全是领"通行证"的。因为是公费照相,所以就特别拥挤。甚至有的人情愿在门前停留一整天,并且受着照相师叱骂,也很高兴。

但我却被摒弃了。

路口的纸烟店虽然也竖着一块"领通行证登记处"的红纸招牌,象本店代理发行那样的,我却没有去登记。我是——只在街上徘徊。

非常的疲倦,非常非常的疲倦……。

——选自《短篇佳作集》,上海良友书店,1937年版

【导读】

宋之的的《一九三六年春在太原》也极具特色。作品以喜剧的口吻讲述了阎锡山

在太原进行的恐怖政治。文中写到,为了防止共产党混入太原,阎锡山下令严格审查每一个居住者,并按条件分别颁发不同等级的"好人证"。有个厨子因为是本地人等可靠条件而被发给最高等级的"好人证"。他经常向别人炫耀自己的"好人证",而且为了随时引起他人注意,他还给"好人证"镶了一个花边,蒙上一层绿色玻璃纸悬在胸前。但是他最终被送进了警察局,还被处罚了五元钱。厨子做梦也没有想到自己的安分守己却违反了绥署关于"佩带好人证,不准罩以任何布面或纸面"的条例,成了当局打击的对象。宋之的通过这样一个片段鲜明地揭露了山西当局肆意镇压人民的嚣张气焰,以及隐藏在背后的恐惧革命力量且诚惶诚恐、草木皆兵的虚弱心态。在艺术上,宋之的以反语等多种手法对阎氏恐怖政治进行了辛辣讽刺。作品的写实内容以抒情的笔调托出,使写实性与文学性有机地结合在一起。作品开头以"春被关在城外了"这种富于象征和咏叹意味的句子引出下文,最后以"我是多么的怀念春啊"作结,首尾呼应,抒情的气氛贯穿始终。《一九三六年春在太原》克服了传统报告文学注重事实报道而轻视艺术表现的缺陷,将新闻纪实与议论抒情有机结合,以形象生动的语言报道现实,丰富了报告文学的文学性,是中国现代报告文学成熟的标志。

二、延伸思考

(1)这一时期的一些报告文学作品更偏重新闻性。例如,著名新闻记者范长江的《塞上行》《中国的西北角》,最早对中国红军长征及其陕北革命根据地的生活进行了报道。新闻记者邹韬奋所作的三本《萍踪寄语》记载了作家流亡西欧和苏联时期的见闻。萧乾的《流民图》描写了1935年秋自己亲眼所见的济宁大水后四处流浪的可怜难民。这类报告文学作品虽然缺乏文学艺术性,但极具文献参考价值。

(2)这一时期的游记散文很有特色,兼具抒情与叙事的特点。郑振铎的《海燕》《欧行日记》,朱自清的《欧游杂记》《伦敦杂记》,李健吾的《意大利游简》等都是海外游记散文的代表作。这类游记散文以高超的叙事技巧描述和介绍了外国的风俗习惯、民风民情,文风自然质朴。郁达夫的《屐痕处处》《达夫游记》是山水游记的代表作。他在描写山水的同时加入了自己的情感,寓情于景,触景生情,情景交融,将写景、抒情和议论有机地结合在一起,抒写了知识分子在社会动乱时期的苦闷和烦躁。

(3)自传体散文在这一时期也有新的发展。《钦文自传》《庐隐自传》《从文自传》等是这一时期自传体散文的代表作。作家们以轻快流利的文笔描写自己的生平和经历,文字优美,真情动人。如《从文自传》用优美精致的散文笔法在记叙沈从文生平的同时,也描写了湘西的风土人情,感人肺腑,不仅具有文学价值,也具有史学价值。

【思考题】

1.20 世纪 30 年代小品的思想与艺术特点是什么?

2.小品的幽默闲适风格对中国文学的发展有什么意义?

3.如何理解林语堂的"幽默"论? 它和"讽刺"有什么不同?

4.20 世纪 30 年代小品的主要作家有哪些?

5.简述 20 世纪 30 年代报告文学繁荣的基本情况及代表作家。

第九章　革命文学时代的戏剧创作

中国话剧在革命文学时代走向了成熟,其标志便是曹禺话剧的出现。曹禺不仅有深厚的文学修养,还有丰富的舞台经验,这使得他的话剧创作能够更贴近这种文体的艺术规律,《雷雨》《日出》《原野》等剧作,既有深邃的内涵,又有圆通的技巧,是中国话剧的巅峰之作。在艺术思潮上,左翼话剧是这一时期最值得关注的话剧潮流。左翼话剧有极强的政治性,强调艺术服从政治、艺术为政治服务,使话剧成为当时政治斗争的一件武器;此外,左翼话剧坚持话剧和群众结合,号召话剧跳出"市民层"的圈子,组织流动演剧队,到工厂去,到农村去,即使在剧场演出的时候,也要降低票价,尽可能地满足工人、学生观众的需求。由于左翼话剧的演出形式不拘泥于剧场,因此也展开了广场话剧的探索。

第一节　曹禺的戏剧创作

一、基本知识

曹禺是 20 世纪 30 年代中国现代话剧史上一位大师级的剧作家。如果说在 30 年代中国话剧已经走向成熟,那么成熟的标志之一便是出现了曹禺和他的话剧《雷雨》《日出》和《原野》。

曹禺(1910—1996),原名万家宝,祖籍湖北潜江,生于天津一个没落的官僚家庭,其父万德尊曾任黎元洪的秘书。童年的曹禺常随家人出入剧院,家庭环境培养了他对文学艺术的浓厚兴趣。1922 年,曹禺入读南开中学并参加了南开新剧团,其间积累了丰富的舞台实践经验。1926 年 9 月,《玄背》第六期到第十期连载其处女作——小说《今宵酒醒何处》,首次用"曹禺"作为笔名(姓氏"万"的繁体字"萬"上下拆分为"草禺","草"字头谐音"曹",故为"曹禺")。1928 年,曹禺入读南开大学政治系。次年,他转入清华大学西洋文学系就读,在读期间广泛接触了从莎士比亚、易卜生、契诃夫、奥尼尔等人的西方戏剧。

1933 年大学毕业前夕,年仅 23 岁的曹禺完成了处女作《雷雨》。继而他又发表了《日出》(1936)、《原野》(1937)、《北京人》(1941)、《家》(1942)等经典剧作,它们犹如一座座丰碑,矗立在中国的剧坛上,使中国现代话剧剧场艺术得以确立,并在中国的观众中扎根,中国现代话剧由此走向成熟。在阅读被称为中国百年话剧经典的曹禺作品的过程中,我们可以发现,其中的极端化情节描写、类型化人物塑造、现代意识的巧妙融合等都显出作者超前的意识和高超的写作才能。

二、代表作及其导读

雷雨(节选)

◉曹 禺

故事梗概:《雷雨》为四幕剧,它通过一天中上午到午夜两点的时间段、两个场景——周家客厅和鲁家住房,集中展示了周鲁两家前后三十年复杂的矛盾纠葛。《雷雨》由各个人物之间的血缘关系或亲属关系组成一张错综复杂的网,但主要由三对矛盾构成全剧的三条情节线索:一条是周朴园与繁漪的冲突;一条是侍萍同周朴园的冲突;还有一条是鲁大海与周朴园的冲突。本节所选为第二幕中的一个场景。

周朴园　(徐徐立起)哦,你,你,你是——

鲁侍萍　我是从前伺候过老爷的下人。

周朴园　哦,侍萍!(低声)怎么,是你?

鲁侍萍　你自然想不到,侍萍的相貌有一天也会老得连你都不认识了。

周朴园　你——侍萍?(不觉地望望柜上的相片,又望鲁妈)

鲁侍萍　朴园,你找侍萍么? 侍萍在这儿。

周朴园　(忽然严厉地)你来干什么?

鲁侍萍　不是我要来的。

周朴园　谁指使你来的?

鲁侍萍　(悲愤)命! 不公平的命指使我来的。

周朴园　(冷冷地)三十年的工夫你还是找到这儿来了。

鲁侍萍　(愤怒)我没有找你,我没有找你,我以为你早死了。我今天没想到到这儿来,这是天要我在这儿又碰见你。

周朴园　你可以冷静点。现在你我都是有子女的人,如果你觉得心里有委屈,这么大年纪,我们先可以不必哭哭啼啼的。

鲁侍萍　哭?哼,我的眼泪早哭干了,我没有委屈,我有的是恨,是悔,是三十年一天一天我自己受的苦。你大概已经忘了你做的事了!三十年前,过年三十的晚上我生下你的第二个儿子才三天,你为了要赶紧娶那位有钱有门第的小姐,你们逼着我冒着大雪出去,要我离开你们周家的门。

周朴园　从前的恩怨,过了几十年,又何必再提呢?

鲁侍萍　那是因为周大少爷一帆风顺,现在也是社会上的好人物。可是自从我被你们家赶出来以后,我没有死成,我把我的母亲可给气死了,我亲生的两个孩子你们家里逼着我留在你们家里。

周朴园　你的第二个孩子你不是已经抱走了么?

鲁侍萍　那是你们老太太看着孩子快死了,才叫我抱走的。(自语)哦,天哪,我觉得我像在做梦。

周朴园　我看过去的事不必再提起来吧。

鲁侍萍　我要提,我要提,我闷了三十年了!你结了婚,就搬了家,我以为这一辈子也见不着你了;谁知道我自己的孩子偏偏命定要跑到周家来,又做我从前在你们家做过的事。

周朴园　怪不得四凤这样像你。

鲁侍萍　我伺候你,我的孩子再伺候你生的少爷们。这是我的报应,我的报应。

周朴园　你静一静。把脑子放清醒点。你不要以为我的心是死了,你以为一个人做了一件于心不忍的事就会忘么?你看这些家具都是你从前顶喜欢的东西,多少年我总是留着,为着纪念你。

鲁侍萍　(低头)哦。

周朴园　你的生日——四月十八——每年我总记得。一切都照着你是正式嫁过周家的人看,甚至于你因为生萍儿,受了病,总要关窗户,这些习惯我都保留着,为的是不忘你,弥补我的罪过。

鲁侍萍　(叹一口气)现在我们都是上了年纪的人,这些傻话请你不必说了。

周朴园　那更好了。那么我们可以明明白白地谈一谈。

鲁侍萍　不过我觉得没有什么可谈的。

周朴园　话很多。我看你的性情好像没有大改,——鲁贵像是个很不老实的人。

鲁侍萍　你不要怕。他永远不会知道的。

周朴园　那双方面都好。再有,我要问你的,你自己带走的儿子在哪儿?

鲁侍萍　他在你的矿上做工。

周朴园　我问,他现在在哪儿?

鲁侍萍　就在门房等着见你呢。

周朴园　什么? 鲁大海? 他! 我的儿子?

鲁侍萍　他的脚趾头因为你的不小心,现在还是少一个的。

周朴园　(冷笑)这么说,我自己的骨肉在矿上鼓动罢工,反对我!

鲁侍萍　他跟你现在完完全全是两样的人。

周朴园　(沉静)他还是我的儿子。

鲁侍萍　你不要以为他还会认你做父亲。

周朴园　(忽然)好! 痛痛快快地! 你现在要多少钱吧?

鲁侍萍　什么?

周朴园　留着你养老。

鲁侍萍　(苦笑)哼,你还以为我是故意来敲诈你,才来的么?

周朴园　也好,我们暂且不提这一层。那么,我先说我的意思。你听着,鲁贵我现在要辞退的,四凤也要回家。不过——

鲁侍萍　你不要怕,你以为我会用这种关系来敲诈你么? 你放心,我不会的。大后天我就会带四凤回到我原来的地方。这是一场梦,这地方我绝对不会再住下去。

周朴园　好得很,那么一切路费,用费,都归我担负。

鲁侍萍　什么?

周朴园　这于我的心也安一点。

鲁侍萍　你? (笑)三十年我一个人都过了,现在我反而要你的钱?

周朴园　好,好,好,那么你现在要什么?

鲁侍萍　(停一停)我,我要点东西。

周朴园　什么? 说吧?

鲁侍萍　(泪满眼)我——我——我只要见见我的萍儿。

周朴园　你想见他?

鲁侍萍　嗯,他在哪儿?

周朴园　他现在在楼上陪着他的母亲看病。我叫他,他就可以下来见你。不过是——

鲁侍萍　不过是什么?

周朴园　他很大了。

鲁侍萍　（追忆）他大概是二十八了吧？我记得他比大海只大一岁。

周朴园　并且他以为他母亲早就死了的。

鲁侍萍　哦，你以为我会哭哭啼啼地叫他认母亲么？我不会那么傻的。我难道不知道这样的母亲只给自己的儿子丢人么？我明白他的地位，他的教育，不容他承认这样的母亲。这些年我也学乖了，我只想看看他，他究竟是我生的孩子。你不要怕，我就是告诉他，白白地增加他的烦恼，他自己也不愿意认我的。

周朴园　那么，我们就这样解决了。我叫他下来，你看一看他，以后鲁家的人永远不许再到周家来。

鲁侍萍　好，希望这一生不至于再见你。

周朴园　（由衣内取出皮夹的支票签好）很好，这是一张五千块钱的支票，你可以先拿去用。算是弥补我一点罪过。

鲁侍萍　（接过支票）谢谢你。（慢慢撕碎支票）

周朴园　侍萍。

鲁侍萍　我这些年的苦不是你那钱就算得清的。

周朴园　可是你——

（外面争吵声。鲁大海的声音："放开我，我要进去。"三四个男仆声："不成，不成，老爷睡觉呢。"门外有男仆等与大海的挣扎声。）

——选自《雷雨》，人民文学出版社，1994 年版

【导读】

《雷雨》创作于 1933 年，1934 年 7 月由巴金任编委的《文学季刊》第 1 卷第 3 期全文刊登。此剧一经发表与演出，便轰动了当时的文坛和剧坛。茅盾先生曾有"当年海上惊雷雨"的诗赞。节选部分是午饭后、雷雨前，周朴园与鲁侍萍相遇后的一次精神较量。第二幕开启之时已将雷雨将至前令人窒息的沉闷气氛烘托出来。因为下雨就要找雨衣，这个时候鲁侍萍以一个下等人的身份来找她的女儿四凤。周朴园看到这个"陌生"的下人关窗的动作，勾起了他尘封已久的记忆，蓦然问道："你——你贵姓？"侍萍答："我姓鲁。"这是周朴园的第一次紧张，可能更多是无意识的。紧接着是周朴园与这位"无锡老乡"打听实际上就是侍萍本人的"姓梅的"小姐。当侍萍满含悲愤地讲述"梅姑娘"投河自尽的悲剧时，周朴园第二次紧张，问："你姓什么？"侍萍答："我姓鲁，老爷。"周朴园第二次放松。而感情不可抑制的侍萍，叙述"梅姑娘"死后余生的颠沛生活，因过于细腻和详细，又引起了周朴园的第三次紧张。周朴园追问道："你是

谁?""我是这儿四凤的妈,老爷。""哦",紧张氛围第三次化解。周朴园接下来似乎对"梅姑娘"的命运已不感兴趣,只是要求转告四凤,叫她把樟木箱子里的那件旧雨衣拿出来,顺便把箱子里的几件旧衬衣也捡出来。这为沉闷的剧情注入了新机,本场高潮即将出现。旧情新恨的侍萍说出周朴园想要的正是那件"在右袖襟上有个烧破的窟窿,后来用丝绒线绣成一朵梅花补上的"衬衣。这时周朴园已经完全肯定站在面前的就是三十年前他无情抛弃了并认为已经死去的侍萍。这是周朴园的第四次紧张。但紧接而来的则是:"你来干什么?""谁指使你来的?"痛痛快快地,你现在要多少钱吧?""鲁贵我现在要辞退,四凤也要回家。"可以说一句比一句紧迫,一句比一句更能撕下他所谓"忏悔"的假面具。

再看侍萍,对曾经伤害过她的周朴园,除了悲愤,也不能说没有一点残存的感情。在周公馆,她向周朴园详述三十年前的旧事,以及周朴园所不知道的她的悲惨生活。特别是当周朴园问到樟木箱子里的旧衬衣时,她竟脱口说出:"老爷那种纺绸衬衣不是一共有五件? 您要哪一件?"引起周朴园的怀疑,当侍萍说出旧衬衣袖襟上的梅花之时,实际上已经在无形中违背了她要逃脱的命运、决不与仇人周朴园相见的誓言。这在表面看来是一个矛盾,但仔细分析,又符合侍萍的性格特征。她的善良、重情与刚强、果断是相辅相成的。在悲苦中,她流露了完全可以理解的怀旧情绪。她愈是柔弱,愈是怀旧,愈是衬托出周朴园知情后的寡情薄义与虚伪阴鸷。

原野(节选)

◉曹　禺

故事梗概:《原野》为三幕剧,它的故事是在一连串血海深仇的背景下展开的:仇虎的父亲仇荣被当过军阀连长的恶霸地主焦阎王活埋,仇家的土地被抢占,仇家的房屋被烧毁,仇虎的妹妹被送进妓院而惨死,仇虎的未婚妻金子也被焦家的儿子焦大星强占,做了"填房",仇虎自己也被投进了监狱。这部话剧借一个发生在农村的具有传奇性的复仇故事,挖掘一个人在强烈的爱与恨夹击下丰富而脆弱的内心世界,表现人充满反抗意识的原始生命力和复仇者的心理变化。本节所选为第二幕中的一个场景。

焦　母　(觉得空气紧张)哦,(短促地)那么,你要干妈的命,干妈的命就在这儿。

仇　虎　(佯为恭谨)我不敢,干妈。您长命百岁,都死了,您不能死。

焦　母　(忍不住,沉郁地)虎子,你来个痛快。上刀山,下油锅,你要怎么样,就怎么样。干妈的老命都陪着你。

仇　虎　（眈眈探视，声音温和）干儿没有那样的心。虎子只想趁大星回家，在这儿也住两天，多孝敬孝敬您。

焦　母　（渐渐被他的森严慑住）"孝敬"。虎子，你可听明白，干妈没有亏待你。（怯惧地）你这一套话要提也只该对死了的人提，活着的人都对得起你。

仇　虎　（低幽幽）我也没说焦家有人亏待我。

焦　母　虎子，大星是你从小的好朋友。

仇　虎　大星是个傻好人，我知道。

焦　母　他为着你的官司，自己到衙门东托人，西送礼，钱同衣服不断地跟你送。

仇　虎　他对得起我，我知道。

焦　母　就说你干妈，我为你哭得死去活来多少次。

仇　虎　是，我明白。

焦　母　你干爹也是整天托衙门的人好好照应你，叫他们把你当作自己亲生的儿子看。

仇　虎　是，我记得。

焦　母　你说话口气不大对，虎子，你这是——

仇　虎　干妈，虎子傻，说话愣头愣脑，没分寸。

焦　母　嗯。（又接下去）就说你的爸爸，死的苦——

仇　虎　（怨恨逼出来的嘲讽）哼，那老头死得可俭省，活埋了，省了一副棺材。

焦　母　（急辩）可是这不怪大星的爹，他跟洪老拼死拼活说价钱，说不妥，过了期，洪老就把你爸爸撕了票。

仇　虎　（强行抑制）我爸爸交朋友瞎了眼，那怪他自己。

焦　母　你说谁？

仇　虎　（改话）我说那洪老狗杂种。

焦　母　真是！干儿！就说你妹妹，她死的屈，十五岁的姑娘，就卖进了那种地方，活活叫人折磨死。

仇　虎　（握着拳）那也是她"命该如此"。

焦　母　可怜那孩子，就说她，怎么能怪大星的爹。大星的爹为你妹妹把那人贩子打个半死，人找不着，十五岁的姑娘活活在那种地方糟蹋了，那可有什么法子。

仇　虎　（颤栗）干妈，您别再提了。

焦　母　怕什么？

仇　虎　多提了，（阴沉地）小心您干儿的心会中邪。

焦　母　（执拗地）不，虎子，白是白，黑是黑，里外话得说明白。我不能叫你干儿心里受委屈。你说你的官司打的多冤枉,无缘无故,叫人诬赖你是土匪。

仇　虎　八年的工夫,我瘸了腿,丢了地。

焦　母　是,这八年,你干爹东托人,西打听,无奈天高地远,一个在东,一个在西,花钱托人也弄不出你这宝贝心肝儿子,不也是白费了干爹这一番心。

仇　虎　(狠狠地)是,我夜夜忘不了干爹待我的好处。

焦　母　(尽最后的力气来搬山,吃力地)虎子,就把你家的地做比,你也不能说你干爹心眼坏。是你爸爸好吃好赌,耍得一干二净,找到你干爹门上,你干爹拿出三倍价钱来买你们的地,你爸爸还占了两倍的便宜。

仇　虎　是我爸爸占了干爹的便宜。

焦　母　嗯!(口焦舌干,期望得到效果,说服虎子,关心地)怎么样?

仇　虎　(点点头,不在意下)嗯,怎么样?

焦　母　(疑虑地)虎子!

仇　虎　(斜视)嗯,干妈?

焦　母　(忽然不豫)虎子,我费心用力说了半天,你是口服心不服。

仇　虎　谁说我心不服。(神色更阴沉)

焦　母　那么,你到这儿来干什么?

仇　虎　我说过,(着重地)跟您报恩来啦。

焦　母　(绝望了)哦!报恩?(忽然)虎子,我听说你早回来了,为什么你单等大星回来,你才来?

仇　虎　小哥俩好久没见面,等他回来再看您也是图个齐全——

焦　母　(疑惧)齐全?

仇　虎　(忙改口)嗯,热闹!热闹!

焦　母　(仿佛忽然想起)哦,这么说你是想长住在这儿?

仇　虎　嗯,侍奉您老人家到西天。(恶毒地)您什么时候归天,我什么时候走。

焦　母　(呆了半天)好孝顺!我前生修来的。

(半晌,风吹电线呜呜的声响,像是妇人在哀怨地哭那样幽长。)

(一个老青蛙粗哑地叫了几声。)

——选自《原野》,人民文学出版社,1994 年版

【导读】

1937 年 4 月,《原野》在靳以主编、广州出版的《文丛》第 1 卷第 2 期至第 5 期连

载。节选部分作者将主人公性格发展同心理过程演变交织起来,描写得相当深入且细腻。焦阎王家与仇虎有夺地杀父卖妹之仇,又诬陷仇虎入狱八年。八年后仇虎潜回家乡,伺机复仇,焦阎王已死。瞎子焦母敏锐地嗅出来者不善,她为了保护子孙后代,主动找仇虎谈判以遏制他的复仇行为。焦母先是威胁恐吓仇虎,暗示他的复仇将使他自我毁灭。"干妈""干儿"相互说到"手凉""手烫",仿佛是在说体己的话,相互关心对方的身体,但谈话双方都明白他们谈论的只是复仇。一个说:"干儿,这么多年还没忘记向干妈复仇呀,小心你自家性命难保!"一个肯定地说:"干妈,仇虎天天念叨着向您复仇呢,小心他杀了您!"亲切温馨的表面不时泛出冷彻肌骨的杀气,"我仇虎没有一天忘记您"这句似有无限柔情的话却浸透了仇恨之气。威胁、恐吓不成,焦母提出等价交换,只要仇虎不伤害焦家的人,焦母愿意把儿媳送给他,并为他们的出走提供车和钱,这一诱惑条件却撼动不了仇虎钢铁般的复仇意志。焦母不免恼羞成怒:"那么,你要干妈的命,干妈的命就在这儿。"仇虎:"我不敢,干妈。您长命百岁,都死了,您不能死。"仇虎言外之意是要杀掉儿孙,让她一个人生不如死地活着。等价交换不成,焦母又改为为焦阎王的罪孽开脱。仇虎骂父亲"那老头死得可俭省""省了一副棺材""瞎了眼",骂妹妹"命该如此",实际上都是指桑骂槐、旧账新算。仇虎表面上息事宁人、认命了,而说话时却紧握拳头,他真正要说的是:此仇不报,你是做梦!最后,焦母只好彻底摊牌:"那么,你到这儿来干什么?"仇虎:"我说过,跟您报恩来啦。"仇虎的"报恩"是"报仇","齐全""热闹"把刀口直接对准了焦母的儿子大星,话语中散发着一股浓烈的血腥气息,令人毛骨悚然、不寒而栗。

在仇虎与焦母的对话中,仇虎一方面反话正说,另一方面又正话反说,淋漓尽致地表现了仇虎对焦家的刻骨仇恨和血洗焦家的决心。

三、延伸思考

曹禺是中国现代话剧真正意义上的奠基者,主要有以下几方面的文学史贡献:

(1)曹禺的话剧显示了独特的艺术结构,他的剧作构思精巧,戏剧冲突紧张、剧烈。他将国外话剧的结构方式运用到中国话剧的创作中。

(2)曹禺塑造的人物形象都是立体的,个性丰满、鲜明而复杂,这种复杂和矛盾不是静止的,而是变化、扭动的。他的剧作中的每一个人物都具有独特的意义和内涵。可以说,每个人物都有一台戏。

(3)曹禺的话剧在语言上具有强烈的舞台表演性,色彩浓烈、风格明快,同时又精练含蓄、意蕴深厚,充满诗的意味。其剧作台词的动作性,不同于那些依附于事件进展的表面的动作性,而是建立在性格与冲突的统一基础上的,有深刻的内在依据。

(4)曹禺的话剧始终关注人的命运之谜,这就使他的作品有一层神秘的色彩。人总想把握自己的命运,但总也把握不了。这种对人的命运之谜执着的探索是所有冲突的底蕴,显示了曹禺话剧创作的真正思想深度和艺术价值。

第二节 左翼话剧和广场话剧

一、基本知识

左翼话剧随左翼文学运动兴起而兴起。大革命失败后,进步戏剧家积极从事戏剧工作,扩大社会影响。到1929年,比较著名的左翼话剧团体有田汉领导的南国社,洪深领导的复旦剧社,应云卫领导的上海戏剧协社,朱襄丞、朱端钧领导的辛酉剧社,以及陈白尘、左明、郑君里组织的摩登剧社等。1929年冬,在筹备左联的同时,中共党组织就决定组织一个剧团来推进革命戏剧运动,由夏衍负责,联合冯乃超、郑伯奇、陶晶孙、钱杏邨、孟超、叶沉(沈西芩)、许幸之、朱光、石凌鹤、陈波儿、刘卯(刘保罗)和王莹等,组织艺术剧社。1930年,左联成立后,艺术剧社的领导人都参加了这个革命文学组织,夏衍、冯乃超和郑伯奇被选为常务委员。左翼话剧有极强的政治性,强调艺术服从政治、艺术为政治服务,使话剧成为当时政治斗争的一件武器;坚持话剧和群众结合,号召话剧跳出"市民层"的圈子,组织流动演剧队,到工厂去,到农村去。演员们在乡镇街头、田间空坝的露天舞台演出,和观众近距离地相互融入剧情,形成了深受工人、农民喜爱的广场话剧形式。左翼话剧和广场话剧都为宣传革命起到了很大的鼓动作用。

二、代表作及其导读

五奎桥(节选)

◉洪 深

故事梗概:中国南方农村,在一个久旱无雨的夏天,农民靠人力浇地已无能为力,他们想借一部抽水机来解燃眉之急。可是横在河上的五奎桥却阻挡了水路。小桥的拥有者周乡绅以维护"风水"为名,不准农民拆桥,全然不顾田园干枯和农民的死活。最后农民们忍无可忍,终于群起而动,捣毁了五奎桥这一封建势力的象征。

周乡绅 （勃然）依你说，是不是应该拆桥呢？

陈金福 眼看着桥西是大丰年，自己却一粒收不着，是有点难过的。

桂 升 （嚷起来）你听听，你们自己的种田人，都是这样说了。

周乡绅 （这一下真动了肝火了）你吃我的饭，种我的田，竟敢这样胡说！（举起手杖劈头劈脑地打去）

（可怜陈金福只能招架，不敢还手）

周乡绅 （对长工等）拽他到祠堂里去，捆起来！（对谢先生）查查账簿看，他前两年还欠多少租米，带他到城里，送他到地方法院重办去！（对轿夫）把轿子抬到祠堂里来，我就要进城了。

（他看着几个长工揪住陈金福，由谢先生押到祠堂里去；他自己正待动脚）

李全生 （跳上桥去）你不要拣忠厚人欺。我们和你客气商量着拆桥，你偏要逼得我们不得不翻脸。桥是拆定了，你答应也是拆，你不答应也是拆，官司我吃好了！现在的法律，不帮乡绅们，难道还会帮我们乡下人么！（上前便把桥栏干的砖扳了一块下来）

周乡绅 呕！（提起手杖又是没头没脑地打）

李全生 （夺过手杖来掷在河里）我不同你相打，我只拆了桥，救我田里的稻。

（此时长工、轿夫、仆人等，满布桥上，农民不得上前）

（周乡绅急了，将手里羽毛扇在李全生头上乱敲，也被李全生夺过去，撕得粉碎）

周乡绅 （狂喊）捉强盗，捉土匪！

王老爷 （俨然出现）你们来，捉住他！他损坏人家的财产，有罪的！

（司法医和几个仆人好容易把李全生捉住）

周乡绅 （吩咐）也捆到祠堂里去。

（李全生挣不脱，被仆人们拖去。农民气极，奔上桥来抢他；人少力量薄，被长工们拦住）

周乡绅 还了得，还了得，乡下人真反了！（对王老爷）我先到祠堂里去，桥上的事，拜托你了。（由一个长工搀扶着去了）

（众农民从来没有象今天这样愤慨，但是慑于积威，还是有点敢怒而不敢言）

桂 升 （对徐元发）你去多喊几个乡下人来。

（徐元发奔向村里去了。这时候珠凤听见喧闹的声音寻了来）

大 保 珠凤，不好了！

珠 凤 什么事？

大 保 （不平）你的爹爹被周乡绅大打了一顿。

珠　凤　（失声）打了一顿!

大　保　被周乡绅拿他手里的棍子打了一顿,（甚为不甘）现在捆到祠堂里去了,还要打呢!

珠　凤　（变色,半响）我去看看去。

大　保　（胆量也来了）好,我陪你去。

（珠凤冷笑一声,两个人也奔向祠堂去了）

那些长工轿夫们,虽说是吃周乡绅的饭,看见这种事,也有点不服气;有几个甚而是怒形于色;现在都不起劲,退回桥那边去了。

桂　升　（愈想愈气）这是什么理,我倒问问他看。（奔上桥来）请问王老爷,为什么捉李全生?

王老爷　他毁坏人家财产,他扳了桥上的砖,又撕了周乡绅的羽毛扇。

桂　升　请问王老爷,为什么捉陈金福?

王老爷　他——他——他说话说得不好。

桂　升　（看他这样不讲理,愤怒极了,不知是哪里来的勇气,什么法院什么老爷全都不管了,握起拳头在王老爷的面前挥,就要打他的样子）请问王老爷,打人——动手打人——是不是犯法的?

王老爷　（见他的拳头有点怕）打人是犯法的,犯法的。

桂　升　周乡绅动手打人,你为什么不捉周乡绅!

王老爷　我——我——嘿晦!

（这时候农民又陆陆续续来了不少,看着桂升羞辱王老爷）

桂　升　你做的是什么官? 你还是做中华民国的官呢,还是做周乡绅家的官?

（王老爷闭口无言）

桂　升　姓周的养一只狗,也不会象你这样听话的。

（这时候忽然听见祠堂那面珠凤惊叫的声音）

（众人又渐渐地静下来,倾听着）

（又听见珠凤哭喊:"爹爹,他们打得你这样厉害么?"）

（桥上的人听了,毛骨耸然;四五十个人一点声息也没有;忽然不约而同的象暴雷似的,众人大喊一声;连长工轿夫一起在内）

王老爷　（面如土色,想溜）我去——我去看看去——教他们不要再打。（转身就走）

桂　升　（拿着几块砖石,追上来掷他）不要逃,不要逃,你敢不把捆着的两个人放出来!

王老爷　（急急地定着）放——放。（人不见了）

桂　升　（转身大喊）我们还等什么？拆呀！拆呀！（各人拿着家伙就动起手来）

（只听见村里头一片锣响，渐渐自远而近。徐元发打着锣领着不少的男女老少农民来了，看见拆桥，大家动手）

（桂升一面拾着砖，一面指挥着大众）

（徐元发敲着锣领着几个人又奔向祠堂那面去）

（桥土砖石横飞）

李全生　（奔回来，看见有人拆桥了）好，我去把洋龙船撑过来。（向西去了）

（祠堂那边锣声震天价响）

（周家的长工也有来帮着扛砖头的）

（大保，珠凤扶着陈金福回来。陈金福也忙着拾砖）

（大保和珠凤走过桥来立在一边看着）

大　保　（看着那五奎桥一点一点没有了）啊啊，这一下周乡绅算是完全的完结了！这叫做"敬酒不吃吃罚酒"，好好和他商量，再也霸住了不肯的。一定要弄到这样，他现在也服服贴贴不声不响了！

珠　凤　现在乡下人有了活路了！

（锣声又响起来，徐元发又领了更多的人来拆桥了）

——选自《五奎桥》，现代书局，1934 年版

【导读】

《五奎桥》中的矛盾双方——周乡绅和李全生，既没有血缘关系，也没有伦理关系，他们之间只有社会关系；他们的矛盾也不是两个人物之间的冲突，而是一个利益集团和另一个利益集团的冲突；他们的矛盾内容不是"个性解放""恋爱自由"，而是现实的生存问题。这种特征正是"文学革命"向"革命文学"转变在戏剧中的具体表现，在传统社会向现代社会的转变过程中，人的解放不仅表现在文化上，更表现在具体的生存问题上。

与诞生期的话剧相比，《五奎桥》在戏剧艺术上明显成熟了许多。戏剧以时间为序展示戏剧冲突，随着旱情的发展，戏剧矛盾不断激化，剧情逐渐推向高潮。人物性格在尖锐的戏剧矛盾冲突中逐步揭示，集中而简练地反映了农民与地主阶级对立的时代主题。戏剧的语言质朴自然、富有地方色彩。这些因素都说明，话剧经过数十年的发展，剧作家已经逐渐能够熟练地掌握这种文体，可以根据社会现实自由地进行艺术创作。

　　不过,《五奎桥》描写的农村现实,反映出洪深对农村生活不够熟悉、对农民理解较为浮泛等诸多问题,这也是左翼文学普遍存在的问题。

放下你的鞭子（节选）

◉集体创作

　　故事梗概:该剧讲述了"九一八"事变以后,从中国东北沦陷区逃出来的一对父女在抗战期间流离失所、以卖唱为生的故事。一日,女儿香姐正要提嗓,却因饥饿难熬,晕倒在地,老父即举起鞭子打她,观众中一名青年工人十分愤怒,大声高呼:"放下你的鞭子!"夺下了老父的皮鞭,并加以指责。老父和香姐诉说了日本侵华、家乡沦陷等辛酸,全场感动,高呼"打倒日本帝国主义",激起观众的抗日救国情绪。本剧最早是在1931年由集体创作、剧作家陈鲤庭执笔写成的,后在长期演出中不断有人进行加工修改,出现了许多改编本,这里选的是抗战初期经常演出的一个版本。

青　工　鞭子放下来!（挺身欲前,为左右两人所阻）

汉　子　请少管闲事。（怒）

青　工　我偏要管!（一跃上台）快放下!

汉　子　是我的姑娘,用不着你来管。

青　工　我们都是一样穷苦的人,用不着谁来欺负谁。

汉　子　在这世界上,谁能养活她,谁就有权利使用她,朋友,你年纪轻轻,还不懂这个道理哩!

青　工　这是你拿鞭子打人的道理吗? 在这世界上不应该有这种人吃人的道理!

汉　子　什么?"不应该","人吃人",我可顾不到这么多。（汉子又举起鞭子欲打）

青　工　放下你的鞭子!

汉　子　办不到。（观众叫"打呀,打这不讲理的老头子"）

青　工　我偏要你办到。

（两个人扭一起,打了起来,鞭子掉在地上,青工叉住汉子的喉,推倒在木箱上。观众叫好）

青　工　你说,你还敢用鞭子打人么?

甲　　　叫他说,再敢用鞭子打他的姑娘么?（汉子不应,直瞪着两眼发痴,惊泣着的香姐走近青工）

香　姐　好先生,请你放了他吧!

青　工　这畜生,我非教训他一顿不可。

香　姐　请放了他吧!这不是他的错。

青　工　不是他的错?这样狠毒的用鞭子打你?

香　姐　(悲伤)是的。

青　工　他把你当畜生看待,你还替他说好话。

香　姐　不是说好话。

青　工　(放开手)这怎么讲?姑娘,我说,究竟是怎么一回事呢!可以让我们探听一个仔细么?(稍顿)他为了挣钱,把你买了来?

香　姐　不,他是我的爸爸。

青　工　是你的爸爸?怪了,世界上哪有这样狠毒的爸爸,用鞭子打他的女儿。

香　姐　这是我可以原谅他的。

青　工　你可以原谅他?为什么?

香　姐　他也没有法子呀!肚子逼着他这么干的。

青　工　肚子逼着他这样干的?

香　姐　是的,咱们有两整天没有吃一个饱啦。

青　工　为了肚子饿,就鞭打自己的女儿,这不是人干的。

香　姐　先生呀!没有挨过饿的人,是任怎么样也不会懂得挨饿是怎么一回事的。我知道,饿得慌的当儿,那种疯也似的心情哪!

青　工　唔。

香　姐　我小时候,简直不懂得有饥饿这回事,那时候我多么爱那些小猫儿呀!小白兔呀!有一次隔壁的王麻子错把我养的那只小白兔打死了,我就哭了一整天,人家都说我这小姑娘的心眼儿好!

甲　　　这小姑娘的心眼儿,可真不错!

香　姐　可是这一年来,在我饿得慌的当儿,我一见人家养着的小猫小白兔,我就恨不得生吞活剥的吃了下去。

乙　　　这可了不得,你从前那种好心肠呢?

香　姐　没有饭吃的时候,还顾得上什么好心肠呢?这种心境,没有挨过饿的人是不会懂得……先生,这种生活我们经过了六年了。

青　工　没有饭吃,真是可怕,可是谁叫你们弄得这般田地呢?

香　姐　谁?谁叫我们弄到这——这般田地?

青　工　是呀!谁叫你们弄得这般田地的哩!

香　姐　东洋鬼子呀,可恨得东洋鬼子,夺了我的家乡,抢去了我们靠着活命的田地。最可恨的,我的妈也被他们杀死了。(掩面哭)

——选自《街头剧》(第一集),星星出版社,1938年版

【导读】

《放下你的鞭子》是在不断的演出中逐渐成熟的街头剧经典。戏剧的结构颇有中国传统"苦肉计"的味道,首先是卖艺父女街头献艺,技艺不精引起公愤——这既为之后的情节作了铺垫,也为激发观众的情绪作了铺垫;之后,父亲以女儿不卖力表演为由,用鞭子抽打女儿,残暴的行为再次引起公愤——这次公愤不是因为技艺,而是因为父亲不人道的做法——观众的情绪第一次受到引导;接下来,女儿出面平抚公愤,向观众讲明自己与施暴者是父女关系,是因为饥饿和日本人的侵略才出现这样的局面,又一次引起公愤——这次公愤不是因为父亲的做法,而是因为日本人的侵略——观众的情绪再一次受到引导。在这个过程中,戏剧冲突不断发生变化,观众的情绪也不停受到引导,而每引导一次,观众情绪的爆发力都在逐渐增强。这正是街头剧需要达到的目的。

街头剧是戏剧从剧场走向广场后的产物。演出环境的变化,也为戏剧艺术的发展提供了可能。在广场上,演员与观众没有明显的界限,戏剧也就不再仅仅是剧人的专利,《放下你的鞭子》并没有直接宣传,而是引导——剧本和演员都只是引导者,真正的主角——决定这出戏剧成败的关键——是广大观众,只有他们的情绪被调动起来,他们自己意识到民族危机的严峻性,戏剧才算是成功的。剧本中出现"甲""乙"等角色,并不是传统意义上的群众演员或过场情节,而是街头剧追求观众参与演出的艺术效果。街头剧的这种艺术探索,为之后戏剧结构的多元化发展积累了宝贵经验。

三、延伸思考

左翼话剧和广场话剧都是革命文学的产物,可以看出诸多共同的特征:

(1)强调了对社会阶级矛盾的反映和表达。《五奎桥》里的戏剧矛盾是农民和地主之间的矛盾,《放下你的鞭子》则由阶级矛盾引申到民族矛盾。

(2)强调了话剧的鼓动性。在戏剧从剧场走向广场的过程中,戏剧的现实性要求更加强烈,《五奎桥》和《放下你的鞭子》都有极强的鼓动性,它引导群众自觉走向政治反抗的道路,特别是后者,是广场话剧的经典之作。

(3)左翼话剧的创新不仅表现在思想上,也表现在艺术上,《放下你的鞭子》通过

舞台改革,极大地丰富了话剧艺术表达的手段和方式。

【思考题】

1.《雷雨》的主题是什么?

2.如何看待曹禺在《原野》中的艺术探索?

3.如何认识曹禺的话剧在中国话剧史上的意义?

4.20世纪的左翼文学运动对中国话剧产生了怎样的影响?

5.广场话剧对戏剧艺术的贡献是什么?

6.如何认识左翼话剧的成就?

第三编 战争格局中的文学
（1937—1949）

导　引

　　中国现代文学史"第三个十年"最重要的内容与主题,毫无疑问当首推抗日救亡运动以来伟大的全民族抗日战争,继而是长达四年的全国民族解放战争。一句话,20世纪30年代后期、40年代的文学运动与创作,是在战争的硝烟和血与火的洗礼中发生的,是在国家危亡、民族牺牲、斗争激烈的大背景下形成的,充满着悲壮、激烈、大爱大恨、斗争纠结的强烈感情色彩与激荡人心的主旋律。

　　抗日战争主题文学是救亡运动主题文学的延伸与激化、升华,1931年"九一八"事变后,大批东北籍作家流亡、漂泊,书写家园沦失、同胞蒙难、丧权辱国的痛愤与悲伤。如萧军、萧红、李辉英、端木蕻良、舒群、罗烽、白朗、骆宾基等人,皆是在这一行列、这一过程中成熟起来的著名作家。1938年3月27日中华全国文艺界抗敌协会成立,宣告了全民抗战主题的不二地位与重要性,上述东北籍作家也继续奋发活跃,后来的事实证明,这一时期他们生平的文学创作达到了顶峰。如长篇小说体例,萧红继《生死场》后创作了《呼兰河传》,端木蕻良续写了《科尔沁草原》第二部,骆宾基继《边陲线上》后有《幼年》等问世,中短篇小说与散文、杂文也在这批东北籍作家笔下表现出多产而尖锐突出的气息,如后来到达延安的萧军、白朗等人。东北籍作家的创作贯穿二十世纪三四十年代,作为抗战主题与背景的前沿作家,值得我们给予相当的重视。

　　伟大的抗日战争兴起,强烈地证明了中华民族捍卫国家领土与尊严的坚强决心和钢铁意志。这一时期文学最明显的特征,即由前期的竞相表现个性、自我以及思想界带有阶级意识乃至阵营误会的无休止论争,向一致对外、抗击日本帝国主义侵略转变,不仅形式上结成民族同盟大阵营,更在思想意识上,不分党派、阵营、区域,同仇敌忾,众志成城,反映出趋向相当一致的主题意识。以下仅从文体分类将这一时期的情况予以简略概括。

一、大的散文领域

　　这一时期最活跃、产量最丰富的当数大散文范畴的报告文学、杂文、时评、新闻报道、特写等,如成为时代名篇的:丘东平的《第七连》《我认识了这样的敌人》,骆宾基的《救护车里的血》《我有右胳膊就行》《东战场别动队》,曹白的《这里,生命也在呼吸》《在敌后穿行》,丁玲的《孩子们》,徐迟的《大场之夜》,以群的《台儿庄战场散记》,王西彦的《台儿庄巡礼》,碧野的《北方的原野》,姚雪垠的《战地书简》等,不胜枚举。比较纯粹的文学散文名篇,如茅盾的《白杨礼赞》、萧红的《"九一八"致弟弟书》、冰心的《小桔灯》等,其中郭沫若、郁达夫、巴金、老舍、靳以、李广田、何其芳、冯至、沈从文、林语堂、梁实秋、钱锺书、王了一(王力)、苏雪林等大批业已成名的作家,这一时期都迭有佳作,十分活跃。散文在这一时期可用繁荣来形容,这既展示了散文文体的优越性(便捷、精练、灵活、自由),也表现了作家们坚强勤奋、不屈不挠、乐观进取的品格与作风。

就散文领域来说,特别值得一提的是"鲁迅风"的杂文,在战时十分活跃,用于讨伐敌人、表现民族斗志,以及自己阵营思想争鸣、行为批判,皆发挥了积极的战斗作用与讽刺文学的尖锐特性。这里创作活跃的除上述名家外,还有以杂文见长的如聂绀弩、秦似、夏衍、冯雪峰、宋云彬、唐弢、柯灵、黄裳、王实味等作家。

除此之外,一些看似游离主旋律之外的散文作家,思想上兴许看似比较颓废、消极,但在文学表现上,也有其自身特色和可值商榷处。特别是创作在客观上受到很大限制的沦陷区和"孤岛"时期作家,如周作人、废名、钱锺书、文载道、纪果庵(纪庸)、张爱玲、苏青等人,也是一个值得注意的文学群体与文学现象。

二、诗歌方面

"第三个十年"于诗歌创作方面取得了突出的成就,这一方面在于"愤怒出诗人",诗歌的特性即为激荡的感情寻找突破口,最易于直接宣泄激情心声与表达凝聚人心的思想。另一方面在于经过前二十年新诗的不断尝试,到此阶段艺术形式已趋于成熟、自由,更加融入世界诗歌潮流,如吸收与借鉴现代派的某些表现方式。这一时期的诗歌粗线条大约是由较为直白的口号诗、鼓点诗、短诗发展到较为冷峻深邃、象征意味明显、篇幅相对较长的现代派诗。

就个人来说,这一时期最具代表性的诗人首推艾青。他的诗在思想上达到了相当的深度,民族忧患意识凝重贯注,表达了历尽苦难、追求光明的不屈不挠的坚定意志与理想。在艺术上,如钱理群等学者所认同的:"体现了抗日战争时期主流派的自由诗体所达到的历史高度。"[①]艾青在这一时期的代表作有《北方》《向太阳》《我爱这土地》《雪落在中国的土地上》等。在团体流派方面,七月诗派最值得注意。这一青年诗人

---

① 钱理群,温儒敏,吴福辉:《中国现代文学三十年》(修订本),北京大学出版社,1998年,第562页。

群体以胡风为中心,以《七月》等刊物为阵地,诗风受到艾青的影响,表现出深刻的现实主义思想与自由意志。七月诗派抨击黑暗,追求光明,在当时与后来,都产生了很大的影响。代表诗人如鲁藜、绿原、冀汸、阿垅、曾卓、芦甸、孙钿、方然、牛汉等人。另一个著名的诗歌团体是后来被称为"九叶诗派"的一批诗人,如辛笛、陈敬容、唐湜、袁可嘉、杜运燮、杭约赫、郑敏、唐祈、穆旦等,他们的风格除表现时代的苦难与心声外,比较崇尚西方现代派的表现手法,艺术上试验以戏剧的客观性与主题的间接性入诗,令诗歌行句显示出特别的深度与张力,形象感突出。穆旦是这一队伍中特别值得注意的代表诗人。另外在延安,带有民歌风味与表现主义,即土洋结合的新诗也取得了里程碑意义的成功,著名诗人如田间、袁水拍、李季、阮章竞、张志民、贺敬之等等。

三、小说方面

这一时期的小说创作也取得了丰硕的成果。仅以中长篇小说为例,就有茅盾的《霜叶红似二月花》《腐蚀》,老舍的《四世同堂》,巴金的《憩园》《寒夜》,沙汀的《淘金记》,萧红的《呼兰河传》,沈从文的《长河》,林语堂的《京华烟云》,冯至的《伍子胥》,丁玲的《太阳照在桑干河上》,路翎的《财主底儿女们》,张爱玲的《金锁记》,徐讦的《风萧萧》,钱锺书的《围城》,赵树理的《李有才板话》,等等。这些题材、风格有所不同的小说,都表现出了现代小说驾驭自如的成熟与思想厚重的现代特征,成为现代文学新的里程碑。

四、戏剧方面

戏剧自抗战军兴,时兴街头剧,即广场话剧,充分表现出戏剧样式的民族性与大众性,代表作如《放下你的鞭子》《三江好》《八百壮士》等。在延安革命根据地,特别是在毛泽东发表《在延安文艺座谈会上的讲话》后,深入民众的戏剧样式大为活跃,如带有地方特色的秧歌剧,由此产生了名作如《白毛女》《刘胡兰》等。历史剧在这一时期也相当繁荣,主要原因还是当时国家动荡、民族危机,需要激发正气,拒敌御侮,历史剧借古喻今,前车之鉴,都颇能说明问题。这一时期的代表作如阳翰笙的《天国春秋》,欧阳予倩的《忠王李秀成》,阿英的《碧血花》,夏衍、熊佛西的《赛金花》,宋之的的《武则天》,陈白尘的《石达开的末路》,吴祖光的《正气歌》,等等。这一时期最耀眼的戏剧作品是郭沫若的《屈原》《棠棣之花》《虎符》等,具有突出的民族政治意识和悲剧观念,在战时首都重庆上演,产生了广泛影响,激发了人民的抗日斗志,是中国现代戏剧史上可圈可点的标志性作品。

第十章　战争时期的小说

随着战争阴影的迫近与延伸,中国进入了一个特殊的战乱时期,这一时期战争、救亡与文学联系紧密,无论作者是否直接以战争为题材,其思维模式、审美取向及创作风格都会不同程度地打上战时的烙印,文学的发展因而呈现出战时特有的风貌特征。概言之,战争期间的文学因战争格局的不断发展演变,出现了相应的区域性和阶段性特征。就小说领域而言,事实上存在着一个从抗战初期的停滞倒退到中后期异彩纷呈的发展过程,新小说的现代性与旧小说的通俗性在战争背景下展开了深度融合,小说的量与质均获得了提升。从整体上看,小说这一文学体裁在战争期间虽然经历波折,但是依然取得了不俗的文学成就。在当时涌现出来的众多优秀作家中,身处沦陷区的海派小说集大成者张爱玲、国统区致力于"大河小说"创作的个性作家李劼人以及解放区最具影响力的作家赵树理凭借各自独到的文学建树成为不同区域的佼佼者。

第一节　张爱玲与李劼人的小说

一、基本知识

(一)张爱玲小说

抗战进入后期,以上海为首的沦陷区的海派小说创作迎来了继新感觉派后又一次高潮,其中最令人瞩目的无疑是张爱玲的新市民小说。

张爱玲(1920—1995),出身于没落的贵族世家,原名张瑛,河北丰润人,生于上海。1930年张瑛十岁插班读小学时,母亲正式为之取名为张爱玲。1931年秋张爱玲就读上海圣玛利亚女校,次年即开始在女校校刊上发表小说,1939年考进香港大学专攻文学,1942年因太平洋战争爆发,香港大学停办,未毕业即回上海以写作为生。1952年张爱玲赴香港,向香港大学申请复学获准,1955年离港赴美,1960年成为美国公民,1995 年于美国孤独离世。

张爱玲的主要作品有:中短篇佳作《金锁记》《倾城之恋》《沉香屑:第一炉香》《沉香屑:第二炉香》《茉莉香片》《封锁》《花凋》《红玫瑰与白玫瑰》等,后收入小说集《传奇》,散文名篇《天才梦》《公寓生活记趣》《私语》《更衣记》《谈女人》《自己的文章》等,则多收入散文集《流言》,长篇小说《半生缘》《秧歌》《赤地之恋》《小团圆》,电影剧本《太太万岁》《不了情》,文学评论《红楼梦魇》等。

张爱玲在现代文学中是一个"特异"的存在,她的一夜成名与大红大紫可谓新旧文学经历了约二十年漫长的对峙与互渗后终于开出的奇葩。作为新市民文化的自觉代言人,张爱玲不仅是 20 世纪 40 年代海派新市民小说的主要代表作家,而且因其创作的实绩与影响力,也是当今学界公认的 20 世纪中国最优秀的女性作家之一。在文坛上,"张爱玲热"曾经出现过两次,一次是 20 世纪 40 年代,另一次是 20 世纪 90 年代,第二次热显然在深度和广度上都远远超过第一次,但其文化符号化趋向也成为不争的事实。她的作品现在以文集的形式面世的就有多个版本,其中安徽文艺出版社出版的四卷本《张爱玲文集》(1992)编选较为允当。

(二)李劼人小说

抗战全面爆发前后,独立作家李劼人以其远见卓识完成了与当时民族危亡主题颇有些距离的"大河小说"系列,为丰富战争时期的小说创作做出了独特的贡献。

李劼人(1891—1962),原名李家祥,笔名老懒等,四川华阳(今成都)人。1912 年李劼人开始写作,发表处女作白话小说《游园会》。1915 年起,李劼人先后担任《四川群报》《川报》等报刊的主编或编辑。1919—1924 年,李劼人赴法国留学研究法国文学,回国之后,先后任教于成都大学、四川大学,兼任《新川报》等报刊总编,从事创办嘉乐纸厂等实业工作。1949 年后,李劼人出任过成都市副市长、四川省文联副主席等职务,1962 年病逝于成都。

李劼人的主要作品有:中短篇小说《同情》《儿时影》《盗志》《编辑室的风波》,被称为"大河三部曲"的长篇历史小说《死水微澜》《暴风雨前》和《大波》,翻译法国小说家福楼拜的《马丹波娃利》等,文论《法兰西自然主义以后的小说及其作家》,专著《漫谈中国人之衣食住行》《二千余年成都大城史的衍变》等。

迄今为止,关于李劼人作品的选集已有好几种,其中编选最全面且适于研究的是 1980 年由四川人民出版社出版的《李劼人选集》四卷本。1986 年,四川文艺出版社以其为基础出版了《李劼人选集》五卷本。

"大河小说"本是 19 世纪中期以来法国长篇小说的重要体制,由巴尔扎克率先实践,为众多法国作家所钟爱,代表作品有巴尔扎克的《人间喜剧》、左拉的《卢贡·马卡尔家族》等。此类小说的特点是：多卷体，长篇幅，描写年代长，人物多，背景广阔，容量极大，重风俗民情，最适合于历史叙事，能够真实而全面地再现某个特定时期社会生活的全貌。

在中国现代文学史上，第一个尝试以"大河小说"的体制反映时代转捩点——中国辛亥革命前后的社会生活并取得成功的作家就是李劼人，他是 20 世纪 30 年代的小说大家。

二、代表作及其导读

封锁（节选）

⦿张爱玲

故事梗概：20 世纪 40 年代初期，在战争笼罩下的上海，一辆电车因封锁而被迫停在街中，电车上形形色色的市民，他们以各自的方式打发着这停顿的虚空，为躲避讨厌的表侄董培芝，主人公吕宗桢开始向吴翠远搭讪，于是，在这个短暂密闭的电车空间里，两人即兴上演了一段如梦似幻、似有还无的爱情传奇，"盹"止"梦"醒，当封锁结束时，一切又都复归原位。

开电车的人开电车。在大太阳底下，电车轨道像两条光莹莹的，水里钻出来的曲蟮，抽长了，又缩短了；抽长了，又缩短了，就这么样往前移——柔滑的，老长老长的曲蟮，没有完，没有完……开电车的人眼睛盯住了这两条蠕蠕的车轨，然而他不发疯。

如果不碰到封锁，电车的进行是永远不会断的。封锁了。摇铃了。"叮玲玲玲玲玲，"每一个"玲"字是冷冷的一小点，一点一点连成了一条虚线，切断了时间与空间。

电车停了，马路上的人却开始奔跑，在街的左面的人们奔到街的右面，在右面的人们奔到左面。商店一律地沙啦啦拉上铁门。女太太们发狂一般扯动铁栅栏，叫道："让我们进来一会儿！我这儿有孩子哪，有年纪大的人！"然而门还是关得紧腾腾的。铁门里的人和铁门外的人眼睁睁对看着，互相惧怕着。

电车里的人相当镇静。他们有座位可坐，虽然设备简陋一点，和多数乘客的家里的情形比较起来，还是略胜一筹。街上渐渐地也安静下来，并不是绝对的寂静，但是人声逐渐渺茫，象睡梦里所听到的芦花枕头里的窸窣。这庞大的城市在阳光里盹着了，重重地把头搁在人们的肩上，口涎顺着人们的衣服缓缓流下去，不能想象的巨大的重量压住了每一个人。上海似乎从来没有这么静过——大白天里！一个乞丐趁着鸦雀无声的时候，提高了喉咙唱将起来："阿有老爷太太先生小姐做做好事救救我可怜人哇? 阿有老爷太太……"然而他不久就停了下来,被这不经见的沉寂吓噤住了。

还有一个较有勇气的山东乞丐,毅然打破了这静默。他的嗓子浑圆嘹亮:"可怜啊可怜! 一个人啊没钱!"悠久的歌,从上一个世纪唱到下一个世纪。音乐性的节奏传染上了开电车的。开电车的也是山东人。他长长地叹了一口气,抱着胳膊,向车门上一靠,跟着唱了起来:"可怜啊可怜! 一个人啊没钱!"

电车里,一部分的乘客下去了。剩下的一群中,零零落落也有人说句把话。靠近门口的几个公事房里回来的人继续谈讲下去。一个人撒喇一声抖开了扇子,下了结论道:"总而言之,他别的毛病没有,就吃亏在不会做人。"另一个鼻子里哼了一声,冷笑道:"说他不会做人,他把上头敷衍得挺好的呢!"

一对长得颇像兄妹的中年夫妇把手吊在皮圈上,双双站在电车的正中,她突然叫道:"当心别把裤子弄脏了!"他吃了一惊,抬起他的手,手里拎着一包熏鱼。他小心翼翼使那油汪汪的纸口袋与他的西装裤子维持二寸远的距离。他太太兀自絮叨道:"现在干洗是什么价钱? 做一条裤子是什么价钱?"

（在如此纷杂的氛围中,华茂银行的会计师吕宗桢与大学英文助教吴翠远邂逅闪恋了。）

……

车上的人又渐渐多了起来,外面许是有了"封锁行将开放"的谣言,乘客一个一个上来,坐下,宗桢与翠远给他们挤得紧紧的,坐近一点,再坐近一点。

宗桢与翠远奇怪他们刚才怎么这样的糊涂,就想不到自动地坐近一点。宗桢觉得他太快乐了,不能不抗议。他用苦楚的声音向她说:"不行! 这不行! 我不能让你牺牲了你的前程! 你是上等人,你受过这样好的教育……我——我又没有多少钱,我不能坑了你的一生!"可不是,还是钱的问题。他的话有理。翠远想道:"完了。"以后她多半是会嫁人的,可是她的丈夫决不会像一个萍水相逢的人一般的可爱——封锁中的电车上的人……一切再也不会像这样自然。再也不会……呵,这个人,这么笨! 这么笨! 她只要他的生命中的一部分,谁也不希罕的一部分。他白糟蹋了他自己的幸福。那么愚蠢的浪费! 她哭了,可是那不是斯斯文文的,淑女式的哭。她简直把她的眼泪唾到他脸上。他是个好人——世界上的好人又多了一个!

向他解释有什么用? 如果一个女人必须倚仗着她的言语来打动一个男人,她也就太可怜了。

宗桢一急,竟说不出话来,连连用手去摇撼她手里的阳伞。她不理他。他又去摇撼她的手,道:"我说——我说——这儿有人哪! 别! 别这样! 等会儿我们在电话上仔细谈。你告诉我你的电话。"翠远不答。他逼着问道:"你无论如何得给我一个电话号码。"翠远飞快地说了一遍道："七五三六九。"宗桢道："七五三六九？"她又不做声了。宗桢嘴里喃喃重复着："七五三六九，"伸手在上下的口袋里掏摸自来水笔，越忙越摸不着。翠远皮包里有红铅笔，但是她有意地不拿出来。她的电话号码，他理该记得。记不得，他是不爱她，他们也就用不着往下谈了。

封锁开放了。"叮玲玲玲玲玲"摇着铃，每一个"玲"字是冷冷的一点，一点一点连成一条虚线，切断时间与空间。

一阵欢呼的风刮过这大城市。电车当当当往前开了。宗桢突然站起身来，挤到人丛中，不见了。翠远偏过头去，只做不理会。他走了。对于她，他等于死了。电车加足了速力前进，黄昏的人行道上，卖臭豆腐干的歇下了担子，一个人捧着文王神卦的匣子，闭着眼霍霍地摇。一个大个子的金发女人，背上背着大草帽，露出大牙齿来向一个意大利水兵一笑，说了句玩笑话。翠远的眼睛看到了他们，他们就活了，只活那么一刹那。车往前当当地跑，他们一个个的死去了。

翠远烦恼地合上了眼。他如果打电话给她，她一定管不住她自己的声音，对他分外的热烈，因为他是一个死去了又活过来的人。

电车里点上了灯，她一睁眼望见他遥遥坐在他原先的位子上。她震了一震——原来他并没有下车去！她明白他的意思了：封锁期间的一切，等于没有发生。整个的上海打了个盹，做了个不近情理的梦。

开电车的放声唱道："可怜啊可怜！一个人啊没钱！可怜啊可……"一个缝穷婆子慌里慌张掠过车头，横穿过马路。开电车的大喝道："猪猡！"

吕宗桢到家正赶上吃晚饭。他一面吃一面阅读他女儿的成绩报告单，刚寄来的。他还记得电车上那一回事，可是翠远的脸已经有点模糊——那是天生使人忘记的脸。他不记得她说了些什么，可是他自己的话他记得很清楚——温柔地："你——几岁？"慷慨激昂地："我不能让你牺牲了你的前程！"

饭后，他接过热手巾，擦着脸，踱到卧室里来，扭开了电灯。一只乌壳虫从房这头爬到房那头，爬了一半，灯一开，它只得伏在地板的正中，一动也不动。在装死么？在思想着么？整天爬来爬去，很少有思想的时间罢？然而思想毕竟是痛苦的。宗桢捻灭了电灯，手按在机括上，手心汗潮了，浑身一滴滴沁出汗来，像小虫子痒痒地在爬。他又开了灯，乌壳虫不见了，爬回窠里去了。

1943 年 8 月

——选自《传奇》，人民文学出版社，1986 年版

【导读】

《封锁》一文寓意深刻、精致绝妙,全文不足八千字,是张爱玲早期的代表作。

《封锁》就题目本身而言即富有多重意蕴。从最表层上看,它显然是指这场发生于吕宗桢与吴翠远之间闪恋的战时特殊背景;从深一层来看,借"封锁"这一战时特有的事件,作者把封锁时非常态的短暂时空从庸常的市民生活中巧妙隔离出来,赋予了小市民日常生活一种传奇色彩,而其最核心的寓意正在于透过这件小小情事讽喻日常的生存真相。事实上,行动受到限制的"封锁"期可能是人身心最"自由"的时候,而日常规范化的惯性生活反倒是一种"封锁"状态的存在,只是人们对此早已习焉不察罢了,或者即使有所醒悟,也终究无力挣脱这张世俗的网。

伴着封锁的铃声,小说的主体部分从吕宗桢与吴翠远在密闭的车厢世界的偶遇展开了,两个人瞬间燃起的爱火颇有些电影般传奇的虚拟美感。然而伴随着封锁解除的铃声,这份似真似幻的爱情迅速寂灭、了无痕迹,读者甚至会对这份爱情是否真正存在过产生怀疑,也许它只能是一个"不近情理的梦",爱情神话在张爱玲的笔下就这样被无声地消解了。这篇小说的构思精巧独特、寓意深刻,蕴含着战乱时期留守于孤岛上海的张爱玲切实的生存体验——那种于人生的"惘惘的威胁",极度不安全感下渴望抓住一丝温暖的本能使她特别关注也最能体悟人"一刹那"的复杂情性,小说始终褪不掉凡俗人生那"苍凉"的底色。

张爱玲的小说最富有魅力的是其充满了象征意味的意象描写,"曲蟮"与"乌壳虫"这两个新奇的意象分别出现在篇首、篇末,为这篇小说增添了更多值得回味的余韵。

在当时的上海大都市里,电车往往成了连接普通市民两点一线日常生活的交通工具,张爱玲耐心细致地为我们描述了像两条曲蟮般蠕动的电车轨道是如何向前移的,它正是我们已被模式化的日常生活的生动象征。尽管如此单调压抑,但无论是开电车的还是乘电车的,无论是否正处于战乱时期,我们都没有发疯,依然循规蹈矩地行进在既定的生活轨道上。在规定的现实时空里惯性地做着规定的动作,这就是我们最安全和长久的世俗人生,与现实脱轨的那个真我只能短暂地存在于"封锁"那样一个反秩序的特定时空中。

有趣的是,经历了"封锁"的宗桢,回到家后,却无意间在卧室里发现了一只爬行中的乌壳虫,爬了一半,灯一开,它就不得不停下来一动不动地伏在地板的正中。此时的乌壳虫有了思考的时间,然而思考毕竟是痛苦的,停顿亦是暂时的,停在途中是危险的,所以灯灭了的时候,它只能继续爬行,从窠里来,又回到窠里去。宗桢的人生轨迹亦如这可怜的乌壳虫一般,这是世俗世界里怯懦人的怯懦人生,也是人类普遍的一种宿命存在。张爱玲用颇具反讽意味的乌壳虫意象来结尾是意味深长的,在灯的一开一灭蒙太奇似的叙述之间,道尽了她的人生体悟与浮世之叹。

借助上述真切而绝妙的意象描写,张爱玲以近乎冷漠的态度审视着都市里的芸芸众生,把笔触刺入现代市民混乱无助的精神深层,将现世的生存真相赤裸裸地呈现在读者面前。她曾在《公寓生活记趣》里写道"长的是磨难,短的是人生",看似不经意的一句话,却几乎可以代表她最深沉的人生感触,也是本篇小说内在意蕴的最好注脚。

总体来看,《封锁》一文最大的艺术特色在于其特异的梦幻般叙述,而这一特色的形成与张爱玲对电影的借鉴不无内在的深刻关系。事实上,张爱玲的小说无论是在结构形态上还是在叙述方式上均深受电影技法的影响,如以虚化为线的封锁铃声切换时空的总体构想,以冷静客观犹如长镜头的手法来叙写车厢世界里市民们的举止风貌,以对比蒙太奇的表现方式来进行意象描写,等等。这些现代技法的尝试无疑是具有先锋性的,它们强化了个体生命孤独、绝望、荒诞、悲凉的意蕴,凸显了张爱玲的创新意识,也使这部短篇小说在现代性探索上更具特色,也更加含蓄隽永。

《封锁》里的爱情故事固然是还没有在现实空间展开就结束了,可是在真实生活中,它却传奇性地成就了汪伪政府要员胡兰成与张爱玲之间一段短暂的旷世之恋。

死水微澜(节选)

◉李劼人

故事梗概:19世纪末,在四川省成都平原的某一乡村,农家少女邓幺姑已到婚嫁年龄,在嫁到成都去的梦破碎后,奉父母之命嫁给了绰号蔡傻子的蔡兴顺,当上了天回镇杂货铺兴顺号的掌柜娘。几年后,生了儿子的蔡大嫂依然美丽,铺子的生意也还兴旺,日子过得平顺安稳。可是不安现状的蔡大嫂,经妓女刘三金的撮合,欣然做了袍哥头目罗歪嘴的情人。然而命运弄人,流荡子陆茂林因为争风吃醋,唆使与罗歪嘴有仇的大粮户顾天成以教民身份状告他勾结义和团反洋人,于是官府派兵查封兴顺号,蔡傻子受牵连被抓入狱,蔡大嫂被打成重伤,罗歪嘴仓皇出逃。顾天成为打探罗歪嘴的下落来到乡下的邓家,不想,在见到落难的蔡大嫂后,为色所迷,竟然一心要娶她为妻。为了救出狱中的丈夫,为了情人不再遭追杀,为了儿子的前途,也为了她自己的享乐人生,在约法三章后,蔡大嫂不畏人言,毅然决然地答应了顾天成,摇身一变成了新的顾三奶奶。

自正月初八起,成都各大街的牌坊灯,便竖立起来。初九日,名曰上九,便是正月烧灯的第一宵。全城人家,并不等什么人的通知,一入夜,都要把灯笼挂出,点得透明。就中以东大街各家铺户的灯笼最为精致,又多,每一家四只,玻璃彩画的也有,而顶多顶好看的总是绢底彩画的。并且各家争胜斗奇,有画《三国》的,有画《西厢》、《水浒》,或是《聊斋》、《红楼梦》的,也有画戏景的,不一定都是匠笔,有多数是出自名手,可以供雅俗之赏。所以一到夜间,万灯齐明之时,游人们便涌来涌去,围着观看。

牌坊灯也要数东大街的顶多顶好,并且灯面绢画,年年在更新。而花炮之多,也以东大街为第一。这因为东大街是成都顶富庶的街道,凡是大绸缎铺,大匹头铺,大首饰铺,大皮货铺,以及各字号,以及贩卖苏、广杂货的水客,全都在东大街。所以在南北两门相距九里三分的成都城内,东大街真可称为首街。从进东门城门洞起,一段,叫下东大街,还不算好,再向西去一段,叫中东大街、城守东大街和上东大街,足有二里多长,那就显出它的富丽来:所有各铺户的铺板门坊,以及檐下卷棚,全是黑漆推光;铺面哩,又高、又大、又深,并且整齐干净;招牌哩,全是黑漆金字,很光华,很灿烂。因为从乾隆四十九年起经过几次大火灾,于是防患未然,每隔几家铺面,便高耸一道风火墙;而街边更有一口长方形足有三尺多高、盛满清水的太平石缸,屋檐下并长伸出丁葆桢丁制台所提倡的救火家具:麻搭、火钩。街面也宽,据说足以并排走四乘八人大轿。街面全铺着红砂石板,并且没一块破碎了而不即更换的。两边的檐阶也宽而平坦,一入夜,凡那些就地设摊卖各种东西的,便把这地方侵占了;灯火荧荧,满街都是,一直到打二更为止。这是成都唯一的夜市,据说从北宋朝时候就有了这习俗,而大家到这里来,并不叫上夜市,却呼之为赶东大街。

东大街在新年时节,更显出它的体面来:每家铺面,全贴着硃红京笺的宽大对联,以及短春联,差不多都是请名手撰写,互相夸耀都是与官绅们接近的,或者当掌柜的是士林中人物。而门额上,则是一排五张硃红笺镂空花,贴泥金的喜门钱。门扉上是彩画得很讲究的秦军胡帅,或是直书"只求心中无愧,何须门上有神",以表示达观。并且生意越大,在门神下面,粘着的拜年的梅红名片便越多,而自除夕直到破五,积在门外,未经扫除的鞭炮渣子,便越厚,从早至晚,划拳赌饮的闹声越高,出入的醉人也越多!

除此之外,便是花灯火炮了。

从上九夜起,东大街中,每夜都是一条人流,潮过去,潮过来。因此,每年都不免要闹些事的。

这一年,自不能例外,在上九一夜,凡乡下人头上的燕毡大帽,生意人头上的京毡窝,老年人头上加了皮耳的瑞秋帽,老酸公爷们头上的潮金边子耍须苏缎棉瓜皮帽,被小偷趁热闹抓去的,有二十几顶;失怀表的,失鼻烟壶的,失荷包的,以及失散碎银子的,也有好几起。失主们若是眼明手快,将小偷抓住,也不过把失物取回,赏他几个耳光,唾他几把口水了事。谁愿意为这点小事,去找街差、总爷,或送到两县去自讨烦恼?何况小偷们都是经过教训,而有组织的,你就明明看见他抓了你的东西,而站在身边,你须晓得,你的失物已是传了几手,走得很远了;无赃不是贼,你敢奈何他吗?所以十有九回,失主总是叹息一声了事。

初十夜里,更热闹一点。上东大街与城守东大街臬台衙门照壁后的走马街口,就有两个看灯火的少妇,被一伙流痞举了起来。虽都被卡子上的总爷们一阵马棒救下了,但两个女人的红绣花鞋,玉手钏,镀金簪子,都着勒脱走了。据说有一个着糟蹋得顶厉害,衣襟全被撕破,连挑花的粉红布兜肚都露了出来,而脸上也被搔伤了。大家传说是两个半开门的婊子,又说是两个素不正经的小掌柜娘,不管实在与否,而一般的论调却是:"该遭的! 难道不晓得这几夜东大街多烦? 年纪轻轻的婆娘,为啥还打扮得妖妖娆娆地出来丧德?"

十一夜里顶热闹,在万人丛中,居然耍起刀来,几乎弄得血染街衢。

这折武戏的主角,我可以先代他们报名:甲方是罗歪嘴! 乙方是顾天成!

1935 年 7 月

——选自《死水微澜》,四川人民出版社,2017 年版

【导读】

《死水微澜》是李劼人"大河小说三部曲"中最富有艺术魅力的作品,也是中国现代小说史上最精致、最完美的一部长篇历史小说。

在情节结构的整体构思上,《死水微澜》颇具匠心。这部小说以成都郊外的小镇——天回镇为故事发生的背景,以镇上杂货铺的掌柜娘蔡大嫂的三次婚恋为情节主线,通过对她个人命运及情感轨迹的描写,突显了官府、袍哥与洋人等各方力量的牵制与消长,并借由蔡大嫂内心世界泛起的层层微澜,使读者看清了当时一潭死水的中国封建社会究竟是如何在外国入侵势力的步步紧逼之下而渐生微澜的。《死水微澜》以小见大地为我们生动展现了从甲午战争到《辛丑条约》签订这段时间的时代风貌与社会风俗的变迁,并试图由此民间视角再现本民族的过去和发展,深入探寻中国近代社会历史发生巨变的内在原因,从这个意义层面来看,它俨然是一部形象化的"小说近代史"。

《死水微澜》的历史叙述是独特的,其史诗性质与蜀地习俗的展现结合紧密,使其

当之无愧地成为一部近代的巴蜀风俗史。

在这部小说中,富有乡土文化意识的李劼人自觉地秉承了法国"大河小说"重风俗民情的特点,对蜀中景象、乡土风情和民俗庆典一一给予了精确细致的描摹,如天回镇的地理风貌与赶场盛况、东大街"上九"夜的元宵灯会、青羊宫老子诞辰之际的赶庙会以及借韩二奶奶之口所描述的成都文殊院、会馆和名小吃等,市井气息、民俗色彩分外浓郁,犹如一幅宋人张择端的《清明上河图》。确切地说,这部小说的民俗风物描写已经在某种程度上超越以往单纯的文艺目的,取得了相对独立的地位和价值,它不仅增强了小说现实主义的真实性和典型性,而且也为相关的民俗学研究提供了极其珍贵的史料。从本书关于青羊宫的这一节选文,读者就可以具体感受到小说的这一方志特色。

在人物形象的塑造上,作者基于其固有的民间本位思想,接受并借鉴了法国的文化精神与文学创作经验,主动与当时的革命主题保持一定的距离,具有非英雄化的审美追求。

《死水微澜》的主要人物蔡大嫂、罗歪嘴及顾天成等都是民间亦正亦邪、鲜活生动的"圆形人物",其中最具神采的自然莫过于核心人物蔡大嫂了。这是一个复杂、矛盾、不安分的女人,她聪慧善良、美丽动人,然而性格却刚烈泼辣、叛逆开放,她的身上始终洋溢着一种来自民间的原始生命活力与激情。她是地地道道的"川辣子",其气质秉性源于不遵礼法的巴蜀文化传统,但又隐约带有包法利夫人的某些影子,在对物质生活和情爱生活的热烈追求上不遗余力,当两者不可兼得时,利益的算计绝对是第一位的。其思想性格与行为表现蕴含着中国新旧时代变迁过程中全部的生动内涵。对于这样善与恶奇特混合的人物,作者既不给她贴什么阶级、阶层的标签,也不对其做是非对错的判断,只是还原了人类的本性——那种善恶并存的人性,坚持从人性的角度出发,遵从生活自身的逻辑,真实细微地刻画了她从邓幺姑到蔡大嫂到罗哥的情人再到顾三奶奶的每一次转变,揭示出这一人物极其复杂的人格心理,使其成为中外小说人物画廊中又一个经典的艺术形象。

在语言形式上,李劼人的开拓创新精神同样令人叹服。他有意识地将中国传统的文言、川西的民间方言以及欧化的书面白话语言调和在一起,创造出一种雅俗互现、中西合璧、极富地方特色的现代白话文。在《死水微澜》中,他的这种现代白话文与地方人物及民俗风习的描写水乳交融、浑然一体,产生了特殊的艺术效果与美感,增强了小说的地域性与生动性,提升了小说语言的艺术表现力。

总体而言,《死水微澜》既呈现出鲜明的时代性和现代性,又体现了纯正的民族性和地域性,整体上已经具有"大河小说"的风貌与特征。这一总特征的形成与作者坚定的民间立场、强烈的乡土文化意识以及对法国文学的学习密切相关,它突出地表现在这部小说的情节结构、历史叙述、人物形象、语言形式等各方面,使小说作品历久弥新,焕发出永恒独特的艺术魅力。

三、延伸思考

(一)关于张爱玲小说

20 世纪初叶,随着以上海为中心的都市现代化发展,知识化的新市民群体迅速崛起。所谓新市民,是指现代意义上的市民,即城市自由民或公民,海派小说的兴起和发展与这个群体的成长是同步的。至 20 世纪 40 年代,在 30 年代新感觉派小说的基础上,海派又新推出了一种古、今、中、西、雅、俗杂糅的新市民小说,颇受大众的青睐,代表作家有张爱玲、予且、徐讦、苏青、施济美等。

归纳起来,张爱玲小说的文学史价值主要体现在以下三个方面:

(1)张爱玲虽然身处战乱时期,却自觉与时代主潮保持一定的距离,坚持站在另一种人性高度,致力于书写都市市民的凡俗人生,在小说创作方向的选择上表现出自己独到的见解。在她看来,"凡人比英雄更能代表这个时代的总量",他们才是"这时代的广大的负荷者"①。他们身上具备另类的典型性和真实性。为此,她在小说集《传奇》扉页上作了这样的自我表白:"书名叫传奇,目的是在传奇里面寻找普通人,在普通人里寻找传奇。"

(2)在剖析 20 世纪 40 年代沪、港两地的市民生活和心理方面,张爱玲的新市民小说堪称独步。她突破了新感觉派专注于现代都市的声色感觉摹写和性心理发掘的局限,在衰落的封建文化背景下,将笔触伸入市民现实生存与精神困境的深处,透过对都市市民阶层的日常琐事、饮食男女的浮世描写,揭示了为文明所遮蔽的"洋场社会"的真实面目,暴露出都市市民人性的灰暗与软弱,基调阴郁而苍凉,颇有深度。其作品在问世之初就被誉为"我们文坛最美的收获之一"②,代表了 40 年代海派小说的最高成就。

(3)过人的天赋和独特的身世阅历使张爱玲创造出了"熔古典小说、现代小说于一炉的,古今杂错、华洋杂错的新小说文体"③。其新市民小说在意象艺术、通感手法以及梦幻叙事等方面兼有现代化与中国化的双重品质,完全摆脱了所谓的"新文艺腔",在艺术风格上呈现出中西互融、超越雅俗的特征,为新旧文学实现深度融合提供

---

① 张爱玲:《自己的文章》,《张爱玲文集》(第四卷),安徽文艺出版社,1992 年,第 173-174 页。
② 迅雨(傅雷):《论张爱玲的小说》,《万象》1944 年第 3 卷第 11 期,第 47-60 页。
③ 钱理群,温儒敏,吴福辉:《中国现代文学三十年》(修订本),北京大学出版社,1998 年,第 395 页。

了新的典范之作,影响深远。张爱玲小说的叙述魅力经受住了时间的考验,1961年,继当年迅雨(傅雷)、胡兰成对张爱玲的肯定之后,海外学者夏志清在《中国现代小说史》中为张爱玲设了专章,并盛赞她是"今日中国最优秀最重要的作家",蔚为壮观的"张学"研究自此拉开了序幕。

(二)关于李劼人小说

归纳起来,李劼人小说的文学史价值大致体现在以下两个方面:

(1)李劼人的小说创作非常丰富,在体式上,中短篇和长篇均有涉足,但其中最能代表其创作总体风格的无疑是鸿篇巨制的"大河小说三部曲"。李劼人的"大河小说"系列是中国现代文学史上规模最大的长篇历史小说,它专注于时代的转捩点,按照时间的流程自然展开,以成都为背景,叙写了从封建末世的"死水"到甲午战争时期泛起的"微澜",经过时代"暴风雨"来临前的蓄势,最终汇聚成辛亥革命前夕的"大波",前后约二十年间广阔的社会生活及历史巨变。就其艺术结构和所反映的社会历史的深广度而言,它都堪称中国现代历史长篇小说的杰作。

(2)李劼人的"大河小说"系列,是中西方文化交流的产物,手法上融中西方文学之长,有自然主义倾向。一方面,李劼人有着异乎寻常的乡土文化情结,这主要表现在小说中他对其故乡风俗民情的自觉而又精确的展现上,其小说的方志特色使之成为成都民俗的活化石,当年的巴金曾因此说"过去的成都都活在他的笔下"[①],此言不谬;另一方面,李劼人直接承继了法国"大河小说"的风貌特征,其小说以前所未有的风俗化、非英雄化的审美追求和历史叙述,开创了与英雄化、正史化的传统历史小说完全不同的现代历史小说模式,其在历史小说上的创新价值现已获得学界公认。

在现代文学史上,由于历史、政治以及文学观念的不断调整等,李劼人曾在很长一段时间里被遗忘,其小说的价值与地位的确认经历了一个艰难曲折的过程。最早发现李劼人小说的价值并给予充分肯定的人是郭沫若。1937年,郭沫若读完"大河小说三部曲"后,立刻撰文称李劼人为"中国的左拉",盛赞其小说为"小说的近代史",至少是"小说的近代《华阳国志》"[②],认为其小说是中国伟大的作品。时隔大约三十年后,当时身在香港的文学史家曹聚仁对李劼人的作品也作出了极高的评价,在其《文坛五十年》《小说新语》《现代中国通鉴》等重要著作里,对李劼人生平及其作品的思想内容和艺术价值作了更详细的介绍,认为"当代还没有比他更成功的作家"。1975年,香港文学史家司马长风在《被忽视的两位作家》一文中,大声疾呼文坛应"注意"对李劼人作品的研究,接着又在《中国新文学史》(中卷)中列专节详细分析了李劼人的著作,推崇

---

① 谢扬青:《巴金同志的一封信》,《成都晚报》1985年5月23日。
② 郭沫若:《中国左拉之待望》,《李劼人选集》(第一卷),四川人民出版社,1980年,第6页。

其"直追福楼拜、托尔斯泰的气魄"。20 世纪 80 年代后,对李劼人小说的研究开始复兴,对其评价也愈加公允。

第二节　赵树理的小说

一、基本知识

在 20 世纪 40 年代的解放区文坛,赵树理所取得的文学创作成就无疑是最为卓著的。

赵树理(1906—1970),出身于贫民家庭,原名赵树礼,笔名"野小"等,山西沁水县人。1925 年,赵树理考入山西省立第四师范学校。1929 年,他在沁水县城关西关模范小学教书时被捕,1930 年获释后,一边流浪一边开始写作。1937 年,赵树理加入"牺盟会",开始投身抗日革命工作。1943 年,赵树理发表《小二黑结婚》等小说,创作进入成熟期。1949 年后,他创办了通俗文艺刊物《说说唱唱》、曾任《曲艺》《人民文学》编委,还历任中国文联常务委员、中国作家协会理事、中国曲艺协会主席等职。1970 年,赵树理在"文化大革命"中被迫害而死。1978 年,党中央、国务院为赵树理平反昭雪。

赵树理的主要作品有:短篇小说《小二黑结婚》《传家宝》《富贵》《锻炼锻炼》《登记》《套不住的手》,中篇小说《李有才板话》《李家庄的变迁》《邪不压正》,长篇小说《三里湾》,报告文学《孟祥英翻身》,长篇评书《灵泉洞》(上集),人物传记《实干家潘永福》,剧本《十里店》等。时至今日,赵树理的著作版本较好的不仅有中国工人出版社及人民文学出版社出版的四卷本《赵树理文集》(2000;2005),北岳文艺出版社出版的五卷本《赵树理全集》(1994),还有大众文艺出版社出版的六卷本《赵树理全集》(2006)。

由于赵树理上述农村生活题材小说的创作与影响,中国现当代文学史上形成了一个俗称"山药蛋派"的文学流派。此派滥觞于 20 世纪 40 年代,形成于 50 年代至 60 年代中期,主要作家还有马烽、西戎、李束为、孙谦、胡正等,他们大都来自山西农村,对农村生活的深入体验和对毛泽东文艺思想的切实理解,使他们逐渐形成了风格相近的流派。在小说创作上,此派自觉地以赵树理为中心,以山西农村生活为主要题材,以"写农民""农民看"为创作宗旨,坚持革命现实主义的创作方法,主张用小说创作来反映并解决生活的矛盾和问题,成功塑造了许多"新人物",特别是"中间人物"。受古典小说和说唱文学的影响,他们在艺术风格上追求民族性、地域性和通俗性,语言质朴,常带"土"气。代表作除了赵树理的主要作品,还有《吕梁英雄传》(马烽、西戎)、《我的第一个上级》(马烽)、《宋老大进城》(西戎)、《老长工》(李束为)、《伤疤的故事》(孙谦)、《两个巧媳妇》(胡正)等。"山药蛋派"的发展虽有曲折,但代不乏人,其第二代有韩文洲、李逸民、义夫、杨茂林、草章等,进入新时期以后,又有韩石山、田东照、王东满、马力、潘保安等新秀相继涌现。

二、代表作及其导读

小二黑结婚(节选)

◉赵树理

故事梗概:在抗战时期的刘家岐村,青年队长、杀敌英雄小二黑与本村美丽聪慧的姑娘小芹相爱了,但是两人的恋情遭到了双方封建迷信思想严重的家长二诸葛和三仙姑的强烈反对。其时,担任村干部的流氓恶棍金旺兄弟,为泄私愤,滥用职权,先是开斗争会,后又设计陷害二人,玩了一出现场捉奸的闹剧,把二人捆绑起来送到区里,几乎使这对恋人的爱情夭折。后来,由区政府的区长出面主持公道,不但惩办了流氓恶棍金旺兄弟,而且批评教育了二诸葛和三仙姑,让他们同意了儿女的婚事。至此,这一对追求婚姻自主、向往美好生活的情侣,在新政权及新婚姻法令的支持下终于如愿以偿地结婚了。

一 神仙的忌讳

刘家岐有两个神仙,邻近各村无人不晓:一个是前庄上的二诸葛,一个是后庄上的三仙姑。二诸葛原来叫刘修德,当年做过生意,抬脚动手都要论一论阴阳八卦,看一看黄道黑道。三仙姑是后庄于福的老婆,每月初一十五都要顶着红布摇摇摆摆装扮天神。

二诸葛忌讳"不宜栽种",三仙姑忌讳"米烂了"。这里边有两个小故事:有一年春天大旱,直到阴历五月初三才下了四指雨。初四那天大家都抢着种地,二诸葛看了看历书,又掐指算了一下说:"今日不宜栽种。"初五日是端午,他历年就不在端午这天做什么,又不曾种;初六倒是个黄道吉日,可惜地干了,虽然勉强把他的四亩谷子种上了,却没有出够一半。后来直到十五才又下雨,别人家都在地里锄苗,二诸葛却领着两个孩子在地里补空子。邻家有个后生,吃饭时候在街上碰上二诸葛便问道:"老汉!今天宜栽种不宜?"二诸葛翻了他一眼,扭转头返回去了,大家就嘻嘻哈哈传为笑谈。

三仙姑有个女孩叫小芹。一天,金旺他爹到三仙姑那里问病,三仙姑坐在香案后唱,金旺他爹跪在香案前听。小芹那年才九岁,晌午做捞饭,把米下进锅里了,听见她娘哼哼得很中听,站在桌前听了一会,把做饭也忘了。一会,金旺他爹出去小便,三仙姑趁空子向小芹说:"快去捞饭!米烂了!"却不料就叫金旺他爹听见,回去就传开了。后来有些好玩笑的人,见了三仙姑就故意问别人"米烂了没有?"

二 三仙姑的来历

三仙姑下神,足足有三十年了。那时三仙姑才十五岁,刚刚嫁给于福,是前后庄上第一个俊俏媳妇。于福是个老实后生,不多说一句话,只会在地里死受。于福的娘早死了,只有个爹,父子两个一上了地,家里只留下新媳妇一个人。村里的年青人们感觉着新媳妇太孤单,就慢慢自动的来跟新媳妇作伴,不几天就集合了一大群,每天嘻嘻哈哈,十分哄伙。于福他爹看见不像个样子,有一天发了脾气,大骂一顿,虽然把外人挡住了,新媳妇却跟他闹起来。新媳妇哭了一天一夜,头也不梳,脸也不洗,饭也不吃,躺在炕上,谁也叫不起来,父子两个没了办法。邻家有个老婆替她请了一个神婆子,在她家下了一回神,说是三仙姑跟上她了,她也哼哼唧唧自称吾神长吾神短,从此以后每月初一十五就下起神来,别人也给她烧起香来求财问病,三仙姑的香案便从此设起来了。

青年们到三仙姑那里去,要说是去问神,还不如说是去看圣像。三仙姑也暗暗猜透大家的心事,衣服穿得更新鲜,头发梳得更光滑,首饰擦得更明,宫粉搽得更匀,不由青年们不跟着她转来转去。

这是三十来年前的事。当时的青年,如今都已留下了胡子,家里都是子媳成群,所以除了几个老光棍,差不多都没有那些闲情到三仙姑那里去了。三仙姑却和大家不同,虽然已经四十五岁,却偏爱当个老来俏,小鞋上仍要绣花,裤腿上仍要镶边,顶门上的头发脱光了,用黑手帕盖起来,只可惜宫粉涂不平脸上的皱纹,看起来好像驴粪蛋上下上了霜。

老相好都不来了,几个老光棍不能叫三仙姑满意,三仙姑又团结了一伙孩子们,比当年的老相好更多,更俏皮。

三仙姑有什么本领能团结这伙青年呢?这秘密在她女儿小芹身上。

……

十二 怎么到底

三个民兵回到刘家峧,一说区上把兴旺金旺两人押起来,又派助理员来调查他们的罪恶,真是人人拍手称快。午饭后,庙里开一个群众大会,村长报告了开会宗旨就请大家举他两个人的作恶事实。起先大家还怕扳不倒人家,人家再返回来报仇,老大一会没有人说话,有几个胆子太小的人,还悄悄劝大家说:"忍事者安然。"有个被他两人作践垮了的年青人说:"我从前没有忍过?越忍越不得安然!你们不说我说!"他先从金旺领着土匪到他家绑票说起,一连说了四五款,才说道:"我歇歇再说,先让别人也说几款!"他一说开了头,许多受过害的人也都抢着说起来:有给他们花过钱的,有被他们逼着上过吊的,也有产业被他们霸了的,老婆被他们奸淫过的。他两人还派上民兵给他们自己割柴,拨上民夫给他们自己锄地;浮收粮,私派款,强迫民兵捆人,……你一宗他一宗,从晌午说到太阳落,一共说了五六十款。

区上根据这些罪状把他两人送到县里,县里把罪状一一证实之后,除叫他们赔偿大家损失外,又判了十五年徒刑。

经过这次大会之后,村里人也都敢出头了。不久,村干部又都经过大改选,村里人再也不敢乱投坏人的票了。这其间,金旺老婆自然也落了选。偏她还变了口吻,说:"以后我也要进步了。"

两个神仙也有了变化:

三仙姑那天在区上被一伙妇女围住看了半天,实在觉着不好意思,回去对着镜子研究了一下,真有点打扮得不像话;又想到自己的女儿快要跟人结婚,自己还卖什么老俏?这才下了个决心,把自己的打扮从顶到底换了一遍,弄得像个当长辈人的样子,把三十年来装神弄鬼的那张香案也悄悄拆去。

二诸葛那天从区上回去,又向老婆提起二黑跟小芹的命相不对,他老婆道:"把你的鬼八卦收起吧!你不是说二黑这回了不得吗?你一辈子放个屁也要卜一课,究竟抵了些什么事?我看小芹满不错,能跟咱二黑过就很好!什么命相对不对?你就不记得'不宜栽种'?"二诸葛见老婆都不信自己的阴阳,也就不好意思再到别人跟前卖弄他那一套了。

小芹和小二黑各回各家,见老人们的脾气都有些改变,托邻居们趁势和说和说,两位神仙也就顺水推舟同意他们结婚。后来两家都准备了一下,就过门。过门之后,小两口都十分得意,邻居们都说是村里第一对好夫妻。

夫妻们在自己卧房里有时候免不了说玩话:小二黑好学三仙姑下神时候唱"前世姻缘由天定",小芹好学二诸葛说"区长恩典,命相不对"。淘气的孩子们去听窗,学会了这两句话,就给两位神仙加了新外号:三仙姑叫"前世姻缘",二诸葛叫"命相不对"。

1943 年 5 月,写于太行

——选自《小二黑结婚》,江苏文艺出版社,2018 年版

【导读】

《小二黑结婚》是赵树理的成名作,也是解放区文学的典范之作。

这部小说充分体现了赵树理在深入农村的生活实践中,以小说创作反映现实矛盾和问题的现实主义创作理念。小说素材来自作者经手的一桩不幸的婚姻案件,案件中的男主角民兵队长岳冬至在争取婚恋自由的过程中,不但遭到封建思想严重的父母的强烈反对,而且最后还被村里的封建恶势力借机活活打死了。这起血案带给赵树理的刺激与震撼是异乎寻常的,为了反映根据地基层工作中存在的这些现实问题,为了弘扬正气、树立新风,更为了讴歌新社会的胜利,他在此案件的基础上写成了以喜剧结尾的《小二黑结婚》。

从主题上看,《小二黑结婚》借一起婚恋故事,塑造了以小二黑和小芹为代表的新一代农民形象,肯定了他们在争取婚姻自主过程中所表现出来的斗争精神,并以他们最后的胜利热情歌颂了共产党领导下的民主新政权和农村新生力量的成长,同时,也批判了以二诸葛和三仙姑为代表的老一辈农民身上落后迷信的思想,暴露了以金旺、兴旺为代表的基层组织中恶势力的破坏力及其潜在危害。这部小说从农村日常生活中的普通婚恋问题入手,以小见大地反映了根据地的新面貌和新趋势,也预见到了与封建思想和封建恶势力作斗争的长期性和艰巨性。它是毛泽东《在延安文艺座谈会上的讲话》发表后最早出现的一部现实主义力作,其主题的开掘具有相当的深广度和典型性,蕴含了较多的主流意识思想与政治文化色彩,带有鲜明的时代性和重要的现实意义。

由于在继承和发展中国传统小说与民间说唱艺术方面具有独到之处,这部小说的艺术形式呈现出非常突出的民族化、大众化特色,在情节结构、人物塑造以及叙述语言上都体现出原汁原味的民间性和乡土性,通俗易懂、鲜活生动。

在情节结构上,一方面,作者保留了传统小说单线发展的手法和故事性强等特点,以小二黑和小芹的恋爱为主线,其他人物和情节则都围绕着它而展开,情节环环相扣,矛盾集中,首尾照应,结构严密,最后的"大团圆"也特别符合中国传统的欣赏口味;另一方面,他又摒弃了旧小说的章回体格式,采用了小标题与人物、事件分别结合的现代小说体式,分章分节叙述人物和事件,既构成了相对独立的小故事,又不破坏整个故事的完整性和连贯性。比如,小说开头写二诸葛和三仙姑两节内容,近似于这两个神仙的独立小传,但它们实际上又与后面的情节主线的展开密不可分。

在人物塑造上,作者比较倾向以人物自身的行动和语言来展现人物的心理与性格的传统创作理念,在刻画人物的具体手法上,偏爱白描和细节描写。比如,以"不宜栽种""恩典恩典"的典故趣事来叙写二诸葛的迷信、迂腐,又以"米烂了""看看仙姑"的细节趣闻来描写三仙姑的虚伪与做作就是最经典的两个例子。值得关注的是,为了尊重农村的生活实际,也为了贯彻革命现实主义的创作方法,在人物描写类型化的同时,他又努力发掘人物的复杂性和生动性,因而在他的笔下,如二诸葛与三仙姑等落后人物或曰"中间人物"往往刻画得最为成功。

在语言形式上,这部小说借鉴了民间说唱艺术的风格特长,小说的整体叙述风格明快简洁,富有幽默感,具有大众化、口语化倾向。其经过选择和提炼后的"大白话"既保持了作者的个性,又带有山西的乡土特色。这一特点不但表现在人物的对话上,而且也表现在作者的叙述语言上。例如,小说里不时出现对敬神信巫、婚俗礼仪等民俗风习的描写,以富有地方色彩的比喻"驴粪蛋上下上了霜"来讽刺三仙姑那张"老来俏"的脸,甚至给小说人物起的那些"诨号",也是既生动形象、幽默风趣又具有淳朴浓郁的地方风味,其语言的艺术性、通俗性和地域性的结合近乎完美。

总体而言,《小二黑结婚》从其崭新的革命思想内容到别具一格的民族艺术形式,都是与毛泽东《在延安文艺座谈会上的讲话》的精神切实相通的,因而它不仅获得了彭德怀、周扬乃至毛泽东本人的高度赞扬,也获得了边区广大人民群众的衷心喜爱,成为一部具有中国气派的民族小说的代表作。

三、延伸思考

赵树理是中国现当代文学史上真正熟悉农村、热爱人民大众的"文摊文学家",是我国农民文学最杰出的代表作家,是文学史上一个重要而独特的存在。归纳起来,赵树理的小说的文学史价值至少包含了以下两方面的内容:

(1)从思想内容上看,一方面,赵树理的小说以党的政策为指导,真实地再现了我国 20 世纪 30 年代到 60 年代太行山地区的农村生活的巨大变革。由于站在革命政党的立场,其创作主题往往来自工作中的问题,是典型的问题小说,其主观意图是通过小说创作来解决现实问题,批评落后,褒扬先进,引导农民转变思想观念,具有时代赋予的强烈的政治文化色彩,体现了革命文艺要服务于工农大众的方向。另一方面,由于其固有的农民立场,农民自然成为其文学创作的中心对象。其价值立场是以农民利益为本位的,其文化选择自然也是以民间文化为本位的。代民立言、忠于现实成为其坚守的创作宗旨,因而其小说的主题又不免丰富驳杂,不是《在延安文艺座谈会上的讲话》的政治内涵可以简单概括的,其间蕴含着农民思想文化的深层内在诉求,体现了实事求是、求真务实的本色,民间的声音正是通过他的小说创作如实向上传递的。

(2)从艺术形式上看,赵树理的小说能够自如地融合中国古典文学和"五四"以来新文学的长处,创造出独具一格的民族新形式——"评书体的现代小说形式"①。他的这种具有鲜明民族化、大众化的艺术风格,使其小说表现出一种"本色美",其清新活

---

① 钱理群,温儒敏,吴福辉:《中国现代文学三十年》(修订本),北京大学出版社,1998 年,第 372 页。

泼、农村风俗画卷的特点在当时的中国文坛可谓独树一帜,这对整个解放区乃至二十世纪五六十年代的文学都产生了巨大的影响,并因此形成了一个新的文学创作流派——"山药蛋派"。在他的笔下,"五四"新文学建设中一个根本性问题——文学大众化、民族化问题最终得以较为完美地解决。从这一层面而言,其小说不仅代表了20世纪40年代解放区文学创作的最高成就,也代表了一种新型文学的发展方向。

在现当代文学史上,关于赵树理及其小说价值的确认有一个戏剧性反复的过程。早在20世纪40年代中叶,他就被当时的左翼评论家视为"一位具有新颖独创的大众风格的人民艺术家"①,他的小说也被认为是"走向民族形式的一个里程碑"②。1947年夏,晋冀鲁豫边区文联召开文艺座谈会,甚至把赵树理树立为边区的"方向性"作家,提出了"赵树理方向"③,从而把对赵树理的评价推向最高峰。然而,从20世纪50年代至70年代,赵树理及其小说不断引发争议,批评的声音逐渐占了上风,直至"文化大革命"中他被迫害而死。80年代后至今,其人其作的价值在更高的认识层面又重新得到充分的肯定。

第三节 其他小说

在战争格局下,国家被分裂为不同政治背景的三大地区:国统区、沦陷区和解放区,中国的文学创作因而也呈现出明显的区域性特征,小说亦概莫能外。

一、国统区小说

在国统区(国民党政府统治区域),小说创作的新趋向及特点大致可概括为:一是开始盛行暴露讽刺小说;二是出现大量的体验和追忆型小说。

随着抗战的持续和深入,国统区内的国民党统治日益暴露出其腐败与黑暗的一面,作家们纷纷将目光聚焦在这一点上,于是暴露讽刺小说杰作迭出。主要代表作有茅盾的长篇小说《腐蚀》、巴金的长篇小说《寒夜》、张天翼的短篇小说《华威先生》、沙汀的短篇小说《在其香居茶馆里》及长篇小说《淘金记》、艾芜的长篇小说《丰饶的原野》的第一部《春天》和《故乡》、萧红的长篇小说《马伯乐》、张恨水的长篇小说《八十一梦》和《魍魉世界》以及钱锺书的长篇小说《围城》等。其中,钱锺书作为一位学者型

---

① 周扬:《论赵树理的创作》,《解放日报》1946年8月26日。
② 茅盾:《论赵树理的小说》,《文萃》1946年第2卷第10期,第18页。
③ 陈荒煤:《向赵树理方向迈进》,《人民日报》1949年8月10日。

的讽刺小说家是这一时期讽刺小说的集大成者。

战争一方面淡化了传统的抒情情结,另一方面却强化了人们对现实的复杂体验,于是体验和追忆型小说成为新的热点。以"体验现实主义"著称的七月派小说就是这一类小说的典型代表。

七月派小说是人们对1937年随着抗日战争全面爆发因胡风、艾青等创办的《七月》周刊而得名的七月派中的小说类的总称。其小说前期带有报告文学家直面血肉人生的峻急,后期则带有心灵解剖家揉搓人物有缺陷的心灵的强悍,始终贯注着呼唤"人民原始强力"的主观战斗热情。此派主要作品有:丘东平的《通讯员》《第七连》《一个连长的战斗遭遇》,曹白的《这里,生命也在呼吸》,路翎的《饥饿的郭素娥》《财主底儿女们》,彭柏山的《皮背心》《一个义勇队员的前史》,冀汸的《走夜路的人们》,阿垅的《闸北打了起来》《南京》等。其中以路翎的小说最为出色,他的小说具有一种陀思妥耶夫斯基的气质,这使中国的现实主义小说与世界潮流更接近。

此外,这一类型小说的代表作还有冯至的历史小说《伍子胥》、师陀的短篇集《果园城记》及中篇《无望村的馆主》、汪曾祺的短篇集《邂逅集》、萧红的长篇《呼兰河传》、端木蕻良的长篇《科尔沁旗草原》的第二部、骆宾基的长篇《幼年》和短篇集《北望园的春天》等。

二、沦陷区小说

以上海为首的沦陷区由于特殊的政治背景,现代通俗小说获得了长足的发展。这一方面表现为新文学作家向通俗小说方向靠近,如新市民小说的畅销;另一方面表现为通俗作家向新的现代小说跟进,如北派武侠小说的兴盛。

新市民小说的代表作家除张爱玲的作品外,其他代表作家作品有:予且的长篇《女校长》《乳娘曲》和短篇集《七女书》;徐訏的长篇《风萧萧》,中篇《荒谬的英法海峡》《精神病患者的悲歌》《旧神》以及短篇集《烟圈》;苏青的自传体长篇《结婚十年》《续结婚十年》,中篇《歧途佳人》;无名氏(卜乃夫)的长篇《北极风情画》《塔里的女人》以及连续性长篇《野兽·野兽·野兽》《海艳》《金色的蛇夜》;施济美的小说集《凤仪园》《鬼月》;等等。

北派武侠小说在华北沦陷区的现代进程也同样令人瞩目,事实上它已经达到了现代武侠小说前所未有的高度,其主要代表作家作品有:还珠楼主的《蜀山剑侠传》《青城十九侠》,宫白羽的《十二金钱镖》《联镖记》《偷拳》,郑证因的《鹰爪王》系列,王度庐包括《卧虎藏龙》在内的"鹤—铁系列"和《风尘四杰》,朱贞木的《七杀碑》《罗刹夫人》,等等。

此外,沦陷区的通俗代表作家及作品还有:刘云若的《粉墨筝琶》《小扬州志》,梅娘的水族系列小说《蚌》《鱼》《蟹》,秦瘦鸥的《秋海棠》,王小逸的《明月谁家》,等等。

三、解放区小说

在毛泽东《在延安文艺座谈会上的讲话》精神的指导下,解放区小说的创作进入了一个相当活跃的繁荣时期。除赵树理的小说外,孙犁的抒情性小说影响也是极大的。

孙犁的《荷花淀》系列小说写于1944年后,随着作品的陆续发表,其在文学艺术界影响越来越大,有许多作家都努力探索其写作技巧,并在艺术实践中体现其风格,不久便形成了一个影响当代颇为深远的文学流派——“荷花淀派”。其代表作家除了孙犁,还有刘绍棠、从维熙、韩映山等。“荷花淀派”的小说作品,一般都充满了浪漫主义气息和乐观主义精神,情节生动,语言清新朴素,富有节奏感,描写逼真,心理刻画细腻,抒情味浓,富有诗情画意,有“诗体小说”之称。

其他代表作家作品还有:康濯的《灾难的明天》《我的两家房东》,孔厥的短篇小说集《受苦人》,刘白羽的《无敌三勇士》《政治委员》《战火纷飞》《血缘》《火光在前》,邵子南的《地雷阵》,丁玲的《在医院中》《太阳照在桑干河上》,周立波的《暴风骤雨》,欧阳山的《高干大》,柳青的《种谷记》,草明的《原动力》,等等。

【思考题】

1.如何理解张爱玲所创造的这种“熔古典小说、现代小说于一炉的,古今杂错、华洋杂错的新小说文体”?

2.张爱玲小说集《传奇》和唐宋传奇小说是否有关? 为什么?

3.谈谈法国文化与文学对李劼人小说创作的具体影响。

4.为什么说李劼人的“大河小说三部曲”是“小说的近代《华阳国志》”?

5.怎样认识赵树理小说的民间性和乡土性?

6.试从“山药蛋派”的发展状况来评析赵树理小说的得失。

7.七月派小说的代表作家作品有哪些?

8.沦陷区小说的代表作家作品有哪些?

9.解放区小说的代表作家作品有哪些?

第十一章 战争时期的中国诗歌

中国现代诗歌在抗日战争时期进入了新的历史语境,这里既有挑战,也有机会。所谓挑战在于诗歌这种艺术形式如何适应战争的需要,而机会则在于新的历史遭遇往往会带给人们新的激情和新的思路。这一时期的中国诗歌,为读者最终呈现了艾青、田间与七月诗派,以及穆旦与中国新诗派。他们的出现,是中国现代诗歌进入成熟阶段的重要标志。

第一节 艾青、田间与七月诗派

一、基本知识

战争时期的中国诗坛,现实主义诗学风格成为主流。伴随着时局的动荡和战争状态的转变,艾青、田间及其影响下的七月诗派成为现实主义诗歌写作潮流中最为亮丽的风景。

艾青(1910—1996),原名蒋正涵,字养源,号海澄,笔名还有莪加、克阿、林壁等。他出生于浙江金华一个乡村地主家庭,出生后被认为克父母,而被寄养在一个贫苦农妇"大叶荷"家里,直到5岁才被父母领回家。1928年夏,艾青考入国立杭州西湖艺术院绘画系,翌年春,赴法国巴黎勤工俭学。在法国,艾青度过了"精神上自由,物质上贫困的三年"。1932年春,艾青回到上海后即加入"中国左翼美术家联盟",创办"春地画会"。1932年7月,艾青因参加左翼文艺活动被捕入狱,1935年10月出狱。1936年艾青出版了第一本诗集《大堰河》。抗日战争期间是艾青创作的高潮期,出版了《北方》(1939)、《向太阳》(1940)、《他死在第二次》(1939)、《旷野》(1940)、《黎明的通知》(1943)、《吴满有》(1943)、《雪里钻》(1944)、《献给乡村的诗》(1945)等多部诗集。另外,他还出版有《诗论》《论诗》《新诗论》等著作。

田间(1916—1985),原名童天鉴,安徽无为县人。他的诗洋溢着火一样的战斗激情,充满着高昂的乐观主义精神,富有鼓舞人心的战斗力量。闻一多先生曾高度赞誉他为"擂鼓诗人"和"时代的鼓手"。他早年的诗歌主要收录于《未名集》(1935)、《中国牧歌》(1936)、《中国农村的故事》(1936)、《呈在大风砂里奔走的岗卫们》(1938)、《给战斗者》(1943)中。另外,他抵达延安后还创作过影响颇大的街头诗和小叙事诗,如《假使我们不去打仗》《中国底春天在鼓舞着全人类》《自由,向我们来了》等,曾经鼓舞了无数热血青年奔赴战场。

七月诗派因胡风创办的《七月》周刊(1937年9月)而得名,以理论家兼诗人胡风为中心,以《七月》《希望》《泥土》《呼吸》等为阵地。其主要成员有胡风、艾青、田间、绿原、阿垅(亦名亦门、S.M)、鲁藜、冀汸、曾卓、杜谷、牛汉、郑思、彭燕郊等。他们的作品除在《七月》等刊物上发表外,还辑成专集,收入《七月诗丛》《七月文丛》《七月新丛》。七月诗派一方面继承了20世纪30年代中国诗歌会的革命现实主义传统,另一方面,他们反对抗战初期那种在诗歌中空洞呼喊的写法,强调诗人以强烈的主观精神,"突入"现实生活,发现客观对象的主观精神与个性,使主观与客观、历史与个人统一在作品中。

1981年,牛汉等编辑了诗集《白色花》,收集了七月诗派二十位诗人的作品。

二、代表作及其导读

雪落在中国的土地上

◉艾　青

　　雪落在中国的土地上,
　　寒冷在封锁着中国呀……

　　风,
　　像一个太悲哀了的老妇,
　　紧紧地跟随着
　　伸出寒冷的指爪
　　拉扯着行人的衣襟,
　　用着像土地一样古老的话
　　一刻也不停地絮聒着……

　　那从林间出现的,

赶着马车的

你中国的农夫

戴着皮帽

冒着大雪

你要到哪儿去呢?

告诉你

我也是农人的后裔——

由于你们的

刻满了痛苦的皱纹的脸

我能如此深深地

知道了

生活在草原上的人们的

岁月的艰辛。

而我

也并不比你们快乐啊

——躺在时间的河流上

苦难的浪涛

曾经几次把我吞没而又卷起——

流浪与监禁

已失去了我的青春的

最可贵的日子,

我的生命

也像你们的生命

一样的憔悴呀!

雪落在中国的土地上,

寒冷在封锁着中国呀……

沿着雪夜的河流,

一盏小油灯在徐缓地移行,

那破烂的乌篷船里

映着灯光,垂着头

坐着的是谁呀?

——啊,你

蓬发垢面的少妇,

是不是

你的家

——那幸福与温暖的巢穴——

已被暴戾的敌人

烧毁了么?

是不是

也像这样的夜间,

失去了男人的保护,

在死亡的恐怖里

你已经受尽敌人刺刀的戏弄?

咳,就在如此寒冷的今夜,

无数的

我们的年老的母亲,

都蜷伏在不是自己的家里,

就像异邦人

不知明天的车轮

要滚上怎样的路程?

——而且

中国的路

是如此的崎岖。

是如此的泥泞呀。

雪落在中国的土地上,

寒冷在封锁着中国呀……

透过雪夜的草原

那些被烽火所啮啃着的地域,

无数的,土地的垦植者

失去了他们所饲养的家畜

失去了他们肥沃的田地

拥挤在

生活的绝望的污巷里:

饥馑的大地

朝向阴暗的天

伸出乞援的

颤抖着的两臂。

中国的苦痛与灾难

像这雪夜一样广阔而又漫长呀!

雪落在中国的土地上,

寒冷在封锁着中国呀……

中国,

我的在没有灯光的晚上

所写的无力的诗句

能给你些许的温暖么?

一九三七年十二月二十八日夜间

——选自《七月》,1938 年第 7 期(1938.1.16 汉口)

【导读】

抗日战争爆发后,诗人满怀着激情与斗志来到当时的抗战中心武汉,看到的却是大众在穷困、饥饿中挣扎而权贵们依然作威作福的社会现实,他感到了幻灭。1937 年 12 月 28 日夜间,在武昌一间阴冷的屋子里,诗人抒写了他对苦难深重的祖国未来命运的关注、对挣扎在水深火热中的同胞的深切同情。

"雪落在中国的土地上,寒冷在封锁着中国呀……"这是诗人最痛彻心扉的呼喊,而在这个反复的呼号中，由意象"雪"与"寒冷"奠定的情感色调铺染至全诗，并与随后点染的悲哀的风的形象、赶马车的农夫的形象、草原上的人们的形象、抒情的主人公"我"的形象所构成的第一幅速写，以及破烂的乌篷船、蓬发垢面的少妇、年老的母亲所构成的第二幅速写一起，共同描绘了在严寒压迫下，中国人民无尽的苦难与悲哀。由此，失去家畜的人们、失去田地的人们、失去家的人们、失去生存空间的人们的无尽苦难进入诗人的视野，而诗人言说着"中国的苦痛与灾难／像这雪夜一样广阔而又漫长呀！"显得如此贴切、自然。

"这首诗有力地冲破了抗日战争初期诗歌创作领域的平庸状况，它是一声号召，也是一阵阵激越的钟声。可贵的是诗人不仅深广地体验到战争真实的丰富的内涵，并以富有个性的审美感觉、情绪和鲜活的语言进行真正意义上的诗歌创作……透过这首诗充满具象的描写，读者感受到了全诗浸透着忧患得令人愤发的情感，这也正是这首诗当年为什么能使广大读者倾倒的主要原因。"[1]

我爱这土地

●艾　青

假如我是一只鸟
我也应该用嘶哑的喉咙歌唱：
这被暴风雨所打击着的土地，
这永远汹涌着我们的悲愤的河流，
这无止息地吹刮着的激怒的风，
和那来自林间的无比温柔的黎明……
——然后我死了，
连羽毛也腐烂在土地里面。

为什么我的眼里常含泪水？
因为我对这土地爱得深沉……

一九三八年十一月十七日

——选自《十日文萃》旬刊一卷四期（1938.12.10 桂林）

---

① 牛汉：《深情而颤栗的呼喊》，《艾青名作欣赏》，中国和平出版社，1993 年。

【导读】

艾青是土地与太阳的歌者。尤其是抗日战争时期,"土地"与"太阳"及其相关意象频频出现于艾青的诗作中。据统计,在四川文艺出版社出版的《艾青选集》(收入406首诗)中,全面直接抒写太阳及其边缘类的诗占了10%左右,与土地相关的意象几乎占了26%,形成了两个庞大的意象系列。

本诗是诗人土地系列诗歌中的代表作,从中我们可以感受到诗人对祖国的深爱、对人民的深爱。

在本诗中,诗人选取了一只喉咙已经为祖国歌唱至嘶哑的鸟的形象,来作为自己深沉感情的代表。由鸟儿对土地、河流、风、黎明的不尽歌唱,以及死后连羽毛都要腐烂在土地里面的选择,抒写诗人对土地、对祖国至死不渝的爱。

接下来,诗人直抒胸臆,自问自答,描写了自己"常含泪水"的形象与自己对土地、祖国深沉以至无法言表的"爱"。诗末的省略号,正是诗人沉郁的爱的浓缩。

中国底春天在鼓舞着全人类

——又是"一·二八"了!

◎田　间

中国底春天
走过——
无花的
山谷,
走过——
无笑的
平原,
望着它底
曾经活过了五千年的人民,
人民底
肩膀,
在倚着
壕沟,
人民底
手,

在抚着

枪口，

向法西斯军阀

人民底公敌

坚决战斗。

中国底春天生长在战斗里，

在战斗里鼓舞着全人类。

——选自《给战斗者》，中国青年出版社，2000年版

【导读】

一提起"春天"，我们常常会想到鲜花盛开、欢声笑语以及勃勃的生机。但是，在诗人田间的笔下，春天走过的却是"无花的山谷""无笑的平原"，因为"曾经活过了五千年的人民"在倚着壕沟，抚着枪口，坚决地投入战斗。这个春天不再与鲜花和笑语相联，而是生长在战斗中，在战斗中号召全人类向"人民底公敌"法西斯军阀开战。

田间的这首诗，作于抗日战争全面爆发后不久，和《假使我们不去打仗》《给战斗者》等街头诗一起，如匕首，如投枪，为了创造一个新鲜灿烂的新中国而贡献出自己战斗的力量。"擂鼓诗人""战争诗人""街头诗人"等戴在田间头上的桂冠，是对田间诗学努力的充分肯定。

"我是一个新人，挑上一担新诗，在革命锣鼓中，走进我的大家庭"（田间《预言》，1949年10月写于北京），田间是这么说的，更是这么做的，他真诚的诗歌创作，正是听从革命锣鼓召唤的时代的结晶。

三、延伸思考

归纳起来，艾青及其诗歌创作的文学史价值至少包括以下三个方面的内容：

（1）从《大堰河——我的保姆》起，艾青的所有诗作都拥有一种气质性的忧郁：在土地意象系列的诗作中自不待言，就是在太阳系列的诗作，如《向太阳》中，也总交织着忧郁与悲怆。和他人的忧郁不同的是，艾青的忧郁之作，最终总试图将人们引向一种庄严、崇高的境界。这种忧郁和他的童年经历，师从波特莱尔、兰波等象征派诗人以及他的战争体验有关。艾青的这种忧郁和他对忧郁的独特抒写方式在中国现代诗歌史上是独树一帜的。

（2）艾青的诗作追求散文美。他的所有诗作几乎都遵从内在的情绪节奏，而不依靠外在的韵律，即能给人以音韵的美感。在创作中，艾青常用有规律的排比、复沓句式使诗歌在变化中具有统一感。《雪落在中国的土地上》以四组完全一样的诗行"雪落在中国的土地上，寒冷在封锁着中国呀……"来组织起波澜起伏的情绪之流。此外，艾青早年学习绘画的经历，使他长于对光、色的渲染，能通过构图、线条的安排，以至音响调配，来增加形象的鲜明性。《手推车》是这方面的代表：在黄河流过的地域/在无数枯干了的河底/手推车/以唯一的轮子/发出使阴暗的天穹痉挛的尖音/穿过寒冷与静寂/从这一个山脚/到那一个山脚/彻响着/北国人民的悲哀//在冰雪凝冻的日子/在贫穷的小村与小村之间/手推车/以单独的轮子/刻画在灰黄土层上的深深的辙迹/穿过广阔与荒漠/从这一条路/到那一条路/交织着/北国人民的悲哀。

（3）艾青的诗作以现实主义为底色，在感受和表现方式上，则较多地借鉴了现代主义技巧，实现了现实主义与现代主义的结合。

第二节　穆旦与中国新诗派

一、基本知识

战争时期中国诗歌最大的收获是中国新诗派的出现及诗人穆旦的诗歌创作。穆旦（1918—1977），本名查良铮，浙江海宁人，生于天津。1934 年秋季出版的《南开高中生》第 4—5 合期上，查良铮在发表散文诗《梦》时，第一次署名"穆旦"。1935 年，穆旦考入清华大学地质系，半年后改读外文系，1940 年 8 月毕业留校任助教。1942 年 2 月，穆旦参加中国远征军入缅抗战，1949 年 8 月赴美留学，1953 年以英美文学硕士身份回到了新中国，任教于天津南开大学。1977 年 2 月，穆旦不幸病逝。

穆旦出版的诗集有《探险队》（1945）、《穆旦诗集（1939—1945）》（1947）、《旗》（1948）等。

穆旦是中国诗歌史上天才般的诗人，不过他的出现不是历史的孤立现象，从某种意义上看，体现了中国诗歌在 20 世纪 40 年代历史转换的一种要求。在穆旦的背后，屹立着中国新诗派。中国新诗派常常被称作九叶诗派，包括辛笛、穆旦、杭约赫、陈敬容、杜运燮、唐湜、唐祈、郑敏及袁可嘉九位诗人。他们先后围绕上海《诗创造》《中国新诗》等刊物发表诗歌与诗论，体现出一种新的现代主义的诗歌追求：在思想倾向上，个人意识与社会关怀相结合；在艺术追求上，强调知性与感性相结合，并且具有一种相当自觉的"新诗现代化"主张，现代的生活，现代的意象，现代的语言，现代的美学，由此理直气壮地进入了中国新诗。此派在当时并无明确的流派名称，偶或有"新现代派"或"学院派"之谓，"九叶"之名源于约四十年后由江苏人民出版社推出的他们的诗歌合集《九叶集》（1981），自此声名传播。中国新诗派则以其主要汇集的期刊《中国新诗》而得名。认真考察，在当时围绕《诗创造》《中国新诗》形成相近诗歌追求的诗人并不止上述九人，至少如方敬、莫洛当属其中，至于具有类似艺术倾向的就更多了。这都说明，穆旦的出现有着一个时代的中国诗歌发展的深厚背景。

二、代表作及其导读

还原作用

◉穆　旦

污泥里的猪梦见生了翅膀，
从天降生的渴望着飞扬，
当他醒来时悲痛地呼喊。

胸里燃烧了却不能起床，
跳蚤，耗子，在他的身上黏着：
你爱我吗？我爱你，他说。

八小时工作，挖成一颗空壳，
荡在尘网里，害怕把丝弄断，
蜘蛛嗅过了，知道没有用处。

他的安慰是求学时的朋友，
三月的花园怎么样盛开，
通信联起了一大片荒原。

那里看出了变形枉然，
开始学习着在地上走步，
一切是无边的，无边的迟缓。

1940 年 11 月

——选自《穆旦诗集（1939—1945）》，1947 年版

247

【导读】

"猪"总是让我们生出种种的联想和比喻,既有以猪为图腾的原始信仰,又有以猪设喻讥人蠢笨的俚言俗语。穆旦这里的人生感慨就是从"猪"的形象引发出来的。猪的飞翔之梦,这是一种感情复杂的隐喻:一方面,诗人恍惚间觉察到了人与猪在命运选择上的某种相似性——注定了无法完成对现实的超越;另一方面,他又从人的角度俯瞰,却不能不为猪的生存方式感到深深的悲哀。

接下来,诗人想到了和猪一样不能自拔的人:生存掏空了他,生命空虚到连蜘蛛都觉得没有分量,然而就是这样的生活我们却还恋恋不舍!此时的慰藉仅有他青春梦幻的碎片,少年学友的有距离的通信正是让我们暂时脱离周遭现实返回"梦幻"的一种形式。然而慰藉毕竟只是慰藉,在这个现实的世界上,人的生命的真正发展又谈何容易!人终归还是像猪一样难以飞翔。

人的生存与猪的生存相互照应,两类性质不同的意象彼此浸染、叠加,这就是现代诗的隐喻。隐喻的使用大大地拓展了诗歌的思想意蕴和情感容量。

五　月

◉穆　旦

五月里来菜花香
布谷留恋催人忙
万物滋长天明媚
浪子远游思家乡

勃朗宁,毛瑟,三号手提式,
或是爆进人肉去的左轮,
它们能给我绝望后的快乐,
对着漆黑的枪口,你就会看见
从历史的扭转的弹道里,
我是得到了二次的诞生。
无尽的阴谋;生产的痛楚是你们的,
是你们教了我鲁迅的杂文。

负心儿郎多情女

荷花池旁订誓盟
而今独自倚栏想
落花飞絮漫天空

而五月的黄昏是那样的朦朦！
在火炬的行列叫喊过去以后，
谁也不会看见的
被恭维的街道就把他们倾出，
在报上登过救济民生的谈话后，
谁也不会看见的
愚蠢的人们就扑进泥沼里，
而谋害者，凯歌着五月的自由，
紧握一切无形电力的总枢纽。

春花秋月何时了
郊外墓草又一新
昔日前来痛哭者
已随轻风化灰尘

还有五月的黄昏轻网着银丝，
诱惑，溶化，捉捕多年的记忆，
挂在柳梢头，一串光明的联想……
浮在空气的小溪里，把热情拉长……
于是吹出些泡沫，我沉到底，
安心守住了你们古老的监狱，
一个封建社会搁浅在资本主义的历史里。

一叶扁舟碧江上
晚霞炊烟不分明
良辰美景共饮酒
你一杯来我一盏

而我是来飨宴五月的晚餐，

在炮火映出的影子里，

有我交换着敌视，大声谈笑，

我要在你们之上，做一个主人，

直到提审的钟声敲过了十二点。

因为你们知道的，在我的怀里

藏着一个黑色小东西，

流氓，骗子，匪棍，我们一起，

在混乱的街上走——

他们梦见铁拐李

丑陋乞丐是仙人

游遍天下厌尘世

一飞飞上九层云

1940 年 11 月

——选自《穆旦诗集(1939—1945)》,1947 年版

【导读】

这是穆旦创作的一首不同凡响的作品,也可以说是中国诗歌史上最奇特的作品之一。

奇就奇在这首诗歌当中居然同时存在两种诗体:旧体与新体,而且乍一看,这两种诗体不仅话语方式不同、时代特征有异,而且在各自传达的思想内涵方面似乎也没有什么必然的联系。例如:第一段旧体诗的"五月风光"明媚、轻快;而第二段新诗则呈现了一个混乱、危险的社会。前者是古典的、温情的,后者却是现代的、躁动的,两种情境好像完全不能并置在一起。此后几段也莫不如此:一边是青年男女的爱情故事,一边是当代政治的阴谋诡计;一边是"逝者如斯"的人世沧桑,一边却是历史挥之不去的阴影;一边是迷离的江景和欢洽的聚会,一边又是战争弥漫的当代以及人与人之间的敌视。诗人穆旦为什么要把如此"风马牛不相及"的景象摆放在一起,他究竟想借此传达一种什么样的情感呢? 这可能是每一位初读《五月》的人都感到困惑的。

然而,在最初的困惑之后,你细读全诗可能就会逐渐发现其中的奥妙。诗歌显然是多种诗体、多种声音、多重景象并陈,但是它们绝不是杂乱无章的一团,其中显然包

含着一条潜在的却又清晰的思路,这就是几乎所有的旧体诗段落都在传达着一种典雅、温和、超脱的古老东方情调,而所有的新诗段落都一再描绘了当代世界的混乱、危险、阴谋和敌视。且前一段落的旧体诗与后一段落的新诗其实在主题上具有同一性,它们可以概括为"时代风貌""社会风情""人世沧桑""人伦关系"。在每一个主题上,新旧体诗歌所传达的不同内容和不同情调,也构成了一种别有意味的相互对照,古典的宁静反衬了现代的喧嚣,而现代生活的描绘却也因为它的真实可感而反照出了古典艺术境界的悠远和缥缈。值得注意的还有诗人穆旦的这种并陈和对照并不仅仅是为了再现古今社会历史的差异和新旧体诗艺的不同,他分明有着自己的情感倾向和思想判断,比如他将自己对当代生活的绝望称为"是得到了二次的诞生",并与鲁迅的智慧接通。这里因"直面人生"而产生的凝重的美学效果,同时又对古典诗意产生了某种冲击。它似乎暗示我们,什么样的美轻灵而没有分量,什么样的美痛苦而真实。同样,"一个封建社会搁浅在资本主义的历史里",这触目惊心的历史事实也并不是真能如古人所咏"已随轻风化灰尘"了,它依然对现实的中国社会和中国人产生着决定性的影响。于是,古典诗情与现代人真实感受之间的分裂、错位又一次呈现了出来。正如诗人多次感慨的那样:"我有时想从旧诗获得点什么,抱着这目的去读它,但总是失望而罢。"

而穆旦的诗歌,就是突破古典诗意的一次崭新的尝试。

三、延伸思考

归纳起来,穆旦诗歌的文学史价值至少包含了以下三个方面的内容:

(1)在体验人生苦难、表现生存痛苦、思索生命意义的诗歌创作中,穆旦真正接通了西方现代主义诗歌的潮流,抵达了20世纪的最前沿。他的诗歌题材选择的新颖性和处理题材的深刻性至少在好几代中国诗人那里都是不曾有过的。

(2)穆旦诗歌对于苦难的所有表达都建立在对中国现代人特殊遭遇的基础之上,换句话说,虽然他自觉地接通了与西方现代主义诗歌的联系,却没有重复和模仿西方现代主义诗歌的具体内容。穆旦的诗歌感受均来自他个人对在现代中国生存的深刻体验,来自"一个封建社会搁浅在资本主义的历史"(《五月》)。虽然穆旦和影响过他的西方现代主义诗人都关怀人存在本身的种种荒诞与悖谬,但相对而言,还是穆旦诗歌主题的现实性最强,他的一系列关于存在本身的思考都最终来自现实生存的"问题"。在穆旦诸多"形而上"追问的背后,我们都不难找到某种现实生存困境的解释:或者是战争对中国知识分子稳定生活的破坏,或者是体制化的社会对青年理想的毁灭,或者是个人感情世界的某种危机。更有学者认为"他的诗主要地不是对生命现象

251

作心理和哲学的思考,而是对社会现实进行心理和哲学的思考"①。正是在这样一个意义上,我们可以认为穆旦的诗歌不仅是现代的,而且是属于中华民族的。

(3)在诗歌艺术上,穆旦成功地探索了以严密逻辑蕴含诗意的新的汉语抒情方式,从而有力地推动了中国诗歌抒情方式的现代变革。"在抒情方式和语言艺术'现代化'的问题上,他比谁都做得彻底"②,如这样的句子:

"为什么世界剥落在遗忘里"

"冷风吹进了今天和明天"

"在历史的扭转的弹道里,我是得到了二次的诞生"

"比现实更真的梦,比水/更湿润的思想/在这里枯萎"

第三节 其他诗歌创作

战争时期的中国诗歌,和其他文类一样,最大的特征就是国统区、沦陷区以及解放区三大政治区域的诗歌创作分割并存。

一、国统区诗歌

国统区诗人响应"文章入伍""文章下乡"的"文协"精神,注重深入群众,提倡诗朗诵运动。国统区诗歌活动的重要侧面就是反映广大群众对国民党残暴统治的不满,其中产生了袁水拍的《马凡陀的山歌》、臧克家的《宝贝儿》《生命的零度》、杜运燮的《追赶时间的人》等讽刺诗或歌谣。这一时期,我们还应该关注偏居于云南昆明杨家山上的冯至及他的《十四行集》(1942 年桂林明日社出版)。《十四行集》共收录冯至1941 年所写的 27 首十四行诗。这 27 首诗是一个有机的整体,其排列顺序经过了诗人的精心安排。冯至的《十四行集》开创了中国现代诗歌中的"中年写作"③时代。此外,他的努力尝试及实践所取得的成就,使朱自清相信,在中国,来自西方的十四行诗

---

① 蓝棣之:《论穆旦诗歌的演变轨迹及特征》,《一个民族已经起来》,江苏人民出版社,1987 年,第 69 页。

② 袁可嘉:《诗人穆旦的位置》,《一个民族已经起来》,江苏人民出版社,1987 年,第 17 页。

③ "中年写作"由朱自清先生据闻一多的话正式提出("闻一多先生说我们的新诗好象尽是些青年,也得有一些中年才好。冯先生这一集大概可以算是中年了",参见朱自清《诗与哲理》,《新诗杂话》,广西师范大学出版社,2004 年,第 27 页)。自此,该提法广泛应用于对冯至的《十四行集》的评论。冯至当时正值中年,但所谓的"中年写作"并不局限于中年这个年龄段。张桃洲在《论新诗在 40 年代和 90 年代的对应性特征》中指出,"中年意味着沉稳和成熟……'中年写作'指向的并非某一年龄或时段,而是某种写作心境和态度"。他进一步使用了"扩张的外显性写作"和"凝缩的内敛性写作"两个概念来指称二十世纪三四十年代的两种不同写作气象。此处的"内敛性写作"与"中年写作"含义相通。

体"似乎已经渐渐圆熟;这诗体还是值得尝试的"①。

二、沦陷区诗歌

在战时成为沦陷区的北平,有两种诗歌写作者。一种是抒写沉重的独语,倾心于哲理的沉思,显示出主知倾向的诗人,其代表诗人有闻青、刘恩荣、路易士等。另一种是包括吴兴华、黄雨、沈宝基、查显琳在内的校园诗人,他们与大后方的西南联大诗人群有着近似的趣味,而吴兴华最能代表当时出现的新古典主义诗风。其《绝句》等化自古代五言绝句的新格律体诗歌,以及《柳毅和洞庭龙女》《褒姒的一笑》《吴王夫差女小玉》等古题新咏诗,建构起了一个吴兴华式的新古典主义特征浓厚的世界。他特异的诗歌写作,丰富了战争时期中国诗歌的图景,并提醒今天的我们反思已经建构起来的"现代性"观念。

三、解放区诗歌

在陕甘宁、晋察冀、晋绥和山东等抗日根据地,诗歌团体、油印和铅印的诗刊,如雨后春笋般层出不穷,以此为基础,解放区发动了广泛的群众化诗歌运动。受这种诗歌创作潮流的影响,叙事诗开始大量出现。其中,长诗《漳河水》(阮章竞)、《王贵与李香香》(李季)是最大的成就。《王贵与李香香》是近八百行的长篇叙事诗,分为三部,发表后在解放区和国统区都引起了强烈反响。其轰动的原因在于,首先,该诗讲述的是一个革命故事,符合当时的时代主题。其次,该诗以三部曲形式讲述了一个爱情故事,有着通常的民间故事模式:男女相爱—经受磨难—男女团圆;并且,诗人在讲述的过程中采用了陕北民歌和"信天游"的格调,增加了诗歌的感染力。

【思考题】

1.试联系艾青的诗作,评析其诗歌的独特意象与主题。

2.试联系艾青的诗作,论述其诗歌的忧郁特质。

3.以穆旦的诗歌《五月》为例,评析穆旦诗歌"思维的复杂化,情感的线团化"的现代主义表达方式,以及其反诗意特征。

4.中国新诗派诗人唐湜曾将七月诗派与中国新诗派并称为20世纪40年代"诗的新生代"的两个浪峰,你是否赞成这一观点? 为什么?

---

① 朱自清:《诗与哲理》,《新诗杂话》,广西师范大学出版社,2004年,第26页。

第十二章　战争时期的散文

中国抗日救亡运动以来、抗战军兴时代的散文,主要表现在唤起民众的救亡决心、抒发同仇敌忾一致抵御外侮的重大主题方面,此时的作家,都搁置流派争议与世界观方面的思想分歧,统一到抗日救亡这一关系到国家民族生死存亡的最紧迫的要害问题上。故而在创作方面,绝大多数散文都反映了这一重大主题,即便是抒情的散文,也多借景喻情、喻义,抒发爱国情怀与志士的高尚精神,充分反映出中华民族临危不惧、不可被征服的伟大民族精神与众志成城、必然取得胜利的团结意志和坚强信念。这一时期也有看似与时代主题不大相关甚至另类的散文,但都是极个别、极少数的,不是主流,更不占据重要地位。真正有代表性、迄今仍为读者所诵读、所赞美的散文,无不深刻反映了伟大的抗日救亡运动与军民一致、前赴后继的抗日决心。这是这一时期的主旋律与重要价值所在。

第一节　蓬勃发展的散文

一、基本知识

自 1931 年日本帝国主义发动侵华的"九一八"事变后,中国文坛即由流派纷争、思想分歧、个性显露渐向国家民族危难当头需要团结御侮这一重大主题转变,虽然直到 1937 年"七七"事变后才真正达成"在民族解放旗帜下的文艺运动"这一共识,结成"文艺界抗日民族统一战线"大同盟,但此期间,主基调是呼吁团结、一致抗击日本侵略者、收复沦失的河山。所以这一时期的散文,多表现出慷慨激昂、义愤填膺、众志成城的特征。散文也多系大散文,即报告文学与特写、通讯体裁为多,直接传达与抒发国家民族利益受到损害践踏后的悲剧情怀与奋起反抗的义愤。看起来散文的风格不像"五四"时期那么多姿多彩了,但激扬的文采与振奋人心的内容,使散文更加坚实有力,"愤怒出诗人",也出散文。这一时期的散文更加贴近广大人民群众的心声与切身利益,表现出波澜壮阔、百折不挠的中华民族的钢铁意志与凛然风范,行文中特别显现出风骨风采。

二、代表作及其导读

白杨礼赞

◉茅　盾

白杨树实在不是平凡的,我赞美白杨树!

当汽车在望不到边际的高原上奔驰,扑入你的视野的,是黄绿错综的一条大毡子;黄的,是土,未开垦的处女土,几十万年前由伟大的自然力堆积成功的黄土高原的外壳;绿的呢,是人类劳力战胜自然的成果,是麦田,和风吹送,翻起了一轮一轮的绿波,——这时你会真心佩服昔人所造的两个字"麦浪",若不是妙手偶得,便确是经过锤炼的语言的精华。黄与绿主宰着,无边无垠,坦荡如砥,这时如果不是宛若并肩的远山的连峰提醒了你(这些山峰凭你的肉眼来判断,就知道在你脚下的),你会忘记了汽车是在高原上行驶,这时你涌起来的感想也许是"雄壮",也许是"伟大",诸如此类的形容词,然而同时你的眼睛也许觉得有点倦怠,你对当前的"雄壮"或"伟大"闭了眼,而另一种味儿在你心头潜滋暗长了,——"单调"。可不是,单调,有一点儿吧?

然而刹那间,要是你猛抬眼看见了前面远远地有一排,——不,或者甚至只是三五株,一二株,傲然地耸立,像哨兵似的树木的话,那你的恹恹欲睡的情绪又将如何? 我那时是惊奇地叫了一声的!

那就是白杨树,西北极普通的一种树,然而实在是不平凡的一种树!

那是力争上游的一种树,笔直的干,笔直的枝。它的干呢,通常是丈把高,像加以人工似的,一丈以内,绝无旁枝。它所有的丫枝呢,一律向上,而且紧紧靠拢,也像加过人工似的,成为一束,绝不旁逸斜出。它的宽大的叶子也是片片向上,几乎没有斜生的,更不用说倒垂了;它的皮光滑而有银色的晕圈,微微泛出淡青色。这是虽在北方风雪的压迫下却保持着倔强挺立的一种树! 哪怕只有碗那样粗细罢,它却努力向上发展,高到丈许,二丈,参天耸立,不折不挠,对抗着西北风。

这就是白杨树,西北极普通的一种树,然而决不是平凡的树!

它没有婆娑的姿态,没有屈曲盘旋的虬枝,也许你要说它不美丽,如果美是专指"婆娑"或"旁逸斜出"之类而言,那么,白杨树算不得树中的好女子;但是它却是伟岸,正直,朴质,严肃,也不缺乏温和,更不用提它的坚强不屈与挺拔,它是树中的伟丈夫!当你在积雪初融的高原上走过,看见平坦的大地上傲然挺立这么一株或一排白杨树,难道你就只觉得它只是树?难道你就不想到它的朴质,严肃,坚强不屈,至少也象征了北方的农民?难道你竟一点也不联想到,在敌后的广大土地上,到处有坚强不屈,就像这白杨树一样傲然挺立的守卫他们家乡的哨兵?难道你又不更远一点想到这样枝枝叶叶靠紧团结,力求上进的白杨树,宛然象征了今天在华北平原纵横激荡,用血写出新中国历史的那种精神和意志?

白杨不是平凡的树。它在西北极普遍,不被人重视,就跟北方的农民相似;它有极强的生命力,磨折不了,压迫不倒,也跟北方的农民相似。我赞美白杨树,就因为它不但象征了北方的农民,尤其象征了今天我们民族解放斗争中所不可缺的朴质,坚强,力求上进的精神。

让那些看不起民众,贱视民众,顽固的倒退的人们去赞美那贵族化的楠木(那也是直挺秀颀的)去鄙视这极常见,极易生长的白杨吧,但是我要高声赞美白杨树!

——选自《茅盾散文》,浙江文艺出版社,1999 年版

【导读】

《白杨礼赞》虽然早就为广大读者所熟悉,广为诵读,但我们选择抗战时期的散文范文时,仍感到此文不能忽视。这篇散文写于 1941 年 3 月,是茅盾根据自己 1940 年从新疆归来赴延安途中的见闻和感受所写的一篇散文,有着明显而深刻的寓意。当时,抗日战争正处于艰苦的相持阶段,国内抗战力量因消极派而自相冲突与折损,这期间更发生了惨绝人寰的"皖南事变",抗日救亡面临着十分严峻的考验。茅盾这篇散文显然带有励志与壮行的用意,作者以昂扬奋发的战斗激情,通过对白杨树的礼赞,象征与赞扬了坚强的北方军民,以及中华民族顽强、崇高、正直的精神品质,寄寓了坚持抗战到底最终必然胜利的决心。

这篇散文行文激情澎湃,一气呵成,以白杨的意象,成功形象地突出与表现了人格精神与民族意志,辞浅意深,用意宏丰,是一篇成功的咏物寄志的好作品。

"九一八"致弟弟书

●萧 红

可弟:小战士,你也做了战士了,这是我想不到的。

世事恍恍惚惚的就过了:记得这十年中只有那么一个短促的时间是与你相处的,那时间短到如何程度,现在想起就像连你的面孔还没有来得及记住,而你就去了。

记得当我们都是小孩子的时候,当我离开家的时候,那一天的早晨你还在大门外和一群孩子们玩着,那时你才是十三四岁的孩子,你什么也不懂,你看着我离开家向南大道上奔去,向着那白银似的满铺着雪的无边的大地奔去。你连招呼都不招呼,你恋着玩,对于我的出走,你连看我也不看。

而事隔六七年,你也就长大了,有时写信给我,因为我的漂流不定,信有时收到,有时收不到。但在收到信中我读了之后,竟看不见你,不是因为那信不是你写的,而是在那信里边你所说的话,都不象是你说的。这个不怪你,都只怪我的记忆力顽强,我就总记着,那顽皮的孩子是你,会写了这样的信的,会说了这样的话的,哪能够是你。比方说——

生活在这边,前途是没有希望,等等……

这是什么人给我的信,我看了非常的生疏,又非常的新鲜,但心里边都不表示什么同情,因为我总有一个印象,你晓得什么,你小孩子,所以我回你的信的时候,总是愿意说一些空话,问一问家里的樱桃树这几年结樱桃多少? 红玫瑰依旧开花否? 或者是看门的大白狗怎样了? 关于你的回信,说祖父的坟头上长了一棵小树。在这样的话里,我才体味到这信是弟弟写给我的。

但是没有读过你的几封这样的信,我又走了。越走越离得你远了,从前是离着你千百里远,那以后就是几千里了。

而后你追到我最先住的那地方,去找我,看门的人说,我已不在了。

而后婉转的你又来了信,说为着我在那地方,才转学也到那地方来念书。可是你扑空了。我已经从海上走了。

可弟,我们都是自幼没有见过海的孩子,可是要沿着海往南下去了,海是生疏的,我们怕,但是也就上了海船,飘飘荡荡的,前边没有什么一定的目的,也就往前走了。

那时到海上来的,还没有你们,而我是最初的。我想起来一个笑话,我们小的时候,祖父常讲给我们听,我们本是山东人,我们的曾祖,担着担子逃荒到关东的。而我们又将是那个未来的曾祖了,我们的后代也许会在那里说着,从前他们也有一个曾祖,坐着渔船,逃荒到南方的。

我来到南方,你就不再有信来。一年多又不知道你那方面的情形了。

不知多久,忽然又有信来,是来自东京的,说你是在那边念书了。恰巧那年我也要到东京去看看。立刻我写了一封信给你,你说暑假要回家的,我写信问你,是不是想看看我,我大概七月下旬可到。

我想这一次可以看到你了。这是多么出奇的一个奇遇。因为想也想不到,会在这样一个地方相遇的。

我一到东京就写信给你,你住的是神田町,多少多少番。本来你那地方是很近的,我可以请朋友带了我去找你。但是因为我们已经不是一个国度的人了,姐姐是另一国的人,弟弟又是另一国的人。直接的找你,怕与你有什么不便。信写去了,约的是第三天的下午六点在某某饭馆等我。

那天,我特别穿了一件红衣裳,使你很容易的可以看见我。我五点钟就等在那里,因为我在猜想,你如果来,你一定要早来的。我想你看到了我,你多少喜欢。而我也想到了,假如到了六点钟不来,那大概就是已经不在了。

一直到了六点钟,没有人来,我又多等了一刻钟,我又多等了半点钟,我想或者你有事情会来晚了的。到最后的几分钟,竟想到,大概你来过了,或者已经不认识我,因为始终看不见你,第二天,我想还是到你住的地方看一趟,你那小房是很小的。有一个老婆婆,穿着灰色大袖子衣裳,她说你已经在月初走了,离开了东京了,但你那房子里还下着竹帘子呢。帘子里头静悄悄的,好象你在里边睡午觉的。

半年之后,我还没有回上海,不知怎么的,你又来了信,这信是来自上海的,说你已经到了上海,是到上海找我的。

我想这可糟了,又来了一个小吉卜西。

这流浪的生活,怕你过不惯,也怕你受不住。

但你说,"你可以过得惯,为什么我过不惯。"

于是你就在上海住下了。

等我一回到上海,你每天到我的住处来,有时我不在家,你就在楼廊等着,你就睡在楼廊的椅子上,我看见了你的黑黑的人影,我的心里充满了慌乱。我想这些流浪的年轻人,都将流浪到哪里去,常常在街上碰到你们的一伙,你们都是年轻的,都是北方的粗直的青年。内心充满了力量,你们是被逼着来到这人地生疏的地方,你们都怀着万分的勇敢,只有向前,没有回头。但是你们都充满了饥饿,所以每天到处找工作。你们是可怕的一群,在街上落叶似的被秋风卷着,寒冷来的时候,只有弯着腰,抱着膀,打着寒颤。肚里饿着的时候,我猜得到,你们彼此的乱跑,到处看看,谁有可吃的东西。

在这种情形之下,从家跑来的人,还是一天一天的增加,这自然都说是以往,而并非是现在。现在我们已经抗战四年了。在世界上还有谁不知我们中国的英勇,自然而今你们都是战士了。

不过在那时候,因此我就有许多不安。我想将来你到什么地方去,并且做什么?

那时你不知我心里的忧郁,你总是早上来笑着,晚上来笑着。似乎不知道为什么你已经得到了无限的安慰了。似乎是你所存在的地方,已经绝对的安然了,进到我屋子来,看到可吃的就吃,看到书就翻,累了,躺在床上就休息。

你那种傻里傻气的样子,我看了,有的时候,觉得讨厌,有的时候也觉得喜欢,虽是欢喜了,但还是心口不一地说:

"快起来吧,看这么懒。"

不多时就七七事变,很快你就决定了,到西北去,做抗日军去。

你走的那天晚上,满天都是星,就象幼年我们在黄瓜架下捉着虫子的那样的夜,那样黑黑的夜,那样飞着萤虫的夜。

你走了,你的眼睛不大看我,我也没有同你讲什么话。我送你到了台阶上,到了院里,你就走了。那时我心里不知道想什么,不知道愿意让你走,还是不愿。只觉得恍恍惚惚的,把过去的许多年的生活都翻了一个新,事事都显得特别真切,又都显得特别的模糊,真所谓有如梦寐了。

可弟,你从小就苍白,不健康,而今虽然长得很高了,仍旧是苍白不健康,看你的读书,行路,一切都是勉强支持。精神是好的,体力是坏的,我很怕你走到别的地方去,支持不住,可是我又不能劝你回家,因为你的心里充满了诱惑,你的眼里充满了禁果。

恰巧在抗战不久,我也到山西去,有人告诉我你在洪洞的前线,离着我很近,我转给你一封信,我想没有两天就可看到你了。那时我心里可开心极了,因为我看到不少和你那样年轻的孩子们,他们快乐而活拨,他们跑着跑着,当工作的时候嘴里唱着歌。这一群快乐的小战士,胜利一定属于你们的,你们也拿枪,你们也担水,中国有你们,中国是不会亡的。因为我的心里充满了微笑。虽然我给你的信,你没有收到,我也没能看见你,但我不知为什么竟很放心,就象见到了你的一样。因为你也是他们之中的一个,于是我就把你忘了。

但是从那以后,你的音信一点也没有的。而至今已经四年了,你到底没有信来。

我本来不常想你,不过现在想起你来了,你为什么不来信。

于是我想,这都是我的不好,我在前边引诱了你。

今天又快到"九一八"了,写了以上这些,以遣胸中的忧闷。

愿你在远方快乐和健康。

——选自《萧红全集》,北方文艺出版社,1991 年版

【导读】

以女性特有的纤细与温情诗意,表现抗战中的手足之情与同心同德、同仇敌忾的民族精神气节,萧红这篇《"九一八"致弟弟书》堪称抗战时期散文的表率之作。文章以书信体第一人称口吻,直书其事,"在场""共振"的效果十分突出。"弟弟"原来是个孱弱漂流的少年,但在抗战中,成了一名抗日战士,作为姐姐,既是欣慰又是感动,更是激励,行文充满亲情关心与共勉之意,读起来十分亲切与悲壮,令人感受到文学的鼓舞作用,即"诗言志",特别表现出抗战时期民族存亡、前赴后继、勇于牺牲奉献的坚强决心,其跌宕起伏的文气与洗练深情的文笔,引人入胜,令人感同身受。

三、延伸思考

抗战时期的散文佳作,还有如苏雪林的《乐山惨炸身历记》、郁达夫的《南洋随笔》、冰心的《小桔灯》、梁实秋的《雅舍小品》以及中国共产党领导下的解放区作家的大量带有号召性质与前线特写意味的作品,如描写朱德、彭德怀、左权将军等名篇。抗战时期作品的共同特点是在非常时期的同仇敌忾、众志成城,即便如梁实秋那种以逸待劳似的悠闲小品,其实也透露出中华民族临危之际镇定自若与乐观自信的生活情操。当然,最具有代表性的仍是有着抗战主题的行文,如苏雪林的《乐山惨炸身历记》既是一篇痛愤控诉、生动具体的实录散文,也是日本侵略者所犯滔天罪行的历史见证。

第二节　鲁迅风格的杂文

一、基本知识

抗战时期,散文领域兴起的更多是带有战斗特色的杂文创作,一方面是针对日本侵略者的,另一方面则是抨击阻挠抗战的恶势力与消极畏缩的投降派,此外,还有属于内部阵营的见解纷争与批评。这一时期的刊物有《鲁迅风》《野草》《野草丛书》《新华日报副刊》《战国策》等。郭沫若是这一时期最有声望的作家,他发表了大量声情并茂、见解犀利的杂文随笔,多收录在《羽书集》《今昔蒲剑》《沸羹集》等集子中,同他抗战时期的戏剧创作一样具有战斗力。另如郁达夫、茅盾、聂绀弩、夏衍、孟超、宋云彬、秦似、吴晗、柯灵、唐弢、丁玲、臧克家、何其芳、艾青、李广田、冯雪峰、潘汉年、闻一多、巴人、丰子恺、黄裳等等,无论国统区还是解放区的作家,都以笔为投枪,参与了抗日救亡这场民族圣战,共同与可恨的侵略者及其邪恶势力作不屈不挠的英勇斗争。

二、代表作及其导读

倭寇的穷技

◉郁达夫

倭寇因二三军阀之野心,对我中华,不惜倾其全岛国兵众,大举来侵。成则他们可取天皇而代之,重建旧日摄政关白或幕府的制度,如曹操之黄旗紫盖,安当尊荣,满足他们少数人的欲望。败呢? 他们原没有想到,但亦有卸罪于财阀政客的出路,仍旧可以行一种如"二二六"事件式的革命,挟天皇作器具,而来搜括些钱财。这实在是这一次倭寇侵略中国的真正动机,除此以外,说防共,说要求殖民地,全是屁话,不值得知者一笑的。

自从战事开展以来,我河北察绥各区,都因当地负责者的不抵抗,而弃地千里。这从军事上看来,原只能与东四省之失于"九一八"一样的估价的。但经我抵抗之后,津浦线则我军节节前进,平绥线则反攻得手,将恢复雁门大同,而直捣平津。说到上海,更是大家所知道的战况,敌舟载数万吨的兵来,而变了数万吨的尸骨与死灰回去。

日本军阀们到此,才手忙脚乱了,亦可以说是到了他们的最后关头。于是用武不行,就改来用文。文是什么? 就是那些荒谬绝伦的传单、杂报。

第一，是置数十万无故死亡的日本民众于不顾，说是如何如何的中国打了胜仗。更说，我们被炸的数千妇孺老弱全是精兵。

第二，以拙劣手段笔法，自己写些欢迎日本皇军，拥护日本军阀等旗帜，来诬蔑我们的中华的民众，几乎把我们战区老弱小孩，都当做了汉奸。最好笑的，是一边拿了白刃，一边拿了几个铜元，胁迫我们在战区剩下的孤儿们来照相，说是在欢迎日本军阀，以作证明。

第三，是把我们的湖田水沟，以及农民场圃，都当做了飞机及机场全被炸了。更把渔民的小艇，当做了巡洋舰，说是中国的海军全灭了。这里要注意的，是他们对我们的陆军却还没有提及。大约不久总也会将他们的尸山用照相照下，说是中国的陆军。

第四，又把铁道路轨，当做了活人，仿佛是人死便不能再活似地，说我们的铁路，统被毁了。

第五，欲云利欲来诱士兵，说你归降了日本可以有饭吃，于是倭子扮了中国人，照出群在吃饭的照相来，指是中国的降兵。更可笑的，是大书给赏每人一块大洋，用以劝我堂堂大中华民国的士兵投降。诸君应知道，原来日本的劳农大众，个个都被军阀资本家搜括得没有一顿饱饭好吃，没有一整块大洋好用，所以他们同样地估计我们的斗士，以为一块大洋，一顿饱饭，就可以打动他们的心了。

第六，用了最拙劣的谣言狗语，企图离间我们的民众，离间我们的将帅士兵，反对政府。反对抗战，而作他们的一元钱一顿饭的汉奸。

此外，倭寇所用的卑劣宣传手段，还很多很多，但归根结底，总不外乎一句话，就是证明了他们的技穷，"用武不行，转想来用文"。

但是我们的中华民国已不是十几年前的中华民国，我们中华民国的国民，也不是十几年前的中华国民了。这认识的错误，的确是日军阀此次对中国用兵失败的最大弱点，亦即是我中华民族复兴的最大预兆。天于此机，切不可失，我们应该日益加强我们的团结，日益巩固我们的自信。我们是死里求生而得生，倭寇是生里求死而将死。因为最近在福州看到了许多敌人所散布的再滑稽也没有的传单，所以才知道了倭寇已到了途穷日暮，倒行逆施的时期。民族存亡，各有气数，我徐福子孙与蛮人野生之岛国倭寇，因我们的宽纵，容他蛮横自大了数十年，现在该是长辈来教训野小子的时机了，可教则教之，不可教亦只有挥泪斩灭之一法耳。

廿六年十月廿五日

——选自《郁达夫全集》（第八卷），浙江大学出版社，2007年版

【导读】

郁达夫是"五四"时期创造社元老之一,他的散文充满了感伤的浪漫主义气息,但自从抗战军兴、神州陆沉,郁达夫的文风为之剧变,抛弃了过去过多的小我自怜情结,强烈的爱国主义情怀与救亡意识被激发出来,他擅于抒情同时也擅于议论的本领发挥到了极致。在这一时期,他写下大量以笔为投枪、为子弹的檄文,捍卫国家民族的尊严与河山完整,反对侵略者及其汉奸走狗。行文义正词严、长于说理,以辛辣反证的手法,将侵略者的狰狞愚昧揭露无遗。这篇杂文即条理井然、文词犀利、痛快淋漓,抗战决心受到鼓舞的同时更加清楚日本侵略者无异于自取灭亡的乖谬行径。郁达夫的政论时事文章发挥了杂文短兵相接特别能战斗的作用。

<h3 style="text-align:center">论拍马</h3>

◎聂绀弩

有一种会做官的人,到上司那里去的时候,常常是准备好了上、中、下三种书面的对策的。

忘记了是商鞅还是范睢说秦王,曾先说尧舜之道,再说汤武之道,两者都说不进去,才改说桓文之道。如今的老爷们可不这么麻烦,先窥探一下上司的口气,完全不谈那隔得较远的两策,只献出和上司意见相近的一策,使上司以为你只有一策,这一策又和自己的如此地"英雄所见",而大加激赏。西装,中山装,都口袋多,很便于策士;记好:上策放在左边上面口袋里,中策放在右边下面口袋里,下策常常是被采纳的,尤其要记清楚,里面左边的口袋! 这样才不会临时手忙脚乱,弄得牛头不对马嘴。西装,中山装的样式,都是来路货,莫非外国的老爷们也这样办;发明这种衣服式样的莫非就是策士自己? 有策而又献得上,当然是一些优秀而又幸运的人物。但官场中,大多数却是根本无策或有策而献不上去的。平凡的老爷们用什么在官场里混,而且混得很不错,不幸的老爷们又怎样变得幸运了的呢? 庄子曰:"盗亦有道。"准此以推,当然官亦有法。孔子曰"事君敬礼,民以为谄也!"说穿了简单得很,就是那个"谄"字,今语谓之拍马屁! 有策的人用三策拍马屁,无策的人就少不了设法打洞,用别种方法拍马屁。

拍马屁决不是一件容易事,不是空口说白话地喊几声"万岁"或"伟大的主上"就算得了数的;除了聪明才智会窥探"上头"的意向,还非要有具体表现不可,而那表现有时简直非常血腥,和你的骨肉相连,肢体相连,人性人格相连。不能牺牲这些,就不算真正拍了马屁,也就未必能真正得到"知遇"!历史上有会拍马屁的人,都是些毅然决然的大勇者:易牙蒸儿子给主子吃,乐羊子自己吃儿子的肉羹,吴起杀妻,吕不韦用妻妾施美人计,竖刁阉割自己,弥子瑕、董贤化男为女,以妾妇之道事君……《二十年目睹之怪现状》里有一位苟观察,听说制台大人的宠妾去世了,他却正有一个绝色寡媳。两老夫妇就跪在地下劝她改嫁给制台作如夫人;寡媳不肯。乃暗中让她吃进一些春药,使她心痒难搔,不得不答应。人同此心,心向此理,这些英雄豪杰,岂不知父子之恩,夫妇之爱,人性人格之可尊又可贵? 无奈要顾全这些,就没有人给官做,纵有也做不久,做不大,在官言官,也就不得不如此了!

有一种书,叫做《人怎样变成巨人?》著者是苏联人,说的是苏联事,至于咱们贵国,如果你曾耳闻目睹过一些官场现形记,就该明白:人怎样变成非人! 我的意思是说,人,只要想做官,在官场里混,还要想尽方法混得不错,那就很容易变成非人的,像上引的易牙乃至苟观察们一样。不过这种现象,大概立刻要结束了。

1946.11.2,重庆

——选自《聂绀弩杂文集》,生活·读书·新知三联书店,1981 年版

【导读】

聂绀弩是"鲁迅风"杂文队伍里最接近鲁迅杂文风格的作家之一,相似,绝不仅是文风、遣词造句,还有骨子里的自由精神与平等意识,即反封建、反威权的坚定思想。这篇杂文讥刺邀好媚上的小人,也讽刺"骑墙派",即看风头、看权贵脸色行事的投机者,文笔辛辣,引典精练,入木三分,将非人性的、非理性的人间糟粕、丑恶行径揭露得无处遁形。文章有如刺眼的阳光,更如暴风骤雨,形成对国人身上劣根性的无情抨击。行文精短,正是鲁迅匕首与投枪的作风。此文作于抗日战争结束之际,作者有感于当时国统区堕落的官场油滑习气,如见风使舵、沆瀣一气的小人作风,倡导一种刚正不阿、独立不羁的自由精神与公民意识,对重建国民高尚道德品质,用心良苦,像是一剂猛药。

三、延伸思考

抗战时期的杂文,继承鲁迅辛辣犀利、痛打落水狗的战斗精神和作风,行文目的性

强,题旨往往旗帜鲜明,仿佛荆棘与野草,看似质朴,不加修饰,生命力则十分顽强,有警世救亡的价值。正如郭沫若在《天地玄黄发刊词》里所说:"我们不能再沉默了,我们要吼出在苦难中的人民的呼声。"这一时期的散文、杂文是文学贴近人民、代表人民心声与根本利益的突出表现,这一时期也是非常时期文学家思想意识高度一致的整合期。用今天的眼光来看,其前沿性价值或许更大于文艺修饰的价值,着重是中国人民硬骨头精神的充分体现。在中国文学史上,这一类散文自有其独特的地位、表率的作用,应该得到广大读者永久的尊崇与不断深入的认识。

【思考题】

1. 抗日战争对中国散文发展的影响有何重要意义?

2. 抗战时期的散文最鲜明的特征是什么?

3. 怎样理解杂文的"鲁迅风"?

4. 茅盾在抗战时期的散文有何艺术特色?

5. 为什么说萧红的《"九一八"致弟弟书》是抗战时期散文的代表作?

6. 为什么说郁达夫的散文风格自抗战军兴发生了剧变?

7. 为什么说聂绀弩是"鲁迅风"杂文队伍中与鲁迅风格十分接近的一位杂文作家?

8. 为什么杂文体裁在抗战时期能够发挥匕首与投枪的战斗作用?

9. 列举你最喜欢的抗战散文(或杂文),并加以分析。

第十三章　战争时期的话剧

抗日战争时期是中国话剧发展的黄金时期,在各种艺术形式中,话剧无疑是最昌盛的一种。抗日战争时期的话剧与这一时期的其他文学体裁一样,受地域分野影响,可分为大后方话剧、解放区话剧和沦陷区话剧三个板块,每一个板块在总体特征上出入也较大。鉴于篇幅的限制,本书不能对每一板块的话剧做详细介绍,只能在此基础之上,选取这一时期较有特色的现象进行说明。抗战历史剧是抗日战争时期非常昌盛的一类话剧,它主要存在于大后方,既反映出民族危亡时期的文化趣味,也是国民党政治审查制度下的产物。虽然是在战争年代,抗战时期的话剧也没有放弃艺术的追求,吴祖光等人的话剧充分反映了这一时期艺术话剧的特征。此外,解放区话剧以新面貌展示出话剧创作的新可能。

第一节　抗战历史剧的中兴

一、基本知识

抗日战争时期是中国话剧发展的黄金时期。在数量众多、品质极高的抗战话剧作品中,抗战历史剧是极具特色、成就很高的一个品种。抗战历史剧的中兴,有两个根本原因:第一,在民族危亡的关键时刻,剧作家需要在中华民族的历史传统中寻找挽救民族危机的文化资源;第二,出于回避政治审查的需要,用历史剧借古讽今,可以避免与当局文化体制的正面冲突。抗战历史剧源于历史又不拘泥于历史事实,气势恢宏,风格各异,在剧中体现了反对侵略、反对专制暴政、反对卖国投降、颂扬爱国爱民、高扬坚守气节的民族精神。比较有代表性的有郭沫若的六大历史剧《棠棣之花》《屈原》《虎符》《高渐离》《孔雀胆》《南冠草》,阳翰笙的《李秀成之死》《天国春秋》《草莽英雄》,阿英的《碧血花》《海国英雄》《杨娥传》等。

二、代表作及其导读

屈原(节选)

◉郭沫若

故事梗概:全剧共分为五幕,描写了屈原自清晨到午夜的活动,刻画了屈原、宋玉、婵娟等极富个性的人物形象,将屈原的精神世界完整地呈现了出来。这里节选第五幕第二场屈原作"雷电颂"的情景。

(屈原略略点头,郑詹尹走入左侧门。)

(屈原手足已戴刑具,颈上并系有长链,仍着其白日所着之玄衣,披发,在殿中徘徊。因有脚镣行步甚有限制,时而伫立睥睨,目中含有怒火。手有举动时,必两手同时举出。如无举动时,则拳曲于胸前。)

屈 原 (向风及雷电)风!你咆哮吧!咆哮吧!尽力地咆哮吧!在这暗无天日的时候,一切都睡着了,都沉在梦里,都死了的时候,正是应该你咆哮的时候,应该你尽力咆哮的时候!

尽管你是怎样的咆哮,你也不能把他们从梦中叫醒,不能把死了的吹活转来,不能吹掉这比铁还沉重的眼前的黑暗,但你至少可以吹走一些灰尘,吹走一些沙石,至少可以吹动一些花草树木。你可以使那洞庭湖,使那长江,使那东海,为你翻波涌浪,和你一同地大声咆哮呵!

啊,我思念那洞庭湖,我思念那长江,我思念那东海,那浩浩荡荡的无边无际的波澜呀!那浩浩荡荡的无边无际的伟大的力呀!那是自由,是跳舞,是音乐,是诗!

啊,这宇宙中的伟大的诗!你们风,你们雷,你们电,你们在这黑暗中咆哮着的,闪耀着的一切的一切,你们都是诗,都是音乐,都是跳舞。你们宇宙中伟大的艺人们呀,尽量发挥你们的力量吧。发泄出无边无际的怒火把这黑暗的宇宙,阴惨的宇宙,爆炸了吧!爆炸了吧!

雷!你那轰隆隆的,是你车轮子滚动的声音?你把我载着拖到洞庭湖的边上去,拖到长江的边上去,拖到东海的边上去呀!我要看那滚滚的波涛,我要听那鞺鞺鞳鞳的咆哮,我要飘流到那没有阴谋、没有污秽、没有自私自利、没有人的小岛上去呀!我要和着你,和着你的声音,和着那茫茫的大海,一同跳进那没有边际的没有限制的自由里去!

啊,电!你这宇宙中最犀利的剑呀!我的长剑是被人拔去了,但是你,你能拔去我有形的长剑,你不能拔去我无形的长剑呀。电,你这宇宙中的剑,也正是,我心中的剑。你劈吧,劈吧,劈吧!把这比铁还坚固的黑暗,劈开,劈开,劈开!虽然你劈它如同劈水一样,你抽掉了,它又合拢了来,但至少你能使那光明得到暂时间的一瞬的显现,哦,那多么灿烂的、多么眩目的光明呀!

光明呀,我景仰你,我景仰你,我要向你拜手,我要向你稽首。我知道,你的本身就是火,你,你这宇宙中的最伟大者呀,火!你在天边,你在眼前,你在我的四面,我知道你就是宇宙的生命,你就是我的生命,你就是我呀!我这熊熊地燃烧着的生命,我这快要使我全身炸裂的怒火,难道就不能迸射出光明了吗?

炸裂呀,我的身体!炸裂呀,宇宙!让那赤条条的火滚动起来,像这风一样,像那海一样,滚动起来,把一切的有形,一切的污秽,烧毁了吧!烧毁了吧!把这包含着一切罪恶的黑暗烧毁了吧!

把你这东皇太一烧毁了吧!把你这云中君烧毁了吧!你们这些土偶木梗,你们高坐在神位上有什么德能?你们只是产生黑暗的父亲和母亲!

你,你东君,你是什么个东君?别人说你是太阳神,你,你坐在那马上丝毫也不能驰骋。你,你红着一个面孔,你也害羞吗?啊,你,你完全是一片假!你,你这土偶木梗,你这没心肝的,没灵魂的,我要把你烧毁,烧毁,烧毁你的一切,特别要烧毁你那匹马!你假如是有本领,就下来走走吧!

什么个大司命,什么个少司命,你们的天大的本领就只有晓得播弄人!什么个湘君,什么个湘夫人,你们的天大的本领也就只晓得痛哭几声!哭,哭有什么用?眼泪,眼泪有什么用?顶多让你们哭出几笼湘妃竹吧!但那湘妃竹不是主人们用来打奴隶的刑具么?你们滚下船来,你们滚下云头来,我都要把你们烧毁!烧毁!烧毁!

哼,还有你这河伯……哦,你河伯!你,你是我最初的一个安慰者!我是看得很清楚的呀!当我被人们押着,押上了一个高坡,卫士们要息脚,我也就站立在高坡上,回头望着龙门。我是看得很清楚,很清楚的呀!我看见婵娟被人虐待,我看见你挺身而出,指天画地有所争论。结果,你是被人押进了龙门,婵娟她也被人押进了龙门。

但是我,我没有眼泪。宇宙,宇宙也没有眼泪呀!眼泪有什么用呵?我们只有雷霆,只有闪电,只有风暴,我们没有拖泥带水的雨!这是我的意志,宇宙的意志。鼓动吧,风!咆哮吧,雷!闪耀吧,电!把一切沉睡在黑暗怀里的东西,毁灭,毁灭,毁灭呀!

(郑詹尹左手提灯,右手执爵,由湘夫人神像左侧之门入场。)

郑詹尹 三闾大夫,你又在作诗了吗?你的声音比风还要宏大,比雷霆还要有威势啦。啊,像这样雷电交加的深夜,实在可怕。我连庙门都不敢去关了。你怎么老是不去睡呢?是的,我看你好像朗诵了好长的一首诗啦。你怕口渴吧。我给你备了一杯甜酒来,虽然没有下酒的东西,请你润润喉,也好啦。

屈　原　多谢你,请你放在那神案上,手足不方便,对你不住。

郑詹尹　唉,真是不知道要闹成个什么世界了。本来是"刑不上大夫,礼不下庶人"的,这个体统也弄得来扫地无存了。连我们的三闾大夫,也要让他带脚镣手铐。三闾大夫,这脚镣手铐假如是有钥匙,我一定要替你打开的啦。可恨的是他们把钥匙都带走了啊。

屈　原　多谢你,这脚镣手铐我倒并不觉得痛苦,有这些东西在身上,倒反而增加了我的力量,不过行动不方便些罢了。

郑詹尹　我看你的喉嗓一定渴得很厉害,这酒我捧着让你喝。还要睡一睡才能天亮呢。

屈　原　多谢你,我现在口不渴。我本来也是不喜欢喝酒的人。回头我口渴了,一定领你的盛情好了。请你不要关照。

郑詹尹　(将爵放在神案上)慢慢喝也好。其实酒倒也并不是坏东西。只要喝的少一点,有个节制,倒也是很好的东西啦。

屈　原　是的,我也明白。我的吃亏处,便是大家都醉而我偏不醉,马马虎虎的事我做不来。

——选自《郭沫若全集·文学编》(第六卷),人民文学出版社,1986年版

【导读】

《屈原》写于1942年1月,正值抗日战争的相持阶段,也是国民党反动统治最黑暗的时候。《屈原》是郭沫若抗战时期创作的一个高峰。戏剧中的屈原蔑视一切神明,由否定具体的丑恶形象,发展到向整个黑暗世界发出全面的挑战。他把自己化作风、雷、电、火,高叫着风、雷、电"这宇宙中的伟大的诗……你们宇宙中伟大的艺人们呀,尽量发挥你们的力量吧。发泄出无边无际的怒火把这黑暗的宇宙,阴惨的宇宙,爆炸了吧! 爆炸了吧!"这里与郭沫若《女神》中张扬个性解放的精神有相通之处。这里的屈原已不同于历史上那个郁郁不得志最后投汨罗江而死的三闾大夫,而是一个具有火一般刚强热烈性格的斗士。郭沫若这样塑造屈原,意在强调中国人民的抗战决心不会因为现实的困难而动摇,它像屈原以雷电自喻一样,具有劈开宇宙与一切黑暗的力量和能力。《屈原》的这种个性,无疑给抗战中煎熬的中国人民注入了一剂强心针。

在艺术上,《屈原》延续了郭沫若一贯的历史剧创作传统:赋予历史人物现代品格;在剧作中洋溢着浪漫主义的精神,用诗一般的语言将戏剧情绪推向高潮。这既是

郭沫若戏剧的特色,也是他对中国现代话剧的贡献。

天国春秋(节选)

◉阳翰笙

故事梗概:《天国春秋》为六幕历史剧。该剧取材于1856年太平天国的"杨秀清韦昌辉事件",揭示农民革命的历史教训。东王杨秀清执掌文武大权,遭到阴谋家、野心家韦昌辉等人的谗毁,引起天王洪秀全的猜忌,最后导致韦昌辉杀害杨秀清、屠戮数万太平军战士的悲惨结局。作家通过历史事件提炼出血的教训:只有维护事业的利益,团结一致,才能取得革命的胜利;如果让野心家得逞,内部自相残杀,必将导致革命的失败。这里节选第六幕中的一部分。

洪宣娇　(异常惊怖)什么!你竟把秀清的肉来熬汤!(浑身战栗)你竟这样的忍心!这样的残酷!你,你,韦昌辉还算是人吗!(迎头一盅,掷了过去)你给我滚!

(韦昌辉闪开,参护退出。)

韦昌辉　(出他意外)宣娇,你这算什么呢!这是我对你的好心好意啦!

洪宣娇　(愤怒)像你这样的人,还会有什么好心好意,你别待在我这儿,快给我滚!

韦昌辉　(忍耐着)你别这样生气,我还有紧急的事跟你商量呢。现在达开的兵就要杀来了,你快同我一道进宫,去请陛下立刻下诏讨伐!

洪宣娇　(大怒)你还想我来跟你做牛马吗?哼哼,你在做梦!你在做梦!我不要看你这个浑身上下都涂满了血污的人,你快给我滚出去!

韦昌辉　(也很生气)你这个女人,真太不受人抬举了!你以为我没有你帮忙,就干不成事了吗?笑话!真是笑话!

洪宣娇　(忽从地下把宝剑拿起来,逼迫着韦昌辉)你走不走!你走不走?……你究竟走不走?……你这个没有心肝五脏的人,快给我滚出去啊!

韦昌辉　(悻悻然)我看你真在发疯了!(狼狈而去)

洪宣娇　(心烦意乱,痛苦不堪,她放下剑,慢慢地走向耶稣的挂像前,虔诚地跪下)仁慈的天父天兄啊!(口中喃喃地祈祷)

……

洪宣娇　天啦,陛下为什么要这样做呢?

赖汉英　(长叹)唉,我也不懂啊!

洪宣娇　这可怎么办呢? 国舅!

赖汉英　宣娇! 我赖汉英是一个老粗,我只知道服从陛下的命令,陛下要这样干,你叫我有什么办法呢!

(云姑惊惶而入。)

云　姑　王娘! 刚才听到我们府里的人跑来说,北王陛下的一家大小,全都被我们的天兵抓来杀了啦!

洪宣娇　(震吓)哦! (对赖汉英)这可又是陛下的命令?

赖汉英　当然是陛下的命令啰!

洪宣娇　唉! 又杀死一家! 又杀死一家! ……啊啊,天父啊! ……(刺激受的太深了,一阵酸楚掠过她的心头,她似乎又沉入了绝望的深渊。她有点站立不住了,身子一偏,便倒扑在云姑的肩头上)

(云姑连忙紧紧地抱着她。)

(夜更深了。室外是一片无边的黑暗。室内的灯影是更加昏暗得可怕。)

云　姑　(惊呼)王娘! 王娘! 你怎样啦?

赖汉英　(吃惊)宣娇! 宣娇! 宣娇!

云　姑　王娘! 你静一静吧!

赖汉英　宣娇! 你怎么啦! 心里很难过?

洪宣娇　(慢慢地抬起头来,神色有点失常)没有什么,国舅,只是我的眼睛有点发黑,我瞧不见光!

赖汉英　你歇一会就好了。

洪宣娇　(离开云姑,痛苦地)国舅! 这半年来,我们干的是些什么勾当啊? 你想想看,我们究竟干的是些什么勾当啊?

赖汉英　我们干的,都是一些罪恶的勾当!

洪宣娇　(痛恨)是的,是的。我明白,我自己很明白,我是罪人,我是罪人,我是一个十恶不赦的罪人啊!

赖汉英　(难过)宣娇! 我不也跟你一样吗!

洪宣娇　(痛责自己)我为什么要那样干呢! 为什么? 究竟为什啊? 我这刽子手! 我这帮凶! 我竟跟着别人去谋杀自己最敬爱的弟兄,我洪宣娇还算是一个人吗! 我真愚蠢,真糊涂,真该死啊!

赖汉英　(摇头叹气)唉!

洪宣娇　(神志昏迷,两眼发花,仿佛瞧见了傅善祥的阴影)哎呀! 傅善祥到我这里来了! 你们快瞧啦! 她就站在那儿! 就站在那儿!

云　姑　（惊怖地走近洪宣娇）王娘！她在哪儿啦？我怕啊！

赖汉英　你怕什么！（对洪宣娇）不会的。宣娇，你别胡思乱想。

洪宣娇　（盯视着暗处，半疯狂地）你们听！她还在骂我呢！什么？你说什么？我们自己人杀自己人！自己弟兄杀自己弟兄！咸丰那狗贼子在说痛快痛快，曾国藩在放声大笑，清廷的大兵就要乘机杀到我们的天京来了！什么？你说什么？大敌当前，我们不该自相残杀！啊，国舅！你听到吗？善祥的话，是一句又一句地在刺痛着我的心呀！我们为什么要杀秀清？为什么要杀善祥？为什么要杀那几万同生共死共患难的兄弟姐妹？我们真是罪人！真是罪人！真是十恶不赦的罪人啊！

云　姑　王娘！我怕的很啊！

赖汉英　宣娇！你清醒清醒吧！

洪宣娇　（神志未清，仍瞧着暗处）啊，善祥，我请你别再说下去了吧！我的心正痛得像刀绞一样啊！现在我什么都全明白了，韦昌辉那个刽子手要是还站在我的面前话，我真恨不得去撕他的皮，割他的肉，喝他的血！啊！是的，是的，你的话一点也不错。我们天国的大事全坏在他这个恶棍手里，全坏在他左右那群坏蛋的手里啊！

（从远处的礼拜堂里，传来一阵阵连续不断的钟声）

洪宣娇　（那钟声似乎惊动了她，她渐渐地清醒过来）这是从哪里来的钟声呀？

赖汉英　是从礼拜堂传来的钟声。

洪宣娇　（深有感触地）啊！天父啊！我们兄弟之间为什么要这样自相残杀？

（停顿）这是为什么？这究竟是为什么啊？

——选自《阳翰笙剧作选》，人民文学出版社，1957年版

【导读】

历史题材的文学作品，大多带有借古讽今的意味，抗战历史剧更是如此。"太平天国剧"是抗战历史剧喜欢采用的一个主题，因为这段具有悲剧性的历史有太多值得反省的地方。洪秀全在领导农民起义的后期，腐败堕落，亲小人而远良臣，亲手将一起打天下的兄弟杨秀清杀死，从而直接导致太平天国覆灭。在戏剧中，洪秀全和杨秀清是既合作又竞争的关系，这与抗战期间的国共关系有很大的相似性。作者用太平天国的失败警醒刚刚制造"皖南事变"的国民党，只有精诚团结才可能争取抗战的胜利，否则中华民族的下场只会和太平天国一样。

本节所选是洪宣娇觉醒的过程。当韦昌辉送上用杨秀清的肉做成的"羊肉汤"让她品尝时，她异常惊怖且悔恨，开始觉悟到自己和韦昌辉以及洪秀全的所作所为是亲

者痛仇者快的内乱,是自毁长城的谬举与十恶不赦的罪行,因而发出痛心的忏悔,随即进入修道院。洪宣娇无疑是《天国春秋》中写得最有人性深度的角色,而由她串联起来的剧情则充满了激情与权力的复杂纠葛。最后,洪宣娇喊出"大敌当前,我们不该自相残杀!"显然是针对当时抗战过程中国民党破坏团结的行为而言的,这样的呼喊既具有历史感,又有现实感,把过去和现在、古人和今人联系起来,从而发挥了历史剧的现实作用。《天国春秋》不仅是一部惨痛的历史大悲剧,也是一出令人悲悯的人性大悲剧,而作品最后以忏悔的洪宣娇进入修道院作结,也暗寓着悲剧后的怜悯与净化。这一切显然突破了单纯的阶级意识和党派观念,使《天国春秋》成为当时历史剧中最有思想深度和艺术光彩的悲剧之一。

三、延伸思考

抗战历史剧体现出以下特征:

(1)抗战历史剧都有明显的借古讽今的针对性。《屈原》针对抗日持久战中人民对抗战胜利信心不足的问题,通过塑造一个桀骜不驯、意志坚定的斗士屈原以鼓舞人心。《天国春秋》直接针对国民党制造的"皖南事变",以太平天国的悲剧警示国民党少造摩擦,以保证抗战的最后胜利。

(2)抗战历史剧有较高的艺术水准。《屈原》大气恢宏,有着诗一样的语言和剧情;《天国春秋》将历史悲剧与人性悲剧结合起来,既有极强的现实针对性,又有很高的艺术性。政治性与艺术性兼备,是抗战历史剧有广泛影响力的根本原因。

(3)抗战历史剧的风格是多样化的。如果郭沫若代表的是浪漫主义风格,阳翰笙则是历史现实主义的代表。多元化的戏剧风格使抗战历史剧呈现出百花盛开的繁荣景象。

第二节　大后方话剧的多重奏

一、基本知识

抗战期间,大后方话剧的题材、类型和风格呈现出多样化的局面。这一时期,既有呼唤抗战、鼓舞人心的急就章,也有雍容华贵、大气恢宏的历史剧;既有揭露国民党黑暗统治的暴露讽刺剧,也有反映普通人命运的剧作;既有深沉厚重、令人扼腕沉思的悲剧,也有针砭时弊、引人发笑的喜剧。多元化的戏剧景观构成了大后方话剧的多重奏。

二、代表作及其导读

<h1 style="text-align:center">风雪夜归人（节选）</h1>

● 吴祖光

故事梗概：20世纪30年代京剧花旦魏莲生红极一时，在一个偶然的机会，与豪绅苏鸿基的四姨太玉春相识。玉春向往自由的思想深深吸引着魏莲生，他们相爱了，并准备一起出走，但不幸被人告密，被抓回的玉春被苏鸿基"送"给了他的朋友做姨太太，魏莲生也被迫离开此地。数年后，他重归故里，得知玉春自进入"丈夫"家门便不再开口说话而感慨万分。最终，他怀着多年对玉春的爱恋，以及对人生道路的选择毫不愧悔的心情，在风雪交加的夜晚悄然死去。《风雪夜归人》的序幕和尾声讲述的是二十年后的事情，中间三幕正戏讲的是二十年前的事情。

玉　春　你今天是来干什么的？

魏莲生　……给院长拜寿来的。

玉　春　我问你到这儿来，到这间屋子里来干什么的？

魏莲生　（有点着慌）是，是兰姑娘引我来的……

玉　春　（微笑）你弄错了，我问你是为什么来的？

魏莲生　（想了起来）是您问了我的话，教我回家想明白了，今儿晚上来告诉您。

玉　春　想明白了没有？

魏莲生　（颓废地）没有。

玉　春　怎么没有呢？

魏莲生　（很为难地）是因为我不知道怎么想好。

玉　春　那你是压根儿就没有想啊。

魏莲生　不，我也是不知道怎么说好。

玉　春　那等我来问你，你先告诉我，你家原先不是梨园行的？

魏莲生　不是，由我起才唱戏。

玉　春　那你爸爸是干什么的？

魏莲生　（再也想不到）我父亲？

玉　春　（点头）你们老爷子。

魏莲生　已经过世了。

玉　春　我知道。我问他是什么出身?

魏莲生　(说不出来)他是……

玉　春　是干什么的?

魏莲生　是……

玉　春　你说呀。

魏莲生　(逼急了,撒谎)他,他不干什么。

玉　春　不做事?

魏莲生　是,他住在家里。

玉　春　是个读书人?

魏莲生　(于心有愧)是。

玉　春　不做事,住在家里,想必是很有点钱了?

魏莲生　(声极微弱)也没什么……

玉　春　那我可太苦了,我才真是地地道道的苦孩子。以前的那段儿让我将来再跟你说;以后的这段儿你应该知道。

魏莲生　(为难地)不,不,我不知道。

玉　春　你别装傻,这没有说什么不好意思的。我十六岁就叫爸爸给卖了,我就是人家说的"青楼出身"。我是个妓女。

魏莲生　(目瞪口呆)你! 四奶奶……

玉　春　吓着你吧? 你想不到我就这么痛快地说出来吧? 是呵,谁要是有这么一段儿可羞的事情,谁都不会说的。可是你再想想,这有什么可羞呢? 这是为了穷呵! 为什么我们会穷呢?

魏莲生　(茫然)为什么?

玉　春　为什么也有不穷的呢?

魏莲生　(自语)为什么?

玉　春　你想不到我过的那段悲惨的日子。不光是我呀,还有的是数也数不清的受苦的人呀。(忽然转出笑容)可是什么叫苦? 你知道什么是苦吗? 你知道苦里也有乐吗?

(莲生低下了头。)

玉　春　去年冬天,苏院长给我赎了身,娶我当他的第四个姨奶奶。大伙儿都说:"玉春,你好福气呀! 你要转运喽! 你再不过苦日子喽!"(用手一抬莲生的下巴)抬起头来,看着我。

魏莲生　(哭笑不得)是……

玉　春　可这不算福气,也不是转运,像一只小鸟儿出了那个笼子,又进了这个笼子,吃好的,穿好的,顶多不过是当人家的玩意儿。(脸上一层阴惨)半夜三更,我神魂不定,老像有人叫着我的名字,说:"玉春呀! 你有罪呀! 你凭什么离开你这么多受苦的朋友,你凭什么一个人去享福呀!"

(红烛上结了大灯花,光暗下来,玉春又取了烛剪把灯花剪去。)

玉　春　(愤愤地)天知道我多享福来着,天知道我这身好衣裳,我吃的这些好东西,我住的这样好房子,客人的逢迎,老爷的宠爱,听差丫环老妈子的巴结,能给我多少快活。(停顿)莲生呵! 我告诉你! 人,都在受苦呀! 我们怎么能离开我们受苦的朋友。

魏莲生　(含糊地)离开?

玉　春　我想,你一定没有把自己打在受苦的人里吧? 你帮人家忙,救人家难,是不是你自个儿的力量? 假如是人家的力量的话,人家可又是为的什么? 你还高兴,是什么值得高兴? 你笑,是从心里发出来的笑吗? 你想到过你是个男人吗? 一个男子汉,(伸出大拇指)大丈夫……

玉　春　从昨天晚上我们见了面到现在,莲生,你一点长进也没有呵! 你爸爸是一个铁匠,可是你为什么瞒着不告诉我? 你觉得你的铁匠爸爸会失了你的身份吗? 你觉着读书人就比铁匠,木匠,皮匠,花儿匠,泥水匠要高几等么,你觉得自己……

魏莲生　不说了,不说了,不……

————选自《风雪夜归人》,中国戏剧出版社,1957 年版

【导读】

《风雪夜归人》创作于 1942 年,是吴祖光的代表作,也是他的转型之作。在《风雪夜归人》中,吴祖光将目光对准那些抗战中的普通人,透视他们的命运并从中升华出启蒙的主题,这是戏剧的深刻之处。

在第一幕的结尾,玉春与魏莲生见面,这一"痛苦的灵魂"就向魏莲生发问:"你觉着过没有? 觉着你自个儿是个顶可怜顶可怜的人? ……其实就不能算是人。……顶可怜的不就是自己不知道自己可怜的人吗?"问得名伶魏莲生"不知所措"。这一段是玉春在第二幕再次出场,以精神探索的姿态对魏莲生继续追问,"想一想从来没有想过的事情。成人,成鬼,变佛,变妖;就在你这'一念之转'"转过来,"你才真正是一个人了。到时候你在知道什么是快活,什么是苦恼,你才知道人该是什么样,什么样儿就算不是人。你才知道人该怎么活着"。玉春充分认识到自己的生活状态,对达官贵人

的虚伪自私看得很清楚，自己不过是他们的一个玩物，所以她要自救，同时也要"启蒙"魏莲生。整个追问过程语言简洁，节奏紧凑，把魏莲生的心理状态和玉春想要冲破自己、寻求自我、寻求活着的真正意义的形象刻画得很鲜明。

三、延伸思考

《风雪夜归人》体现出抗战时期大后方话剧的多重奏：

（1）主题的多元性。大后方话剧除了直接表现抗战，对普通人的命运也给予了充分的关照，不仅表现救亡的主题，还表现启蒙的主题，《风雪夜归人》便是一个典型的例子。

（2）风格的多元化。大后方话剧多数是反映爱国主题的正剧，在审美风格上倾向于"崇高严肃"，但也有不少优秀的喜剧作品，如陈白尘的《升官图》等。

（3）随着抗战形势的变化，大后方话剧也发生着变化。早期的话剧激昂澎湃，中期的话剧庄严沉郁，而后期的话剧则更多表现普通人的人世沧桑。这也是大后方话剧多重奏的重要组成部分。

第三节　解放区话剧及其他

一、基本知识

除了大后方，抗战时期的解放区和沦陷区也有异常繁盛的话剧活动。其中，解放区的话剧活动更具特色。解放区话剧的品种很多，话剧的经典剧目有《流寇队长》《同志，你走错了路》《抓壮丁》《粮食》《把目光放远一点》等，而最能代表解放区话剧特色的是秧歌剧和新歌剧。秧歌剧把改良后的秧歌舞蹈与民歌、话剧对白融为一体，清新自然，形式活泼，经典剧目有《兄妹开荒》《夫妻识字》《十二把镰刀》等；新歌剧将西洋歌剧的形式与中国民族歌曲融合在一起，其中穿插各种曲艺，从而使其带有很强的中国特色，其经典剧目是《白毛女》。受毛泽东《在延安文艺座谈会上的讲话》影响，解放区话剧与大后方、沦陷区话剧相比，有其自身独特的形式和内容，是战争年代值得注意的文学现象。

二、代表作及其导读

抓壮丁（节选）

◎集体创作

故事梗概：三幕话剧。吴雪、丁洪、陈戈、戴碧湘等人集体创作。原是四川旅外剧人抗敌演剧队于1938年创作演出的幕表戏，1943年吴雪等人在延安对原作进行改写，由青年艺术剧院演出近百场。这是一部讽刺喜剧，写王保长为了在征兵中捞一把，一方面威胁、敲诈地主李老栓，要他的儿子当兵；另一方面迫害佃农姜国富。姜出钱托李向王求情，李则用这笔钱为自己的儿子行贿。王保长正在得意忘形时，被省城归来的李老拴的大儿子率全家打了一顿，打完之后才知道双方都是蒋委员长手下的征兵官员，于是握手言和，共商抓壮丁大计。不料华蓥山游击队下山，被抓的壮丁们趁机暴动，征兵计划宣告失败。这部剧以四川方言演出，生活气息浓厚、诙谐生动，很受观众欢迎。这里所选为第二节中的一个段落。

姜国富　我的儿子，我一家老小的靠山，命根子，又给你们抓壮丁抓去了啊！

王保长　你的儿子，又是你的儿子！我又不是当坊土地，你的儿子到哪里去了他又不到我这里来挂号！哪个抓了你的儿子你就去找哪个嘛，纠我闹干啥？

姜国富　你们还要不要我们活呀！我一辈子种庄稼，给人家做牛马。穷人的命都在你们菜板上呀！去年我的大孙子无缘无故的给你们抓壮丁的人打死了。

王保长　我说，姜老汉，你就不懂事啊！那怪得哪一个，只怪你那大孙子不听招呼，满山跑，逃避兵役嘛！

（潘驼背拉王保长走，王保长不理）

姜国富　我一家四口，就靠我儿子一个人吃饭，你们把他抓走了，叫我们一家老小还有啥子生路啊？

王保长　我说，姜老汉，你就想不开，现在，而今，眼目下打抗战，前方千千万万的壮丁，哪一个不是人生父母养的！哪一个不是有家有室的子弟呀！别人就不是亲骨肉，就你一家——这是蒋总裁的命令，有力出力，有钱出钱哟……

姜国富　钱！钱！钱！我给你三回钱了啊！

王保长　哪个得了你三回钱啊！

姜国富　头一回是四千块，再一回是三千，这一会又是一千块。

王保长　哪一个得了你一千块？你不要胡乱说啊！是人家李老栓出的一千块。

姜国富　啊啊,是我出的一千块哟！王保长！

潘驼背　疯子都说的清楚？走啊！

姜国富　我,我,如今是襟襟片片,坛坛罐罐都当尽卖绝,实在没有门路了啊！保长！

王保长　(又假又酸)好嘛,有钱出钱,你就是好的嘛！蒋总裁说,一切为了国家,一切为了民族。你的钱王保长都给你缴上去了嘛！打抗战的时候,大家都要吃点苦啊！你这种精神可嘉嘛！

姜国富　我出了钱,你们还是把我的儿子抓去了。

王保长　这,这,哪个抓了你儿子你去找他……

姜国富　别人三兄四弟的不抽,单单要抽我的独子、命根做啥子哟？你们吃人连血都不留,骨头你们还要熬油呀！

王保长　(凶极)姜老汉,你反了哇！哪个三兄四弟的不抽呀？给我指出来。你捣乱兵役,破坏抗战,你好大的狗胆！了得起！找死呀！我看你真是不想活了！王保长要办你！

姜国富　啊！啊！

——选自《抓壮丁》,四川人民出版社,1979年版

【导读】

在抗战后期,国民党由于正面战场损失严重,且所征士兵存在大量流失的现象,遂在全国范围内"抓壮丁",这给了基层执行官员中饱私囊的机会,《抓壮丁》反映的正是这种现象。在剧中,王保长借助抓壮丁的权力为所欲为,连地主李老栓也要让他三分;而李老栓则利用与王保长较为熟悉的便利,欺骗佃农蒋国富。这一环环的腐败,反映出国民党强权统治的弊端,也反映出国民党政权不得人心、岌岌可危的现实。

《抓壮丁》在编排中巧妙地利用四川方言,在情节安排上也汲取了四川方言剧的特长,从而使整出戏剧诙谐生动、生活气息浓厚。这种倾向,与抗战时期剧作家喜欢在民族艺术中汲取营养的风潮有关,也是《在延安文艺座谈会上的讲话》精神指导下的艺术实践——其形式和内容完全达到了"老百姓喜闻乐见"的程度。无论从哪个方面来讲,《抓壮丁》都是抗战时期解放区话剧的重要代表作。

三、延伸思考

在抗战时期,解放区话剧自成一格,主要体现了以下特色:

（1）注重了戏剧形式的民族化和本土化。中国现代话剧是舶来品,解放区艺术家将之与中国传统艺术进行"嫁接",开创出秧歌剧、新歌剧等戏剧新品种,话剧排演也力图与地方特色联系起来,从而形成了解放区话剧清新自然的整体风格。

（2）解放区话剧受《在延安文艺座谈会上的讲话》指导,在追求戏剧艺术性的同时,也非常注重戏剧的通俗性,"老百姓喜闻乐见"是解放区话剧发展的一项重要指导思想。

（3）解放区话剧有很强的政治性,其主题选择和情节安排与现实政治有直接的联系,这既是解放区话剧的特色,也是其艺术探索的巨大束缚。

【思考题】

1.历史剧在抗战时期大量出现的社会根源是什么?

2.抗战时期历史剧的主要贡献是什么?

3.如何认识历史剧与历史事实的关系?

4.解放区话剧体现出怎样的整体特色?

5.如何评价解放区话剧?

6.大后方话剧为什么呈现出多重奏的局面?

7.吴祖光话剧的思想艺术特色是什么?

第四编　当代文学的转折

（1949—1976）

导　引

　　1949 年 10 月 1 日,中华人民共和国成立,标志着中国现代文学进入一个新的历史时期,即人们通称的"当代文学"阶段。1949 年 7 月,中华全国文学艺术工作者代表大会(简称"第一次文代会")在北平召开,会议确定了以毛泽东的文艺方针为全国文艺运动的总方针,《在延安文艺座谈会上的讲话》的精神以及延安文艺的方向即"文学为政治服务、为工农兵服务"的"二为"方针,顺理成章地成为当代文学的新指南,"五四"文学传统被遮蔽,渐至消匿。因此,这一时期的文学有如下鲜明的特点:①就其历史发展轨迹而言,与共和国同龄的中国当代文学,深受共和国政治历史浮变的巨大影响,呈现出与共和国的政治历史轨迹相似的衍变格局,文学成为政治运动的晴雨表;②就其文学风貌而言,由于连绵不断的文艺运动,左右了这一时期的文学生态,文学的政治性与功利性被放大,颂歌与战歌成为这一时期的主流,崇高成为时代的风格;③历时十年的"文化大革命"(1966—1976)使中国当代文学遭受空前劫难,政治化、概念化的样板戏成为那个特殊时代的文艺"发展"印痕,与此同时,与主流僵化文学分野的回归个性的文学写作如地火般悄然蔓延,质疑替代了盲从、觉醒代替了愚昧、批判代替了歌颂,人们的精神指向开始分化并趋向理性,"五四"文学精神重新回归。

　　这一时期的文学思潮始终与政治思潮紧密相关,与政治形势和政治运动同步起伏。如 1951 年 5 月 20 日开始的批判《红楼梦》研究中唯心主义思想的斗争、批判"胡风反革命集团"的斗争等全国性的大批判运动,一度影响了当代文学的历史进程。虽然 1956 年一度提出"双百"方针,但由于该方针没有得到认真的贯彻,甚至曾把它理解为两家,即无产阶级一家与资产阶级一家,"齐放"与"争鸣"也就无从谈起了。1966 年 4 月 10 日,《林彪同志委托江青同志召开的部队文艺工作座谈会纪要》提出"根本任务"论和"三突出"理论,文学一度沦为政治的附庸。

　　这一时期的文学创作以戏剧创作成就最高,虽然整体而言,写实剧成绩可喜,历史剧成就突出,戏曲改编有喜有忧,歌剧创作仍有距离,但老舍的《茶馆》是 20 世纪中国话剧走向世界的起步之作,也是中国话剧永恒的经典,它与田汉的《关汉卿》一起成为中国戏剧创作的重要成就。小说成就居其次,一批有影响的长篇小说作为一个时代的记忆,衍化为今天的"红色经典"。不过,强烈的意识形态性与文学性的矛盾,是这些"红色经典"能否成为真正经典的症结所在。诗歌一度成为人们抒发政治豪情的艺术体裁,政治抒情诗上升为人们表现政治题材的首选形式。贺敬之与郭小川曾熟练地驾驭了这一形式。然而,当它成为演绎观念的结构形式,成为追踪时事、牵强比附的艺术载体时,它的寿命也就走到了尽头。散文若取广义的散文,还包括杂文。马铁丁的杂文和"三家村"杂文曾影响广泛,但受到了不应有的批判。散文创作曾在 1961 年颇为繁盛,这一年《人民日报》开设"笔谈散文"专栏,一时间名家竞秀,佳作迭出。1961 年又被称为"散文年"。以往人们常说的"散文三大家"——刘白羽、秦牧、杨朔就是这一时期散文创作的代表。报告文学曾引领时代的精神导向,魏钢焰的《红桃是怎么开的》,甄为民的《毛主席的好战士——雷锋》,穆青、冯健、周原的《县委书记的榜样——焦裕禄》,穆青、陆拂为、廖由滨的《为了周总理的嘱托》等,代表了这一时代的创作成就。它们同样也面临真实性与不同价值观的考验。

文学流派在这一时期凋零萧瑟。由于强调文学的共性,同人文学社团受到打压,除以赵树理为首,马烽、西戎为主要成员的"山药蛋派"为人们所认可外,无其他流派存在。曾有人提出以孙犁为首的"荷花淀派"也可并立,但"草色遥看近却无"反映了它的实际情形。

总之,这一时期的文学环境深受政治的挤压,创作虽取得了一定的成绩,但能否积淀为中国文学的重要组成部分,还有待历史的检验。

本编应该注意的基本知识要点如下:

1.对电影《武训传》的批判

1951 年 5 月 20 日,《人民日报》上发表了《应当重视电影〈武训传〉的讨论》的评论,同时该报又发表了短评《共产党员应该参加关于〈武训传〉的批判》,要求"每个看过这部电影或看过歌颂武训的论文的共产党员都不应对于这样重要的政治思想问题保持沉默,都应积极起来自觉地同错误思想进行斗争"。于是,一场轰轰烈烈的文艺运动在全国范围内迅速展开。对电影《武训传》的批判是新中国成立后第一次全国规模的文艺运动,对当代文学的生态产生了极其重要的影响。由于将文艺问题上升为政治问题,严重地打击了文艺工作者的积极性,更不利于问题的解决。且这种动辄将文艺问题上升为政治问题的恶习,令人遗憾,也令人叹息。

2.对《红楼梦》研究中唯心主义思想的批判

1954 年 10 月发起的对《红楼梦》研究中唯心主义思想的批判,是继批判《武训传》后第二次大规模的思想批判运动。这场学术论争混淆了学术与政治问题的界限,再次以政治运动的方式处理学术问题,教训深刻。

3.对胡风文艺思想的批判

1955 年对胡风文艺思想的批判是第三次大规模的思想批判运动,其从批判胡风文艺思想开始,到粉碎"胡风反革命集团"结束,酿成了中国当代文学史上的一大冤案。其中既有政治历史的原因,也有文人之间的个人积怨。运动缘起于对民族形式的认识,这是一般分歧,原则分歧是关于"五四"新文学的性质和现实主义。胡风对此有自己的认识,还专门写作《关于解放以来的文艺实践情况的报告》(俗称"30 万言书"),就世界观、工农兵生活、思想改造、民族形式、题材五个理论问题,阐述了自己极有价值的观点。不料他与林默涵、何其芳、周扬等人的争鸣,迅速上升为政治问题,进而演变为一场肃清"胡风反革命集团"的政治运动。胡风及一大批友人因之受到镇压,直到 20 世纪 80 年代后才逐渐被平反,恢复自由。

4."双百"方针

1956 年 5 月 2 日,毛泽东在最高国务会议上正式提出"百花齐放,百家争鸣",即"艺术上不同的形式和风格可以自由发展,科学上不同的学派可以自由争论"。这是符合艺术发展规律的方针,是促进文学艺术发展的方针。

5.邵荃麟的"中间人物论"

1962 年,中国作家协会在大连召开农村题材短篇小说创作座谈会。会上,邵荃麟就当时的创作问题提出了自己的意见。他说:"英雄人物与落后人物是两头,中间状态的人物是大多数,文艺的主要对象是中间人物,写英雄是树立典范,但也应该注意写中间状态的人物。"不久,这一理论遭到批判。

6."根本任务"论和"三突出"理论

1966 年,江青提出,要努力塑造工农兵的英雄人物,这是社会主义文艺的根本任务。这就是"根本任务"论。1969 年,姚文元改定了于会泳提出的形而上学的创作理论:在所有的人物中突出正面人物,在正面人物中突出英雄人物,在英雄人物中突出中心人物,即"三突出"理论。它们都是违背创作规律的谬论。

7.八个样板戏

1967 年 5 月 31 日,《人民日报》为纪念毛泽东《在延安文艺座谈会上的讲话》25周年,发表社论《革命文艺的优秀样板》,将现代京剧《智取威虎山》《红灯记》《沙家浜》《海港》《奇袭白虎团》,舞剧《红色娘子军》《白毛女》,交响音乐《沙家浜》冠名为"革命样板戏"。

第十四章　转折时期的小说创作

中国当代文学与共和国同龄。共和国的成立使集结在新的政权下的作家们，必然面临历史的抉择和时代的筛洗。在共和国成立的最初一段时间里，当时的文坛主要由三部分作家组成：国统区作家、解放区作家、共和国新生代作家。这三类作家在新的时代所表现的创作心态及其成就，决定了当代小说的最终面貌。国统区作家以巴金、老舍、沈从文、艾芜等为代表。面对新的时代诉求，他们的心态较为复杂，创作较为拘谨，艺术水准也大不如前。解放区作家以赵树理、柳青、周立波等为代表。他们深受《在延安文艺座谈会上的讲话》影响，完全接受"二为"方针，不仅心态平衡，艺术水准也大为提高。共和国新生代作家又分为两类：一类是战火中成长的作家，如杜鹏程、知侠、吴强、梁斌、曲波、罗广斌、杨益言等。战火的考验和血与火的洗礼使他们以胜利者的姿态、豪迈的气概迈入新时代，责任感与使命感使他们自然而然地以塑造英雄、讴歌革命斗争为己任，贯彻《在延安文艺座谈会上的讲话》精神成为他们的不二法则，他们在创作上异军突起，成绩显著，影响了一个时代。通称的"三红一创保林青山"（《红日》《红岩》《红旗谱》《创业史》《保卫延安》《林海雪原》《青春之歌》《山乡巨变》）就是他们的代表作。另一类是共和国初期的新作家，如王蒙、邓友梅、李国文、陆文夫等。他们年轻气盛，怀着对新生政权的满腔热忱开始了他们的文学之旅。在苏联"干预生活"理论的影响下，他们创作了一批"干预生活"的作品，如《组织部新来的青年人》《在悬崖上》《改选》《小巷深处》等，但不幸在 1957 年的"反右"斗争中遭到错误对待，他们短暂的创作生命因此夭折。这些作品于 1979 年 5 月由上海文艺出版社以《重放的鲜花》为名结集出版。

除此之外，孙犁的《铁木前传》与杜鹏程的《在和平的日子里》、谢雪畴的《团指挥员》也是这一时期颇有影响的中篇小说。茹志鹃的《百合花》和林斤澜的《新生》是这一时期短篇小说的重要成就。这是因为，1949—1976 年是一个共性的时代，极少有作家形成自己的创作风格，女作家茹志鹃是个例外，她清新俊逸的"百合花风格"成为这一时期最别致的景观，这一时期还是颂歌的时代，但那些肤浅的粉饰太平的"假大空"

作品已随时光的流逝走进历史深处,而《新生》却让人以特有的心情感怀那个时代。

第一节 茹志鹃和她的《百合花》

一、基本知识

茹志鹃(1925—1998),上海人。她于 1943 年参加新四军,创作过歌词《跑得凶就打得好》(军区二等奖),话剧《不拿枪的战士》(南京军区二等奖)。1955 年她从南京军区转业到上海,任《文艺月报》编辑,1958 年创作《百合花》一举成名,形成清新俊逸的风格。此后,她接连发表《如愿》《春暖时节》《静静的产院》《高高的白杨树》《三走严庄》等小说,成为当代最负盛名的女小说家之一。1960 年她开始从事专业文学创作,曾任《上海文学》编委,为中国作家协会会员,中国作家协会上海分会理事。1978 年后,她又创作了《剪辑错了的故事》《草原上的小路》等,风格悠远深沉。其主要作品有小说集《百合花》《高高的白杨树》等。

二、代表作及其导读

百合花

◉茹志鹃

一九四六年的中秋。

这天打海岸的部队决定晚上总攻。我们文工团创作室的几个同志,就由主攻团的团长分派到各个战斗连去帮助工作。大概因为我是个女同志吧！团长对我抓了半天后脑勺,最后才叫一个通讯员送我到前沿包扎所去。

包扎所就包扎所吧！反正不叫我进保险箱就行。我背上背包,跟通讯员走了。

早上下过一阵小雨,现在虽放了晴,路上还是滑得很,两边地里的秋庄稼,却给雨水冲洗得青翠水绿,珠烁晶莹。空气里也带有一股清鲜湿润的香味。要不是敌人的冷炮,在间歇地盲目地轰响着,我真以为我们是去赶集的呢！

通讯员撒开大步,一直走在我前面。一开始他就把我拉下几丈远。我的脚烂了,路又滑,怎么努力也赶不上他。我想喊他等等我,却又怕他笑我胆小害怕;不叫他,我又真怕一个人摸不到那个包扎所。我开始对这个通讯员生起气来。

嗳!说也怪,他背后好像长了眼睛似的,倒自动在路边站下了。但脸还是朝着前面。没看我一眼。等我紧走慢赶地快要走近他时,他又蹬蹬蹬地自个向前走了,一下又把我摔下几丈远。我实在没力气赶了,索性一个人在后面慢慢晃。不过这一次还好,他没让我拉得太远,但也不让我走近,总和我保持着丈把远的距离。我走快,他在前面大踏步向前;我走慢,他在前面就摇摇摆摆。奇怪的是,我从没见他回头看我一次,我不禁对这通讯员发生了兴趣。

刚才在团部我没注意看他,现在从背后看去,只看到他是高挑挑的个子,块头不大,但从他那副厚实实的肩膀看来,是个挺棒的小伙,他穿了一身洗淡了的黄军装,绑腿直打到膝盖上。肩上的步枪筒里,稀疏地插了几根树枝,这要说是伪装,倒不如算作装饰点缀。

没有赶上他,但双脚胀痛得像火烧似的。我向他提出了休息一会后,自己便在做田界的石头上坐了下来。他也在远远的一块石头上坐下,把枪横搁在腿上,背向着我,好像没我这个人似的。凭经验,我晓得这一定又因为我是个女同志的缘故。女同志下连队,就有这些困难。我着恼的带着一种反抗情绪走过去,面对着他坐下来。这时,我看见他那张十分年轻稚气的圆脸,顶多有十八岁。他见我挨他坐下,立即张惶起来,好像他身边埋下了一颗定时炸弹,局促不安,掉过脸去不好,不掉过去又不行,想站起来又不好意思。我拼命忍住笑,随便地问他是哪里人。他没回答,脸涨得像个关公,讷讷半晌,才说清自己是天目山人。原来他还是我的同乡呢!

"在家时你干什么?"

"帮人拖毛竹。"

我朝他宽宽的两肩望了一下,立即在我眼前出现了一片绿雾似的竹海,海中间,一条窄窄的石级山道,盘旋而上。一个肩膀宽宽的小伙,肩上垫了一块老蓝布,扛了几枝青竹,竹梢长长地拖在他后面,刮打得石级哗哗作响……这是我多么熟悉的故乡生活啊!我立刻对这位同乡,越加亲热起来。我又问:

"你多大了?"

"十九。"

"参加革命几年了?"

"一年。"

"你怎么参加革命的?"我问到这里自己觉得这不像是谈话,倒有些像审讯。不过我还是禁不住地要问。

"大军北撤时我自己跟来的。"

"家里还有什么人呢?"

"娘,爹,弟弟妹妹,还有一个姑姑也住在我家里。"

"你还没娶媳妇吧?"

"……"他飞红了脸,更加忸怩起来,两只手不停地数摸着腰皮带上的扣眼。半晌他才低下了头,憨憨地笑了一下,摇了摇头。我还想问他有没有对象,但看到他这样子,只得把嘴里的话,又咽了下去。

两人闷坐了一会,他开始抬头看看天,又掉过来扫了我一眼,意思是在催我动身。

当我站起来要走的时候,我看见他摘了帽子,偷偷地在用毛巾拭汗。这是我的不是,人家走路都没出一滴汗,为了我跟他说话,却害他出了这一头大汗,这都怪我了。

我们到包扎所,已是下午两点钟了。这里离前沿有三里路,包扎所设在一个小学里,大小六个房子组成品字形,中间一块空地长了许多野草,显然,小学已有多时不开课了。我们到时屋里已有几个卫生员在弄着纱布棉花,满地上都是用砖头垫起来的门板,算作病床。

我们刚到不久,来了一个乡干部,他眼睛熬得通红,用一片硬柏纸插在额前的破毡帽下,低低地遮在眼睛前面挡光。他一肩背枪,一肩挂了一杆秤;左手挎了一篮鸡蛋,右手提了一口大锅,呼哧呼哧地走来。他一边放东西,一边对我们又抱歉又诉苦,一边还喘息地喝着水,同时还从怀里掏出一包饭团来嚼着。我只见他迅速地做着这一切。他说的什么我就没大听清。好像是说什么被子的事,要我们自己去借。我问清了卫生员,原来因为部队上的被子还没发下来,但伤员流了血,非常怕冷,所以就得向老百姓去借。哪怕有一二十条棉絮也好。我这时正愁工作插不上手,便自告奋勇讨了这件差事,怕来不及就顺便也请了我那位同乡,请他帮我动员几家再走。他踌躇了一下,便和我一起去了。

我们先到附近一个村子,进村后他向东,我往西,分头去动员。不一会,我已写了三张借条出去,借到两条棉絮,一条被子,手里抱得满满的,心里十分高兴,正准备送回去再来借时,看见通讯员从对面走来,两手还是空空的。

"怎么,没借到?"我觉得这里老百姓觉悟高,又很开通,怎么会没有借到呢? 我有点惊奇地问。

"女同志,你去借吧! ……老百姓死封建……"

"哪一家? 你带我去。"我估计一定是他说话不对,说崩了。借不到被子事小,得罪了老百姓影响可不好。我叫他带我去看看。但他执拗地低着头,像钉在地上似的,不肯挪步,我走近他,低声地把群众影响的话对他说了。他听了,果然就松松爽爽地带我走了。

我们走进老乡的院子里,只见堂屋里静静的,里面一间房门上,垂着一块蓝布红额的门帘,门框两边还贴着鲜红的对联。我们只得站在外面向里"大姐、大嫂"的喊,喊了几声,不见有人应,但响动是有了。一会,门帘一挑,露出一个年轻媳妇来。这媳妇长得很好看,高高的鼻梁,弯弯的眉,额前一溜蓬松松的刘海。穿的虽是粗布,倒都是新的。我看她头上已硬挠挠的挽了髻,便大嫂长大嫂短的向她道歉,说刚才这个同志来,说话不好别见怪等等。她听着,脸扭向里面,尽咬着嘴唇笑。我说完了,她也不作声,还是低头咬着嘴唇,好像忍了一肚子的笑料没笑完。这一来,我倒有些尴尬了,下面的话怎么说呢! 我看通讯员站在一边,眼睛一眨不眨地看着我,好像在看连长做示范动作似的。我只好硬了头皮,讪讪的向她开口借被子了,接着还对她说了一遍共产党的部队,打仗是为了老百姓的道理。这一次,她不笑了,一边听着,一边不断向房里瞅着。我说完了,她看看我,看看通讯员,好像在掂量我刚才那些话的斤两。半晌,她转身进去抱被子了。

通讯员乘这机会,颇不服气地对我说道:

"我刚才也是说的这几句话,她就是不借,你看怪吧! ……"

我赶忙白了他一眼,不叫他再说。可是来不及了,那个媳妇抱了被子,已经在房门口了。被子一拿出来,我方才明白她刚才为什么不肯借的道理了。这原来是一条里外全新的新花被子,被面是假洋缎的,枣红底,上面撒满白色百合花。她好像是在故意气通讯员,把被子朝我面前一送,说:"抱去吧。"

我手里已捧满了被子,就一努嘴,叫通讯员来拿。没想到他竟扬起脸,装作没看见。我只好开口叫他,他这才绷了脸,垂着眼皮,上去接过被子,慌慌张张地转身就走。不想他一步还没有走出去,就听见"嘶"的一声,衣服挂住了门钩,在肩膀处,挂下一片布来,口子撕得不小。那媳妇一面笑着,一面赶忙找针拿线,要给他缝上。通讯员却高低不肯,挟了被子就走。

刚走出门不远,就有人告诉我们,刚才那位年轻媳妇,是刚过门三天的新娘子,这条被子就是她惟一的嫁妆。我听了,心里便有些过意不去,通讯员也皱起了眉,默默地看着手里的被子。我想他听了这样的话一定会有同感吧!果然,他一边走,一边跟我嘟哝起来了。

"我们不了解情况,把人家结婚被子也借来了,多不合适呀!……"我忍不住想给他开个玩笑,便故作严肃地说:

"是呀!也许她为了这条被子,在做姑娘时,不知起早熬夜,多干了多少零活,才积起了做被子的钱,或许她曾为了这条花被,睡不着觉呢。可是还有人骂她死封建……"

他听到这里,突然站住脚,呆了一会,说:

"那!……那我们送回去吧!"

"已经借来了,再送回去,倒叫她多心。"我看他那副认真、为难的样子,又好笑,又觉得可爱。不知怎么的,我已从心底爱上了这个傻呼呼的小同乡。

他听我这么说,也似乎有理,考虑了一下,便下了决心似地说:

"好,算了。用了给她好好洗洗。"他决定以后,就把我抱着的被子,统统抓过去,左一条、右一条的披挂在自己肩上,大踏步地走了。

回到包扎所以后,我就让他回团部去。他精神顿时活泼起来了,向我敬了礼就跑了。走不几步,他又想起了什么,在自己挂包里掏了一阵,摸出两个馒头,朝我扬了扬,顺手放在路边石头上,说:

"给你开饭啦!"说完就脚不点地地走了。我走过去拿起那两个干硬的馒头,看见他背的枪筒里不知在什么时候又多了一枝野菊花,跟那些树枝一起,在他耳边抖抖地颤动着。

他已走远了,但还见他肩上撕挂下来的布片,在风里一飘一飘。我真后悔没给他缝上再走。现在,至少他要裸露一晚上的肩膀了。

包扎所的工作人员很少。乡干部动员了几个妇女,帮我们打水、烧锅,作些零碎活。那位新媳妇也来了,她还是那样,笑眯眯地抿着嘴,偶然从眼角上看我一眼,但她时不时地东张西望,好像在找什么。后来她到底问我说:

"那位同志弟到哪里去了?"我告诉她同志弟不是这里的,他现在到前沿去了。她不好意思地笑了一下说:"刚才借被子,他可受我的气了!"说完又抿了嘴笑着,动手把借来的几十条被子、棉絮,整整齐齐地分铺在门板上、桌子上(两张课桌拼起来,就是一张床)。我看见她把自己那条白百合花的新被,铺在外面屋檐下的一块门板上。

天黑了,天边涌起一轮满月。我们的总攻还没发起。敌人照例是忌怕夜晚的,在地上烧起一堆堆的野火,又盲目地轰炸,照明弹也一个接一个地升起,好像在月亮下面点了无数盏的汽油灯,把地面的一切都赤裸裸地暴露出来了。在这样一个"白夜"里来攻击,有多困难,要付出多大的代价啊!我连那一轮皎洁的月亮,也憎恶起来了。

乡干部又来了,慰劳了我们几个家做的干菜月饼。原来今天是中秋节了。

啊,中秋节,在我的故乡,现在一定又是家家门前放一张竹茶几,上面供一副香烛,几碟瓜果月饼。孩子们急切地盼那炷香快些焚尽,好早些分摊给月亮娘娘享用过的东西,他们在茶几旁边跳着唱着:"月亮堂堂,敲锣买糖……"或是唱着:"月亮嬷嬷,照你照我……"我想到这里,又想起我那个小同乡,那个拖毛竹的小伙,也许,几年以前,他还唱过这些歌吧!……我咬了一口美味的家做月饼,想起那个小同乡大概现在正趴在工事里,也许在团指挥所,或者是在那些弯弯曲曲的交通沟里走着哩!……

一会儿,我们的炮响了,天空划过几颗红色的信号弹,攻击开始了。不久,断断续续地有几个伤员下来,包扎所的空气立即紧张起来。

我拿着小本子,去登记他们的姓名、单位,轻伤的问问,重伤的就得拉开他们的符号,或是翻看他们的衣襟。我拉开一个重彩号的符号时,"通讯员"三个字使我突然打了个寒战,心跳起来。我定了下神才看到符号上写着×营的字样。啊!不是,我的同乡他是团部的通讯员。但我又莫名其妙地想问问谁,战地上会不会漏掉伤员。通讯员在战斗时,除了送信,还干什么——我不知道自己为什么要问这些没意思的问题。

战斗开始后的几十分钟里,一切顺利,伤员一次次带下来的消息,都是我们突破第一道鹿砦,第二道铁丝网,占领敌人前沿工事打进街了。但到这里,消息忽然停顿了,下来的伤员,只是简单地回答说:"在打。"或是"在街上巷战。"但从他们满身泥泞,极度疲乏的神色上,甚至从那些似乎刚从泥里掘出来的担架上,大家明白,前面在进行着一场什么样的战斗。

包扎所的担架不够了,好几个重彩号不能及时送后方医院,耽搁下来。我不能解除他们任何痛苦,只得带着那些妇女,给他们拭脸洗手,能吃得的喂他们吃一点,带着背包的,就给他们换一件干净衣裳,有些还得解开他们的衣服,给他们拭洗身上的污泥血迹。

做这种工作,我当然没什么,可那些妇女又羞又怕,就是放不开手来,大家都要抢着去烧锅,特别是那新媳妇。我跟她说了半天,她才红了脸,同意了。不过只答应做我的下手。

前面的枪声,已响得稀落了。感觉上似乎天快亮了,其实还只是半夜。外边月亮很明,也比平日悬得高。前面又下来一个重伤员。屋里铺位都满了,我就把这位重伤员安排在屋檐下的那块门板上。担架员把伤员抬上门板,但还围在床边不肯走。一个上了年纪的担架员,大概把我当做医生了,一把抓住我的膀子说:"大夫,你可无论如何要想办法治好这位同志呀!你治好他,我……我们全体担架队员给你挂匾……"他说话的时候,我发现其他的几个担架员也都睁大了眼盯着我,似乎我点一点头,这伤员就立即会好了似的。我心想给他们解释一下,只见新媳妇端着水站在床前,短促地"啊"了一声。我急拨开他们上前一看,我看见了一张十分年轻稚气的圆脸,原来棕红的脸色,现已变得灰黄。他安详地合着眼,军装的肩头上,露着那个大洞,一片布还挂在那里。

"这都是为了我们……"那个担架员负罪地说道,"我们十多副担架挤在一个小巷子里,准备往前运动,这位同志走在我们后面,可谁知道狗日的反动派不知从哪个屋顶上撂下颗手榴弹来,手榴弹就在我们人缝里冒着烟乱转,这时这位同志叫我们快趴下,他自己就一下扑在那个东西上了……"

新媳妇又短促地"啊"了一声。我强忍着眼泪,给那些担架员说了些话,打发他们走了。我回转身看见新媳妇已轻轻移过一盏油灯,解开他的衣服,她刚才那种忸怩羞涩已经完全消失,只是庄严而虔诚地给他拭着身子,这位高大而又年轻的小通讯员无声地躺在那里……我猛然醒悟地跳起身,磕磕绊绊地跑去找医生,等我和医生拿了针药赶来,新媳妇正侧着身子坐在他旁边。

她低着头,正一针一针地在缝他衣肩上那个破洞。医生听了听通讯员的心脏,默默地站起身说:"不用打针了。"我过去一摸,果然手都冰冷了。新媳妇却像什么也没看见,什么也没听到,依然拿着针,细细地、密密地缝着那个破洞。我实在看不下去了,低声地说:

"不要缝了。"她却对我异样地瞟了一眼,低下头,还是一针一针地缝。我想拉开她,我想推开这沉重的氛围,我想看见他坐起来,看见他羞涩地笑。但我无意中碰到了身边一个什么东西,伸手一摸,是他给我开的饭,两个干硬的馒头。

卫生员让人抬了一口棺材来,动手揭掉他身上的被子,要把他放进棺材去。新媳妇这时脸发白,劈手夺过被子,狠狠地瞪了他们一眼,自己动手把半条被子平展展地铺在棺材底,半条盖在他身上。卫生员为难地说:"被子……是借老百姓的。"

"是我的——"她气汹汹地嚷了半句,就扭过脸去。在月光下,我看见她眼里晶莹发亮,我也看见那条枣红底色上洒满白色百合花的被子,这象征纯洁与感情的花,盖上了这位平常的、拖毛竹的青年人的脸。

——选自《百合花》,人民文学出版社,1958 年版

【导读】

1980 年 11 月,茹志鹃在《青春》上发表了《我写〈百合花〉的经过》一文,详细地说明了创作《百合花》的缘起。她说:

"我写《百合花》的时候,正是反右派斗争处于紧锣密鼓之际,社会上如此,我家庭也如此。啸平处于岌岌可危之时,我无法救他,只有每天晚上,待孩子睡后,不无悲凉地思念起战时的生活和那时的同志关系。脑子里像放电影一样,出现了战争时接触到的种种人。战争使人不能有长谈的机会,但是战争却能使人深交。有时仅几十分钟,几分钟,甚至只来得瞥一眼,便一闪而过,然而人与人之间,就在这个一刹那里,便能够肝胆相照,生死与共。"

《百合花》便是这样,在匝匝忧虑之中,缅怀追念时得来的产物。

这一创作心理的披露,特别是结尾"它实实在在是一篇没有爱情的爱情牧歌"的补充,打开了人们理解《百合花》本意的一把钥匙:以战争时期人性的美好反衬战争时期人性的丑恶,或者写一篇没有爱情的爱情牧歌等,是茹志鹃创作《百合花》的真正意图。

不过,在当时的语境下,《百合花》被视为"一曲军民鱼水情的颂歌"。茅盾在《谈最近的短篇小说》一文中认为,小说以 1946 年中秋一场战役为背景,以小通讯员向新媳妇借被子一事为中心情节,通过对人物心灵历程的细腻描写,以及通讯员为救民工而捐出生命、新媳妇为小通讯员而捐出唯一的枣红底色上洒满百合花的新被子这一典型情节的刻画,从一个特定的角度对军民关系展开了纯洁而富有诗意的描写。由于他详细地分析了《百合花》的艺术魅力,还认为"这是我最近读过的几十个短篇中间最使我满意,也最使我感动的一篇",使同期转载在《人民文学》1958 年 6 期上的《百合花》跃入评论界的视野,也使这一诗意的主题成为当时最合理也最能为时代所接受的普遍结论,影响深远。

三、延伸思考

（1）"百合花风格"。茹志鹃因《百合花》而形成自己独特的创作风格，即"百合花风格"。主要表现在：①在选材立意上，不正面描写生活的巨流大波，而从中采撷一片微澜、一朵浪花，加以精细挖掘和描绘，以反映时代风貌；②塑造平凡的人物，从人物性格的某一点深入下去展开细腻的心理刻画，展示人物的精神世界；③进行艺术构思时，往往根据作家对生活的独特感受，提炼出一两件具有象征意义的事物作为媒介，展开对人物心灵历程的描写，充满诗情和哲理；④情节单纯明快，细节丰富多彩，色彩柔和而不浓烈，调子优美而不高亢。

（2）关于"百合花风格"的讨论。20 世纪 50 年代末与 60 年代初曾引发了关于茹志鹃"百合花风格"的讨论，代表性文章有：欧阳文彬《试论茹志鹃的艺术风格》（《上海文学》1959 年 10 月号），侯金镜《创作个性与艺术特色》（《文艺报》1961 年第 3 期），细言《有关茹志鹃作品的几个问题》（《文艺报》1961 年第 7 期），魏金枝《也来谈谈茹志鹃的小说》（《文艺报》1961 年第 12 期），洁泯《有没有区别》（《文艺报》1961 年第 12 期）。这是一次难得的正常的文学批评，其中侯金镜的观点影响深远，对茹志鹃的创作产生了重要影响。

第二节　柳青和他的《创业史》

一、基本知识

新中国成立后，以史诗般的规模彰显共和国的来路与去路成为时代的选择。展示中国农村的今天与未来自然成为这一时代的重要主题之一。虽然赵树理的《三里湾》率先以长篇小说的形式书写了中国农村走合作化道路的时代必然，但最具影响力并足以代表一个时代文学范式的长篇小说依然是柳青的《创业史》。它所描绘的中国农村的生活画卷，曾被视为中国农村走向未来的理想图景，他所创造的书写范式曾被视为一个时代的范本，影响深远。不过，进入 20 世纪 80 年代后，"柳青现象"成为人们重新思索柳青及其《创业史》的触发词。

柳青（1916—1978），原名刘蕴华，陕西吴堡人。1935 年他曾参加"一二·九运动"。他曾主编西安学生联合会刊物《学生呼声》，并在《中学生文艺季刊》秋季号上发表散文《待车》。柳青于 1938 年到延安，先后在陕甘宁边区文协及中华全国文艺界抗敌协会延安分会工作。其作品有短篇小说集《地雷》、长篇小说《种谷记》《铜墙铁壁》等。1952 年 5 月,他从北京举家迁回陕西长安县皇甫村安家落户,亲历农村合作化运动,与农民朝夕相处、同甘共苦。1959 年,《创业史》(第一部)开始在《延河》连载,1960 年 6 月由中国青年出版社出版。《创业史》原作计划写四部,由于历史与现实的原因未完成。《创业史》是柳青的代表作,也为柳青赢得了很高的声誉。

二、代表作及其导读

创业史（节选）

◉柳　青

　　排队买东西的第十七个老汉,个子本来很高大,因为罗锅腰,显得低了,不被人注意。他穿着笨手笨脚的新棉袄新棉裤,左胳膊上挂着一个竹篮子,里头平放一个空豆油瓶。他低头用右手指抹眼泪,抹掉又溢出来了。

　　大伙终于注意了这个奇怪的老汉。为什么在大伙高兴的时候,他流泪?而且看样子流上没完了。

　　所有的人都看见:这个老汉满面很深的皱纹,稀疏的八字胡子,忧愁了一辈子的眼神,脖颈上有一大块死肉疙瘩。看来,几十年沉重的劳动,在这个人身上留下过多的痕迹,很明显、很突出。上万赶集的庄稼人里头,这样的人也是少数!

　　终于,有人认出来了——这是梁生宝他爸嘛!

　　梁三老汉,在庄稼人们谈论灯塔农业社和社主任梁生宝的时候,他想起了他爹和他两辈子创业的历史。实在说:那不算创业史!那是劳苦史、饥饿史和耻辱史!他爹和他合起来,在世上活了一百来年,什么时候倒在一个冬天同时穿上新棉袄新棉裤来? 总是:棉袄是新的,棉裤是旧的;几年以后,棉裤是新的,棉袄又是旧的。常常面子是新的,里子是旧的,或者絮的棉花是旧的。土改后,梁三老汉曾经梦想过,未来的富裕中农梁生宝他爹要穿一套崭新棉衣上黄堡街上,暖和暖和,体面体面的!梦想的世界破碎了,现实的世界像终南山一般摆在眼前——灯塔农业社主任梁生宝他爹,穿上一套崭新的棉衣,在黄堡街上暖和而又体面!秋收后,宝娃子对他妈说,旁的什么都不忙,先给他爹缝全套新棉灰.给老人"圆梦"要紧!老汉说:

　　"宝娃子! 有心人! 好样的! 你娃有这话,爹穿不穿一样! 你好好平世事去! 你爷说:世事拿铁铲子也铲不平,我信你爷的话,听命运一辈子。

我把这话传给你,你不信我的话,你干吧! 爹给你看家、扫院、喂猪。再说,你那对象还是要紧哩。你拖到三十以后,时兴人就不爱你哩! 寻个寡妇,心难一!"

但生宝娘俩,还是坚持给老汉"圆梦"。老汉想起这些,感动得落泪了。人活在世上最贵重的是什么呢? 还不是人的尊严嘛!

当排队的庄稼人顾客知道这是灯塔农业社梁主任他爹的时候,一致提议让老汉先打油回去,老汉上了年纪,站得久了腿酸。梁三老汉不干,大伙硬把他推拥到柜台前面去了。

梁三老汉提了一斤豆油,庄严地走过庄稼人群。一辈子生活的奴隶,现在终于带着生活主人的神气了。他知道蛤蟆滩以后的事儿不会少的,但最替儿子担心害怕的时期已经过去了。

——选自《创业史》,中国青年出版社,1960 年版

【导读】

《创业史》的指导思想:在公有制和私有制的斗争中,只有千方百计地显示出公有制和集体生产的优越性,才能吸引农民自愿地走向社会主义道路。

(1)历史背景:疾风暴雨的土地改革已经过去,地主阶级已经消灭,富农被孤立,农民得到了土地。但是,出于历史的原因,不同阶级所处的地位不同及长期受传统思想的影响,在新的历史条件下,必然会产生不同的思想和行为,是团结起来走集体化道路,还是重新回到老路上去,是按照党领导合作化的方针——自愿互利、重点试办、典型示范的原则使农民体会到互助合作的优越性,还是采取斗争的方式迫使农民加入合作化的道路上来,是当时亟待解决的现实问题。

(2)主题:柳青在《提出几个问题来讨论》中说:"《创业史》这部小说要向读者回答的是:中国农村为什么会发生社会主义革命和这次革命是怎样进行的。回答要通过一个村庄的各个阶级人物在合作化运动中的行动、思想和心理的变化过程表现出来。这个主题思想和这个题材范围的统一,构成了这部小说的具体内容。"

(3)人物设置与结构:小说以阶级属性为基点,以其对合作社的态度为质点,以梁生宝为中心,以富裕中农郭世富、贫农梁三老汉、王二直杠、富农姚士杰等为人物配置构成扇形结构。

三、延伸思考

《创业史》的史诗规模总结如下:

(1)在题材的处理上,小说把历史的广度和深度有机地结合起来,把作品描写的重心放在农业合作化运动这个题材本身的历史深刻性的挖掘上。《创业史》描写农业合作化运动中两条道路的斗争及各种思想的斗争,艺术的触角触及了农村那些有影响的人物,也伸进了蛤蟆滩草棚院里那些不为人们所注意的角落。小说既展现了时代滚滚向前的主流,也揭示了它的支流、暗流和逆流;既写了人们的政治立场,也写了人们的思想动向和心理状态,这无疑是对生活有深度的反映。同时,作家又以历史家的眼光开拓了题材的广度,一方面通过"题叙"以及人物生活史的介绍,把蛤蟆滩的现在和过去联系起来,另一方面又通过郭世富黄堡卖粮、改霞进工厂等情节,把蛤蟆滩的斗争跟当时全国社会主义革命与建设联系起来。这样,蛤蟆滩的斗争也就有了一个十分广阔的背景,读者能从全局的联系中看到它的意义,历史的深度和广度达到了有机的统一。

(2)在人物描写上,小说表现了宽阔的艺术视野,作家笔下的人物几乎包括了各阶层各阶级的代表,并构成了生活面,同时作家又特别注意揭示各种人物的独特性格、独特命运形成的深远的历史根源,使每个人物都有一部生活史。通过对人物的这种有深度的描写,读者就能理解他们在现实生活中如何表现,并且提出具有普遍意义的社会问题,人物的个人命运和社会的历史进程就联系起来了,增加了作品的容量和厚度。

(3)在结构安排上,按照史诗规模的要求,《创业史》采取了多卷式的布局,第一部在结构上最大的特点是"题叙"与"结局"。"题叙"为行将开始的故事提供了背景,"结局"在第一部和第二部之间起到了承前启后的作用。前者溯其源,后者显去向,既是一个独立的艺术整体,也是历史长河中一个要继续发展的生活阶段,历史的广度和深度在结构的安排上得到了落实。

【思考题】

1.茹志鹃创作《百合花》的意图是什么?

2.《百合花》有哪些值得借鉴的写作手法?

3.为什么说《创业史》描绘的生活画卷曾被视为中国农村走向未来的理想图景?

4.《创业史》在艺术上有哪些特色?

第十五章　转折时期的诗歌创作

20 世纪的中国诗歌未必与政治进程及其转折完全同步,但是在 1949 年以及此后的漫长岁月,从第一次文代会到中华人民共和国的建立,从《新华颂》到《文化大革命颂》,同步的趋势愈加明显。诗歌与政治以同样的频率振动,诗歌敏锐地反映疾变的政治,1949 年政治的深刻转折造就了诗歌的历史性转折,在新政治的期望、命令和关怀之下,诗歌实现了抒情方式、叙事模式、语词、意象、风格、思想、境界等层次的激烈革新。与此同时,诗人队伍也发生了前所未有的整合、培育和淘汰——这也是深刻的转折:不是每一个诗人都可以在新的时代唱响政治颂歌,也不是每一个诗人在新的时代都善于歌唱生活。

第一节　郭小川与贺敬之的政治抒情诗

一、基本知识

1949 年后的现代汉语诗歌,在政治的干预和规范之下,承接的是延安时期的新方式和新传统。在政治与诗歌的关系上,沿袭的是战时机制,即政治进入诗歌以获取简洁、明快、有力的宣传效果,而诗歌绝对地服务和服从政治,以强烈的政治性与昂扬的情绪性实现新时代的合法表达。这就是所谓的政治抒情诗。

新中国的政治抒情诗从一开始就禀有历史乐观主义的基因,新政权赋予诗人们闪亮的希望和富饶的激情,诗人们又把这样的希望和激情以政治抒情诗的方式传播四方:

> 人民中国,屹立亚东。
>
> 光线万道,辐射寰空。
>
> 艰难缔造庆成功,

　　　　　　五星红旗遍地红。

　　　　　　生者众,物产丰。

　　　　　　工农长作主人翁。

——郭沫若《新华颂》

　　政治抒情诗的主体就是颂歌,歌颂共产党及其领袖,歌颂新的生活,甚至党的决议。即便是胡风,对即将开始的"时间"并无把握,也不妨碍他写出《时间开始了》的政治抒情诗,歌颂党和领袖,歌颂一次会议:1949 年 9 月,在毛泽东的主持之下,中国人民政治协商会议隆重开幕。

　　　　　　时间开始了——

　　　　　　毛泽东

　　　　　　他站到了主席台底正中间

　　　　　　他站在飘着四面红旗的地球底

　　　　　　中国地形正前面

　　　　　　他

　　　　　　屹立着象一尊塑像……

　　　　　　掌声和呼声静了下来

　　　　　　……

　　　　　　跨过了这肃穆的一刹那

　　　　　　时间! 时间!

　　　　　　你一跃站了起来!

　　　　　　毛泽东,他向世界发出了声音

　　　　　　毛泽东,他向时间发出了命令:

　　　　　　"进军!!!"

——胡风《时间开始了》

　　所谓政治抒情诗就是这样的性质、品格和声音:诗即宣传,诗即教育,诗即政论,诗即歌颂,词语豪迈,情感激动,意象闪光,风格明朗。在中国当代,最引人注目的政治抒情诗诗人无疑是郭小川(1919—1976)与贺敬之(1924—　　)。

二、代表作及其导读

在社会主义高潮中(节选)

◎郭小川

　　　　仿佛是滚滚的沉雷

从万丈以上的云端

向世界宣告，

中国的国土上

卷起了

社会主义革命和建设的高潮！

仿佛是豪迈的昆仑山

拍着硬朗的胸脯

为我们担保：

中国人前所未有的

黄金的日子

真是来到了！

……

滚吧

什么不可克服的困难

什么不可逾越的高山险道……

都是些

荒诞无稽的神话

不值一笑！

我们早就以

做个真正的中国人

而感到自豪，

那末

社会主义的新的一代

更是多么光辉的称号！

我们的祖国

为了抚育我们

从来没有吝惜过辛劳，

现在我们长大成人了

该怎样奋不顾身地

把祖国答报！

都说

年青人的两腿

能够跟千里驹的四蹄赛跑,

那就让我们

放开英雄的步子

走在时代的前哨,

都说

年青人的精力

能够叫饥饿的人一看就饱,

那就要

毫无保留地

把它投进社会主义的高潮。

1956 年 3 月 4 日

——选自《郭小川诗选》,人民文学出版社,1977 年版

【导读】

郭小川是一个从抗日战争走过来的久经考验的革命者,这是他的首要身份,他的这个身份决定了他的政治忠诚和他的诗歌性质。新中国的任何社会变革,在他的诗中都有反映,他的诗追随这些变革,歌颂这些变革,并且随着这些变革的远去而远去。郭小川的楼梯式抒情,与马雅可夫斯基的抒情其实有本质的区别,他的抒情不具有颠覆性,他的抒情为主流的政治服务,所以准确的说法大约是主流的政治抒情诗,简称主旋律。这首《在社会主义高潮中》是那个时代政治抒情诗的标本,强调的是政治正确而非经验的真切,展现的是风格的明朗以及词语的高潮。"中国人前所未有的/黄金的日子/真是来到了",这是一种激荡人心的时代情绪,也是高高飘扬的美好希望,诗歌以宏大的词汇和意向飘在空中,不需要落实为刻骨的经验或者内心的颤动,这是以政治性的灿烂书写代替经验表达和诗艺琢磨的写作,这是不自由的,却又极度自由。然而,郭小川除了是一个革命者,他本身也是一个敏感的知识分子,他的情感和思想经常会溢出政治身份和政治忠诚之外,他不但会因天安门上的红旗而激动,也会因头顶深邃永恒的星空而沉思,他那知识分子的个人视角与革命战士的集体主义视角,两种身份很难完全协调,两种视角也无法真正统一,从而造成其诗歌的内在断裂。关于这一点,可以参阅他的《望星空》。

西去列车的窗口（节选）

◉ 贺敬之

在九曲黄河的上游，
在西去列车的窗口，

是大西北一个平静的夏夜，
是高原上月在中天的时候。

一站站灯火扑来，象流萤飞走，
一重重山岭闪过，似浪涛奔流……

……

立即，车厢里平静下来……
窗帘拉紧。灯光减弱。人声顿收。……

但是，年轻人的心呵，怎么能够平静？
——在这样的路上，在这样的时候！

是的，怎么能够平静呵，在老战士的心头？
——是这样的列车，是这样的窗口！

看那是谁？猛然翻身把日记本打开，
在暗中，大字默写："开始了——战斗！"

那又是谁呵？刚一入梦就连声高呼：
"我来了！我来了！——决不退后！……"

……

我们有这样的老战士呵，

是的,我们——能够!

我们有这样的新战友呵,
是的,我们——能够!

呵,祖国的万里江山、万里江山呵! ……
呵,革命的滚滚洪流、滚滚洪流! ……

现在,让我们把窗帘打开吧,
看车窗外,已是朝霞满天的时候!

来,让我们高声歌唱呵——
"鲜红的太阳照遍全球! ……"

1963 年 12 月 24 日

——选自《放歌集》,人民文学出版社,1972 年第 2 版

【导读】

贺敬之的诗歌有卓越的语言感觉,譬如《桂林山水歌》《西去列车的窗口》,他能够把自我彻底化入大我之中,在政治抒情之际实现忘我,于是贺敬之成为比郭小川更为合格的政治抒情诗诗人。诗人选择"西去列车的窗口"为入诗的途径,无疑是巧妙的,通过这个窗口不但可以从内向外看到广阔的大地和满天的朝霞,从而激扬起万丈豪情,也可以从外向内看到奔赴前方参加建设的老战士和新战友,看到忠诚和壮志,看到"是的,我们——能够!""看那是谁? 猛然翻身把日记本打开,在暗中,大字默写:'开始了——战斗!'"以及"那又是谁呵? 刚一入梦就连声高呼:'我来了! 我来了! ——决不退后! ……'"这样的书写由于语境的变换在今天已经显得有些 squeamishness 的意味,但这就是时代及诗人贺敬之留给中国当代诗歌历史的真实。政治抒情诗,不是一般意义上的抒情诗,它的情绪性质不可以常理度之。

三、延伸思考

综观 20 世纪 50 年代到 70 年代的政治抒情诗,可以发现:

(1)尽管 1949 年中华人民共和国已经成立,但是此前的战争文化模式依然延续

了下来,即便是建设事业,也用的革命思维,在诗歌领域,战争年代的工具性和革命性依然构成书写的内在性质。研讨这个时期的政治抒情诗,我们不妨上溯到二三十年代以降的左翼文学、延安文艺,从而打通1949年的政治梗阻而实现贯通的理解。

(2)抒情是内在的,需要个体经验,政治是外在的,需要超越个体经验,在政治正确与个体经验之间,是否一定会存在枘凿和龃龉,如果一定会存在,诗人是忠实于自我的经验还是忠诚于阶级的政治,这无疑是理解政治抒情诗的一切问题的一种入思之途。不论是显得矛盾的郭小川,还是显得不那么矛盾的贺敬之,都可以从这个角度考察。

(3)政治抒情诗对政治要求和个体经验的处理方式,是否为此后新诗人的崛起、新诗潮的出现积累了能量,奠定了基础,值得探究。

第二节　李瑛和闻捷的生活抒情诗

一、基本知识

政治抒情诗的铿锵词语背后是锐利的工具性目光,这种目光放大了诗歌,也圈养了诗歌,在诗歌跟随政治进入庙堂分享想象中的政治光荣之际,诗歌并未因本身而光荣,诗歌的起点及其归宿能够离开诗的独立和自觉却离不开政治的思虑,诗歌和诗人必须无条件地接受政治的评判与奖惩。然而,任何一个时代都不是政治一维的独角戏,在宏大的政治幕布之下,生活的细节在持续流动,生活的诗意在顽强探头,在政治抒情诗震天动地的间隙,舒缓的生活抒情诗悠扬地飘出,那是来自诗人个体敏感内心的旋律,虽然离不开政治的关切,却更从容、缓慢、纤微,带着民间的朴素感情和活泼话语,如真实的绿色使荒芜的沙漠稍有生趣,如真实的清风在安静的角落慰藉了无数的敏感心灵。这些从生活细节、自然、劳动、爱情以及人的交流和呼应里产生的诗歌,就是1949年之后含蓄而隐约地点染着人性的生活抒情诗。当年最引人注目的生活抒情诗诗人有李瑛(1926—2019)和闻捷(1923—1971)等。

二、代表作及其导读

戈壁日出

◎李　瑛

当尖峭的冷风遁去,

荒原便沉淀下无垠的戈壁；
我们在拂晓骑马远行，
多么渴望一点颜色，一点温煦。

忽然地平线上喷出一道云霞，
淡青、橙黄、橘红、绀紫，
像褐色的荒碛滩头，
委弃着一片雉鸡的翎羽。

太阳醒来了——
他双手支撑大地，昂然站起，
窥视一眼凝固的大海，
便拉长了我们的影子。

我们匆匆地策马前行，
迎着壮丽的一轮旭日，
哈，仿佛只需再走几步，
就要撞进他的怀里。

忽然，他好像暴怒起来，
一下子从马头前跳上我们的背脊，
接着便抛一把火给冰冷的荒滩，
然后又投出十万金矢……

于是一片燥热的尘烟，
顿时便从戈壁腾起，
干旱熏烤得人喘马嘶，
几小时便经历了四季。

从哪里飞来一片歌声，
雄浑得撼动戈壁?
是我们拜访的勘测队员正迎向前来：

"呵,只有我们最懂得战斗的美丽……"

1961 年 8 月

——选自《山花》,1961 年第 11 期

【导读】

在中国当代诗人中,李瑛的诗歌创作跨度及其成就都不可小视。李瑛是一个在民国时期成长起来的北大中文系学生,也是一个带笔从戎的理想主义战士,他的内心充满激情而又敏感细腻,他的目光所及都是生活的细节和质地,他的生活抒情诗鲜亮、细密、精致。《戈壁日出》是李瑛的代表作之一,写主人公在前往拜访勘测队员的途中所见证的一次戈壁滩上的日出,叙述行程与描述日出同时展开。李瑛显然是一台可以移动的精密记录仪,精确记录了日出前后戈壁滩上的风物、色彩、温度、湿度、光影,并且记录得极有张力,甚至局部还有戏剧性的处理,这似乎表明诗人所接受的并非延安的诗歌抒情传统和抒情方式,或者不仅是那样的传统和方式,而且有二十世纪三四十年代的现代主义诗歌的感受和书写的遗风。但是,新的时代需要的不只是一场别有意味的戈壁日出而已,也不只是抒情主人公面对戈壁日出的细腻感受而已,于是到了诗的最后一节,新时代的审美倾向(歌声"雄浑")、新时代的精神提示("战斗的美丽")都像戈壁远方的太阳一般突然跳出,统合了生活抒写的细致话语与革命时代的宏大话语。

金色的麦田

◉闻 捷

金色的麦田波起麦浪,
巴拉汗的歌声随风荡漾,
她沿着熟识的小路,
走向那高大的参天杨。

青年人的耳朵听得最远,
热依木早就迎到田埂上,
镰刀吊在小树胳膊上,
绳子躺在麦草垛身旁。

巴拉汗走着走着低下头,

拨弄得麦穗沙沙发响；
热依木的胸脯不住起伏，
试问姑娘要到什么地方？

姑娘说："象往常一样，
我要到渠边洗衣裳，
不知怎么又走错了路……
嗳！你闻这麦穗多么香！"

青年说："和往常一样，
你又绕道给我送来米馕……
哟！斑鸠叫得多么响亮，
它是不是也想尝一尝？"

巴拉汗拿起镰刀去帮忙，
热依木笑着掰开一个馕；
他说："咱们一人吃一半，
包管越吃味道越香。"

巴拉汗羞得脸发烫，
她说："那得明年麦穗黄，
等我成了青年团员，
等你成了生产队长。"

1952—1954 年

——选自《闻捷诗选》，人民文学出版社，1979 年版

【导读】

在 20 世纪 50 年代，闻捷以诗集《天山牧歌》风靡一时。闻捷的风行是意味深长的，这表明在政治的壮丽风景之外，生活本身的纤小细节如同地下水一般一直在流动、滋润，不可或缺，那些情歌，那些边地风光、风俗和风格，构成了闻捷诗歌的内容、质地和力量来源。闻捷的《苹果树下》《夜莺飞去了》等都是当年的名诗，而《金色的麦田》

同样展示了闻捷的抒写特征,并且同样展现了生活的情趣和时代的氛围。在金色麦田的广阔空间里,巴拉汗和热依木在谈恋爱,但是,他们的谈法不是"空谈",而是有行动的,这个行动就是劳动——正如《苹果树下》一样,劳动构成恋爱合法性的基础,劳动也使充满情趣的恋爱抒写有了遮风避雨的泥土墙壁和茅草屋顶,不至于被批评为布尔乔亚意识。闻捷的笔触是细微而深入的,他在巴拉汗的歌声和脚步中、在热依木起伏的胸脯和含蓄的话语中,展开了甜美而激动的、颇有边地色彩和异域风情的爱情,"不知怎么又走错了路"的"又",简约且风趣,而"斑鸠叫得多么响亮,它是不是也想尝一尝"的写法,同样是风趣的,又令人想起"关关雎鸠,在河之洲"的兴中之比。在闻捷写作新疆的生活抒情诗、写作吐鲁番情歌的那个时代,生活、爱情其实是不可能离开政治而独立、唯美的,于是诗歌从唯美的抒写最后走向了政治进步,并且,将政治进步作为开花的爱情实现结果的前提条件:"等我成了青年团员,等你成了生产队长。"大约一个时代有一个时代的文学吧,同时,一个时代也有一个时代的爱情,准确地说,一个时代有一个时代的爱情歌咏、生活抒情。

三、延伸思考

与政治抒情诗并存的生活抒情诗,似在灼人阳光之外的清凉月华,似可解暑消渴、沁人心脾,似可在政治抒情诗的阶级性表述、宏大的意识形态放歌之外,做出深入而幽微的人性吟咏,但实际的情形是,那个时代合法且公开发表的几乎所有生活抒情诗,都不是人性表达的典范,其细节的细腻和有趣符合读者人性化的阅读期待,但是它们即便是低声的轻唱,也像经过了一道政治的过滤器,那些在诗尾突然闪现的思想升华,那些在诗中强行楔入的政治正确,让人不禁联想到政治抒情诗的歌颂职责和教育功能。那么,生活抒情诗与政治抒情诗又有什么根本之别呢?在生活抒情诗中,人性的流露、表述和意识形态的约束、灌输是否能够实现平衡?它的平衡结构是诗人伸手到诗里去捏合的,还是诗情流动自然形成的呢?诗人的真诚和诗的真诚将如何判定?

第三节 "新民歌"与"天安门诗歌"

一、基本知识

当我们谈到其他诗歌的时候,自然会想到曾在 20 世纪 40 年代引人注目的两大诗人群体,他们是七月派诗人和后来因《九叶集》而得名的所谓"九叶派"诗人。但在新的时代,这两个诗派的诗人或者深陷缧绁,或者罢笔全身,或者隐秘地书写而一度很难示人,他们的抒情方式已经显得与新时代格格不入。当然,也有在民国时期颇有成就而在新的语境迅速调整并且跟上时代步伐的老诗人,譬如写出《百花齐放》的郭沫若,以及臧克家、冯至、袁水拍等人,至于艾青,观念表达和诗歌写作都颇不顺利。在现代汉语诗歌领域,曾经有过的多向探索和深刻思考已经中断了。在许多过去时代的诗人、诗歌和诗歌观念被抛弃之后,在政治抒情诗和生活抒情诗之外,国家力量还催生了一种在文学史上别具一格的诗歌,即1958年的"新民歌"。"新民歌"是在领袖发表讲话、党报发表社论、党的会议发出号召之后涌现的,严格地说,这并非自发的民间歌咏、并非真正的民歌。"新民歌"的"新"主要体现为政治的强有力动员及其内容,即"党的颂歌"、工农业"大跃进之歌"和新语境下的"保卫祖国之歌"。"新民歌"的"新"实际上已经远离了"民"的自发,而成为政治颂歌,甚至成为具体政策的颂歌,譬如"人民公社"的颂歌、"大跃进"的颂歌、"总路线"的颂歌,所谓"民歌"不过是被挪用的形式,甚至只是被挪用的概念。1976年春天又出现了"天安门诗歌"运动,这次运动与"新民歌"运动不一样,因为这次是人民自发的歌咏,比"新民歌"更真实、更符合诗之为诗的准则,但同样是以诗歌参与政治的运动,而且"天安门诗歌"所借助的话语系统与官方的话语系统并无本质的区别,许多歌咏最后沦为简单的"忠""奸"划分。考察"新民歌"和"天安门诗歌",有助于我们理解在新的时代,政治参与诗歌、诗歌参与政治的多样性和复杂性。

二、代表作及其导读

月宫装上电话机

月宫装上电话机,
嫦娥悄声问织女:
"听说人间大跃进,
你可有心下凡去?"
织女含笑把话提:
"我和牛郎早商议,
我进纱厂当女工,
他去学开拖拉机。"

——选自《红旗歌谣》,红旗杂志社,1959年版

稻　堆

稻堆堆得圆又圆，

社员堆稻上了天，

撕片白云揩揩汗，

凑上太阳吸袋烟。

——选自《红旗歌谣》，红旗杂志社，1959 年版

算盘要换计算机

昨天的规程，

今天不能看；

上午的指标，

下午翻几番。

统计员呵！

划红线也要乘上飞船，

你的算盘也早该——

叫电子计算机替换。

——选自《红旗歌谣》，红旗杂志社，1959 年版

【导读】

　　在发动"大跃进"运动之际，毛泽东曾于 1958 年 3 月的成都会议上指出："中国诗的出路，第一条民歌，第二条古典，在这个基础上产生出新诗来，形式是民歌的，内容是现实主义和浪漫主义的对立统一。太现实了就不能写诗了。"这是被确定下来的"新民歌"的美学原则，甚至也是"中国诗的出路"。单纯地考察"新民歌"，譬如《月宫装上电话机》和《稻堆》，可以看出这的确是奇妙的想象和夸张，它们的诗意和戏剧性是很难否定的，而在诗中，现实主义和浪漫主义的比例，似以后者为重，如果从诗歌创造自由的角度去看，本是可以理解的。然而，一旦我们深入考察那个时代，就会发现诗歌的夸张与现实的夸张之间的界限是暧昧不明的，甚至诗歌里的夸张就是直接移用了现实生活中的夸张，"新民歌"不过是再现了现实生活中"放卫星"的夸张而已——譬如《算盘要换计算机》，现实生活中的确存在工农业指标"放卫星"式的主观夸张，正因为

现实生活中存在"昨天的规程,今天不能看","上午的指标,下午翻几番"的夸张,统计员才会在诗里"乘上飞船"。但是,诗歌里的夸张和现实里的夸张都缺乏真实的基础,不过是任意的主观想象而已,"堆稻上了天"不是基于真实的丰收和真实的喜悦("大跃进"之后接踵而至的大饥荒即为明证),而一天之内生产指标"翻几番"也不是以真实的生产能力为基础的,没有经验基础的"新民歌",其所抒写的显然不是真实的情感。

悼总理(十九)

天惊一声雷,
地倾绝其维。
顿时九州寂,
无语皆泪水。
相告不成声,
欲言泪复垂。
听时不敢信,
信时心已碎。

——选自《天安门革命诗文选》,1977 年版

誓言(六)

社会分阶级,
同室有忠逆。
总理悲逝早,
国贼恨诛迟。
刻苦读马列,
永继总理志。
人民觉醒日,
共打叛臣时。

——选自《天安门革命诗文选》,1977 年版

【导读】

"文化大革命"末期,中国政坛波诡云谲,经济面临崩溃,周恩来和复出的邓小平

稳健地治理整顿，遂与"四人帮"等政治力量发生了冲突。在1976年1月周恩来逝世之后，"四人帮"等政治人物阻挠、破坏民众悼念周恩来，而民众则借悼念周恩来表达长期积压的不满和抗议，清明前后，在天安门广场爆发了"天安门诗歌"运动。不论是悼念周恩来，还是声讨邪恶的政治力量，"天安门诗歌"无疑都是自发的抒写，抒写了真诚的悲痛、怀念和愤怒，"相告不成声，欲言泪复垂"，"听时不敢信，信时心已碎"，呈现的是历史的真实。但是，这些诗歌并不能仅仅作为单纯的抒情诗对待，从某种意义上说，"天安门诗歌"同样是政治抒情诗，只是诗里的政治有所不同而已。在抗议、声讨的时候，"天安门诗歌"大部分沿用的还是"文化大革命"主流的话语，所谓"忠逆""国贼""叛臣"等语词以及背后的观念表明，许多"天安门诗歌"的抗议是朴素的情感，有传统的人治遗风，而无现代的法治观念。这一切都表明"文化大革命"之后的"新启蒙"十分必要。

三、延伸思考

不论是"新民歌"自上而下的"发动"，还是"天安门诗歌"自下而上的"自发"，都属于新中国成立以后以政干诗、以诗言政的工具性思维，这是时代的政治和时代的诗歌，是时代的真实。我们不妨这样思考问题："新民歌"和"天安门诗歌"都是时代的标本，"新民歌"脱离真实经验的抒写，正好反映了那个时代浮夸的作风、盲目的激情和非理性的行动，而"天安门诗歌"也正好反映了在黑暗将尽未尽的时代人民真实的愤怒及其深陷僵化陈旧的话语系统、思维格局的彷徨无力。那么，我们把视野扩大一些，1949—1976年的中国诗歌，是否应该不作为诗歌的经典而作为诗歌的历史标本来阅读、考察和叙述呢？

【思考题】

1."政治抒情"与"生活抒情"的区别是什么？

2.贺敬之与郭小川的诗歌在题材和艺术风格上有何异同？

3."新民歌"运动的历史局限性是什么？

4.试谈谈"天安门诗歌"形式的"新"与"旧"。

5.试分析"天安门诗歌"的时代意义是什么？

第十六章 转折时期的散文创作

在 20 世纪 60 年代的散文"诗化"运动中,杨朔是颇具代表性的作家。在风格上,杨朔追求一种诗体散文,明确提出了"以诗为文"的艺术主张,他的散文有诗的意境,体现了作家深厚的古典文学修养,但同时又具有模式化倾向等缺陷。秦牧知识渊博、才华横溢,他的散文以思想性、知识性及趣味性见长,让人在轻松愉快的审美境界中悄然接受知识的熏陶,可以说在散文领域独树一帜。刘白羽的散文生涯则与他本人的参战经历有很大关系,战地记者的身份成就了他战士型散文家的身份。

第一节 杨朔的散文

一、基本知识

杨朔在中国现当代文坛上被誉为诗人型的散文家。

杨朔(1913—1968),原名杨毓瑨,字莹叔,山东蓬莱人。中国现当代著名作家、散文家。杨朔幼承家教,其父是清末秀才,又曾受业于李仲都门下,研习古典诗文,自幼便显露出文学才能,性情清高,常与三两好友纵情于"心中文"与"杯中物"之间。"九一八"事变后,杨朔开始选译美国作家赛珍珠描写中国的小说《大地》,并将之刊登于《大同日报》副刊。1937 年初,他被迫离开哈尔滨赴上海太古洋行工作,并集资筹办"北雁书店"。1937 年"七七"事变后,杨朔投身抗战,与友人在武汉合资筹办文艺刊物《自由中国》和《光明周刊·战时号外》以唤醒民众。1938 年杨朔辗转至广州,写下处女作中篇小说《帕米尔高原的流脉》。1942 年杨朔回延安参加文艺座谈会,先后发表《月黑夜》《大旗》《霜天》《麦子黄时》等短篇小说。1945 年他加入中国共产党,之后创作了反映矿工斗争和生活的中篇小说《红石山》与反映华北解放战争的中篇小说《北线》。

1949 年中华人民共和国成立后,杨朔调任中华全国铁路总工会文艺部部长,创作了反映铁道兵战斗生活的中篇小说《锦绣河山》。1950 年 12 月他以《人民日报》特约记者身份赴抗美援朝战场,写出了大量战地报道并创作了反映抗美援朝生活的长篇小说《三千里江山》。1954 年杨朔调任中国作家协会,先后担任外国文学委员会副主任、主任,到大西北及东南沿海等地采访,发表了《西北旅途散记》《石油城》等散文、通讯。1956 年后他从事外交工作,担任亚非作家常设局联络委员等职。工作之余,杨朔钟情散文创作,作品结集为《亚洲日出》《东风第一枝》《生命泉》等。1959 年他抽暇回家乡访问,应邀在蓬莱阁上作报告,此后写下了以家乡景胜为内容的《蓬莱仙境》《海市》等著名散文。杨朔在“文化大革命”中惨遭迫害,于 1968 年 8 月 3 日吞服安眠药自杀,终年 58 岁。

杨朔一生著述甚丰,尤以散文最为突出。他先后发表了 200 多篇文章,除了以上提及的,结集出版的还有《潼关之夜》《美军是披着人皮的畜生》《万古青春》《铁骑兵》《鸭绿江南北》等。其散文结构严谨,布局精巧,语言精练、含蓄,富有诗意,其中尤以《荔枝蜜》《雪浪花》流传最广,备受人们喜爱。

二、代表作及其导读

雪浪花

◉杨　朔

凉秋八月,天气分外清爽。我有时爱坐在海边礁石上,望着潮涨潮落,云起云飞。月亮圆的时候,正涨大潮。瞧那茫茫无边的大海上,滚滚滔滔,一浪高似一浪,撞到礁石上,唰地卷起几丈高的雪浪花,猛力冲激着海边的礁石。那礁石满身都是深沟浅窝,坑坑坎坎的,倒象是块柔软的面团,不知叫谁捏弄成这种怪模怪样。

几个年轻的姑娘赤着脚,提着裙子,嘻嘻哈哈追着浪花玩。想必是初次认识海,一只海鸥,两片贝壳,她们也感到新奇有趣。奇形怪状的礁石自然逃不出她们好奇的眼睛,你听她们议论起来了:礁石硬得跟铁差不多,怎么会变成这样子? 是天生的,还是錾子凿的,还是怎的?

“是叫浪花咬的!”一个欢乐的声音从背后插进来。说话的人是个上年纪的渔民,从刚拢岸的渔船跨下来,脱下黄油布衣裤,从从容容晾到礁石上。

有个姑娘听了笑起来:“浪花也没有牙,还会咬? 怎么溅到我身上,痛都不痛? 咬我一口多有趣。”

老渔民慢条斯理说:"咬你一口就该哭了。别看浪花小,无数浪花集到一起,心齐,又有耐性,就是这样咬啊咬的,咬上几百年,几千年,几万年,哪怕是铁打的江山,也能叫它变个样儿。姑娘们,你们信不信?"

说的妙,里面又含着多么深的人情世故。我不禁对那老渔民望了几眼。老渔民长得高大结实,留着一把花白胡子。瞧他那眉目神气,就象秋天的高空一样,又清朗,又深沉。老渔民说完话,不等姑娘们搭言,早回到船上,大声说笑着,动手收拾着满船烂银也似的新鲜鱼儿。

我向就近一个渔民打听老人是谁,那渔民笑着说:"你问他呀,那是我们的老泰山。老人家就有这个脾性,一辈子没养女儿,偏爱拿人当女婿看待。不信你叫他一声老泰山,他不但不生气,反倒摸着胡子乐呢。不过我们叫他老泰山,还有别的缘故。人家从小走南闯北,经的多,见的广,生产队里大事小事,一有难处,都得找他指点,日久天长,老人家就变成大伙依靠的泰山了。"

此后一连几日,变了天,飘飘洒洒落着凉雨,不能出门。这一天晴了,后半晌,我披着一片火红的霞光,从海边散步回来,瞟见休养所院里的苹果树前停着辆独轮小车,小车旁边有个人俯在磨刀石上磨剪刀。那背影有点儿眼熟。走到跟前一看,可不正是老泰山。

我招呼说:"老人家,没出海打鱼么?"

老泰山望了望我笑着说:"嘻,同志,天不好,队里不让咱出海,叫咱歇着。"

我说:"象你这样年纪,多歇歇也是应该的。"

老泰山听了说:"人家都不歇,为什么我就应该多歇着? 我一不瘫,二不瞎,叫我坐着吃闲饭,等于骂我。好吧,不让咱出海,咱服从;留在家里,这双手可得服从我。我就织鱼网,磨鱼钩,照顾照顾生产队里的果木树,再不就推着小车出来走走,帮人磨磨刀,钻钻磨眼儿,反正能做多少活就做多少活,总得尽我的一份力气。"

"看样子你有六十了吧?"

"哈哈! 六十? 这辈子别再想那个好时候了——这个年纪啦。"说着老泰山捏起右手的三根指头。

我不禁惊疑说:"你有七十了么? 看不出。身板骨还是挺硬朗。"

老泰山说:"哎,硬朗什么? 头四年,秋收扬场,我一连气还能扬它一两千斤谷子。如今不行了,胳膊害过风湿痛病,抬不起来。磨刀磨剪子,胳膊往下使力气,这类活儿还能做。不是胳膊拖累我,前年咱准要求到北京去油漆人民大会堂。"

"你会的手艺可真不少呢。"

"苦人哪,自小东奔西跑的,什么不得干。干的营生多,经历的也古怪,不瞒同志说,三十年前,我还赶过脚呢。"说到这儿,老泰山把剪刀往水罐里蘸了蘸,继续磨着,一面不紧不慢地说:"那时候,北戴河跟今天可不一样。一到三伏天,来歇伏的差不多净是蓝眼珠的外国人。有一回,一个外国人看上我的驴。提起我那驴,可是百里挑一:浑身乌黑乌黑,没一根杂毛,四只蹄子可是白的。这有个讲究,叫四蹄踏雪,跑起来,极好的马也追不上。那外国人想雇我的驴去逛东山。我要五块钱,他嫌贵。你嫌贵,我还嫌你胖呢。胖的象条大白熊,别压坏我的驴。讲来讲去,大白熊答应我的价钱,骑着驴逛了半天,欢欢喜喜照数付了脚钱。谁料想隔不几天,警察局来传我,说是有人把我告下了,告我是红胡子,硬抢人家五块钱。"

老泰山说的有点气促,喘嘘嘘的,就缓了口气,又磨着剪子说:"我一听气炸了肺。我的驴,你的屁股,爱骑不骑,怎么能诬赖人家是红胡子?赶到警察局一看,大白熊倒轻松,望着我乐的闭不拢嘴。你猜他说什么?他说:你的驴快,我要再雇一趟去秦皇岛,到处找不着你。我就告你。一告,这不是,就把红胡子抓来了。"

我忍不住说:"瞧他多聪明!"

老泰山说:"聪明的还在后头呢,你听着啊。这回到省事,也不用争,一张口他就给我十五块钱,骑上驴,他拿着根荆条,抽着驴紧跑。我叫他慢着点,他直夸奖我的驴有儿步好走,答应回头再加点脚钱。到秦皇岛一个来回,整整一天,累的我那驴浑身湿淋淋的,顺着毛往下滴汗珠——你说叫人心疼不心疼?"

我插问道:"脚钱加了没有?"

老泰山直起腰,狠狠吐了口唾沫说:"见他的鬼!他连一个铜子儿也不给,说是上回你讹诈我五块钱,都包括在内啦,再闹,送你到警察局去。红胡子!红胡子!直骂我是红胡子。"

我气的问:"这个流氓,他是哪国人?"

老泰山说:"不讲你也猜得着。前几天听广播,美国飞机又偷着闯进咱们家里。三十年前,我亲身吃过他们的亏,这笔账还没算清。要是倒退五十年,我身强力壮,今天我呀——"

休养所的窗口有个妇女探出脸问:"剪子磨好没有?"

老泰山应声说:"好了。"就用大拇指试试剪子刃,大声对我笑着说:"瞧我磨的剪子,多快。你想想天的云霞,做一床天大的被,也剪得动。"

西天上正铺着一片金光灿烂的晚霞,把老泰山的脸映得红彤彤的。老人收起磨刀石,放到独轮车上,跟我道了别,推起小车走了几步,又停下,弯腰从路边掐了枝野菊花,插到车上,才又推着车慢慢走了,一直走进火红的霞光里去。他走了,他在海边对几个姑娘讲的话却回到我的心上。我觉得,老泰山恰似一点浪花,跟无数浪花集到一起,形成这个时代的大浪潮,激扬飞溅,早已把旧日的江山变了个样儿,正在勤勤恳恳塑造着人民的江山。

老泰山姓任。问他叫什么名字,他笑笑说:"山野之人,值不得留名字。"竟不肯告诉我。

1961 年

——选自《杨朔散文选》,人民文学出版社,1978 年版

【导读】

《雪浪花》的作者杨朔,本着一种"当诗一样写"的信念借鉴了诗歌的艺术特性和表现手法,为我们塑造了一个人老心红、为民服务的普通大众形象。区区两千多字的文章使老泰山这一形象深入人心,作品在蔚蓝的大海、洁白的浪花、火红的晚霞的背景上,勾画出老泰山不遗余力地为社会主义建设添砖加瓦的美好形象,其中寄托着作者对如老泰山一样的普通大众的缕缕情思和深情礼赞。浪漫化的叙事是其特色之一;另外,在逻辑安排上,作者的目的是写老泰山,但开篇却写浪花然后引出老泰山,由老泰山的言写到行,再写到他的过去,刻画了一个令人印象深刻的老泰山形象。老泰山形象不俗,"就象秋天的高空一样";老泰山语言不俗,当姑娘们在议论礁石是怎么来的时,他说"是叫浪花咬的";老泰山人格境界不俗,当"我"询问他的姓名时,他竟不肯告我,说"山野之人,值不得留名字"。当然,《雪浪花》带有 20 世纪 60 年代散文的特征,对人物的刻画略显理想化。

三、延伸思考

归纳起来,杨朔散文的文学史价值至少包含了这样三方面的内容:

(1)独特的诗化语言、高远的艺术境界是杨朔散文的第一个特点。杨朔散文在语言上的诗化特点一直以来都得到文坛的认可,他的散文具有诗的构思、诗的境界及诗

的语言,他本人也被认为是"诗体散文"的代表人物。他的散文语言凝练,极富诗意。他曾说:"我素来喜欢读散文。常觉得,好的散文就是一首诗。还记得我是孩子的时候,有一个深秋的夜晚,天上有月亮,隔着窗户听人用高朗的音调读着《秋声赋》,仿佛自己也走进诗的境界。"①

(2)杨朔散文往往构思单纯、集中,通过一个人物、一个片段、一种景色、一种动物等描写一个时代的侧面,反映时代的风貌。《雪浪花》《泰山极顶》《荔枝蜜》《茶花赋》等都显示了这种构思。

(3)杨朔散文非常注重练字,凝练的语言加精巧的构思使散文意境更加深沉含蓄。本节所选《雪浪花》中"叫浪花咬的","一个"咬"字用得非常传神。洗练、清新、别致的语言,隽永的诗意成为杨朔散文的又一个特点。

在20世纪60年代散文诗化运动中,杨朔散文引领了当时的潮流,影响力极广。但在强调个性表达和个人想象的20世纪80年代,杨朔散文的模式化倾向却成为人们诟病的原因所在。有人指出,托物言志是杨朔散文的惯用手法,"诸如:用雪浪花寓'老泰山',用香山红叶寓'老向导',用采花的蜜蜂寓劳动人民,用童子面茶花寓祖国少年,凡此种种,就成了套子,就成了模式。套子和模式是窒息艺术的工具"②。除此之外,杨朔一直以来在散文中追求的意境也受到了激烈的批评,如"杨朔的所谓'意'基本上是一套既定而僵化的'十七年理念'或当时的路线、方针、政策,所谓的'境'则是作者于浮光掠影的走马观花中撷取的所谓新人新事、新变化、新面貌,其所谓意境则是上述两者的生硬拼接,既未能展示出作者主体的精神发展与真实的主体自我,所选择的客观物象也与主体自我的生命旅程或生命律动全无内在的呼应,因此仅仅是一种特殊时代被扭曲了的灵魂所炮制出来的畸形产物"③。我们认为,在看到杨朔散文的历史局限性的同时,亦应看到其散文的价值,不应全面抹杀。

第二节　秦牧的散文

一、基本知识

秦牧在中国现当代文坛上被誉为学者型的散文家。

---

① 杨朔:《〈海市〉小序》,《杨朔文集》(上),山东文艺出版社,1984年,第642页。
② 邓星雨:《蓬莱诗魂》,陕西人民出版社,1985年,第62页。
③ 沈义贞:《中国当代散文艺术演变史》,浙江大学出版社,2000年,第88页。

秦牧（1919—1992），原名林派光，又名林觉夫、林顽石，因小时喜好读书而得小名阿书，出生于香港，童年侨居新加坡，中国现当代著名文学家、散文家。他于1932年回国，1938年在广州参加抗日救亡宣传活动，1939年在韶关任《中山日报》副刊编辑时开始使用"秦牧"作笔名。新中国成立后，秦牧一直在广州工作，曾任广东省文联副主席、《羊城晚报》副总编辑等。

秦牧一生创作了大量作品，短篇小说集《珍茜姑娘》，中短篇小说集《盛宴前的疯子演说》，中篇小说《贱货》《黄金海岸》，长篇小说《愤怒的海》，儿童文学集《在化装晚会上》《巨手》等，独幕话剧集《北京的祝福》，文论集《艺海拾贝》《语林采英》。鉴于其在诸多领域的创作成就，他被誉为文学界的"一棵繁花树"。秦牧以散文创作见长，先后结集出版的有《贝壳集》《星下集》《花城》《潮汐和船》《长河浪花集》《长街灯语》《晴窗晨笔》《北京漫笔》《秋林红果》等。他的散文创作与中国社会发展相结合，作品充满了时代精神，主张"在广泛学习的基础上，进行独特的创造"，因而其散文往往熔知识性、趣味性与艺术性于一炉。《社稷坛抒情》就囊括了史学、哲学、文学乃至自然科学方面的诸多知识，人们读到这样的作品犹如徜徉在知识的海洋里，顿觉海阔天空。

二、代表作及其导读

社稷坛抒情（节选）

◉秦　牧

北京有座美丽的中山公园，公园里有个用五色土砌成的社稷坛。

社稷坛是北京九坛之一，它和坐落在南城的天坛遥遥相对。古代的帝王们，在天坛祭天，在社稷坛祭地。祭天为了要求风调雨顺，祭地为了要求土地肥沃。祭天祭地的终极目的只有一个：就是五谷丰登，可以"聚敛贡城阙"。五谷是从地里长出来的，因此，人们臆想的稷神（五谷）就和社神（土地）同在一个坛里受膜拜了。

穿过古柏参天、处处都是花圃的园林，来到这个社稷坛前，突然有一种寥廓空旷的感觉。在庄严的宫殿建筑之前，有这么一个四方的土坛，屹立在地面，它东面是青土，南面是红土，西面是白土，北面是黑土，中间嵌着一大块圆形的黄土。这图案使人沉思，使人怀古。遥想当年帝王们穿着衮服，戴着冕旒，在礼乐声中祭地的情景，你仿佛看到他们在庄严中流露出来的对于"天命"畏惧的眼色，你仿佛看到许多人慑服在大自然脚下的神情。

这社稷坛现在已经没有一点儿神秘庄严的色彩了。它只是一个奇特的历史遗迹。节日里,欢乐的人群在上面舞狮,少年们在上面嬉戏追逐。平时则有三三两两的游人在那里低徊。对,这真是一个激发人们思古幽情的所在! 作为一个中国人,可以让这种使人微醉的感情发酵的去处可真多呢! 你可以到泰山去观日出;在八达岭长城顶看日落。可以在西湖荡画舫,到南京鸡鸣寺听钟声。可以在华北平原跑马,在戈壁滩上骑骆驼。可以访寻古代宫殿遗迹,听一听燕子的呢喃,或者到南方的海神庙旁,看浪涛拍岸……这些节目你随便可以举出一百几十种来,但在这里面可不要遗漏掉这个社稷坛! 这坛后的宫殿是华丽的,飞檐、斗拱、琉璃瓦、白石阶……真是金碧辉煌! 而坛呢,却很荒凉,就只有五色的泥土。然而这种对照却也使人想起:没有这泥土所代表的大地,没有在大地上胼手胝足的劳动者,根本就不会有这宫殿,不会有一切人类的文明。你在这个土坛上走着走着,仿佛走进古代去,走到一望无际的原野上,在那里,莽莽苍苍,风声如吼。一个戴着高冠,穿着芒鞋的古代诗人正在用他的悲悯深沉的眼睛眺望大地,吟咏着这样的诗句:

朝东西眺望没有边际,

朝南北眺望没有头绪,

朝上下眺望没有依归,

我的驱驰不知何所底止!

……

九州究竟安放在什么上面?

河床何以洼陷?

地面,从东至西究竟多少宽,从南至北多少长?

南北要比东西短些,短的程度究竟是怎样?

——屈原:《悲回风》和《天问》,引自郭沫若译诗

这不仅仅是屈原的声音,也是许许多多古代诗人瞭望原野时曾经涌起的感情。这种"大地茫茫"的心境,是和对于自然之谜的探索和对于人间疾苦的忿慨联结在一起的。

想一想这些肥沃土地的来历,你会不由得涌起一种遥接万代的感情。我们居住的这个星球,最古老时代原是一个寂寞的大石球,上面没有一株草,一只虫,也没有一层土壤。经过了多少亿万年,太阳风雨的力量,原始生物的尸骸,才给地球造成了一层层的土壤,每经历千年万年,土壤才增加薄薄的一层。想一想我们那土壤厚达五十公尺的华北黄土高原吧! 那该是大自然在多长的时间里的杰作! 但这还不算,劳动者开辟这些土地,得和大自

然进行过多么剧烈的斗争呀！这种斗争一代接连一代继续着,我们仿佛又会见了古代的唱着《诗经》里怨忿之歌的农民,象敦煌壁画上面描绘的辛勤劳苦的农民,驾着那种和古墓里挖掘出来的陶制高轮牛车相似的车子,奔驰在原野上,辛苦开辟着田地。然而他们一代代穿着破絮似的衣服,吃着极端粗劣的食物。你仿佛看到他们在田野里仰天叹息,他们一家老小围着幽幽的灯光在饮泣。看到他们画红了眉毛,或者在头上包一块黄布揭竿起义,看到他们大批地陈尸在那吸尽了他们的汗水然后又吸尽了他们鲜血的土地。想一想在原始社会中他们怎样匍匐在鬼神脚下,在阶级社会中他们又怎样挣扎在重重枷锁之中。啊,这些给荒凉的大地铺上了锦绣花巾的人们,这些从狗尾草、蟋蟀草中给我们选出了稻麦来的人们,我们该多么感念他们！想象的羽翼可以把我们带到古代去,在一家家的门口清清楚楚看到他们在劳动,在饮食,在希望,在叹息,可惜隔着一道历史的门坎,我们却不能和他们作半句的交谈！但怀古思今,想起了我们这个时代的农民是几千年历史中第一次真正挣脱了枷锁,逐渐离开了鬼神天命的羁绊的农民,我们又仿佛走出了黑暗的历史的隧洞,突然见到耀眼的阳光了。

你在这个五色土坛上面走着走着,仿佛又回到公元前几千年去,会见了古代的思想家。他们白发苍苍,正对着天上的星辰,海里的潮汐,陶窑的火光,大地的泥土沉思。那时的思想家没有什么书籍可以阅读参考,日月经天,江河行地,四时代谢,万物死生的现象,都使他们抱头苦思。他们还远不能给世界的现象说出一个较完整的答案。但是他们终究也看出一点道理来了,世间的万物万事,有因有果,有主有从,它们互相错综地关联着……正是由于古代有这样的思想家在这样地思考过,才给后来的历史创造了这样一座五色的土坛。

"五行"的观念和我们这个民族一样地古老,东、南、西、北是人们很早就知道的,人们总以为自己所处是大地的中间,于是在四方之外又加上了一个"中心",东、南、西、北、中凑成了五方五土的观念,直到今天我们还看到好些人家的屋角有"五方五土龙神"的牌位。烧陶方法和冶铜技术发明了,人们在熊熊火光旁边,看到火把泥土变成了陶器,把矿石烧成溶液,木头燃烧发出了火光,水又能够把火熄灭。这种现象使古代的思想家想到木、火、金、水、土(依照《左传》的排列次序)是万物的本源。于是木、火、金、水、土把五行的观念充实起来了。

1956 年

——选自《秦牧散文选》,人民文学出版社,1987 年版

【导读】

《社稷坛抒情》是一篇抒情散文。秦牧徘徊于社稷坛上,思接千载,视通万里,充分展开想象,将自己的爱国激情融于思古幽情之中,抒发了自己对泥土及生活其上的劳动者的深厚情感。作者以社稷坛为基点,展开遐想,放得开去,收得回来,充分地抒发了自己的爱国情感。作者浮想联翩,想起了古代的祭天祭地,想起了屈原,想起了土地的来历,想起了各个时代的农民,想起了"五行"的观念,想起了古代的诗人、思想家与志士,最后回到现实,发出了"做今天的一个中国的儿女是多么值得快慰的一回事"的感叹。

三、延伸思考

归纳起来,秦牧散文的文学史价值至少包含了这样三方面的内容:

(1)知识性与趣味性兼容是秦牧散文的第一个特点。秦牧的散文知识性很强,这与他本人的学识渊博和知识储备关系密切,他是一个博闻强记的人,"举凡天文、地理、人情、世态、山川、名物、文学、艺术,他都广为涉猎;历史、传说、典故、见闻、奇谈、趣事、异域异论,他都锐意搜求"①。他将知识随意地融入散文之中,使人于不知不觉中获取了知识,同时又得到了审美快感。

(2)丰富的联想与有效的控制是秦牧散文的第二个特点。秦牧的散文想象力非常丰富,但是这种联想总是紧密地围绕着一个中心,真正达到了形散神不散的境界。如《土地》《花城》《社稷坛抒情》《红旗初卷英雄城》等都紧密围绕一个中心,即土地、花市、社稷坛、广州烈士陵园等具体展开想象,生发联想,情感洋洋洒洒又始终不离中心。

(3)林中散步与灯下谈心式的语言风格是秦牧散文的第三个特点。秦牧的散文多以口语为基础,同时又充分利用谚语、成语、比喻、格言及对偶句、排比句等,语言清新、活泼,不落俗套。秦牧采用一种平等的姿态与读者对话,他在《〈花城〉后记》里说:"每个人把事物和道理告诉旁人的时候,可以采取各种各样的方式。这里采取的是像和老朋友们在林中散步,或者灯下谈心那样的方式。我在这些文章中从来不回避流露自己的个性,总是酣畅淋漓地保持自己在生活中形成的语言习惯。我认为这样可以谈得亲切些。"②

---

① 郭志刚等:《中国当代文学史初稿》(上),人民文学出版社,1980 年,第 406 页。
② 秦牧:《〈花城〉后记》,《秦牧全集》(第一卷),人民文学出版社,1994 年,第 556 页。

第三节　刘白羽的散文

一、基本知识

刘白羽在中国现当代文坛上被誉为战士型的散文家。

刘白羽(1916—2005),北京通州人。1934年刘白羽考入北平民国大学中文系。1936年3月他在《文学》上发表第一篇小说《冰天》,走上文学道路。1938年春,刘白羽奔赴延安,同年12月加入中国共产党,参加了1942年的"整风运动"并出席了延安文艺座谈会。之后,刘白羽参加了抗日战争、解放战争和抗美援朝,在战火中写下了许多优秀的文章,通讯、报告文学和小说是其主要形式。1955年后,他主要从事文化部门领导工作,"文化大革命"中曾受到迫害,粉碎"四人帮"后又恢复了创作激情。

刘白羽是现代文学的杰出代表人物,著名的散文家、报告文学家及小说家,主要作品有中短篇小说《无敌三勇士》《早晨六点钟》《政治委员》《火光在前》以及长篇小说《偷拳》《第二个太阳》《风风雨雨太平洋》等,其中长篇小说《第二个太阳》获第三届"茅盾文学奖"。他的散文影响力更大,1938—1958年主要是《八路军七将领》《游击中间》《延安生活》《光明照耀着沈阳》等通讯和特写;后期以散文为主,如《莫斯科访问记》《万炮轰金门》《早晨的太阳》《红玛瑙集》等,著名散文《日出》《长江三日》《灯火》《红玛瑙》《秋窗偶记》《樱花漫记》就收在《红玛瑙集》中。刘白羽对家乡有着深厚的情感,将自己的全部手稿、成书、奖状、奖品、存书、照片、录音录像及字画都捐赠给了家乡北京通州区。

二、代表作及其导读

日　出

◉刘白羽

登高山看日出,这是从幼小时,就对我富有魅力的一件事。

落日有落日的妙处,古代诗人在这方面留下不少优美的诗句,如象"大漠孤烟直,长河落日圆"、"落日照大旗,马鸣风萧萧"。可是再好,总不免有萧瑟之感。不如攀上奇峰陡壁,或是站在大海岩头,面对着弥漫的云天,在一瞬时间内,观察那伟大诞生的景象,看火、热、生命、光明怎样一起来到人间。但很长很长时间,我却没有机缘看日出,而只能从书本上去欣赏。

海涅曾记叙从布罗肯高峰看日出的情景:

我们一言不语地观看,那绯红的小球在天边升起,一片冬意朦胧的光照扩展开了,群山象是浮在一片白浪的海中,只有山尖分明突出,使人以为是站在一座小山丘上。在洪水泛滥的平原中间,只是这里或那里露出来一块块干的土壤。

善于观察大自然风貌的屠格涅夫,对于日出,却作过精辟的描绘:

……朝阳初升时,并未卷起一天火云,它的四周是一片浅玫瑰色的晨曦。太阳,并不厉害,不象在令人窒息的干旱的日子里那么炽热,也不是在暴风雨之前的那种暗紫色,却带着一种明亮而柔和的先芒,从一片狭长的云层后面隐隐地浮起来,露了露面,然后就又躲进它周围淡淡的紫雾里去了。在舒展着云层的最高处的两边闪烁得有如一条条发亮的小蛇;亮得像擦得耀眼的银器。可是,瞧!那跳跃的光柱又向前移动了,带着一种肃穆的欢悦,向上飞似的拥出了一轮朝日。……

可是,太阳的初升,正如生活中的新事物一样,在它最初萌芽的瞬息,却不易被人看到。看到它,要登得高,望得远,要有一种敏锐的视觉。从我个人的经历来说,看日出的机会,曾经好几次降临到我的头上,而且眼看就要实现了。

一次是在印度。我们由马德里经孟买、海德拉巴、帮格罗、科钦,到翠泛顿。然后,沿着椰林密布的道路,乘三小时汽车,到了印度最南端的科摩林海角。这是出名的看日出的胜地。因为从这里到南极,就是一望无际的、碧绿的海洋,中间再没有一片陆地。因此,这海角成为迎接太阳的第一位使者。人们不难想象,那雄浑的天穹,苍茫的大海,从黎明前的沉沉暗夜里升起第一线曙光,燃起第一支火炬,这该是何等壮观。我们到这里来就是为了看日出。可是,听了一夜海涛,凌晨起来,一层灰蒙蒙的云雾却遮住了东方。这时,拂拂的海风吹着我们的衣襟。一卷一卷的浪花拍到我们的脚下,发出柔和的音响,好像在为我们惋惜。

还有一次是登黄山。这里也确实是一个看日出的优胜之地。因为黄山狮子林,峰顶高峻。可惜人们没有那么好的目力,否则从这儿俯瞰江、浙,一直到海上,当是历历可数。这种地势,只要看看黄山泉水,怎样像一条无羁的白龙,直泄新安江、富春江,而经钱塘入海,就很显然了。我到了黄山,开始登山时,鸟语花香,天气晴朗,收听气象广播,也说二三日内无变化。谁知结果却逢到了徐霞客一样的遭遇:"浓雾迷漫,抵狮子林,风愈大,雾愈厚……雨大至……"只听了一夜风声雨声,至于日出当然没有看成。

　　但是,我却看到了一次最雄伟、最瑰丽的日出景象。不过,那既不是在高山之巅,也不是在大海之滨,而是从国外向祖国飞航的飞机飞临的万仞高空上。现在想起,我还不能不为那奇幻的景色而惊异。是在我没有一点准备、一丝预料的时刻,宇宙便把它那无与伦比的光华、丰彩,全部展现在我的眼前了。当飞机起飞时,下面还是黑沉沉的浓夜,上空却已游动着一线微明,它如同一条狭窄的暗红色长带,带子的上面露出一片清冷的淡蓝色晨曦,晨曦上面高悬着一颗明亮的启明星。飞机不断向上飞翔,愈升愈高,也不知穿过多少云层,远远抛开那黑沉沉的地面。飞机好象唯恐惊醒人们的安眠,马达声特别轻柔,两翼非常平稳。这时间,那条红带,却慢慢在扩大,像一片红云了,像一片红海了。暗红色的光发亮了,它向天穹上展开,把夜空愈抬愈远,而且把它们映红了。下面呢?却还像苍莽的大陆一样,黑色无边。这是晨光与黑夜交替的时刻,这是即将过去的世界与即将到来的世界交替的时刻。你乍看上去,黑夜还似乎强大无边,可是一转眼,清冷的晨曦变为磁蓝色的光芒。原来的红海上簇拥出一堆堆墨蓝色云霞。一个奇迹就在这时诞生了。突然间从墨蓝色云霞里矗起一道细细的抛物线,这线红得透亮,闪着金光,如同沸腾的溶液一下抛溅上去,然后像一支火箭一直向上冲,这时我才恍然觉得这就是光明的白昼由夜空中迸射出来的一刹那。然后在几条墨蓝色云霞的隙缝里闪出几个更红更亮的小片。开始我很惊奇,不知这是什么?再一看,几个小片冲破云霞,密接起来,溶合起来,飞跃而出,原来是太阳出来了。它晶光耀眼,火一般鲜红,火一般强烈,不知不觉,所有暗影立刻都被它照明了。一眨眼工夫,我看见飞机的翅膀红了,窗玻璃红了,机舱座里每一个酣睡者的面孔红了。这时一切一切都宁静极了,宁静极了。整个宇宙就像刚诞生过婴儿的母亲一样温柔、安静,充满清新、幸福之感。再向下看,云层像灰色急流,在滚滚流开,好把光线投到大地上去,使整个世界大放光明。我靠在软椅上睡熟了。醒来时我们的飞机正平平稳稳,自由自在,向我的亲爱的祖国、向太阳升起的地方航行。黎明时刻的种种红色、灰色、黛色、蓝色,都不见了,只有上下天空,一碧万顷,空中的一些云朵,闪着银光,像小孩子的笑脸。这时,我忘掉了为这一次看到日出奇景而高兴,而喜悦,我却进入一种庄严的思索,我在体会着“我们是早上六点钟的太阳”这一句诗那般最优美、最深刻的含意。

一九五八年

——选自《刘白羽散文选》,人民文学出版社,1978年版

【导读】

一开篇,作者就渲染看日出是一直以来的梦想,接着,作者却并没有描写日出,而是以迂回的方式描写日落,指出日落虽然也颇为壮观但难免有萧瑟之感,自己心中向往的仍然是显示生机的日出,由于一直以来无缘观看,自然地引出了海涅、屠格涅夫有关日出的描写;接着描写自己一次在印度、一次在黄山与日出失之交臂;最后才突出了自己在飞机上欣赏到的壮丽日出。刘白羽文笔气势宏伟,语言华美明丽,善于运用铺陈、排比、比喻等手法营造磅礴的气势,他的散文名篇就给人以壮美之感。这些获益于他贴切、生动的语言,如在描写日出后的宇宙时,用了一个恰当而绝妙的比喻,"整个宇宙就像刚诞生过婴儿的母亲一样温柔、安静,充满清新、幸福之感"。

三、延伸思考

归纳起来,刘白羽散文的文学史价值至少包含了这样三方面的内容:

(1)刘白羽在直接的革命斗争与战争中,积累了直接经验及个体体验,将革命激情熔铸到散文创作之中。刘白羽认为:"散文是心灵的歌,如果作者不把血、感情流注到文章里,文章又怎能有燃烧的热情、有光彩呢?"正如有评论指出:"他的散文不同于杨朔的'以诗为文',也不同于秦牧的'知识''趣味',他注重的是感情与体验的直接倾吐。"①的确,刘白羽的散文一般都是从亲身经历出发,抒写自己的真情实感,往往又将这种个人化的情感加以升华,使之达到一定的境界。

(2)刘白羽散文语言凝重华美、气势恢宏,营造了一种矫健、壮美的散文风格。同时,他又在散文中自然地嵌入一些著名诗句、民间谚语。此外,大量贴切、生动的语言及恰当的比喻也使他的散文增色不少。

(3)刘白羽在散文创作中吹响时代精神的号角,以一种豪迈、雄健的文笔来抒写时代精神。虽然在20世纪80年代刘白羽散文中的政治抒情倾向受到深刻的批判,但是应该看到这是散文发展的必然趋势,也是文学进行创新的必由之路。刘白羽的散文属于那个特定的时代,对此后人不应苛求。对于他散文中的政治话语因子,我们应该一分为二地看,这既是他个人身份的一种无言表白,又是革命时代里革命精神烙下的时代印记。作为战士型的散文家,刘白羽不可能不问现实,也不可能不受到现实的影响,而一味地在文字中展现脱离于现实的、高高在上的文学。也许正是他作品的政治抒情倾向,使其作品在更多的人那里得到了共鸣,在一个无论是精神还是物质都极其贫乏的时代,他的作品仍然是人们的最好选择。

---

① 吴秀明:《中国当代文学史写真》,浙江大学出版社,2002年,第159页。

【思考题】

1.如何理解杨朔散文的"诗化"特点?

2.如何评价杨朔散文的"模式化"倾向?

3.如何理解 20 世纪 80 年代文坛对杨朔散文的批评?

4.如何理解秦牧的知识型散文?

5.如何理解秦牧散文中文体意识的淡漠?

6.如何理解刘白羽散文的"政治化"倾向?

7.刘白羽被称为战士型的散文家,你如何理解他的生活体验与散文创作之间的关系?

第十七章　转折时期的话剧创作

　　郭沫若的历史剧气势宏伟、想象丰富,为后世作家如何运用、处理历史题材积累了宝贵的经验。田汉的《关汉卿》是他的巅峰之作,同时也是为纪念我国元代戏剧家关汉卿戏剧创作七百周年而写的,他将关汉卿塑造为同情人民、敢于反抗权贵的"铜豌豆"形象。在老舍的戏剧中,《茶馆》的艺术成就最高,戏剧把裕泰茶馆作为反映整个社会的窗口,为我们展现了小人物的挣扎、反抗,刻画了形形色色、各行各业的人物,常四爷的正直、秦二爷的自负、唐铁嘴的鄙俗、王利发的世故……而这些人物聚集在一起又给我们还原了一个活生生的特定历史环境。

第一节　郭沫若的《蔡文姬》

一、基本知识

　　《蔡文姬》是郭沫若创作的五幕历史剧,发表于《收获》1959 年第 3 期。

　　郭沫若创作的历史剧有《王昭君》《屈原》《虎符》《孔雀胆》《高渐离》《武则天》等,其中《蔡文姬》最为著名。

　　历史剧《蔡文姬》以"文姬归汉"为题材,描写东汉著名学者蔡邕的女儿蔡文姬精于音律、书法超妙、才华横溢,因天下大乱,被迫入匈奴为左贤王妃,在胡十二年,生儿育女,后被曹操用重金赎回的故事(在国与家之间,文姬作出痛苦选择,毅然决定归汉)。剧作一反文学史中曹操作为一代枭雄的形象,刻意描绘了诗人曹操惜才爱才、知错就改的一面,同时又刻意渲染了曹操风趣幽默、威严而不乏温情的一面。以往有评论家认为《蔡文姬》是"替曹操翻案",看来不无道理。

二、代表作及其导读

蔡文姬（节选）

◉郭沫若

……

董　祀　（向文姬）文姬夫人……

文　姬　我也没有想到呵。

董　祀　听说你已经有侄儿侄女了。

文　姬　是呵。四姨娘也在这儿。

董　祀　呵,四姨娘也在这儿吗?

文　姬　我们是兴平二年一同流落到这里来的,在这里同住了十二年了。

董　祀　唉! 真是没有想到,这些年天下的变化是多么大呵!

文　姬　公胤,你请坐。哦,公胤,我倒要问你,你们这一次带来了多少人马?

董　祀　大姐,我们一行就只有三十五个人。我是正使,另一位是付使周近,是清河崔琰的学生。此外就是侍从和管车马的人。

文　姬　呵哈,周近? 不是说什么"将军"吗?

董　祀　那是把音搞错了。我是陈留的屯田都尉,周近是我下边的一个屯田营的司马。

文　姬　听说你们还有大兵随后,你们只是先行呵!

董　祀　（诧异）谁这样说? 这完全是造谣!

文　姬　哼,你说造谣吗? 是你们的付使周近亲自对左贤王说的。他说:如果不让我回去,你们的大兵一到,就要荡平匈奴!

董　祀　（惊诧）呵,他说过这样的话! 周近他居然这样口不择言,他怎么能够这样说呢! 大姐,我们是在正月初旬离开邺下的,曹丞相亲自召见了我们,要我们带来了好些礼品,献给呼厨泉单于和左贤王,专诚来迎接你回去。丞相还派了两个自己府里的侍婢来陪伴你。（指抱琴者）这一位叫侍琴。（侍琴曲半膝敬礼。指抱衣者）这一位叫侍书。（侍书同样敬礼）还给你送来了几套衣服和一具焦尾琴。（指示二汉婢手中所捧抱者）你是知道的,曹丞相是会弹琴的。这焦尾琴是他亲自监制的,是仿照伯喈先生的焦尾琴制造的。丞相还亲手试过音,他说,你一定会喜欢。

文　姬　（故意文不对题地)可我知道曹丞相很会用兵,"兵不厌诈"。他不是惯会使用诈术的吗?我听说,去年打平了三郡乌桓,曹丞相就是全靠诈术。他没有从正面去进攻,是从侧面去偷袭的。可不是吗?

董　祀　大姐,你是只知其一不知其二。曹丞相爱兵如命,视民如伤。他会用兵,但他是不轻易用兵的。他锄豪强,抑兼并,济贫弱,兴屯田,使流离失所的农民又重新安定下来,使纷纷扰攘的天下又重新呈现出太平的景象。现在的中原,大姐,和你十二年前离开的时候是完全两样了。丞相去年远征三郡乌桓,正是证明"王者之师,天下无敌"。三郡乌桓近年来骤然强盛了起来,不仅经常侵犯北边,也经常进犯匈奴。它把汉人俘虏了十多万户去作奴隶,使北部的边疆连年受到伤害。所以曹丞相才不能坐视,出师亲征,行军千里,把三郡乌桓荡平了。这不仅救了汉人,也救了匈奴人。十多万被奴役的汉人被救回来了,不少的匈奴人也被他解救了。他还使乌桓的侯王大人们受了他的感化,听从指挥,而今三郡乌桓的骑兵在曹丞相的麾下已经成为天下的劲旅。这假使不是仁义之师,是怎么也不能办到的。大姐,你离开故乡太久,你恐怕不明白真相吧?曹丞相的主张是"天地间,人为贵"。他曾经说过:"圣贤之用兵也,戢而时动,不得已而用之。"……

文　姬　公胤,我还要问你。曹丞相打发你们来接我,究竟要我回去做些甚么?是不是因为我在匈奴住了十二年,熟悉匈奴的情形,要我回去在军事上有所贡献?

董　祀　大姐,你怎么谈到军事上来了!我们来的时候,曹丞相告诉了我们:现在匈奴和汉朝已经和好,朝廷正在广罗人才,力修文治。他说到你的父亲伯喈先生,他是天下名儒,可惜受冤屈而死。他也说到你是伯喈先生的孤女,你是博学多才的人。他说:你的才情不亚于曹大家班昭;班昭能够继承她父亲班彪的遗业,帮助她的哥哥班固撰成了《前汉书》,你也尽可以继承伯喈先生的遗业,参与《续汉书》的撰述。这些都是他亲自对我们说的。曹丞相是要在文治上做一番事业,他是看中了你的文才,才来接你回去的。

——选自《蔡文姬》第一幕,文物出版社,1959年版

【导读】

剧本以"文姬归汉"为主题,为我们刻画了一位才华横溢的女性和一个为了著书

大业而舍夫别子的母亲形象,将她的才、苦、悲融入剧作之中,让读者深切地感受到在当时的历史条件下一位女性的不幸命运。剧本在刻画一个在国与家之间作出痛苦抉择的女性的同时,将历史上一代枭雄曹操的形象彻底颠覆,为我们展现了这个善用谋略、多才多艺、生性多疑、好用诈术的枭雄的另一面,如着力刻画他的知错就改、从善如流,如他在偏信了周近的谗言而几乎误杀董祀的情况下,听了文姬和侍琴、侍书的道白之后迅速做出了改正。同时剧本还刻画了曹操温情体贴的一面,如在文姬归汉八年后,曹操将文姬的一对儿女领到文姬面前,说给她带来了最宝贵的礼物,旋即又非常知趣地叫走了自己的夫人,给文姬母子及董中郎留下了一个倾诉情感的私人空间。

三、延伸思考

归纳起来,以《蔡文姬》为代表的郭沫若历史剧的文学史价值主要包含了以下三个方面的内容:

(1)郭沫若为一个在人们心中根深蒂固的反面人物形象曹操翻案,正如他自己所说:"我写《蔡文姬》的主要目的就是要替曹操翻案。曹操对我们民族的发展、文化的发展,确实是有过贡献的人。在封建时代,他是一位了不起的历史人物。但以前我们受到宋以来的正统观念的束缚,对于他的评价是太不公平了。特别经过《三国演义》和舞台艺术的形容化,把曹操固定成为了一个奸臣的典型———一个大白脸的大坏蛋。连三岁的小孩子都在痛恨曹操。"[1]

(2)郭沫若尽力地描绘了诗人曹操的一面。如剧中的曹操论诗,曹操问曹丕《胡笳十八拍》如何?曹丕说这是自《离骚》以来最好的一首诗。曹操表示赞同后说一代文人王粲、刘桢、阮瑀、应玚之辈的诗作根本无法与蔡文姬的诗作媲美。曹丕接着说,屈原、司马迁、蔡文姬的文字是用生命在写,而我们的文字只是用笔墨在写。这也为曹操后来的文治、赎回文姬、惜才爱才做了铺垫。

(3)郭沫若还着力描绘出了平民曹操的一面,描写了他的朴素、温情、善解人意及从善如流。剧作家本人对曹操的偏爱,导致他在描写曹操形象时过分完美化,通过董祀的口和蔡文姬的命运遭际来侧面烘托曹操温情、正义、富有诗才、文韬武略的一面,有时略显虚假和缺乏说服力。

(4)无论是过去和现在,人们对于《蔡文姬》都是褒贬不一的,有人谴责"他的历史剧创作往往为了迎合某种个人好恶而不惜随心所欲地臆造历史,这是处于只能在揣摩领导意志中获取灵感的文学侍臣地位的不幸"[2]。也有人谴责这种简单的大团圆结局

---

[1]　郭沫若:《〈蔡文姬〉序》,文物出版社,1959年。
[2]　曾立平:《"我道曹公差矣!"——小议翻案不足的〈蔡文姬〉》,《戏剧界》1981年第3期。

的处理方式,使历史剧失去了应有的历史深刻性进而成为剧作的一种根本性缺陷。

第二节　田汉的《关汉卿》

一、基本知识

　　田汉(1898—1968),字寿昌,曾用笔名伯鸿、陈瑜、汉仙等,湖南长沙人。中国话剧运动的创始人和奠基者之一,早年留学日本,1920 年开始改编一些传统戏曲,留下了《获虎之夜》《名优之死》《南归》《卢沟桥》《最后的胜利》《秋声赋》《丽人行》《关汉卿》《文成公主》等著名话剧。他还是中华人民共和国国歌《义勇军进行曲》的词作者。

　　十二场剧《关汉卿》写了元代剧作家关汉卿创作《窦娥冤》的前前后后,从在街上看到乖媳妇朱小兰被冤杀头受到启发,决心写下剧本《关汉卿》,描写了名优朱帘秀勇敢演戏,王和卿等好友协助排戏,政治帮闲文人叶和甫干扰破坏此戏,权臣阿合马责令改戏,关汉卿、朱帘秀誓死卫戏的整个过程。

二、代表作及其导读

关汉卿(节选)

◉田　汉

　　关汉卿　对,刚才在路上我想来着,一定得把朱小兰这件案子写成一个杂剧,一定得把这些滥官污吏的嘴脸摆在光天化日之下示众;一定得替那些负屈衔冤的好心女子鸣鸣冤,吐吐气,让大家知道在百姓们的心里还是有公道的,还是看得清是非的。

　　朱帘秀　那太好了。这位知府大人忽辛的事我也知道一些,他依仗他爸爸的势耀,无恶不作。上回错断了一桩案子,许衡许大人来查案,他托病不见,许大人拿他也没有办法。

　　关汉卿　对,多替我搜集他的罪状吧,决不能让他逃脱我们的照妖镜。词儿我都想好一些了,女主角的名字我也想好了,可就是一桩——

　　朱帘秀　一桩什么?

　　关汉卿　怕戏写出来没人敢演。

　　朱帘秀　(想了一下)汉卿,写吧。只要你还愿意给我们演,我们想试试,行吗?

关汉卿　为什么不愿意给你们演了呢?

朱帘秀　你不是对人家说:良家子弟扮的杂剧才是你们"行家生活",我们娼优的不过是"供笑献勤,奴隶之役",只能叫作"戾家把戏"吗?

关汉卿　得了,别听赵孟頫说的那些个了,今天良家也好,娼优也好,都是被欺压、被践踏的,都是奴隶! 我哪会说那样的话?

朱帘秀　那么你敢写我就敢演!

关汉卿　你敢演,我一定写,而且一定很快地把它写成。

朱帘秀　那太好了。人家夸我赵盼儿、谭记儿、王瑞兰、燕燕都演得不错。于今为着朱小兰,为着普天下衔冤负屈的女子我一定演好这个新的角色!

关汉卿　四姐,你! (感动地抓紧她的双手)

朱帘秀　这个女角色你安排叫她什么?

关汉卿　我安排叫她窦娥。

朱帘秀　窦娥? 好! 我知道你曾经想写孝女曹娥来着,你于今改写孝媳窦娥了。对不对?

关汉卿　正是这个意思,你猜得对。

……

阿合马　让你们改你偏不改,你们安的是什么心眼儿? 啊?

朱帘秀　关先生原是改了的,因为只有半天工夫对词,新词儿我一时背不上来,没法子只好全照旧词儿唱了。真是罪该万死,只求老大人您开恩。

阿合马　新词儿背不上来? 你不是有名的钻锅能手吗? 瞧你不出,倒是挺有担戴,为了救关汉卿,就像窦娥救她婆婆似的,把担子全给自己挑上了。(向和礼霍孙)这倒是一段佳话,和大人,你说是不是? (转向朱帘秀)好吧,就成全了你这一份好心吧。来人哪!

侍　卫　喳!

阿合马　把朱帘秀带出去砍了!

(侍卫们捆朱帘秀)

(关汉卿赶过来)

关汉卿　慢着! (向阿合马)阿大人,这戏是我不让改的,不关朱帘秀的事!

阿合马　(对郝祯)他是什么人?

郝　祯　他就是关汉卿。

阿合马　唔,挺身而出不让他的婊子独担罪名,倒也是个有担待的。关汉卿,你也写过好些戏了,难道不知本朝的法律禁止"妄撰词曲,犯上恶言"吗?你那本子"犯上恶言"之外还加"讥议他人",早该杀头的了。老夫念你薄有才名,才让你修改之后再演,你竟敢抗命不改,还让你的婊子原封不动地演出,你这不简直是要造反吗?好,都成全了你们吧。来人哪!

侍　卫　喳!

阿合马　抓出去都给砍了!

（侍卫如狼似虎捆关汉卿。）

（坐在旁边忍耐不住的和礼霍孙站起来。）

和礼霍孙　女的我不认识,跟这个关汉卿倒有一面之雅。他是治心疼病的高手。老朽也吃过他的方子,倒真是药到病除。朝里头同病的不少,回头有人问起来很有些不便,不是听说您老太太也有这个毛病吗?

阿合马　唔,好,看老司徒的金面,姑且把关汉卿押起来吧!

（侍卫押关汉卿下。）

郝　祯　那么朱帘秀呢?

阿合马　单把这婊子给砍了吧!

侍　卫　喳!

（侍卫正要推朱帘秀下,何总管急走出。）

何总管　阿大人,这朱帘秀也杀不得呀。

阿合马　怎见得呢?

何总管　昨天伯颜太夫人刚接见过她,赏了她好些贵重东西,还说想收她做干闺女。回头老太夫人问起来,该怎么说呢?

——选自《关汉卿》,人民文学出版社,1961年版

【导读】

剧本选取了关汉卿一生中的一个重要片段,即他写作《窦娥冤》这一悲剧的重要时刻,《窦娥冤》的写作在关汉卿的整个写剧生涯中无疑是一个重大事件。田汉独具慧眼地以这个剧本的诞生、诞生的前因后果、诞生后剧本的命运及此剧的诞生对关汉卿本人命运的推动作用为重要场景,以一种故事的方式将《窦娥冤》写作的前前后后展现在世人面前,同时为我们刻画了一个"蒸不烂、煮不熟、捶不扁、炒不爆,响当当一

粒铜豌豆"的剧作家形象和一个勇于担当、誓死卫戏、具有自我牺牲精神的女伶朱帘秀的形象。剧中的朱帘秀、关忠、叶和甫、窦娥的原型朱小兰、权臣阿合马、关汉卿的文友王实甫等人物也给观众留下了深刻的印象。

关汉卿这一人物在历史上历来说法不一,明朝批评家朱权将其定为"可上可下之才",刘大杰在《中国文学发展史》中则认为他风流成性,郑振铎则说他与风流才子柳三变同流,杨晦在批评关汉卿时说他是一个猪猡式的在泥坑中打滚的人物形象。在这样的思维定式背景下,剧作家田汉发出了不同的声音,将关汉卿塑造成了一个为民请愿的人民戏剧家的形象,这是一次成功的翻案。

三、延伸思考

归纳起来,田汉剧作的文学史价值至少包含以下三方面的内容:

(1)田汉最早是以浪漫主义诗人步入文坛的,因此在他的剧作中难免流露出诗人的才情。他后期主要从事古典戏曲的改编及创作,早年的文学体验使他的剧作流淌着一种诗意之美、一种田汉式的才华。

(2)田汉的剧作大多是在历史的基础上进行大胆而合乎情理的虚构,如他一反人们的思维定式对关汉卿这个历史人物进行大胆重构,通过关汉卿对妇女命运的深切同情及为妇女命运鸣不平而大胆创作,一改人们对关汉卿的"郎君领袖""浪子班头""风流荡子"等世俗看法。田汉将具有时代精神的人民性融入了这个在历史中颇受非议的剧作家身上,让人感到意外的同时,又使人觉得合情合理,可谓人物形象的成功翻转。

(3)剧作家奔放的诗情通过剧作中的人物表现出来,如第八场中安排朱帘秀吟唱《双飞蝶》,既突出了剧作家的才情,又刻画了朱帘秀这个豪爽仗义、勇于担当、善良多情、具有自我牺牲精神的女性形象。她虽然身为杂剧女伶,被迫沦为"乐籍",但是对生活仍存美好愿望,并敢于大胆追求,给人留下了深刻的印象。《双飞蝶》:

> 将碧血、写忠烈,
>
> 作厉鬼、除逆贼,
>
> 这血儿啊,化作黄河扬子浪千叠,
>
> 长与英雄共魂魄!
>
> 强似写佳人绣户描花叶;
>
> 学士锦袍趋殿阙;
>
> 浪子朱窗弄风月;
>
> 虽留得绮词丽语满江湖,
>
> 怎及得傲干奇枝斗霜雪?
>
> ……

田汉剧作的热情洋溢、抒情浓郁由此可见一斑,作为田汉剧作的顶峰之作,《关汉卿》既是其才华的必然流露,又是其个人精神的真实写照。欧阳予倩曾经说过:"《关汉卿》我认为是:到现在为止,田汉同志剧作最好的一个。字里行间充满着田汉式的才华自不用说,主要是高度的思想性和艺术性紧密结合,通过鲜明的人物形象表现出来,显示出洋溢的热情,充沛的精力。……这个戏结构完整,描写细密,不像急就章。'美人细腻熨帖平,裁缝灭尽针线迹',白居易这两句诗可以移赠。"①

第三节　老舍的《茶馆》

一、基本知识

老舍以长篇小说和剧作著称于世,一生写了计 800 余万字的作品。这里主要介绍其剧作,如剧本《龙须沟》《茶馆》《西望长安》《一家代表》《春华秋实》《青年突击队》《生日》,歌剧《消灭细菌》《大家评理》,曲剧《柳树井》,京剧《十五贯》《青霞丹雪》《王宝钏》等。

二、代表作及其导读

茶馆（节选）

◉老　舍

（乡妇拉着个十来岁的小妞进来。小妞的头上插着一根草标。李二本想不许她们往前走,可是心中一难过,没管。她们俩慢慢地往里走。茶客们忽然都停止说笑,看着她们。）

小　妞　（走到屋子中间,立住)妈,我饿! 我饿!

（乡妇呆视着小妞,忽然腿一软,坐在地上,掩面低泣。）

秦仲义　（对王利发)轰出去!

王利发　是! 出去吧,这里坐不住!

乡　妇　哪位行行好? 要这个孩子,二两银子!

常四爷　李三,要两个烂肉面,带她们到门外吃去!

李　三　是啦!（过去对乡妇)起来,门口等着去,我给你们端面来!

① 欧阳予倩:《一个成功的好戏〈关汉卿〉(看彩排的印象记)》,《戏剧报》1958 年第 13 期。

乡　　妇　（立起,抹泪往外走,好象忘了孩子;走了两步,又转回身来,搂住小妞吻她。)宝贝! 宝贝!

王利发　快着点吧!

(乡妇、小妞走出去。李三随后端出两碗面去。)

王利发　（过来)常四爷,您是积德行好,赏给她们面吃! 可是,我告诉您:这路事儿太多了,太多了! 谁也管不了! (对秦仲义)二爷,您看我说的对不对?

常四爷　（对松二爷)二爷,我看哪,大清国要完!

秦仲义　（老气横秋地)完不完,并不在乎有人给穷人们一碗面吃没有。小王,说真的,我真想收回这里的房子!

王利发　您别那么办哪,二爷!

秦仲义　我不但收回房子,而且把乡下的地,城里的买卖也都卖了!

王利发　那为什么呢?

秦仲义　把本钱拢在一块儿,开工厂!

王利发　开工厂?

秦仲义　嗯,顶大顶大的工厂! 那才救得了穷人,那才能抵制外货,那才能救国! (对王利发说而眼看着常四爷。)唉,我跟你说这些干什么,你不懂!

王利发　您就专为别人,把财产都出手,不顾自己了吗?

秦仲义　你不懂! 只有那么办,国家才能富强! 好啦,我该走啦。我亲眼看见了,你的生意不错,你甭再耍无赖,不长房钱!

王利发　您等等,我给您叫车去!

秦仲义　用不着,我愿意蹓跶蹓跶!

(秦仲义往外走,王利发送。)

(小牛儿挽着庞太监走进来。小牛儿提着水烟袋。)

庞太监　哟! 秦二爷!

秦仲义　庞老爷! 这两天您心里安顿了吧?

庞太监　那还用说吗? 天下太平了:圣旨下来,谭嗣同问斩! 告诉您,谁敢改祖宗的章程,谁就掉脑袋!

秦仲义　我早就知道!

(茶客们忽然全静寂起来,几乎是闭住呼吸地听着。)

庞太监　您聪明,二爷,要不然您怎么发财呢!

337

秦仲义　我那点财产,不值一提!

庞太监　太客气了吧?您看,全北京城谁不知道秦二爷!您比作官的还厉害呢!听说呀,好些财主都讲维新!

秦仲义　不能这么说,我那点威风在您的面前可就施展不出来了!哈哈哈!

庞太监　说得好,咱们就八仙过海,各显其能吧!哈哈哈!

秦仲义　改天过去给您请安,再见!(下)

庞太监　(自言自语)哼,凭这么个小财主也敢跟我逗嘴皮子,年头真是改了!(问王利发)刘麻子在这儿哪?

王利发　总管,您里边歇着吧!

(刘麻子早已看见庞太监,但不敢靠近,怕打搅了庞太监、秦仲义的谈话。)

刘麻子　喝,我的老爷子!您吉祥!我等了您好大半天了!(搀庞太监往里面走。)

(宋恩子、吴祥子过来请安,庞太监对他们耳语。)

(众茶客静默了一阵之后,开始议论纷纷。)

茶客甲　谭嗣同是谁?

茶客乙　好象听说过!反正犯了大罪,要不,怎么会问斩呀!

茶客丙　这两三个月了,有些作官的,念书的,乱折腾乱闹,咱们怎能知道他们捣的什么鬼呀!

茶客丁　得!不管怎么说,我的铁杆庄稼又保住了!姓谭的,还有那个康有为,不是说叫旗兵不关钱粮,去自谋生计吗?心眼多毒!

茶客丙　一份钱粮倒叫上头克扣去一大半,咱们也不好过!

茶客丁　那总比没有强啊!好死不如赖活着,叫我去自己谋生,非死不可!

王利发　诸位主顾,咱们还是莫谈国事吧!

(大家安静下来,都又各谈各的事。)

庞太监　(已坐下)怎么说?一个乡下丫头,要二百银子?

刘麻子　(侍立)乡下人,可长得俊呀!带进城来,好好地一打扮、调教,准保是又好看,又有规矩!我给您办事,比给我亲爸爸作事都更尽心,一丝一毫不能马虎!

(唐铁嘴又回来了。)

王利发　铁嘴,你怎么又回来了?

唐铁嘴　街上兵荒马乱的,不知道是怎么回事!

庞太监　还能不搜查搜查谭嗣同的余党吗? 唐铁嘴,你放心,没人抓你!

唐铁嘴　嗻,总管,您要能赏给我几个烟泡儿,我可就更有出息了!

(有几个茶客好象预感到什么灾祸,一个个往外溜。)

——选自《老舍剧作选》,人民文学出版社,1959 年版

【导读】

三幕话剧《茶馆》通过裕泰茶馆在戊戌变法失败后的晚清末年、袁世凯死后军阀混战的民国初年、抗战胜利后混乱腐败的民国末年三个时期的变化,用冷眼观世界,将热问题冷处理,用客观冷峻的文笔深刻描绘了中国近代社会五十年来的动荡变迁。《茶馆》以一个茶馆为中心场景,描写了三个时代里一群小人物的命运沉浮,将茶馆老板王利发的谨小慎微、圆滑变通、八面玲珑("在街面上混饭吃,人缘儿顶要紧","多说好话,多请安,讨人人的喜欢,就不会出大岔子")、爱国实业家秦仲义家产颇丰、血气方刚,希望通过自己的努力来达到救国目的(信奉:"把本钱拢在一块儿,开工厂! ……那才救得了穷人,那才能抵制外货,那才能救国!")的形象刻画得十分生动真实。此外,剧本还刻画了耿直仗义的常四爷、贫苦悲惨的康顺子、无恶不作的庞太监、拉纤扯皮的刘麻子、相面为生的唐铁嘴等各式各色的人物形象。茶馆还上演了卖儿鬻女、太监娶媳、军阀开战、军警横行、人口买卖、特务抓人、合娶媳妇等诸种在今天看来荒诞不经的事件,通过人物和事件的展现极限地接近生活的本来面目。这种生活的原生态有着一种让人喘不过气来的逼真,是一张旧时代的缩略图、一幅风俗画。

三、延伸思考

归纳起来,老舍话剧的文学史价值至少包含了以下三方面的内容:

(1)以《茶馆》为代表的老舍的话剧体现了老舍高妙精练的语言才能,如第二幕中王淑芬和李三的对话:

王淑芬:"三爷,咱们的茶馆改了良,你的小辫儿也该剪了吧?"李三:"改良! 改良! 越改越凉,冰凉! ……"李三:"老伙计? 二十多年了,他们可给我长过工钱? 什么都改良,为什么工钱不跟着改良呢?"

同样是第二幕中两人合买一个媳妇的大兵老林和老陈与刘麻子对话：

老林："那个，你看，我们俩是把兄弟！"老陈："对！把兄弟，两个人穿一条裤子的交情！"

第三幕中沈处长在刘麻子的教唆下霸占裕泰茶馆时，听完刘麻子的汇报后仅用了一个"好（蒿）"字。而在霸占茶馆，听到王利发自杀的消息后，也只是说了两声"好（蒿）""好（蒿）"完事。

（2）老舍以小说手法写戏剧，其剧作缺少舞台技巧和冲突，戏剧性不强，没有复杂的人际关系、诗情洋溢的对话和尖锐的矛盾冲突。老舍自己也说："我的最大的缺点是不懂舞台上的技巧。可是，这也有好处，就是我不为技巧所左右。"

（3）老舍话剧的感人之处就是他寓泪于笑、以笑映苦的诙谐幽默风格。老舍运用了反复、倒置、夸张、反语等多种幽默手法来反映事件的荒唐和历史的深沉的悲哀，他的"笑"也因此获得了一种历史的厚重感。如王利发小心翼翼、曲意奉迎、勤勉努力了一辈子仍然摆脱不了茶馆破产的悲惨结局而上吊自杀后，沈处长的两声"好（蒿）"。再如庞四奶奶对卖货郎老杨招之即来挥之即去，在想听他的卖货词时他立即开唱："是！美国针、美国线、美国牙膏、美国消炎片。还有口红、雪花膏、玻璃袜子细毛线。箱子小，货物全，就是不卖原子弹！"庞四奶奶在听烦了赶他走时他唱道："是！美国针、美国线，我要不走是混蛋！走，当当！"老舍将小人物的贫贱、苦难、位居人下不得不委曲求全的悲惨处境用一种幽默诙谐的方式表现了出来。

【思考题】

1.如何评价郭沫若的历史剧的价值？

2.如何评价郭沫若的历史剧《蔡文姬》及其风格？

3.如何理解戏剧创作中历史的真实与艺术的真实？

4.谈谈你对田汉塑造的"关汉卿"形象的认识。

5.试分析老舍话剧《茶馆》中的幽默特点。

第五编 当代文学的启蒙时代

（1977—1989）

导　引

　　1976年10月,"四人帮"(王洪文、张春桥、江青、姚文元)倒台,"文化大革命"宣布结束。面对新的历史时期,人们在控诉"左"的流毒给人民带来深重灾难的同时,也在思考其产生的原因。于是,通过文学重新呼唤民主与科学(即再启蒙)成为这一时期的文学主潮。直到1989年春夏之后,当代文学再次转型。

　　1979年10月30日,第四次全国文学艺术工作者代表大会在北京召开,会议重新肯定了十七年(1949—1966)的文学成就,调整了文艺的"二为"方针,以"文艺为人民服务,为社会主义服务"为新的历史时期及今后的文艺方针,重新确立了"文学是人学"这一命题,文学的现实主义精神得以恢复,文学的多元化格局得以形成,文学迎来了通常人们所说的"新时期"。

　　就文学思潮而言,这一时期的创作思潮特别是小说创作思潮轨迹清晰,衍变明显:1977—1978年,以"真实"为先导,"伤痕文学"首先担当起恢复现实主义的历史使命。1979年后,以"文学是人学"为信念,"反思文学"和"改革文学"再举现实主义深化的大旗。1985年,韩少功、郑万隆、李杭育、阿城等倡导"寻根文学",拓宽了中国文学的艺术路径。同年,刘索拉发表《你别无选择》,马原发表《冈底斯的诱惑》,标志着现代主义小说在中国的崛起,也使文学的多元化由可能变为现实。之后,莫言、余华等大胆尝试,"先锋小说"成为这一创作潮流的代名词。1989年,《钟山》杂志推出"新写实小说大联展",提倡"原生状"与"情感零度",主要作家有池莉、方方、刘恒、刘震云等,"新写实小说"实现了现实主义写作的历史性转换。

　　就创作成就而言,小说依然是这一时期成就卓著的部分,短篇小说可谓佳作连连,长篇小说因"茅盾文学奖"的设立而备受关注,但中篇小说的异军突起是这一历史时期最显著的特色,《中篇小说选刊》的创刊与大量发行,是其兴旺的重要标志。诗歌的成就亦值得骄傲,其中最重要的成就是朦胧诗的崛起。以北岛、舒婷、顾城、江河、杨炼等为代表的"今天"诗群的全面崛起,标志着诗歌共性时代的结束和个性时代的回归。这也是这一时期唯一为人们所公认的文学流派。此后,后朦胧诗派即所谓"第三代"

诗人,是朦胧诗派解体后的新一代诗人,但他们的影响远没有他们所号称要打倒的前辈那样深远。散文是从挽歌声中复苏的,虽然它很快成为哀悼者本人的一封过塑的记忆,但它扫荡了文坛上盘桓已久的矫情和无我的空壳,回到了真实地寻找自我的心路上来。随后,文化反思代替了挽歌式的政治反思,并与"五四"现代散文的优秀传统即舒展个性连接,使散文文体走向自觉、走向觉醒。或许从这个意义上看,挽歌的开拓之功功不可没。报告文学以重塑知识分子形象、揭露官僚主义为先声,承担起全面记录新时代足音的历史使命。1987年百家刊物共同发起"中国潮"征文,将报告文学创作引向高潮。戏剧创作在这一时期最先引起反响的是现实问题剧,被称为恢复现实主义的"报春花",成就最突出的是探索剧,即以表现主义倾向为主体的一种戏剧形式,其实质是解放戏剧创作的本体精神和剧作家的主体意识。探索剧呈现出明显的阶段性特点:最初重在探索人的内心世界,之后转向戏剧体例的自我调适,最后转向探求透视社会、人生的宏观文化大背景。尽管这些实验剧尚有争议,但它们打开了戏剧创作的新维度,开启了中国当代戏剧的新时代。

这一时期的文学现象主要表现在以下几个方面:

(1)伤痕文学。1977年后,一批表现1966—1976年的苦难、抗争和各种人物悲剧命运的作品大量涌现,引起了人们的强烈共鸣。人们将这种文学现象称为"伤痕文学"。它以刘心武的《班主任》为先声,以卢新华的《伤痕》命名,以周克芹的《许茂和他的女儿们》等为代表。"伤痕文学"标志着现实主义的恢复与启蒙新话语的诞生。

(2)反思文学。1979年后,一批作家对"文化大革命"前的历史进行再认识、再反映、再评价,力图通过艺术概括深刻地揭示出"左"倾错误与现代迷信给人民和党造成的巨大损失和严重后果,从不同方面总结党的优良传统受到破坏的历史教训。人们习惯于把这类小说称为"反思文学",其代表作如《芙蓉镇》等。它标志着现实主义的深化。

(3)改革文学。1979年后,一批反映我国各个领域的改革进程及由此而引起的社会变化、人的心理命运变化的文学作品相继问世,人们将其称为"改革文学"。其发轫之作是蒋子龙的《乔厂长上任记》。它是现实主义深化的必然发展。

(4)寻根文学。1985年,韩少功在《作家》杂志第4期上率先发表《文学的"根"》一文,声称"文学有根,文学之根应深植于民族传统的文化土壤中",随后郑万隆、李杭育、阿城等相继发表文章。他们认为中国文学只有建立在广泛而深厚的"文化开掘"之上才能与世界文学进行对话。人们把在这一理论之下进行的一种创作思潮称为"寻根文学"。著名作品如韩少功的《爸爸爸》、贾平凹的"商州系列"、李杭育的"葛川江系列"、王安忆的《小鲍庄》等。"寻根文学"推动了中国作家对中国传统文化的传承与发扬,其创作中的现代主义元素等拓宽了中国文学的艺术路径,但大多数作家对"文化"概念"以偏概全"的理解忽略了对"民族性"的真正解剖,尤其是一些作家对现代文明的排斥近乎偏执,缺乏当代性,导致这一创作思潮日益走向衰微。

总之,这一时期是中国当代文学发展史上较好的一个时期,作家们以社会为己任,铁肩担道义,妙手著文章,创作呈现出前所未有的繁荣局面。因此,至今仍有人称这一时期的文学为"新时期文学",实际上,它只是文学环境相对宽松的一个时期,并非真正意义上的"新"。1989年后,"新时期文学"又常被称为"80年代文学","后新时期文学"或"90年代文学"等成为与之截然区分的衔接词。

第十八章　新启蒙时代的小说创作

"新时期"又被人们称为新启蒙时代,这一时期虽然涌现了一大批有为的作家,但作为这一时期的重要作家,王蒙与张贤亮的小说无疑具有积极的先锋意义。1979—1980年,王蒙接连以意识流的手法创作出一批令人耳目一新的探索小说,如《风筝飘带》《蝴蝶》《布礼》《春之声》《夜的眼》《海的梦》等,使他的创作进入一个新的历史阶段。这些小说有对历史的深刻反思,有对现实的理性探索,有对传统思维的大胆突破,有对外来表现技巧的借鉴创新,给当时的文坛吹来了一股清新的风。张贤亮的《邢老汉和狗的故事》力透纸背,大大深化了"伤痕文学"的创作,而他的"唯物论者的启示录"——《绿化树》与《男人的一半是女人》等,以人性撬动历史,轰动文坛,"反思文学"因此转型。

第一节　王蒙的小说创作

一、基本知识

王蒙(1934—　),生于北京,祖籍河北沧州,当代著名作家、学者,曾任《人民文学》主编,中国作家协会名誉副主席、党组副书记,文化部部长等职。著有《青春万岁》《活动变人形》等近百部小说,其作品反映了当代中国近半个世纪在前进道路上的坎坷历程。他也是当代文坛创作颇为丰硕、始终保持创作活力的作家之一,有《王蒙文存》23卷问世。

二、代表作及其导读

春之声（节选）

◉王　蒙

咣地一声，黑夜就到来了。一个昏黄的、方方的大月亮出现在对面墙上。岳之峰的心紧缩了一下，又舒张开了。车身在轻轻地颤抖。人们在轻轻地摇摆。多么甜蜜的童年的摇篮啊！夏天的时候，把衣服放在大柳树下，脱光了屁股的小伙伴们一跃跳进故乡的清凉的小河里，一个猛子扎出十几米，谁知道谁在哪里露出头来呢？谁知道被他慌乱中吞下的一口水里，包含着多少条蛤蟆蝌蚪呢？闭上眼睛，熟睡在闪耀着阳光和树影的涟漪之上，不也是这样轻轻地、轻轻地摇晃着的吗？失去了的和没有失去的童年和故乡，责备我么？欢迎我么？母亲的坟墓和正在走向坟墓的父亲！

方方的月亮在移动，消失，又重新诞生。唯一的小方窗里透进了光束，是落日的余辉还是站台的灯？为什么连另外三个方窗也遮严了呢？黑咕隆冬，好象紧接着下午便是深夜。门咣地一关，就和外界隔开了。那愈来愈响的声音是下起了冰雹吗？是铁锤砸在铁砧上？在黄土高原的乡下，到处还靠人打铁，我们祖国的胳膊有多么发达的肌肉！呵，当然，那只是车轮撞击铁轨的噪音，来自这一节铁轨与那一节铁轨之间的缝隙。目前不是正在流行一支轻柔的歌曲吗，叫作什么来着——《泉水叮咚响》。如果火车也叮咚叮咚地响起来呢？广州人可真会生活，不象这西北高原上，人的脸上和房屋的窗玻璃上到处都蒙着一层厚厚的黄土。广州人的凉棚下面，垂挂着许许多多三角形的瓷板，它们伴随着清风，发出叮叮咚咚的清音，愉悦着心灵。美国的抽象派音乐却叫人发狂。真不知道基辛格听我们的杨子荣咏叹调时有什么样的感受。旧剧锣鼓里有噪音，所有的噪音都是令人不快的吗？反正火车开动以后的铁轮声给人以鼓舞和希望。下一站，或者下一站的下一站，或者许多许多的下一站以后的下一站，你所寻找的生活就在那里，母亲或者孩子，友人或者妻子，温热的澡盆或者丰盛的饮食正在那里等待着你。都是回家过年的。过春节，我们的古老的民族的最美好的节日，谢天谢地，现在全国人民都可以快快乐乐地过年了。再不会用"革命化"的名义取消春节了。

还真有趣。在出国考察三个月回来之后，在北京的高级宾馆里住了一阵——总结啦,汇报啦,接见啦,报告啦……之后,岳之峰接到了八十多岁的刚刚摘掉地主帽子的父亲的信。他决定回一趟阔别二十多年的家乡。这是不是个错误呢?他怎么也没想到要坐两个小时零四十七分钟的闷罐子车呀。三个小时以前,他还坐在从北京开往×城的三叉戟客机的宽敞、舒适的座位上。两个月以前,他还坐在驶向汉堡的易北河客轮上。现在呢,他和那些风尘仆仆的,在黑暗中看不清面容的旅客们挤在一起,就象沙丁鱼挤在罐头盒子里。甚至于他辨别不出火车到底是在向哪个方向行走。眼前只有那月亮似的光斑在飞速移动,火车的行驶究竟是和光斑方向相同抑或相反呢?他这个工程物理学家竟为这个连小学生都答得上来的、根本算不上是几何光学的问题伤了半天脑筋。

他已经有二十多年没有回过家乡了。谁让他错投了胎?地主,地主!一九五六年他回过一次家,一次就够用了——回家呆了四天,却检讨了二十二年!而伟人的一句话,也够人们学习贯彻一百年。使他惶惑的是,难道人生一世就是为了作检讨?难道他生在中华,就是为了作一辈子的检讨的么?好在这一切都过去了。斯图加特的奔驰汽车工厂的装配线在不停地转动,车间洁净敞亮,没有多少噪音。西门子公司规模巨大,具有一百三十年的历史。我们才刚刚起步。赶上,赶上!不管有多么艰难。哞,哞,哞,快点开,快点开,快开,快开,快,快,快,车轮的声音从低沉的三拍一小节变成两拍一小节,最后变成高亢的呼号了。闷罐子车也罢,正在快开。何况天上还有三叉戟。

尘土和纸烟的雾气中出现了旱烟叶发出的辣味,象是在给气管和肺作针炙。梅花针大概扎在肺叶上了。汗味就柔和得多了。方言的浓度在旱烟与汗味之间,既刺激,又亲切。还有南瓜的香味哩!谁在吃南瓜?×城火车站前的广场上,没有见卖熟南瓜的呀。别的小吃和土特产倒是都有。花生、核桃、葵花籽、柿饼、醉枣、绿豆糕、山药、蕨麻……全有卖的。就象变戏法,举起一块红布,向左指上两指,这些东西就全没了,连火柴、电池、肥皂都跟着短缺。现在呢,一下子又都变了出来,也许伸手再抓两抓,还能抓出更多的财富。柿饼和枣朴质无华,却叫人甜到心里。岳之峰咬了一口上火车前买的柿饼,细细地咀嚼着儿时的甜香。辣味总是一下子就能尝到,甜味却埋得很深很深。要有耐心,要有善意,要有经验,要知觉灵敏。透过辛辣的烟草和热烘烘的汗味儿,岳之峰闻到了乡亲们携带的绿豆香。绿豆苗是可爱的,灰兔子也是可爱的,但是灰色的野兔常常要毁坏绿豆。为了追赶野兔,他和小柱子一口气跑了三里,跑得连树木带田垅都摇来摆去。在中秋的月夜,他亲眼见过一只银灰色的狐狸,走路悄无声息,象仙人,象梦。

车声小了,车声息了。人声大了,人声沸了。咣——哧,铁门打开了,女列车员——一个高个子,大骨架的姑娘正洒利地用家乡方言指挥下车和上车的乘客。"没有地方了,没有地方了。到别的车厢去吧,"已经在车上获得了自己的位置的人发出了这种无效的,也是自私的呼吁。上车的乘客正在拥上来,熙熙攘攘。到哪里都是熙熙攘攘。与我们的王府井相比,汉堡的街道上可以说是看不见人,而且市区的人口还在减少。岳之峰从飞机场来到×城火车站的时候吓了一跳——黑压压的人头,压迫得白雪不白,冬青也不绿了。难道是出了什么事情? 一九四六年学生运动,人们集合在车站广场,准备拦车去南京请愿,也没有这么多人! 岳之峰上大学的时候在北平,有一次他去逛故宫博物院,刚刚下午四点就看不见人影了,阴森的大殿使他的后脊背冒凉气。他小跑着离开了故宫,上了拥挤的有轨电车才放心了一点。如果跑慢了,说不定珍妃会从井里钻出来把他拉下去哩!

但是现在,故宫南门和北门前买入场券的人排着长队。而且不是星期天。×城火车站前的人群令人晕眩。好象全中国有一半人要在春节前夕坐火车。到处都是团聚,相会,团圆饺子,团圆元宵,对于旧谊,对于别情,对于天伦之乐,对于故乡和童年的追寻。卖刚出屉的肉馅包子的,盖包子的白色棉褥子上尽是油污。卖烧饼、锅盔、油条、大饼的。卖整盒整盒的点心的。卖面包和饼干的。×车站和×城饮食服务公司倾全力到车站前露天售货。为了买两个烧饼也要挤出一身汗。岳之峰出了多少汗啊! 他混饱了(环境和物质条件的急骤改变已使他分辨不出饥和饱了)肚子,又买到了去家乡的短途客车的票。找给钱的时候使他一怔,写的是一块二,怎么只收了六角呢? 莫非是自己没有报清站名? 他想再问一问,但是排在他后面的人已经占据了售票窗口前的有利阵地,他挤不回去了。

…… ……

自由市场。百货公司。香港电子石英表。豫剧片《卷席筒》。羊肉泡馍。醪糟蛋花。三接头皮鞋。三片瓦帽子。包产到组。收购大葱。中医治癌。差额选举。结婚筵席……在这些温暖的闲言碎语之中,岳之峰轮流把体重从左腿转移到右腿,再从右腿转移到左腿。幸好人有两条腿,要不然,无依无靠地站立在人和物的密集之中,可真不好受。立锥之地,岳之峰现在对于这句成语才有了形象的理解。莫非古代也有这种拥挤的、没有座位和灯光的旅行车辆吗？但他给一个女同志让了"座位"。不，没有座,只有位。想不到她讲一口北京话。这使岳之峰兴致似乎高了一些。"谢谢","对不起",在国外到处是这种礼貌的用语。虽然有一个装着坚硬的铁器的麻袋正在挤压他右腿的小腿肚子。而另一个席地而坐的人的脊背干脆靠到了他的酸麻难忍的左腿上。

……　……

车到了岳之峰的家乡。小站,停车一分钟。响过了到站的铃,又立刻响起了发车的铃。岳之峰提着两个旅行包下了车。小站没有站台,闷罐子车又没有阶梯。每节车厢放着一个普通木梯,临时支上。岳之峰从这个简陋的木梯上终于下得地来,他长出了一口气。他向那位女同志道了再见。那位女同志也回答了他的再见。他有点依依不舍。他刚下车,还没等着验票出站,列车就开动了。他看到闷罐子车的破烂寒伧的外表:有的地方已经掉了漆,灯光下显得白一块、花一块。但是,下车以后他才注意到,火车头是蛮好的,火车头是崭新的、清洁的、轻便的内燃机车。内燃机车绿而显蓝,瓦特时代毕竟没有内燃机车。内燃机车拖着一长列闷罐子车向前奔驶。天上升起了月亮。车站四周是薄薄的一层白雪。天与雪都泛着连成一片的青光。可以看到远处墓地上的黑黑的、永远长不大的松树。有一点风。他走在了坑坑洼洼的故乡土地上。他转过头,想再多看一眼那一节装有小鸟、五月、烟草花和约翰·斯特劳斯的神妙的春之声的临时代用的闷罐子车。他好象从来还没有听过这么动人的歌。他觉得如今每个角落的生活都在出现转机,都是有趣的,有希望的和永远不应该忘怀的。春天的旋律,生活的密码,这是非常珍贵的。

——选自《人民文学》,1980年第5期

【导读】

小说通过主人公岳之峰在闷罐子车里由见闻引起的丰富联想,让人们聆听一个新的时代正大步迈来的铿锵脚步声。从困难中见出希望,冷峻中透出暖色,使人对未来充满信心和希望。在艺术表现上,《春之声》是20世纪80年代率先运用意识流手法写成的小说,它将反映现实生活的焦点集聚在人物心理内象的直接袒露上,以有限的篇幅充分展示主人公在特定的环境中涌现出的复杂、丰富的内心活动,意识的自然流动,通过对人物内心图景的细致描绘,勾勒出主人公的生活经历、命运遭际和思想性格,同时也展示出社会生活丰富而又纷杂的场景。小说采用"放射性结构",即以人物的心灵为端点,依照联想的程序,作多线条的辐射,笔之所至,今昔中外、乡风城貌,了无拘牵,以极精练的笔墨表现出十分丰富的思想内涵。

三、延伸思考

意识流小说与传统小说不同,意识流小说打破了传统小说基本上按故事情节发生的先后次序或是按情节之间的逻辑联系而形成单一的、直线发展的结构,故事的叙述不是按时间顺序直线推进的,而是随着人的意识活动,通过自由联系来组织。故事的安排和情节的衔接,一般不受时间、空间或逻辑、因果关系的制约,往往表现为时间、空间的跳跃、多变,前后两个场景之间缺乏时间、地点方面紧密的逻辑联系。时间上常常是过去、现在、将来交叉或重叠。这种小说常常以一件当时正在发生的事件为中心,通过触发物的引发,人的意识活动不断地向四面八方发散又收回,经过不断循环往复,形成一种枝蔓式的立体结构。20世纪80年代王蒙的意识流小说的特点亦可作如是观。不过,王蒙的意识流小说还是"中国式的意识流小说",即其逻辑关系较为清楚,有迹可循,而不是天马行空、无拘无束的。他对象征手法的运用,如以新的火车头与旧的车厢喻新旧之关系,也具有鲜明的时代特色。这给久离世界文坛的中国文学界带来了新鲜感,不少人甚至惊呼:小说还可以这样写!

<h2 style="text-align:center">第二节　张贤亮的小说创作</h2>

一、基本知识

张贤亮(1936—2014),江苏盱眙县人,1957年因在《延河》文学月刊上发表长诗《大风歌》而被列为"右派",遂遭受劳教、管制、监禁达十几年,其间曾外逃流浪,讨饭度日,1979年9月获平反。1980年张贤亮调至宁夏《朔方》文学杂志社任编辑,1981年开始专业文学创作,曾任宁夏回族自治区文联副主席、主席,中国作家协会宁夏分会主席等职。其代表作有:短篇小说《邢老汉和狗的故事》《肖尔布拉克》《灵与肉》,中篇小说《绿化树》《河的子孙》,长篇小说《男人的风格》《男人的一半是女人》等。1993年初,作为文化人"下海"的主要代表人物,张贤亮创办了华夏西部影视,其下属的镇北堡西部影城已成为宁夏重要的人文景观和旅游景点,被誉为"中国一绝"。

二、代表作及其导读

邢老汉和狗的故事（节选）

◉ 张贤亮

二

邢老汉解放前扛了十几年长工，一直没有能力娶个女人。解放后，他分得了几亩河滩地。那一年他才二十多岁，凭他下的苦力和在农业生产上的技能，那几亩河滩地居然也长出了丰盛的庄稼。那时，他对未来真是满怀信心，而日子也的确一年比一年好起来。到了四十岁那年，别人给他说了个女人。当然，也没有好的姑娘愿意跟一个四十岁的半大老汉。他的女人老是病病歪歪的，结果跟他一起生活了八个月就死了。在这八个月里，连置家带看病，他把几年的积蓄都折腾光了。不过，这一年正是大搞合作化的一年，现实的遭遇真正使他认识到了单干无法抵御不测的天灾人祸，于是他把几亩河滩地、一头毛驴和他自己都投进社里。一两年中，生活真的有了起色，他的希望又在一个坚强的集体中重新萌生出来。但是，正在他张罗着再娶个女人的时候，却来了个"大跃进"。他本人被编入炼钢大军拉进山里去"大炼钢铁"了。他准备娶的那个寡妇并没有等他的义务，就又另找了个主儿。

以后，虽然由于在生产劳动上实行了协作与分工，由于在土地上投入了大量的劳动力，由于引进了化学肥料和简单的农机具，土地的产量是比过去有所提高，但交公粮、售余粮、卖贡献粮、留战备粮的数量总是超过提高的部分。有几年，上面派下的收缴任务甚至只有叫农民饿肚子才能完成。这样，邢老汉只好仍旧打他的光棍了。

然而，世界是会变化的，生活也是曲折的，这条简单的哲理在这个乡下老头子身上也体现出来了。

一九七二年，邻省遭了旱灾，第二年开春，就有一批一批灾民拥到这个平川地区。他们有的三五成群，有的拉家带小，也有的独自行乞。他们每个人都背着一条肮脏的布口袋，还准备乞讨一些干粮带给留在家乡的亲人。在城市的饭馆里、街道上、火车站的候车室里，都有像蝗虫一样的灾民。在城市民兵轰赶他们以后，他们就深入到穷乡僻壤里来了。

一天中午，邢老汉正准备做饭，忽然听到门外有个操外乡口音的女人叫道:"大爷,行行好,给一点吧!"乞怜的声音打动了他,他把虚掩的门开开,看见外面站着一个三十多岁的蓬头垢面的女人。他把她让了进来,叫她坐在炕上,就忙着做两个人的饭。一会儿,要饭的女人看出了这个老汉做饭时笨手笨脚,就小声地说:"大爷,你要不嫌弃,我来做这顿饭吧。"邢老汉高兴地答应了,自己装了一锅子烟弓着腰坐在炕上。女人洗了手就开始做饭,动作又麻利又干净。同样的面,同样的调料,可是邢老汉觉得这是他五十多年来吃得最香的一顿饭。两个人都吃了满满两大碗汤面,邢老汉还嫌不够,看到要饭的女人像是也欠点,又叫再做些。

正在做第二次饭的时候,村东头的魏老汉推门进来了。"嗬!我说你咋还不套犁去呢,闹了半天是来客了。"

"哪……"邢老汉不知为什么脸红了起来,讷讷地说,"要饭的,做点吃的,吃了就走……"

魏老汉是这个生产队队长的本家三叔,又是队上的贫协组长。"唉——可怜见的,妇道人家出来要饭。"他在门坎上一蹲,掏出一支香烟。"老是说啥复辟了咱们要吃二遍苦、受二茬罪哩,我看哪,现时就复辟了,咱庄户人就正吃着二遍苦、受着二茬罪哩。是陕北来的吧?家里还有啥人?"

"就是。家里还有两个娃娃,公公婆婆。"女人低着头腼腆地回答。

"别害臊,这不怪你。民国十八年我也要过饭,我女人也要过饭,遭上年馑了嘛。家里人咋办呢?"

"我们公社一人一天给半斤粮,我出来就少个吃口,省下他们吃。"锅里水开了,女人忙把面条下到锅里。魏老汉看见她切的面又细又长,和城里压的机器面一样。

"啧,啧!好锅灶!"魏老汉灵机一动,爽朗地说,"我看哪,风风雨雨的,要饭遭罪哩。现在要饭又不像过去,每家每户就这么点粮,谁给呢!再说还这里盘那里查的,干脆你就留在这里吧,给邢老汉做个饭干个啥的。邢老汉让你吃不了亏,这可是个老实人,我知道。"

女人背着脸用筷子在锅里搅和,没有答话。魏老汉转向邢老汉说:"你先去把犁套上,天贵正找你呢,那几个后生近不到青骡子跟前,套了犁再来吃饭。"天贵就是他那当队长的本家侄儿。

邢老汉把烟袋别在腰上,到马圈去了。抽两袋烟的工夫,魏老汉也到了马圈,喜笑颜开地拍着邢老汉的肩膀说:"狗日的,你先人都得谢我啦!人家愿意留下了,跟你过日子。眼下她口还没说死,以后你好好待人家,再生下个一男半女的,她的心就扎下了。有钱没有? 没钱的话打个条子,我给天贵说说,先在队上借点,给人家扯件衣服。"

邢老汉咧着嘴笑着,满脸的皱纹都聚在一起了。晚上收工,他一进门,女人就不声不响地给他端上碗热腾腾的"油汤辣水"的面条。她自己也坐在炕下的土坯上吃着。她梳洗了一下,再也看不出是个要饭的乞丐了。吃完晚饭,邢老汉叨着烟锅想说点什么,女人在洗锅抹碗,他才发现整个锅台案板都变得油光锃亮的,油瓶盐罐也放得整整齐齐的了。

"邢老汉呢? 恭喜恭喜!"这时,大个子魏队长低头推门进来,他两眼在屋里一打,忍住笑说,"对! 这才像一两口子过日子的样子,真是蛐蛐儿都得配对哩! 喏,这是十块钱,明天队里给你一天假,领你女人到供销社看买点啥。"

邢老汉忙下了炕,把一锅子烟装好递到队长跟前,一面张罗说:"坐嘛,坐嘛!"魏队长没有坐,掏出自己的香烟,还给了老邢头一支,笑着对那女人说:"是陕北来的? 那地方苦焦,我知道。咱这周围庄子上还有你们那里的人,也是逃荒过来的,现时都跟庄子里的人成家了。咋? 在家是种庄稼的? 会旋筛子不会?"旋筛子算是种技术活,是手巧的女人才会干的。

"会,"女人细声细气地回答。

"那就好,后天你就劳动。咱队上现时正选种,会旋筛子的还不多。别人多少工分你就多少工分,咱这地方不欺负外乡人;再说邢老汉可是个好人,这些年来给队上没少出力。你安心跟他过吧! 艰苦奋斗嘛! 稀的稠的短不了你吃的。"

邢老汉意想不到在半天之内就续了弦,这并不是什么"天仙配"一类的神话,的确像魏队长说的,他们附近庄子上还有好几对这样的姻缘。在农村,在文化大革命的那些年,法制观念是极其薄弱的。一个没有男人的女人和一个没有女人的男人,只要他们愿意在一起生活,人们就会承认他们是"一家子",这好像并不需要法律来批准,更何况主持这件婚事的又是生产队长和贫协组长呢。

女人真是天生下来就和男人不一样的生物。那个媳妇一双奇妙的手几天之内就把邢老汉房子的里里外外变了样子。原来土坯房墙根一带的白碱一直泛到砖基上面,还侵蚀了一层土坯,现在,屋里干干净净的,又暖和,又干燥,连萧条的四壁也亮堂多了。每天中午晚上他们老两口收工回来,邢老汉劈柴烧火,他女人揉面切菜,这个时候邢老汉真是觉得每一秒钟都意味无穷。要是他赶车出门,回来正赶上吃饭的时候,在庄子外面一看到他房顶上袅袅的炊烟,他会高兴得两条腿都在车辕下甩达起来。

我们中国人有我们中国人的爱情方式,中国劳动者的爱情是在艰难困苦中结晶出来的。他们在崎岖坎坷的人生道路上互相搀扶,互相鼓励,互相遮风挡雨,一起承受压在他们身上的物质负担和精神负担;他们之间不用华而不实的词藻,不用罗曼蒂克的表示,在不息的劳作中和伤病饥寒时的相互关怀中,就默默地传导了爱的搏动。这才是隽永的、具有创造性的爱情。这个女人虽然不言不喘,但她理解邢老汉的感情;她不仅从不拒绝邢老汉的温情,并且用更多的关怀作为回报。而一个贫穷孤单的农村老汉,要求得到精神上的慰藉与满足,也并不需要更多的东西,一碗由他女人的手做出的面条,多加些辣子,一片由他女人的手补的补丁,针细线密,再有晚上在他身边有一个温暖的鼻息,这就足够足够的了。所以,邢老汉在那几个月里就好像一下子年轻了十来岁,走起路来也是大步流星的,引得庄子里一个七十多岁读过私塾的老汉逢人便说:"真是古人说得对:'男子无妻不成家'。你们看邢老汉,眼下就是发福了,红光满面,连印堂都放光哩!"

可是,时间一长,就有一片阴影逐渐潜入邢老汉像美梦一样的生活里。本来,庄子里办喜事是绝少不了妇女的,邢老汉结婚的那天晚上,那间狭小的土坯房完全被一群妇女包围了。这个要饭的女人在毫不掩饰的评头品足的眼光下,就像一只丧家犬一样惊惧不安,搭拉着头,手不停地揉弄着衣角。可是,没过多久,她就用她那种谦让的、温顺的、与世无争的态度和对农活质量一丝不苟的劳动赢得了庄子上妇女们的普遍同情。她们开始愿意和她接近了,有的拿着鞋面布来求她剪个样子,有的拿着正在纳的鞋底来想和她聊天。但是,这个女人仍然是心事重重的样子。虽然她憔悴的面孔逐渐丰润起来,衣服上的破洞都补缀得很整齐,再不像过去那样如土话所说的"片儿扇儿"的了,可还是一脸畏怯的、警惕的、好像随时都会遇到伤害的神色。出工收工的路上,她总是独来独往,一手拿着工具,另一只胳膊下面不是夹着捆柴禾就是一抱野菜;在田间休息的时候她也是一人坐得远远的,从不参与妇女们叽叽喳喳的谈话,没有一个妇女能从她嘴里了解到她过去的经历和现在的想法。如果你在农村住过,你就可以知道,一个外乡人,尤其是外乡女人,要叫庄子里的妇女不议论是不可能的。不久,关于这个落落寡合、离群索居的要饭女人的闲话也就在庄子里传开了。妇女们用她们缜密的逻辑推理得出了一个结论:这个女人在老家一定还有个男人。

　　有一天,邢老汉赶车拉粪,魏队长跟车,坐在外首的车辕上。看着邢老汉扬着鞭子,一副怡然自得的样子,他反而倒起了恻隐之心,不由得拿话点他说:

　　"邢老汉,你别马虎,你得叫你女人把户口迁来。要不然哪,不保险。"其实,这本来就是邢老汉心里的一个疙瘩。庄子里的一些闲话,他也有些耳闻,不过他并不相信。可是,他也知道,户口不迁来,再没有个娃娃,女人迟早得回老家,庄户人都是故土难离的。他曾经跟他女人商量过,要她开个详细地址把户口和娃娃都迁来,但女人总是低着头简简单单地回答:"那哪能成呢……"他不忍心拗了女人的意思,也就不多问了。

　　"你可不要迷迷瞪瞪。"魏队长又说,"有了地址,我就到公社去开个准迁证。可要是她家里还有一个……那就难办了。"这天黄昏,邢老汉卸车回来吃完饭,见他女人仍然和往常一样,坐在门坎上借着夕阳的一抹余光缝缝补补。一群孩子跑到他们房前的白杨树下玩耍,她才停下手中的活计瞧着他们,然后头靠在门框上,两眼直瞪瞪地瞅着那迷蒙的远方。邢老汉知道她在想娃娃,但也找不出动听的言词劝慰她,只得拿件衣裳披在她肩上。"别凉着……"他和她坐在一起,思忖着怎样再次向她提出关于户口的问题。

　　这个要饭的女人是个细心人。这时,她从邢老汉体贴而又有点紧张和疑虑的神情上看出他有番话要说,于是,在夕阳完全落入西山以后,她收起了手中的针线,进到屋里,把炕扫了扫,上炕跪坐在炕头,低着脑袋,两手垂在两膝之间,像一个犯人在审讯室里一样静等着。

　　邢老汉先是弓着腰坐在炕上,叭嗒叭嗒地抽烟。飘浮的青烟和一片令人不安的沉静笼罩着这间小屋。他一直抽到嘴发苦,才终于鼓起了勇气:

　　"娃他妈,你还是开个地址,让魏队长到公社去开个证明,有了准迁证,咱们就去把娃接来。"

　　女人仍然低着头,没有回答。

　　"喂——"邢老汉长长地嗯了一声,"要是……要是你家还有男人,那……咱们也是讲良心的。"说到这里,邢老汉透不过气来了。实际上,他也不知道这个"良心"应该怎样讲法。"不!"女人虽然是细声细气,却又是断然地说,"没有!"

　　"那——"邢老汉的眼睛发光了,"那是为了啥呢?"

　　停了片刻,女人却嘤嘤地抽泣起来了,眼泪大滴大滴地落在炕的旧毡子上。邢老汉慌了神,忙站起来靠到炕跟前。"那……那是不是我待你不好?"

"不，"女人用手背抹了抹眼泪，"我一直想跟你说，可又怕你嫌弃……"

"你说吧！谁嫌弃你了？你不嫌弃我就是好的。"

"我……我们家是富农。"

"嗨，"邢老汉心里的一块石头落了地，啪、啪两下把烟锅里的烟灰在鞋底上磕掉。"我当是啥大不了的事，现时都劳动吃饭，啥富农不富农的！"

"不，你还不知情。老家里不许地富出来要饭，我不能看着娃受罪，这是偷跑出来的，别说迁户口，就是逃荒的证明也开不出来哩。就这，我还不知公公婆婆在咋挨批哩。"说开了，女人的话就多起来。她擤了一把鼻涕，随手抹在炕沿上。"我看出来了，你可是个好人。到了明年开春，你给我点粮，我还得回去。老家一到开春，日子就更难了。"说完，女人用膝盖跪立起来，恭恭敬敬地在炕上朝邢老汉磕了一个头。

"唉，唉！你这是干啥？"邢老汉忙坐上炕，把女人扶着坐下。"你说这话就生分了，这屋里的东西不是你的？咱们还是想法办户口，回去干啥？那地方苦焦得不行。瞎了眼的麻雀子还饿不死呢，总有办法！"

这一夜，女人抽抽噎噎地哭了好久，也不知什么引起她那样伤心。邢老汉心里倒是踏实了，在旁边劝她了半晚上。

三

第二天，邢老汉还是赶车拉粪，魏队长照旧跟车。他一五一十地把昨天他们老两口的谈话告诉给魏队长。魏队长用纸条卷了邢老汉的一捧子旱烟，两只胳膊支在大腿上，身子随着车摇来晃去，半晌没有说话。

后来，他吐了口唾沫，说："这比她家有个男人还难办！"

"那难办啥，吁、吁！"邢老汉把牲口往里首吆喝着，"穷得都要饭了，咋还是富农？"

魏队长斜眼瞟了他一下，但也知道无法跟这个老汉说明白。邢老汉是向来不参加什么学习开会的。运动一来，这个老雇农就被派到最关键的单独工作岗位上，把别人顶替下来参加运动，所以，邢老汉倒成了最"没有政治觉悟"的社员。

"难办啦，难办！"魏队长摘下帽子，搔搔头皮，"就是这儿开了准迁证过去，那边也不放，反倒招来祸害。我看哪，你就跟她过吧，啥户口不户口的。咱们队上现时还挤得出一个人的口粮，有粮吃就行。可这话你不能跟别人说，就当没这么回事；你还得把她心拴住了，等到明年春上再说。现时都是走一步看一步，谁知道明年又是啥变化。"

　　这年,生产队决算下来,他们两人的工分共分得五百多斤粮和一百二十元现金。把粮食和钱领回来以后,正巧队里要派大车进城搞副业,给建筑工地拉三天沙子。邢老汉把女人给他烙的饼装在挎包里,就赶车进城了。

　　这条黄狗就是他这次进城遇见的。那时它还小,野生野长的,从来没有人喂过它。在邢老汉把车歇在工地上吃干粮的时候,它在一旁歪着脑袋盯着他。邢老汉给它撕了两小块饼子。这一来,它就成天在邢老汉的车后跟着。第四天,在邢老汉赶车回家的那个早晨,它还一直跟着大车跑出城外。邢老汉看着不忍心,一念之下就把它抱到车上来了。

　　中午,大车回了村。还在庄子外面,邢老汉就发现他家的屋顶上没有和别的人家一样冒着炊烟。一个不幸的预感蓦地震动了他。他在马圈里慌慌张张地卸着牲口,魏老汉的老伴就找他来了。"邢老汉,你女人昨天下午说上供销社去,把钥匙给了我,可昨儿一晚上她都没有回来,是咋回事?"

　　邢老汉接过钥匙,急忙到家用颤抖的手打开房门。屋里比往常还要清洁,被子、褥子和邢老汉的棉衣都拆洗得干干净净地叠在炕上,枕头上还一溜子摆着四双新鞋,可是人已经不见了。一会儿,屋里屋外围了好些人,有人还催邢老汉到供销社去找,其实这真是傻里傻气的建议,大家都明白是怎么回事了。邢老汉失神地弓着腰坐在炕沿上,一点也没有听见别人说的话,心里只反复地念叨着:走了! 走了! 没等到明年就走了! 这时,魏老汉分开众人走了进来说:"邢老汉,别傻坐着了,点点看她带走了些啥?"

　　大家七手八脚地替邢老汉清点了一遍,才知道她除了随身穿的破旧衣服和一件他们"结婚"时做的新褂子外,还带走了一百二十斤粮和五十块钱。粮食和钱她都没拿够她应得的那一半。"这真是个有良心的妇道人!"大家又啧啧地对她称赞起来。然而这更添了邢老汉的伤心,他还是坐在炕沿上,跟一个木偶一样。快上工的时候,魏队长急忙走进屋里对邢老汉说:"正好公社的拖拉机这就进城拉化肥,你快进趟城,汽车站、火车站都去找一找。一个妇道人带一百多斤粮不容易上路哩。我问了,她是昨儿下午搭三队拉白菜的车进的城,傍黑才到了城里。"魏队长还怕他出意外,又派了个年轻后生跟他一起去。

　　邢老汉昏昏沉沉地进了城,茫茫的人海,全是陌生的面孔。他们问了汽车站、火车站的工作人员,都说没注意到有这样一个女人。那年轻后生说:"她是咋来的还得咋去,她还舍得花钱打票哩! 准是爬货车走的。"他们又到铁轨上停的空车皮和货车上找了一遍。也是没有。

第二天下午,他们又搭上顺路的车往回返。在路上,邢老汉想着他女人还给他留下一线希望:"这是个有良心的妇道,她兴许还会回来的。"那年轻后生也安慰他:"她就是想娃娃,回去看看,没准下次连娃娃一块儿带来呢。"邢老汉就是这样怀着失望和希望的心情又回到村里。正在他拿钥匙开门的时候,一个毛茸茸的东西却在他脚下绊着,并且"呜呜"地叫,原来还是那条小黄狗。在一天半的时间里,它竟一直没有离开它认定了的这个主人的家门口。邢老汉一把把它抱起来,一起进到现在已经是空洞冰冷的屋里。

从此,邢老汉又恢复了十个月以前的生活,只多了一个美好的回忆,一个深切的怀念,一个强烈的盼望和一条小黄狗。在一年之内,邢老汉都抱着她还能回来的希望。他总是把屋里收拾得干干净净的,一切都保持着她在家时的样子,每日每时,只要他在家,他都以为她会突然推门进来。可是,日子一天天地过去,她给他补的补丁又磨烂了,她给他缝的衣服也有了破洞,她给他做的鞋都快穿坏了,她还是没有回来。慢慢地,邢老汉对她的思念和盼望就成了藏在心底的隐痛,上面被失望覆盖着。在以后的日子里,只有这条狗来安慰他的孤独。每在休息时间和夜晚,在他叼着烟锅出神的时候,狗就偎在他身边,使他感到他身边还有一个对他充满着情感的生物。狗不时地用湿漉漉的、柔软的舌头舐他的手,会使他产生一种奇妙的柔情,并联想起和那个要饭女人生活时的种种情景;狗的那对黑多白少的、既温驯又忠实的眼睛,能唤起他对她的一连串回忆,使他进入一个迷蒙的意境,因为那个女人的眼睛同样是那样的忠实,那样的温顺。总之,这条现在长得很大、很壮实的黄狗已经成了他与她之间的一个活生生的联系;因为它正是她走的那天被领回来的,在他的记忆里,他甚至以为这条狗是她临走时留给他的纪念。

然而,这个联系也终于被扭断了。

——选自《张贤亮小说》,浙江文艺出版社,2018年版

【导读】

小说以"极左"路线造成的凋敝农村为社会背景,通过描写邢老汉与他的黄狗的悲剧命运以及讨饭妇女的坎坷遭遇,真实而形象地展现了在极"左"路线的肆虐下,中国农民物质与精神的极度惨境。朴实、本分、善良、勤劳的农民邢老汉精神的痛苦与孤

寂令人战栗。小说叙述平缓,议论简洁,笔墨沉郁、凝重,具有浓厚的悲剧色彩。

三、延伸思考

不过,同样是反思历史的进程,张贤亮的小说《绿化树》与《男人的一半是女人》则别具一格。这是作者"唯物论者的启示录"的前两部,也是作者的代表作。作品从人性的角度,食、色、欲的层次,对"左"的流毒给知识分子的摧残予以了激愤的批判,对生活在底层的劳动者寄予了深切的同情和真挚的情谊,对知识分子无论在何种境遇中都不断寻求精神的支点、超越的支点予以了积极的肯定与理性的张扬。主人公章永璘作为一个有思想的知识分子,在历史发生迷误的年代,沦落到为活着而活着的低生存需要阶段,麻木到感觉不出别人对他的蔑视的地步。为了求得生存,他将强壮与羸弱、木讷与精灵放在一个天平上。这是物质的极度匮乏而导致的人的精神的跌落。而一旦在物质条件能够达到精神世界不为物质的贫乏而扭曲心灵时,他脑海中潜伏的超越自我与人类的智慧联系起来的意识,便迅速膨胀起来。章永璘从"物质的人"回归"精神的人"是自觉的,也是逐步完成的。从劳改队到农场成为自食其力的劳动者,是他回归的首要前提;荒原人民粗犷、宽厚的品质熏陶了他;《资本论》的精髓武装了他的思想;马缨花无私的爱冲激了他情感的河流。固然,章永璘的思想中有一种优越感、一种距离感,但不断地超越自我、重塑自我的主脉,还是明晰可辨的。作品以严谨的现实主义手法、深沉的理性主义基调,为哲理化的人生,谱写了一曲凝重而严峻的歌。

《男人的一半是女人》中,原本作为一个完整的人的章永璘一度丧失了人的本能,黄香久使他回归了人的本性,也使他复活了人的理性。他离开黄香久是人性的完整的复归,也是知识分子精神支点的准确把握,也可以说是历史的必然。小说写生理的扭曲与还原只是人性的一方面,写人的本质即创造性的还原与超越才是作品堪称马克思主义哲学"唯物论者的启示录"的灵魂所在。

【思考题】

1.为什么说当代文学启蒙时代的小说取得了显著的成就?

2.当代文学启蒙时代的小说在题材和表现手法上为我们提供了哪些启示?

3.以王蒙的小说为例,说明意识流小说与传统小说的不同。

4.为什么《男人的一半是女人》被称为"唯物论者的启示录"?

第十九章　新启蒙时代的诗歌创作

有蒙昧,故有启蒙。启蒙未完成,或者复堕蒙昧,故有新启蒙。启蒙往往是人文价值领域而非诗歌领域的革命,真正的诗歌,无所谓蒙昧,也无所谓启蒙。但是,如果诗歌创作已经与内心无关,与人性无关,与自身形式的探索无关,而在追逐某种意识形态或者被某种意识形态追逐的过程中豕突狼奔忘了自己姓甚名谁的时候,启蒙也罢,新启蒙也罢,倒的确是一件严肃的事情。1949 年以后,中国诗歌领域的启蒙力量潜滋暗长,从思想情感的更新,到语言形式的自觉,不一而足,以宏观的历史视角观照,的确可以看到诗歌创作领域的新启蒙,它与政治上的改革有同步的地方,但很快就远离了现实政治,并且超越了政治。

第一节　归来的歌:艾青、曾卓和唐湜

一、基本知识

历史总有一些遗留问题,尤其是中国当代历史,在政治意识形态的整合过程中,许多诗人相继在不同的历史时期停止写诗。到了 20 世纪 70 年代末期,政治领域的变化又使他们重新写诗——实际上是再次获得公开发表诗歌的权利。从表面上看,是卷入"胡风案"中的七月派诗人,或者探索新诗现代化的九叶派诗人,或者 1957 年突然产生的"右派"诗人,他们回到了诗坛,开始唱起了"归来的歌"。其实,他们的许多诗歌产生于他们苦难的岁月,只是归来于诗歌刊物或者诗歌选本而已——在黑暗的时代,诗歌是另一个诗人可以栖息的世界。同时,这些归来的诗人也是"被归来"的,他们停止写诗与他们重新写诗是基于同样的外部力量。但是,这些归来的诗人,他们将 1949 年后的经历和思考凝结为诗,使之获得了不同寻常的形式感,以及不同寻常的力量,他们在这一阶段的创作,普遍有对人性力量的歌颂,有反思,也有启蒙的主题和风度。归

来的歌,不单是诗人的归来,也是诗歌的归来和人性的重临。

二、代表作及其导读

鱼化石

◉艾　青

动作多么活泼,
精力多么旺盛,
在浪花里跳跃,
在大海里浮沉;

不幸遇到火山爆发,
也可能是地震,
你失去了自由,
被埋进了灰尘;

过了多少亿年,
地质勘察队员
在岩层里发现你,
依然栩栩如生。

但你是沉默的,
连叹息也没有,
鳞和鳍都完整,
却不能动弹;

你绝对的静止,
对外界毫无反应,
看不见天和水,
听不见浪花的声音。

凝视着一片化石,

傻瓜也得到教训：

离开了运动，

就没有生命。

活着就要斗争，

在斗争中前进，

即使死亡，

能量也要发挥干净。

——选自《归来的歌》，四川人民出版社，1980年版

【导读】

艾青是一个老"右派分子"，当他"归来"的时候，已年近七旬，所有的沉痛和思索，都随着未老的诗情找到了对应之物，刻写为诗。延安时期，艾青曾在林伯渠那里看到一块鱼化石，六七条活泼游动的鱼凝结为化石，许多年以后，历尽劫难，艾青想起了那块鱼化石，他发现自己的生命与之相似，于是有了《鱼化石》。在生与死之间，在动与静之间，在生命的活泼跃动与命运的强大宰制之间，诗歌展开了广阔的时空，却不像济慈的《希腊古瓮颂》那样唯美地歌咏，鱼化为了石头，石头化为了抒情主人公生命遭遇的喻体，这个喻体不但具有辽远的历史感，也指向具体的中国当代史，指向众多中国人的当代命运。然而，这个叫作艾青的忧郁诗人毕竟也是一个革命者，他的诗里依然带着刚刚过去那个时代的革命和斗争遗风，诗的最后一节其实是脱离了诗歌整体的不自然抒发，虽然试图表达抒情主人公主体意志的强大，但是，从诗歌的整体上看，鱼罹难的瞬间并没有想到"斗争"和把能量"发挥干净"等重大问题。

悬崖边的树

◉ 曾　卓

不知道是什么奇异的风

将一棵树吹到了那边——

平原的尽头

临近深谷的悬崖上

它倾听远处森林的喧哗

和深谷中小溪的歌唱

它孤独地站在那里

显得寂寞而又倔强

它的弯曲的身体

留下了风的形状

它似乎即将倾跌进深谷里

却又像是要展翅飞翔……

1970 年

——选自《诗刊》，1979 年第 9 期

【导读】

曾卓是"胡风案"中坚强不屈的受难者的象征，而这首《悬崖边的树》是曾卓人格的象征。诗歌是可以温暖人心的，尤其在暗无天日的孤独和煎熬之中，诗中的意象是人心的投射，"象"来自世界，而"意"来自内心，悬崖边的树这个"客观对应物"被诗人赋予意义，然后又回头慰藉了诗人，于是，悬崖边的树与绝境里的曾卓，合而为一，互相发明。在诗中，抒情主人公并没有出现，诗人只是在描写那棵悬崖边的树而已，但是我们读诗的时候，不仅看到了诗人观照的那棵树，而且看到了观照那棵树的诗人，我们还可以看到更多的与诗人一样经历和处境的人，看到历史，看到人与树的同形和同构。人被某种"奇异"的历史进程抛入了某种无由选择的境地，正如树被一阵"奇异"的风吹到了尽头。在这样的处境里，抒情主人公实际上已经出现了，因为树的人格化及其寂寞和倔强，正是抒情主人公的形象，这个形象复如那一棵树在绝地顽强生存，即便下临万劫不复的深渊，依然展示出震撼人心的奋飞雄姿，这是顽强的生存意志，更是高贵的人性风度，这是曾卓在绝地唱出的"天鹅之歌"——"据传说，天鹅是不唱歌的，只是在临死前才唱出一支歌"[①]。

千树红雾

◉唐湜

呵，梅占百花先，

也别叫占尽了春光，

[①]　曾卓：《让火燃着》，长江文艺出版社，1984 年，第 52 页。

春深一夜桃花放，
有千树红雾满江乡！

更溪谷中桃花水涨，
泛一片滟滟到春江，
引白鸟去追逐春帆，
上下翻飞着到汪洋；

波上好一轮红日，
岸上好一片霞彩，
有昔日少年在徘徊，
悄然凝思于大海！

——选自《霞楼梦笛——唐湜抒情诗选》，人民文学出版社，1993 年版

【导读】

唐湜是所谓九叶诗派的代表诗人，他还有一个身份，就是"右派分子"，在回归诗坛之后，他的诗坚持了诗本身的品格，也坚持了形式探索和自我更新。在这首《千树红雾》里，我们可以看到纯粹的诗美，而纯粹的诗美可以洗涤人心。在诗中，我们的思路追随着诗人的目光，而诗人的目光追随着诗人的想象，从梅花开到桃花放，从桃花流水而随白鸟到汪洋，然后在汪洋上看红日和霞彩，看凝思的少年——那是昔日的少年，而今的老者，于是我们回头，发现这首诗是一次生命的回顾，也许是诗人，也许是那个抒情主人公在抒写自己一生的脚踪。这首诗在明快的语词滑移背后，潜藏着人生的况味，丰富且迷离，普遍却具体，朦胧而唯美。谈到自己写作《千树红雾》这个时期的诗歌追求，唐湜曾说，"年轻时，我从西方吸取过些浪漫蒂克的梦幻，一些朦胧的色彩，或一些古典的意象，一些现代的象征。这忽儿，我却要求自己返璞归真，归于最朴素的真实，最恬静的抒写。我要以坦率的散文笔致追求一种诗的纯度，展开一片诗的纯净美或纯诗的美，希望能从对生活的一点感受触发闪光的诗"，"我企求能达到一种风格上的澄明，一种我难以企及的单纯的化境"①——其实唐湜大致达到了他所谓的"单纯的化境"，而即便是到了"烈士暮年"，唐湜依然在诗歌的探索上锐意精进，令人动容。

---

① 唐湜：《霞楼梦笛——唐湜抒情诗选》，人民文学出版社，1993 年，序第 10 页。

三、延伸思考

归来的诗人群体本身是复杂的,他们的诗歌创作也体现出显著的差异。实际上,我们思考这样一些问题是很有价值的:他们中谁在痛苦之后备感冤屈? 他们中谁在痛定思痛之时彻底领悟? 他们中谁超越了历史的曲折和自我的荣辱而走向了唯美的世界,企图建构透明而纯粹的人间秩序? 诗人涌现于同一个诗潮,但诗人并不同一。

第二节　朦胧诗:北岛和顾城

一、基本知识

在20世纪七八十年代之交,朦胧诗是在被批评之中被命名的新生事物①,它是相对于此前盛行的政治抒情诗之类简单、透明、政治正确而情绪激昂的诗歌而言的,它的"朦胧"是中国当代诗歌的一次崛起②,"它意蕴甚深却不求显露,它适应当代人的复杂意识而摒弃单纯,它改变诗的单一层次的情感内涵而为立体的和多层的建构","模糊性使诗歌的错综复杂的内涵的展现成为可能","急速的节奏,断续的跳跃,以及贯通艺术诸门类手法的引用和融汇如电影蒙太奇的剪接与迭加,雕塑的立体感,音乐的抽象,绘画的线条和色彩","这些'引进',都使新诗艺术有一个突进的扩展"③。其实,朦胧诗的影响还不只是"朦胧"的形式探索,朦胧诗创作群体,譬如北岛、舒婷、顾城、芒克、杨炼、江河等,他们的诗歌里有相对于此前的新的价值反思和新的人文启蒙,他们写出了新的转机,他们呼应了新的期待。

二、代表作及其导读

回　答

◉北　岛

卑鄙是卑鄙者的通行证,

---

① 章明:《令人气闷的"朦胧"》,《诗刊(北京)》,1980年8月期,第53页。
② 谢冕:《在新的崛起面前》,《光明日报》,1980年5月7日;孙绍振:《新的美学原则在崛起》,《诗刊(北京)》,1981年3月期,第55页;徐敬亚:《崛起的诗群——评我国诗的现代倾向》,《当代文学思潮(兰州)》,1983年第1期,第14页。
③ 谢冕:《历史将证明价值——〈朦胧诗选〉序》,《朦胧诗选》,春风文艺出版社,1985年,序第4页。

高尚是高尚者的墓志铭，
看吧，在那镀金的天空中，
飘满了死者弯曲的倒影。

冰川纪过去了，
为什么到处都是冰凌？
好望角发现了，
为什么死海里千帆相竞？

我来到这个世界上，
只带着纸、绳索和身影，
为了在审判前，
宣读那些被判决的声音：

告诉你吧，世界
我——不——相——信！
纵使你脚下有一千名挑战者，
那就把我算作第一千零一名。

我不相信天是蓝的；
我不相信雷的回声；
我不相信梦是假的；
我不相信死无报应。

如果海洋注定要决堤，
就让所有的苦水都注入我心中；
如果陆地注定要上升，
就让人类重新选择生存的峰顶。

新的转机和闪闪的星斗，
正在缀满没有遮拦的天空。
那是五千年的象形文字，

那是未来人们凝视的眼睛。

写于 1973 年，修改于 1976 年

——选自《诗刊（北京）》，1979 年 3 月期

【导读】

在新时代开启的时候，北岛是作为一个象征拔地而起的，他的诗歌是一个时代的声音，如果这个时代是一个新启蒙的时代，那么他的诗歌就是启蒙的声音。《回答》是新旧历史节点上的见证与反思、怀疑与承担，它描述了黑暗时代的黑暗真相，也抒写了新时代新的一代人的激情、理性和责任感。《回答》的底蕴是坚实的，因为这不是虚假空洞的政治意识形态的表述，而是基于真切的经验；《回答》的声音是雄浑的，它不是一个人的小我经验，而是一代人的共同感受。对过去时代人性的描述，即所谓"卑鄙是卑鄙者的通行证，高尚是高尚者的墓志铭"，自有其深刻之处，但是，"卑鄙是卑鄙者的墓志铭，高尚是高尚者的通行证"这样的人间秩序是很难实现的，这是一代人或者历代人为之奋斗的理想。生活的复杂性在于，很可能出现这样的一些情形，"卑鄙是高尚者的通行证，高尚是卑鄙者的墓志铭"，或者"高尚是卑鄙者的通行证，卑鄙是高尚者的墓志铭"。然而，时代的问题实际上未必仅仅是道德范围里的"卑鄙"与"高尚"，甚至这未必是时代的核心问题。北岛一辈反思和启蒙的努力无疑是真诚且可敬的，但是，如果制度层面的进步悬而未决，那么道德的呼唤必将空洞无力——我们的思考也许是苛求诗歌，然而，那个时代、那一代人的诗歌本身的确不只是文学。

进　程

●北　岛

日复一日，苦难
正如伟大的事业般衰败
像一个小官僚
我坐在我的命运中
点亮孤独的国家

死者没有朋友
盲目的煤，嘹亮的灯光
我走在我的疼痛上

围栏以外的羊群

似田野开绽

形式的大雨使石头

变得残破不堪

我建造我的年代

孩子们凭借一道口令

穿过书的防线

——选自《北岛诗歌》,南海出版公司,2003 年版

【导读】

《进程》是对一代人启蒙事业的诗体回顾,这首诗表明北岛虽然一直声称自己不过是一个诗人,但他一直就是一个启蒙者的形象,用诗歌点亮黑暗的国家,用诗歌风化石头的围栏,这是一代人和一个人自愿承担的使命。抒情主人公在想象中建造了自己的年代,并且解放了"孩子们"。在历史进程中,诗歌和诗人到底能否承担那么重大的责任,这是一个耐人寻味的问题。

一代人

◉ 顾　城

黑夜给了我黑色的眼睛

我却用它寻找光明

1979 年 4 月

——选自《黑眼睛》,人民文学出版社,1986 年版

【导读】

《一代人》里有个"我",但是由于诗题的提示,因此这个"我"并非小我,而是一代人这个大我。这一代人是被黑夜塑造的,却心向光明并且寻找光明。"黑色的眼睛"自然是隐喻,只是,由"黑色的眼睛"寻找光明,是否可能?找到的,到底是什么样的"光明"?一代人是早被塑造定型的,正如顾城在《铁铃》中所言,"我们不去读世界,世界也在读我们/我们早被世界借走了,它不会放回原处",在被世界改变、定型之后,一

代人却毅然试图摆脱自己被塑造的宿命,而采取主动的姿态寻找光明——不管是否能够找到,不管找到的到底是什么,这都显示出一种超越自身和历史的悲剧感,一种永远向善的崇高感。这是特定的一代人,但是,即便没有"文化大革命"的背景,这首诗对人类而言,依然有深刻的意义,这首诗写的是一代人,放眼看去,也写了每一代人。

弧　线

◉顾　城

鸟儿在疾风中
迅速转向

少年去捡拾
一枚分币

葡萄藤因幻想
而延伸的触丝

海浪因退缩
而耸起的背脊

1980 年 8 月

——选自《黑眼睛》,人民文学出版社,1986 年版

【导读】

《弧线》描画了四个互不相关的事物,它们相聚在一起的唯一理由是"弧线"——鸟儿在风中转向的飞行轨迹,少年俯身捡拾硬币的动作路径,葡萄藤的触丝,海浪的背脊,都是以弧线为形式。词语轻快滑行,或白描或比拟,读者所见即诗人所见。然而,我们不但见到了诗人所见,也看到了凝目于这些单纯形式的诗人,诗人的目光与世界相逢,不需要做貌似深刻的过度阐释。那是有意味的形式,那是唯美的纯诗。

三、延伸思考

朦胧诗其实并不那么朦胧,只因为处于一个空洞、肤浅而指涉单一的颂歌时代后面,在习惯了颂歌时代的诗歌表达方式的人们看来,它的确朦胧得令人生气,让人初遇

之时无法适应。但是,无法适应的还包括它对前一个时代许多价值观念的反思、怀疑和否定。于今观之,我们发现朦胧诗的主流还是有价值关切的,甚至是有政治关切的,许多诗人在诗里以自己所理解的理想价值去批评过去的时代及其价值,于是诗与前一个时代一样,表现了一定程度的工具性,潜藏着对抗的意味。这样的工具性与政治抒情诗的工具性有什么不同呢? 这的确是一个值得探讨的问题。

第三节 "第三代":韩东、于坚和海子

一、基本知识

在朦胧诗盛极一时的 20 世纪 80 年代初,有一股诗歌潜流已在酝酿,新的诗歌形式和新的诗人群体逐渐自觉,他们相对于郭小川、贺敬之这一代诚然是一次解构,他们相对于北岛、舒婷这一代同样是解构,他们主张"把北岛扔下甲板"。也许是为了自身的"崛起",也许是深信自己真理在握,他们坚决地反抗朦胧诗人们刚刚获得的话语"霸权",他们以个人写作为号召,试图摆脱政治的关切,摆脱文化的约束,摆脱历史的纠缠①,宏大叙事消失了,个人化写作出现了,诗歌获得了形式和语言的自觉。这就是中国当代诗歌历史上的"第三代",又被称为"后朦胧诗""新生代""后新诗潮""后崛起"等等。从大历史的视野去看,"第三代"的确是以个人化写作为总体特征的,但这些"个人"却是以社团或者诗群的集体形式、以大规模的运动方式出现在历史上的,譬如南京的"他们"文学社、上海的"海上"诗人群、四川的"非非主义""莽汉主义""整体主义""新传统主义"等等。此外,翟永明等女性诗人以根本不同于舒婷一代的思考、感受和表达崛起。从这一代诗人的知识背景考察,他们并没有后现代主义的哲学准备,但是,他们在对抗前辈的时候,显然大体上是沿着后现代主义的思维路径开辟现代汉语诗歌新世界的,直到今天。

二、代表作及其导读

有关大雁塔

◉ 韩　东

有关大雁塔

---

① 韩东:《三个世俗角色之后》,《韩东散文》,中国广播电视出版社,1998 年,第 121-127 页。

我们又能知道些什么？

有很多人从远方赶来

为了爬上去

做一次英雄

也有的还来第二次

或者更多

那些不得意的人们

那些发福的人们

统统爬上去

做一次英雄

然后下来

走进下面的大街

转眼不见了

也有有种的往下跳

在台阶上开一朵红花

那就真的成了英雄——

当代英雄

有关大雁塔

我们又能知道些什么？

我们爬上去

看看四周的风景

然后再下来

1983 年

——选自《爸爸在天上看我》，河北教育出版社，2002 年版

【导读】

　　有关大雁塔，人们想说的东西大约是很多的，在杨炼的组诗《太阳每天都是新的》中，就有一首《大雁塔》，他说了很多，包括历史、民族、思想等朦胧诗一代关注的主题，但是到了韩东这里，大雁塔被还原成了一座砖混结构的建筑物，"我们爬上去/看看四周的风景/然后再下来"，仅此而已，不知道，也不需要知道"什么"。写诗之时的韩东，

作为大雁塔附近陕西财经学院的教师,经常登临大雁塔,他对大雁塔显然知道些"什么",但他有意识地将他知道的"什么"排除于诗外,剩下的就是没有任何文化裹脚布缠绕的直接经验。这首诗是反抗朦胧诗的标志性作品,明明知道些什么却显得一无所知,这是在诗歌领域的革命姿态,也有革命的效果。实际上,韩东所强调的是个人化的写作,而非历史、文化、民族的宏大语词裹挟之下的大而化之的写作。

你的手

◉韩　东

你的手搁在我身上

安心睡去

我因此而无法入眠

轻微的重量

逐渐变成了铅

夜晚又很长

你的姿势毫不改变

这只手象征着爱情

也许还另有深意

我不敢推开它

或惊醒你

等到我习惯并且喜欢

你在梦中又突然把手抽回

并对一切无从知晓

1986 年

——选自《爸爸在天上看我》,河北教育出版社,2002 年版

【导读】

如果说《有关大雁塔》代表的是韩东等人的革命姿态的话,那么《你的手》便是他们所真正追求的表达,这是他们所认定的真正的诗歌。这首诗有着"第三代"显而易见的个人化色彩,不宏大,但真诚,纤微的感受,幽微的领会,直入人心。诗里有戏剧性。"诗到语言为止","也许还另有深意"。

有一回　我漫步林中……

◉于　坚

有一回　我漫步在林中

阴暗的树林　空无一人

突然　从高处落下几束阳光

几片金黄的树叶　掉在林中空地

停住不动　我感觉有一头美丽的小鹿

马上就会跑来　舔这些叶子

没有鹿　只有几片阳光　掉在林中空地

我忽然明白　那正是我此刻的心境

仿佛只要我一伸手

就能永远将它捕获

1987 年 9 月

——选自《于坚的诗》,人民文学出版社,2000 年版

【导读】

　　《0 档案》是于坚最引人注目的长诗,纪实、日常、口语化,这几乎成为于坚的标签。但是,"第三代"是以个人化写作作为基本特征的,而《0 档案》在一定意义上同样是"一代人"的记录;在个人经验中,最能打动人心的时刻在于人与世界单独面对之时的感觉和心绪,那是什么时候呢,那是"有一回　我漫步林中"的时候。

麦地(节选)

◉海　子

吃麦子长大的

在月亮下端着大碗

碗内的月亮

和麦子

一直没有声响

和你俩不一样

在歌颂麦地时
我要歌颂月亮

月亮下
连夜种麦的父亲
身上像流动金子

月亮下
有十二只鸟
飞过麦田
有的衔起一颗麦粒
有的则迎风起舞,矢口否认。

看麦子时我睡在地里
月亮照我如照一口井
家乡的风
家乡的云
收聚翅膀
睡在我的双肩

麦浪——
天堂的桌子
摆在田野上
一块麦地。

收割季节
麦浪和月光
洗着快镰刀。

1985 年 6 月

——选自《海子的诗》,人民文学出版社,1995 年版

【导读】

海子是中国当代最重要的抒情诗人之一，他歌颂自然、劳动和收获，赞美麦地、村庄、月亮和太阳。但是他与1949年以降的生活抒情诗诗人群不同，他的个体经验和原型意味，远远深刻于李瑛和闻捷，这既是时代的差异，也是意识形态的翻覆，还是诗人各自的天赋。海子的《麦地》是对生命、对本原的抒情，在文字间有收获的欢欣（欢欣以至于幽默，"有的则迎风起舞，矢口否认"），但是在欢欣背后则始终流淌着一种苦难、悲悯的情绪，这正是海子诗歌的复杂之处。海子的诗歌，即使是体量上的"小诗"，也是实质上的"大诗"，海子总是从个人经验沿着原型之路奔向根本，故能给人深沉的感受、感染和感动。至于海子诗语的自成系统、独具格式，那自然是天有所禀了。其实，把海子列入"第三代"是有些勉强的，正如我们很难把柏桦归入朦胧诗的一代和"第三代"一样，也许他们都是这两代之间的过渡形态。当然，重要的不是归类，而是诗。

三、延伸思考

朦胧诗的一代在对抗既往，不论是诗歌形式还是意识形态，都是如此；"第三代"也因对抗朦胧诗的一代而生，他们在诗歌形式上有的更为奇崛，有的更为日常，有的更为口语，而他们的共同之处则在于抛弃了意识形态关切。那么，在"第三代"之后，是否还有对抗这个所谓"第三代"的诗人和观念存在？"第三代"之后，是否真的再无代际划分的必要，是否以后的诗人都是个人化写作的"第三代"？

【思考题】

1."归来"诗人的代表作有哪些？

2.朦胧诗真的朦胧吗？

3.朦胧诗的总体艺术特征有哪些？

4.朦胧诗对中国新诗的发展有何重要意义？

5.朦胧诗与"第三代"有什么区别？

6."第三代"是中国现代汉语诗歌的最后一代吗？

第二十章　新启蒙时代的散文、报告文学创作

　　"文化大革命"时期散文创作陷入冰封,基本上没有出现反映作家真情实感的好散文。粉碎"四人帮"后,作家获得灵魂解放,开始散文创作的新历程。这一时期主要出现了"哀悼散文"与"反思散文"两种散文类型。"哀悼散文"以 1978 年 12 月《人民日报》发表的《丙辰清明纪事》为起点,各条战线的作家用各自的笔触生动记录了 1976 年"天安门事件",以冰心的《等待》、袁鹰的《十月长安街》等影响最大。一些悼念领袖人物的散文也应运而生,如巴金的《望着总理的遗像》、曹靖华的《小米的回忆》等,这些散文虽然在审美价值上略显不足,但在一定程度上反映了人民群众的真实心声。"哀悼散文"之后,很快出现了对现实进行反思的"反思散文",作家们回忆往事,用真实生动的笔触书写自身心灵遭遇,出现了巴金的《随想录》及杨绛的《干校六记》等优秀散文。

第一节　巴金的散文《怀念萧珊》

一、基本知识

　　巴金被鲁迅称为"一个有热情的有进步思想的作家,在屈指可数的好作家之列的作家",是"五四"以来最有影响的现代作家之一。1927 年巴金完成第一部中篇小说《灭亡》,1944 年 8 月与萧珊在贵阳结婚,1966 年 9 月被抄家,萧珊也频遭批斗。1972年 8 月萧珊病故。1978 年巴金在香港《大公报》上开始连载散文《随想录》,为中国散文留下了宝贵的财富。

二、代表作及其导读

怀念萧珊（节选）

⊙巴　金

今天是萧珊逝世的六周年纪念日。六年前的光景还非常鲜明地出现在我的眼前。那天我从火葬场回到家中，一切都是乱糟糟的，过了两三天我渐渐地安静下来了，一个人坐在书桌前，想写一篇纪念她的文章。在五十年前我就有了这样一种习惯：有感情无处倾吐时，我经常求助于纸笔。可是一九七二年八月里那几天，我每天坐三四个小时望着面前摊开的稿纸，却写不出一句话。我痛苦地想，难道给关了几年的"牛棚"，真的就变成"牛"了？头上仿佛压了一块大石头，思想好像冻结了一样。我索性放下笔，什么也不写了。

六年过去了。林彪、"四人帮"及其爪牙们的确把我搞得很"狼狈"，但我还是活下来了，而且偏偏活得比较健康，脑子也并不糊涂，有时还可以写一两篇文章。最近我经常去龙华火葬场，参加老朋友们的骨灰安放仪式。在大厅里我想起许多事情。同样地奏着哀乐，我的思想却从挤满了人的大厅转到只有二三十个人的中厅里去了，我们正在用哭声向萧珊的遗体告别。我记起了《家》里面觉新说过的一句话："好像珏死了，也是一个不祥的鬼。"四十七年前我写这句话的时候，怎么想得到我是在写自己！我没有流眼泪，可是我觉得有无数锋利的指甲在搔我的心。我站在死者遗体旁边，望着那张惨白色的脸，那两片咽下了千言万语的嘴唇，我咬紧牙齿，在心里唤着死者的名字。我想，我比她大十三岁，为什么不让我先死？我想，这是多不公平！她究竟犯了什么罪？她也给关进"牛棚"，挂上"牛鬼"的小牌子，还扫过马路。究竟为什么？理由很简单，她是我的妻子。她患了病，得不到治疗，也因为她是我的妻子。想尽办法一直到逝世前三个星期，靠开后门她才住进了医院。但是癌细胞已经扩散，肠癌变成了肝癌。

她不想死，她要活，她愿意改造思想，她愿意看到社会主义建成。这个愿望总不能说是痴心妄想吧。她本来可以活下去，倘使她不是"黑老K"的"臭婆娘"。一句话，是我连累了她，是我害了她。

在我靠边的几年中间，我所受到的精神折磨她也同样受到。但是我并未挨过打，她却挨了"北京来的红卫兵"的铜头皮带，留在她左眼上的黑圈好几天后才褪尽。她挨打只是为了保护我，她看见那些年轻人深夜闯了进来，害怕他们把我揪走，便溜出大门，到对面派出所去，请民警同志出来干预，那里只有一个人值班，不敢管。当着民警的面，她被他们用铜头皮带狠狠抽了一下，给押了回来，同我一起关在马桶间里。

她不仅分担了我的痛苦，还给了我不少的安慰和鼓励。在"四害"横行的时候，我在原单位给人当作"罪人"和"贱民"看待，日子十分难过，有时到晚上九、十点钟才能回家。我进了门看到她的面容，满脑子的乌云都消散了。我有什么委屈、牢骚，都可以向她尽情倾吐。有一个时期我和她每晚临睡前要服两粒眠尔通才能够闭眼，可是天刚刚发白就都醒了。我唤她，她也唤我。我诉苦般地说："日子难过啊！"她也用同样的声音回答："日子难过啊！"但是她马上加一句："要坚持下去。"或者再加一句："坚持就是胜利。"我说"日子难过"，因为在那一段时间里，我每天在"牛棚"里面劳动、学习、写交代、写检查、写思想汇报。任何人都可以责骂我、教训我、指挥我，从外地到"作协分会"来串联的人可以随意点名叫我出去"示众"，还要自报罪行。上下班不限时间，由管理"牛棚"的"监督组"随意决定。任何人都可以闯进我家里来，高兴拿什么就拿走什么。这个时候大规模的群众性批斗和电视批斗大会还没有开始，但已经越来越逼近了。

她说"日子难过"，因为她给两次揪到机关，靠边劳动，后来也常常参加陪斗。在淮海中路"大批判专栏"上张贴着批判我的罪行的大字报，我一家人的名字都给写出来"示众"，不用说"臭婆娘"的大名占着显著的地位。这些文字像虫子一样咬痛她的心。她让上海戏剧学院"狂妄派"学生突然袭击、揪到"作协分会"去的时候，在我家大门上还贴了一张揭露她的所谓罪行的大字报。幸好当天夜里我儿子把它撕毁。否则这一张大字报就会要了她的命！

人们的白眼，人们的冷嘲热骂蚕食着她的身心。我看出来她的健康逐渐遭到损害，表面上的平静是虚假的。内心的痛苦像一锅煮沸的水，她怎么能遮盖住！怎样能使它平静！她不断地给我安慰，对我表示信任，替我感到不平。然而她看到我的问题一天天地变得严重，上面对我的压力一天天地增加，她又非常担心，有时同我一起上班或者下班，走进巨鹿路口，快到作家协会，或者走进南湖路口、快到我们家，她总是抬不起头。我理解她，同情她，也非常担心她经受不起沉重的打击。我记得有一天到了平常下班的时间，我们没有受到留难，回到家里，她比较高兴，到厨房去烧菜。我翻看当天的报纸，在第三版上看到当时做了作协的"头头"的两个工人作家写的文章《彻底揭露巴金的反革命真面》。真是当头一棒！我看了两三行，连忙把报纸藏起来，我害怕让她看见。她端着烧好的菜出来，脸上还带笑容，吃饭时她有说有笑。饭后她要看报，我企图把她的注意力引到别处。但是没有用，她找到了报纸。她的笑容一下子完全消失。这一夜她再没有讲话，早早地进了房间。我后来发现她躺在床上小声哭着。一个安静的夜晚给破坏了。今天回想当时的情景，她那张满是泪痕的脸还在我的眼前。我多么愿意让她的泪痕消失，笑容在她憔悴的脸上重现，即使减少我几年的生命来换取我们家庭生活中一个宁静的夜晚，我也心甘情愿！

——选自《随想录》，作家出版社，2005 年版

【导读】

　　巴金的《怀念萧珊》是一篇悼念亡妻的文章，妻子的逝去对巴金造成了毁灭性打击。这篇文章写在妻子逝世六年之后，情感真挚、正气磅礴、情如泉涌，既是对妻子的真切悼念，也是对"文化大革命"这个特殊历史时期的血泪控诉。通过他的文字，我们看到了一个流血的灵魂在倾诉，"为什么不让我先死？""她究竟犯了什么罪？""究竟为什么？""我后悔当初不该写小说""我甚至愿意为我那十四卷'邪书'受千刀万剐""是我害了她"等，他将对妻子的爱融入了深深的自我忏悔、自我解剖当中。散文以一种质朴的语言记叙了"文化大革命"中妻子所遭受的一连串恶遇，她被拉去批斗、扫街、被打，被骂为"巴金的臭婆娘"，在精神上被人当作皮球踢来踢去。接着写她生命之火终于因精神上的重压而逐渐变弱乃至熄灭的过程，巴金细密地记叙了她的忍耐、她的坚强、她的期盼、她的病、病后无法得到正常的医治、她的死等，读来感人肺腑、催人泪下。这不但是巴金给自己妻子的一篇祭文，同时也是献给在"文化大革命"中受到迫害的众人的一首挽歌。

三、延伸思考

　　归纳起来，巴金散文的文学史价值至少包含了这样四方面的内容：

　　（1）以《随想录》为代表的巴金散文是中国当代散文的重要收获，这部散文集耗时七年之久，字数达四十多万，是他文学道路的最后建树，在当代文坛产生了极大的影响。抒发真情实感是巴金散文的一个重要特征。他的散文多由回忆性的文章组成，语言质朴、叙事平实，可谓"清水出芙蓉，天然去雕饰"。

（2）巴金的散文以情见长，以情取胜，从不刻意去找寻华章丽句、伟辞奇语，而是用平实、朴素、流畅的语言将自己的全部情感倾注到纸上，将自己的心窝子掏给读者，达到一种平中见奇、情透纸背的独特效果。读他的散文，你甚至不觉得是在阅读一代散文大家的作品，而是在和一位睿智老人促膝长谈。

（3）巴金的散文有一种扑面的真实，崇尚一种卢梭式的自我忏悔与自我解剖的精神，他说他写作散文是在"挖别人的疮，也挖自己的疮"。"我写作，也就是在挖掘，挖掘自己的灵魂。必须挖得更深，才能理解得更多，看得更清楚。"①

（4）巴金散文的另一特点是"无技巧"。在写作上，他以白描为主，文字平淡自然，结构平实巧妙，追求一种明白、朴素的语言表达方式，他认为艺术的最高境界是真实，是自然，是"无技巧"。其实，这却是一种最高的技巧。《怀念萧珊》正如巴金自己所说："我写作的最高境界、我的理想绝不是完美的技巧，而是高尔基草原故事中的勇士丹柯——'他用手抓开自己的胸膛，拿出自己的心来，高高地举在头上'。"②用朴素的文字写出普通人的情感，正是巴金散文的一大艺术特色，他用痛苦的文字书写一个泣血的灵魂，让灵魂接受精神的拷问，表现了一种大气、勇气与正气，引起了一代人在精神上的共鸣。

第二节　杨绛与《干校六记》

一、基本知识

杨绛（1911—2016），本名杨季康，祖籍江苏无锡，生于北京。1935—1938 年杨绛与钱锺书一起留学英法等国，回国后历任上海震旦女子文理学院外语系教授、清华大学西语系教授。1949 年后，杨绛在中国社会科学院文学研究所、外国文学研究所从事翻译工作。

著作有长篇小说《洗澡》，短篇小说《璐璐，不用愁！》《小阳春》《大笑话》《玉人》《ROMANESQUE》《鬼》《事业》，散文《干校六记》《将饮茶》《杂忆与杂写》《钱锺书离开西南联大的实情》《我们仨》《记钱锺书与〈围城〉》等；译作有《堂吉诃德》《吉尔·布拉斯》《小癞子》《斐多》《一九三九年以来英国散文作品》等；此外，还有剧本《弄真成假》《称心如意》《风絮》和论集《春泥集》《关于小说》等。

---

① 巴金：《〈随想录〉日译本序》，《讲真话的书》，四川文艺出版社，1990 年，第 530 页、第 679 页。

② 巴金：《〈探索集〉后记》，《讲真话的书》，四川文艺出版社，1990 年，第 530 页。

二、代表作及其导读

干校六记(节选)

●杨　绛

她们不过是偶然路过。一般出来拣野菜、拾柴草的,往往十来个人一群,都是七八岁到十二三岁的男女孩子,由一个十六七岁的大姑娘或四五十岁的老大娘带领着从村里出来。他们穿的是五颜六色的破衣裳,一手挎着个篮子,一手拿一把小刀或小铲子。每到一处。就分散为三人一伙、两人一伙,以拣野菜为名,到处游弋,见到可拣的就收在篮里。他们在树苗林里砍下树枝,并不马上就拣;拣了也并不留在篮里,只分批藏在道旁沟边,结扎成一捆一捆。午饭前或晚饭前回家的时候,这队人背上都驮着大捆柴草,篮子里也各有所获。有些大胆的小伙子竟拔了树苗,捆扎了抛在溪里,午饭或晚饭前挑着回家。

我们窝棚四周散乱的秫秸早被他们收拾干净,厕所的五根木柱逐渐偷剩两根,后来连一根都不剩了。厕所围墙的秫秸也越拔越稀,渐及窝棚的秫秸。我总要等背着大捆柴草的一队队都走远了,才敢到"威虎山"坡的食堂去买饭。

一次我们南邻的菜地上收割白菜。他们人手多,劳力强,干事又快又利索,和我们菜园班大不相同。我们班里老弱居多;我们斫呀,拔呀,搬成一堆堆过磅呀,登记呀,装上车呀,送往"中心点"的厨房呀……大家忙了一天,菜畦里还留下满地的老菜帮子。他们那边不到日落,白菜收割完毕,菜地打扫得干干净净。有一位老大娘带着女儿坐在我们窝棚前面,等着拣菜帮子。那小姑娘不时的跑去看,又回来报告收割的进程。最后老大娘站起身说:"去吧!"

小姑娘说:"都扫净了。"

她们的话,说快了我听不大懂,只听得连说几遍"喂猪"。那老大娘愤然说:"地主都让拣!"

我就问,那些干老的菜帮子拣来怎么吃。

小姑娘说:"先煮一锅水,揉碎了菜叶撒下,把面糊倒下去,一搅,可好吃哩!"

我见过他们的"馍"是红棕色的,面糊也是红棕色;不知"可好吃哩"的面糊是何滋味。我们日常吃的老白菜和苦萝卜虽然没什么好滋味，"可好吃哩"的滋味却是我们应该体验而没有体验到的。

我们种的疙瘩菜没有收成；大的像桃儿，小的只有杏子大小。我收了一堆正在挑选，准备把大的送交厨房。那位老大娘在旁盯着看，问我怎么吃。我告诉她：腌也行，煮也行。我说："大的我留，小的送你。"她大喜，连说"好！大的给你，小的给我。"可是她下手却快，尽把大的往自己篮里拣。我不和她争。只等她拣完，从她篮里拣回一堆大的，换给她两把小的。她也不抗议，很满意地回去了。我却心上抱歉，因为那堆稍大的疙瘩，我们厨房里后来也没有用。但我当时不敢随便送人，也不能开这个例。我在菜园里拔草间苗，村里的小姑娘跑来闲看。我学着她们的乡音，可以和她们攀话。我把细小的绿苗送给她们，她们就帮我拔草。她们称男人为"大男人"；十二三岁的小姑娘，已由父母之命定下终身。这小姑娘告诉我那小姑娘已有婆家；那小姑娘一面害羞抵赖，一面说这小姑娘也有婆家了。她们都不识字。我寄居的老乡家比较是富裕的，两个十岁上下的儿子不用看牛赚钱，都上学；可是他们十七八岁的姊姊却不识字。她已由父母之命、媒妁之言，和邻村一位年貌相当的解放军战士订婚。两人从未见过面。那位解放军给未婚妻写了一封信，并寄了照片。他小学程度，相貌是浑朴的庄稼人。姑娘的父母因为和我同姓，称我为"俺大姑"；他们请我代笔回信。我举笔半天，想不出一句合适的话；后来还是同屋你一句、我一句拼凑了一封信。那位解放军连姑娘的照片都没见过。

村里十五六岁的大小子，不知怎么回事，好像成天都闲来无事的，背着个大筐，见什么，拾什么。有时七八成群，把道旁不及胳膊粗的树拔下，大伙儿用树干在地上拍打，"哈！哈！哈！"粗声訇喝着围猎野兔。有一次，三四个小伙子闯到菜地里来大吵大叫，我连忙赶去，他们说菜畦里有"猫"。"猫"就是兔子。我说：这里没有猫。躲在菜叶底下的那头兔子自知藏身不住，一道光似的直窜出去。兔子跑得快，狗追不上。可是几条狗在猎人指使下分头追赶，兔子几回转折，给三四条狗团团围住。只见它纵身一跃有六七尺高，掉下地就给狗咬住。在它纵身一跃的时候，我代它心胆俱碎。从此我听到"哈！哈！哈！"粗哑的訇喝声，再也没有好奇心去观看。

有一次，那是一九七一年一月三日，下午三点左右，忽有人来，指着菜园以外东南隅两个坟墩，问我是否干校的坟墓。随学部干校最初下去的几个拖拉机手，有一个开拖拉机过桥，翻在河里淹死了。他们问我那人是否埋在那边。我说不是;我指向遥远处,告诉了那个坟墓所在。过了一会儿,我看见几个人在胡萝卜地东边的溪岸上挖土,旁边歇着一辆大车,车上盖着苇席。啊!他们是要埋死人吧?旁边站着几个穿军装的,想是军宣队。

我远远望着,刨坑的有三四人,动作都很迅速。有人跳下坑去挖土;后来一个个都跳下坑去。忽有一人向我跑来。我以为他是要喝水;他却是要借一把铁锹,他的铁锹柄断了。我进窝棚去拿了一把给他。

当时没有一个老乡在望,只那几个人在刨坑,忙忙地,急急地。后来,下坑的人只露出脑袋和肩膀了,坑已够深。他们就从苇席下抬出一个穿蓝色制服的尸体。我心里震惊,遥看他们把那死人埋了。

借铁锹的人来还我工具的时候,我问他死者是男是女,什么病死的。他告诉我,他们是某连,死者是自杀的,三十三岁,男。

冬天日短,他们拉着空车回去的时候。已经暮色苍茫。荒凉的连片菜地里阒无一人。我慢慢儿跑到埋人的地方,只看见添了一个扁扁的土馒头。谁也不会注意到溪岸上多了这么一个新坟。

第二天我告诉了默存,叫他留心别踩那新坟,因为里面没有棺材,泥下就是身体。他从邮电所回来,那儿消息却多,不但知道死者的姓名,还知道死者有妻有子;那天有好几件行李寄回死者的家乡。

不久后下了一场大雪。我只愁雪后地塌坟裂,尸体给野狗拖出来。地果然塌下些,坟却没有裂开。

整个冬天,我一人独守菜园。早上太阳刚出,东边半天云彩绚烂。远远近近的村子里,一批批老老少少的村里人,穿着五颜六色的破衣服成群结队出来,到我们菜园邻近分散成两人一伙、三人一伙,消失各处。等夕阳西下,他们或先或后,又成群负载而归。我买了晚饭回菜园,常站在窝棚门口慢慢地吃。晚霞渐渐暗淡,暮霭沉沉,野旷天低,菜地一片昏暗,远近不见一人,也不见一点灯光。我退入窝棚,只听得秫秸里不知多少老鼠在跳踉作耍,枯叶窸窸窣窣悉悉地响。我舀些井水洗净碗匙,就锁上门回宿舍。

人人都忙着干活儿,唯我独闲;闲得惭愧,也闲得无可奈何。我虽然没有十八般武艺,也大有鲁智深在五台山禅院做和尚之概。

我住在老乡家的时候,和同屋伙伴不在一处劳动,晚上不便和她们结队一起回村。我独往独来,倒也自由灵便。而且我喜欢走黑路。打了手电,只能照见四周一小圈地,不知身在何处;走黑路倒能把四周都分辨清楚。我顺着荒墩乱石间一条蜿蜒小径,独自回村;近村能看到树丛里闪出灯光。但有灯光处,只有我一个床位,只有帐子里狭小的一席地——一个孤寂的归宿,不是我的家。因此我常记起曾见一幅画里,一个老者背负行囊,拄着拐杖,由山坡下一条小路一步步走入自己的坟墓;自己仿佛也就是如此。

——选自《干校六记》,中国社会科学出版社,1992 年版

【导读】

杨绛的《干校六记》共分为六章,是为六记。记叙的是杨绛、钱锺书夫妻从 1969 年底到 1972 年春在河南"五七"干校的生活经历,以白描的方式对"文化大革命"进行独到的描写,是公认的散文中的代表之作。六章内容分别为:第一章,下放记别;第二章,凿井记劳;第三章,学圃记闲;第四章,"小趋"记情;第五章,冒险记幸;第六章,误传记妄。与控诉"文化大革命"暴行的众多文本不同,杨绛的《干校六记》记录的是生活中的细小事件,从另一个侧面描写了"文化大革命"的荒诞。文本以一种平和、宁静、自然、宠辱不惊、处变不惊的叙述模式对事件进行冷眼描绘,风格淡定、宁静大气,即使描写自己的女婿在"文化大革命"中被迫自杀,用语也极为简略:"上次送默存走,有我和阿圆还得一。这次送我走,只剩了阿圆一人,得一已于一月前自杀去世。"同样,文中所描绘的七旬老人排队下干校、姑娘小伙子累得睡着了还发出呼唤、被迫自杀后被匆匆埋掉的干部等都极为平静。然而,在这平静的背后隐藏着作者乃至一个时代的深深悲痛,作者无意渲染自身的悲剧,而是恰似局外人一样冷眼旁观,在恬淡中展现真情、平实中尽显波澜。

三、延伸思考

归纳起来,杨绛的散文的文学史价值至少包含了这样三方面的内容:

(1)冷眼观人生,杨绛以一种温和、节制、自我超脱的方式在非正常的历史语境下营造了一个"正常"的境界。这在众多关于"文化大革命"的文本中是少见的,也是别具一格的。

(2)杨绛的散文对于苦难的所有表达都建立在个人的睿智含蓄与达观冲淡之上。这种高远的人生境界使她对于"文化大革命"那些事儿能用一种平和的口吻———道来,无论是女婿的被迫自杀还是村民的偷粪偷菜皆不动声色,于宁静中透出心灵的隐痛。的确,真正的悲哀未必是用哭声来表达的,高明者往往以一种相反的方式来抒写人类的苦难。杨绛先生正是以一种喜剧的方式来营造悲剧的气氛,这样做,更让人感到那个时代的悖谬及人处于那种境遇中的无奈与无助。

　　(3)从总体上看,杨绛的散文创作心态平和,创作视角独特新颖,文字轻盈灵动,用语轻松诙谐,以睿哲的胸怀对历史的荒谬进行调侃,让人初读要笑,细读想哭。例如,她客观地叙述了她看守菜园和钱锺书看管工具兼取报送信的往事,夫妻不能团聚的人生苦难经她的笔也变得超脱、轻松起来。例如,描写夫妻偶尔相见的情景:"这样,我们老夫妇就经常可在菜园相会,远胜于旧小说、戏剧里后花园私相约会的情人了。"①文如其人,杨绛先生散文的淡泊、睿智和她高尚的情操与人格境界分不开,她自己非常欣赏英国诗人兰德的诗,并在她的散文集中引用了它:"我和谁都不争/和谁争我都不屑/我爱大自然/其次就是艺术/我双手烤着/生命之火取暖/火萎了/我也准备走了。"

第三节　徐迟的报告文学《哥德巴赫猜想》

一、基本知识

　　徐迟(1914—1996),浙江南浔人。我国当代著名的诗人、作家和翻译家。1931年徐迟开始写诗,1934年开始发表作品,有诗集《二十岁人》《最强音》,散文集《美文集》以及小说《狂欢之夜》,其诗作受现代派影响很大;同时,还翻译有《依利阿德选译》《巴黎的陷落》《明天》《帕尔玛宫闱秘史》《托尔斯泰传》等。徐迟是一位能够深入生活的作家,他先后两次到朝鲜战场、四次到鞍钢、六次到长江大桥工地,写下了特写《我们这时代的人》《庆功宴》及文艺评论集《诗与生活》等。1957年至1960年他担任《诗刊》副主编,1960年定居武汉,以主要精力从事报告文学创作,写下了《火中的凤凰》《祁连山下》《牡丹》等。"文化大革命"后,徐迟迎来报告文学创作的第二春,创作了一批问津科技战线、描写自然科学家、反映自然科学领域的优秀报告文学,《地质之光》《生命之树常绿》《在湍流的涡漩中》《刑天舞干戚》《哥德巴赫猜想》就是这一时期的代表之作。其中《哥德巴赫猜想》《地质之光》与《刑天舞干戚》获全国优秀报告文学奖。1996年底,徐迟因患抑郁症在武汉一家医院跳楼自杀,消息传出,震惊全国。

---

① 杨绛:《干校六记》,中国社会科学出版社,1992年,第40页。

二、代表作及其导读

哥德巴赫猜想（节选）

◉ 徐　迟

故事梗概：1978 年第 1 期《人民文学》发表了徐迟的《哥德巴赫猜想》，同年 2 月 17 日《人民日报》转载了这篇文章，并加了按语："我们怀着激动的心情，向读者推荐徐迟同志的报告文学《哥德巴赫猜想》……它以生动的文笔，生动地反映了我国著名数学家陈景润不畏艰苦、勇攀高峰的动人事迹，受到广大读者的欢迎。"《哥德巴赫猜想》震动了文坛，轰动了全国。

自从陈景润被选调到数学研究所以来，他的才智的蓓蕾一朵朵地烂熳开放了。在圆内整点问题，球内整点问题，华林问题，三维除数问题等等之上，他都改进了中外数学家的结果。单是这一些成果，他那贡献就已经很大了。

但当他已具备了充分的依据，他就以惊人的顽强毅力，来向哥德巴赫猜想挺进了。他废寝忘食，昼夜不舍，潜心思考，探测精蕴，进行了大量的运算。一心一意地搞数学，搞得他发呆了。有一次，自己撞在树上，还问是谁撞了他？他把全部心智和理性统通奉献给这道难题的解题上了，他为此而付出了很高的代价。他的两眼深深凹陷了。他的面颊带上了肺结核的红晕。喉头炎严重，他咳嗽不停。腹胀、腹痛，难以忍受。有时已人事不知了，却还记挂着数字和符号。他跋涉在数学的崎岖山路，吃力地迈动步伐。在抽象的高原，他向陡峭的巉岩升登，降下又升登！善意的误会飞入了他的眼帘。无知的嘲讽钻进了他的耳道。他不屑一顾；他未予理睬。他没有时间来分辨；他宁可含垢忍辱。餐霜饮雪，走上去一步就是一步！他气喘不已；汗如雨下。时常感到他支持不下去了。但他还是攀登。用四肢，用指爪。真是艰苦卓绝！多少次上去了摔下来。就是铁鞋，也早该破了。人们嘲笑他穿的鞋是破了的：硬是通风透气不会得脚气的一双鞋子。不知多少次发生了可怕的滑坠！几乎粉身碎骨。他无法统计他失败了多少次。他毫不气馁。他总结失败的教训，把失败接起来，焊上去，作登山用的尼龙绳子和金属梯子。吃一堑，长一智。失败一次，前进一步。失败是成功之母；功由失败堆垒而成。他越过了雪线，到达雪峰和现代冰川，更感缺氧的严重了。多少次坚冰封山，多少次雪崩掩埋！他就象那些征服珠穆朗玛峰的英雄登山运动员，爬呵，爬呵，爬呵！而恶毒的诽谤，恶意的污蔑象变天的乌云和九级狂风。然而热情的支持为他拨开云雾；爱护的阳光又温暖了他。他向着目标，不屈不挠；继续前进，继续攀登。战胜了第一台阶的难以登上的峻峭;出现在难上加难的第二台阶绝壁之前。他只知攀登,在千仞深渊之上;他只管攀登,在无限风光之间。一张又一张的运算稿纸,象漫天大雪似的飞舞,铺满了大地。数字、符号、引理、公式、逻辑、推理,积在楼板上,有三尺深。忽然化为膝下群山,雪莲万千。他终于登上了攀登顶峰的必由之路,登上了(1+2)的台阶。

他证明了这个命题,写出了厚达二百多页的长篇论文。

……

刚过国庆,十月的阳光普照。书记还只穿一件衬衣,衰弱的陈景润已经穿上棉袄。

"李书记谢谢你,"陈景润说,他见人就谢。"很高兴,"他说了一连串的很高兴。他一见面就感到李书记可亲。"很高兴,李书记,我很高兴,李书记,很高兴。"

李书记问他,"下班以后,下午五点半好不好? 我到你屋去看看你。"

陈景润想了一想就答应了,"好,那好,那我下午就在楼门口等你,要不你会找不到的。"

"不,你不要等我,"李书记说。"怎么会找不到呢? 找得到的。完全用不到等的。"

但是陈景润固执地说,"我要等你,我在宿舍大楼门口等你。不然你找不到。你找不到我就不好了。"

果然下午他是在宿舍大楼门口等着的。他把李书记等到了,带着他上了三楼,请进了一个小房间,只有六平方米大小。这房间还缺了一只角。原来下面二楼是锅炉房。长方形的大烟囱从他的三楼房间中通过,切去了房间的六分之一。房间是刀把形的。显然它的主人刚刚打扫过清理过这间房子了。但还是不太整洁。窗子三槅,糊了报纸,糊得很严实。尽管秋天的阳光非常明丽,屋内光线暗淡得很。纱窗之上,是羊尾巴似的卷起来的窗纱。窗上缠着绳子,关不严。虫子可以飞出飞进。李书记没有想到他住处这样不好。他坐到床上,说:"你床上还挺干净!"

"新买了床单。刚买来的床单。"陈景润说。"你要来看看我。我特地去买了床单。"指着光亮雪白的兰格子花纹的床单。"谢谢你,李书记,我很高兴,很久很久了,没有人来看望……看望过我了。"他说,声音颤抖起来。这里面带着泪音。霎时间李书记感到他被这声音震撼起来。满腔怒火燃烧。这个党的工作者从来没有这样激动过。不象话;太不象话了! 这房间里还没有桌子。六平方米的小屋,竟然空如旷野。一捆捆的稿纸从屋角两只麻袋中探头探脑地露出脸来。只有四叶暖气片的暖气上放着一只饭盒。一堆药瓶,两只暖瓶。连一只矮凳子也没有。怎么还有一只煤油灯? 他发现了,原来房间里没有电灯。"怎么?"他问,"没有电灯?"

"不要灯,"他回答,"要灯不好。要灯麻烦。这栋大楼里,用电炉的人家很多。电线负荷太重,常常要检查线路,一家家的都要查到。但是他们从来不查我。我没有灯,也没有电线。要灯不好,要灯麻烦了。"说着他凄然一笑。

"可是你要做工作。没有灯,你怎么做工作? 说是你工作得很好。"

"哪里哪里。我就在煤油灯下工作;那,一样工作。"

"桌子呢? 你怎么没有桌子?"

陈景润随手把新床单连同褥子一起翻了起来,露出了床板,指着说,"这不是? 这样也就可以工作了。"

——选自《哥德巴赫猜想》,人民文学出版社,1978 年版

【导读】

徐迟以报告文学的形式,将一个执拗的、羸弱的、病痛的、缄默的,同时又是顽强的、勇敢的、沉着的数学家陈景润活灵活现地呈现在读者眼前。在一个知识分子饱受双重戕害的时代,写作陈景润无疑需要一定的勇气,徐迟以匹夫之勇不但写了而且写得如此深入人心。他通过描写陈景润的不幸童年将他内向性格的形成做了交代,接着写陈景润对数学的兴趣、私下里的决心及之后将整个生命都交给了数学、交给了哥德巴赫猜想的生命历程。一个淡泊名利、一心为学、一心想为祖国"四化"建设做出贡献的科学家跃然纸上。其实,徐迟对陈景润的认同更是一种对自我的认同,一种对知识分子群体的整体认同。《哥德巴赫猜想》是文学与数学的一次亲密接触,同时也是人文社科与自然科学领域的一次越界联谊,徐迟的诗人气质与文学才华使数学这门高深学科为世人所共识,使陈景润这一数学家的形象深入人心,在读者的内心激起了强烈的共鸣。徐迟的功劳在于,他将一个知识分子从那个知识分子群中带离了出来,让人们从这个缩影身上看到理性的光芒,徐迟自己说他写陈景润就是写他"晨光曦微似的理性的美,智慧的美,闪耀着他那为我国科学技术现代化的理想而献身的、内在的美"①。

三、延伸思考

归纳起来,徐迟的报告文学的文学史价值至少包含了这样五个方面的内容:

(1)徐迟在题材上开拓了一个新的领域,将报告文学与科技主题结合起来,使文学更纵深地向科技领域挺进。他的《地质之光》《生命之树常绿》《在湍流的涡漩中》等都是以科技为题材而创作的优秀报告文学。他的《哥德巴赫猜想》是扛鼎之作,正

---

① 徐迟:《写了〈猜想〉以后》,《中国青年》1979 年第 1 期,第 13 页。

如有学者指出:"《哥德巴赫猜想》的意义在于:它不仅是一个璀璨的文本,它不仅使得报告文学这一体裁迅速风靡,更重要的,是它经由自身,令人信服地证明了这一体裁的尊严。"①

(2)他的报告文学作品里用生动的比喻来营造一个崭新的意境。如他在描写陈景润攀登科学高峰时就用了登山运动员的情景来比喻:"他跋涉在数学的崎岖山路,吃力地迈动步伐。在抽象思维的高原,他向陡峭的巉岩升登,降下又升登!""餐霜饮雪,走上去一步就是一步! 他气喘不已;汗流如雨下。时常感到他支持不下去了。但他还是攀登。用四肢,用指爪。""他无法统计他失败了多少次。他毫不气馁。他总结失败的教训,把失败接起来,焊上去,作登山用的尼龙绳子和金属梯子。"②

(3)语言典雅凝重,具有昂扬之气。如在引用了一系列晦涩的数学公式后,立刻出现这样一段文字:"何等动人的一页又一页篇页! 这些是人类思维的花朵。这些是空谷幽兰、高寒杜鹃、老林中的人参、冰山上的雪莲、绝顶上的灵芝、抽象思维的牡丹。"③

(4)徐迟善于通过细节描写和简洁典型的话语来刻画人物性格。如通过书记送苹果写陈景润性格的木讷,写他的拒绝,收下,再次追出,又送出,最后又默然收下,然后说出了三个头一次。"从来没有领导把我当作病号对待,这是头一次;从来没有人带了东西来看望我的病,这是头一次。""这是水果,我吃到了水果,这是头一次。"④

(5)机智幽默的对话设计也是徐迟报告文学的艺术特点。如孩子们在运算过哥德巴赫猜想后去向老师请教时的师生对话:

"你们算了!"老师笑着说,"算了! 算了!"

"我们算了,算了。我们算出来了!"

"你们算了! 好啦好啦,我是说,你们算了吧,白费这个力气做什么? 你们这些卷子我是看也不会看的,用不着看的。那么容易吗? 你们是想骑着自行车到月球上去。"⑤

此外,《哥德巴赫猜想》还镶嵌了大量的数学符号、公式、演算过程等,使文章有一种诱人的逼真,同时又使用了生动的语言描写,如在形象地说明哥德巴赫猜想的内涵的时候,写道:"老师又说,自然科学的皇后是数学。数学的皇冠是数论。哥德巴赫猜

---

① 李修文:《〈哥德巴赫猜想〉:我看见的是你自己》,《人民文学》2008 年第 11 期,第 100-101 页。
② 徐迟:《哥德巴赫猜想》,人民文学出版社,1978 年,第 62 页。
③ 徐迟:《哥德巴赫猜想》,人民文学出版社,1978 年,第 75 页。
④ 徐迟:《哥德巴赫猜想》,人民文学出版社,1978 年,第 80 页。
⑤ 徐迟:《哥德巴赫猜想》,人民文学出版社,1978 年,第 53-54 页。

想,则是皇冠上的明珠。"①这样,就使得文学的形象与数学的抽象相互结合、相映生辉。

【思考题】

1.简述巴金《随想录》的思想价值。

2.怎样理解巴金散文"讲真话"的特点?

3.如何理解杨绛散文幽默冷静的风格?

4.有人认为杨绛的散文呈现出一种含蓄睿智与达观冲淡的特点。你如何看待这种评价?

5.如何理解报告文学的真实性原则?

6.徐迟的"诗化"报告文学有什么样的特点?

7.《哥德巴赫猜想》对报告文学这一文体做出了什么样的贡献?

---

① 徐迟:《哥德巴赫猜想》,人民文学出版社,1978年,第52页。

第二十一章 新启蒙时代的话剧创作

新启蒙时代的话剧充分体现了这一时期思想解放的社会主题。在题材上,揭批"四人帮"的政治讽刺剧和社会问题剧是这一时期话剧最主要的组成部分,如《于无声处》《陈毅市长》《丹心谱》《报春花》等剧作,在当时引起了巨大的轰动。此外,从文化启蒙的角度批判中国传统文化心理中的腐朽思想、从个性自由发展的角度表达青年人的现实苦闷,也是这一时期话剧的重要题材。锦云的《狗儿爷涅槃》通过对狗儿爷地主梦的揭示,对中国传统文化心理中的封建思想进行了批判。高行健的《绝对信号》着重描写了现实制度对青年人自由发展的压抑和束缚。在艺术手法上,新启蒙时代的话剧占据主流的依然是现实主义话剧,不过随着思想解放的深入,表现主义、黑色幽默、魔幻现实主义等现代主义手法也在某些先锋话剧中被采用。

第一节 现实主义话剧的深化

一、基本知识

伴随着"文化大革命"后的拨乱反正和思想解放运动,现实主义话剧成为话剧复苏的先声。现实主义话剧的开端是一批揭批"四人帮"的政治讽刺剧和社会问题剧,如《枫叶红了的时候》《于无声处》《曙光》《丹心谱》《陈毅出山》等,它们着眼于现实政治斗争,批判"四人帮"及"极左"势力的政治暴行,在社会上引起了很大的轰动。而随着社会的急速发展和思想解放运动的深入,剧作家的目光开始由历史转向现实,《假如我是真的》《报春花》《权与法》《未来在召唤》《救救她》等一批具有强烈的现实批判精神的社会问题剧出现,戏剧现代意识的觉醒和作家主体精神的高扬,使中国戏剧的现代化进程终于得以重续。

二、代表作及其导读

于无声处（节选）

◉宗福先

故事梗概：全剧分四幕，以1976年震惊中外的"天安门事件"为背景，描写革命干部梅林之子欧阳平出于对"四人帮"倒行逆施的愤慨，参加天安门广场革命群众悼念周恩来总理的活动，因编印并散发了诗集《扬眉剑出鞘》而被追捕。梅林在"文化大革命"中遭受迫害，身患重病。欧阳平陪她赴京看病，途经上海看望老战友何是非一家，不料何是非已投靠"四人帮"，他不仅诱逼女儿何芸断绝与欧阳平的旧情，和一个"四人帮"的亲信订婚，并胁迫何芸亲手逮捕欧阳平。欧阳平临危不惧，坚持斗争，促使何芸认清了"四人帮"的阴谋，鼓舞了一度消沉的何是非之子何为振作起来。何是非的妻子也终于觉醒，揭发了丈夫曾诬陷梅林的卑劣行径。何是非最终落得个众叛亲离的下场。

何　芸　（走到梅林面前，片刻突然跪下来扑到梅林怀里。）妈妈！我送他走了以后，就来伺候您，我一步也不离开您，妈妈，我的好妈妈！

梅　林　小芸！

刘秀英　（抽泣着）梅大姐，你就收下她吧，收下她吧！

（何为抹着眼圈匆匆地进房间。）

梅　林　孩子，我的好孩子！

（何为提个小皮箱复上。）

欧阳平　大为，你上哪儿？

何　为　你以为这个家我还呆得下去吗？我送梅伯母去找我的老师。你们一块来试试向死神、也向"他们"挑战！

欧阳平　（感激地）大为！

刘秀英　我也走！

何　芸　好！妈妈，我们一块儿走。

（何是非出现在楼梯上，但不敢下来。）

何　为　你去拾掇拾掇东西。

刘秀英　不用了。三十五年前我就是这么两手空空的来的,今天我也就这么两手空空走。

何　芸　欧阳,你身上诗集还有吗?

欧阳平　有。

何　为　拿来,我们替你接着发!

（欧阳平取出几本诗集分给二人。）

欧阳平　我留一本给公安局。

（何是非在楼上再也呆不住了,颤颤微微地下来。）

何　为　（看见他）用不着这么贼头贼脑的! 喏。看清楚了,我手里四本,小芸三本。明天你又能去卖大价钱了!

（何芸下）

梅　林　我索性把升官发财的秘诀全告诉你吧。这屋里的人让你全卖完了,也只不过五个,你应当到大街上去做这个买卖。

欧阳平　对,八亿中国人哪!

（何芸穿民警制服上。）

何　为　哈哈,何是非要发笔大洋财喽!

何　芸　唯一的困难是:人民不会永远沉默!

（沉重的钟声打七点,人们的心随着钟声颤抖。）

（何芸紧紧搂住欧阳平。片刻,欧阳平走到梅林面前。）

欧阳平　（哀痛地）妈妈! 再见了,妈妈!

（何芸、何为、刘秀英眼泪都忍不住流了下来。）

梅　林　咱们革命队伍有个规矩,欢送出征的亲人从来都是敲锣打鼓,高高兴兴的,今天咱们也都得笑着告别!

（几个人忍住了。）

梅　林　（艰难地站起来。）好,出发!

（梅林走上一步,把自己的包交给何芸,何芸郑重地接过。）

（五个人一起向门口走去。）

何是非　（冲下楼来,声嘶力竭地）等一等!

（五个人默默地回身无限轻蔑地注视着这个仿佛突然变得苍老起来的可怜虫。）

——选自《于无声处》,群众出版社,1978 年版

【导读】

《于无声处》在新启蒙时代是一出具有标志性的话剧,1978年10月28日在《文汇报》发表,同年由人民文学出版社出版单行本,它引起的社会轰动效应至今仍让人难以忘怀。在话剧中,梅林和何是非的矛盾是剧作家理解的"文化大革命"社会矛盾的缩影,其矛盾的性质值得观众和读者揣测。梅、何二人是旧时的战友,同为新中国的缔造者,但在"文化大革命"中,两人却成为针锋相对的敌人,他们的矛盾可以理解为坚持真理的革命者和思想腐化的革命者之间的矛盾,这与国家对"文化大革命"的定性具有高度的一致性。如果抛弃历史的视野,梅、何二人的矛盾又表现为正义与邪恶、人与兽的矛盾,这种具有道德化的评判,代表了民间对"文化大革命"的认识,当然其中又包含了"人"的苏醒的内涵。正是因为这些因素,《于无声处》注定是一出能引起社会共鸣的话剧。

作为一出现实主义话剧,《于无声处》对社会现实反映的深刻性是毋庸置疑的。话剧反映的现实是"文化大革命"的尾声,这一时期,全社会对"文化大革命"的厌恶和对思想解放的要求已经蔚然成风,"天安门事件"正是这种社会情绪的集中表现。在这种背景下,梅、何二人的矛盾以及正义最终战胜邪恶的结局,都具有深厚的社会基础。不过,《于无声处》在现实主义的原则下又体现出理想主义的色彩,譬如在表现何是非与何为、何芸的矛盾时,真理的力量是否能够冲破亲情、他们的矛盾是否表现为势如水火的政治斗争,都颇让人怀疑。如果说这种叙事可以存在,那么《于无声处》在艺术上显然没有完全摆脱革命现实主义的叙事模式。

陈毅市长（节选）

●沙叶新

> **故事梗概:** 剧本取材于中华人民共和国成立初期陈毅担任上海市市长时期的斗争生活。全剧共十场,分别描写陈毅在率领部队解放上海的前夕以及就任上海新市长之后,以无产阶级革命家的气度和胆识改造上海、建设上海的几个故事。剧本从不同的生活侧面,再现了历史的真实,反映了作者对现实的感受和思索。

（齐仰之又请陈毅坐下。）

陈　毅　好,我是说齐先生对我们共产党人的化学全然无知。

齐仰之　共产党人的化学? 唷,这倒是一门新学问。

陈　毅　不，说新也不新。从《共产党宣言》算起，这门化学已经有一百年的历史了。

齐仰之　那么请问，所谓共产党人的化学，研究些什么？

陈　毅　社会。

齐仰之　社会？

陈　毅　正是。就以中国而言，这门化学就是要把半殖民地、半封建化的社会，变化成为新民主主义化的社会；就是要把封建主义、官僚资本主义、帝国主义统治压迫的旧中国，变化成为民主、自由、繁荣、富强的新中国。这个，就是共产党人的化学，社会变化之学。

齐仰之　这种化学，与我何干？不知亦不为耻！

陈　毅　先生之言差矣。孟子说："大而化之谓之圣。"社会若不起革命变化，实验室里也无法进行化学变化。齐先生自己也说嘛，致力于化学四十余年，而建树不多，啥子道理哟？并非齐先生才疏学浅，而是社会未起变化之故。想当初，齐先生从海外学成归国，雄心勃勃，一心想振兴中国的医学工业，可是国民党政府腐败无能，毫不重视。齐先生奔走呼告，尽遭冷遇，以致心灰意冷，躲进书斋，闭门研究学问以自娱，从此不再过问世事。齐先生之所以英雄无用武之地，岂不是当时腐败的社会所造成的吗？

齐仰之　（深有感触）是呀，是呀，归国之后，看到偌大一个中国，举目皆是外商所开设的药厂、药店，所有药品几乎全靠进口：S.T 来自美国礼来药厂，叶酸全是日本武田药厂所出，酒精是荷兰的，盘尼西林是英国的。这真叫我痛心疾首。我也曾找宋子文当面谈过兴办中国医药工业之事，可是他竟说外国药用也用不完，再制中国药岂不多此一举？我几乎气昏了……

陈　毅　（激情地）可是如今不一样了。你推开窗子往外看一看嘛，窗外的世界已经发生了翻天覆地的变化。十月一日，中华人民共和国成立，中国人民从此站起来了，科学也有了光明的前途。如今建国伊始，百废待举，不正是齐先生实现多年梦想，大有作为之时吗？所以我特地前来，请齐先生出山，为发展中国的医药事业做出贡献！

齐仰之　你们真的要办药厂？

陈　毅　人民非常需要。

齐仰之　希望我也……

陈　毅　否则我怎会深夜来访？

齐仰之　（兴奋得不知如何回答）这……

陈　毅　我知道齐先生是学者，是专家，只可就见，不可屈致，所以我才亲顾茅庐，如一顾不成，我愿三顾。

齐仰之　不不不，陈市长一片赤诚，枉驾来访，如此礼贤下士，已使我深为感动。

在此以前我之所以未能从命,一是我对共产党人的革命化学毫无所知,二是……二是我这个知识分子身上还有着不少酸性……

陈　毅　我的身上倒有不少碱性,你我碰在一起,不就中和了?

齐仰之　(大笑)妙!妙!陈市长真不愧是共产党人的化学家,没想到你的光临使我这个多年不问政治、不问世事的老朽也起了化学变化!

陈　毅　我哪里是什么化学家哟!我只是一个剂,是个催化剂。

齐仰之　(笑)但不知陈市长对发展医药工业有什么设想?

陈　毅　我们打算在上海建立全国第一个盘尼西林药厂。

齐仰之　(大喜)哦?这可是我多年的愿望!

陈　毅　市政府决定聘请齐先生主持筹划。

齐仰之　好,我一定效力,一定效力!

陈　毅　至于详细计划,改日再与齐先生细谈吧。

齐仰之　不,不,现在就谈!现在就谈!

陈　毅　(看表)已经谈了三十分钟了。

齐仰之　没关系,没关系。

陈　毅　(指墙上的条幅)喏,喏!

(齐仰之解嘲地大笑。电灯突然熄灭。)

齐仰之　咳,又停电了!

陈　毅　停电倒不怕,怕就怕敌人破坏电厂,那就要一片漆黑了。

(齐仰之点燃蜡烛。)

齐仰之　没关系,我们可以秉烛夜谈。

陈　毅　再谈多久?

齐仰之　(扯下"闲谈不得超过三分钟"的字条,撕得粉碎)三天三夜!

(陈毅与齐仰之大笑。)

陈　毅　不,我马上要赶到发电厂去,连三秒钟也不能耽搁,刻不容缓!

——选自《陈毅市长》,上海文艺出版社,1980 年版

【导读】

剧本发表于 1980 年《新剧作》第 3 期、《剧本》第 5 期,由上海人民艺术剧院首演于上海,同年由上海文艺出版社出版单行本。1981 年摄制成电影。

"化学"在化学家齐仰之的眼里是纯粹的自然科学,而在市长陈毅的眼里却是地

道的社会科学,究竟是谁错了? 都没有错,只是两人认识的角度不一样而已。角度,在这个精彩段落里成为戏剧矛盾的分界点。齐仰之认为中国共产党不懂化学,因此闭门谢客,将自己在新社会中孤立起来;陈毅市长重视人才,用幽默的话语说明中国共产党不仅懂化学,而且懂更大的化学,最终让齐仰之茅塞顿开。新中国建设的初期,类似的场景可能层出不穷,剧作家运用机智的思维,将这一问题用喜剧的形式表现出来,既塑造了陈毅市长幽默风趣、务实智慧的人物形象,又启迪了社会:知识分子不能固守一隅,只有拥有大视野,才可能更好地服务社会和人民。

在戏剧艺术上,《陈毅市长》采用了开放式的结构:剧本不以中心事件而以主要人物陈毅贯穿始终,每场戏自成一体,展示众多的事件和冲突,但场与场之间仍有一定的联系,使全剧不乏整体感,从而塑造了较为丰满的陈毅形象。

《陈毅市长》是文学作品表现革命领袖的佳作,它塑造的"陈毅市长"既是陈毅本人的人格体现,也是知识分子理想中的领袖人物;它既是在书写历史,也是在表达理想。

三、延伸思考

整体而言,新启蒙时代的现实主义话剧呈现出如下特征:

(1)集中反思了"文化大革命"及"极左"思维在中国社会引起的诸多矛盾,率先传达了社会的先声,为思想解放运动与人的觉醒起到了呐喊和号角的作用。

(2)话剧的现实性和理想性天然地交织在一起,剧作家在直面社会矛盾的同时,掺杂了知识分子和民间社会的诸多社会理想,譬如正义终将战胜邪恶、真理终将压倒愚昧等等。这些理想虽可以帮助新启蒙时代初期压抑的人们宣泄情感,却成为这一时期话剧思想和艺术的桎梏。

第二节　现代主义话剧的探索

一、基本知识

新启蒙时代的话剧在艺术形式上也进行了大胆的探索,最典型的表现是出现了一批具有探索性的现代主义话剧,如锦云的《狗儿爷涅槃》,高行健的《绝对信号》《车站》《野人》,孙惠柱的《中国梦》,刘树纲的《一个死者对生者的访问》,马中骏等的《红房间·白房间·黑房间》,赵耀民的《天才与疯子》等。新启蒙时代现代主义话剧的现代派色彩主要表现在形式上,其普遍特征是在戏剧叙事中采用了"主观化"的叙事方式,或者以主人公内心世界的变化为线索,或者在现实的场景中加入内心独白、回忆、想象的情景,从而使人的内心世界得到充分展示。现代主义话剧的探索,不仅拓展了中国话剧的艺术视野,也丰富了剧作家表现现实的可能性,在现代派技巧的帮助下,中国人在社会转型期的内心矛盾、民族心理,以及刚刚萌芽的现代性感受,在现代主义话剧中都被深刻地表现了出来。

二、代表作及其导读

狗儿爷涅槃(节选)

◉锦　云

(脚下是陈家坟地。新月投下一片朦胧。有秋虫二三鸣唧。)

(狗儿爷踉跄走来。)

狗儿爷　看看地去,看看地去,看看我的地,看看我的地去!撒手不由人,这是最后一趟啦……一壶酒满满儿一壶酒,他一杯,我一杯,我一杯,他一杯,小酒壶一打跟头,酒净了人醉了,菊花青没了,气轱辘车没了地没了……

(一左一右光环里,现出祁永年和陈大虎的面孔。)

祁永年　十年河东十年河西,老阳儿不能总晌午。瞧三天好日子没过,就乱了。乱吧,乱吧,叫你们乱成一锅粥!

陈大虎　(同时)还是这些陈芝麻、烂谷子!爸爸,您就不能说点新鲜样儿的?说吧,说说也好。说说你就知道为什么您撅着屁股拜了一辈子财神奶奶土地爷,临了儿也没发了财。谢天谢地,我没有随您——眼珠子没有长在后脑勺儿上!

(左右二人隐去。)

狗儿爷　咱的地没啦,爹!那不是我的酒。是他的——李万江的酒,他提来的,满满儿一壶。李村长是好人,是恩人,给咱这么大脸,不能不喝。他一杯,我一杯,我一杯,他一杯,小酒壶一打跟头,酒净了,人醉了,就都没了!不是没了——李村长说——乡长指示,咱村要"一片红",人家都红了,你狗儿爷不能当"黑膏药"!不当,打仗之前,土改分田,咱没落过后——我说——可是,把那人马土地,说声归,就归了大堆堆儿,你一人浑身是铁捻多少钉?一人指挥几百条锄把子,能行?别忘了,亲哥儿俩为一垄青苗,还打出花红脑子来呢！可是行呗——他说——你就擎好儿吧,傻老爷们儿,眨眼之间,咱就楼上楼下,电灯电话,喝牛奶,吃饼干。我说:"我不情愿。"他说:你就是财黑子,地虫子,三斧劈不开的死榆木头,脑袋瓜子赛石头。我急了:当"黑膏药",俺认了。他说:那就揭"黑膏药"！我问怎么个"揭"法？他说:把你新买的"大斜角",还有(指脚下)这坟地葫芦嘴儿,都拢过来,划出那边边沿沿、零零星星的来跟你换,是膏药也贴在脚指头上,不能胸脯上来块黑。——别蒙我啦,谁不知道"远女儿近地无价之宝"啊！再说那都是薄碱沙洼,种一斗,收八升,不换！——不换就得归堆儿,一片红,乡里还等着报喜哪,来喝！——喝喝！这工夫,我媳妇,小金花插嘴啦,逢自庄稼主儿过日子,就得随个大潮儿,图个顺气,人家都那样,独独儿咱像个花"虎拨拉"(一种灰绿色鸟)——个色！人家万江兄弟没日没夜地跑动是为谁,还不是为咱好？丑话说前头,你要不入,咱就分家,虎儿俺们娘儿俩人,俺们可不跟着你当那个"膏药"户。听听,敢情她们老娘儿也开会了。——还是嫂子明白,狗儿哥,别二心不定啦,眼看这就楼上楼下——话攻耳朵酒攻心,家神招外鬼,内外夹攻,走投无路,我就归堆儿啦堆儿啦——爹！菊花青,那菊花青舍不得走啊,舍不得离开我刚给它做好的三夹板儿拼成的新柳木槽啊！这地,也没了,爹,小狗儿——你白吃啦！我对不起你……(失声伏地)

(祁永年走来。)

(站定,拍了拍他。)

祁永年　都后半夜了,秋风可凉,紧自趴着,留神冻着。

狗儿爷　(昏沉沉地)爹,爹,我是狗儿,来了！

祁永年　狗儿兄弟……

狗儿爷　(看不清)你是谁？

祁永年　兄弟怎么样？这把土儿还没攥热乎儿,就奶妈子抱孩子——人家的啦！我早就说过,这狼肉贴不到狗身上,当初……

(远处射来一束手电光,照在他二人身上。)

狗儿爷　(认出)是你？臭地主！你是瞧出殡的不嫌殡大,看着火的不嫌火苗子高,地没了——你解恨,你……滚！(一巴掌打在祁永年的脸上。)

——选自《锦云戏剧集》,中国戏剧出版社,2004 年

【导读】

《狗儿爷涅槃》是对中国农民文化意识进行深入剖析的一出戏剧。剧中的狗儿爷

对地主既有阶级的仇恨，又有文化的依恋，两厢交织构成了他疯疯痴狂的精神世界。这里节选的片段是狗儿爷在父亲坟前独白的场景。当他面对自己的祖先时，眼前出现了地主祁永年和儿子陈大虎的影子，这是他精神的两级：他排斥祁永年但又摆脱不了祁永年对他的精神影响；他认可陈大虎，但又不甘心子孙对自己的抛弃。狗儿爷的这种精神结构，正是中国社会在现代化进程中的必然产物。戏剧对狗儿爷精神的剖析，让我们依稀感受到鲁迅的国民性批判。

在艺术上，《狗儿爷涅槃》极具创新意识。剧作采取了一种开放式的叙述体制，它以主人公狗儿爷为叙述主体，从揭示人物的内心世界和思想性格出发，或与人对话，或与鬼魂纠缠，在这个过程中，剧本涉及的人与事，召之即来，挥之即去。显然，狗儿爷一生的遭遇，是在狗儿爷的回忆和幻觉中展开的，他所回忆的往事与幻觉视像，通过主人公的自叙、回述等自知视角化为具体场面和现实动作呈现在观众面前，充分展示他的内心图景，把回忆、联想、幻象等内心情感世界外化在舞台上，成为主人公"心理化了的现实"。同时，剧作的叙述方式是以第一人称和第三人称交叠出现的，以狗儿爷为叙述主体的戏剧行为超越了传统写实戏剧对人物性格的再现层面，为对人本体的生动观照获得了极大的自由度；第三人称的插入，则为我们提供了审察灵魂波动历程的高度。狗儿爷的生活包括现实与回忆两部分，从他72岁时对他的青壮年时代的回忆写起，在近四十年的时空跨度中，写了他正常、犯病和恢复正常等几个生活阶段，构成了以倒叙、插叙等人物心理结构为中心的多层面的戏剧世界。

绝对信号（节选）

◎高行健

（列车轰响着进入第三个隧道。舞台全暗。轰鸣声变成了耳鸣，扩散开来。一束白光照着坐在窗前的小号的脸。以下是小号的想象。在小号的想象中黑子的样子是粗野的，而蜜蜂则是神经质的。）

小　号　（避开黑暗中在烟火下闪现的黑子的眼睛）回到铺位上去，黑子，你站在身边我不放心。（黑暗中黑子的冷笑声）你笑什么？（愤怒地转身站起来，白色的光圈照亮了他。面对着黑暗中黑子的眼睛，克制住自己）回到铺位上去。

黑　子　（黑暗中的声音）我站一会。

小　号　我请你回去，总可以吧？

黑　子　（黑暗中的声音）站一站又怎么了？

小　号　你影响我作业。

黑　子　(黑暗中的声音)谁不知道你是车长? 不过见习的就是了。

小　号　(提高声音)见习的也还是车长。我在职守上,就得保证行车安全。

黑　子　(黑暗中的声音)我碍你的事了?

小　号　你碍事,影响我观察。

黑　子　(黑暗中的声音)你不放心我?

小　号　我没法信得过你,你什么事都做得出来。黑子,你太狠了。

(黑暗中黑子的大笑声。)

小　号　(愤怒地)你得意什么?

黑　子　(黑暗中的声音)怎么,笑也不成?

小　号　你别再刺激我,你给我走开! 忍耐总有个限度!

(黑子嘻笑着进入光圈,把手搭在小号肩上。)

小　号　别来这一套。(企图甩开黑子的手)你放开! 你以为我怕你?(爆发地)你给我滚吧!

蜜　蜂　(进入光圈,连忙拉开他们)你们都是好朋友,别这样!

小　号　把刀子亮出来呀! 黑子,我不怕你,你太损了,你明知道我爱她,你把她夺走了。我什么话也没说,还一个劲维护你,可你得寸进尺,欺人太甚,你这个混蛋! (黑子一拳打来)你打人?

黑　子　就揍你!

小　号　(吐他一口)呸! 你是个畜牲!!

蜜　蜂　(见黑子把刀拔出来)啊,黑子! (冲上前,挡在他们两人之间)你别发横!

黑　子　(把刀子轻蔑地扔在地上,推开蜜蜂,冲着小号)你活该找打!

蜜　蜂　(拉住黑子)你不能打他! 你不能动手!

小　号　你动手吧,你这个杂种! (扑上去,给黑子一拳,蜜蜂拦住他)闪开,会打着你的。

蜜　蜂　你打我好了,你打吧! 是我爱他,是我……给了他,是的,我给了他……

小　号　你真不要脸,你知道他是什么人? 你瞎了眼,他是下流胚!

蜜　蜂　你胡说!

(黑子一拳打来,把小号打到在地。)

小　号　你打吧,打吧,你这个下流胚!

蜜　蜂　你胡说,你不能这样说!

小　号　你问问他自己,他到车上来干什么的?

(对黑子)你有本事,你敢直说吗?

蜜　蜂　你别这么大声叫喊,师傅会听见的。

小　号　他一举一动师傅早已看在眼里了。

蜜　蜂　你告发的?真卑鄙!

小　号　(痛苦地)想不到,你讲出这话……(竭力辩解)他骗了你,也骗了我,我为了帮他找工作让他上了车,他还当着你的面,拿我打掩护,还想砸了我的工作。黑子,你真手狠心毒!你这个流氓,我怎么早没有看透你,还一直把你当作朋友!蜜蜂,你还不清醒?他会毁了你!

蜜　蜂　(对小号)你别喊!(对黑子)你快离开这里,快离开这守车!

小　号　他已经跑不了了,师傅已经盯住他了。

黑　子　你告发的?(进逼)

小　号　用不着,是你自己暴露了自己。我什么也没说,什么也不愿意知道。(热切地)你别毁了你自己,快住手吧!我们毕竟有过点交情,要不,关我屁事。说实在的,我巴不得你栽了!我爱蜜蜂,不管你们之间有过什么事,我爱她就是爱她!别不识好歹,把人心当狗肺了,我够哥们儿的啦,没对不起你黑子的地方。为你们好,我什么都忍受了,能做的都做到了!我只能到此为止!黑子,你住手吧!再不听,可怪不得我了!

蜜　蜂　啊,黑子,快听小号的,住手吧!小号,求你同师傅说说,让他下车吧。黑子,你干干净净地下车吧!

小　号　趁什么事情还没发生,为了蜜蜂,你要真爱她,就不能往死路上钻……你想想后果吧,不为了成全你们,我干嘛犯这个傻……

蜜　蜂　(抓住小号的胳膊,像是个依靠)小号,你真好。

小　号　(甩开她的手)别碰我!你离我远些……让我安静一下……我心口不舒服……你别瞎掺和了……你让他回去。(对黑子,冰冷地)黑子,你要再多走一步,我们这点交情就全完,你也别怪我不客气了。(严厉地)你听着,别在我这趟车上出任何事情!(刻板地)这已经不是你我之间的事,我得对得起我担负的行车责任。

黑　子　我走开,抽完烟就走……难为你了……

小　号　用不着。(难受地捂住胸口)

蜜　蜂　你怎么啦,小号?

小　号　(轻声地)我憋闷极了……

蜜　蜂　(感激而温柔地俯在他身边)你真高尚,原谅我对你的伤害,都是我不好。我早该对你说,都是我的过错,你真不能原谅我吗?

(光圈骤然消失。列车出了隧道。行车的节奏较轻,小快板的节奏和一个沉重的慢板的复合。昏黄的光线下,众人仍然坐着不动。只有黑子站着,靠在窗户边上抽烟,不看着小号。大家都随着行车的节奏摇晃着。)

——选自《高行健戏剧集》,群众出版社,1985年版

【导读】

《绝对信号》的"信号"是人性的信号,是心灵的信号。在剧中,黑子、蜜蜂、小号既是朋友关系,又是三角恋爱关系,还是正义与邪恶的较量关系。这种复杂的人物关系,使他们的心灵得到了多向度的展示。小号热爱艺术,但他只能当一名普通的见习车长,他爱蜜蜂,却得不到蜜蜂的爱;黑子可以拥有甜蜜的爱情,但无业流浪者的身份让他不敢面对爱情,为此他铤而走险;蜜蜂深爱黑子,但总不能得到黑子正面的"信号",她想帮助黑子,但又找不到合适的途径。这些复杂的矛盾交织在一起,构成了20世纪80年代青年人复杂的心理世界,它既有几分矫情,又包含着一种无力改变现实的虚无感。

《绝对信号》在艺术上尝试了一种主观化的时空结构方式,既展示了车厢里发生的事件,同时又不断通过人物的回忆闪现过去的事件,或把人物的想象和内心深处的体验外化出来,使实际上没有发生的事件也在舞台上得到展现。如黑子在车上与蜜蜂重逢后,通过舞台上光影和音响的变化而把时间拉回到过去,演出了他与蜜蜂的相爱、迫于生存的烦恼和他被车匪拉拢、怂恿的心理变化。由于正常时序的时空被打乱,戏剧出现了现实、回忆和想象的叠加和交错,从而使整出戏呈现出异常强烈的主观色彩,剧情的发展也更加贴近人物的心理逻辑。与此相关的是,剧中增多了"内心表现"的成分,除了把人物内心的想象和回忆外化为舞台场面,还多次以夸张的形式出现了人物之间的"内心对话",以人物的内心交流或心理交锋来推动剧情的发展。

不过,《绝对信号》的现代派特征重在形式,西方现代派文学集中表现的现代人的虚无感和孤独感在中国社会并不普遍,这也决定了《绝对信号》的思想限度。

三、延伸思考

概括起来,新启蒙时代的现代主义话剧呈现出以下特色:

(1)注重挖掘人物的潜意识和人物内心的多元性与不确定性。《狗儿爷涅槃》侧重挖掘了狗儿爷心中的"地主情怀",这是中国农民的集体无意识,也是狗儿爷不能摆脱的"潜意识"。《绝对信号》则开掘了人物内心的复杂性和不确定性,在同一个瞬间,话剧中的人物都呈现出多重的心理特征,对人物潜意识和心理不确定性的挖掘,丰富了文学艺术对人的表现形式。

(2)采用了主观化的叙事方式,戏剧结构呈现出前所未有的开放性。主观化叙事即以人物的内心世界作为推动戏剧发展的主要线索,现实的场景只是围绕着人物心理变化而展开的。用传统的眼光看,现代主义话剧的叙事都具有凌乱化、无序化的特征,而如果进入人物的内心世界,无序中又存在着有序。

(3)现代主义的特征重在形式而非内容。《绝对信号》和《狗儿爷涅槃》都侧重形式的创新,丰富了现代话剧的表达方式,因为现代主义体验在新启蒙时代还未能为社会普遍觉察,因此难以表达出具有中国特色的内容。

【思考题】

1.新启蒙时代现实主义话剧反思了当时社会的哪些问题?

2.新启蒙时代话剧大量地塑造领袖人物,反映出剧作家怎样的文化心理?

3.新启蒙时代现实主义话剧的主要缺陷是什么?

4.在戏剧舞台上表现人物的内心世界有哪些难度和局限?

5.现代主义话剧在新启蒙时代出现的根本原因是什么?

6.中国现代主义话剧存在哪些问题?

尾篇　市场经济与新世纪的到来

第一节　市场化时代的中国文学

20世纪90年代以来,中国社会进入了一个新的历史时期,与之相对应,中国文学也进入了一个新的历史时期。从20世纪80年代末到90年代初,世界局势发生了急剧变化,东欧剧变、苏联解体,战后东方、西方世界两大阵营长期对峙的冷战局面结束,世界开始进入一个以和平、发展为主题的新时代。面对世界格局的风云变幻,中国共产党坚持走中国特色的社会主义道路,不失时机地把建设社会主义市场经济的目标,提到了进一步深化和扩大改革开放的议事日程上来。社会主义市场经济使中国全面进入现代化的物质实践层面,一个世纪以来,中国曲折的现代化进程,终于从呼唤思想解放、人的主体性等思想层面进入政治、法律、科技等具体操作层面,中国文化、价值理念也随之进入一个复杂的转型期。

社会主义市场经济的兴起促使了以迎合市场为目标的大众文化的兴起,在物质利益的驱动下,文学呈现出盲目市场化的倾向,其主要表现在以下几个方面:

(1)文学的传媒和载体纷纷改旗易帜、改弦更张,希图以一个全新的面貌走向市场。长期以来,当代文学的生产和消费因为在一个庞大的计划经济体制内运行,文学的传媒和载体从无生存之虞;进入20世纪90年代以后,因为整个社会生产和经济活动斗争走向市场,文学的传媒和载体也感到了生存的压力。在这种情况下,一些文学报刊为了适应市场经济的生存环境,纷纷酝酿改版或改变刊物的"纯文学"性质,即由纯文学刊物改变为综合性的文学刊物,或由"纯文学"刊物向通俗类的和生活类的刊物靠拢。

(2)作家作品纷纷实行商品化包装,以求迎合商品化时代读者新的文化口味和阅读兴趣。由于在市场经济条件下,精神产品的生产和消费常常被人们混同于物质产品的生产和消费,不少作家作品往往为了商业利润和经济利益,主动放弃对读者的道德教化和精神引导的责任,完全交由市场选择和"买方"支配。这样,在文学传媒和载体纷纷走向市场的同时,一些出版企业也开始对作家作品有意识地实行商品化包装,以争取更多的读者,获得更大的利益。

(3)娱乐消闲和即食快餐类的作品大量涌现,刺激了一种市场化消费文学潮流的勃兴。由于市场经济本身所具有的一种消费性特征和商品经济所培植的消费观念、消费方式和消费趣味的影响,人们对文化产品的观念和需求也必然要随之发生相应的变化。

与大众文化的勃兴相对应,20世纪80年代的知识分子在现代化大旗下达成的思想共识走向分裂,面对市场经济在社会中多重渗透带来的种种负面效应,知识分子的看法日渐含混。一个多世纪以来,中国现代化所积累的思想与知识问题在世纪末的十年中重新出现,并引发了旷日持久的论战。在全球化视野中,激进与保守、民族主义、自由主义与新左派等话题,在90年代新的历史环境下浮出水面,表明了知识分子立场的深刻分化。在文学界,"多元化""个人化""边缘化"话语取代了以往的启蒙指向,日益膨胀的文化市场以及商品意识,使知识分子整体的同一性不复存在。在市场化原则和西方后现代文化的影响下,一些曾经充当80年代思想解放先锋的知识分子,也开始告别革命和放逐诸神。而同时,有一部分知识分子面对现代化进程中出现的价值失范现象,开始追问并反思"人文精神的失落",自觉地承担起知识分子的职责并重新呼唤社会使命感。

在市场化时代,各种文体的文学既体现出整体的特征,又体现出不同的局部特色。

小说创作在市场化时代出现了一个高峰期。其表现之一便是大量优秀长篇小说的出现。与知识分子价值立场的分化相对应,长篇小说也因作家价值立场的不同而呈现出不同的倾向,这一时期出现的追求精神理想创作倾向的作品有《心灵史》《家族》等,反思民族历史文化的作品有《白鹿原》《尘埃落定》和王蒙的"季节"系列长篇小说等,带有文化和家族寻根色彩的作品有《马桥词典》和《纪实和虚构》等,以传统的价值立场和文化心态应对现代文明的作品有《九月寓言》《废都》《白夜》《土门》《高老庄》等,涉及人的生存状态,尤其是普通人的世俗生存状态以及人性和人生哲理范畴问题的作品有《务虚笔记》《呼喊与细雨》《活着》《许三观卖血记》等,带有女性主义或女权主义色彩的作品有《一个人的战争》《私人生活》《大浴女》等,体现现实主义创作方法、密切关注当下社会和现实人生的作品有《苍天在上》《抉择》《人间正道》《中国制造》等,历史题材的作品则有《曾国藩》《雍正皇帝》等。其表现之二是小说艺术的多重探索。这一时期小说既延续了20世纪80年代出现的寻根小说、先锋小说、现实主义小说等艺术形式,又应时地出现了新写实小说、个人写作、青春写作等新的小说样式和形式。

中国诗坛在市场化时代发生了很大的变化。"第三代"诗潮在 20 世纪 80 年代末消歇以后,即与整个文学一样,遭遇了一场政治风波,诗人队伍分化,诗歌创作受挫。随之而来的是,90 年代初推行社会主义市场经济体制,文学被卷入市场,商品化潮流泛滥,诗歌也深受影响。这期间有汪国真式的通俗诗歌出现,填补了诗歌创作的短暂"真空"。到 90 年代中期前后,诗坛才渐复常态,但已不复有"第三代"的派别杂陈、众声喧哗,而是逐渐形成了"知识分子写作"和"民间写作"双峰对峙的局面。西川、王家新等被认为是"知识分子写作"的代表,这一派的诗人与诗评家强调书面语之于诗歌写作的艺术合理性,强调技艺的重要性,追求诗歌内容的超越性和文化含量;于坚、韩东等被认为是"民间写作"的代表,这一立场的诗人和诗评家则强调口语之于诗歌写作的艺术长处,强调诗歌的活力原则和原创性,注重题材、内容的日常性和当下性。前者显然与中国新诗向来的追求目标和艺术实践的历史有关,后者则更多地沿袭了 80 年代中期"第三代"诗人对诗歌的原创性和日常化的艺术追求。二者本是诗学理论和创作实践中一般原理与特殊追求的关系,并无绝对不可调和之处,但在知识分子立场整体分化的历史语境下,两者爆发了激烈的争论。

在市场化时代,散文创作出现了一个观念多元、手法多样、文体杂陈、风格迥异的繁盛局面。这一时期的散文写作出现了两个较大的倾向:一方面,日常生活更从容不迫地走进散文天地。众多散文作者从自我出发,取日常生活、身边琐事,真切抒写普通人的生存景观、生活情趣,在凡人小事中寻求一份温馨与慰藉。20 世纪 90 年代中期,曾一度拥有相当市场的所谓"小女人散文""生活散文"就是明显的例证。另一方面,探究心灵、表现人文思想与人文理想的散文写作日趋活跃。它们或思辨,或感悟,或议论,多以渊博的知识、理性的批判精神为依托。对思想性的追求,使散文突破了借景抒情、托物言志等写作方式,在表现手法上更为自由,呈现出大气魄、大制作和大景观。市场化时代散文的重要成就是被人们习惯地称作"大散文""学者散文"或"文化散文"。

市场化时代,大众文化的过度繁盛挤压了话剧的生存空间。在整体平庸的状况下,所幸因部分剧作家思想的清醒和对艺术的执着,仍然创作了一批优秀的戏剧作品,使中国戏剧现代化得以缓慢推进。其中,影响较大的代表性话剧作品有姚远的《商鞅》,沈虹光的《同船过渡》和《临时病房》,杨利民的《地质师》,过士行的《闲人三部曲》(《鸟人》《鱼人》《棋人》)和《厕所》,田鑫的《生死场》,邵钧林等的《虎踞钟山》,郑振环的《天边有一簇圣火》,黄纪苏的《切·格瓦拉》,姚宝瑄与卫中的《立秋》,李六乙的《非常麻将》等。受欧美后现代主义影响的先锋实验戏剧和随着市场经济的发展而兴起的商业戏剧是这一时期值得关注的重要戏剧现象。先锋戏剧以反叛传统、解构既有规则与价值观念为特点,其艺术实验有助于丰富戏剧的表现形式与手法,但重表演轻文本的反文学倾向影响了其戏剧精神内涵的深刻性。其代表作品有孟京辉等的《思凡》《我爱×××》《恋爱的犀牛》,牟森等的《彼岸》《零档案》《与艾滋有关》等,林兆华等的《哈姆雷特》《三姊妹·等待戈多》等,张广天的《圣人孔子》《左岸》《圆明园》等。商业戏剧则自20世纪90年代初萌芽,到新世纪有了较大的发展,主要作品有《离婚了,就别再来找我》《别为你的相貌发愁》《谁都不赖》《冰糖葫芦》等。

第二节　陈忠实与中国小说的繁复状态

一、基本知识

20世纪90年代是中国文学向市场化过渡与转型的时期。由于意识形态的回调,知识分子的身份认同也分化为不同的路向,他们淡化了原有的一元化的政治社会理想,在渐至生成的多元文化格局中构建个人的文化立场与书写方式,虽然也有受政府宣传部门的倡导而创作的主旋律作品,但只在政府部门获得价值的确认,并非在特定的文学圈内以及研究机构中得以呼应。同样,消费型的通俗小说也多在市民阶层中得以扩展,网格小说则以其杂芜的形态顽强地生长,并竭力谋求文学的"合法化"。这种多元文化格局使20世纪90年代的小说创作呈现出多种走向与可能,也使这一时期的小说创作从繁荣走向平实。其中最具成就的是长篇小说,如路遥的《平凡的世界》、余华的《活着》《许三观卖血记》、陈忠实的《白鹿原》、邓一光的《我是太阳》、项小米的《英雄无语》、张炜的《九月寓言》、阿来的《尘埃落定》、王安忆的《长恨歌》、史铁生的《务虚笔记》、韩少功的《马桥词典》等,都是这一时期可圈可点的优秀作品。其中,陈忠实的《白鹿原》是这一时期最重要的文学收获,很难想象,没有《白鹿原》,90年代的小说将会以怎样的轻飘回报历史。套用瞿秋白评价《子夜》的一句老话:在将来的文学史上,一定会记住1993年。这一年,《当代》杂志社和人民文学出版社分别刊载和出版了陈忠实的长篇小说《白鹿原》,使陈忠实这个名字和《白鹿原》一起走进中国文学史。

陈忠实(1942—2016),陕西西安人,1965年开始发表作品,1993年以长篇小说《白鹿原》一举成名,曾任中国作家协会副主席、陕西省作家协会主席。《白鹿原》获第四届"茅盾文学奖"。

二、代表作及其导读

白鹿原(节选)

◉ 陈忠实

　　鹿三杀死儿媳妇小娥的准确时间,是在土壕里撞见白孝文的那天晚上。鹿三看着苟延残喘垂死挣扎着的白孝文的那一刻,脑子里猛然噼啪一声闪电,亮出了那把祖传的梭镖。他手里拄着镢把儿瞅着躺在土壕里的孝文竟然没有惊奇,他庆贺他出生看着他长大看着他稳步走上白鹿村至尊的位置,成为一个既有学识又懂礼仪而且仪表堂堂的族长;又看着他一步步滑溜下来,先是踢地接着卖房随后拉上枣棍子沿门乞讨,以至今天沦落到土壕里坐待野狗分尸。鹿三亲眼目睹了一个败家子不大长久的生命历程的全套儿,又一次验证了他的生活守则的不可冒犯;黑娃是第一个不听他的劝谕冒犯过他的生活信条的人,后果早在孝文之前摆在白鹿村人眼里了。造成黑娃和孝文堕落的直接诱因是女色,而且是同一个女人,她给他和他尊敬的白嘉轩两个家庭带来的灾难不堪回味。鹿三当时给孝文说"你去抢舍饭",不是指给他一条生命,而是出于一种鄙夷一种嘲笑。

　　鹿三整个后晌都是从土壕里拉运黄土,干旱的天气使黄土从地表一直干到土壕根底,不需晾晒直接倒进土房储藏起来。天黑以后,饱和往常一样沉默寡语地坐在饭桌上吃了晚饭,和嘉轩没有说话只招呼一声"你慢吃我走咧"就走出院子。进了他的马号,给唯一剩下的红马添了一槽草料,就背抄着手回家去了。

　　鹿三走进自家院子的时候,女人在夏屋炕上听到脚步声,问"你回来了,等等。我给你开门。"鹿三立在院子里说:"你甭开门我不进去了。"女人就再没吭声。鹿三推开储藏杂物家具的隔扎着墙的厦屋,摸到了梭镖光骨的把柄,就着朦胧的月光,在门坎上垫住梭镖,用斧头褪下镖尖头儿来。叮叮当当的响声引来女人的问询:"黑麻咕咚的你砸啥哩?"鹿三说:"你睡你的觉喀!"

　　鹿三回到马号,从铡墩旁把磨石抱进来,支在土炕和槽帮之间的空脚地上,反身关死了马号的木门,用瓢舀上清水,支在脚地的一个洼坑上,然后坐在木马架上,蘸着清水磨起梭镖钢刀子来。久置不用的梭镖刃子锈迹斑驳,在磨石的槽面上褪下红溜溜的铁锈,嚓嚓嚓嚓的磨擦声中,钢刀在油灯光亮里显现出亮幽幽的冷光来,他用左手的大拇指头试试锋刃,还有点钝,就去给红马再拌下一槽草料添上,坐下来继续磨着,脑子里十分沉静十分专注十分单一。他第四次拃起左手拇指试锋刃时,就感到了钢刃上的那种理想的效果,如同往常铡草前磨铡刀刃和割麦子前磨镰刀片子一样的感觉,然后用一块烂布擦了擦钢刃上的水,压到被子底下,点燃一锅旱烟,坐在炕边上,一只脚踏在炕下的脚地上,另一只脚踩在炕边上,左手钩着弓起的膝盖,右手捉着尺把长的烟袋杆儿,雕像一般坐着,他等待鸡叫等待夜静以免撞见熟人,就像往昔里要走远路起鸡啼一样沉静。他的沉默不啻是脑子简单,主要归于他对自己的生活信条的坚信崇拜。他连着磕掉两锅黑色的烟灰又装进了烟末儿。悠悠飘浮的烟雾里,猛然想起那年"交农"的情景,在三官庙的场院里,他面对群龙无首嘈嘈纷乱的场面就跳了起来:"我算一个!"他领着众人进逼县府又被五花大绑着投进监牢,没有后悔过也没有害怕过。鹿三心里说:我就要做成我一生中的第二件大事了,去杀一个婊子去除一个祸害。

——选自《白鹿原》,人民文学出版社,2004 年版

【导读】

从文化的角度,通过家族史的变迁,在历史的痼疾与现实的谬误中,反思百年历史,反思中华文化,思考民族命运,即再启蒙,是《白鹿原》的立意之本。而写出一个民族文化环境中的人的生活、人的历史,写出礼教吃人、政体腐败、民之不民的悲剧境遇,再举反封建的大旗,进而透示出中华民族迈向现代化的征程漫漫,是《白鹿原》的核心思想,也是《白鹿原》撼人心魄之所在。

三、延伸思考

1.《白鹿原》的创作动机

1985 年秋,陈忠实创作了中篇小说《蓝袍先生》。按照惯例,一部作品一旦完成,关于这部作品的创作情结也随之结束,但是,《蓝袍先生》完结后,作家的心绪却久久不能平静,一股按捺不住的关于我们这个民族命运的创作冲动涌上心来,它触发并点燃了作家某些从未触动过的生活库存,使作家进入一种极度亢奋的状态之中。为什么陈忠实竟有这样强烈的创作冲动呢? 这要从作品的主人公许慎行说起。

"蓝袍先生"许慎行出身于"耕读世家",为恪守爷爷许敬儒"耕读传家"的家训,

遵从父亲"为人师表"的训导,他压抑天性,淡绝欲念,与丑妻相伴,从事神圣而庄重的私塾教育。新中国成立后,许慎行被送往速成师范学习。在新生活的洪流中,他那迂腐与畸形的行为模式受到了强有力的冲击,他脱下了象征封建堡垒的蓝袍,穿上了象征新时代气息的列宁装,并在学习与生活中与敢于反抗封建婚姻制度的田芳确立了恋爱关系,精神为之大变。然而在他们抗婚的道路上,田芳不畏家庭的阻挠,彻底挣脱了封建婚姻的束缚,走上了自由道路,而许慎行却在父亲的威逼下败下阵来。被打成"右派"后,许慎行更是灰心丧气,彻底服了命。几十年后,丑妻死去,许慎行一度想再娶,最后却又自断残念。

许慎行是一个横跨两个时代的乡村先生。旧时代,他在封建牢笼中生存,新时代,他依然为封建观念所摧残。脱去外在的"蓝袍"容易,脱去内心的"蓝袍"难上加难。吃人的礼教将许慎行视为无意志、易扭曲的工具,一个可由他人随意主宰的对象,几十年的"革命"也并未"革"掉真正应该革掉的"命",反而使他变得更加软弱无力,加之"左"的思潮又与封建思想相混杂,于是,一个被封建毒汁浸透而全然不察的麻木者、一个一生扮演悲剧角色的封建礼教的牺牲品的形象,就活脱脱地呈现在人们面前。

令人悲哀的还有田芳的父亲。这位出身贫穷的农民,新中国成立前因为穷而给女儿订婚,新中国成立后他还要信守"人而无信,不知其可"的规条,坚决履行婚约。他没有受过什么教育,却死抱着封建的教义不放,将封建的杀人的精神屠刀牢牢地握在手中,执迷不悟地"捍卫"着封建奴隶的"尊严"。一幕多么令人可怕的悲剧!陈忠实在这个压抑得几乎令人窒息的悲剧故事中,入木三分地揭示了传统文化负面意识对人性的无情摧残,也使我们更清楚地看到人们挣脱封建思想的束缚获得人的解放还有漫长的道路。

实际上,陈忠实的思辨早在《尤代表轶事》中就有所表现。"四清"时,工作组长老安不明底细地依靠东沟"猿人"尤喜明在尤家村开展工作,任尤喜明在"天不灭尤"的狂喊声中为非作歹。真正的劳动者成为漏划的地主分子,不劳动者成为农村"两极分化"的典型。尤喜明分得了补划地主分子尤志茂的两间厦房,他住的窑洞变成了阶级教育展览馆,每天接待前来接受教育的人员。他现身说法,成为专职讲解员,不劳动反而挣满分,他的境遇也得到许多"阶级兄弟"的同情,得到许多捐物,这使他十分自得。他也有苦闷——借机捞个一官半职的愿望还没有实现。几次"立功"的行动并未博得仅为了完成"四清"任务的老安的赏识,他心里很不是滋味。一天,他突然听到"文化大革命"开始了,"心猛烈一跳,不由地把胳膊抡起来,走路也有劲了"。他暂时还弄不清这场运动弄啥呢,但他想,最好农村也搞,有运动才热闹!

尤喜明这个利欲熏心的无耻之徒,自卖壮丁五六次的油子,混入工人队伍中又因贪污案被解职的渣滓,心安理得地每年领救济的不劳而获的痞子,一心想借"运动"发横财的"疯子",如王秋赦一般,竟常常成为我们所倚重的对象,成为无所不在的"人物","左"的思潮与行为固然推波助澜,但这"左"的根源何尝不是封建的东西在作鬼作祟。

我们想起了陈忠实的另一篇中篇小说《梆子老太》,这是《尤代表轶事》的延伸与扩展。"梆子老太"是一个农村妇女,因脸像梆子而得名。由于家里没有男孩,她从小受到田间劳动的训练,与男人一样承担繁重的体力劳动,因此反倒不会女工。这并无大妨,但成亲后不能生育的缺陷,令她在梆子井村抬不起头来。新中国成立后,她因出色的劳动能力被选为"劳动模范",还被乡长树为男女平等的先进典型,并号召人们向她学习,临行时又将照顾村里烈军属与孤寡老人的任务交给了她。谁知一群年轻媳妇不愿与她干,原因是人们担心那些媳妇和她在一起会被传染上不生育的病症。这一可怕的传言几乎摧垮了梆子老太生活的勇气。此后,她开始注意某家媳妇是否会针线,某家媳妇是否开怀,希望能找到一个与她一样的女人,以证明她并非孤立的存在。她因此与众人产生了误会,被人称为"盼人穷"。"左"的运动来临时,她成为阶级性、斗争性最强的人,成为"左"得人见人厌的可恶的老太太。妇女不会生育,这在传统观念很重的中国农村是一个巨大的不幸,这使梆子老太产生了畸形的心理,问题还在于这种畸形的心理又正好与不正常的政治环境相遇,使其成为一种完全变态的心理顽症,进而以恶的方式影响社会与他人的生活。这就不独是个人的悲哀,也是时代、社会、历史的悲哀。

1990 年,《灞桥区民间文学集成》编撰完毕,面对书稿,陈忠实想到了生活在这块特殊区域的乡民们的文化心理。他说:"在缓慢的历史演进中,封建思想封建文化封建道德衍化成为乡约族规家法民俗,渗透到每一个乡村每一个村庄每一个家族,渗透进一代又一代平民的血液,形成这一方地域上的人的特有文化心理结构。"这些特有的文化心理结构使得"所有悲剧的发生都不是偶然的,都是这个民族从衰败走向复兴复壮过程中的必然"。这样,妇女、社会、时代、文化、心理、悲剧等因素被陈忠实痛切地扭结在一起,成为他在历史的痼疾与现实的谬误中反思中华文化、解剖中国历史与社会及民族命运的支撑点,而这又在《白鹿原》中得到了集中体现。

2.鹿三与白小娥形象的典型意义

封建礼教的牺牲品,如鲁迅笔下的祥林嫂、巴金笔下的觉新等,是文学史上屡见不鲜的人物,但那些多是"欲做奴隶而不可得"者,鹿三则是"做稳了的奴隶"。鹿三是有尊严且自信的劳动者,也是凭自己的诚实和出类拔萃的农技赢得东家充分信赖的长工。他和东家不是主人和会说话的牲口、低三下四的关系,而是相互信任、充分理解、各尽职责的主仆关系。鹿三将主子白嘉轩视为"仁义之人"，白嘉轩也将鹿三视为同宗兄弟，一个"非正式的，但却不可或缺的"成员，而不是奴仆或奴才。他很真诚地称他为三哥，让孩子称鹿三为三叔，鹿三对白嘉轩不称主家也不称掌柜而是直呼其名，自然是官名白嘉轩。有事商议时，白嘉轩还将鹿三请到尊贵的座位上共商共讨。小说中白嘉轩被土匪打断的腰养好后，重新回到地里和鹿三一起耕地的情景，堪称描写主仆之间温情脉脉的绝妙之笔。

当鹿三再犁过一遭在地头回犁调犍牛的时候，白嘉轩扔了拐杖，一把抓住犁把儿一手夺过鞭子，说："三哥，你抽烟去！"鹿三嘴里大声憨气地嘀嗒着："天短球得转不了几个来回就黑咧！"最后还是无奈放下了鞭子和犁杖，很不情愿地蹲下来摸烟包。他照着白嘉轩把犁尖插进垡沟的一声吆喝，连忙奔上前去抓住犁杖："嘉轩，你不敢犁地，你的腰……"白嘉轩拨开他的手，又一声吆喝："得儿起！"犍牛拖着犁铧朝前走了。白嘉轩转过脸对鹿三大声说："我想试一下！"鹿三手里攥着尚未装进烟末的烟袋跟着嘉轩并排儿走着，担心万一有个闪失。白嘉轩很不喜悦地说："你跟在我旁边我不舒服。你走开你去抽你的烟！"鹿三无奈停住脚步，眼睛紧紧瞅着渐渐融进霞光里的白嘉轩，还攥着空烟袋记不起来装烟。（注：着重号为引者所加。）

这种似亲人间的温情、似田园诗般的主仆关系，确乎不同寻常。问题也恰恰就在这里。中国的阶级关系往往被温情脉脉的、以血缘为纽带的宗法关系所掩盖，统治阶级的思想不仅侵蚀了每一个统治者，而且侵蚀了每一个被统治者，特别是没有文化的小农生产者，他们的麻痹和沉湎更令人痛心疾首。普通的劳动者鹿三心安理得地接受封建文化的奴役，死心塌地地维护封建教义，不惜杀死儿媳以正伦理，封建礼教吃人的面目何等隐蔽、何等狰狞！

田小娥是一个普通的女子，出身于读书人家，模样也姣好，命运不济令她嫁给一个70岁的郭举人做妾，过着非人的生活。她与黑娃自然萌生了爱情，尽管这种爱情源于性爱，但却是对封建的"存天理，灭人欲"的义理最有力的反抗。她被逐出门外，与黑娃回到原上，远离众人，低微地过着虽贫贱却自由的生活。然而，就是这样一个摆脱被奴役、被欺凌地位的女子基本的生活被完全打碎了。她先是不准入祠，后又意外地卷进了一场"风搅雪"的运动，失去了丈夫黑娃的保护，重新沦为孤立无援、生计无门的女子。鹿子霖乘人之危加重了她生活的苦难，白孝文情欲相悦将她推入了封建宗法社会的深渊。她为众人所不齿，为众人所憎恶，为众人所不容。问题不在于她这个被侮辱与被损害者的妇女破灭了自身的理想，而在于制造这一悲剧的是她的亲人——她的公公鹿三。她临死前那声惊恐、悲凄、绝望的呼喊"阿……大呀……"，不仅是田小娥个人凄婉的哀声，也是中国无数被礼教所吞噬的妇女的哀声。鹿三去杀田小娥并非受他人的指使,有学识又懂礼仪且仪表堂堂的族长的继承者白孝文因田小娥而沦落到土壕里坐待野狗分尸,自己的儿子黑娃也因田小娥深陷其中不听劝谕而落草为匪,其中的痛苦令鹿三不堪回首,自然滋生仇恨灭杀之心。田小娥做梦也没有想到自己心爱的黑娃的父亲会举刀杀她,她临终前的绝叫令人战栗,也使鹿三脑海中深深浸透的封建观念开始坍塌,并最终崩溃。听听田小娥借鹿三之口诉说的冤屈吧,这同样是一部血泪的控诉书!

“我到白鹿村惹了谁了?我没偷掏旁人一朵棉花,没偷扯旁人一把麦秸柴禾,我没骂过一个长辈人,也没搡戳过一个娃娃,白鹿村为啥容不得人住下?我不好,我不干净,说到底我是个婊子。可黑娃不嫌弃我,我跟黑娃过日月。村子里住不成,我跟黑娃搬到村外烂窑里住。族长不准俺进祠堂,俺也就不敢去了,咋么着还不容让俺呢?大呀,俺进你屋你不认,俺出你屋没拿一把米也没分一根蒿子棒棒儿,你咋么着还要拿梭镖刀子捅俺一刀?大呀,你好狠心……”

可以说,田小娥至死都没有赢得做人的权利!我们的耳旁也再次回响起鲁迅的声音:“礼教吃人!”

第三节　分歧与喧闹中的诗歌

一、基本知识

在诗歌领域,二十世纪八九十年代之交存在一个深刻的变化。欧阳江河认为,在那样一个时间节点上,“在我们已经写出和正在写的作品之间产生了一种深刻的中断……诗歌写作的某个阶段大致结束了,许多作品失效了,就像手中的望远镜被颠倒过来,以往的写作一下子变得格外遥远,几乎成为隔世之作,任何试图重新确立它们的阅读和阐释努力都有可能被引导到一个不复存在的某时某地,成为对阅读和写作的双重消除”①。欧阳江河的分析与后来的“知识分子写作”概念有关。而在总结“民间写作”的时候,韩东也指出了八九十年代之交的变化,“大规模的诗歌运动已不复存在,社团、流派、自办刊物的方式也许已经过时,但诗人们‘隐蔽’的写作并未停止,只不过从集体作业转变为各自为政”,“80 年代民间的诗人”出现了分化,“进入 90 年代以后”,“更年轻的一代以其变化了的方式维护了必要的民间立场,成为 90 年代民间写

① 欧阳江河:《站在虚构这边》,生活·读书·新知三联书店,2001 年,第 49 页。

作的中坚"①。无论是"民间写作"还是"知识分子写作",20 世纪 90 年代的"变化"都是确定无疑的事实,但我们需要思考一下,是什么原因促成了这样的变化和分化?

要弄清楚这场变化,不妨回顾一下 1999 年发生在北京的"盘峰论争",比较一下这次论争与 20 世纪 80 年代初期关于朦胧诗的论争和 80 年代中期关于"第三代"的论争。从当代诗歌历史看,发生在 80 年代的两次论争几乎都是诗歌领域的"代际战争",是新旧美学原则之间的论战,论战的结果是诗歌向前推进了。然而"盘峰论争"则不是这样,粗分为两个阵营的诗人们是同一代人,虽然各自的旗号不同,一是"知识分子写作",一是"民间写作",论争的表面原因似乎与美学观念的差异有关,但是论争的核心却是争夺现实的话语权、争夺历史的代表权,这从论争之后他们发表的一系列文章可以看出来。本来,不同的美学观念是可以并存的,这是多元化时代的正常状态,但是他们发生论争做表面上的是非判断、真伪判断、高下判断,则是以诗歌作者的身份做诗歌外行的事情,在诗歌边缘化的时代征战蜗角。在论争过去十余年之后,我们会发现,它的确不像 80 年代的两次论争那样推进了现代汉语诗歌的写作,而现实利益和历史地位的争夺,延续至今。

当然,应当承认,不论是所谓的"知识分子写作",还是所谓的"民间写作",在 20 世纪 90 年代都有值得注意的作品,而我们分析这些作品,也许有助于我们理解什么是中国当代诗歌历史上特定的"知识分子写作",以及"民间写作"……

二、代表作及其导读

暮 色

◎西 川

在一个幅员辽阔的国家
暮色也同样辽阔
灯一盏一盏地亮了
暮色像秋天一样蔓延

所有的人都闭上嘴
亡者呵,出现吧
因为暮色是一场梦——

---

① 韩东:《论民间》,《最新先锋诗论选》,河北教育出版社,2003 年,第 85 页。

沉默获得了纯洁

我又想起一些名字
每一个名字都标志着
一种与众不同的经历
它们构成天堂和地狱

而暮色在大地上蔓延
我伸出手,有人握住它
每当暮色降临便有人
轻轻叩响我的家门

——选自《西川的诗》,人民文学出版社,1999年版

【导读】

西川的写作通常被归入"知识分子写作"。西川对前代诗人有清醒的认识,也有对口语写作的明确批判,他有纯诗理想。在"'第三代'或'新生代'的诗人们开始清算今天派诗歌语言中沉重的历史感,而改用口语来写市民生活、市民情感"之后,西川"甄别"了口语,认为"一种是市井口语,它接近于方言和帮会语言,一种是书面语言,它与文明和事物的普遍性有关",西川"当时自发地选择了后者",他认为"如果中国诗歌被12亿大众庸俗无聊的日常生活所吞没,那将是件极其可怕的事",西川随即"提出了'诗歌精神'和'知识分子写作'等概念","一方面是希望对于业已泛滥成灾的平民诗歌进行校正,另一方面也是希望表明自己对服务于意识形态的正统文学和以反抗的姿态依附于意识形态的朦胧诗的态度",诗歌应该"多层次展出,在感情表达方面有所节制,在修辞方面达到一种透明、纯粹和高贵的质地,在面对生活时采取一种既投入又远离的独立姿态"[①]。那么,这首质地纯粹的《暮色》,这"在大地上蔓延"的暮色,在那样一个"历史强行进入"的时间段落,就不需要也不拒绝做隐喻的理解。的确如此,"在一个幅员辽阔的国家/暮色也同样辽阔/灯一盏一盏地亮了/暮色像秋天一样蔓延"。西川的语言和姿态,的确是典型的"知识分子写作"。

---

① 西川:《大意如此》,湖南文艺出版社,1997年,第245-246页。

帕斯捷尔纳克（节选）

◉ 王家新

不能到你的墓前献一束花，却注定

要以一生的倾注，读你的诗，

以几千里风雪的穿越，一个节日的

破碎，和我灵魂的颤栗。

终于能按照自己的内心写作了，

却不能按一个人的内心生活，

这是我们共同的悲剧。

你的嘴角更加缄默，那是

命运的秘密！你不能说出，

只是承受、承受，让笔下的刻痕加深，

为了获得，而放弃，

为了生，你要求自己去死，彻底地死。

这就是你，从一次次劫难里你找到我，

检验我，让我的生命骤然疼痛。

从雪到雪，我在北京的轰响泥泞的

公共汽车上读你的诗，我在心中

呼喊那些高贵的名字，

那些放逐、牺牲、见证，

那些在弥撒曲的震颤中相逢的灵魂，

那些死亡中的闪耀，和我的

自己的土地！那北方牲畜眼中的泪光，

在风中燃烧的枫叶，

人民胃中的黑暗、饥饿，我怎能

撇开这一切来谈论我自己？

正如你，要忍受更为疯狂的风雪扑打，

才能守住你的俄罗斯，你的

拉丽莎，那美丽的、再也不能伤害的

你的,不敢相信的奇迹。

带着一身雪的寒气,就在眼前!

……

1990 年

——选自《花城》,1991 年第 2 期

【导读】

王家新作为"知识分子写作"的代表人物,备受赞誉和攻击。王家新代表了"知识分子写作"中的"介入"方向,带着沉重感和历史意识,在 20 世纪 90 年代初,这样的意识与处于"粗暴的、践踏文明和人性的年代"的帕斯捷尔纳克及其《日瓦戈医生》相逢,自然会产生触动:"满载的公共汽车穿越长安街,一路轰鸣着向电报大楼驶去,于是我想起远方的远方,想起了帕斯捷尔纳克,想起我们共同的生活和命运。满载的公共汽车轰鸣着,一道雪泥溅起,一阵光芒闪耀,一种痛苦或者说幸福,几乎就要从我的内心里发出它的呼喊,于是我写下了这首诗《帕斯捷尔纳克》。"王家新称,这首诗"唤起了广泛的共鸣","因为它如梦初醒般地唤起了他们的感受,他们由此意识到他们生活中的'两难',他们由此感到了自己生命中的那种疼,那种长久以来忍在他们眼中的泪"[1]。王家新将自己打算对现实说的话,用致敬帕斯捷尔纳克的方式含蓄和间接地说出来,这的确体现了"知识分子写作"的特征,虽不直接,但也是批判。不过,王家新在语言上不如西川等诗人,所以他那些冗长、结巴的句子,譬如"那美丽的、再也不能伤害的你的,不敢相信的奇迹",常受人诟病。

车过黄河

◎伊　沙

列车正经过黄河

我正在厕所小便

我深知这不该

我应该坐在窗前

或站在车门旁边

左手叉腰

右手作眉檐

---

① 王家新:《取道斯德哥尔摩》,山东文艺出版社,2007 年,第 196-198 页。

眺望　像个伟人

至少像个诗人

想点河上的事情

或历史的陈帐

那时人们都在眺望

我在厕所里

时间很长

现在这时间属于我

我等了一天一夜

只一泡尿功夫

黄河已经流远

1988 年

——选自《伊沙诗选》，青海人民出版社，2003 年版

【导读】

　　伊沙是"盘峰论争"中所谓"民间写作"的代表，而按照伊沙本人的说法，"盘峰论争"的导火线正是由于程光炜编选的"90 年代诗选"《岁月的遗照》，"竟没有选伊沙的诗"。应当指出的是，伊沙的确是 20 世纪 90 年代的重要诗人，他以口语和解构的方式取得了引人注目的成绩。这首《车过黄河》的解构目标似乎对准的是黄河，而黄河在中华民族的观念系统里，自然不是一条含沙量稍大的普通河流而已。但是，伊沙自然不是要解构黄河本身，因为诗的主体显然是对准了那些故作姿态的"想"与"眺望"，伊沙是以身体语言解构人与事物关系中的虚假意识形态、虚伪态度。实际上，历代赞扬黄河的诗歌，以及有关黄河的图腾知识，都可以在此与《车过黄河》做互文性的理解，而解构不正是一种以互文性为前提的行为艺术吗？不过，读者不能过度拔高《车过黄河》的创造性，因为在此之前毕竟存在一首韩东的《有关大雁塔》，而伊沙曾经承认两首诗之间的影响关系："我把韩东的'大雁塔'置换成了我的'黄河'，这也不算多大的灵感"，"作为解构对象，'黄河'似乎比'大雁塔'更有价值更有意义"，"还有那一泡尿——我用身体语言代替了韩东的诗人语言"①。

---

① 伊沙等：《十诗人批判书》，时代文艺出版社，2001 年，第 271 页。

三、延伸思考

20世纪90年代的诗歌景观自然不只是"知识分子写作"与"民间写作"的分歧和喧闹而已,还有不少诗人并未卷入其中,而是以独立的姿态躬耕于自己的田园。在这段时间,以及之后,一些80年代有过成就的诗人或者继续探索,或者兼写小说,譬如于坚、韩东等人,新一代诗人也不断涌现。诗歌的叙事性在增强,诗歌的身体写作也在强化,诗歌的"废话"和"减法"也在探索,方向万千,这正是80年代后期以降中国诗歌个人化写作合乎逻辑的延伸,而从这合乎逻辑的延伸可以合乎逻辑地延伸出这样的思考:当诗的个人化方向确定下来之后,对于诗人自身有着必要性和重要性的写作是否还需要某种诗歌行业的普遍标准来衡量和判断? 诗歌是否需要又是否存在什么标准呢?

第四节　市场化时代的散文创作

一、基本知识

20世纪90年代,随着市场经济体制在我国的起步,中国经济和社会的发展都进入了一个历史性的转型阶段。在以追逐最高利润为目的机制的驱动下,带有强烈商业色彩的大众文化迅速崛起,社会氛围越来越宽松,人们的自主性写作更为突出,表现个人情感与个人思想的文章开始风行。市场经济推动文化消费热潮,出现了90年代的"散文热"。

市场经济下的文学总是呈现出两极发展的趋向:一方面,在经济利益的诱惑下,文学不断抛弃自己高高在上的姿态,积极向市场靠拢;另一方面,一部分不满于文学市场化的作家,又不断打破文学的媚态,开辟出新的文学天地。20世纪90年代初期,散文向市场靠拢使日常生活从容不迫地走进了散文,"小女人散文""生活散文"正是这一潮流下的产物。与之对应,为了逃避散文的媚俗,一部分探究心灵、表现人文思想与人文理想的散文写作也日趋活跃,张承志、张炜关于人文精神的散文,余秋雨的"文化大散文",季羡林、张中行等的"学者散文"也迅速引起了文坛的注意。而随着90年代中期"文化散文"再一次市场化,一批新生代散文家又进行了新的散文试验。市场化时代的散文创作,正是在这种两极趋向下曲折前进的。

二、代表作及其导读

道士塔(节选)

◉余秋雨

一

莫高窟大门外,有一条河,过河有一溜空地,高高低低建着几座僧人圆寂塔。塔呈圆形,状近葫芦,外敷白色。从几座坍弛的来看,塔心竖一木桩,四周以黄泥塑成,基座垒以青砖。历来住持莫高窟的僧侣都不富裕,从这里也可找见证明。夕阳西下,朔风凛冽,这个破落的塔群更显得悲凉。

有一座塔,由于修建年代较近,保存得较为完整。塔身有碑文,移步读去,猛然一惊,它的主人,竟然就是那个王圆箓!

历史已有记载,他是敦煌石窟的罪人。

我见过他的照片,穿着土布棉衣,目光呆滞,畏畏缩缩,是那个时代到处可以遇见的一个中国平民。他原是湖北麻城的农民,逃荒到甘肃,做了道士。几经周折,不幸由他当了莫高窟的家,把持着中国古代最灿烂的文化。他从外国冒险家手里接过极少的钱财,让他们把难以计数的敦煌文物一箱箱运走。今天,敦煌研究院的专家们只得一次次屈辱地从外国博物馆买取敦煌文献的微缩胶卷,叹息一声,走到放大机前。

完全可以把愤怒的洪水向他倾泄。但是,他太卑微,太渺小,太愚昧,最大的倾泄也只是对牛弹琴,换得一个漠然的表情。让他这具无知的躯体全然肩起这笔文化重债,连我们也会觉得无聊。

这是一个巨大的民族悲剧。王道士只是这出悲剧中错步上前的小丑。一位年轻诗人写道,那天傍晚,当冒险家斯坦因装满箱子的一队牛车正要启程,他回头看了一眼西天凄艳的晚霞。那里,一个古老民族的伤口在滴血。

二

真不知道一个堂堂佛教圣地,怎么会让一个道士来看管。中国的文官都到哪里去了,他们滔滔的奏折怎么从不提一句敦煌的事由?

其时已是20世纪初年,欧美的艺术家正在酝酿着新世纪的突破。罗丹正在他的工作室里雕塑,雷诺阿、德加、塞尚已处于创作晚期,马奈早就展出过他的《草地上的午餐》。他们中有人已向东方艺术家投来羡慕的眼光,而敦煌艺术,正在王道士手上。

王道士每天起得很早,喜欢到洞窟里转转,就像一个老农,看看他的宅院。他对洞窟里的壁画有点不满,暗乎乎的,看着有点眼花。亮堂一点多好呢,他找了两个帮手,拎来一桶石灰。草扎的刷子装上一个长把,在石灰桶里蘸一蘸,开始他的粉刷。第一遍石灰刷得太薄,五颜六色还隐隐显现,农民做事就讲个认真,他再细细刷上第二遍。这儿空气干燥,一会儿石灰已经干透。什么也没有了,唐代的笑容,宋代的衣冠,洞中成了一片净白。道士擦了一把汗憨厚地一笑,顺便打听了一下石灰的市价。他算来算去,觉得暂时没有必要把更多的洞窟刷白,就刷这几个吧,他达观地放下了刷把。

当几面洞壁全都刷白,中座的雕塑就显得过分惹眼。在一个干干净净的农舍里,她们婀娜的体态过于招摇,她们柔柔的浅笑有点尴尬。道士想起了自己的身份,一个道士,何不在这里搞上几个天师、灵官菩萨?他吩咐帮手去借几个铁锤,让原先几座雕塑委曲一下。事情干得不赖,才几下,婀娜的体态变成碎片,柔美的浅笑变成了泥巴。听说邻村有几个泥匠,请了来,拌点泥,开始堆塑他的天师和灵官。泥匠说从没干过这种活计,道士安慰道,不妨,有那点意思就成。于是,像顽童堆造雪人,这里是鼻子,这里是手脚,总算也能稳稳坐住。行了,再拿石灰,把他们刷白。画一双眼,还有胡子,像模像样。道士吐了一口气,谢过几个泥匠,再作下一步筹划。

今天我走进这几个洞窟,对着惨白的墙壁、惨白的怪像,脑中也是一片惨白。我几乎不会言动,眼前直晃动着那些刷把和铁锤。"住手!"我在心底痛苦地呼喊,只见王道士转过脸来,满眼迷惑不解。是啊,他在整理他的宅院,闲人何必喧哗?我甚至想向他跪下,低声求他:"请等一等,等一等……"但是等什么呢?我脑中依然一片惨白。

——选自《文化苦旅》,东方出版中心,1992 年版

【导读】

《道士塔》是散文家文化访古时的痛苦感受。集中国文化宝藏于一身的敦煌石窟,在一个道士的手上毁于一旦。熟知中国文化典故的作者,在面对敦煌石窟的残壁断垣时,仿佛亲眼看到一幕幕荒诞的场面在自己眼前发生,其中的文化失落感不言而喻。废墟体验和文化怀旧是一个有着悠久历史传统国度的文人无法摆脱的现实。璀璨而悠久的文化是文明古国国民的骄傲,而亲手将这些文化遗产一一葬送的也是这些国家的子民,当一种文化失去了自己的创造力和更新能力时,衰落直至成为仅供后人

缅怀的废墟是不可避免的命运⋯⋯

"文化大散文"的"大",是因为散文家书写的对象和所站的立场都落实在"民族"和"文化"上。《道士塔》中,"我"的主观体验和文化感受,实际是一个民族在复苏之际的集体感受。市场经济加速了中国综合实力的迅速提升,当一个民族在衰落中逐渐复苏,文化缅想与文化失落是相辅相成的两种必然感受。这,也是余秋雨散文为什么能够迅速征服读者、成为市场宠儿的因素。

当个人不知不觉成为集体的代言人,他的作品在获得广大受众的同时,也必然丧失持续发展的生命力。"民族"和"文化"只有在最个人化的书写中才能保持永恒的青春活力。《道士塔》激发了一个时代读者的文化缅想,但也仅此而已。

我与地坛(节选)

●史铁生

设若有一位园神,他一定早已注意到了,这么多年我在这园里坐着,有时候是轻松快乐的,有时候是沉郁苦闷的,有时候优哉游哉,有时候栖惶落寞,有时候平静而且自信,有时候又软弱,又迷茫。其实总共只有三个问题交替着来骚扰我,来陪伴我。第一个是要不要去死?第二个是为什么活?第三个,我干嘛要写作?

现在让我看看,它们迄今都是怎样编织在一起的吧。

你说,你看穿了死是一件无需乎着急去做的事,是一件无论怎样耽搁也不会错过的事,便决定活下去试试?是的,至少这是很关健的因素。为什么要活下去试试呢?好像仅仅是因为不甘心,机会难得,不试白不试,腿反正是完了,一切仿佛都要完了,但死神很守信用,试一试不会额外再有什么损失。说不定倒有额外的好处呢是不是?我说过,这一来我轻松多了,自由多了。为什么要写作呢?"作家"是两个被人看重的字,这谁都知道。为了让那个躲在园子深处坐轮椅的人,有朝一日在别人眼里也稍微有点光彩,在众人眼里也能有个位置,哪怕那时再去死呢也就多少说得过去了,开始的时候就是这样想,这不用保密,这些现在不用保密了。

我带着本子和笔,到园中找一个最不为人打扰的角落,偷偷地写。那个爱唱歌的小伙子在不远的地方一直唱。要是有人走过来,我就把本子合上把笔叼在嘴里。我怕写不成反落得尴尬。我很要面子。可是你写成了,而且发表了。人家说我写的还不坏,他们甚至说:真没想到你写得这么好。我心说你们没想到的事还多着呢。我确实有整整一宿高兴得没合眼。我很想让那个唱歌的小伙子知道,因为他的歌也毕竟是唱得不错。我告诉我的长跑家朋友的时候,那个中年女工程师正优雅地在园中穿行;长跑家很激动,他说好吧,我玩命跑.你玩命写。这一来你中了魔了,整天都在想哪一件事可以写,哪一个人可以让你写成小说。是中了魔了,我走到哪儿想到哪儿,在人山人海里只寻找小说,要是有一种小说试剂就好了,见人就滴两滴看他是不是一篇小说,要是有一种小说显影液就好了,把它泼满全世界看看都是哪儿有小说,中了魔了,那时我完全是为了写作活着。结果你又发表了几篇,并且出了一点小名,可这时你越来越感到恐慌。我忽然觉得自己活得像个人质,刚刚有点像个人了却又过了头,像个人质,被一个什么阴谋抓了来当人质,不定哪天被处决,不定哪天就完蛋。你担心要不了多久你就会文思枯竭,那样你就又完了。凭什么我总能写出小说来呢? 凭什么那些适合作小说的生活素材就总能送到一个截瘫者跟前来呢? 人家满世界跑都有枯竭的危险,而我坐在这园子里凭什么可以一篇接一篇地写呢? 你又想到死了。我想见好就收吧。当一名人质实在是太累了太紧张了,太朝不保夕了。我为写作而活下来,要是写作到底不是我应该干的事,我想我再活下去是不是太冒傻气了? 你这么想着你却还在绞尽脑汁地想写。我好歹又拧出点水来,从一条快要晒干的毛巾上。恐慌日甚一日,随时可能完蛋的感觉比完蛋本身可怕多了,所谓不怕贼偷就怕贼惦记,我想人不如死了好,不如不出生的好,不如压根儿没有这个世界的好。可你并没有去死。我又想到那是一件不必着急的事。可是不必着急的事并不证明是一件必要拖延的事呀? 你总是决定活下来,这说明什么? 是的,我还是想活。人为什么活着? 因为人想活着,说到底是这么回事,人真正的名字叫作:欲望。

可我不怕死,有时候我真的不怕死。有时候,——说对了。不怕死和想去死是两回事,有时候不怕死的人是有的,一生下来就不怕死的人是没有的。我有时候倒是怕活。可是怕活不等于不想活呀? 可我为什么还想活呢? 因为你还想得到点什么,你觉得你还是可以得到点什么的,比如说爱情,比如说,价值感之类,人真正的名字叫欲望。这不对吗? 我不该得到点什么吗? 没说不该。可我为什么活得恐慌,就像个人质? 后来你明白了,你明白你错了,活着不是为了写作,而写作是为了活着。你明白了这一点是在一个挺滑稽的时刻。那天你又说你不如死了好,你的一个朋友劝你:你不能死,你还得写呢,还有好多好作品等着你去写呢。这时候你忽然明白了,你说:只是因为我活着,我才不得不写作。或者说只是因为你还想活下去,你才不得不写作。是的,这样说过之后我竟然不那么恐慌了。就像你看穿了死之后所得的那份轻松? 一个人质报复一场阴谋的最有效的办法是把自己杀死。我看出我得先把我杀死在市场上,那样我就不用参加抢购题材的风潮了。你还写吗? 还写。你真的不得不写吗? 人都忍不住要为生存找一些牢靠的理由。你不担心你会枯竭了? 我不知道,不过我想,活着的问题在死前是完不了的。这下好了,您不再恐谎了不再是个人质了,您自由了。算了吧你,我怎么可能自由呢? 别忘了人真正的名字是:欲望。所以您得知道,消灭恐慌的最有效的办法就是消灭欲望。可是我还知道,消灭人性的最有效的办法也是消灭欲望。那么,是消灭欲望同时也消灭恐慌呢? 还是保留欲望同时也保留人性?

我在这园子里坐着,我听见园神告诉我:每一个有激情的演员都难免是一个人质。每一个懂得欣赏的观众都巧妙地粉碎了一场阴谋。每一个乏味的演员都是因为他老以为这戏剧与自己无关。每一个倒霉的观众都是因为他总是坐得离舞台太近了。

我在这园子里坐着,园神成年累月地对我说:孩子,这不是别的,这是你的罪孽和福祉。

——选自《史铁生作品精选》,华夏出版社,2007 年版

【导读】

　　《我与地坛》是市场经济时代最个人化的生命探索,这缘于作家特殊的生命机遇:在他刚刚成年,在改革开放让整个国家展现生命活力的时候,他却丧失了行走的能力,彻底成了社会的边缘人。只有边缘人才会如此执着地检验生命、体味生命。"地坛"与"我"在精神上具有一致性——都是一个废弃的存在,因此在地坛,"我"能够更直观地感受到生命的奥秘。这里选取的片段是作者对于生命存在的思考:我要不要死;我为什么活;我干嘛要写作。这些问题在平常人看来都是不存在的问题——只有在生命边缘徘徊的人才会作如此的思考。散文对这些问题并没有进行哲学的追问,而是从中发掘出"生"的勇气和动力,当死亡长时间、近距离地靠近一个人时,它便失去了恐惧的意义,它反而成为人对于生之渴望的动力。这种边缘生存的体验对于一个正常人来说,无疑是一种震撼。

　　《我与地坛》是介于散文和小说之间的文体,有人将之视为散文,有人将之视为小说,这正说明了它在艺术上的创新性。在这篇作品中,"我"的情感历程是主要的书写

对象,这也是散文最典型的文体特征,然而"我"既是作品的叙述者,又常常是被作品叙述的对象,这使得作品呈现出小说文体虚构的特征;而且,在作品中,作家叙述的很多场景既像是现实的描写,又像是作家的虚构,这些因素都极大地推动了散文艺术的发展。

三、延伸思考

概括起来,市场化时代的散文创作呈现出如下特点:

(1)散文的消费性和个人性同时得到发展,而且这两种性质常常纠结在一起。余秋雨的"文化大散文"以个人化的方式感受民族文化,既传达了个人的文化体验,又迎合了民族复兴期的大众文化心理,从而实现了高雅文化和通俗文化的对接。

(2)艺术散文在边缘化中朝深刻化发展。《我与地坛》中的生命是一个被边缘化的存在,但他对生命内涵探索和追问的深刻性却超越了前人。这说明文学的市场化导致快餐文化的盛行,但艺术散文在边缘化中依旧执着地发展,边缘也给予散文艺术走向更加纯粹的机会。

第五节 市场化时代的话剧创作

一、基本知识

20 世纪 90 年以降,市场经济的兴起使物质主义日渐在中国社会占据了重要地位,在大众文化特别是电子文化产品的侵袭下,戏剧艺术受到关注的程度相对降低,戏剧舞台表面繁荣,实则平庸。这一时期话剧文学主要呈现出以下特点:①改编名著之风盛行,直面现实人生具有原创力的话剧作品不足。②话剧舞台形式包装华丽,戏剧精神内涵相对贫弱。③话剧导演、表演得到重视和强化,戏剧文学创作受到贬抑。④追求娱乐性和市场性的休闲喜剧流行,戏剧需要的讽刺性和精神震撼性不足。不过,在戏剧总体平庸的境况下,一些坚持艺术理想和精神探索的剧作家也创作出不少优秀的作品,如姚远的《商鞅》、过士行的《闲人三部曲》(《鸟人》《鱼人》《棋人》)、沈虹光的《同船过渡》和《临时病房》、杨利民的《地质师》和《厕所》、黄纪苏的《切·格瓦拉》、姚宝瑄与卫中的《立秋》、李六乙的《非常麻将》等。此外,先锋话剧和实验话剧大量出现也是市场化时代话剧创作呈现的一个典型特征。先锋话剧和实验话剧反叛传统,强化戏剧表现形式的创新,其代表性作品有孟京辉等的《思凡》《我爱×××》《恋爱的犀牛》,牟森等的《彼岸》《零档案》《与艾滋有关》等,林兆华等的《哈姆雷特》《三姊妹·等待戈多》等,张广天的《圣人孔子》《左岸》《圆明园》等。

二、代表作及其导读

我爱×××

◎孟京辉

故事梗概:《我爱×××》是孟京辉20世纪90年代初自编自导的先锋话剧,全剧共分为四个部分,每一部分都由一系列不同的"我爱×××"的台词组成。戏剧既没有主要人物,也没有主要情节,只有众人集体朗诵的台词和个人朗诵的台词的差别。

第一部分

(灯光由暗至亮,众人身穿医生的白衣。)

(三遍)我爱光

我爱于是便有了光

我爱你

我爱于是便有了你

我爱我自己

我爱于是便有了我自己

我爱一九零零年

我爱一九零零年的新年钟声

我爱一九零零年这个美丽新世纪的开始

(三遍,声音由低至高。)我爱一九零零年这个无忧无虑的社会这个摆脱重负的社会这个异常快乐的社会这个踌躇满志的社会

(站成一横排,面向观众。)

我爱一九零零年阳光普照大地

我爱一九零零年雨露滋润万物

我爱一九零零年的阳光雨露二十世纪的美丽新世纪

我爱一九零零年的开始

我爱一九零零年开始的光辉荣耀和富于浪漫的气息

我爱一九零零年开始时的所有时间上午下午晚上深夜一点两点三点四点

我爱一九零零年开始时的每个地点纽约伦敦巴黎哈瓦那北京罗马柏林莫斯科

我爱一九零零年开始时的全部人物汤姆玛丽彼得米歇尔亨利乔治拉夫斯基诺维奇

我爱一九零零年开始时的时间地点人物事件起因结果

我爱一九零零年一九零零年

我爱一九零零年的新年钟声新年钟声

我爱一九零零年这个美丽新世纪的开始这个美丽新世纪的开始

我爱一九零零年这个美丽新世纪开始时那些大师们死了那些大师们都死了那些大师们全都死了

我爱德国哲学家弗里德里希·尼采死了(说完依次低头。)

我爱法国作家爱弥尔·左拉死了

我爱俄国剧作家安东·契诃夫死了

我爱捷克作曲家安东·德沃夏克死了

我爱美国作家马克·吐温,欧·亨利和杰克·伦敦死了

我爱俄国大文豪列夫·托尔斯泰死了

我爱俄国社会主义理论家弗拉基米尔·普列汉诺夫死了

我爱法国大画家保罗·高更死了

我爱挪威作曲家爱德华·格里格死了

我爱法国雕塑家奥古斯都·罗丹死了

我爱德国细菌学家罗伯特·科赫死了

我爱法国科幻小说家儒勒·凡尔纳死了

我爱那些大师们死了那些大师们都死了那些大师们全都死了(慢慢抬起头)而那些明星们出生了那些明星们都出生了那些明星们全都出生了

我爱这是一个大师们死去明星们出生的时代

我爱一九零零年出生的明星们

我爱美国电影明星克拉克·盖博和加利·古柏出生了

我爱英国小说明星格雷厄姆·格林出生了

我爱法国哲学明星让·保尔·萨特出生了

我爱美国体育明星杰西·欧文斯出生了

我爱巴西足球明星里约热内卢·贝利出生了

我爱法国戏剧明星塞缪尔·贝克特出生了

我爱英国电影明星劳伦斯·奥利佛出生了

我爱中国皇帝明星爱新觉罗·溥仪出生了

我爱罗马尼亚戏剧明星尤金·尤涅斯库出生了

我爱罗马尼亚政治明星齐伯里安·齐奥塞斯库出生了

我爱美国电影明星罗纳德·里根出生了

我爱美国政治明星约翰·肯尼迪出生了

我爱美国石油明星约翰·洛克菲勒出生了

我爱美国战争明星西点·巴顿出生了

我爱西班牙和平明星巴勃罗·毕加索出生了

我爱印度政治明星英迪拉·甘地出生了

我爱德国指挥明星冯·卡拉扬出生了

我爱美国动画明星沃特·迪斯尼出生了

我爱美国健美明星简·方达出生了

我爱法国世界观明星阿尔贝·卡缪出生了

我爱瑞士喜剧明星查理·卓别林出生了

（做动作）我爱中国舞台明星梅兰芳出生了

我爱那些明星们出生了那些明星们都出生了那些明星们全都出生了

（轻轻的）我爱你们这些观众男观众女观众

我爱让你们观看一出戏观看一出无可奈何的戏

我爱大幕拉开开始演出

我爱向观众公布一九零零年世界十大新闻

我爱一九零零年世界十大新闻

4月14日,1900年世界博览会在巴黎开幕。这个博览会占地547英亩,比欧洲以往任何一次博览会规模都大

纽约市长范威科挥动银锹,往该市第一快速地铁的开工典礼上撮了第一锹土

中国爆发义和团起义,八国联军开进北京

工程师约翰·勃朗宁发明勃朗宁手枪。瑞典化学家阿尔弗雷德·诺贝尔发明了诺贝尔奖一个名叫探戈的男人声称自己发明了探戈舞

在发生了两起死亡事件后,俄亥俄州通过法律,禁止大学高年级学生戏弄低年级学生

11月1日,巴塞罗那一群医学博士发表声明:可用X光治疗乳腺癌并提高母牛的产奶量

11月2日,由于男性同性恋倾向日益严重,希腊妇女举行盛大集会,要求恢复一

夫多妻制

歌剧《蝴蝶夫人》在上海演出,高雅艺术首次从巴黎运到上海滩。与此同时,欧洲国家发生 14 起政治家的桃色丑闻

9 月 19 日,由于错将"开路"听成"开火",巴黎警察将 78 名示威者打死打伤

1900 年 5 月 4 日,在伦敦上演了话剧《罗密欧与朱丽叶》,在巴黎上演了歌剧《罗密欧与朱丽叶》,在华沙上演了舞剧《罗密欧与朱丽叶》

(黑灯)

——选自《先锋戏剧档案》,作家出版社,2000 年版

【导读】

《我爱×××》没有串联整个话剧的人物,甚至根据演剧条件的不同,出场人物都可以灵活安排。整场话剧也没有传统意义的戏剧冲突,只有如朗诵诗般的"我爱×××"。这些新鲜的话剧形式是对传统意义"话剧"的极大颠覆。

"我爱×××"的句式可以分成两个部分:第一部分是不变的"我爱",它由"我""爱"两个概念组成,"我"代表了一种个人主义的倾向,"爱"代表了人道主义的倾向。两者的结合揭示了剧作家的主题:"我爱光/我爱于是便有了光//我爱你/我爱于是便有了你//我爱我自己/我爱于是便有了我自己。"也就是说,只有个人主义和人道主义两种因素的结合,真理(光)、社会(你)、个体(我)才可能出现,否则便是一片混沌。第二部分是变化的"×××",它由集体记忆和个体记忆两部分组成,集体记忆是 20 世纪60 年代出生的人的成长史,个体记忆是一代人集体记忆中具有的朦胧的个人意识,它们的流动性和变动性塑造了一代人没有自我、暧昧不清的集体形象。总体而言,"我爱"是对"×××"的认同和反叛,认同是对逝去岁月的缅怀,反叛是一个自我诞生的个体对集体记忆的嘲讽和调侃。

《我爱×××》并不是一种成熟的戏剧形式,它的思想性大于了它的艺术性,概念化大于了形象化。该剧对戏剧表现形式的探索具有不可抹杀的意义,但这种探索也无法摆脱哗众取宠的嫌疑,毕竟在市场化的整体文化环境下,先锋也是市场宣传的一种噱头。

三、延伸思考

《我爱×××》只是市场化时代的话剧创作试验的一种体现,其中可以看出先锋话剧的诸多特点:

(1)颠覆了传统话剧注重人物塑造和戏剧冲突的传统,强调了话剧的舞台形式、导、表演系统,戏剧文学相对贫乏。这反映出市场化时代观众对话剧的新要求:追求新颖刺激的直观感受,弱化了戏剧内涵的诉求。

(2)概念化倾向明显。除了《我爱×××》,孟京辉的其他剧作如《两只狗的生活意见》《恋爱的犀牛》《象鸡毛一样飞》,张广天的《切·格瓦拉》《圣人孔子》等,都重在表现一些概念,相对弱化了传统戏剧要求的形象化。

(3)强调了戏剧的娱乐性和市场性,在戏剧中穿插了大量具有时代色彩的元素,以拉近戏剧与观众的距离。

【思考题】

1.市场经济对文学产生了哪些冲击?

2.如何评价市场经济下文学的"多元化"局面?

3.为什么说20世纪90年代的小说呈现出繁复状态?

4.20世纪90年代的中国小说取得了哪些新成就?

5.如何看待20世纪90年代的"大散文"现象?

6.市场化时代散文的多元发展对散文文体产生了哪些冲击?

7.新诗在20世纪90年代有何发展?

8.话剧是一门大众艺术,还是一门小众艺术?

9.如何看待话剧文学与影视文学的差别?

10.《我爱×××》传达了一种什么样的情感?

推荐阅读书目

一、文学史

钱理群,温儒敏,吴福辉著:《中国现代文学三十年》(修订本),北京大学出版社,1998年。

唐弢主编,严家炎.万平近协编:《中国现代文学史简编》(增订版),复旦大学出版社,2008年。

刘勇,邹红主编:《中国现代文学史》,北京师范大学出版社,2006年。

程光炜,吴晓东,孔庆东,郜元宝,刘勇主编:《中国现代文学史》,中国人民大学出版社,2000年。

郭志刚,孙中田主编:《中国现代文学史》(修订版),高等教育出版社,1999年。

王晓明主编:《二十世纪中国文学史论》(第一卷),东方出版中心,2003年。

朱栋霖,朱晓进,龙泉明主编:《中国现代文学史:1917—2000(上)》,北京大学出版社,2007年。

陈思和主编:《中国当代文学史教程》,复旦大学出版社,1999年。

洪子诚著:《中国当代文学史》,北京大学出版社,1999年。

孟繁华,程光炜著:《中国当代文学发展史》(第二版),中国人民大学出版社,2009年。

张炯主编:《新中国文学五十年》,山东教育出版社,1999年。

张志忠主编:《中国当代文学60年》,高等教育出版社,2009年。

北京师范大学文学院组编,张健主编:《新中国文学史》(上、下卷),北京师范大学出版社,2008年。

程光炜著:《中国当代诗歌史》,中国人民大学出版社,2003年。

洪子诚,刘登翰著:《中国当代新诗史》(修订版),北京大学出版社,2005年。

佘树森,陈旭光著:《中国当代散文报告文学发展史》,北京大学出版社,1996年。

二、史料汇编

赵家璧主编:《中国新文学大系》(十卷),上海良友图书印刷公司,1935—1936年。

《中国新文学大系(1937—1949)》编辑委员会编:《中国新文学大系(1937—1949)》,上海文艺出版社,1990年。

王蒙,王元化总主编:《中国新文学大系(1976—2000)》(三十卷),上海文艺出版社,1997—2010年。

陈平原等编:《二十世纪中国小说理论资料》(五卷),北京大学出版社,1997年。

陈思广编著:《中国现代长篇小说编年(1922.2—1949.9)》,四川大学出版社,2008年。

张良春,张大明编:《三十年代左翼文艺资料选编》,四川人民出版社,1980年。

薛绥之主编:《鲁迅生平史料汇编》(四辑),天津人民出版社,1981—1983年。

王训昭等编:《郭沫若研究资料》(上、中、下),中国社会科学出版社,1986年。

曾广灿,吴怀斌编:《老舍研究资料》(上、下),北京十月文艺出版社,1985年。

姚家华编:《朦胧诗论争集》,学苑出版社,1989年。

三、作品集

孙光萱主编:《中国现代文学作品选读》,上海教育出版社,1987年。

陈建功等主编:《中国当代文学作品精选(1949—1999)》,北京十月文艺出版社,1999—2000年。

北京大学、北京师范大学、北京师范学院中文系中国现代文学教研室主编:《中国现代文学史参考资料 短篇小说选》,上海教育出版社,1979年。

鲁迅:《呐喊》,人民文学出版社,1979年。

鲁迅:《彷徨》,人民文学出版社,1976年。

郁达夫:《沉沦》,花城出版社,1982年。

丁玲:《莎菲女士的日记》,京华出版社,2006年。

茅盾:《子夜》,人民文学出版社,1960年。

沈从文:《边城》,江西人民出版社,1981年。

巴金:《家》,人民文学出版社,1981年。

老舍:《骆驼祥子》,人民文学出版社,1955年。

萧红:《生死场》,黑龙江人民出版社,1980年。

萧红:《呼兰河传》,人民文学出版社,2001年。

李劼人:《死水微澜》,人民文学出版社,2000年。

艾芜:《南行记》,人民文学出版社,2000年。

沙汀:《淘金记》,人民文学出版社,1954年。

赵树理:《李有才板话》,人民文学出版社,2001年。

丁玲:《太阳照在桑干河上》,人民文学出版社,2005年。

张爱玲:《金锁记》,陕西师范大学出版社,2003年。

钱锺书:《围城》,人民文学出版社,1980年。

北京大学、北京师范大学、北京师范学院中文系中国现代文学教研室主编:《中国现代文学史参考资料　新诗选》,上海教育出版社,1979年。

陈梦家编:《新月诗选》,解放军文艺出版社,2000年。

蓝棣之编选:《现代派诗选》,人民文学出版社,1986年。

绿原,牛汉编:《白色花:二十人集》,人民文学出版社,2000年。

蓝棣之编选:《九叶派诗选》,人民文学出版社,1992年。

郭沫若,周扬编:《红旗歌谣》,红旗杂志社,1959年。

童怀周编:《天安门革命诗文选》,北京第二外国语学院,1977年。

徐敬亚等编:《中国现代主义诗群大观(1986—1988)》,同济大学出版社,1988年。

阎月君等编选:《朦胧诗选》,春风文艺出版社,1985年。

阎月君,周宏坤编:《后朦胧诗选》,春风文艺出版社,1994年。

唐晓渡:《先锋诗歌》,北京师范大学出版社,1999年。

谢冕,杨匡汉主编:《中国新诗萃》(台港澳卷),人民文学出版社,2001年。

穆旦著,李方编:《穆旦诗全编》,中国文学出版社,1996年。

北岛:《北岛诗歌集》,南海出版公司,2003年。

顾城:《顾城的诗》,人民文学出版社,1998年。

舒婷:《舒婷的诗》,人民文学出版社,1994年。

海子:《海子的诗》,人民文学出版社,1995年。

北京大学、北京师范大学、北京师范学院中文系中国现代文学教研室主编:《中国现代文学史参考资料　散文选》,上海教育出版社,1979年。

周作人:《看云随笔》,天津教育出版社,2007年。

周作人:《苦雨斋谈》,天津教育出版社,2007年。

周作人:《流年感忆》,天津教育出版社,2007年。

周作人:《生活的况味》,天津教育出版社,2007年。

王锦厚编:《郭沫若散文选集》,百花文艺出版社,2009年。

冰心:《冰心散文选集》,百花文艺出版社,2001年。

朱自清:《朱自清散文选集》,百花文艺出版社,2004年。

林语堂:《林语堂散文:插图珍藏版》,人民文学出版社,2005年。

梁实秋:《梁实秋雅舍小品全集》,上海人民出版社,1993年。

何其芳:《画梦录》,人民文学出版社,2000年。

聂绀弩:《绀弩杂文选》,人民文学出版社,1955年。

巴金:《随想录》(合订本),生活·读书·新知三联书店,1987年。

徐迟:《哥德巴猜想》,人民文学出版社,1978年。

徐迟:《徐迟散文选集》,上海文艺出版社,1979年。

杨朔:《杨朔文集》,山东文艺出版社,1984年。

杨绛:《干校六记》,中国社会科学出版社,1992年。

北京大学、北京师范大学、北京师范学院中文系中国现代文学教研室主编:《中国现代文学史参考资料 独幕剧选》,上海教育出版社,1979年。

田汉:《关汉卿》,人民文学出版社,1961年。

丁西林:《西林独幕剧集》,文化生活出版社,1947年。

曹禺:《曹禺选集》,人民文学出版社,1961年。

曹禺:《曹禺戏剧全集》(全五卷),人民文学出版社,2014年。

郭沫若:《郭沫若剧作:郭沫若创作精编》,安徽文艺出版社,1997年。

夏衍:《夏衍剧作集》,中国戏剧出版社,1984年。

李健吾:《李健吾独幕剧集:1924—1980》,宁夏人民出版社,1981年。

高行健:《高行健戏剧集》,群众出版社,1985年。

鲁迅:《鲁迅全集》(十六卷本),人民文学出版社,1981年。

巴金:《巴金选集》(十卷本),四川人民出版社,1982年。

老舍:《老舍文集》(十六卷),人民文学出版社,1991年。

郭沫若:《郭沫若全集·文学编》(第一卷),人民文学出版社,1982年。

茅盾:《茅盾全集》,人民文学出版社,1984年。

郁达夫:《郁达夫文集》(十二卷本),花城出版社,1982—1984年。

沈从文:《沈从文全集》(二十七卷本),北岳文艺出版社,2002年。

艾青:《艾青全集》(全五卷),花山文艺出版社,1991年。

秦牧:《秦牧全集》(十二卷本),人民文学出版社,1994年。

四、研究专著

陈平原：《小说史：理论与实践》，北京大学出版社，2010 年。

钱理群：《对话与漫游：四十年代小说研读》，上海文艺出版社，1999 年。

杨义：《二十世纪中国小说与文化》（插图本），三联书店，2007 年。

杨义：《京派与海派比较研究》，太白文艺出版社，1994 年。

赵园：《地之子——乡村小说与农民文化》，北京十月文艺出版社，1993 年。

王晓明：《沙汀艾芜的小说世界》，上海文艺出版社，1987 年。

赵稀方：《小说香港》，生活·读书·新知三联书店，2003 年。

王锦厚：《五四新文学与外国文学》，四川大学出版社，1989 年。

蓝棣之：《正统的与异端的》，浙江文艺出版社，1988 年。

废名著，陈子善编订：《论新诗及其他》，辽宁教育出版社，1998 年。

废名，朱英诞著，陈均编订：《新诗讲稿》，北京大学出版社，2008 年。

骆寒超：《20 世纪新诗综论》，学林出版社，2001 年。

龙泉明：《中国新诗流变论》，人民文学出版社，1999 年。

谢冕：《谢冕论诗歌》，江西高校出版社，2002 年。

袁可嘉：《论新诗现代化》，生活·读书·新知三联书店，1988 年。

孙玉石：《中国现代诗歌艺术》，人民文学出版社，1992 年。

陆耀东：《二十年代中国各流派诗人论》，中国社会科学出版社，1985 年。

罗振亚：《中国现代主义诗歌史论》，社会科学文献出版社，2002 年。

杨匡汉，刘福春编：《中国现代诗论》（上、下），花城出版社，1985 年。

李怡：《中国现代新诗与古典诗歌传统》（增订版），北京大学出版社，2008 年。

李怡：《中国现代诗歌欣赏》，高等教育出版社，2004 年。

孙玉石主编：《中国现代诗导读（1917—1937）》，北京大学出版社，2008 年。

孙玉石主编：《中国现代诗导读：1937—1949》，北京大学出版社，2007 年。

罗振亚：《朦胧诗后先锋诗歌研究》，中国社会科学出版社，2005 年。

王家新，孙文波编：《中国诗歌：九十年代备忘录》，人民文学出版社，2000 年。

孙玉石：《〈野草〉研究》，北京大学出版社，2010 年。

杜运燮等编：《丰富和丰富的痛苦：穆旦逝世二十周年纪念文集》，北京师范大学出版社，1997 年。

陈厚诚：《死神唇边的笑——李金髪传》（修订本），百花文艺出版社，2008 年。

郝庆军：《诗学与政治：鲁迅晚期杂文研究（1933—1936）》，文化艺术出版社，

2007 年。

　　黄开发:《人在旅途——周作人的思想和文体》,人民文学出版社,1999 年。

　　钱理群:《鲁迅作品十五讲》,北京大学出版社,2003 年。

　　王富仁:《中国反封建思想革命的一面镜子——〈呐喊〉〈彷徨〉综论》,北京师范大学出版社,1986 年。

　　李怡:《为了现代的人生:鲁迅阅读笔记》,上海教育出版社,2004 年。

　　李欧梵:《铁屋中的呐喊》,尹慧珉译,岳麓书社,1999 年。

　　汪晖:《反抗绝望:鲁迅及其文学世界》,河北教育出版社,2000 年。

　　龚济民,方仁念:《郭沫若传》,北京十月文艺出版社,1988 年。

　　王锦厚,伍加伦,钟德慧:《郭沫若史剧论》,山西人民出版社,1989 年。

　　张大明:《不灭的火种——左翼文学论》,四川文艺出版社,1992 年。

　　苏雪林:《中国二三十年代作家》,纯文学出版社,1983 年。

后　记

　　本教材是四川大学文学与新闻学院组织编撰的国内高校最新体例的文学史教材，是我们在中国现当代文学教材和教法上的一次重大改革。本教材约 50 万字，系统地讲述了 20 世纪初至 21 世纪初的中国现当代文学基本概况及经典作品。简明实效，是我们撰写本教材和适应本科教学的一个基本要求。我们的目的在于以简明的文学流派、作家介绍及作品导读，让学生了解现当代作家的代表作及现当代文学发展的总体历程，逐步提高他们鉴赏文学作品和分析认识文学问题的能力。

　　本教材的体例结构设计具有开放性。全书各章节由"基本知识""代表作及其导读"与"延伸思考"几个基本部分组成。

　　在"基本知识"部分，我们扼要地概括出相关章节基础的知识点，其内容的详略与目前流行的文学史有很大的区别。对各个时期的文学现象及生成因素、文学流派的创作主张与作用、代表作家的创作成就及经验教训，我们只归纳其要点和重点，不做旁征博引和细节阐释。我们希望能体现出教学过程的开放性，让更多的史实细节通过两种方式加以补充：一是教师的课堂讲授，二是学习者的自我阅读。通过这样的方式与过程，我们希望在内容上为教与学预留更充分的空间，让教师避免教材的内容局限而能更好地发挥个人的研究心得；让学生能够主动扩大学习的范畴，较快地把握现当代文学知识的要点，为进一步深入学习打下良好的基础。我们认为没有必要将中国现当代文学浩繁的知识——囊括，相信每一位课堂讲授者都有自己独特的发现和心得。我们也无意用这样的教材来替代那些各具特色的优秀文学史著作，相反，我们鼓励因为阅读本教材而对中国现当代文学产生兴趣的学习者进一步研阅更翔实的文学史论著，将本教材的学习与更多的课外阅读活动有机结合。这样也许对他们学习方法的培养与知识的吸收都会有更好的效果。

　　"代表作及其导读"部分是各章节的重点。该部分突出本教材原典教学的特色，所选作品均是不同时期优秀作家的代表作品。限于篇幅，所选作品难以展示中国现当代文学的诸多经典作品，但通过这些入选作品的导读，希望能吸引阅读者进一步走进中国现当代文学的广阔殿堂,由被动的"受教育"到主动地寻找"经典",从局部到整体地认识现当代文学近百年的风貌。传统的思潮运动史——政治革命史+作家座次的文学史模式,在实践中已经出现了严重的问题。我们面对的不少文学史教材实际上已成为一种凌驾于文学现象之上的"知识结构",而对构成文学最主要成分的作品却被放到次要的位置。研究文学,我们需要对文学周边的诸多因素加以认识,包括思想、社群、体制、文化等,但是所有这些认识最终都是因为出现了独特的"文学作品"才产生了"意义"。只有文学作品事实上的存在,才最终形成了代代相继的所谓文学的"历史"。如果我们没有文学作品,所有那些或宏大或精微的理论都失去了存在的基础,也就失去了存在的意义。本教材追求的是,如何让文学史的教学与学习回到文学作品这一根本,如何通过文学史的讲述呈现文学自身的魅力,以及如何让文学史的学习成为进入现当代文学精神殿堂的趣味无穷的过程。通过对中国现当代文学重要经典的赏析和阐释,重点培养学生对文学原典的阅读与分析能力。

在"延伸思考"部分,链接了"基本知识"和"代表作及其导读"部分相关的知识,归纳并提出一些问题,力图引导学生对相关文学现象进行更深入的思考,以利于他们独立思考和动手能力的培养。中国现当代文学发展近百年的历史进程中,由于政治体制的制约和各种人为因素,不少文学史实曾被遮蔽或歪曲,有的已正本清源,有的并未还其本来面目。我们期望在教学过程中探索出一种"向历史提问"的方式,在引导学生大量阅读文学作品的基础上,鼓励他们对现当代文学史中存疑的问题大胆发问,并通过他们的发问逐步清除那些源自应试教育的"未经追问"的僵化的历史概念,让学生逐渐学会用自己的独立思考来客观地评价现代中国文学发展的各种现象。

对于文学史的理解,我们认为重要的不是重复已经存在的中外文论遗产,而是在学习的过程中发掘自己的文学感受,从而正确体会中国现当代作家的创作经验和现当代文学的精神。只有我们自己的感受能力和鉴赏能力,才是通往中国现当代文学精神殿堂的唯一桥梁;只有我们自己的感受能力和鉴赏能力,才能最后生成与现代中国艺术体验相适应的现代中国自己的文学理论和文学批评方式。要提高我们对中国现当代文学原典的感受能力与鉴赏能力,就不能仅仅将中国现当代文学的内涵当作客观的"知识",必须努力从个人人生体验的角度去与中国现当代文学内在的精神沟通,善于将文学中的人生社会问题当作我们自己的"问题"。中国现当代文学史就是一部现当代人的人生问题史,阅读文学,就是让我们学会读懂人生,体察生命过程和增强人生适应能力,从而提高人生的品位和生命的价值。

我们期待本教材既有利于教也有利于学,为克服高校本科现当代文学教学内容繁杂、重观念而轻文本的弊端,在教学内容、教学方法的改革上做出有益的探索。

本教材由以下老师担任各章节的编写任务：

李怡：绪论，第一章第一节到第四节，第十一章第一节至第三节（其中第一章及第十一章第一节、第三节与杨华丽共同完成）；

干天全：第一编导引，第二章第一节至第五节，第七章第一节至第三节，后记；

靳明全：第二编导引，第六章第三节、第四节，第八章第二节（其中部分章节与刘静、田源、王学振等共同完成）；

张　放：第三编导引，第四章第一节至第四节，第十二章第一节、第二节；

陈思广：第四编导引，第十四章第一节、第二节，第五编导引，第十八章第一节、第二节，尾篇第二节；

陆正兰：第三章第一节至第三节，第八章第一节；

冯　勤：第十章第一节至第三节；

姜　飞：第十五章第一节至第三节，第十九章第一节至第三节，尾篇第三节；

赵渭绒：第十六章第一节至第三节，第十七章第一节至第三节，第二十章第一节至第三节；

周维东：第五章第一节、第二节，第六章第一节、第二节，第九章第一节、第二节，第十三章第一节至第三节（其中第六章第一节中"茅盾小说"为朱彤撰写）；

罗　梅：第二十一章第一节、第二节，尾篇第一节、第四节、第五节。

李怡、干天全担任本教材主编，负责全书的统筹策划并统稿。为了尊重参编老师的学术见解，主编除对体例和文字存在的问题做了修改外，尽量保持了每位老师撰写的内容。作为新的编写方式的尝试，本教材难免存在局限与问题，敬请专家和读者批评指正，我们将在新的教学和研究过程中不断修改完善。

本教材的编写参考了同行专家的有关著述（相关引文出处已在脚注中说明，为避免重复，不单列参考文献），在此谨向他们致以崇高的敬意。同时，向对本教材出版给予大力支持的重庆大学出版社的领导与编辑致以衷心的感谢。

编　者

2022 年 5 月 30 日